KB084266

잠든
새들의
노래

잠든 새들의 노래

1판 1쇄 찍음 2017년 4월 19일
1판 1쇄 펴냄 2017년 4월 27일

지은이 유미엘
펴낸이 정 필
펴낸곳 (주)뿔미디어

편집장 박경희
기획 · 편집 박경희, 김수정, 심은지, 이유나, 고수민

출판등록 2002년 9월 11일 (제1081-1-132호)
주소 경기도 부천시 원미구 소향로 17, 303(두성프라자)
전화 032)651-6513   팩스 032)651-6094
E-mail bbulmedia@hanmail.net
비북스 http://b-books.co.kr

ISBN 979-11-315-7471-3 03810

잠든 새들의 노래

FEEL PREMIUM EDITION

유미엘
장편 소설

contents

Prologue

끼이익.

주방 뒷문이 조용히 열리고, 촛대를 든 작은 손이 까닥거리며 밖에서 기다리는 이를 초대했다. 조금 후 누군가가 숨을 죽이고 건물 안으로 침입했다. 불빛을 따라 건물로 들어온 침입자의 정체는 갈색 곱슬머리를 양 갈래로 묶은 조그마한 소녀였다.

"어서 들어와."

"초대에 감사드려요, 알렉스 멜포드 님."

소녀는 자신을 불러들인 검은 머리의 소년에게 치마폭을 펼치며 몸을 굽혔다. 어설프게 숙녀들의 인사를 흉내 낸 아이는 눈을 반짝이며 물었다.

"마사가 정말 쿠키 단지를 숨겨 놓은 거야?"

"오후에 오트밀과 꿀을 넣어서 만드는 걸 봤어."

"와오."

소년의 유모가 숨겨 둔 쿠키를 찾기 위해 두 아이는 분주히 주방을 뒤지며 보물찾기를 했다. 그러나 애석하게도 그들의 손이 닿는 곳에서는 쿠키의 흔적을 찾을 수 없었다.

"남은 곳은 찬장인데, 저긴 의자를 가져와야 손이 닿을 것 같아."

"가져올게."

알렉스가 자신의 키만 한 의자를 끌고 와 소녀 앞에 두었다. 소리가 나지 않도록 조심조심, 소녀가 의자 위로 올라가자 떨어지지 말라며 그가 의자를 잡아 주었다.

찬장 문을 열고 까치발을 한 아이는 꼼꼼히 이쪽 끝에서 저쪽 끝까지 살펴보았다. 의자의 도움을 받아도 키가 모자라 전체를 둘러보는 데 시간이 걸리자 소년이 급한 마음에 재촉했다.

"아멜리아, 거기 없어?"

"잠깐만……. 아, 저기 있다!"

자주 놀러 오는 아멜리아에게도 익숙한 도자기 단지는 찬장 맨 왼쪽, 메이플 시럽 뒤에 숨겨져 있었다. 시럽 병을 옆으로 밀고 단지를 꺼내는 소녀의 움직임이 위태로워 그것을 지켜보던 소년의 손바닥에 땀이 배었다.

뒤에 있는 단지를 꺼내려면 손을 더 깊숙하게 넣어서 앞으로 당겨야 한다는 걸 깨달은 소녀가 조금 더 발돋움해 있는 힘껏 팔을 뻗은 순간, 벽에서 나온 회색의 손이 단지를 조금 앞으로 밀어 주었다.

"어……."

"왜, 무슨 일이야. 손이 안 닿으면 내가 할까?"

소년의 질문에도 대답하지 못하고 두 눈을 크게 뜨고 찬장을 바라보던 소녀는 눈을 몇 번 깜박인 후에야 정신이 드는지 "조금만 더 밀어 줘요."라고 말했다.

"아멜리아? 뭐라고 했어?"

"이제 조금만 더 하면 돼. 잠시만. 꺼냈어."

양손으로 소중하게 단지를 꺼내 든 소녀가 활짝 웃으며 그것을 알렉스에게 넘겼다. 소년은 성급하게 뚜껑을 열어 큼직한 쿠키를 두 개 꺼내 그중 하나를 아멜리아에게 건넸다.

"우와아!"

쿠키를 받아 든 아멜리아가 달콤한 과자 향에 침을 꼴깍 삼켰다. 서둘러 한입 베어 무니 사르르 입 안에서 녹아내리는 것 같은 기분이 들었다. 부드러운 버터 향과 과자의 바삭한 식감, 거기에 오트밀이 씹히는 재미까지.

마사의 허니 오트밀 쿠키는 정말 맛있었다. 이가 썩는다며 자주 구워 주지 않은 탓에 그들은 특별한 날에나 한두 개씩 데운 우유와 함께 먹어 보고는 했는데, 놀랍게도 이 커다란 단지는 쿠키로 가득 차 있었다.

"평생 먹을 수 있겠다……."

그들은 의기양양하게 전리품을 주고받으며 기쁨의 춤을 추었다. 손을 하늘로 올리고 팔짝팔짝 뛰던 둘은 의자가 우당탕 소리를 내자 그제야 서로의 입술에 손가락을 대고 "쉬—, 쉬—"하면서 마음을 진정시켰다.

"이제 내려와."

단지를 탁자 위에 올려놓은 알렉스는 이제 소녀가 내려오기를 기다렸다. 기대감에 충만해 올라갈 때는 몰랐지만 내려올 때가 되자 높이에 겁이 나는지 우물거리던 소녀가 위와 아래를 번갈아 보더니 "……손 좀 잡아 줄래요?"라고 허공을 향해 물었다.

"손?" 하고 되묻는 소리에 소녀의 대답이 없자, 알렉스는 아멜리아가 내려놓은 쪽 손을 부축할 생각으로 덥석 잡았다.

"아!"

알렉스가 손을 잡자 소녀가 놀란 표정을 하며 내려다보았다. 촛불 하나에 의지하던 그들은 침침한 주방에서 서로의 얼굴을 바라보았다. 그에게 손을 잡혀 당황한 듯 보이는 아멜리아에게 왜 그러냐고 물어

보려던 찰나, 소년은 봐서는 안 될 것을, 될 수 있으면 평생 피하고 싶던 것을 보고야 말았다.

회색의 무언가가 찬장에서 몸을 내밀고 소녀의 손을 잡아 주다가 그와 눈이 마주친 것이다. 데구르르, 흰자가 유난히 크게 강조된 눈이 부릅떠졌다. 크게 열린 동공이 소년을 빤히 훑었다. 믿기지 않는다는 표정으로 그 모습을 바라보던 중, 알렉스는 깨달았다. 그 짙은 어둠의 덩어리가 피를 뒤집어쓴 여인의 모습을 하고 있다는 것을.

공포에 질린 소년이 헉, 하고 숨을 들이쉬자 그 여인의 얼굴 바로 옆에 서 있던 아멜리아가 "알렉스?"라고 물으며 고개를 갸웃했다. 툭, 툭. 소녀의 어깨에 여인의 피가 떨어지고 있었다.

"으아아아악—!"

외마디 비명을 지르며 소년은 잡고 있던 손을 집어 던졌다. 그의 몸이 크게 뒤로 넘어가며 탁자 위의 도자기 단지를 밀었다. 그 반동으로 몸이 흔들린 소녀 역시 비명을 지르며 의자에서 떨어졌고, 돌바닥에 내리박힌 단지는 커다란 소리를 내며 박살 났다.

예상치 못한 큰 소리는 사람들의 잠을 깨웠다. 잠옷 바람에 양초를 든 사람들이 웅성거리며 그 진원지를 찾기 시작했다.

"무슨 소리야!"

"부엌에 도둑이 들었어!"

한밤중에 들려온 비명과 굉음에 놀라 달려온 멜포드 매너 하우스(Manor House)의 사람들이 바닥에 쓰러진 두 아이를 발견하기까지는 그리 오래 걸리지 않았다.

"여자아이 손에 상처가 웬 말입니까!"

"저희 아들은 깨어나질 못하고 있다고요!"

소녀는 깨진 도자기 파편 때문에 손등에 큰 상처를 입었고, 놀라 쓰러진 소년은 열이 올라 자리에서 일어나지 못하고 있었다.

"교육을 어떻게 하면 여자아이가 한밤중에 남의 집에 들어갈 생각을 한답니까?"

"그 말, 똑같이 돌려 드리고 싶네요. 숙녀를 집으로 끌어들이는 도련님이라니 매너 교육을 다시 하셔야겠어요."

"어머!"

"어머!"

두 어머니의 싸움은 몇 시간이고 계속되었다. 소중한 독자가 이유를 알 수 없는 고열에 시달리는 것과 애지중지 키워 오던 막내딸 손등에 난 커다란 상처, 이 타협점 없는 책임 전가는 결국 두 집안의 결별로 막을 내렸다.

"파혼하는 것이 좋겠군요. 이렇게 뻔뻔한 집안에 제 딸아이를 보낼수는 없습니다."

"이제야 뜻이 일치하네요. 저도 원하는 바예요."

어머니들과 달리 아버지들은 중간에서 어쩔 줄 모르며 서로의 부인을 달래도 보고 말려도 보았지만, 뜻을 굽히지 않는 안주인들의 고집스러운 의기투합에 결국 두 손을 들고 말았다. 소꿉친구이자 약혼자사이였던 두 아이의 관계는 결국 이렇게 막을 내렸다.

붉은 서재

도시에서 레이븐까지 오는 기차는 하루에 단 두 번 있었다. 아침과 저녁, 시간을 놓치면 다음 날까지 기다려야 하는 교통이 불편한 곳이지만 조용하고 아름다운 자연 덕분에 휴양지로 인기가 높은 곳이기도 했다.

새벽 기차가 레이븐역에 도착하자 플랫폼이 하얀 연기로 뒤덮였다. 기차에서 내리는 사람들과 다른 마을에 볼일을 보기 위해 떠나는 사람들이 엇갈린 자리에 깔끔한 검은색 트렁크를 든 알렉스가 서 있었다.

"도련님! 여기입니다!"

인파가 빠지자 그를 알아본 하인이 손을 흔들었다. 젊은 주인이 고개를 끄덕이자 한달음에 달려온 하인이 기쁜 표정으로 인사를 건넸다.

"오랜만이군."

"이야— 아주 멋진 신사로 자라셔서 쇤네 도련님을 못 알아뵐 뻔했습니다."

싱글벙글한 표정으로 가방을 넘겨받은 하인은 그를 마차로 안내했다.

"굳이 마중 나올 필요 없이 직접 가려고 했는데."

"그게 무슨 말씀이세요. 이러기 위해 저희가 있는 거지요."

"그런가, 고맙네."

준비된 것은 오픈 캐리지였다. 그늘을 만들어 줄 선루프는 있지만, 탑승용 문과 양쪽에 벽이 없어 바람을 맞으며 주변을 둘러보기 좋은 간편형 마차였다.

"오늘은 날씨도 좋으니 오랜만에 마을 구경도 좀 하면서 가시죠. 최근 저택으로 들어가는 길이 닦여져서 흔들림도 많이 줄었습니다."

"그렇군. 초여름이라 경치도 좋겠네."

적당히 고개를 끄덕이며 마차에 올라탄 알렉스는 등받이에 몸을 기대앉아 흔들리며 지나가는 풍경을 무심하게 응시했다.

봄에 대학에 입학한 알렉스는 여름 방학이 시작되자마자 본가로 불려 왔다. 공부를 핑계로 몇 년간이나 집에 돌아오지 않았는데, 대학에 붙고 나니 더는 댈 핑계가 없어졌기 때문이었다. 결국, 외동아들 얼굴 보기가 너무 힘들다며 토라진 어머니를 달래기 위해서 내려온 건 좋았으나 삼 개월이나 되는 긴 여름 방학을 시골에서 할 일 없이 보낼 생각을 하니 눈앞이 캄캄해질 지경이었다.

'아무래도 수업 준비를 핑계로 얼른 올라가야겠어.'

어린 시절을 보낸 곳이지만 이상하리만치 이곳에서 지내던 날들이 잘 떠오르지 않았다. 그저 지루하고, 고루한 평원이 있는 조용한 마을이었다는 것 외엔 별다른 특징도 즐거움도 없었다.

여덟 살에 기숙학교에 들어가 친구들을 사귄 알렉스는 학교생활에 완벽히 적응했다. 소와 양이 풀을 뜯는 평야보다 또래들과의 스포츠 활동에 둘러싸인 시간이 혈기왕성한 소년에게는 훨씬 더 자극적이고 즐거웠다. 간혹 크리스마스나 부활절 같은 기념일에는 집에 돌아왔지만, 나이가 들어가며 이마저도 점점 발걸음이 뜸해지게 되었다.

그에게는 도시 생활이 적성에 맞았다. 한적한 시골에서 낚시 같은 걸 하는 삶은 노년에나 고려해 볼까 말까 할 정도의 가능성 희박한 선택지였고, 그 이야기를 들은 친구들은 그러면 아마 노인이 되어서도 도시 생활을 고집할 거라며 웃었다.

몇 년 만에 돌아온 고향은 건물도 사람들의 얼굴도 조금씩 바뀐 듯하지만, 상점이나 교회 등 대표적인 랜드마크는 이전 그대로라 떠나 있던 시간이 그리 길지 않았다는 인상을 주었다.

상점가를 지나던 중 알렉스는 자신의 기억에 없는 작은 가게를 발견했다.

"저 가게는 뭐지?"

알렉스의 질문에 달리던 말의 속도를 늦춘 하인이 "어떤 거 말씀이십니까?"라고 되물었다.

"저기, 저 빨간색으로 칠해진 문이 있는 가게. 못 보던 것 같은데. 뭐 하는 곳인가?"

"아아, '붉은 서재' 말씀이시군요."

"'붉은 서재'? 서점인가? 그런 것치고는 어두운걸."

서점이라고 보기에는 내부가 지나치게 어두워 보이는 가게였다. 붉은색 문을 가진 곳이라 저런 이름인가 하고 생각하는데, 의외의 대답이 돌아왔다.

"골동품점입니다. 빛이 많이 들면 상품 가치가 떨어진다고, 한여름에도 두꺼운 벨벳 커튼을 쳐 두는 괴짜 주인이 운영하는 곳이죠."

"골동품점?"

"예에. 생긴 지 몇 년 되지 않았지만, 이 근방에서는 이미 유명한 가게가 되었습죠. 나중에 한번 방문해 보세요. 분명 도련님 마음에도 쏙 드는 물건이 있을 겁니다."

"……그런가."

주변에도 부모님의 취미에 영향을 받아 일찌감치 골동품에 눈을 뜬 친우들이 있었지만 그런 경우는 극소수였고 알렉스에게는 별 관심 없는 분야이기도 했다. 골동품은 눈이 높아질수록 상상을 초월하게 돈이 들어가는 취미였다. 그러나 그는 굳이 그런 비싼 취미에 빠지지 않더라도 관심을 쏟을 흥밋거리가 넘치는 도시에서 살고 있었다.

그리고 무엇보다도, 누군지도 모르는 남이 쓰던 오래된 것을 모은다는 점을 그는 탐탁지 않게 생각했다. 한번은 지인의 집에서 몇백 년 전 선조였던 귀부인이 사용했다는 섬세한 세공의 머리빗을 구경한 적이 있었다. 귀한 거라며 유리 케이스 안에 넣어 보관하는 걸 꺼내 보여 주었는데, 솔 사이에 그 부인의 것으로 추정되는 머리카락이 그대로 끼어 있는 걸 발견한 알렉스는 질겁하며 그 물건을 바닥에 떨어뜨렸었다.

다행히 부서지지는 않았지만 큰 실례를 범한 민망함에 저녁 내내 고개를 들지 못했던, 그에게는 다시는 떠올리고 싶지 않은 사교 실수의 기억으로 남게 되었다.

그에게 골동품이란 알면 알수록 그다지 가까이하고 싶지 않은 꺼림칙한 물건들이라는 인식이 커진 것은 어쩌면 당연한 결과였다. '붉은 서재'라는 독특한 이름을 가진 가게 내부가 좀 궁금하긴 했지만 그래도 저곳에 갈 일은 없을 거라 생각하며 알렉스는 앞으로 기울였던 상체를 다시 등받이에 기댔다.

마차는 마을의 작은 번화가를 지나, 본격적으로 넓은 평야를 가로지르기 시작했다.

멜포드 매너 하우스로 가는 길은 원래 자갈이 깔린 좁은 오솔길로 되어 있어 마차로 가기에는 불편한 부분이 있었다. 교통이 편치 않은 것도 알렉스가 집에 돌아오기 싫어하는 이유 중 하나였는데, 하인의 말대로 최근 길을 새로 다듬었는지 오늘은 그의 기억보다 흔들림이 적게 느껴졌다. 이 정도면 드나드는데 힘들지 않겠다고 내심 기뻐하며 풍경을 응시하니 평원 저 너머부터 숲이 시작되고 있었다.

'어릴 적에는 저 숲도 상당히 깊고 울창하다고 생각했는데.'

지금 보니 아담하니 꽤 귀여운 크기였다. 심심할 때 산책하기 좋겠다고 생각할 무렵 그의 시야 끝자락에 이질적인 장면이 잡혔다.

'누구지?'

마을 사람들의 묘로 생각되는 비석이 나무 사이로 몇 개씩 흩뿌려지듯 놓여 있었다. 그리고 그 기묘한 공간에 누군가가 서 있었다. 여름이 되어 한껏 잎을 키운 나무 그늘로 어둡게 가라앉은 그 공터에, 옅은 색의 드레스를 입은 여성의 실루엣이 흔들렸다.

알렉스는 흠칫 놀라 주변을 살폈다. 햇살이 부드러움을 넘어 따갑게 느껴지기 시작하는 6월 말. 빛처럼 강한 그림자가 지는 계절에 저 작은 나무숲 사이만 썰렁했다. 마치 다른 계절을 옮겨 온 듯한 기분이 들 정도로.

뙤약볕 한 줄기도 새어 들지 못하는 무거운 숲의 분위기에 눈을 크게 뜨고 그 인영을 바라보자, 우연인지 마차가 다가오는 것에 맞춰 여인의 그림자가 그가 있는 방향으로 천천히 고개를 돌렸다.

오싹한 기분이 든 건 눈이 마주치던 때였다. 먼 거리에서 형체만 간신히 보이는 여자가 빙긋 웃은 것 같았다. 보지 말아야 한다고 생각하면서도 알렉스는 그 기묘한 인영에서 눈을 뗄 수가 없었다. 서로 마주 보고 있다는 생각이 들던 차에 여자가 한 걸음씩 앞으로 나오며 그가 탄 마차 쪽으로 다가오는 것이 느껴졌다.

느리다고 생각해 본 적 없던 마차가 지금은 원망스러울 정도로 더디게 달리는 기분이 들었다. 가까워질수록 여자의 입에 걸린 미소가 확실하게 보였는데, 그것은 목덜미의 털이 쭈뼛 설 정도로 소름 끼치는 웃음이었다.

어둠 속에서 그를 보며 웃는 하얀 이가 당장에라도 물어뜯을 기세로 덤벼들 것만 같은 긴장감에 알렉스가 신경을 곤두세우던 순간, 마차는 여자가 잠겨 있는 숲을 스치고 지나갔다. 숲을 벗어나자 주박이 풀리듯 팽팽하게 당겨져 있던 전신의 신경도 정상으로 돌아오는 것이 느껴졌다.

'대체, 이게 무슨.'

빼앗겼던 시선의 자유를 되찾은 그는 손바닥으로 자신의 눈을 눌렀다. 깜박이지도 않고 뚫어지도록 한곳만 바라본 탓인지 피로감이 몰려왔다. 등받이에 닿은 부분이 축축해 옷 위를 더듬어 보니, 실제로는 채 몇십 초도 되지 않았을 시간 동안 흘린 식은땀으로 그의 등은 흠뻑 젖어 있었다.

빛과 어둠의 조화 속에서 본 그림자일 수도 있었다. 아니면 오랜만에 집에 돌아온 후손을 환영하려던 조상의 마중이었을지도 모른다. 아니, 그는 그것을 나무 그림자를 잘못 본 것이라고 생각하기로 했다. 하얀 이를 보았다고 생각한 것은 빛에 반사된 조약돌일 수도 있었다.

알렉스는 직접 목격한 것을 차마 믿지 못하고 필사적으로 다른 적당한 이유를 찾고자 했다. 그가 최선을 다해 머리를 쥐어짜는 동안 그를 태운 마차는 멜포드가의 장원에 다다라 일렬로 심어진 인공적인 나뭇길 사이로 접어들었다.

딸랑딸랑.

골동품점 '붉은 서재'의 문에 달린 낡은 놋쇠 종이 요란하게 울렸다.

유난히도 조용한 실내의 정적을 깨는 경망스러운 소리라 사실 그 종이 생각보다 작은 크기라는 걸 깨닫는 사람은 거의 없었다. 누군가가 들어오는 것을 알리는 종이 울렸지만, 손님을 맞으러 나오는 사람은 아무도 없었다. 손님 역시, 주인이 나올 것을 기대하지 않았는지 자신이 들고 있던 가방을 주섬주섬 탁자에 내려놓고 멋대로 손님용 의자를 당겨 앉았다. 그러고는 장갑을 낀 손으로 가방에서 작은 상자를 꺼냈다.

그것은 여성의 손에 올리기에는 조금 큰 크기의 상자형 오르골이었다. 상아로 만들어진 섬세한 세공이 들어간 상자지만 황변되어 노란색이 진해진 것이 시간이 흐른 태가 났다.

오르골을 손에 든 것은 아직 어린 티가 남아 있는 소녀였다. 밝은 갈색 곱슬머리에 호기심 많은 동그란 눈매. 아기같이 말간 얼굴을 한 그녀는 지루한지 주변을 한참 둘러보다 오르골의 뚜껑을 열었다.

통, 통통, 통통통 하는 오르골의 태엽 튕기는 소리와 함께 부드러운 왈츠 음악이 흘러나왔다. 뚜껑 안쪽에는 거울도 달려 있어 오르골을 든 사람의 얼굴이 비칠 수 있도록 만들어진, 섬세한 예술 작품이었다.

상자 뒷면에는 누군가의 이름이 조각되어 있었다. 그것을 손가락으로 살짝 만져 보는 소녀의 입가에는 잔잔한 미소가 걸려 있었다. 음률에 맞춰 조용히 발을 까닥이는데 갑자기 뒤에서 "아, 이제 고쳐진 건가?"라고 묻는 저음의 남자 목소리가 들렸다.

"꺄악!"

"엇! 던지면 안 돼!"

깜짝 놀란 나머지 손이 미끄러져 하마터면 중요한 물건을 깰 뻔했던 아멜리아는 상대방을 있는 힘껏 노려보았다.

"의뢰품을 들고 있을 땐 놀라게 하지 말아 달라고 부탁했잖아요, 시드!"

"미안, 미안. 제대로 된 소리가 나기에 신기해서 그만."

다시 놓칠세라 재빨리 시드에게 상자를 넘긴 아멜리아가 "떨어뜨리지 않은 걸 다행으로 생각해야 해요."라며 입을 삐죽였다.

"그래. 내가 잘못했다니까. 부서지지 않아서 다행이야."

함박웃음을 지은 시드가 저도 떨어뜨릴까 싶은지 물건을 재빨리 탁
자 위에 올려놓았다.

"이걸 사흘 만에 해결할 줄은 몰랐어. 기계적인 결함이 없는데 소리
가 나지 않는다는 말을 듣고 밀리를 떠올리기를 잘했지."

"사흘씩이나 걸렸다고 해 주세요. 전 그동안 잠시도 눈을 붙이지 못
했거든요. 시간을 더 끌었다면 아마 제 손에 박살이 났을 거예요."

"파손은 안 된다니까."

크크, 목으로 웃는 소리를 내며 시드가 물품 보관 창고 뒤로 다시
사라졌다. 잠시 후 나타난 그의 손에는 두 개의 컵이 들려 있었다.

아멜리아 앞에 잔을 내려놓은 시드는 다시 부지런하게 가게 문 앞
으로 가 '폐점' 이라고 적힌 팻말을 출입구 잘 보이는 위치에 내걸었
다.

"페퍼민트 차야. 머리가 좀 개운해질 거야."

"이렇게 아무 때나 문 닫아도 괜찮아요?"

"이게 왜 아무 때나야. 밀리가 와 있는 동안은 특별해. 이야기를 듣
는 동안 방해받으면 안 되니 말이야."

"시드. 지금 일하기 싫은 거죠?"

"하하하. 날도 더워지니 꾀부리고 싶어져. 좀 봐줘!"

아멜리아의 맞은편 의자에 앉으며 그가 윙크했다. 골동품점 '붉은
서재' 의 주인인 시드는 20대 후반에서 30대 초반 정도의 연령대로 보
이는 남자였다. 애쉬 브라운 헤어에 진한 올리브색 눈동자. 훤칠한 키
에 부드러운 인상의 미남이지만 골동품 가게 주인이라는 걸 티 내듯
늘 한 세대 전의 의상을 고집하는 통에 마을에서는 괴짜로 소문이 자
자했다.

몇 년 전 시골 마을인 레이븐에 갑자기 나타난 한 청년이 가게를 매
입하고 싶다며 돌아다녔다. 곧 그는 주인이 병으로 경영을 포기하다
시피 한 다 망해 가던 서점을 인수했고, 약간의 내부 수리를 마친 뒤

'붉은 서재'라는 이름의 골동품점을 열었다.

시골 마을에 쓸데없이 골동품점이 웬 말이냐던 마을 사람들은 호기심에 하나둘 가게를 방문했고, 놀랍게도 진열된 상품 중 자신의 마음에 꼭 드는 물건을 발견했다고 말했다. 운명 같은 만남이었다는 사람들의 경험담은 입소문이 나서 다시 새로운 방문객들을 홀렸다.

유별난 상술을 사용하는 말솜씨 좋은 상인이 아닌데도 시드는 언제나 고객에게 무엇이 부족한지를 꿰뚫어 보았고, 그 후에는 그저 조용히 그 물건 앞으로 길을 안내하는 것이 다여서 그에 대한 신기한 소문은 입을 타고 이웃 마을까지 흘러갔다. 가게가 자리를 잡은 이제는 먼 곳에서도 그의 가게를 찾아오는 단골들이 생겼을 정도였다.

"그래서? 어떻게 이 미녀를 잠재운 거야?"

흥미진진한 이야기를 들을 생각에 눈을 가늘게 뜬 시드가 아멜리아를 재촉했다.

"말도 마세요……."

소녀는 한숨을 쉬며 이야기를 시작했다.

시드에게 오르골이 전해진 것은 이 주 정도 전의 일이었다. 먼 곳에서 '붉은 서재'를 찾아왔다는 이방인은 상아로 만들어진 골동품 오르골을 꺼내며 사연을 들려주었다.

자신의 어머니가 처녀 시절부터 간직한 물건인데 모친상을 당하고 얼마 지나지 않아 소리가 나지 않게 되었다는 것이다. 어머니가 그리울 때마다 오르골 소리를 듣고 싶어 하던 아들은 기계를 고치기 위해 백방으로 알아보았고, 그때마다 '작동에는 문제가 없지만 소리가 나지 않는다.'는 답변을 받았다고 했다.

그렇게 속절없는 시간만 보내던 중 이런 문제는 레이븐에서 골동품

가게를 하는 시드니라는 남자가 도울 수 있을지도 모른다는 말을 듣고 새벽 기차를 타고 달려왔다며 금액은 얼마가 들어도 좋으니 꼭 고쳐 달라고 통사정을 했다.

이리저리 상자를 훑어보던 시드는 비밀리에 아멜리아를 불렀고, 오르골은 소녀가 가져간 지 사흘 만에 완벽히 제 기능을 다 하는 예전의 상태로 돌아오게 되었다.

아멜리아가 시드에게서 오르골을 받아 온 데는 이유가 있었다. 소녀에게는 남들이 모르는 비밀이 있었는데, 아주 측근의 몇 사람만이 그 사실을 알았다.

오르골을 받아 온 첫날, 소녀는 그 상자를 바라보며 혼잣말했다.

"오늘은 늦었으니 오르골에 대해서 알아보는 건 내일로 하고, 일단 자야겠어."

밤이 늦을수록 좋은 일이 없다고 생각하는 아멜리아는 늘 다른 사람들보다 일찍 잠자리에 들었다. 그 나이대 아가씨들이 좋아하는 늦은 저녁의 로맨틱한 파티나 무도회 같은 것과도 연이 없었기 때문에, 그녀는 아기처럼 일찍 자는 버릇을 고수하고 있었다.

그러나 문제는 불을 끄자마자 시작되었다.

'흑…… 흑흑……'

여자가 흐느끼는 소리에 눈을 뜬 아멜리아는 잠결에 자신이 헛것을 들었나 생각했다. 하지만 이어지는 오싹한 울음소리에 팔에 소름이 돋은 걸 확인하고는 깊은 한숨을 쉬고 몸을 일으켰다.

짐작 가는 곳이 있어 오르골을 내려 둔 곳을 바라보니 소리는 바로 그 근처에서 들려왔다.

'흑흑……'

"왜 울어요?"

말을 걸어도 듣지 못하는 듯 모습이 보이지 않는 여자는 서럽게 울고만 있었다. 아멜리아가 몇 번이나 말을 걸어 봤지만 소용없었다. 여자는 밤새 울고 또 울고, 멈추지 않고 울었다.

대화를 시도해 보던 소녀는 결국 새벽녘이 되어서야 다른 방으로 베개를 들고 도망가서 눈을 붙일 수 있었다.

둘째 날에는 낮부터 상자를 지켜봤지만, 흐느끼던 여인은 낮 동안에는 쉬기라도 하는지 아무 기척도 느낄 수 없었다. 아무래도 시드가 아멜리아에게 상자를 맡긴 건 탁월한 선택이지 싶었다. 오르골이 울지 않는 이유는 기계적 결함이 아닌, 다른 곳에 문제가 있기 때문이라는 것이 명확해졌기 때문이었다.

상자는 낮 동안 조용하다가 해가 지고 아멜리아가 잠이 들려고 할 즈음이 되어서야 다시 울었다. 이날 밤 역시 소녀는 이리저리 달래 보며 여인에게 말을 걸었지만, 그녀는 마치 들을 귀가 없는 것처럼 울기만 했다.

"그러니까, 계속 울지만 말고 이유를 설명해 주면 좋겠는데⋯⋯."

마냥 기다리는 건 생각보다 더 지루하고 짜증 나는 일이었다. 침묵하는 오르골을 앞에 두고 기다리다 꾸벅꾸벅 졸기 시작하면 여인은 슬그머니 다시 울었고, 그래서 아예 졸린 것을 꾹 참고 이리저리 달래는 동안에는 또 들은 척도 하지 않는 모양새가 아무래도 이 밤도 글렀다 싶은 기분을 강하게 주었다.

감기는 눈을 주체하지 못한 아멜리아는 전날보다 이른 자정 무렵 베개를 들고 다른 방으로 퇴근했다.

손님용 침대에서 단잠에 빠진 지 조금 지났을 즈음, 귓가에 다시 '흑⋯⋯, 흑흑⋯⋯.' 하는 소리가 들렸다. 어찌나 가까이서 들리는지 차가운 숨소리마저 느껴질 것 같은 기분에 흠칫 놀란 아멜리아가 눈을 번쩍 뜨고 처음 본 것은 어둠 속에서 검은 드레스를 입고 서 있는 중년 여인의 얼굴이었다.

'흑흑⋯⋯.'

"꺄아악!"

비명을 지르며 일어난 아멜리아는 놀란 가슴을 누르며 심호흡을 가다듬었다.

"다른 방까지 쫓아왔어, 세상에!"

말하라고 멍석 깔고 기다릴 때는 못 들은 척 무시해 놓고 또 혼자 버리고 나오는 것은 싫었던지, 유령은 상자가 없는 방에 나타나 아멜리아를 노려보며 울고 있었다. 원한 맺힌 눈으로 쏘아보면서, 한 손으로는 하얀 손수건으로 입가를 가리고 있었다.

"그래도 이제 모습까지는…… 하아아, 보여 주네. 고맙다고 해야 할지……."

이런 일이 계속되다가는 심장마비로 쓰러질 날이 머지않았다고 절망한 그녀는 검은 옷의 여인을 바라보았다. 그러나 모습을 드러낸 여인은 그날도 소녀를 바라보며 울기만 할 뿐이었다. 잠을 재울 생각이 없는 건지, 어디를 가도 쫓아오며 얼굴을 들이대는 통에 아멜리아는 뜬눈으로 밤을 새워야 했다.

"안 되겠어. 우리 얘기 좀 하자고요. 대체! 나한테 왜 그래요!"

사흘째 되는 날 저녁, 역시 눈앞을 알짱대면서 보란 듯이 우는 여자에게 소녀는 소리를 질렀다. 눈을 감는 게 능사가 아니었다. 자려고 눈을 감으면 감긴 눈꺼풀 안으로 영상이 스며들 듯 아멜리아의 각막에 제 모습을 투영시키며 존재감을 드러냈다.

"말 안 할 거면 어디로 좀 가든가! 자꾸 이러면 나도 의뢰고 뭐고 못 참아요……!"

빈말이 아니라는 듯 침대에서 일어난 소녀는 핏발 선 눈으로 노려보는 여자 앞에 오르골을 내밀며 "……부숴 버릴 거야."라고 진지한 표정으로 말했다. 삼 일을 못 잔 소녀의 원한은 유령도 압도할 만한 힘을 가지고 있었는지, 여자는 동요한 표정으로 아멜리아를 바라보며 어쩔 줄 몰라 하기 시작했다.

"들려주고 싶은 말이 있으면 얼른 하세요. 나 마음 변하기 전에."

'흑흑…….'

"던질 거야, 아니 고치지도 못하게 아예 태워서 재를 만들 거야."

'상스럽게…….'

"기가 막혀서!"

그제야 말문이 트인 유령은 '너 따위를 어떻게 믿느냐.' 라는 눈길을 주기는 해도 담보로 잡힌 오르골이 신경 쓰이는지 그 이상 심술은 부리지 않았다. 대신, 있는 대로 싫은 표정을 지어 가며 자신의 이야기를 시작했다.

"재혼한 남편이 그 오르골을 새 부인에게 준 것이 싫었다더군요."

"그랬군."

"아들에게 물려주기를 원하나 봐요. 아예 아들네 집으로 가져갔으면 한다고."

"응, 응."

여전히 싱글대는 얼굴로 아멜리아의 이야기를 듣던 시드는 문제의 상아 오르골을 준비된 상자에 담으며 "또 한 건 해결했네." 하고 웃었다.

"전달할 말은 전했으니, 전 이제 정말 자러 갈게요. 잠을 못 자서 너무 피곤해요."

"기다려, 마차로 데려다줄게."

"괜찮다고 말하고 싶지만……, 사양하기 너무 힘든 유혹이네요. 정말 졸리거든요."

"저번처럼 비틀거리면서 가다 말고 볕 좋은 어딘가에 쓰러져 누우면 일을 맡기는 나도 곤란해."

"아이, 그게 언제 적 이야긴데. 이젠 정말 안 그럴 거란 말이에요."

시드가 떠올린 옛날이야기에 당황한 아멜리아가 손가락을 꼼질거리다 스커트 자락을 꼭 쥐었다. 부끄러운지 아직 아기처럼 보송보송한 볼이 분홍색 장미꽃처럼 피어났다.

"이렇게 귀여운데 마을 남자들은 대체 눈이 어디 달렸는지."

"네?"

"아무것도 아냐. 가게 앞에서 기다려. 말 준비해서 올 테니까."

아멜리아는 그가 말한 대로 '붉은 서재' 정문 앞에서 시드를 기다리고 있었다. 햇볕이 뜨거워 올라오는 지열에 몸이 노곤해지니 졸음이 더 심해졌다. 모자를 쓴 터라 아무도 모르겠지 싶어 잠시 눈을 감고 있으려는데 바로 코앞에서 누군가가 말을 걸었다.

"야, 못난이. 사람이 부르면 대답을 해라."

"어?"

퍼뜩 놀라 눈을 떠 보니 그녀 앞에 누군가의 발이 놓여 있었다.

"시드?"

소녀는 자신이 기다리던 사람의 이름을 부르며 상대를 바라보았다. 소녀의 코앞에 서 있던 건 승마 바지에 멜빵을 맨, 소녀보다 조금 어린 나이대의 소년이었다. 기다리던 사람이 아닌지라 어리둥절한 표정으로 바라보는데 뜻밖의 이름으로 불린 소년은 기분이 상했는지 "이 거리에서 어떻게 그런 노친네랑 헷갈릴 수가 있냐? 너 안경 써야 하는 거 아니냐? 못생겼는데 안경까지 쓰면 정말 평생 결혼도 못 하겠다!"라고 소리를 질렀다.

"가브리엘?"

생각지도 못한 사람을 본 아멜리아는 눈을 동그랗게 뜨다가 곧 방긋 웃었다. 가브리엘은 열여섯인 그녀보다 네 살 어린 열두 살의 소년으로 같은 마을에 살고 있었다.

"이 답답아! 남이 화를 낼 때는 웃으면 안 된다는 말 못 들었어?"

"가브리엘, 왜 화났는데?"

"더운데 널 보니까 울화통이 터져서 그래! 답답하니까 거기서 멍하게 서 있지 말고 꺼지라고!"

"하지만……."

당황한 표정으로 소년을 보며 말을 고르던 아멜리아는 그 기세에 눌려 결국 입을 다물었다. 금발의 파란 눈, 천사 같은 외모의 소년은 어째서인지 아멜리아를 볼 때마다 시비를 걸어왔는데, 소녀는 그래도 그를 좋아해서 만날 때마다 반겼다.

"조그만 게 빽빽 아주 시끄러워 죽겠네. 남의 가게 앞에서 소리 지르지 마라. 영업 방해로 경찰 부르기 전에."

"시드!"

"나왔구나, 악의 우두머리! 귀신들의 두령! 마녀와 한패!"

마차를 끌고 온 시드를 향해 가브리엘이 힘차게 소리 질렀다.

"꺼지라고. 너야말로 가서 레이디를 대하는 예절이나 더 배우고 와라."

시드는 마차 위에 앉은 채 팔을 뻗어 쥐고 있던 말채찍의 손잡이 부분으로 소년의 이마를 쿡 밀었다. 모욕을 당했다고 생각한 소년이 그에게 덤벼들려 했지만, 팔 길이가 짧아 그 파닥거리는 공격 범위가 시드가 앉아 있는 곳까지 닿지 않았다.

애잔한 표정으로 그걸 내려다보던 시드가 일어나 아멜리아에게 손을 내밀었다. 소녀를 마차에 태운 뒤 "그리고."라고 운을 뗐다.

"아멜리아가 결혼하는 게 너랑 무슨 상관인데? 데려갈 사람 있으니 굳이 걱정해 주지 않아도 돼. 행여 너한테 기회가 갈 일은 절대 없으니까, 일찌감치 포기하시지."

"뭐라고?"

가브리엘의 얼굴이 새빨갛게 달아올랐다. 그 모습을 보며 "하하하!" 하고 악당처럼 과장되게 웃은 시드가 투레질하는 말을 몰았다. 움직이기 시작한 마차의 흙먼지가 가브리엘이 있는 곳까지 부옇게 떠올랐다.

"안녕, 가브리엘. 또 봐."

거리에서 큰 소리로 다투는 두 사람 탓에 민망해진 아멜리아가 작게 손을 흔들며 소년에게 인사했다. 먼지를 뒤집어쓰고 얼빠진 표정으로 잠시 닭 쫓던 개가 된 기분을 느끼던 가브리엘이 흠칫 정신을 차리고 그들의 뒤통수에다 소리를 빽 질렀다.

"야! 누가 그런 못난이를! 시력도 나쁘고! 멍청하고!"

난 멍한 여자는 절대 취향이 아니야……! 작은 주먹이 하얗게 되도록 꽉 쥔 가브리엘이 화를 냈다. 저런 건 줘도 사양이었다. 무슨 일을 칠지 몰라 조바심 나고 손이 많이 가는, 연하인 저보다도 더 철없고 위태로워 보이는 아멜리아보다는 어른스럽고 지적인 여성이 훨씬 더 제 취향이기 때문이었다.

"시드, 너무한 거 아니에요?"

"응? 뭐가?"

시원한 초여름의 바람을 맞으며 마차를 모는 시드는 팔을 걷은 셔츠에 바지, 그리고 둥근 헌팅캡을 쓰고 있어 마치 아가씨를 모시는 젊은 마부나 시골 청년 같아 보였다. 아니, 시드가 이 소리를 들으면 '레이븐은 시골이니 나도 시골 청년임에는 틀림이 없다.'고 말했을 테지만 말이다.

"가브리엘 말이어요. 아직 어린데 그렇게까지 말할 필요는."

"버르장머리 없는 꽃나무들은 원래 싹수……, 아니 작을 때부터 가지치기를 잘해 놔야 예쁘게 커."

싱긋 웃으며 알 수 없는 말을 하는 시드에게 "정말……, 어떻게 열두 살 아이랑 똑같이 싸울 생각이 드는 거예요?"라고 아멜리아가 중얼거렸다.

"그 꼬맹이는 밀리를 볼 때마다 시비를 거는 것 같던데, 뭔가 잘못한 거 있어?"

"……음, ……으으음. 저도 그걸 고민해 봤는데, 솔직히 모르겠어요. 지난번에 가브리엘에게 직접 물어보기도 했는데……."

"꼬마가 뭐래?"

"설명은 안 해 주고 화만 더 냈어요."

"하하하하."

멋쩍은 듯 눈만 깜박거리던 아멜리아의 대답에 시드가 호쾌하게 웃었다. 그 꼬맹이, 그렇게 필사적으로 관심을 끌기 위해 노력하는데도 효과가 하나도 없다니, 거참 쌤통이라고 생각하던 그는 문득 떠오른 궁금증을 소녀에게 물었다.

"버르장머리 없는 꼬마 놈을 왜 그렇게 귀여워하는 거야? 받아 주니까 기어오르는 거잖아."

"아, 그, 그건. 제가 동생도 없고……, 이 동네에서 저에게 말 걸어 주는 건 그래도 가브리엘밖에 없다 보니까……."

"……."

쯧, 괜한 걸 물었다고 생각한 시드가 혀를 찼다.

아멜리아 샌더즈는 인근에서도 알아주는 명망 높은 가문의 막내딸로, 집안이나 권력, 자산으로도 어디 한군데 뒤지지 않는 귀족 가문 출신이었다. 덕망 있는 샌더즈가에서 눈에 넣어도 아프지 않을 귀여운 막내로 태어난 그녀는 온 가족의 넘치는 사랑을 받았으나 그것은 집안 내에 국한된 이야기였다.

시드가 처음 마을에 이사를 왔을 때, 레이븐의 주민들은 시골 사람들 특유의 강한 경계심을 보이며 외지에서 온 그와 거리를 두었다. 물론 긴장감 쌈 싸 먹는 시드의 특별한 친화력으로 그들의 두꺼운 벽을 깨고 친해지는 데까지 그리 오래 걸리지는 않았지만, 초반 한동안은 그조차도 투명인간 취급을 받으며 살아야 했던 시기가 있었다.

그러던 어느 날, 그는 미술 도구를 사러 마을에 나왔던 아멜리아를 보았다. 아니, 정확하게는 그녀와 스쳐 지나갔던 것이 전부였지만 곧이어 마을 청년들이 누군가에게 몹쓸 소리를 하는 것이 귀에 들어왔다.

"네가 마을엔 왜 온 거야, 해가 지고서야 돌아다니는 줄 알았는데 대낮에도 멀쩡하네?"

"여기엔 빗자루 타고 왔나? 마녀들은 빗자루를 어디에 두지? 너희에겐 말이랑 같은 거니까 마구간에 모셔 두던가?"

"심령현상, 너 재수 없으니 빨리 집에 가라."

하하하하, 듣기 거북한 모욕에 화가 난 시드가 뒤를 돌아보니 폭언을 듣는 상대는 조금 전 자신을 스쳐 지나간 사람이었다. 아직 어린 티를 벗어나지 못한 소녀는 차분한 색상이지만 고급스러운 옷을 입고 있었고, 크림색의 실크 리본이 달린 보닛을 쓴 모습이 인형처럼 귀여워서 눈여겨보았던 아가씨였다.

당황한 소녀가 움츠러드는 모습을 보자, 도저히 안 되겠다 싶어 그는 들고 있던 장바구니를 내려놓았다. 사과를 고르다 말고 그쪽으로 가려는 시드의 어깨를 청과물 가게의 주인이 잡았다.

"뭡니까?"

"……그냥 두게나."

"비겁한 새끼들이 무리 지어 여자아이를 놀리는 걸 그냥 지켜보라고요?"

분노한 시드가 버럭 소리를 지르자, 아가씨를 괴롭히던 청년들의 시선이 그에게로 옮겨졌다.

"이건 또 뭐야?"

"사리 분별 못 하는 놈이 누군가 했더니, 새로 이사 온 얼프길세."

"모르면 잠자코 구석에 처박혀 있어."

다수의 힘을 믿고 건들거리는 마을 청년들에게 시드가 경고했다.

"후회하는 일 생기기 전에 그 입들 닥쳐라."

"뭐라고? 이게 무서운 줄도 모르고!"

"함부로 끼어들지 말란 말이야!"

패기 넘치게 덤벼든 청년들은 곧 빙글빙글 웃으며 두들겨 패는 시드에게 혼쭐이 나야 했다. 마른 체격이라 우습게 보이기 쉬운 시드는 시비가 걸리는 일이 많아 의외로 주먹을 써야 했던 적이 꽤 있었다. 그가 체력 단련을 하다 재미가 붙어 시합에도 나간 적이 있는 경험 풍부한 아마추어 복서이기도 하다는 걸 청년들은 몰랐다.

영 엉성한 그들의 공격을 이리저리 피하며 급소만 공격하는 시드는 다른 이들에 비해 움직임이 적어 별로 지치지 않은 상태로 청년들의 정신을 쏙 빼 놓았고, 그즈음 아멜리아를 마중 나온 샌더즈가의 젊은 하인 쥴스까지 합세한 덕에 기세는 시드 쪽으로 확실하게 기울고 말았다.

수습되지 않는 상황에서 "우리 아가씨에게 찝쩍거리는 놈은 모두 바지를 벗겨서 나무에 거꾸로 매달아 두겠다."라는 쥴스의 협박까지 던져지자 그제야 사태를 파악한 청년들은 비겁한 자들의 명대사인 "어디 두고 보자."라는 말을 남기고 뿔뿔이 흩어졌다.

"무리 지어 있지 않으면 덤비지도 못하는 것들이 무서울 것 같아? 어디 언제 다시 보게 되는지 나야말로 두고 봐 주지!"

이마에 난 땀을 손등으로 닦으며 시드가 소리를 질렀다. 그 씩씩한 기세에 흠칫 놀란 젊은이들은 뒤도 보지 않고 꽁지가 빠져라 사라졌다. 앞머리에 맺힌 땀을 털기 위해 손을 올리려는 순간, 눈앞에 하얗고 고운 레이스 손수건이 내밀어졌다.

"이, 이걸로 닦으세요."

긴장한 표정의 소녀가 조심스레 내민 손수건을 바라보며 시드는 어딘가 간지러운 기분이 들었다. 손수건에서인지 소녀에게서 나는 건지 알 수 없는 맑은 꽃향기를 맡자니 조금 전까지 먼지 구덩이에서 뒹굴다시피 싸운 자신의 상태가 신경 쓰였다. 그는 조심스레 한 발자국 뒤로 물러나 말했다.

"이렇게 예쁜 손수건에 먼지투성이인 제 땀을 닦기가 아깝네요. 마음은 감사합니다만……."

부드럽게 거절하는 그의 한마디에 소녀가 손을 움직여 이마의 땀을 직접 닦아 주었다.

"아가씨!"

하인 청년이 나무라는 투로 말렸지만 소녀는 긴장되는지 필사적인 표정으로 꼴깍, 침을 한 번 삼키고는 "손수건이란 이럴 때 쓰기 위한 물건인 걸요."라며 그의 손에 손수건을 살며시 쥐여 주었다.

"그래요. 이미 닦아 더러워졌으니 빌리겠습니다. 고마워요."

"아니에요. 저야말로……, 감사합니다."

누가 도와줄 거라고는 생각도 못 했다는 듯 소녀는 뚫어져라 그의 얼굴을 바라보았다. 왜 그런 건지 몰랐던 시드는 의아한 표정으로 소녀를 바라보다가 발치께에 스케치북이 떨어진 것을 발견하고 집어 들었다.

"이걸 떨어뜨리셨어요."

"아."

소녀에게 내민 스케치북에서 스르륵, 몇 장의 그림이 흘러내렸다.

"어라. 이런, 죄송합니다."

바닥에 떨어진 종이들을 주워 먼지를 털던 그의 시선은 의도치 않게 종이 위의 그림에서 멈췄다.

"……."

목탄으로 그린 스케치들이었는데 하나같이 기묘한 그림들이었다. 그가 평소 보지 못했던 형상들을 마치 실존하는 것처럼 그려 둔 환상화들이었다. 땅에서 무릎 위만 나온 채 웃고 있는 신랑과 신부라든가 천장에 거꾸로 붙어 누군가의 은촛대를 훔치는 남자도 있었다. 그중에서도 시드의 시선을 끈 그림은 귀부인의 초상화에서 뻗어 나오는 두 개의 하얀 손이었다. 가느다란 손목에 보석 팔찌가 채워져 있어 이것이 그 귀부인의 것이라는 것을 추측할 수가 있었다.

엄청난 그림들이었다. 그리고 그는 이 소녀가 자신에게 꼭 필요한 사람이라는 것을 직감했다.

그림을 그린 사람이 소녀가 맞는지 확인하고 싶어 고개를 들어 바라보니, 그녀는 울 것 같은 표정으로 그림을 돌려받기 위해 손을 내밀고 있었다. 작은 손이 잘게 떨리고 있는 걸 보고 그는 깨달았다. 아무래도 이것이 이 귀여운 아가씨가 마을 사람들의 눈 밖에 난 이유일 거라는 걸.

"멋진 그림이네요. 저 이거 하나 살 수 있나요?"

예상외의 질문에 간격이 생겼다. 동그란 눈이 쉼 없이 깜박이다가 한참 후에야 "네?"라고 되묻는다.

"이게 가장 마음에 들어요. 꼭 가지고 싶은데, 얼마 정도면 팔아 주실 건가요?"

"……예?"

초상화에서 하얗고 가느다란 아스파라거스 같은 팔이 뻗어져 나오는 그림을 가리키며 가격을 묻자, 소녀는 이해하지 못한 듯 다시 멍한 표정을 지었다.

"이런 그림 좋아하거든요. 아, 너무 갑작스러운가? 여기, 제 명함입니다. 생각해 보시고 꼭 답변 주세요. 기다릴 테니."

'붉은 서재'라는 이름이 적힌 명함은 지난주에 그가 인쇄소가 있는 이웃의 큰 도시까지 나가 만들어 온 따끈따끈한 새것이었다. 첫 명함을 귀여운 소녀에게 주다니 운이 좋다고 생각하며 그는 자신의 이름을 밝혔다.

"시드니 크로프트. 시드라고 불러 주면 좋겠어요."

"저, 저는 아멜리아 샌더즈예요. 펴, 편하게 불러 주세요."

목과 어깨에 힘이 가득 들어간 채로 말까지 더듬으며 자신의 이름을 밝힌 소녀를 보고 시드는 활짝 웃었다.

"그럼 밀리라고 부를게요. 밀리, 시간 괜찮으시다면 목요일에 차 마시러 가게에 오겠어요?"

"아, 네, 네! 꼭 갈게요!"

흔들리던 소녀의 눈동자에 빛이 들었다. 활짝 피어나는 미소에 시드의 시원한 눈매도 같이 접혔다. 그렇게, 두 사람의 인연이 시작되었다.

소녀와의 첫 만남을 떠올리면 입가에 미소가 절로 지어졌다. 천성이 게으른 자신이 누군가의 불의에 참견한 것은 그날의 변덕이었다. 평소라면 귀찮다고 무시하고 지나쳤을 그였지만 그날만큼은 어쩐지 머리 끝을 잡아당기는 것 같은 기분이 들어 한 번 더 돌아보았고, 그 덕분에 작은 소녀와 만나게 되었다. 그것을 인연으로 친해지게 된 아멜리아는 지금 자신의 사업에서 상당히 중요한 부분을 차지하고 있었다.

"시드? 갑자기 왜 조용해졌어요?"

무언가 할 말이 있는 것 같던 시드가 침묵하자 어리둥절해진 아멜리아가 그를 불렀다.

"아냐. 내가 밀리를 만나서 운이 참 좋다고—."

"그게 무슨 말이에요, 갑자기."

엉뚱한 소리를 한다며 소녀가 웃었다.

"밀리, 그때 나에게 준 그림 기억나?"

"그림?"

"그래. 퍼트리샤 백작 부인의 초상화."

"아……, 네! 처음 만났을 때 드렸던."

"내가 한 말도 기억해?"

"시드가? 음— 뭐였더라. 아, 그건가요? 그 그림은 더 이상 가까이 하지 말라고 했던거?"

"그래. 그 약속 지키고 있지?"

"네. 그 그림을 소유한 윌리엄 씨의 허락으로 공공장소에서 전시되고 있다나 봐요. 지금은 교회 건물 안쪽 화랑에서 유료 전시 중이라고……."

"뭐 그 정도면 특별한 일 아니면 갈 일은 없겠네."

다행이라고 웃는 시드의 뒤에서 아멜리아가 의아한 표정을 지었다. 그 그림이 마음에 들어 갖고 싶다고 했던 사람이면서도, 그녀가 그 그림에 관해 이야기하는 걸 그리 좋아하지 않았다.

지난번에도 비슷한 말을 하기에 이유를 물었더니 당황하며 얼버무렸던 기억이 나, 이번 기회에 다시 한 번 물어봐도 좋을까 망설이다가 입을 열려고 하는 순간, 시드의 목소리가 들렸다.

"다 왔다."

"아!"

생각에 빠져 집에 도착하였는지도 몰랐던 아멜리아는 놀란 표정으로 고개를 들었다. 마부석에서 훌쩍 뛰어내린 시드가 손을 내밀어 소녀를 에스코트했다.

"현관까지 데려다주고 싶지만 그러면 너희 집사며 줄스가 쫓아 나와서 청소도 안 한 지저분한 마차에 소중한 아가씨를 태웠다고 엄청나게 잔소리할 테니까, 나는 여기서 도망갈게."

"그럴 리가 있나요. 저 혼자 나온 걸 뭐라고 하면 몰라도."

"그런가? 그러고 보니, 왜 혼자 왔지?"

"……신경 쓰이는 게 좀 있어서, 숲에도 들러 보고 겸사겸사 걸었어요. 졸음도 쫓을 겸."

"그러다가 아무 데서나 잠이 들까 걱정이야. 조심해야지."

"시드~ 그거 정말 그때 한 번뿐이었다니까요! 무, 물론 졸려서 좀 비틀대긴 했어도 전혀 문제없었다고요.”

누가 들으면 자주 있는 일인 줄 알겠다며 아멜리아가 억울한 표정을 지었다. 그 토라진 표정에 “그래, 그래.” 하고 장난스럽게 소녀의 모자를 푹 더 깊이 씌우고 토닥거리던 시드가 마차에 올랐다.

“새로 일 생기면 연락할 테니까, 그 전이라도 심심하면 놀러 와.”

“바래다줘서 고마워요!”

팔랑팔랑, 손을 흔든 아멜리아는 저택으로 발걸음을 옮겼다. 잠을 못 잤다더니 이리저리 비틀거리며 느리게 걷는 모습이 영 위태로웠다. 불안한 마음에 차마 떠나지 못하고 소녀가 집 안으로 들어가는 걸 확인한 뒤에야 시드는 마차를 움직였다.

본인은 극구 부정했지만 저 상태를 봐서는 아마도 현관문을 통과하는 대로 쓰러져 잠이 들 터였다. 소녀를 발견한 샌더즈가의 고용인들이 놀라 한바탕 소란을 일으킬 것을 생각하니 재빨리 튀기를 잘했다 싶어 웃음이 새어 나왔다.

이 웅장한 저택의 노집사는 평소에는 온화해도 한번 잔소리가 시작되면 끝을 모른다고 소문이 자자했다. 자신도 몇 번 당해 본 다음부터는 진저리를 치고 그를 피해 다녔는데, 아무리 아멜리아를 귀여워해도 제 발로 호랑이 입까지 걸어 들어가는 건 되도록이면 사양하고 싶었다. 도리에는 맞지 않지만, 아가씨를 현관 입구에서 좀 먼 곳에서 내려 주기를 잘했다고 생각하며 그는 기지개를 켰다.

“……누구지?”

샌더즈가의 사유지를 막 벗어난 지점에서 시드는 언덕 위에 서 있는 낯선 사람의 모습을 발견했다. 이 근방에서 보기 힘든 세련된 복장을 한, 검은 머리의 젊은 남자였다. 말을 타고 산책이라도 나왔는지 고삐를 쥐고 주변을 훑어보고 있었다.

느긋한 표정과 행동거지가 길을 잃은 사람으로는 보이지 않았지만, 어딘가 낯설고 신기한 듯 두리번거리고 있어서 잠시 놀러 온 이방인일 가능성이 커 보였다.

'이 근처에서 보기 힘든 타입이네.'

단정하게 빗어 넘긴 검은 머리에 셔츠의 단추도 끝까지 다 채운 깔끔함이 빈틈없는 인상을 주는 젊은 도련님이었다. 이 정도 거리면 아까 자신과 아멜리아도 보았을 테니 자신은 둘째 치고 아멜리아를 아는 사람이라면 분명 말을 걸었을 터였다. 몰려다니기 좋아하는 멍청한 동네 청년들이 가끔 소녀를 괴롭히기는 하지만 저 정도 차려입은 귀족 청년이 숙녀에게 그런 몰상식한 짓을 할 리도 없으니, 그가 조용히 있던 건 그저 서로 모르는 사이였기 때문이었을 거라고 시드는 생각했다. 어느 집에 손님이 온 건가 보다, 그렇게 생각하며 그는 마차를 몰았다.

산책할 겸 특별한 목적지도 없이 말을 타고 나온 알렉스는 곧 동네 지형이 그리 바뀌지 않았다는 걸 확인했다. 어릴 적 다니던 길들을 하나하나 되짚어 가며 추억에 젖어 있는데, 문득 자신이 애용하던 길이 생각나 기억을 더듬으며 말을 몰아 보니 커다란 저택이 보이는 언덕에 도착했다.

"저기는……, 샌더즈 하우스였나? 그런 이름이었던 것 같은데."

정중앙의 입구에는 철재로 만들어진 커다란 아치형 문이 자리했고 그 맨 윗부분에는 가문의 문장이 크게 달려 있어 그곳이 샌더즈가의 것임을 알렸다. 게이트 주변으로는 화려한 문양의 철재로 된 담이 둘리어 있고 그 사이를 통해 보이는 정원에는 짧게 다듬어진 잔디가 깔려 시야가 탁 트이도록 가꾸어져 있었다.

"여기 정원사는 편하겠네. 우리 집은 어머니가 화려하게 꾸미는 걸 좋아하셔서 철마다 고생이라고 하던데."

언덕 위에서 샌더즈 저택을 내려다보던 알렉스는 정원과 연결되는 입구에 낡은 마차 한 대가 멈추는 것을 보았다. 훔쳐보는 것이 예의에 어긋난 일이라는 건 알았지만, 혹시 아는 얼굴이라도 발견할까 싶어 마차에서 내리는 젊은 남녀의 모습을 응시하던 그는 그제야 소녀가 자신이 어릴 적 함께 놀던 아멜리아라는 걸 깨달았다.

반가운 마음에 언덕을 내려가려던 그는 곧 그녀와 함께 있는 청년이 밝게 웃으며 그녀의 모자를 만지다가 머리를 쓰다듬는 걸 보았다.

'이런.'

연인들의 밀회를 훔쳐본 것 같은 죄책감에 그는 내려가려던 것을 멈추었다. 사랑하는 사람을 두고 발걸음이 쉬이 떨어지지 않는지 현관까지 아주 천천히 걸어가는 아멜리아를 바라보며 가벼운 한숨을 쉬었다.

하긴, 그가 열아홉 살이니 그보다 세 살 어렸던 그녀는 벌써 열여섯 처녀가 되었을 거고, 그 나이 또래면 이미 사귀는 사람이 있을 수도 있었다. 옛날 기억만 떠올리며 무례하게 다가갔다가 큰 실수를 할 뻔했다며 반가움을 추스른 그는 천천히 말 머리를 돌려 집으로 돌아갔다.

그는 아멜리아와 놀던 어린 시절 추억에 빠져 마차를 몰던 청년이 자신을 바라보는 것을 눈치채지 못했다.

Vergiss mein nicht

나를 잊지 말아 주세요

"다녀오셨습니까. 산책하기 알맞은 날씨군요."

"응. 이 주변은 변한 게 별로 없네. 덕분에 길을 잃지는 않았어."

"변하지 않고 한결같아 좋은 것도 있답니다."

집사의 뼈 있는 말에 알렉스는 쓰게 웃었다. 알렉스가 너무 변한 것을 돌려 꼬집었다는 걸 눈치챘지만 모른 척하며 말고삐를 그에게 넘겼다.

"과수원 넘어 언덕 쪽으로 갔었어. 거기, 샌더즈 하우스가 있는 곳. 그곳도 변한 것이 없더군."

"그러셨군요. 다녀오시는 것은 좋지만 마님이 그리 반기지 않으실 테니 그 댁 이야기는 빼시는 걸 추천해 드립니다."

"무슨 일 있었나?"

샌더즈 가문과는 꽤 교류가 활발했다고 생각했는데, 라고 의아한 표정으로 묻자 집사가 허를 찔린 듯한 얼굴로 그를 바라보았다. 왜 저런 반응이지? 싶어 멀뚱히 그를 바라보자 곧 표정을 가다듬은 집사가

"도련님과 아가씨 문제로, 두 마님 사이가 조금 소원해지셨습니다."라고 일렀다.

"나? 내가 뭘?"

"……정말 기억이 나지 않으십니까?"

이 대답에는 집사 역시 조금 놀랐는지, 당황을 제대로 감추지 못했다.

"도련님께서 샌더즈가 사람들은 보고 싶지도 않다고 우셔서 요양차 온 가족이 두 달 베니스에 다녀오지 않으셨습니까."

"내가? ……베니스라면, 언제 적이지? 일곱……, 여덟 살?"

"그렇습니다. 여행에서 돌아오셔서 곧 기숙학교에 진학하셨고요. 이 마을에 있는 것조차 싫다고 하셨습니다."

"그랬나? 베니스 여행에서 돌아와 곧바로 학교에 입학한 건 기억이 나는데, 그런 일이 있었는지 도통 기억이 나질 않네."

"아마 고열로 며칠 시달리신 것이 원인이 아닐까 싶습니다."

"그런가……. 대체 무슨 일이 있었지? 미안하지만 설명을 좀 듣고 싶은데."

"저희도 잘은 모릅니다만……."

집사는 대충 그날 있었던 일 중 자신들이 목격한 것을 중심으로 설명했다. 큰 소리가 나서 달려가 본 곳에는 두 아이가 쓰러져 있었고, 하나는 고열, 하나는 손등에 커다란 상처를 입고 집안싸움이 났었다는 정도였다.

"그것이 아마도 아멜리아 님 때문이었을 거라는 걸 저희도 나중에 알게 되었습니다만, 그래도 마님은 모르시는 편이 나을 듯싶어 말씀드리지 않았습니다."

"아멜리아? 아멜리아가 왜?"

"……지나간 일이니 굳이 아시지 않으셔도 됩니다. 이제 괜찮으시다면 시간을 내셔서 아멜리아 님을 한번 만나 보시는 것도 좋지 않을까요? 옛이야기를 나누시면 분명 즐거울 겁니다."

"흐음, 그럴까……."

아멜리아와 자신의 사이에 무슨 일이 있었는지 정확하게 기억이 나지 않는 것이 좀 아쉬웠지만, 멀리서 본 그녀는 기억 속의 작은 여자 아이가 아니었다. 차를 마시며 지난 이야기를 나누는 것도 좋을 듯싶어 알렉스는 고개를 끄덕였다.

"그리고 이건, 조금 전에 도착한 초대장입니다."

"초대장이라고?"

알렉스가 레이븐에 도착한 것이 오늘 새벽이었다. 대체 어떻게 알고 그 앞으로 초대장이 오게 되었는지 신기해 "발신인은?" 하고 물어보니, 역시 어린 시절 함께 어울리던 친우 하워드에게서 온 것이었다.

"하워드는 지금 무얼 하지?"

"근방에서 학교를 졸업하고 지금은 가업을 이어받으셨습니다."

"……내가 온 걸 용케 알았네."

"아침에 도련님이 탄 마차를 본 사람들이 있으니까요. 이미 아실 분들은 아실 겁니다."

"좁아서 그런가, 소문이 빠르군."

"반가운 사람이 왔으니 빨리 맞이하고 싶으신 게지요."

봉투를 열어 내용을 확인해 보니 주말에 있을 티파티의 초대였다. 다른 참석자의 이야기가 없는 걸 봐서 자신이 아는 이는 하워드 외엔 없다고 생각해야 할 것 같았다. 그리 내키지는 않았지만 달리 할 일도 없는데 초대를 거절했다는 소문이 나는 것도 좋지 않을 듯해서, 그는 "가겠다고 답변해."라고 말한 뒤 초대장을 들고 홀 중앙 계단을 올랐다.

이 층에 있는 자신의 방으로 들어간 알렉스는 한참 더 초대장을 들여다보고, 조금 전 집사에게 들은 자신의 어린 시절 이야기를 되씹어 보았다.

"이 마을에 있는 것조차 싫어했다……?"

생각해 보면, 방학이 되어도 서머스쿨이니 클럽 활동이니 핑계를 대며 집에 내려올 생각을 잘 안 하기는 했다. 아주 어릴 때부터 그랬다는 건 기억이 났지만, 그것이 이곳이 싫어서였다는 건 의외였다. 사소한 이유로 토라진 뒤 너무 시간이 오래 흘러서 기억나지 않는 건 아닐까? 아이의 변덕일 수도 있었지만 앓아누운 뒤 베니스라니.

"그 베니스에서의 두 달이 단순한 휴가가 아니라 요양 여행이었다고?"

생각지도 못했던 정보에 머리가 혼란스러웠다. 의자에 걸터앉아 한동안 기억을 뒤져 보았지만, 그 당시에 무슨 일이 있었는지 남아 있지 않았다. 스스로 기억하지 못한다면, 같은 경험을 한 상대에게 물어보는 건 어떨까?

그는 초대장을 다시 봉투 안에 넣으며, 내일 할 일을 결정했다.

"아아, 오늘은 좀 잘 수 있겠다."

삼 일간 잠을 설친 아멜리아는 평소보다도 더 이른 시간에 잠옷을 갈아입고 잘 준비를 마쳤다. 나이트캡을 쓰고 크게 기지개를 켠 소녀는 침대에 들기 전 탁자에 놓아둔 스케치북을 펼쳐 보았다.

그곳에는 간단하게 형태만 잡힌 상아 오르골이 그려져 있었다. 소녀는 손이 더럽혀지는 것도 개의치 않은 채 옆에 두었던 필통에서 가느다란 목탄을 꺼내 쓱쓱, 그림을 더해 나갔다.

울지 않는 오르골과 쉬지 않고 우는 여인.

어떻게 그리면 좋을지 잠시 고개를 갸웃하기도 하면서 소녀는 손을 움직였다. 그림을 그리기를 십여 분, 어느 정도 만족할 만큼의 그림이 나왔는지 천천히 목탄을 내려놓았다.

"······."

아들에게 전해지면 오르골에 실려 있던 어머니는 우는 것을 멈출 수 있을까.

의뢰받은 물건들 대부분은 해결한 뒤의 일에 대해서 들을 수 없어서 아멜리아는 가끔 자신이 제대로 맞는 일을 한 것인지 걱정되고는 했다. 하지만 그걸 답해 줄 사람도 확인해 줄 사람도 없는 터라, 이런 일에는 언제나 어딘가 불편한 앙금이 남는다.

울음을 멈출 수 있으면 좋을 텐데. 그저 단 한 가지 확실한 건 아무리 오르골을 고쳐 놓아도 그것이 아들의 손에 무사히 닿기 전까지 어머니의 울음은 계속될 거라는 거였다.

스케치북을 팔락팔락 뒤로 넘겨 보니, 빈 페이지가 얼마 안 남았다. 새로 사야 하는구나, 라고 순수하게 놀라워하면서도 다른 한편으로는 마음이 무거웠다. 벌써 새것을 사야 할 만큼 많은 것을 본 거였다. 어떻게 보면 예전보다 요즘 페이지가 넘어가는 횟수가 더 빨라진 것 같기도 했다.

'아무래도 시드의 의뢰 일을 맡고부터 부쩍 는 것 같아.'

시드를 만나고 2년 정도의 시간이 흘렀다. 첫 만남에서부터 아멜리아의 능력을 알아본 시드는 그녀에게 일을 의뢰하기 시작했다. 주로 골동품에 관련된 감정이었는데, 오래된 물건의 원주인에게서 정확한 제작 시기를 추정하고 그것이 진품인지 위조품인지를 판단하거나 가끔은 상아 오르골처럼 사연 있는 물건의 저주를 푸는 걸 돕기도 했다.

작은 시골 마을에 살면 생각보다 그리 새로운 것들을 경험할 일이 많지 않은 편인데, 요즘은……. 일 년에 한 권 다 쓸까 말까 하던 스케치북을 분기별로 갈고 있다는 생각이 들었다. 시드의 골동품점이 사연 있는 물건들의 문제를 해결해 주기도 한다는 소문에 요즘은 먼 곳에서부터도 의뢰인이 찾아오는 것 같았다.

시드가 주는 일은 대부분 아멜리아만이 해결할 수 있는 일이었다.

한 건 해결할 때마다 아쉽지 않은 보수를 줘서 근 2년간 일한 금액이 그녀의 개인 계좌에 차곡차곡 쌓이고 있었다. 그러나 아멜리아는 이 돈에 손을 대 본 적이 없었다. 아니, 대 볼 필요가 없었다고 말하는 것이 더 정확했다. 그녀에게 필요한 물건은 전부 샌더즈가에서 아낌없이 지원해 주는 터라 매달 그녀 앞으로 따로 나오는 용돈까지 가지고 있다 보면 시드가 넣어 주는 월급은 정말 쓸 곳이 없었다.

돈이 아쉬워서 시작한 일은 아니었다. 그의 제안에 순수한 호기심이 생겨 시작한 일이다 보니 안타까운 사연들이 연이어 들려와 발을 뺄 수가 없었다. 그러나 일을 접한 지 2년이 되는 최근 아멜리아는 다른 생각이 들기 시작했다.

자신은 정말 이 일에서 손을 놓고 싶은가? 언젠가 이것으로 충분하다며 깨끗하게 물러날 수 있을까? 그 점이, 소녀에게 진정한 문제점으로 다가오고 있었다.

손을 닦고 돌아온 아멜리아는 조용히 스케치북을 서랍 속으로 치웠다.

오랜만에 돌아온 집이어서 그런지 아니면 잠자리가 바뀐 탓이어서인지 알렉스는 쉽게 잠이 들지 못했다. 일부러 늦게까지 책을 읽다가 자리에 누웠지만 잠이 들 즈음이면 퍼뜩 정신이 돌아오고 다시 정신이 좀 노곤하게 녹을 즈음이면 흠칫 몸이 경련해서 그를 깨웠다.

"아, 이런—."

그는 누워 있던 몸을 일으키고 양손으로 얼굴을 덮었다. 자신이 꽤 예민한 타입이라는 건 잘 알고 있었다. 간혹 신경질적일 정도로 주변 환경이 바뀐 것을 민감하게 받아들이는 경우가 있어, 이번에도 역시 그것의 연장선일 거라고 생각했다.

자리를 옮기면 그곳에 익숙해지기까지 보통 이틀 정도 걸리던 걸 생각하고 그는 램프를 켜고 침대 사이드 테이블에 두었던 책을 집어 들었다.

의미 없이 몇 장을 뒤적거리던 알렉스는 문득, 낮에 집사에게서 들은 이야기를 떠올렸다.

어린 시절 그와 아멜리아가 저지른 사고는 대체 무엇이었을까. 정신적 충격이 컸는지 며칠간 고열에 시달리고 두 달이나 휴양지에 다녀와야 할 정도로 후유증이 있었다는데 왜 기억하지 못하는 건지 알 수가 없었다.

떠오르지 않는 미스터리에 대해 곰곰이 생각하는 동안 문득 알렉스는 한기가 드는 기분이 들었다. 6월 말, 아무리 낮과 밤의 기온차가 크게 벌어지는 시기라지만 이렇게까지 추울 수 있는 걸까, 하고 고개를 들다 문득 등줄기에 차가운 소름이 돋는 기분에 들고 있던 책을 떨어뜨렸다.

"헉……!"

기분 나쁜 감각이었다. 무슨 일이 있었는지는 기억나지 않지만 그때 느꼈던 몸의 반응만큼은 고스란히 돌아온 것 같은 느낌.

그는 떨어진 책을 주울 생각도 못 하고 냉큼 침대에 누워 이불을 뒤집어썼다. 몸을 웅크린 채 절대 뜨지 않겠다는 듯 눈을 꼭 감았다. 망했다고 그는 탄식했다.

언제나 지적이며 우아하다는 평을 받는 천하의 알렉스 멜포드가 세상에서 가장 싫어하는 것. 그것은 바로 괴담이었다.

샌더즈가의 아침은 이른 시간에 시작된다. 그녀의 어머니는 하녀를 시켜 가족들의 아침 식사 시간을 훌쩍 넘겨서도 일어나지 못하는 아멜리아를 몇 번이고 깨워 보았다. 그러나 일으켜 세워 놓아도 곧 힘없이 늘어지는 녹인 마시멜로 같은 소녀를 아무도 깨우지 못하자 결국 그대로 자게 내버려 두어야 했다.

소녀가 눈을 뜬 건 아버지와 오빠들이 출근하고도 한참 후인 열한 시경이었다.

"후아아아―."

삼 일 치 수면치고는 부족했지만, 그래도 어느 정도 피로는 풀린 듯싶었다. 쭉쭉 몸을 늘리는 스트레칭을 하고 자리에서 일어난 소녀는 세수하며 자신의 얼굴을 살폈다.

제가 봐도 하얗고 아기 같은 얼굴이었다. 동그란 눈에 이목구비가 그리 크지 않아 어딘가 인상이 흐린 것 같기도 하고, 나이트캡을 사용해도 자고 일어나면 곱슬머리가 다 엉켜 있어서 아침에 특히 볼만했다. 열여섯이나 되었는데도 오빠들은 귀엽다는 소리만 했는데, 성숙하다든가 여성스럽다는 단어와는 항상 거리가 먼 평가였다.

아니 무엇보다도, 오빠들의 '귀엽다'의 기준이 너무 콩깍지 수준이라 그들의 의견은 신뢰도가 바닥을 쳤다. 그들은 아멜리아가 진흙에서 구르고 돌아와도 눈치 못 채고 귀여워할 정도로 상태가 심각했으니까.

늦은 단장을 마치고 거실로 내려가니 차를 마시던 어머니가 소녀를 노려봤다.

"아멜리아, 대체 밤늦게까지 뭘 했기에 아버지 출근하시는 시간까지도 못 일어나! 몸가짐을 단정히 해야 할 아가씨가 늦잠이 무슨 말이니."

"죄송해요, 엄마. 어제 일찍 잤는데…… 흐아암."

"그렇게 매너 조심하라고 말했는데, 안 되겠다. 일단 식사를 하고 오려무나! 이야기는 식사 끝내고 하자. 너 때문에 치우지도 못하고 기다리는 하인들에게도 사과하고."

"네에―."

야단맞을 건 알고 있었지만, 계단 바로 밑에서 어머니가 벼르고 계실 줄은 몰랐던 아멜리아는 풀이 죽은 채 식당으로 갔다.

"늦으셨습니다."

집사는 이미 다른 일과를 처리하러 갔는지 소녀의 아침 시중을 드는 것은 샌더즈 하우스의 풋맨인 쥴스였다.

"기다리게 해서 미안해요……."

"아닙니다. 앉으시죠."

소녀가 앉을 수 있게 의자를 당겨 준 쥴스는 준비해 두었던 식사를 가져다주었다. 소녀가 식사하는 타이밍을 재며 눈치 있게 차를 따르던 그는 문득 생각난 듯 아멜리아를 바라보았다.

"왜?"

"……멜포드가의 도련님이 돌아오신 건 알고 계십니까?"

"멜포드?"

잘 익힌 토마토를 우물거리던 소녀가 움직임을 딱 멈췄다.

"거기 도련님이라면 알렉스잖아. 알렉스가 왔다고?"

"네. 어제 오셨다고 합니다. 덕분에 마을이 좀 시끄러웠습니다. 다들 호기심이 많아 가지고."

"그렇구나. 정말 오랜만에 오는 거네."

소녀는 그리 관심이 없는지 그 말만 한 뒤 토스트에 잼과 버터를 가득 바르기 시작했다.

"지금이 몇 시인지 아십니까?"

"저기, 쥴스. 늦게 나와서 정말 미안해요……. 반성하고 있어요."

"그 이야기를 하는 것이 아닙니다. 지금은 열두 시입니다, 아가씨."

"네……, 다들 바쁘게 점심을 준비해야 하는 시간이에요. 제가 죽을 죄를 지었습니다."

"열한 시경 알렉스 도련님이 방문하셨습니다."

"쿨럭."

갑자기 놀란 탓에 사레가 들린 아멜리아를 무표정하게 내려다보던 쥴스는 기침을 하는 자신의 아가씨에게 찻잔을 내밀었다.

"응, 고마, 앗 뜨거!"

"……죄송합니다. 물을 드시죠."

고의적임이 분명한 쥴스의 선택에 아멜리아는 '앞으로 쥴스를 화나게 할 일은 절대 하지 말아야겠다.'라고 마음에 다시 새겼다.

"알렉스? 멜포드가의 그 알렉스가 우리 집에? 왜?"

"저도 그게 궁금합니다. 아침 일찍 서신도 없이 방문하셔서, 아가씨를 뵙고 싶다는 상당히 무례한 청을 하셨거든요."

"나를?"

점점 더 커지는 눈으로 쥴스를 바라보지만 그렇게 봐도 나 역시 아는 것이 없습니다, 라는 시큰둥한 표정으로 갈색 머리 하인은 어깨를 으쓱했다.

"오히려 저희가 아가씨께 연유를 묻고 싶을 정도입니다만."

"그래서 쥴스가 기다리고 있었던 거야? 어째 이상하다 했어, 사라가 시중을 들 줄 알았는데……."

"저런, 아가씨께서 차가 부족하신가 봅니다."

"아니에요. 쥴스가 나를 기다려 줘서…… 와아……, 너무 좋아……."

쥴스의 냉랭한 기운에 죄인은 그저 작아질 뿐이었다. 다음부터는 잠을 못 자도 아침밥은 먹어야겠다고 아멜리아는 결심했다. 그나저나, 알렉스라니.

"난 알렉스, 그때 이후로 못 봤는데……. 왜 찾아온 걸까?"

"저도 그분 생각을 모르겠습니다. 아침 산책 나오신 김에 들르신 것 같은 모습이었습니다만 운 나쁘게도 마님께 딱 걸려서."

"어머니한테?"

"예. 아멜리아 아가씨를 뵙고 싶다고 하시자 마님이 진노하셔서 그냥 돌아가셨습니다.”

“저런…….”

하필이면 어머니에게, 하필이면 알렉스가 딱 걸렸으니 소란이 생겼을 것은 안 봐도 뻔했다. 경중의 차이가 있다 해도 샌더즈가 사람들은 대체로 멜포드가 사람들을 그다지 좋아하는 편이 아니었다. 그중에서도 아멜리아의 어머니인 다이안 샌더즈 여사는 십 년이 넘게 멜포드가 저택이 있는 쪽을 향해서는 웃지도 않는다는 소문이 날 정도로 알렉스네 가족을 싫어하는 사람이었다.

“하필 어머니에게……. 그랬다면 용건이고 뭐고 입을 열 시간도 없었을 텐데.”

“그렇죠. 바로 쫓겨나셨습니다. 황당해하시더군요.”

“……황당해했다고? 그건 조금…….”

“젊은 신사분이 뭔가 잘못 알고 계시는 것 같았습니다.”

답답하게도, 라고 쥴스가 비아냥거린다. 이 사달이 난 건 전부 멜포드가 도련님 탓이라고 믿어 의심치 않는 샌더즈가의 하인다운 발상이었다.

“아니, 쥴스. 그렇게 말할 필요는…….”

“다짜고짜 찾아와서 만나고 싶다고 하면 냉큼 뜻대로 하십시오, 할 줄 알았나 봅니다.”

“…….”

아멜리아는 자신의 식사 시중을 들고 있는 쥴스를 힐긋 바라보았다. 평온한 표정이지만 눈썹이 살짝 구겨진 것이, 아무래도 있는 대로 짜증이 난 듯싶었다. 그는 딱 부러지는 인상의 호청년으로 지적인 분위기가 있어 다른 귀족들도 샌더즈가의 풋맨을 탐낸다는 소문이 날 정도지만, 저 쿨한 외모 아래에 불같은 성격이 있다는 건 아무도 몰랐다. 덤벼 오는 싸움은 피하기는커녕 늘 정면으로 도발했고, 불의의 상황을 보면 형형한 분노를 표출했다. 바로 지금처럼.

"무슨 일로 왔을까……."

힐긋, 줄스를 훔쳐보며 소녀가 중얼거리자 "연락하실 생각일랑 마십시오."라며 노려봤다.

아니 그래도, 이쪽에서 다가가지 않으면 왜 왔었는지 영원히 알 수 없잖아? 소녀는 버섯을 우물거리며 알렉스의 방문 목적을 곱씹었다.

알렉스 멜포드는 어릴 적 아멜리아의 약혼자였다. 다섯 살 소녀의 약혼자였으니 당연하다면 당연하게 정식으로 혼담이 오간 것은 아니었고, 부모님들의 가벼운 놀이 기분으로 이루어진 구두 혼약이었다.

두 아이는 알렉스의 이모 멜라니의 결혼식에서 신부의 트레일을 따라 걸으며 꽃을 뿌리는 아기 들러리를 서며 처음 만났다. 결혼식에 참석한 사람들은 행사의 마스코트가 된 귀여운 커플에 열광했고, 흐뭇해진 양가 부모들은 그 기세를 몰아 "크면 둘이 결혼시켜도 좋겠네요."라는 이야기를 나눴던 것이 시작이었다.

초반에는 정말로 인형 놀이를 하는 기분이 전부였는데, 어른들이 뭐라 하든 관계없이 알렉스와 아멜리아는 꽤 사이가 좋아 자주 함께 놀았다. 서로의 집이 그리 멀지 않은 곳에 있다는 것도 소꿉친구의 조건에 딱 들어맞아서 두 아이는 거의 매일같이 서로를 찾았다.

'그 일이 있기 전까지는, 말이지.'

두 아이가 벌인 소동으로 양가의 어른들 사이까지 벌어져서, 결국 십 년이 넘게 왕래가 없었다. 상당히 가까이 살면서도 양쪽 다 상대방을 없는 사람 취급하며 살았던 터라 알렉스의 방문 소식은 아멜리아에게도 상당히 의외였다.

식사를 마친 아멜리아는 가벼운 외출복 차림으로 갈아입고 산책하러 나갈 준비를 했다. 긴 곱슬머리는 새틴 리본으로 하나로 묶어 정리한 뒤, 레이스 장갑을 끼고 가벼운 양산을 챙겨 들었다. 서랍 속에 넣어 두었던 스케치북도 꺼내 들고 외출을 했다.

사실상 어머니가 잠시 자리를 비운 사이에 잔소리를 피해 도망 나왔다고 하는 것이 더 옳았다. 알렉스의 방문에 어머니가 화를 낸 것이 맞는다면 늦게 일어난 것과 합해져 심상치 않은 강도의 훈계가 예견되었기 때문이다.

조용히 현관문을 빠져나오던 아멜리아에게 정원사가 큰 소리로 인사를 하는 바람에 소녀는 심장이 떨어질 것 같이 놀라 재빠르게 줄행랑을 쳐야 했다.

"헉, ……허억."

누군가가 봤다면 숙녀가 그렇게 달리면 안 된다고 한바탕 잔소리를 들었겠지만, 다행히 숲 속에는 아무도 보는 사람이 없었다. 어깨로 숨을 내쉬는 양 크게 들썩이던 소녀가 앞을 내다보았다. 집에서 조금 떨어진 작은 숲에는 인적이 드물었다. 탁 트인 평야와 연결되어 있어 그녀가 어릴 적부터 자주 놀던 곳이었다.

아멜리아는 찾는 것이 있는 사람처럼 망설임 없이 숲 안으로 걸어 들어가, 커다란 오동나무가 있는 위치까지 가서 두리번거렸다. 빽빽하게 자란 나무 사이에 자연적인 공터가 조성된 곳인데 유독 이곳만 빛도 잘 들어 꽃이 많이 피는 공간이었다. 오동나무를 중심으로 넓게 풀들이 자라 있어 아이들이 놀기에도 안성맞춤인 공터였다.

이곳은 예전에 알렉스와 자주 놀던 장소이기도 했다. 그가 집까지 찾아왔다가 쫓겨났다는 소리를 듣고 아멜리아는 바로 이곳을 떠올렸다. 만에 하나 알렉스가 정말로 소녀를 만날 생각이 있다면 어쩌면 이곳으로 왔을지도 모른다는 생각을……, 했는데.

"역시 아닌가?"

공터에 알렉스의 모습은 없었다. 아무래도 과거의 추억에 젖어 있던 건 아멜리아뿐인지도 몰랐다.

사방을 두리번거리다 실망한 표정으로 나무 밑동에 걸터앉은 소녀는 아무도 없다는 해방감에 다리를 쭉 뻗었다. 나무에 몸을 기대고 주변을 돌아보았다. 바람에 흔들리는 나무의 소리, 작은 새들의 지저귐을 빼면 사방은 고요했다. 그리 따갑지 않은 햇볕이 공터 근처를 중심으로 둥글게 퍼졌다. 쭉 뻗은 발등이며 펼쳐진 스커트 자락이 따끈해지니 부드럽게 몸의 긴장이 풀리는 기분이 들었다. 그렇게 자고도 아직 부족했었는지, 등을 댄 부분부터 오동나무의 호흡이 스며드는 것 같이 느껴져 기분이 좋아진 소녀는 살며시 눈을 감은 채 그대로 오수에 빠졌다.

아멜리아가 낮잠에 빠져들던 공터에 바삭거리는 풀 밟는 소리가 들린 것은 그로부터 시간이 좀 흐른 뒤였다. 예전 기억을 더듬어 공터를 찾아온 알렉스는 그곳에서 잠들어 있는 소녀를 발견하고 깜짝 놀랐다.

"아멜리아?"

묶어 둔 리본이 풀어졌는지 긴 곱슬머리가 어깨를 타고 흘러내려 헝클어진 채 소녀는 나무에 기대 잠이 들어 있었다. 고개가 불편한 자세로 기울어져 쓰러질 것만 같은 위태로운 상태였지만 알렉스는 그녀를 깨워야 할지 바로 앉혀 줘야 할지 판단이 서지 않아 어쩔 줄 몰라 했다.

스스럼없이 다른 집 아가씨의 몸에 손을 댈 수도 없는 터라 우왕좌왕 바라보고 있을 때, 소녀가 눈을 떴다.

"어……."

"꺄악―!"

"으아악!"

놀란 나머지 그도 같이 소리를 지르자, 그 비명에 다시 놀란 소녀가 번개같이 몸을 일으키더니 어디론가 도망가려고 허둥댔다. 당황한 알렉스가 그녀의 손목을 잡으며 소리쳤다.

"아멜리아! 나야, 나."

손목까지 잡혀 더 하얗게 질려 있던 소녀가 자신의 이름을 듣고 멈칫, 움직임을 멈췄다. 입을 벌린 채 눈을 크게 뜨고 한참 동안 청년을 바라보더니 "알렉스?"라고 물었다.

"응, 나야. 깨워서 미안."

"아……, 난 또. 놀랐잖아……."

멋쩍은 듯 웃는 청년을 올려다보던 아멜리아는 진심으로 안도했다는 듯 스르르 그 자리에 주저앉았다.

"어엇—."

소녀가 힘을 잃고 쓰러지자 그 손목을 잡고 있던 알렉스의 무게 중심도 흔들렸다. 잡았던 손을 놓으며 풀썩 뒤로 주저앉자 제 실수를 깨달은 소녀가 당황하며 "미안해!"라고 사과했다.

"아냐, 아— 그래도 다행이다. 어떻게 말을 걸어야 할까 고민하느라 나도 정신이 없었거든."

"……."

소녀의 얼굴이 새빨개졌다. 아무리 소꿉친구라지만 십 년이 지나 만나는 사이인데 재회의 장면이 낮잠을 자다가 놀라 소리를 지르는 거라니. 그렇지. 낮잠……, 잠깐만.

더듬더듬 제 머리 상태를 만져 본 아멜리아는 그제야 자신의 뒤통수가 나무에 쓸려 엉망으로 엉켜 버렸다는 걸 깨달았다. 순식간에 얼굴에 피가 몰리는 기분이 들었다. 이제는 차마 비명도 못 지르고 머리통을 움켜쥔 채 후다닥 등을 돌린 소녀를 보며 알렉스는 고개를 갸웃했다.

'예전 기억이 잘 나지 않아서 어떤 아이였는지 거의 떠오르질 않았는데, 이런 성격이었나.'

허술하다는 것이 첫인상이었다. 누가 올지 모르는 숲에서 무방비하게 잠이 든 것만 봐도 아찔하고, 아무리 잔디가 있다지만 맨땅에 손수건도 깔지 않고 앉아 있는 것이 그가 평소 알던 아가씨들과 너무 달라 이래도 괜찮은지 당황스러울 정도였다. 비뚤어진 머리 리본은 세로로 돌아가 있고 그 와중에 산발이 된 머리를 어떻게든 수습하려고 허둥대는 작은 등을 보고 있으려니…….

"하하하핫!"

청년의 시원한 웃음소리에 흠칫 놀란 아멜리아가 울상이 되어 그를 돌아보았다. 그 모습이 먹이를 빼앗긴 다람쥐 같아 보여 그는 배를 잡았다.

"웃지 마, 진짜—!"

머리 감추랴, 작은 주먹을 쥐고 분노를 표출하랴 바쁜 아멜리아와 바닥에 주저앉은 김에 아예 옆으로 쓰러져 잔디 위를 굴러 버린 알렉스는 결국 서로의 꼴을 보며 부들부들 떨다가 웃음이 터졌다.

"아하하. 난 몰라."

"푸하핫."

십 년. 다시 만날 땐 꼭 어른스러운 모습을 보여 줘야지 하고 생각하던 상대와의 재회는 예상을 크게 어긋났다. 멋진 모습은커녕 볼썽사나운 비밀을 공유하게 된 두 사람은 허탈하게 웃었다. 웃음이 잦아든 후에는 조금 떨어져 앉은 채로 나무 기둥에 등을 대고 "망했어.", "그러게." 같은 말을 주고받았다.

"아침에 우리 집에 왔었다며. 몰랐어."

"꽤 큰소리가 났었을 텐데 못 들었어? 네 어머니 엄청 화내셨거든."

"……그게, 그때 정신없이 자느라……."

"큭큭큭……."

더는 되돌릴 곳 없는 망신 일직선이었다. 하필 늦잠을 잔 날 찾아올 건 또 뭐람.

졸지에 화려한 잠꾸러기 인증식을 마친 아멜리아는 양손으로 빨갛게 된 볼을 감싸며 울 것 같은 표정을 다스려야 했다. 숙녀다운 모습은커녕, 이래서는 집에 가서 이상한 애로 자랐다고 흉이나 보지 않기를 빌어야만 했다.

'멜포드가에서는 더 떨어질 평판도 없을 테지만…….'

한숨을 쉬며 알렉스를 힐긋 바라보았다. 그는 단정하고 차가운 인상의 청년이었다. 시원한 콧날에 총명해 보이는 눈매가 수재라는 느낌을 주었고, 안경을 써도 어울릴 것 같았다. 명문 대학에 진학했다는 말을 들었으니 아마 겉으로 보이는 모습뿐만이 아니라 정말로 머리도 좋을 터였다. 조금 전 잔디 위를 굴러서인지 빗어 넘긴 앞머리가 살짝 헝클어졌지만 지적인 분위기를 느낄 수 있는 세련된 신사라는 인상은 여전했다.

"오늘 너희 집에 너무 충동적으로 찾아가긴 했는데, 어머니가 그렇게까지 놀라실 줄은 몰랐어. 내가 이름을 대자 얼마나 놀라시던지 곧 쓰러질 것 같더라고."

"그거야, 알렉스가 왔으니까……."

우물대며 소녀가 대답했다. 알렉스 멜포드가 11년 만에 갑자기 나타나 통성명을 하고 아멜리아를 찾았다면 어머니가 아니라 오빠들 반응도 비슷했을 것이었다. 하인들까지 저렇게 맹렬하게 비난할 줄은 몰랐지만.

"역시 그런 건가?"

"응?"

"나, 십 년 전에 너에게 무슨 나쁜 짓 했어?"

"뭐라고?"

너무 놀란 나머지 알렉스 쪽으로 몸을 길게 뺐다. 엉망인 머리 상태를 보이지 않으려고 부러 떨어져 앉아 있었다는 것도 잊은 채 놀란 표정으로 청년을 응시하니 그도 당황했는지 "아니야?"라고 되물었다.

"알렉스, 기억 못 해?"

"어……, 그게. 음. 왜인지는 모르겠지만……."

둘이 함께 놀던 건 기억나지만 헤어지게 된 사건은 전혀 기억이 나지 않는다고 그가 설명하자 아멜리아의 표정이 묘하게 변했다.

"여, 여튼 그 일 이후로 두 집안은 견원지간이 되어서…… 찾아오는 건 아마 힘들 거야."

양측에서는 이제 하인들마저 교류가 없다는 말을 듣고 기가 막혀 하던 알렉스가 "정말 그게 문제가 될 거라 생각해?"라고 물었다.

"뭐가?"

"내가 너에게 나쁜 짓 한 것도 아니고, 너도 일부러 나에게 뭔가 하지 않았다면, 굳이 우리 둘이 얼굴도 못 볼 사이로 지낼 필요는 없잖아?"

"아니, 그니까 지금 문제가 전부 알렉스랑 내가 시작해서……."

"무책임한 말일지도 모르지만 말이지, 기억 안 나. 모르겠어. 기억난다 치더라도 11년 전 이야기야. 여덟 살 꼬맹이 시절 이야기고. 이쯤 되면 털고 지나갈 수도 있을 때인 것 같은데."

"난 그 반대라고 생각해. 무려 11년간이나 사이가 나빴는데……, 쉽지 않을 거야."

"그런가. 내가 떨어져 살다 돌아와서 너무 쉽게 생각하는 걸 수도 있겠군. 매일 곁에서 살던 사람들과는 또 기분이 다를 테니."

어딘가 지친 듯한 표정으로 알렉스가 고개를 끄덕였다. 사람의 묵은 감정을 칼로 자르듯 단숨에 뒤집을 수 없다는 건 그도 알았지만, 집에 돌아오고서야 여덟 살 자신 때문에 양 집안이 척을 졌다는 사실을 알게 되었다. 철없는 아이였다는 변명만으로 끝내는 것이 아니라, 알게 된 이상 뭐라도 해야 하지 않을까 생각했었다. 그래서 화해하려고 아멜리아를 찾았던 거였는데…….

거기까지 생각난 알렉스는 그제야, 자신이 샌더즈가를 방문했던 정확한 이유를 깨달았다.

"아멜리아, 이거."

"응?"

"주말에 티파티 초대를 받았는데, 같이 안 갈래?"

"나랑?"

"그게 방문 목적이었는데 어머니 뵙고 놀라서 말도 못 꺼냈어."

"……."

한층 더 모호한 표정이 된 아멜리아가 선뜻 대답하지 못하고 알렉스를 바라보았다. 소녀가 왜 저런 표정을 하는지 몰라 당황한 청년이 "혹시 같이 어울리는 거 어른들이 싫어하신다면—"까지 말을 꺼내자, 소녀는 재빨리 고개를 저었다.

"그, 알렉스는 레이븐을 떠나 있어서 모르는 게 있어. 양 집안 문제만이 아니라……."

"무슨 문제가 또 있어?"

"집안 문제를 떠나서라도 나랑 엮이면 그리 좋은 소리 못 들을 거야."

"좋은 소리를 못 듣는다니?"

이제는 거의 울 것 같은 얼굴이 된 소녀가 "나……, 친구가 없어. 파티에 데려가면 아마 알렉스를 곤경에 처하게 할 거야."라고 작은 소리로 고백했다.

이게 무슨 소리야, 대체.

알렉스는 방금 들은 말을 되풀이해서 분석하며 그 의미를 이해해 보려고 애썼다.

"왜 친구가 없는데?"

"……나랑 있으면 기분 나쁘대."

"누가 그래?"

"다들."

"……뭐라고?"

이건 또 뭐라는 걸까. 알렉스는 제게서 도망가듯 조금 떨어진 곳으로 옮겨 앉은 소녀를 다시 바라보았다. 열여섯이라지만 숙녀라기보다는 소녀 같고, 그보다도 아직 어딘가 아기 같은 느낌이 남아 있는 하얗고 말간 얼굴에 동그란 눈. 웅크린 모습이 작은 설치류 같은 인상이었다.

아직 하는 행동도 말도 어리기만 해서 알렉스는 귀여운 여동생을 얻은 것 같은 기분이었는데, 이런 무해에 가까운 인상의 소녀에게 기분 나쁘다고 말하는 사람이 있다는 것은 충격이었다.

"대체 왜 그런 말을 해? ⋯⋯아, 정말 모르겠네. 너무 오래 떨어져 살았나. 지금 이해가 안 가는 게 한두 가지가 아니야."

잘 빗어 놓은 머리를 손으로 헝클며 그가 말했다.

"직접 경험하기 전까지 다른 사람의 평가는 잘 안 믿는 편이야. 어떤 연유에서 그런 소리를 들었는지 모르겠지만, 간단하게 생각해 줬으면 좋겠어. 난 파티 초대를 한 거고 넌 거기 답변을 해 주면 돼."

"⋯⋯."

"그리고 나야말로 지금 레이븐에는 친구가 전혀 없어서 에스코트할 숙녀도 없이 가게 생겼다는 것만 추가로 밝혀 둘게."

소녀가 망설이는 표정을 보이자 알렉스가 한쪽 눈썹을 슬쩍 올리고 대답을 요구했다. 그 말에 무언가 말을 하려던 아멜리아가 입술을 꼭 깨물었다. 조금 뒤, 끄덕끄덕, 작은 머리가 끄덕여졌다.

"고마워, 토요일 열한 시경에 갈게."

"으, 응. 저기, 혹시 현관 말고 정문에서 기다려도 돼?"

"네가 그걸 원한다면 그렇게 하지. 그럼 토요일에 보자."

청년이 작별 인사를 위해 손을 내밀었다. 두 사람 다 맨바닥에 앉아 있었기 때문에 그는 머뭇거리다 자신의 셔츠에 손을 닦고 다시 내밀었다. 사교계에서 만난 어색한 사이가 아닌, 소꿉친구이니 할 수 있는 악수였다. 우정의 표시. 그 손을 물끄러미 바라보던 아멜리아가 자신의 오른손을 들어 가볍게 악수했다. 마주 잡아 오는 손에 레이스 장갑이 끼워져 있는 걸 보고 그는 잠시 의외라는 표정을 지었지만 곧 작은 손을 단단히 잡았다. 그의 손은 소녀의 손보다 한참 더 크고, 조금 더 따뜻했다.

"⋯⋯안녕."

먼지를 털면서 멀어지는 알렉스의 뒷모습을 보며 소녀는 옅은 한숨을 내쉬었다. 두 사람이 함께하면 분명 엄청난 시선을 받을 텐데. 두 집안의 아이들이 함께 있는 것만으로도 양가는 물론이요, 온 마을이 뒤집힐 일인 데다가 자신이 파티에 참석하면 어떤 곤란한 상황이 벌어질지 몰랐다.

지금은 괜찮다고 해도 파티에서 타인들의 안 좋은 시선을 경험하고 나면 두 집안을 화해하게 하고 싶다는 그의 생각은 낙엽처럼 멀리 날아갈 수도 있었다.

백번 양보해서 그가 그런 생각을 하지 않는 사람이라 하더라도.

"나랑 같이 있으면 '그걸' 또 보게 될 텐데."

소녀는 무릎을 껴안으며 우울한 목소리로 중얼거렸다.

무슨 일이 있었는지 알지 못하는 알렉스와 달리 아멜리아는 그때의 일을 모두 기억하고 있었다. 그래서 알았다. 그가 '그들'을 끔찍이도 두려워한다는 걸. 그리고 그가 기억을 잃은 이유는 아마도, 그것을 떠올리고 싶지 않아서였을 거라는 것도.

"괜히 간다고 했나……."

자신이 괜한 욕심을 부린 건 아닌가, 벌써 걱정이 되는 아멜리아였다.

오후가 되어 조용히 집에 돌아온 아멜리아는 옷장을 열고 토요일에 입을 드레스를 고르고 있었다. 사교 모임에 나가는 일이 거의 없었기 때문에 최근 유행이 무엇인지도 알 길이 없었지만, 에스코트하기로 한 알렉스가 부끄럽지 않을 정도로는 신경을 쓰고 싶었다.

다행이라면 샌더즈가에는 전담 드레스 숍이 있어 철마다 그때의 유행에 어울리는 신작들을 몇 점씩 보내온다는 거였다.

비취색 서머 드레스와 크림색 레이스 드레스를 꺼내 놓고 눈을 가늘게 뜨고 고민하는데, 방문을 두드리는 노크 소리가 들렸다.

"아멜리아, 들어가도 되니?"

"빈센트 오빠."

소녀가 활짝 웃으며 자신의 둘째 오빠를 맞았다. 빈센트 샌더즈는 현재 대학생으로, 방학 때가 되어 집으로 내려와 가족 사업을 배우는 중이었다. 그는 아멜리아의 두 오빠 중 막내였다.

"이게 무슨 일이지? 이렇게 귀여운 드레스를 입고 어디 가려고?"

옷을 꺼내 놓은 걸 보고 빈센트가 감탄했다. 네게는 비취색 드레스가 더 잘 어울릴 것 같다고 깨알같이 제 취향을 어필하고는 저걸 입고 오빠랑 데이트를 해 주면 안 되느냐고 물어 왔다.

"그냥……, 요즘 어떤 옷을 입어야 하는지 잘 모르겠어."

"그래? 그럼 오빠랑 데이트를 핑계로 기차를 타고 좀 멀리 다녀올까? 레이븐보다 좀 큰 도시로 가서 젊은 아가씨들의 유행을 알아 오는 거야."

"아냐, 그렇게 심각하게 생각하던 건 아니었어. 오빠 요즘 바쁘잖아."

빈센트의 제안에 깜짝 놀라 손을 내저으니 그가 활짝 웃으며 "내 마음을 치유할 시간이 필요해."라고 말했다. 회사 일이 상대적으로 서툰 자신에게 아버지랑 형이 매일같이 잔소리를 해서 도저히 못 해 먹겠다고 그가 투덜거렸다.

"다음 주 중에 하루 정도는 이 오빠에게 시간을 내 줘. 공주님을 모시고 갈 맛있는 티 하우스도 알아 두었으니까."

"어, 응. 진짜 괜찮겠어, 오빠? 나중에 아버지에게 더 야단맞는 건 아니고?"

"우리 공주랑 함께한다면 면죄부는 확실할 거야."

"설마 처음부터 그게 목적인 건……."

"그럴 리가! 아멜리아, 이 오빠를 의심하는 거야?"

빈센트는 보란 듯이 과장되게 슬퍼했다. 점잖은 큰오빠와 달리 장난이 심한 작은오빠는 어릴 때부터 소녀를 골탕 먹이는 일을 많이 한 터라 어쩌면 이번 외출 제안도 아멜리아를 핑계로 자신이 놀고 싶은 걸 수도 있었다. 그래도 평소 가 보지 못한 곳에 데려다준다는 말에 혹한 소녀는 고개를 붕붕 저었다.

"그렇지, 착하다. 예쁘게 입고 맛있는 거 먹고 기분 전환 하고 오자."

여동생의 머리를 힘차게 쓰다듬은 빈센트는 그 말을 남기고 손을 흔들며 방을 나섰다. 아무 생각 없이 그를 배웅하던 아멜리아가 문득, 이상함을 느끼고 물었다.

"오빠. 나 찾아온 이유가 그거였어?"

"아! 맞다!"

그는 방문을 나서다 말고 다시 몸을 돌려 아멜리아에게로 다가왔다.

"다른 얘기만 실컷 하고 갈 뻔했네! 내 정신 좀 봐. 쥴스에게 이야기 들었거든."

"아. 아침에……."

"그 녀석 혼자 나타났다며. 제정신이 아닌가 본데, 감히 어딜 찾아와! 너도 혹시 지나가다 마주치면 얼른 집으로 도망 오라고, 그 말 하려고."

"오빠. 누가 들으면 알렉스가 나 괴롭히려는 줄 알겠어."

"아니야? 그 난리를 치고 떠나 놓고 왜 인제 와서 기웃거리는데?"

"알렉스 그런 사람 아니……, 아닐 거야."

"……너 어릴 때 친한 친구였다고 혹시라도 방심하면 안 된다. 이 오빠가 그 녀석 근성을 확인하기 전에는 절대 안 돼. 개강하면 만나게 될 테니 내가 수단과 방법을 가리지 않고─."

"빈센트 오빠랑 같은 대학에 가는 거야?"

"그래. 그게 오디라고? 후배로 들어오니 많이 귀여워해 줘야지."

"오빠……, 악당처럼 그러지 마. 잘해 줘."

아멜리아가 한숨을 쉬며 빈센트를 나무라자, 의외라는 표정으로 그가 주장했다.

"이런 좋은 기회를……, 넌 이 오빠에게 악당이라니 그게 무슨 말이냐 섭섭하게. 내 여동생 눈에서 눈물 뽑은 자식을 왜 예쁘게 봐줘? 너 그때 일주일간 울었어."

"빈센트 오빠 성격에 엄청나게 괴롭힐 거 안 봐도 뻔하거든요? 개강하고 알렉스 괴롭혔다는 소리 들리면 나 오빠 부끄러워서 안 볼 거니까, 알아서 해."

"아멜리아, 이 오빠는 너를 위해서!"

"나를 위해서라면 부디 참아 줘……."

"크흑……, 여동생이 내 진심을 몰라줘. 너무 서럽다."

하나뿐인 여동생이 오빠의 마음을 몰라준다며 비극의 주인공처럼 슬퍼하던 빈센트는 아멜리아의 거듭되는 재촉에 못내 아쉬운 듯 망설이다 "안 괴롭힐게."라고 대답하고는 어깨를 축 늘어뜨리고 방문을 나섰다.

그 말에 안도한 것도 잠시, 그는 복도로 나가며 "……많이는."이라고 덧붙여 소녀가 "오빠아!"라고 소리를 꽥 지르게 했다.

"하여튼 고집은 정말 세……. 그렇게 싫을까. 이래서야 토요일에 만나기로 했다는 말을 꺼내기라도 하면 무슨 일을 벌일지 상상이 안 가네."

외향적인 빈센트는 차분하고 과묵한 큰오빠 해리와는 어릴 적부터 정반대의 성격이었다. 나이 차가 많은 큰오빠는 딱딱해서 조금 어려웠고, 장난 심한 둘째 오빠는 주변 사람들 골탕 먹이기를 좋아해서 쉴 새 없이 말썽을 일으켰다. 아멜리아의 부모님조차 "둘을 섞어서 반으로 나누면 정말 좋을 텐데."라고 말한 적이 있을 정도로 극과 극의 오라버니들이었지만, 둘의 공통점은 모두 막내 여동생을 지극히 귀애한다는 거였다.

특히 멜포드가에서 있었던 사건 이후로 어린 여동생이 다른 이들에게 따돌림을 당한다는 걸 깨닫게 된 후에는 그 증세가 더욱 심해졌다.

"그러고 보니, 알렉스는 해리 오빠랑 좀 닮은 부분이 있는 것 같네."

차가운 수재형이라 그런가. 어른스러운 것도 그렇고 어딘가 닮았다 생각하던 소녀가 "아!" 하고 외쳤다.

"…… '그들'에게 예민한 것도 닮았어."

가족 중 유일하게 아멜리아의 상황을 제대로 이해해 주는 사람이 해리였다는 걸 떠올리니 새삼스러웠다.

"몰래 이 이야기를 해 주면 해리 오빠 정도는 알렉스를 이해해 줄지도 몰라……."

언제 이 이야기를 꺼낼 기회가 있을지는 모르지만, 소녀는 아주 조그만 가능성에 부질없는 희망을 품어 보기로 했다.

토요일 오전, 아멜리아가 알렉스를 기다리기 위해 조용히 정문 앞으로 나가니 길 건너에 검은색 마차 한 대가 기다리고 있는 것이 보였다.

"아멜리아, 여기야."

정문에서 조금 떨어진 곳에서 그가 손을 흔들었다. 진한 감색 정장을 단정하게 입은 모습이 빈틈없이 완벽해 보여서 소녀보다 훨씬 연상의 어른 같아 보였다. 아멜리아의 시선에 놀라움이 담기자, 그 의미를 잘못 이해했는지 살짝 당황한 표정이 된 그가 말했다.

"어떤 걸 입어야 할지 몰라서 이걸 골랐는데, 어색해 보이나?"

"아냐. 저기, 알렉스 멋있어."

"그래? 다행이다……. 아멜리아가 보기에 별로면 어떻게 하나 걱정했거든. 부끄럽지만 나는 아가씨들의 취향을 잘 몰라."

이렇게 멋지게 입는 사람이 부끄럽다고 하면 부담이 가중되어 몸 둘 바 모르게 되는 건 아멜리아 쪽이었다. 세련된 알렉스에게조차 그런 고민이 있다는 사실을 알게 된 건 다행이었지만 그의 생각과 달리 아가씨라고 모두 유행에 민감한 것은 아니었다.

'하긴, 알렉스는 이곳보다 큰 도시에서 사니까……'

도시의 아가씨들은 자신보다 훨씬 세련되고 유행에 민감할 터였다. 소녀는 열여섯이 되도록 아직도 맨발로 잔디를 밟거나 평원에서 낮잠을 자는 걸 좋아하지만 또래의 다른 아가씨들은 그보다는 더 꾸미기를 좋아하고 실내 생활을 선호한다는 말을 둘째 오빠에게서 들은 적이 있었다.

나처럼 보는 눈이 없는 사람이 멋지다는 말을 해도 되었던 걸까? 하고 고민하는—하지만 아무리 봐도 멋진데— 동안, 그의 "너도 예쁘다."라는 소리에 퍼뜩 정신이 돌아왔다.

"—응?"

"우리 서로 맞춘 것처럼 색상이 잘 맞아서 신기하네."

"……이상해 보이지는 않아?"

"아니. 아주 귀여워. 푸른색이 네 눈동자 색과 정말 잘 어울려."

와아……. 그 말에 아멜리아가 작게 입을 벌렸다. 이게 어른의 경험치라는 거구나. 평소 접하기 힘든 고급 사교 기술의 등장에 소녀는 넋을 잃었다. 저런 진지한 표정으로 아무렇지 않게 찬사를 연발해 주면 진짜라고 믿을 수밖에 없을 것 같았다.

아멜리아는 알렉스에게 존경의 시선을 보냈다. 저 익숙한 태도라니. 그의 매너에 감탄하며 이미 빨갛게 달아오른 제 얼굴을 손으로 톡톡 두드렸다.

"고마워, 그런데 좀 부끄럽다."

양손으로 볼을 감싸 안고 배시시 웃자, 그제야 알렉스의 얼굴도 조금 붉어졌다. 그녀의 동요가 뒤늦게 전해졌는지 잠시 할 말을 잃은 듯 눈동자가 흔들렸다.

아무래도 제가 서투르다 보니 상대방까지 어색함을 의식하게 해 버린 듯싶어 후회스러웠다. 깊게 심호흡을 한 소녀는 칭찬 한마디에 너무 당황하지 말자며 자신을 잘 다독였다.

알렉스가 마차의 문을 열고 손을 내밀었다. 레이스 장갑을 낀 아멜리아의 손을 이끌어 좌석에 앉게 하고는 곧이어 반대편으로 가 자신이 탑승했다. 문이 닫히는 걸 신호로 마차는 출발했다.

흔들리는 마차 안에서 알렉스는 자신의 맞은편에 앉은 소녀를 다시 바라보았다. 소매가 둥근 비취색 서머 드레스를 입은 그녀는 앤티크 인형처럼 귀여웠다. 곱슬한 옅은 갈색 머리를 느슨하게 뒤로 땋아서 리본을 달았는데 그 지나치지 않은 치장이 고급스러운 푸른색 드레스와 묘하게 어울려 전체적으로 보드랍고 따뜻한 인상을 주었다.

샌더즈가의 남자들이 아멜리아를 무척이나 귀여워한다는 소식은 그도 소문을 통해 알고 있었다. 제게도 여동생이 있다면 이런 느낌일까. 외동으로 자란 그는 샌더즈가의 두 아들이 부러웠다.

하긴 이렇게 예쁜 여동생이라면 자신도 남부럽지 않게 애지중지했을 거라는 생각이 들었다. 제 틀에 박힌 고루한 칭찬에도 수줍은 듯 웃어 주는 모습이 정말 귀여웠다. 알렉스는 자신에게 특별한 말재주가 없는 것을 새삼 안타깝게 생각했다. 평소에 연습이라도 좀 해 봤으면 이럴 때 쓸모 있을 거라는 뒤늦은 후회가 일 정도였다.

소녀를 대하는 자신의 태도가 평소 파티에서 만나던 또래의 아가씨들을 상대할 때와 다르다는 것을 그도 눈치챘지만, 정확하게 뭐가 어떻게 다른 건지는 알지 못했다. 그저 소녀가 경계심을 풀고 제게 편히 대해 주었으면 싶었다. 그녀와 연락이 끊기는 일 없이 계속 소꿉친구로 자랐다면 좋았을 걸이라는 아쉬운 생각도 잠시 들었다.

하지만 현실은 그의 앞에서 어색하게 침묵하는 소녀의 모습을 무작정 지켜봐야 하는 것이었다. 알렉스를 대하는 것이 낯설어 뻣뻣하게 긴장한 모습을 보고 있자니 두 사람 사이에 공백이 있었다는 것이 새삼스레 다가왔다.

'저렇게까지 어려워하지 않아도 괜찮은데…….'

서운함에 가벼운 한숨이 새어 나왔다. 겁먹고 쩔쩔매는 모습을 보려고 초대한 것이 아니었는데도 소녀는 그를 지나치게 부담스러워하고 있었다. 아무래도 양가의 집안 문제도 있고, 오랜만에 보는 자신은 소꿉친구라기보다는 낯선 이방인으로 인식될 확률이 더 커 보였다. 어린 시절의 제 잘못을 바로잡지 못한 것이 새삼 아쉬움으로 돌아왔다.

아멜리아의 경우, 오빠들 외의 젊은 신사와 파티에 참석한 것도, 에스코트를 받아 보는 것도 전부 이번이 처음이었다. 혹 실수가 있을까 싶어 어디 흐트러진 곳이 없나 빠르게 검사도 해 보고, 침묵이 버거울 때면 제 쪽에서 무슨 말이라도 건네야 했던 걸까 조바심도 났다. 거기다 조금 전부터 지나치게 크게 들리는 심장 소리가 신경 쓰여 유난히 조심스러워진 아멜리아였다.

알렉스의 말대로, 그의 감색 정장과 그녀의 드레스는 푸른빛을 기조로 서로 튀지 않고 잘 어울렸다. 저 자신도 이 옷을 고른 걸 다행이라고 안도하는데 불쑥, 그가 장식이 달린 작은 선물 상자를 내밀었다.

"나한테 주는 거야?"

말없이 내밀어진 상자를 받아 든 소녀가 조심스레 뚜껑을 열어 보고 놀란 표정을 지었다. 상자 안에는 귀여운 리본에 촘촘하게 엮인 물망초 꽃다발이 들어 있었다.

"리슬릿 플라워야. 네가 어떤 색의 드레스를 입을지 몰라서 내 정장

색상을 베이스로 멋대로 골랐어."

정장의 색이고 뭐고, 사실은 작고 오밀조밀한 꽃들이 그녀를 떠올려서 무턱대고 고른 거라고는 차마 솔직하게 털어놓지 못했다. 만나자마자 파트너 제안을 한 것이 마음에 걸려 마을의 꽃집에서 한참을 헤매다 고른 선물이었다.

"우와……. 너무 예쁘다."

"그렇게 봐 주면 다행이고."

알렉스는 큰 짐을 덜어 낸 듯 안도하는 표정을 지었고, 아멜리아는 자신의 두 오빠에게도 받아 본 적 없는 섬세한 배려에 크게 감탄했다.

연한 푸른색의 물망초 꽃줄기를 엮은 작은 꽃다발은 미색 리본으로 손목에 묶어 사용하게 되어 있었다. 작고 깜찍한 크기의 꽃들이 손목을 따라 둘린 후 손등을 타고 살짝 내려오는, 매우 섬세한 디자인이었다.

아직 우아한 것보다는 귀여운 것을 더 좋아하는 아멜리아의 마음에 쏙 드는, 사랑스러운 꽃 선물을 준비한 알렉스 덕분에 소녀의 오해는 한층 더 커졌다.

'……이런 일에 정말 익숙한가 봐.'

빈센트 오빠가 했던 말이 떠올랐다. 그는 지나치게 매너가 좋은 남자는 놀아 본 경험이 풍부한 바람둥이니 특히 조심해야 한다고 했다. 신사는 숙녀에게 거의 다 매너가 좋은데 그걸 어떻게 구분하느냐는 말에 "만나 보면 알게 된다."라고 말했던 기억이 났다.

그는 또 "너 같은 숙맥이 가장 위험해. 달콤한 사탕을 주는 친절한 사람이면 아무나 따라가는 꼬마랑 다를 바 없으니까."라며 아멜리아를 어린아이 취급을 했는데, 지금 생각해 보면 아마도 이런 의미였지 않았나 싶었다.

뒤늦게나마 오빠의 말을 이해하게 된 소녀는 심각한 표정으로 알렉스를 바라보았다. 그렇게 안 봤는데, 내 소꿉친구는 도시에서 엄청난 바람둥이로 자랐구나. 안타까운 마음이 반, 아쉬운 마음이 반이었다.

왜 아쉽다고 생각하게 되었는지는 이해하지 못했지만.

리슬릿 플라워는 손목에 리본 형태로 묶어야 장식이 완성된다. 아멜리아가 한 손으로 묶기는 불가능한 터라 알렉스가 리본을 매어 주어야 했는데, 소녀의 요청대로 코르사주를 손에 들게 된 알렉스의 표정이 점점 어두워졌다.

"알렉스?"

손목을 내민 채로 기다리던 아멜리아에게 청년이 비장한 표정으로 고백했다.

"……실은 나 리본을 어떻게 묶는지 몰라."

"아하하."

그제야 긴장이 풀어진 듯 웃음이 터진 소녀가 밝은 표정으로 자신이 시키는 대로 하면 될 거라며 그를 안심시켰다.

"장갑 낀 채로 묶을 거야?"

"으, 응. 이대로 올려 줘."

리슬릿 플라워를 장갑 위에 착용시켜 달라는 말에 알렉스가 놀라 물었다. 이대로라면 파티 내내, 장갑을 낀 채 불편하게 지내야 하는데도 소녀는 "레이스 원단 위로 꽃이 올라가는 게 훨씬 더 귀여워."라면서 한사코 벗으려 들지 않았다.

결국, 그녀의 고집대로 장갑 위로 리본을 돌려 묶기로 했다. 오른쪽 왼쪽, 고리를 만들어서 꺾고, 밑으로 넣어서 루프를 펼치고. 그러나 소녀의 조곤조곤한 지도에도 알렉스의 리본은 좀처럼 예쁘게 완성될 기미를 보이지 않았다.

마차에 탄 두 사람은 파티장에 가는 내내 리본을 묶어야 했다. 마차는 알렉스가 혼자 힘으로 리본 묶기에 성공했을 때쯤 목적지에 도착했다.

"리본이 너덜너덜해졌네……. 미안."

"괜찮아. 손목 안쪽이라 걱정할 만큼 티는 안 나."

여러 번 묶었다 푸르기를 반복하느라 깨끗하게 다려져 있던 리본이 잔뜩 구겨졌지만 아멜리아는 상관없다고 말했다. 마지막으로 묶은 매듭이 가장 예쁘게 매어졌다며 흡족한 표정으로 들여다보는 소녀의 모습에 알렉스는 쓰게 웃었다.

예쁘게 묶이기는커녕, 도착하기 직전에 찌그러진 리본이라도 성공해서 다행이라고 생각해야 할 판이었다. 난이도도 모른 채 꽃집에서 추천하는 대로 골랐던 게 실수였다. 리본 묶기라는 난관이 도사리고 있을 거라는 생각은 물망초 꽃 수술 반쪽만큼도 하지 않았던 그는 이 고비를 넘긴 것을 신께 감사하고 싶을 정도였다.

'그냥 코르사주 브로치같이 간편한 것을 준비했어야 했어.'

에스코트 경험이 부족하다 보니 준비에 미숙한 점이 많아 미안한 마음이 들었다. 신기한 듯 연신 제 손목을 바라보며 즐거워하는 소녀를 허탈한 표정으로 지켜보는 새, 마차는 오늘의 파티 장소인 코번 가문의 저택 사유지로 들어갔다.

오랜만에 돌아온 고향에서 사람들 앞에 나서게 되는 첫 사교 모임이었다. 정신 바짝 차리고 실수 없이 잘 다녀와야 한다고 옷매무시를 가다듬은 알렉스는 마차에서 내려 아가씨의 손을 잡았다.

"알렉스! 이게 얼마 만이야."

"하워드. 초대해 줘서 고마워."

"무슨, 네가 돌아왔다는데 보는 건 당연한 거 아닌가. 드로잉 룸에서 열리는 간단한 티파티니까 너무 격식 차리지 않아도 돼. 그나저나 내려오자마자 에스코트할 아가씨까지 찾은 거야? 이거 대단……."

"안녕하세요."

"……샌더즈 영애?"

의외의 사람을 보게 되었다는 표정으로 하워드가 소녀를 바라보았다. 시골 마을 사정은 좁은 만큼 빨랐다. 이웃에 사는 귀족들끼리 서로 모르는 사이도 아닐 텐데 하워드의 반응은 낯선 이를 대하는 것처

럼 **뻣뻣**하기 그지없었다. 그는 아멜리아와 알렉스를 번갈아가며 바라
보다 당황한 듯 물었다.

"두 사람이 같이 온 거야?"

"아멜리아 샌더즈 양. 이미 알고 있지? 나랑 소꿉친구인."

"아, 그럼. ……샌더즈 양은 물론 알고 있지. 오랜만에 뵙습니다."

"초대해 주셔서 감사합니다."

뒤늦게 정신을 차린 하워드가 다시 소녀에게 정중한 환영 인사를 건
넸고 아멜리아는 그런 그에게 아무 일 없다는 듯 답인사를 돌려주었다.
두 사람을 파티 장소로 안내한 그는 "초반에는 접객으로 조금 바빠. 후
에 보자."라며 알렉스의 어깨를 두드리고는 서둘러 자리를 떴다.

넓은 거실의 한쪽 구석에 디저트며 음료가 준비되어 있었다. 아멜
리아에게 줄 음료를 고르던 알렉스는 기묘한 시선을 느끼고 주변을
돌아보았다. 그는 하워드가 이곳저곳을 다니며 인사를 건네는 등 바
쁜 와중에도 틈틈이 자신이 있는 곳을, 그것도 아멜리아 쪽을 지켜보
고 있다는 것을 알게 되었다.

'……?'

드로잉 룸은 손님맞이를 위해 실내로 통하는 모든 문을 열어 둔 상
태였다. 날씨가 쾌청해서인지 정원으로 이어지도록 연결된 프렌치 도
어 역시 전부 열려 있었고, 잘 가꿔진 꽃들을 자랑이라도 하는 듯 약
간의 다과가 밖에도 준비되어 있었다.

새로 도착한 사람들을 호기심의 시선으로 지켜보던 손님들 역시,
아멜리아를 발견하고는 다들 술렁였다.

"흐음……"

대체 이 반응은 뭐란 말인가. 당혹감을 감추지 못하는 사람들을 지
켜보며 눈썹을 찡그린 알렉스가 조용히 아멜리아를 살폈지만, 소녀는
이런 반응이 나올 거라 예상이라도 한 것처럼 평온해 보였다.

서로의 간단한 인사가 끝난 후, 알렉스는 하워드의 손에 이끌려 그

를 기다리고 있는 청년들의 무리와 마주해야 했다. 잠시 홀로 남겨진 아멜리아가 디저트가 마련된 테이블로 가서 작은 컵에 여름 과일이 가득 들어간 트라이플을 담고 있을 때였다.

"안녕하세요."

자신을 부르는 작은 목소리에 고개를 들어 보니, 큰 키에 마른 체형을 한, 아멜리아 또래로 보이는 아가씨가 쑥스러운 듯 미소 짓고 있었다. 조심스러운 성격인지 건네는 목소리가 아주 가늘었다.

"네. 안녕하세요."

"저, 실례가 안 되면 같이 어울려도 괜찮을까요? 오라버니를 따라 왔는데 아는 사람이 별로 없어서……."

"그럼요. 저도 그래요."

"아까 같이 오신 검은 머리 신사분이 오빠세요?"

"친오빠는 아닌데, 비슷해요."

"그렇구나. 멋진 분이라 좋겠어요. 저희 오라버니는 벌써 배가 나오지 뭐예요."

부끄러운 듯 웃는 소녀에게 아멜리아는 방금 뜬 트라이플을 건네고 자신의 것을 다시 뜨기 시작했다.

"메이벨이라고 해요."

"아멜리아예요."

"반가워요, 아멜리아. 여름휴가로 가족 모두 이곳으로 놀러 왔는데 친구가 없어서 외로웠거든요. 만나게 돼서 기뻐요."

"저도요."

진갈색 머리를 하나로 땋아 뒤로 틀어 올린 소녀는 수줍음을 많이 타는 듯 아멜리아와 눈이 마주치자 볼을 붉혔다. 두 소녀는 정원의 벤치에 앉아 사이좋게 트라이플을 먹으며 이야기를 나눴다. 아멜리아를 혼자 둔 것이 못내 마음에 걸리던 알렉스가 조금 떨어진 곳에서 두 소녀의 모습을 지켜보며 안심하는데, 파티 주최자인 하워드가 다가와 어깨를 툭 쳤다.

"못 보던 새에 키도 많이 크고, 아주 멋있어졌네."

"그래? 너도 예전과는 비교하기 힘들게 변했는걸."

"그건 그렇지. 둘 다 꼬맹이 시절에 본 게 전부니까. 그런데 어쩌다가 샌더즈가 영애랑 같이 오게 된 거야? 너희 집이랑 사이 나쁘지 않았어?"

"……너도 그걸 알아?"

"어이, 유명하잖아. 너희 집안 싸운 거. 두 사람이 한 장소에 있는 건 평생 못 볼 줄 알았는데. 거기다가, 영애도 워낙 유명하고."

"아멜리아? 그래, 조금 전에 그건 뭐였지?"

소녀가 소개될 때의 껄끄럽던 공기를 떠올리며 알렉스가 인상을 쓰니, 하워드가 답답하다며 가슴을 쳤다.

"……아는 게 대체 뭐가 있냐."

"시간 끌지 말고 그냥 설명해 봐."

"넌 예전에 떠나서 기억 못 할지 몰라도, 저 영애는 이 근방에서는 평이 안 좋은 걸로 유명하다고."

"그럴 리가."

저 순진하고 착한 아이에게 무슨 막말을 하느냐는 얼굴로 바라보자, 주변을 둘러보던 하워드가 그의 팔을 끌고 구석으로 가서 설명하기 시작했다.

"영애 주변에서 안 좋은 일이 많이 일어났거든."

"말도 안 되는 소리."

"정말이야. 어릴 때부터 사건 사고가 끊이지 않았어. 샌더즈가 어떤 집안인데. 누가 헛소문 떠들고 다니는 걸 가만히 뒀겠어? 처음에는 다들 무시했지만, 소문이 계속되니 그 집안에서도 대응을 멈추더라고."

"하워드."

질책의 어조를 담고 그의 이름을 부르자, 하워드가 한숨을 푹 쉬더니 덧붙였다.

"한참 후가 되어서야 나온 말이지만 네가 쓰러졌던 것도, 두 집안이 그렇게 된 것도 아멜리아 영애 탓일 가능성이 크다는 소문이 돌았다고."

"—뭐라고?"

금시초문이었다. 자신이 앓아누웠던 일이 아멜리아와 관련이 있는 것처럼 소문났다고?

물론 그때 두 아이가 쓰러졌던 건 사실이지만, 그걸 소녀의 탓으로 하기에는 무리가 있었다. 문득 자신의 집사가 들려준 이야기가 떠올랐다. 알렉스는 그것을 그저 팔이 안으로 굽은 의견이었다고만 생각했는데……

"그렇지 않고야 양가가 그렇게 대판 싸울 일도 없었을 거 아니냐."

"그건……"

아니라고 말하고 싶지만 그 당시의 일을 기억하지 못하는 알렉스는 달리 할 말을 찾을 수 없어 입술을 깨물 수밖에 없었다.

"그래도, 그런 건 아닐 거야."

"워낙 많은 일이 있어서 말이지, 그중 하나는 나도 본 건데……"

알렉스가 하워드와 구석진 곳에서 조용히 이야기하는 동안, 파티에 초대된 한 무리의 다른 아가씨들 역시 긴 소파에 둘러앉아 담소를 나누고 있었다.

"실비아, 그 반지가 약혼자분께 받은 건가요?"

"어머, 눈썰미가 좋으시네요, 이본. 바로 그렇답니다."

실비아라 불린 아가씨는 누가 봐도 자랑하기 위해 반지를 꺼내 보였다. 클래식한 정사각형의 프린세스 컷으로 다듬어진 보석이 그녀의 손가락 사이에서 반짝였다.

"다이아몬드인가요. 보석이 정말 크군요."

"3캐럿 정도 될 거예요. 약혼자의 집안 대대로 며느리에게 물려주는 반지랍니다. 귀걸이랑 세트죠."

"어쩜. 전통 있는 가문은 예물도 남다르군요."

"전 잘 모르겠는데 다들 주인 만난 것처럼 잘 어울린다고 하더라고요."

"그럼요, 실비아에게 정말 잘 어울려요."

부러운 듯 바라보던 아가씨 중 누군가가 자신이 한 번 끼워 봐도 좋겠냐고 물었고, 실비아는 기분 좋게 그것을 승낙했다.

"……그리 깊지 않은 강이었는데, 여름마다 사람들이 꼭 죽는 거야. 뱃놀이하다가 전복되어 익사하거나, 폭우 중에 다리를 건너다 빠지거나."

"엘포트 강 말인가?"

"그래. 어릴 때는 다들 거기서 놀기도 하잖아. 그리 위험한 곳이 아닌데 해마다 여름이면 사고가 나서 이해할 수가 없었다고. 그러다 몇 년 전인가 한밤중에 마을에서 아이가 사라졌다는 신고가 들어와서 다들 횃불을 들고 갈 만한 곳을 다 찾아다녔어."

"그게 아멜리아와 무슨 상관인데."

"마침 폭우도 오고, 딱 그 강에서 사람이 죽을 시기랑 맞물린 것을 떠올리고 다들 강가로 향했거든. 아이가 거기 있더라고."

"찾은 건가?"

"그래. 강에 반쯤 빠진 아이를 아멜리아 영애가 잡고 있었어."

"뭐……?"

"어린아이는 물을 잔뜩 먹어서 의식이 없고, 영애도 비를 맞은 건지 강에 들어간 건지 알 수 없을 정도로 젖어 있었고. 한밤중에 귀족 집 아가씨가 밖에 나와서, 그것도 실종 신고가 들어간 어린애랑 강물에 있었다는 것도 꺼림칙한 일인데 하필 발견했을 때 모양새가 강에 밀어 넣으려던 건지 꺼내려던 건지 모를 정도로 애매했거든."

"……."

"나도 청년 수색대로 참가해서 그 장면을 목격했어. 무엇보다 아이가 무사했으니 그거면 됐다 싶어 발견한 사람들끼리 입을 맞춰서 좋게 넘어가기로 했는데……. 지금도 가끔 생각하면 무서워. 어째서 아멜리아 영애가 한밤중에 자신의 저택에서도 한참 떨어진 강에서 아이를 데리고 있었는지 모르겠어."

"본인은 뭐라고 해?"

"물어봤지. 영애가 왜 여기 있느냐, 아이는 어떻게 된 거냐……. 한마디도 하지 않더라고."

하워드가 들려준 이야기들은 전부 허무맹랑할 정도로 어이없는 내용이었다. 구비동화에 나오는 공포 이야기도 아니고 이런 걸 믿으라고? 하는 시선으로 그를 바라보자 하워드 역시 어깨를 으쓱할 뿐이었다.

"다음 날 아이가 정신을 차리고 영애에게 잘못이 없다고 말해서 사건은 그대로 흐지부지 넘어갈 수 있었지. 한 가지 재미있는 건 그다음 해부터는 다행히 강에서 죽는 사람이 나오지 않았다는 거야."

아멜리아의 소동을 끝으로 수년간 이어지던 사망 사건이 종결되었다. 사람들은 다행이라 생각하면서도 혹시 그동안의 사고도 모두 아멜리아와 관련이 있었던 것은 아닌가 싶어 소녀의 곁에 가까이 가고 싶지 않아 했다.

"뱃놀이하다 사고 난 게 어째서 아멜리아 탓인데?"

말도 안 되는 소리 아니냐고 알렉스가 일침을 가하자, 하워드도 고개를 끄덕였다.

"사망자 중에는 남성들도 있었으니 분명 영애만큼 작은 체격의 아가씨가 어떻게 할 수 있었을 거라는 생각은 나도 안 해. 하지만 다들 내키지 않아 하는 건 어쩔 수 없지."

알렉스는 그녀가 숲에서 했던 말을 떠올렸다.

'……나랑 있으면 기분 나쁘대.'

그게 이런 의미였나. 어린 소녀에게 벌어지기에는 너무 가혹한 이야기였다.

이런 이야기가 행여 아멜리아의 귀에 들어가면 안 되겠다 싶어 알렉스는 급히 눈으로 그녀의 위치를 찾았다. 컵 디저트를 해치운 두 소녀는 이제 실내에 들어와 피아노에 몸을 기대고 무언가 이야기하고 있었다.

그녀가 편한 모습으로 파티를 즐기는 모습을 확인하니 그나마 마음이 놓였다. 상상도 할 수 없었던 소문을 듣고 할 말을 잃었던 알렉스가 "대체—" 하고 운을 떼려는 순간, 무리를 지어 있던 아가씨들 사이에서 비명이 들렸다.

"반지가 없어졌다니 그게 무슨 소리예요!"

높은 소프라노 톤의 비명에 모든 이들의 시선이 한곳으로 집중되었다. 비명을 지른 사람은 얼마 전 약혼을 했다던 실비아였다. 주변을 황망한 얼굴로 돌아보던 그녀가 울음을 터트렸다.

"실비아, 무슨 일입니까?"

하워드가 서둘러 그녀의 곁으로 달려가 정황을 물었다. 실비아의 주변에 있던 아가씨들은 모두 곤란한 얼굴을 하고 서로를 바라볼 뿐, 아무도 나서서 설명하는 이가 없었다.

"반지가……, 제 약혼반지를 잃어버렸어요……!"

그녀가 반지 낀 손을 자랑하듯 내보이던 걸 기억하던 사람들이 웅성거리기 시작했다. 커다란 보석도 보석이지만 대대로 물려 오는 유서 깊은 물건이라, 정확한 가격을 매기기 힘들다는 소문의 반지였다.

"이 안에 반지를 훔쳐 간 도둑이 있다고요!"

파티에 불러 놓고 도둑 취급을 하다니. 실성한 듯한 실비아의 외침에 손님들이 노골적으로 불쾌감을 드러내기 시작했다.

"반지를 잃어버린 건 안타까운 일이지만, 그걸 우리 탓이라고 하는 건 조금……."

"……반지를 빼 두었다면 그건 본인의 실수 아닌가요?"

동정론도 있었지만, 다른 한쪽에서는 그녀를 비난하는 목소리도 함께 들려왔다.

"자, 자. 여러분. 실비아 영애가 큰 충격을 받은 것 같으니 양해를 좀 부탁합니다."

파티 호스트인 하워드가 나서서 손님들을 달래 가며 '상황 정리를 위해' 그들이 무얼 하고 있었는지에 대한 설명을 요청했고, 돌아가며 이야기를 들어 본 결과는 이랬다. 실비아는 아가씨들이 끼워 볼 수 있도록 반지를 빼서 건네주었고, 그 자리에 있던 아가씨들은 모두 차례대로 반지를 만져 봤다는 거였다.

마지막으로 반지를 가지고 있던 아가씨는 "제가 마지막이었지만 전 분명히 돌려주었어요. 실비아 양이 잘 볼 수 있도록 그녀 바로 앞 탁자에 올려 두었다고요."라고 억울한 어조로 항변했다.

누군가 그 행동을 본 사람이 있다는 말이 나오자 사람들은 그 주변의 탁자와 소파를 들어내고 카펫까지 털어 가며 반지를 찾아보았지만 발견되지 않았다.

'대체 이게 무슨 웃기지도 않은 촌극인지…….'

알렉스는 어이가 없어 헛웃음을 지었다. 누가 훔쳐 간 것이 맞는다면, 원만하게 해결된다 해도 작은 소동으로 넘기기엔 이미 도를 넘긴 사건이었다. 괜한 곳에 와서 쓸데없는 시간 낭비를 하고 있다는 생각에 문득 아멜리아를 찾아보니 소녀는 파티 내내 같이 있던 키가 큰 아가씨의 곁에서 걱정스러운 표정으로 사람들의 이야기를 듣고 있었다.

알렉스는 그다지 환영받지 못하는 모임에 그녀를 데려온 데다, 결과적으로는 어처구니없는 사건에까지 휘말리게 한 셈이 되었다는 걸 깨달았다. 굳이 겪지 않아도 될 불쾌한 일들과 마주하게 만든 상황의 책임을 느낀 그는 돌아가는 길에 사과해야겠다고 생각하며 한숨을 쉬었다.

사태 수습을 위해 진땀을 흘리던 하워드는 일단 손님들에게 모두 한자리에 모일 것을 요청했다. 최소한 반지를 찾을 때까지는 드로잉룸 외의 다른 곳으로 이동하지 않을 것을 당부했는데, 경찰을 불러야 할지에 대해서는 모두의 의견이 엇갈렸다.

혹시 모르니 조금 더 찾아보고 경찰을 부르자는 사람도 있었고, 의심을 받는 것만으로도 불쾌하니 당장 불러서 해결을 보자는 사람도, 안 좋은 소문은 구설에 오르기 쉬우니 조용한 해결을 희망하는 사람도 있었다. 이런저런 의견이 나오는 가운데, 한 아가씨가 "그러고 보니."라고 무언가 생각난 듯 말을 이었다.

"탁자에 반지를 올려 둔 다음, 누군가가 그 근처를 지나간 적이 있어요."

"그게 누굽니까?"

짧은 긴장이 흐르고, 모임에 참석한 사람들의 이목이 모두 그녀의 한마디에 집중되었다.

"저분이요. 탁자 앞으로 지나가는 걸 제가 분명히 봤어요."

"저요?"

그녀에게 지목된 사람은 메이벨이었다. 그녀는 깜짝 놀라 주변을 두리번거리다 곧이어 전신의 핏기가 가신 사람처럼 창백해진 얼굴로 외쳤다.

"말도 안 돼요. 저는 그런 물건을 본 적도 없는 걸요!"

"하지만 분명히 그때 지나가는 걸 봤다고요."

갑작스럽게 범인으로 몰린 메이벨은 충격에 더는 말을 잇지 못했다. 그녀의 설명에 의하면 탁자 앞을 지나간 적은 있으나 그것은 과일 펀치를 가지러 가기 위해서였다고 했다.

"맹세컨대 거기 있는지도 몰랐어요. 저는 줄곧 정원에 나가 있어서……, 반지가 화제가 되었는지조차……."

심약해 보이는 그녀는 의심받은 충격으로 당장에라도 쓰러질 것같이 비틀대고 있었다. 그런 그녀를 아멜리아가 부축했고 메이벨의 오빠 역시 당장 그들 곁으로 다가와 "내 동생이 그럴 리가 없다."며 동생 편에 서서 언성을 높였다.

드로잉 룸에서는 다시 고성이 오갔다. 의심이 가는 상황에서는 누구나 평등하게 확인이 필요하다는 사람들과 초대한 손님을 도둑으로 몰아가는 거냐는 목소리까지.

하필 아멜리아와 함께 있던 아가씨가 궁지에 몰린 상황이어서 알렉스도 더는 가만히 있을 수가 없었다. 저 아수라장에서 아멜리아만이라도 빼내야겠다는 생각으로 그녀에게 다가가려던 그는 북새통 속에서 소녀가 어딘가 한쪽 구석만을 뚫어져라 응시하는 것을 발견했다.

'뭘 보는 거지?'

그녀의 시선을 따라가 본 곳에는 정원으로 향하는 프렌치 도어만이 있을 뿐이었다. 조금 전까지 활짝 열려 있던 문이지만 사건이 터지고 잠시 닫아 두어서, 지금은 가벼운 산들바람조차 새어 들어오지 못하고 있었다. 한참 동안 문과 문 너머 어딘가를 바라보던 아멜리아는 무언가 하고 싶은 말이 있는 듯 입술을 달싹였다.

"가장 좋은 방법은 여성분들 중 한 분이 메이벨 양을 다른 방으로 모셔 가 소지품 검사를 해 보는 것이……."

"잠깐만요."

숙녀에게는 되돌릴 수 없을 정도로 치욕적인 신체검사 이야기가 나오기 직전, 아멜리아가 작지만 또렷한 목소리로 그들의 대화에 끼어들었다.

"아멜리아 양?"

주변 사람들의 시선이 전부 자신에게 닿은 걸 깨달았는지 뒤늦게 볼을 발갛게 붉힌 소녀가 "저기……, 커튼 밑에 뭔가 반짝이는 것이 있는 것 같아요."라고 말했다.

커튼? 무슨 소리를 하는 거야? 하는 표정으로 눈을 휘둥그렇게 뜨고 그녀를 바라보던 하워드가 곧 그 말을 확인하기 위해 프렌치 도어 쪽으로 가서 커튼을 걷기 시작했고, 잠시 후 감탄사를 터트렸다.

"반지가 있습니다!"

울다가 쓰러져 실신 지경이던 실비아는 그 소리에 숨을 삼키며 소파에서 몸을 일으켰다. 재빨리 그녀의 곁으로 달려온 하워드가 반지를 보이며 "이게 맞습니까?"라고 물어보았다. 반지를 받아 들고 우는 걸로 확인을 마친 실비아를 보며 "정말 다행이다."라고 안도하던 사람들은 그제야 기묘한 것을 보는 시선으로 아멜리아를 바라보기 시작했다.

"또 샌더즈 영애인가요?"

"……그러게요."

수군대는 소리가 그녀의 귀에도 들렸는지, 아멜리아는 민망한 미소를 띤 채 시선을 바닥으로 떨어뜨렸다.

"……역시 기분 나빠."

제 앞에 서 있던 남자가 내뱉은 한마디에 울컥한 알렉스는 그 남자를 어깨로 거칠게 밀치고 아멜리아에게 다가갔다. 소녀의 손을 움켜쥔 그는 하워드에게 물었다.

"반지, 찾았으니 이제 가도 되지?"

"어? 어어. 벌써 가려고?"

"일이 있어서 좀 일찍 가 봐야 할 것 같아. 아주 멋진 파티였네."

차가운 인사말을 남긴 알렉스는 아멜리아에게 "가자."라고 굳은 얼굴로 속삭였다. 소녀의 손을 끌고 파티장을 박차고 나온 그는 밖에서 기다리던 마부에게 마차를 가져오라 명령했다.

알렉스가 화를 가라앉히기 위해 한 손으로 얼굴을 감싼 채 움직이지 않자 그런 그를 올려다보며 어쩔 줄 몰라 하던 소녀가 물었다.

"알렉스? 화났어?"

"……."

"나 때문이야?"

"……그게, 왜."

네 탓이라고 생각하느냐고 물으려 했지만, 머리끝까지 뻗친 화 때문에 말이 제대로 나오지 않았다. 그 망할 놈의 반지. 잃어버렸다는 걸 찾아 줬는데 인사는커녕 이런 대접을 받아야 한다니.

파티장에 있는 사람들의 인격이 의심스러울 정도였다.

치받쳐 올라오는 분노를 삭이려고 애를 쓴 나머지 손에 힘을 세게 주었던 것 같았다. 강하게 쥐어진 작은 손이 흠칫 놀라는 게 느껴졌다. 그제야 정신을 차린 알렉스가 급하게 잡은 손을 놓았다.

"미안해."

"아냐. 그렇게까지 아프지는 않았어."

"그걸 말하는 게 아니야. 아니 물론 그것도 사과하고 싶고. 하지만 그것보다 이런 곳에 데려와서 정말 미안하다는 말을 먼저 하고 싶었어."

쓸데없는 마음고생을 시킨 걸 사과하고 있다는 것을 깨달은 아멜리아가 눈을 동그랗게 떴다. 놀란 얼굴에는 곧이어 쑥스러움이 홍조와 함께 번진다. 아멜리아의 주변에는 가족 외에 아주 소수의 사람만이 그녀를 위해 화를 내 주고 함께 슬퍼해 주었는데, 이제 알렉스도 그중 한 사람이 되어 준 것 같아 기뻤다.

다시 콩콩 뛰기 시작하는 가슴을 몰래 달래며 그녀가 말했다.

"아냐, 나 나름 재미있었어. 친구도 사귀었고."

"친구?"

아, 그 키 큰 아가씨 말인가……, 하는 순간, 멀리서 누군가 뛰어오는 소리와 함께 "아멜리아아!" 하는 외침이 들려왔다. 뒤를 돌아본 곳에는 아멜리아가 말한 그 '친구'가 손을 흔들며 달려오고 있었다.

"메이벨!"

"인사도 못 했는데 가 버린 줄 알고 얼마나 당황했는지 몰라. 오라버니가 눈치 없이 그런 것도 안 알려 주잖아."

"나야말로, 먼저 나와서 미안해."

"정말 고마워! 나 아멜리아가 아니었으면 큰일 났을 거야."

아멜리아의 손을 덥석 잡은 메이벨의 눈에는 눈물이 고여 있었다. 많이 무서웠던 듯, 잡은 손이 파르르 떨렸다.

"조만간 답례하러 갈 테니까, 기다려 줘. 또 만나자."

"그래. 언제든 놀러 와."

여동생의 뒤를 천천히 따라 걸어온 그녀의 오빠가 알렉스와 아멜리아에게 따뜻한 눈인사를 건넸다.

"저희도 가려 합니다. 이런 곳에 더 있을 필요도 못 느끼겠고."

"동감입니다."

두 젊은 신사가 무뚝뚝하게 분노를 표출하는 것을 지켜보며 아멜리아가 메이벨에게 귓속말했다.

"메이벨의 오빠, 좀 전에 아주 멋있었어."

"그러게. 실은 나도 다시 봤지 뭐야."

두 소녀가 그를 힐끔대며 속닥이자, 메이벨의 표현에 의하면 '배가 살짝 나온' 멋진 오라버니는 불안한 표정으로 뒤돌아보며 "너 혹시 내 흉보냐?"라고 물었다.

그 소리에 까르르, 소녀들의 웃음이 터졌다. 메이벨은 자신의 오빠에게 쪼르르 달려가 팔짱을 끼고 "우리 오빠가 그 누구보다도 멋진 신사라는 이야기를 했어."라고 말했다. 충격이 컸던 메이벨은 그 말을 하며 오빠의 팔을 꼭 껴안았다. 그리고 그런 여동생의 마음을 이해한 오빠는 그녀의 손등을 토닥거리며 조용히 위로해 주었다.

상냥한 오해

귀갓길에 알렉스는 아멜리아에게 언제 또 시간을 내 줄 수 있느냐고 물었다.

"왜? 뭐 하고 싶은 거 있어?"

"그런 것보다는……, 오늘 일의 사과도 할 겸 저녁이나 같이하고 싶어서."

"알렉스가 왜 사과를 해? 그럴 필요 없어. 괜찮다니까."

"내가 안 괜찮아. 그 태도들은 정말 수준이 의심스러웠어……."

화를 내는 알렉스를 안타까운 얼굴로 바라보던 소녀가 말했다.

"그럼, 저녁처럼 거창한 거 대신 부탁하고 싶은 게 있는데……."

그들이 마차에서 내린 곳은 마을 시장 어귀에 있는 작은 젤라토 가게였다. 날씨가 좋아 유리문을 활짝 열어 둔 곳으로 소녀가 날듯 뛰어 들어갔다.

"아멜리아. 정말 이게 더 좋아?"

"응. 꼭 먹어 보고 싶었어."

새콤한 과일 향에 눈을 빛내며 그녀가 고른 것은 레몬 셔벗이었다. 아이스크림 하나에 세상을 다 가진 것처럼 기뻐하는 소녀를 보며 알렉스는 허탈함을 느꼈다.

"저녁 초대보다 정말 이거?"

"응!"

두말하면 잔소리라며 셔벗이 담긴 그릇을 들어 보인다. 무지하게 행복해 보이는 건 사실이었지만, 그래도 저녁 초대보다 아이스크림을 사 달라고 한다는 건……

테이블에 앉아 자신의 젤라토를 받아 든 알렉스가 허탈한 듯 웃었다.

"공략 방법을 모르겠네."

"뭐가?"

"아니야. 네가 좋아하는 걸 찾아서 다행이라고."

"우후후."

아가씨들의 마음을 위로하는 데는 훌륭한 만찬에의 초대만 한 것이 없다던 친우의 말이 문득 생각나 저녁 식사를 청했던 알렉스였다. 떠오른 대로 말을 꺼내 보았지만 단칼에 거절당한 것이다.

'꽃을 고를 때도 그렇고 뭐 하나 제대로 하는 게 없구나.'

계획 없이 꽃집에 가서 하필 리슬릿 플라워를 고르지를 않나……

'그래도……'

아직 소녀의 손목에 곱게 묶여 있는 물망초 꽃들은 바람이 불 때마다 리본과 함께 살랑거렸다. 생각했던 것보다 더 아멜리아와 잘 어울려 그는 내심 준비하기를 잘했다고 자신을 타일렀다. 처음 사 보는 꽃치고 이 정도면 낙제점은 아닐지도 모른다고 자조하며 제 앞에 놓인 아이스크림을 보았다.

고급 레스토랑에서의 격식 차리는 식사보다는 아직 이 색색의 젤라토가 소녀를 더 행복하게 하는 걸지도 몰랐다. 그렇지 않으면…… 그저 차였거나.

후우. 작게 탄식하며 알렉스는 자신의 스푼을 들었다.

"어라, 이게 누구야?"

"시드?"

가게 앞을 스쳐 지나갔던 사람이 종종 뒷걸음으로 다시 돌아오는가 싶더니 아멜리아를 보며 활짝 웃었다.

"밀리. 오늘 무슨 일 있었어? 아주 예쁜데―."

시드라고 불린 남자는 스스럼없이 아멜리아에게 다가와 그녀의 모습을 칭찬하다가 맞은편에 앉은 알렉스를 보고 "이런, 동행이 있었군. 이거 실례."라며 뒤로 살짝 물러났다.

"알렉스. 여기는 시드, 저 앞의 골동품점 주인이에요."

"안녕하세요, 시드니 크로프트라고 합니다."

"반갑습니다. 알렉스 멜포드입니다. 아멜리아의 어릴 적 친구입니다."

"아."

"아."

서로가 상대를 알아보았지만 차마 어디에서 보았다는 말을 꺼낼 수가 없었던 두 사람은 통성명하고는 잠시 침묵했다.

"무슨 일 있어요?"

"아는 분인가 했는데 아니라서. 죄송합니다. 제가 손님이랑 헷갈렸나 봐요."

"아닙니다. 저도 잘못 본 것 같아서……."

어색하게 어미를 흐리며 두 사람이 사과했다.

"골동품점이라면, '붉은 서재'?"

"응. 알렉스, 가 본 적 있어?"

"아니. 지나가다 간판을 본 적이 있어. 독특한 이름이라서 기억에 남았나 봐."

"기억해 주시니 영광입니다. 언제 놀러 오세요. 밀리와 함께 오시면
더 좋고요."

"……혹시 나, 또 가야 해요?"

"응."

시드가 고개를 끄덕였고 무슨 이유에서인지 아멜리아가 지친 표정
을 지었다. 그런 둘을 바라보며 알렉스는 조금 전 남자가 부른 소녀의
애칭을 되뇌었다.

'밀리.'

아멜리아를 애칭으로 부르는 걸로 보아 시드라는 남자는 소녀와 꽤
친밀한 관계인 것 같다는 생각이 들었다. 그리고 그제야, 두 사람이
사귀는 사이일지도 모른다고 생각했던 언덕 위의 일이 떠올랐다.

'이런…….'

아무리 소꿉친구라고 해도 자신의 어린 연인이 다른 청년과 함께
있는 모습을 보면 기분 상하는 건 아닌가 싶어 시드의 표정을 살폈으
나 밝게 웃는 남자의 얼굴은 묘하게 틈이 없었다.

"기왕 여기까지 왔는데, 가게 구경하고 가지 않을래, 알렉스?"

"뭐?"

"그러시겠어요? 이번에 아주 질 좋은 동양 차가 들어왔는데, 바쁜
일 없으시면 오셔서 한잔하고 가세요."

"바로 앞이니까 같이 가!"

젤라토 가게에 들어서면서부터 이전의 밝은 기운으로 돌아온 아멜
리아였다. 연인이 운영하는 가게를 구경시켜 준다니 그녀의 사생활에
너무 깊게 발을 들여놓는 건 아닌가 싶어 내키지 않았지만, 더는 그녀
의 마음을 상하게 하고 싶지 않았던 그는 무겁게 고개를 끄덕였다.

딸랑이는 놋쇠 종소리가 나며 '붉은 서재'의 문이 열렸다.

"자, 들어오세요."

잠가 두었던 가게 문을 열고 집사처럼 과장된 몸짓으로 시드가 손님들을 맞았다. 아멜리아의 설명에 의하면 주인인 시드가 시도 때도 없이 가게를 비워 두고 어디론가 사라지기 때문에, 사람들이 길 맞은편의 카페에 자리를 잡고 문 열리기를 주시하고 있는 경우가 많다고 했다.

"그 카페는 나에게 감사해야 해. 덕분에 매출 올랐을걸?"

"이 흐름대로면 자랑이 아니라 '앞으로 그러지 않겠습니다.' 라고 해야 하는 거 아니에요?"

"에이, 설마. 나 그렇게 자주 자리를 비우지는 않았다고. 매출 이야기는 농담이라니까."

"저도 올 때마다 시드가 없었던 것 같은데 말이죠……."

"그건 완전히 기분 탓."

사이좋게 속닥이는 두 사람에게서 조금 떨어진 알렉스는 가게 내부를 구경했다. 골동품점이라는 말대로 용도를 알 수 없는 오래된 물건들이 가득 진열되어 있었다. 그리 흥미를 느끼는 분야가 아니라서 대충 둘러보고 있자니 아멜리아가 다가왔다.

"뭘 보고 있었어?"

"이것저것. 그냥 구경했어. 신기한 물건이 많네."

"응. 바다 건너온 것들도 있나 봐. 워낙 상품이 많아서 여기저기 물건이 쌓여 있어."

"하루에 다 볼 수 있는 양이 아닌 것 같은데."

"가끔 나는 여기 있는 걸 시드가 전부 기억이나 하고 있을까 싶을 때가 있어."

"밀리, 내 얘기 하는 거 다 들려요—."

자신의 험담이 오가는 것을 눈치챈 시드가 멀리서 소리 질렀다.

"아무 말도 안 했어요!"

오가는 그들의 대화를 들으며 가게 안을 천천히 걷던 알렉스의 발은 한구석에서 우뚝 멈췄다.

'이건 대체 뭐지?'

낡은 책들과 물건들이 섞여 있는 곳 근처까지 오니 더 나아가고 싶은 생각이 들지 않았다. 가게의 동선은 이대로 안쪽까지 계속 이어지지만, 기분 나쁜 오한이 들어 이 이상 들어가는 것이 내키지 않았다. 몸을 돌려 왔던 길을 돌아가려는데 그의 뒤를 따라오던 아멜리아가 놀라서 물었다.

"알렉스? 왜 그래?"

"그냥, 어째선지 이 주변에서 벗어나고 싶어서. 구경은 대충 다 했어."

불편한 기운이 역력한 알렉스의 얼굴을 걱정스레 들여다보던 소녀는 무언가 깨달은 듯 "아……." 하고 고개를 끄덕였다. 기묘한 행동을 하는 그가 이상해 보일 만도 했지만 그녀는 아무것도 묻지 않았다. 오히려 빨리 나가자는 듯 그의 옷을 당기며 말했다.

"그럼 얼른 가자, 차 준비가 다 되었다고 시드가 불렀어."

때를 맞춰, 손님들을 고객용 소파와 테이블이 놓인 라운지로 안내하고, 카운터 뒤로 사라졌던 시드가 은쟁반을 들고 다시 나타났다. 티코지를 씌워 놓은 커다란 티포트와 앤티크 찻잔 세 개를 탁자 위에 내려놓은 그는 천천히 차를 따랐다.

"이건 랍상소우총이라는 동양 차인데, 소나무 훈연 향이 강한 편이야. 뜨거운 연기로 훈연하는 것과 차가운 연기로 훈연하는 방법, 두 가지의 제작법이 있는데 이 차는 차가운 연기로 훈연한 '정산소종'이라고 불러. 봄에 채집한 어린 싹으로 만들어서 일반적인 랍상소우총에 비해 양도 적고 가격대도 높아 구하기가 많이 힘든 편이지. 제조국 밖으로는 거의 판매되지 않는 귀한 거야. 여느 왕족들도 손에 넣지 못하는 진품이지."

"이렇게 희귀한 차를 시드는 어떻게 구한 거예요?"

"그거야—."

시드는 기다리던 질문을 받은 사람처럼 기쁜 표정을 지었다. 중요한 비밀을 밝힐 것처럼 뜸을 들이더니 목소리를 낮게 깔고 분위기를 잡았다.

"어둠의 루트를 사용한 밀수. 사랑에 빠져 버려서 어쩔 수 없었거든."

그 설명에 정상 사고 범위 내의 대답을 기다리던 두 상식인의 입에서 동시에 한숨이 흘러나왔다.

"괜히 기대했어."

"……어디까지 믿어야 할지를 모르겠네."

"잠깐. 두 사람 왜 이렇게 진지한 표정인 거야? 설마 정말 믿는 건 아니겠지?"

"그럼 거짓말이었어요?"

"당연하지. 일개 골동품점 주인이 무슨 재주로 그런 뒷거래가 가능하다고 생각해?"

이게 고급 농담이라는 걸 어째서 몰라주느냐며 시드가 억울한 표정을 지었다. 잘 아는 무역 상인이 단골들에게 선물한 차라고 했다. 진담인지 농담인지 좀처럼 감을 잡을 수 없는 그의 말은 대체 어디까지가 진실이고 어느 정도만 믿어야 하는지 모를 지경이었다.

그러나 차를 마셔 본 후에는 과연, 수단과 방법을 가리지 않고서라도 손에 넣고 싶었다는 말의 의미를 이해할 수 있을 것 같았다. 물론 그 심정을 이해할 수 있다는 말과 시드처럼 정말로 손에 넣는 것은 완전히 다른 차원의 문제라고 그들은 생각했지만.

"그래서, 두 사람이 오늘 파티에 다녀왔다고? 그런 것치고는 좀 일찍 나온 건가?"

날카로운 지적에 어깨를 움츠린 아멜리아가 "사정이 있어서……."

라며 조용히 웃자, 시드의 눈이 가늘게 좁혀졌다.

"무슨 일 있었구나."

"그게……."

"손님 중 한 분이 반지를 잃어버렸는데, 그걸 찾느라 작은 소동이 벌어진 것뿐입니다."

대충 넘어가려던 아멜리아와 그럴 생각이 없는 시드, 이들의 적절한 중간 타협점을 찾은 건 알렉스였다. 그는 무표정하게 오후에 있었던 일을 설명했다.

"반지를 잃어버렸어?"

"아멜리아가 찾았습니다. 경찰을 부른다느니 찾기 전까지는 아무도 나갈 수 없다느니 너무 수선을 피우기에 지쳐서 일찍 나왔고요."

가벼운 짜증이 담긴 그의 설명에 시드는 얼추 상황을 이해한 모양이었다. 그런 곳에 오래 있을 필요 없다고 고개를 끄덕인 후 싱글대며 아멜리아의 머리를 쓰다듬어 주었다.

"그렇구나. 약혼반지를 찾아 주었다니 좋은 일 했네, 밀리."

"찾았다기보다는…… 잠시 돌아간 것뿐이에요."

"잠시라니?"

"아, 아냐. 그냥 어쩐지 그 반지는 찾아도 다시 잃어버릴 것 같은 기분이 들었거든."

적절치 못한 단어의 사용에 알렉스가 무언가 되묻고 싶어 했지만, 시드가 "그럴지도. 한 번 잃어버린 물건에는 발이 달려서 다시 도망간다는 말이 있지."라며 의미심장하게 웃었다.

"아멜리아. 정말 저녁 식사 같이하지 않겠어?"

"응? 아냐. 걱정하지 않아도 괜찮다니까. 알렉스도 피곤할 텐데 얼른 가서 쉬어."

티파티에 젤라토, 진귀한 차까지 대접받았다. 오늘 하루 식사량은 이미 충분했던 소녀는 저녁은 정말 먹지 않아도 괜찮다며 두 번째로 물어본 알렉스의 초대 역시 극구 사양했다.

아멜리아를 집까지 데려다주는 것은 시드의 임무가 되었다. 아버지와 오빠들이 퇴근할 즈음이라 그들이 멜포드가의 마차와 맞닥뜨리는 사태는 만들지 않는 편이 좋다는 의견이 있었기 때문이다.

들킬 때는 들켜서 야단을 맞더라도 에스코트한 상대를 혼자 돌려보낼 수는 없다고 우기던 알렉스는 아멜리아와 시드의 간곡한 만류에 꺾여 결국 혼자 돌아가야 했다.

"그럼 뭐야, 진짜로 두 사람 집안이 절연 상태라고? 밀리가 다섯 살 때부터 지금까지?"

"네."

"알렉스와 재회한 것도 십수 년 만에 이번이 처음이고?"

"계속 바쁘다가 방학이라고 내려온 것도 오랜만이고요. 우연히 만났어요."

"흐음……."

알렉스가 먼저 돌아간 후, 가게에 남아 차를 마시던 아멜리아가 그간의 이야기를 시드에게 설명했다.

"알렉스는 두 집안이 왜 그렇게 된 건지 기억 못 해? 나이로 따지면 밀리보다 그가 더 기억을 잘하고 있어야 할 텐데."

"음……. 충격이 컸나 봐요."

"충격이라니?"

"알렉스가 '그들'을 봤거든요."

소녀는 조금 전 알렉스가 얼어붙은 채 멈춰 있던 가게의 안쪽에 시선을 던지며 설명했다. 골동품에는 크거나 작게 전 주인의 기운이 남아 있는 경우가 있는데, 알렉스가 멈춰 있던 곳은 소위 '사연 있는' 공예품이 걸려 있는 장소였다. 그는 평균 이상의 날카로운 감을 가지고 있지만 그래서인지 더 그쪽과 관련되는 일은 무엇이든 본능적으로 끔찍하게 싫어했다.

"그래서 반지 이야기를 할 때도 저기압이었던 거야?"

"아뇨. 그건 아무래도 제가 있다 보니……."

아멜리아는 파티 장소에서 자신이 목격한 것에 관해 설명했다. 메이벨처럼 그녀 역시 그런 반지가 있다는 사실은 분실 사고가 나고서야 알았다고 했다. 커다란 소동이 일고 다들 반지를 찾는 중, 소녀는 누군가가 악의를 가지고 반지를 숨겼다는 사실을 깨달았다.

음산한 기운이 느껴지는 장소를 바라보니, 그곳에 반지가 떨어져 있었는데 그 자리를 약혼자를 빼앗긴 숙녀의 원혼이 지키고 있었다.

"아무래도 원래 주인이었던 것 같은데……. 그녀가 죽은 뒤 곧바로 다른 아가씨랑 약혼했나 봐요."

혹은 새로운 약혼을 위해 희생된 아가씨일 수도 있었다. 아멜리아가 보기에 영혼의 분노는 도를 넘어 있었다. 메이벨이 억울한 누명을 쓰게 되자 반지의 위치를 알려 친구를 구하려는 아멜리아에게 유령은 '반지의 소재를 알리면 가만두지 않겠다.' 며 위협했다.

"그거, 위험한 거 아니야? 원혼의 경우에는 뭔가 저지를 수도 있잖아."

"지금은 주인에게 돌아갔지만 아마 곧 다시 잃어버리게 될 거예요. 그 실비아라는 아가씨가 갖고 있도록 그냥 두지 않을 것 같았거든요."

"실비아……, 약혼녀 이름이 실비아라고 했어?"

"네. 성은 듣지 못했지만."

무언가 생각에 빠진 얼굴로 자리에서 일어난 시드가 계산대 뒤로 돌아가 낡은 신문들을 꺼냈다.

"폐지 내놓는 걸 잊었는데 이럴 때 자료 찾기에는 큰 도움이……, 비슷한 이야기를 분명 어디서 봤던 기억이 있거든. 아."

신문을 한참 뒤적이던 그가 한 달 전의 날짜가 찍힌 신문을 소녀에게 내밀었다.

"여기. 실비아와 로사, 뒤바뀐 자매의 운명……이라는 매우 자극적인 가십 칼럼이어서 기억이 나. 재산가 약혼자를 두고 언니가 급사하자 집안에서 그 동생과의 약혼을 재추진했다는 내용이었어. 비련으로 끝난 사랑과 새로이 신데렐라가 된 아가씨에 관한 흥미로운 기사였지."

"로사……. 친언니의 약혼자예요?"

"정략결혼이라면 요즘도 불가능하지는 않는데, 이게 뭐 중세 왕족도 아니고 애도 기간조차 너무 짧아 도덕적인 면에서 화제가 될 만했지."

"그런 사연이었구나."

"그리고 그 정도로 화가 난 원혼이라면."

아멜리아는 시드가 하고 싶어 하는 말을 이해했다. 언니 로사의 분노는 자신의 죽음을 이해하지 못했기 때문일 가능성이 컸다.

"로사가 지금처럼 약혼의 증표인 그 반지에 온 신경을 집중하고 있는 동안은 별일 없을 것 같고, 혹시 이후라도 그 자매와 다시 마주칠 일이 있을 것 같아?"

시드의 질문에 소녀는 고개를 저었다. 그녀가 실비아를 본 것은 오늘이 처음이었다. 파티가 아니었으면 그 기회마저도 없었을 것이다. 교차점이 없는 그들이 다시 재회할 확률은 거의 없다고 생각해도 될 것 같았다.

"그럼 다행이고. 가자, 더 늦지 않게 데려다줄게."

펼쳐 두었던 신문을 대충 옆으로 밀어낸 시드가 자리에서 일어났다. 그 모습을 본 아멜리아는 아마도 저 '자료'들은 앞으로 한 달은 충분히 더 그 자리에 있게 될 거라는 생각을 하며 웃었다.

"의뢰품이 있다고 하지 않았어요?"

마차를 타며 아멜리아가 의아하다는 듯 묻자, 시드가 빙긋 웃었다.

"있긴 한데. 오늘 좀 피곤해 보여서…… 다음에 줄게."

"그 정도는 아니에요. 지금 줘도 괜찮은데."

"그런 핑계라도 대야 한 번이라도 더 볼 거 아니야."

"저 자주 오면 일하는 데 방해되는 거 아니에요?"

"아—."

힘이 빠지는지 고개를 앞으로 뚝 떨군 시드가 "그런 뜻이 아니잖아……."라고 중얼거렸다. 아니 보통 이렇게 말하면 어머나, 하면서 살짝 감동한다든가, 아니 뭐 많은 걸 바란 건 아니지만.

그때 문득 무언가 생각난 듯, 그는 제 옆에 앉은 아멜리아를 힐끔거리며 물었다.

"그런데 말이야. 아까 알렉스가 했던 저녁 초대. 그렇게 갈 생각이 없었어?"

"네. 너무 많이 먹어서 더는 못 먹을 것 같기에 거절했어요."

"……그거 설명했어?"

"뭘요?"

"두 번이나 권했는데, 전부 방금 그대로 설명하고 거절했나 싶어서."

"처음에는 식사는 괜찮으니 대신 아이스크림 먹자고 했고, 두 번째는 배부르다고 했는데요."

"아아…… 그럼 나랑 만났던 젤라토 가게가 저녁 대신으로 간 곳이었나."

그렇구나. 그 청년 역시 잔인하게 당했구나. 한 방 맞은 것 같은 표정을 하던 시드가 곧 어깨를 떨며 웃기 시작했다. 이 정도면 공평해서 좋았다. 용기를 내서 두 번이나 저녁 데이트를 신청했는데 전부 걷어차인 도련님보다는 제 처지가 나은 거라 자조하며 그는 아멜리아를 바라보았다.

"있잖아, 밀리. 며칠 푹 쉬고 수요일에 가게로 놀러 오지 않을래? 맛있는 키쉬(Quiche) 파는 곳을 알아 뒀거든."

"우와! 갈게요. 그때 의뢰품도 받으면 되겠네요."

"그래. 그럼 점심시간에 맞춰 와."

"네에."

소녀가 활짝 웃자 시드도 따라 웃었다. 그는 이번 일로 정면 공격이 안 먹힐 땐 좌절하지 말고 재빨리 측면이라도 재공략해야 한다는 사실을 깨달았다.

시드는 "메뉴에 시금치가 들어간 키쉬가 있을 것 같아요?"라고 물으며 발을 흔들거리는 소녀의 손목에 묶여 있는 물망초 꽃다발을 슬쩍 바라보았다. 아무래도 데이트 상대에게 선물 받은 것이겠지. 그는 곱게 눈을 접어 웃으며 그 꽃말이 '나를 잊지 말아 주세요.' 같은 것이라는 건 굳이 제가 나서서 알려 줄 필요가 없는 일이라고 생각하기로 했다.

집에 돌아온 아멜리아는 현관 입구부터 "대체 어디를 다녀오신 겁니까. 그냥 나간다는 말만 하면 안 된다고 하지 않았습니까."로 시작되는 집사의 길고 긴 잔소리를 들었다.

"너무 늦지 않게 오려고 했는데, 죄송해요."

"더는 남의 아가씨를 꼬드겨 내는 짓은 하지 말아 달라고 그렇게 경고했는데, 시드니가 말귀가 그리 어두운 줄은 몰랐습니다. 이번에 다시 만나면 좀 더 확실하게—"

"시드 잘못이 아니에요. 잘못했어요."

"제가 아가씨께 책임을 물을 수 없는 부분은 시드니에게 따져 묻는 수밖에 없다는 걸 기억해 주셨으면 좋겠습니다."

"네. 다음부터는 일찍 다닐게요. 화 푸세요."

그녀를 집까지 바래다준 것이 하필 시드였기 때문에 노집사의 분노에 찬 화살은 애꿎은 사람에게 전부 향했다.

오전에 외출한 막내 아가씨가 오후 늦게까지 돌아오지 않자 걱정이 된 그는 오후 내내 현관 앞을 들락거리며 소녀의 귀가를 기다리고 있었다. 덕분에 아멜리아를 살짝 내려 주고 도망가려던 시드가 현장에서 덜미를 잡혔고, 그는 결국 자신이 하지 않은 일까지 덮어쓰게 되어 잔소리를 들었다.

'시드에게도 꼭 사과해야겠어.'

받지 않아도 될 원망을 들으면서도 시드는 알렉스에 대해 함구했다. 사람 좋은 미소로 집사의 잔소리를 들어 주며 걱정하지 않도록 다음부터는 더 조심하겠다는 말까지 덧붙인 것이 오히려 집사의 분노에 기름을 끼얹을 줄은 아무도 몰랐지만 말이다. 부들부들 떨던 집사의 입에서 "이제 다음번이란 없습니다!"라는 노성이 터졌을 때 아멜리아는 죄책감에 어디 구멍에라도 들어가고 싶은 심정이었다.

애처롭게 말리는 아멜리아의 간청에 헛기침을 몇 번 한 집사는 그제야 조금 마음이 풀렸는지 "마님이 지금 부재중이신 걸 다행으로 생각하십시오."라는 말을 남기고 자리를 떴다.

아멜리아의 어머니는 외출 중으로 소녀의 부재를 몰랐고, 아버지와 오빠들은 아멜리아가 돌아온 직후에 귀가해 소녀의 비밀은 지켜진 듯싶었다.

물론 바로 다음 날 아침이 되기 전까지만.

"아멜리아! 이게 대체 무슨 소리니?"

아침 식탁에서 샌더즈 부인의 목소리가 영롱한 새소리처럼 높게 울려 퍼졌다. 소녀가 멜포드 집안의 마차를 타고 마을을 돌아다녔다는 소문이 하루 늦게 하인들의 입을 타고 가족의 평온한 아침 식탁에 전해진 것이다.

파티를 다녀온 다음 날, 아무 일도 일어나지 않기에 무사히 넘어갔다고 생각하고 시치미를 떼고 있던 아멜리아는 어머니의 노성에 놀라 점점 식탁 밑으로 기어들어 가는 중이었다.

"멜포드 집안 아들의 초대로 함께 파티에 갔다고?"

"……네에."

세상에. 샌더즈 부인은 왼손을 우아한 자세로 자신의 이마에 갖다 대며 비틀거렸다. 충격을 받은 귀부인의 모습은 이전에 빈센트가 설명했던 '아무래도 우리 엄마는 거울을 보고 연습하는 것 같다.'가 맞는지 매우 극적인 효과를 연출했다.

"아멜리아. 제대로 한 건 터트렸구나."

베이컨을 썰며 빈센트가 히죽댔다. 그렇게 요즘 세상에 무슨 로미오와 줄리엣도 아니고 애들끼리 만나지도 못하게 하는 원수 집안이 어디 있느냐며 종알거리는 빈센트를 샌더즈 부인은 무시무시한 표정으로 노려보았다.

"그때 그 집안사람들이 제 아들 요양한답시고 피해자인 척 몇 개월이나 외국으로 나가 버려서, 이곳에 남았던 우리만 죄인 취급받았던 거 기억나니? 그 집 아들이야 말이 충격이지, 관리 부족으로 감기에 걸렸었는지 알 게 뭐야. 내 딸이야말로 크게 다쳤는데 다들 우리 탓만 하는 게 억울하기 이를 데가 없었어!"

"엄마아……."

샌더즈 부인은 쌓인 것이 많았다. 애지중지하던 막내딸이 남의 집에 가서 다쳐 온 것도 책임을 묻지 못했는데 상대편 가족이 선수 치듯 부리나케 아들을 데리고 요양을 떠나 버린 탓에, 암암리에 이 사태의 문제가 샌더즈 집안 쪽에 있다는 인상을 주었던 것이다.

"비겁한 사람들이야! 그 아들이 어떤 청년이 되었는지는 전혀 궁금하지 않구나. 시간이 지났으니 이제 묻어 두자는 말 같은 건 웃기지도 않는 소리지."

식탁에 앉을 새도 없이 성난 사자처럼 식당을 우왕좌왕하는 어머니를 아멜리아는 숨도 크게 못 쉬고 올려다보고 있었다. 샌더즈 부인이 무언가 더 말을 하려는 순간, 큰오빠 해리가 그녀를 말렸다.

"어머니. 아침부터 화를 내시면 건강에 안 좋습니다. 아멜리아와는 제가 이야기를 마무리 지을 테니 올라가서 쉬세요."

"해리. 저 애는 그냥 두면 속도 없이 또 친하게 지낸다는 소리나 할 거다."

"빈센트, 어머니 부축해 드려."

"예입."

빈센트가 자리를 박차고 일어나 "자, 어마마마, 방으로 드시면 소자가 조식을 직접 가져다 드리겠사옵니다."라며 제 어머니의 허리를 한쪽 팔로 감싸 안고 빙글빙글 돌았다.

"어머, 얘. 어지러워. 내가 네 수법 모를 줄 아니, 이렇게 얼렁뚱땅 그냥 넘어갈 줄 알고."

"자아, 자. 마음 넓으신 샌더즈 부인, 따님은 이제 큰아드님에게 맡기시고 어서 이리로!"

"빈센트!"

허리에 감은 팔로 어머니를 달랑 들어 올린 빈센트는 이 모든 것을 떨떠름한 표정으로 지켜보던 아버지에게 눈짓했다.

아들의 신호에 따라 부인 곁으로 다가간 아버지도 "일단 올라갑시다."라며 나머지 한쪽 허리를 잡아 주었고, 어머니는 두 남자의 부추김에 정신이 빠져 마지못해 자리를 뜨고야 말았다.

그 뒷모습을 끝까지 지켜본 큰오빠 해리는 어머니가 방에 들어가는 것을 확인한 뒤 자신의 여동생에게 시선을 돌렸다.

"바로 앉아라, 아멜리아."

"네……."

어머니의 기세에 눌려 식탁 밑으로 쏙 들어가기 일보 직전의 자세에서 몸을 일으킨 소녀가 다시 바른 자세로 의자에 앉아 해리의 눈치를 보았다.

"알렉스가 찾아왔었다는 소식은 들었지만 어머니가 바로 돌려보냈다고 하시던데. 넌 대체 언제 만난 거야?"

"그⋯⋯, 같은 날 오후에 밖에서 우연히."

"그가 파티에 초대를 했고?"

"응. 안 될 거라고 했는데, 이해하지 못하더라고요."

"무슨 뜻이니?"

"어릴 때 사고를 기억 못 하나 봐⋯⋯."

"⋯⋯."

아멜리아의 답변을 들은 해리가 잠시 인상을 구기더니, "거참 편리한 머리통이네." 하며 신경질적으로 머리를 긁었다.

"그 애는 그 애 나름대로 방식이 있다고 치자, 너는 어떻게 하고 싶은데?"

"나는 양쪽 다 이 정도면 충분하지 않은가 생각하는데⋯⋯."

엄마는 아닌가 봐요, 라고 소녀가 속삭이자 그 대답을 들은 해리가 잠시 생각을 정리하는 듯 침묵했다.

"아멜리아. 이번에는 오빠의 생각도 들어 봐. 알렉스는 여름 방학이 끝나면 다시 떠날 거고, 앞으로 몇 년 동안 돌아오지 않을 가능성도 있어. 아무리 좋은 의도로 너와 친분을 맺는다 하더라도 그는 돌아가 버리면 그만인 거야. 어쩌면 그가 돌아간 뒤에 바뀌는 건 없을 수도 있어."

"⋯⋯응."

"양가에 쌓인 게 많으니 뭐가 더 옳다, 어떤 것이 더 낫다고 내 입으로 말하기는 어렵다만, 네가 그의 말에 너무 휘둘리지 않았으면 좋겠다."

"네."

내키지 않는 대답을 한 아멜리아는 곧 해리의 얼굴을 빤히 바라보다가 "알렉스, 큰오빠랑 비슷해요." 하고 덧붙였다.

"나랑? 어느 부분이?"

그리 마음에 든 표현은 아니었는지, 팔짱을 낀 거만한 자세의 해리가 막내 여동생의 해명을 요구했다.

"예민해서 잘 놀라는 부분."

"뭐……."

기가 차다는 듯 소녀를 바라보다가, "잠깐, 설마." 하고 중얼거렸다. 곧이어 와락 인상이 구겨지더니 "그 사고가 그것 때문이었어?"라고 물어 왔다. 힘차게 고개를 끄덕이는 여동생의 모습을 보고서 그제야 상황을 이해한 듯싶었다.

"그깟 일로 기절한 데다 열까지 났다고?"

"……알렉스 그때 여덟 살이었잖아."

"울며불며 경기까지 일으키고 외국으로 요양을 간 이유가 그거였다고? 게다가 그렇게 말하면 넌 다섯 살이었어."

"나야 무섭지 않았…… 아니 무섭긴 해도 그 정도는 아니었으니까."

"트라우마가 생겨 기억도 못 할 정도라면 그건 예민한 걸 넘어선 심약의 경지 아니냐."

해리는 제가 그거랑 어떻게 같은 레벨이냐고 항변하고 싶은 듯했다. 닮은 부분을 말해 주면 친근감을 느낄 줄 알았는데 아니었나 보다. 이걸 동족 혐오라고 하던가. 어찌 되었든 아멜리아는 자신의 작은 계획이 실패했음을 깨달았다.

"나나 빈센트는 네 교우 관계까지 간섭할 생각은 없지만, 우리 가문의 입장은 알렉스도 그렇고 그 집안도 그리 신용할 수 없다는 쪽이니까 네가 잘 처신해 주었으면 좋겠다. 그리고 아버지는 몰라도 어머니는 당연하게 한동안 시끄러우실 거고."

"응."

대충 상황을 정리한 해리는 어머니 상태를 보고 오겠다며 식당을 나섰다. 어지간히도 충격이 컸는지 나가면서도 "대체 내 어디가 그런 거랑 닮았다고……."라고 중얼거리는 걸 잊지 않았다.

어쩌다 보니 가족 모두 다 자리를 뜨게 된 식당에 아멜리아만 혼자 남았다. 남은 식사를 마저 하고 있으려니 한동안 떠들썩하던 위층이 다시 잠잠해지고, 이번에는 아버지와 빈센트가 내려와 다시 자리에 앉았다.

"너 형한테 뭐 엄청난 폭탄이라도 터트렸냐? 멜포드랑 결혼이라도 한다고 했어?"

"뭐? 말도 안 돼!"

깜짝 놀라 소리 지르는 아멜리아에게 "아니야? 그럼 왜 저래?"라고 빈센트가 고개를 갸웃거렸다. 그의 설명에 의하면 위로 올라간 해리가 계속 혼잣말을 중얼거리고 있다는 거였다. 꽤 충격을 받지 않고서야 저 형이 아침부터 저렇게 정신을 놓을 리가 없다며 아멜리아에게 무언가 큰 타격을 받지 않았겠냐는 자신의 추리를 밝혔다.

"해리 오빠, 그 정도로 싫었구나…….."

괜히 말을 꺼냈다며 소녀가 한숨을 쉬었다. 접시 위의 콩을 데굴데굴 굴리며 도통 먹을 생각을 않는 여동생을 지켜보던 빈센트가 "……기분 전환도 할 겸, 오빠와의 데이트 일정을 좀 당겨 사용해 볼까?"라며 아버지를 바라보았다.

아이들의 아버지인 샌더즈 백작은 이 화제가 다뤄질 때마다 곤란하기 짝이 없었다. 두 아이가 사고를 친 부분까지는 '애들은 문제도 일으키고 싸울 때도 있는 법'이라며 넘어가려 했지만, 그것이 부인들의 싸움으로 번져서 서로 얼굴도 마주하지 않는 사이가 되어 버린 상황은 예상외였다.

멜포드가의 아들이 휴일을 맞아 고향으로 돌아오면서 한동안 잠잠한 휴화산 같던 샌더즈 부인이 다시 터지게 되는 비극을 맞이했는데, 문제는 이 일의 해결 방법이 보이지 않는다는 거였다. 부인을 어떻게 달래면 좋을지 곰곰이 생각하던 백작은 둘째 아들 빈센트의 의미심장한 눈길을 받고 흠칫 놀랐다.

"무슨 일이냐, 빈센트."

"저 오늘 휴가 좀 주세요. 아멜리아랑 데이트하게."

"뭐?"

"애가 집에 혼자 있으니 심심해서 밖에 돌아다니다 안 만나도 될 녀석을 만나고 그러는 거잖아요. 오빠가 된 도리로 좀 놀아 주기도 해야죠. 저 방학이라고 내려와서 줄곧 일만 한 거 아시죠?"

지나칠 정도로 당당하게 휴일을 요구하는 바람에, 뭔가 이상하다 생각하면서도 백작은 허락해 줄 수밖에 없었다.

"맛있는 거 먹이고, 쇼핑도 하고 하루 실컷 놀고 올게요."

그러니 얼른 올라가 준비하고 내려오라고, 빈센트는 아멜리아를 방으로 올려 보냈다.

외출을 위해 크림색 레이스 드레스에 보닛을 쓴 아멜리아가 "준비다 했어—." 하며 거실에 내려온 것은 아버지와 형이 출근한 지 한참이 지난 후였다. 오랜만의 느긋한 아침을 만끽하며 신문을 읽던 빈센트는 여동생을 보며 실망이 역력한 어투로 "예쁘긴 한데, 전에 말한 그 드레스는 왜 안 입었어?"라고 물었다.

"비취색 드레스는 그제 파티에서 입어서 세탁하려고 내놨어."

"뭐야! 외간 남자 만나러 나갈 때 오빠가 점찍어 준 드레스를 입었어?"

한층 더 실망한 표정으로 "어떻게 나에게 이럴 수가 있니. 내가 그 옷을 입은 널 얼마나 보고 싶었는데."라며 절망하는 빈센트에게 동요한 아멜리아는 제가 정말 큰 실수를 저지른 것 같은 기분이 들었다.

"미안해. 빈센트 오빠가 그렇게까지 그 드레스를 좋아했을 줄은……."

"허어, 나는 평생 내 귀여운 아멜리아만 보고 살아왔는데 여동생은 다른 남자를 만나자마자 오빠는 이미 안중에도 없고……."

"미안하……, 아니 잠깐 그건 아닌 것 같은데……?"

듣다 보니 이상했다. 오빠가 예쁘다고 해 준 드레스는 영원히 다른 사람 앞에서 입어서는 안 되는 물건이 되는 거였나? 그것보다도 언제 그가 여동생만을 보며 살아왔고 자신은 대체 언제 다른 남자를 사귀었다는 건가.

"어라……."

무엇부터 지적해야 좋을지 몰라 미심쩍게 그를 바라보며 입을 뻐끔거리고 있자 빈센트가 "그 결론을 내는 데 시간이 그렇게 오래 걸려서야 쓰나."라며 그녀의 볼을 손가락으로 쭉 잡아당겼다.

"빈센트!"

"이 정도 훈련을 시켰으면 반응이 좀 빨라질 만도 한데 말이야. 이 오빠가 네 생각만 하면 물가에 내놓은 아기를 보는 것 같아 걱정돼서 잠이 안 와요."

불쌍하다는 듯이 아멜리아를 껴안고 등을 토닥이던 빈센트가 "그럼 장난은 여기까지 하고 이제 나가 볼까."라며 소녀의 팔을 끌었다.

정적이고 점잖은 성격의 해리와 달리 빈센트는 장난이 심한 데다 정신없이 휘몰아치는 성격이어서 아멜리아처럼 한 박자 반응이 느린 상대는 그에게 휘둘리기 딱 좋은 먹잇감이 되었다. 방금도 뭔가 말도 안 되는 궤변을 잔뜩 들었지만 기가 막혀 따지기를 포기한 제 여동생을 바라보며 귀엽기는 한데 상당히 걱정된다는 어조로 한참을 독려한 그는 소녀의 대답은 기다리지도 않고 준비시켜 놓은 마차에 몸을 실었다.

"우리 어디로 가는 거야?"

"처음 계획대로라면 좀 멀리 가려고 했는데, 그러려면 새벽 전에 준비하고 기차를 탔어야 해서……. 옆 마을 정도로 타협을 보도록 하지."

"대체 누구랑 누가 타협을 한 건데?"

"나와 내 안의 나 사이의 타협이지. 엄청나게 놀고 싶은 나와 그나마 양심이 남아 있는 나의 갈등 구조야."

"대체 그게 뭐야……."

이해할 수 없는 그의 사고에 아멜리아가 피식 웃었다. 물론 빈센트도 쉬고 싶은 마음에 아멜리아 핑계를 댄 것이겠지만, 그래도 동생 위주로 휴일 일정을 짠 건 틀림없었다. 도착하면 우선 점심 대신 고급호텔의 라운지에서 애프터눈 티 세트를 먹기로 하고, 그 후에는 여동생의 자신감을 불어넣어 줄 화려한 쇼핑을 계획하고 있다고 밝힌 그는 소녀를 겁먹게 했다.

"빈센트 오빠의 안목에 기대야 하는 거야?"

"이런, 이게 무슨 망발이냐. 우리 집안에서 가장 눈이 높은 게 나잖아?"

영 믿을 수 없다는 시선을 보내기는 했지만, '젊은 여성들의 취향'을 파악하는 건 가족 중 그가 그나마 제일 낫다는 말에는 아멜리아도 동의해야 했다. 큰오빠는 상대 여성이 무슨 색 옷을 입었는지 정도만 간단하게 인식하는 것이 전부였다. 빈센트의 설명에 의하면 해리는 눈뜬장님 수준의 패션 감각의 소유자였고 부모님 역시 젊은 숙녀들의 세련된 취향보다는 지나치게 사랑스럽고 귀여운 것만 막내딸에게 골라다 주었다. 안 그래도 아기 같은 얼굴이 콤플렉스인 아멜리아에겐 꽤 슬픈 선택지였다.

"수많은 데이트 상대를 만난 이 오빠의 덕을 보는 거라 생각해."

"틀린 말은 아닌데, 왜 불안하지……."

"어허! 말꼬리가 길다."

그중에 가장 유행을 이해하는 건 역시 많은 아가씨를 만나 본 빈센트였으므로 그가 이번 쇼핑의 총책임자를 맡게 되었다. 과연 이 사람을 믿고 무사히 일과를 마칠 수 있을까 싶은 의구심은 여전했지만 되돌리기는 이미 늦은 상황이었다.

목적지에 도착한 건 정오를 한참 넘긴 시간이었다. 빈센트의 말에 의하면 '요즘 최신 유행을 아는 젊은 사람들이 모이는 곳'이었는데, 샹들리에가 화려한 라운지에는 사람들로 가득 들어차 있었다.

평소 북적이는 장소와 그리 인연이 없던 소녀에게 이곳은 신천지와도 같았다. 높은 천장과 화려한 실내 장식을 보며 감탄하는 아멜리아의 손을 이끌어 자신의 팔에 직접 끼운 빈센트는 "부디 입은 다문 채로 보시죠, 아가씨." 하고 놀리는 걸 잊지 않았다.

상당히 넓은 라운지지만 이미 테이블은 사람들로 빼곡하게 들어찬 상태였다. 예약하지 않고 방문할 경우 거절당할 수도 있다는 말을 들었을 땐 혹 자리에 앉아 보지도 못하고 나가야 하는 건가 싶어 가슴을 졸였지만, 다행히 좌석에 여유가 있어 두 사람은 자리로 안내받을 수 있었다.

"메뉴는 이 오빠가 골라 주는 걸로 드셔 보시길."

웨이터가 빼 주는 의자에 앉으며 아멜리아는 고개를 끄덕였다.

"빈센트 오빠는 식사 대신 스위츠만 먹어도 괜찮아?"

"여기 티 세트에는 세이버리도 나오니까 걱정하지 마."

3단 케이크 스탠드에 가득 담긴 과자와 케이크, 젤리 등에 감탄하던 아멜리아가 빈센트를 걱정하자 곧이어 커다란 접시에 여러 종류의 샌드위치와 케이퍼를 올린 훈제 연어, 햄과 치즈가 들어간 아기자기한 핑거 푸드들이 따라 나왔다.

"정말 그러네. 다행이다."

주변을 둘러보니 신사만 홀로 앉은 테이블에는 케이크 스탠드가 과자 대신 식사 대용의 세이버리로만 가득 채워져 있기도 했다. 그들은 차를 마시며 신문을 보거나 책을 읽기도 했는데, 이런 식으로 간단한 식사를 즐기는 사람들도 있다고 빈센트가 귀띔해 주었다.

한입 크기의 여러 가지 스위츠들이 접시를 가득 채운 덕분에 질리지 않는 선에서 최대한 많은 것을 먹을 수 있게 된 아멜리아는 곧 하나씩 천천히 맛보고 그 감상을 제 오빠에게 참새처럼 들려주었다.

빈센트가 흐뭇한 표정으로 여동생의 표현력에 감탄하고 있으려니, 테이블 옆을 지나가던 누군가가 그의 이름을 불렀다.

"야아, 이게 누구야! 샌더즈 아니야?"

"헤이워드!"

자리에서 일어난 빈센트가 반갑게 악수를 한 상대는 헤이워드라는 젊은 신사였다.

"이거 너무한데? 우리한테는 회사가 바빠서 모임에도 못 나온다고 해 놓고 대낮부터 이런 곳에서 귀여운 아가씨와 몰래 데이트라니."

"거짓말로 생각하면 곤란해. 오늘은 하루 특별히 휴가를 받은 거야. 그리고 몰래 데이트할 이유가 어디 있어. 여기는 아멜리아, 내 여동생."

"……안녕하세요."

양 볼 가득하게 초콜릿 케이크를 잘라 넣고 힘차게 씹고 있던 아멜리아는 당황으로 목이 멘 나머지 평소보다도 더 가느다란 목소리로 인사를 건넸다. 그 모습에서 상황을 이해한 빈센트가 터져 나오는 웃음을 참으려고 어깨를 떨었고, 소녀는 그런 자신의 오빠를 원망의 눈빛으로 노려봐야 했다.

"뭐야, 이렇게 귀여운 여동생이 있었어? 남매 사이가 좋아서 보기 좋네. 반갑습니다. 헤이워드라고 합니다. 그리고 여기는 제 약혼녀—."

"어머나."

"아."

헤이워드라고 불린 남자의 뒤에 서 있던 젊은 여성이 고개를 들어 상대방을 확인하고는 놀란 표정을 지었다. 아멜리아 역시, 그녀의 얼굴을 보고 할 말을 잊은 듯 눈만 크게 떴다. 오늘은 올림머리를 하고 모자를 쓰고 있어 분위기가 꽤 달랐지만, 이틀 전 파티에서 보았던 실비아가 틀림없었다.

"서로 아는 사이야?"

"아, 아뇨. 그런 건 아닌데, 이분이 제 반지를 찾아 주신 분이세요."

"그래?"

"반지라니?"

처음 듣는 소리에 빈센트가 아멜리아를 바라보았다. 의아함이 담긴 시선을 느낀 소녀가 어떻게 설명을 해야 좋을지 몰라 뜸을 들이고 있으려니, 헤이워드의 약혼녀 실비아가 먼저 입을 열었다. 그녀 역시 살짝 어색한 표정으로 당시 상황을 설명했다.

"하워드 코번 씨의 파티에서 부끄럽게도 제가 약혼반지를 잃어버렸었는데, 동생분 덕분에 찾았거든요."

"그렇습니까?"

"아주 중요한 반지인데 잃어버려서 말이야, 소식 듣는데도 심장이 철렁하더라고. 그 은인이 자네 여동생이라니 이런 인연이 있나. 답례라고 하긴 뭐하지만 이 테이블 계산은 내가 해 놓을 테니 편히 주문하도록 하게."

"그렇게라도 해 드릴 수 있으면 저도 좋겠어요. 그날은 정신없어서 제대로 인사드릴 여유도 없었거든요, 부끄럽습니다."

"아, 아니에요."

생각지도 못한 전개에 아멜리아는 도와 달라는 의미로 빈센트를 바라보았지만, 무슨 일인지 그는 그저 속을 알 수 없는 미소를 띠고 있을 뿐이었다.

"더 길게 이야기를 나누고 싶지만, 실비아가 몸이 별로 좋지 않은 것 같아 이만 돌아가려던 참이었어."

"그렇군, 날도 더운데 얼른 편히 쉬게 해 드려."

"그래야지."

안색이 창백한 실비아의 허리를 부축하며 헤이워드가 웃었다. 로비까지 헤이워드 커플을 배웅한 빈센트는 자리로 돌아오자 테이블에 턱을 괴고 앉아 자신의 여동생을 빤히 바라보았다.

"그래서?"

"뭐가?"

다시 과자를 오물거리기 시작한 아멜리아가 질문의 의미를 묻자, "그 파티가 알렉스 멜포드랑 같이 갔다는 그거지?"라고 문제 부위를 사정없이 찔러 왔다. 껄끄러운 질문에 소녀가 입술을 삐죽 내밀자, 빈센트가 팔을 뻗어 여동생의 코를 꽉 쥐었다.

"아야!"

"둘이 숨어 다닐 거면 티나 내지 말든가."

"별로 숨어 다닌 건 아니었어."

"당당하게 나간 것도 아니지. 너 시드의 마차를 타고 돌아왔다는 소리 들었거든?"

"히잉."

"시드도 말이지, 너에게 지나치게 물러서 문제야. 여러모로. 이렇게 알렉스를 도울 줄은 몰랐지만."

애꿎은 시드에게 원망의 소리를 한 그는 잠시 무언가 생각하는 듯하더니 말을 꺼냈다.

"나는 알렉스와는 엮이면 좋을 거 없을 것 같다는 쪽이야. 그 녀석이 곱게 보이는지 아닌지를 떠나 너희는 둘이 다니는 것만으로도 충분히 화제성이 강해. 그리고 결국 그 타격은 여자아이인 너에게 더 세게 올 거야."

"……알아. 그리고 난 신경 안 써."

"오빠는 신경 쓰여. 내 귀여운 여동생이 뒤에서 안 좋은 소리 듣는 거, 절대 용서 안 할 거고. 너 내가 그런 놈들에게 전부 싸움 걸고 돌아다니다가 경찰서에라도 가면 어떻게 하려고 그래?"

빈센트의 말에 깜짝 놀란 아멜리아가 먹는 것을 멈추고 빤히 바라보니, "못 할 것 같아?"라며 씨익 웃는다.

"그러지 마. 빈센트 오빠라면 정말 그럴 것 같아 걱정된단 말이야……."

"진짜 다 가만 안 둘 거라니까. 어디 한번 지켜보든지."

"오빠아……."

"그러니 알렉스와는 거리를 둘 것. 그게 오빠 입장이라는 걸 사전에 밝혀 두지."

이런저런 장난이 심해도 여동생을 대하는 태도 자체는 무른 편이던 빈센트가 이번에는 꽤 강경한 자세를 취했다. 그 녀석은 처음부터 마음에 안 들었어, 라고 혼잣말같이 중얼거리던 빈센트는 "어쨌든 오늘은 네 덕분에 대접받았네. 나도 헤이워드의 새로운 약혼녀 얼굴은 오늘 처음 봤어. 생각보다 인상이 흐린데?"라고 덧붙였다.

인상이 흐리다고? 실비아 정도면 꽤 눈에 띄는 미인이라 생각하던 아멜리아는 빈센트의 박한 평가에 놀랐다. 혹시 언니 로사가 더 미인이었나 싶어 고개를 갸우뚱하던 소녀가 물었다.

"……오빠는 전 약혼녀도 만나 본 거야?"

"흐으음, 어쩐 일인지 내 여동생치고는 사교계 소식이 빠른데?"

"시, 신문에도 났으니까. 유명한 이야기잖아."

"하긴. 워낙 부자라 호사가들의 입방아에는 딱 좋은 먹잇감이지. 난 언니 얼굴도 아는데 동생 실비아 양이랑 많이 닮았어. 처음에는 로사인 줄 알고……, 인사하다가 자칫 실수할 뻔했지만 언니보다 눈에 잘 안 들어오는 얼굴이네. 젊은 나이에 그렇게 가다니 안타까운 일이지."

"사고였어?"

"음. 계단에서 실족사였다고 하던데. 자세한 건 나도 몰라. 아멜리아가 가십을 좋아하던가? 꽤 궁금해하는걸."

"그런 건 아닌데, 아무래도 반지 때문에 알게 된 사람이라 좀 관심이 갔다고나 할까……."

"아아, 그 반지 엄청난 거라던데 어때? 구경한 감상은."

"보석이 아아주 커다래."

현실감 없는 크기의 보석이었다는 생각을 하며 어딘가 멍한 표정으로 과자를 입에 넣었다. 그런 아멜리아를 물끄러미 바라보던 빈센트가 "아직 멀었네."라고 아쉬운 표정을 지었다.

"보통 네 또래 여자애들이라면 그런 진귀한 반지를 보면 끼어 보고 싶기도 하고 갖고 싶어 하고 그러지 않아?"

"안 그래도 다른 사람들이랑 돌려 보다가 잃어버렸댔어."

"아……, 남 얘기처럼 하는 걸 보니 우리 막내는 아직 보석에 관심이 없는 거구나."

'그렇게 크고 화려한 보석을 내가 가지고 있어 봤자 어울리지도 않을 텐데.' 라는 말은 차마 하지 못한 아멜리아가 입에 들은 걸 삼키며 혼자 종알거렸다.

"그러고 보니, 오늘은 같이 있지 않았어."

"뭐가?"

"아, 아무것도 아니야."

며칠 전 실비아를 다시 만날 가능성이 있겠느냐고 물었던 시드의 질문이 떠올랐다. 그럴 일은 없을 거라고 확신했던 말은 이제 헤이워드와 빈센트의 연결로 그 확률이 크게 줄어 버렸다.

이것이 혹시 앞으로 일어날 무언가의 암시가 아닐까 걱정되었다. 그러나 당장 그것보다도 더 소녀의 신경을 집중시킨 건 실비아와 그녀의 약혼반지 근처에서 느낄 수 없었던 로사의 기운이었다. 한낮의 번화가여서 제대로 느낄 수 없었던 것일 수도 있지만 어쩌면 이것이 폭풍 전야를 의미하는 것일 수도 있다는 생각에 아멜리아는 불길함을 떨칠 수 없었다.

빈센트의 쇼핑 전략은 아멜리아의 예상과는 많이 달랐다. 일단 그는 최근 아가씨들 사이에서 가장 인기가 있다는 가게에 제 여동생을 데리고 가서 매니저를 불렀다.

"이 아가씨에게 어울릴 만한 걸 골라 주면 좋겠는데."

본인이 고르는 것이 아닌, 전문가에게 믿고 맡겨 버리는 쪽을 택한 빈센트는 '이런 방법이 있었어!'라는 표정으로 놀라는 아멜리아에게 다정한 볼 키스를 건넸다. 그는 점원들에게 둘러싸여 당황하는 소녀에게 "나는 서점에 좀 다녀올게!"라는 말만을 남기고 번개처럼 사라졌다.

그의 계획은 처음부터 아멜리아를 유행에 민감한 점원들에게 맡겨 머리끝부터 발끝까지 다듬게 하는 동안 자신은 홀로 자유 시간을 만끽하는 것이었다.

세 시간의 타임 리미트를 정한 빈센트가 그동안 어디 가서 무얼 하는지는 알 수 없지만 이것이 두 사람 모두를 만족하게 하는 가장 현명한 시간 사용 방법이라는 것에는 아멜리아도 동의할 수밖에 없었다.

매우 합리적인 방법으로 여동생의 세 시간짜리 베이비시터를 고용한 빈센트는 서점에 들러 기다리던 신간 책을 계산했다. 오래간만에 즐기는 휴일인 만큼 느긋하게 서점 구경을 마친 뒤, 단골로 가는 보석점에 들러 새로 나온 은제 시계 체인과 커프스를 구경할 예정이었다.

여름 신상품 중 마음에 드는 것을 몇 점 주문할 생각을 하며 거리를 걷고 있는데, 아는 얼굴이 곁을 스쳐 지나갔다.

'헤이워드의 약혼녀?'

조금 전, 헤이워드와 함께 있던 실비아가 어쩐 일인지 홀로 어디론가 급히 가고 있었다. 그 뒷모습이 실비아인가 아닌가를 잠시 망설여야 했던 이유는 그녀가 머리를 내리고 모자도 쓰지 않았기 때문이었는데, 입고 있던 드레스를 기억하지 못했다면 아마도 다른 사람이라고 생각했을 것 같았다. 어째서인지 그 작은 변화만으로도 인상이 확달라졌다는 기분이 들었다.

몸이 좋지 않다고 한 사람이 왜 혼자 있는지 의아해서 그는 주변을 둘러보았다. 혹시 근처에 그녀의 약혼자가 함께 있나 찾아봤지만 실비아는 혼자였다.

급한 일이라도 생긴 것일까. 어딘가 위태로운 발걸음을 하는 그녀의 뒷모습을 보자니 쉽게 눈이 떨어지지 않았다. 점점 멀어지는 실비아를 눈으로 좇던 그는 순간 깜짝 놀라 소리를 질렀다.

"실비아, 위험해요!"

사람과 마차가 교차되어 지나가는 복잡한 도로에서 그녀가 망설임 없이 마차 앞으로 뛰어든 것을 목격한 것이다. 자신이 본 것을 믿을 수 없어 잠시 움직일 수 없던 빈센트는 곧 정신을 차리고 "마차를 세워!"라고 외치며 달려갔다.

그가 사고 현장에 도착했을 때 실비아는 이미 기절한 상태였다. 거리를 지나던 주변 사람들이 놀란 말에게 달려들어 진정시키고 당황한 이들이 경찰과 병원을 찾는 고함으로 일대는 순식간에 시끄러워졌다.

"여자가 뛰어들었어, 길로 뛰어들었다고!"

"나도 봤어요. 마차가 천천히 가고 있었기에 망정이지―."

이곳저곳에서 증언하는 사람들의 목소리가 정신없었다.

'이게 대체 무슨 일이지……?'

그는 자신이 본 것을 믿을 수 없다는 표정으로 쓰러져 있는 실비아의 곁에서 경찰이 오기를 기다렸다.

빈센트가 호기롭게 백지 수표를 던져 놓고 가 버린 덕에 아멜리아는 짧은 시간 동안 방대한 양의 최신 유행 정보를 들을 수 있었다.

최신 유행이라지만 아무리 봐도 자신이 소화할 수 없을 것 같은 물건들은 직접 골라내기도 하면서 구두며 모자, 스타킹에 머리 장식까지 세세한 설명을 듣고 입어 보다 보니 빈센트와 약속했던 세 시간은 생각보다 금세 지나가 버렸다.

"오빠가 늦네……."

사들인 물건들을 모두 마차에 옮기고 제 오빠를 기다리던 소녀는 혹시 빈센트에게 무슨 일이 생긴 건 아닌가 싶어 초조해 발을 구르고 있었다. 타지에 나와 사람을 잃어버렸을 땐 어디로 찾아가야 하는지 열심히 고민하던 소녀의 귀에 마차 문이 열리는 소리가 들린 건 약속했던 시간에서 약 한 시간이 지날 무렵이었다.

"빈센트 오빠, 무슨 일 있었어?"

마차에 탑승한 그를 보며 아멜리아가 놀라 물었다. 늦게 온 데다 안색도 좋지 않은 그는 "늦게 와서 미안."이라고 말하고는 조용히 자신의 여동생을 껴안았다. 아무 말 없이 소녀의 머리를 쓰다듬던 그는 그제야 진정이 되는지 마부에게 출발할 것을 명했다.

저택으로 돌아가는 내내 침울한 표정을 하는 빈센트가 걱정된 소녀는 그가 설명해 줄 때까지 안절부절못했다.

"거리에서 사고를 목격했거든. 경찰이 올 때까지 기다렸다 오느라고 늦었어."

"사고? 오빠는 다친 데 없어?"

"나는 괜찮아. 그런데 실비아 양이……."

"실비아?"

예상치 못했던 이름이 튀어나오자, 아멜리아는 깜짝 놀랐다. 되도록 다시 엮이고 싶지 않은 사람 최상위 리스트에 올라 있는 그녀는 이름을 듣는 것만으로도 소녀의 간담을 서늘하게 했다. 집에 돌아간다던 실비아에게 대체 무슨 일이 일어났다는 건가 싶어 빈센트를 바라보니, 그가 평소답지 않게 느리고 두서없이 설명을 시작했다.

"이상하지. 내가 보기엔 스스로 뛰어든 것으로 보였거든."

그저 급하게 어디론가 가다가 마차를 못 봤을 수도 있을 거라 자신을 타이르며 돌아왔지만, 그녀가 그곳에 있었던 이유도 이해가 가지 않았다. 기묘한 것을 목격했다는 생각에 어딘가 마음이 불편하다고 했다.

"경찰에게 그녀의 이름과 헤이워드의 연락처를 알려 주고 돌아오는 길이야. 실비아 양은 아직 정신을 차리지 못했고 그대로 병원에 데려 간다는 것 같더라."

뛰어든 것으로 보였다고? 아멜리아는 그가 대체 왜 그런 표현을 사용했는지 궁금했다.

몸이 좋지 않아 집으로 돌아갈 예정이었던 실비아가 정처 없이 달려가던 곳은 어디였을까? 빈센트의 표현대로 마차 앞에 몸을 던질 생각이었을까? 무언가 잘못되고 있다는 기분이 들었다. 차라리 그녀의 사고에 대해 듣지 못했다면 아무것도 모르고 넘어갈 수 있을지도 몰랐을 텐데, 알아 버린 이상 뒤가 궁금해진다. 아니, 이제 피하고 싶다 해도 마음대로 될지도 알 수 없었다. 어쩐지 온종일 엄청나게 피곤한 하루였다는 데 동의한 남매는 서로를 지친 표정으로 바라보았다.

이튿날, 외출 준비를 마친 아멜리아는 스케치북을 손에 들고 저택을 나섰다. 갈 곳을 물색하던 그녀는 전날 있었던 일에 대해 더 자세히 생각해 보고 싶다고 생각했다. 그럴 땐 혼자 조용히 시간을 보낼 수 있는 숲이 가장 편할 듯싶었다.

'시드의 가게는 이틀 후에 가기로 했으니까…….'

그가 걱정하던 반지에 대한 이야기는 그때 하면 될 듯싶었다.

이제 완연한 여름임을 느낄 수 있는 주변 경치를 구경하며 숲을 향해 걷던 소녀는 자신이 가장 좋아하는 오동나무 공터에 도착했다. 놀랍게도 그곳에는 선객이 있었다.

"알렉스?"

"안녕, 아멜리아."

공터에는 알렉스가 피크닉 블랭킷을 펼치고 앉아 책을 읽고 있었다.

"책 읽기 좋은 곳이야. 네가 왜 여기에 자주 오는지 알 것 같아. 바닥에 깔 것이 있으면 좋을 것 같아서 가져와 봤는데, 정답이었어."

알렉스는 잔디 위에 펼쳐 놓은 부드러운 모포를 가리키며 앉기를 권했다. 혼자 쓰기에는 지나치게 넓어 보이는 크기가 아무래도 아멜리아가 앉을 공간까지 생각해 준비한 것 같았다.

소녀가 그의 권유대로 조심스레 모포의 끝자락에 자리를 잡자, 그가 만족한 듯 미소 지었다.

"설마 어제도 왔었어?"

"그렇긴 한데, 아. 혹시 혼자만의 공간을 내가 빼앗은 건가?"

"아냐, 그런 건 걱정하지 않아도 돼. 오히려……."

이곳은 어릴 적 알렉스와 함께 놀던 추억이 있어서 종종 찾던 장소였다고 말하려 했지만 솔직하게 말하기에는 어쩐지 부끄러운 기분이 들었다.

"……알렉스가 다시 와 줘서 기뻐."

소꿉친구와 함께 시간을 보낼 기회가 다시 주어진 것이 기뻤다. 이 말을 하며 환하게 웃자 그가 쑥스러운 듯 따라 웃었다.

"그림 그려?"

"응?"

알렉스의 시선은 아멜리아의 손에 들린 스케치북에 멈춰 있었다. 평소 버릇대로 들고 나온 것이어서 그가 무슨 말을 하는지도 처음에는 이해하지 못하고 마주 바라보다가 잠시 후 "아." 하면서 제 손을 내려다보았다.

"그냥, 취미로."

뭘 그리냐고 물으면 어떻게 대답해야 할지 몰랐다. 풍경을 그린다고 얼버무리면 될까 생각하고 있는데 몸을 일으킨 알렉스가 바로 옆으로 다가와 "봐도 돼?"라고 물었다. 도망갈 타이밍을 이미 놓친 아멜리아는 눈을 이리저리 굴려 보다가 결국 준비했던 답변은 입 밖으로 꺼내 보지도 못한 채 어쩔 수 없이 스케치북을 내밀었다.

팔락팔락. 스케치북을 받아 든 알렉스가 종이를 몇 장 넘겨 보더니 아쉬운 표정으로 말했다.

"새 거잖아. 아무것도 없네."

"으, 응. 얼마 전에 다 써서…… 새로 샀어."

"그렇군. 그리게 되면 보여 줘."

"그럴게."

"아멜리아가 어떤 그림을 그릴지 궁금해."

비어 있는 하얀 도화지를 바라보는 알렉스의 눈이 반짝였다. 그렇구나. 그런 게 궁금하구나. 그 모습을 보던 아멜리아는 며칠 전 새로 산 스케치북을 들고 나올 생각을 한 저 자신을 칭찬했다. 잘했다, 잘했어. 오늘 아침의 나!

앞으로 무슨 일이 있어도 그에게만은 절대 제가 그린 그림들을 보여 주면 안 된다고 다짐하면서 소녀는 다시 스케치북을 받아 들었다.

"하아……."

밖에 나온 지 얼마 되지 않았는데 벌써 하루 치 에너지를 다 사용한 것처럼 피곤했다. 알렉스 앞에서는 그림을 그리지 않는 것이 좋겠다고 생각한 아멜리아는 스케치북을 멀리 밀어 놓은 채 자신의 무릎을 껴안고 앉아 어제 일을 생각했다.

알렉스와 함께 갔던 파티에서 아멜리아가 반지를 찾은 건 결코 우연이 아니었다. 커튼 밑으로 반짝이는 것이 보인다고 했지만 사실 그 방의 커튼은 바닥 끝까지 끌리도록 닿아 있어 반지가 보이기는커녕 바람이 샐 틈도 없었다. 하워드가 자신을 보며 의아한 표정을 지었던 이유도 바로 이것 때문이었을 것이다.

하지만 메이벨을 빨리 도와야 했던 아멜리아는 달리 둘러 표현할 방법을 찾을 시간이 없었다. 그곳에 반지가 있다는 건 창밖에 서 있던 로사 때문에 알았다. 외부와 연결된 유리문 건너편에서 누군가가 미동도 않고 반지가 있는 곳만을 노려보고 있었는데, 아멜리아가 그녀의 존재를 눈치챈 것은 파티 중반부터였다. 모르는 얼굴들이 많아 처음에는 초대객인 줄 알았다. 그러나 기묘한 움직임을 보이는 숙녀가 파티에 참석한 누구와도 대화하지 않는 걸 보고서야 사람이 아닌 무엇인가가 섞여 있다는 걸 깨닫게 되었다.

그녀는 정해진 일정 구역 안에서 움직였다. 지금 생각하면 그 반지가 있던 위치가 아니었나 싶다. 파티 내내 정원을 통해 들어오는 산들바람처럼 흔들거리며 사람들 사이를 기웃거렸다.

'내가 자신을 보고 있다는 건 눈치채지 못했던 것 같지만.'

반지에 대한 집착이 엄청난 탓에 누군가가 자신을 보고 있다는 것도 모르고 있던 로사였지만 결국 아멜리아의 존재를 알게 되었다. 위치를 정확히 알고 있는 소녀에게 그녀는 '반지가 있는 곳을 말하면 널 용서하지 않을 거야—!' 라고 소리를 질렀다.

그녀의 목소리는 사람들의 것처럼 귀를 통해 직접 들렸다기보다는 머리와 가슴을 통해 전해지는 전신을 흔들어 놓는 비명에 더 가깝다고 표현해야 옳았다. 쩌렁거리며 울리는 그 목소리에서 느껴지던 엄청난 악의는 소녀의 간담을 서늘하게 만들었다.

평소의 아멜리아라면 이 이상 가까이 가지 않는다는 자신의 철칙을 지켰겠지만, 그 상황에서 입을 다물고 친구가 곤경에 빠지는 걸 보고만 있을 수도 없던 터라 결국 금기를 어기고야 말았다.

그 당시 소녀의 유일한 위안은 더는 그 반지나 실비아와 엮일 일이 없다는 것이었는데, 이제는 그것조차 어떻게 될지 장담하기 힘든 상황이 되어 버렸다. 평소 같으면 피할 수 있던 일이었을 텐데 이제 그러기에는 좀 늦은 기분이 들어 버렸다.

'어쩌다 이렇게 된 거지?'

파티에 가게 된 것부터, 의외의 연속이었다. 아니, 그렇게 말하자면 알렉스를 다시 만난 것부터가 시작이었지만. 소녀는 제 곁에서 책을 읽고 있는 청년을 힐끔 곁눈질했다. 차분하게 종이 넘기는 소리만 들리는 걸 보면 꽤 집중하고 있는 것 같았다.

'아무리 좋은 의도로 너와 친분을 맺는다 하더라도 그는 돌아가 버리면 그만인 거야. 어쩌면 그가 돌아간 뒤에 바뀌는 건 없을 수도 있어.'

동생이 상처받지 않기를 바라는 큰오빠 해리의 말에도 일리는 있었다. 하지만 그건 돌려 말하면, 여름 방학인 삼 개월간의 일일 뿐이니 그 정도의 시간 동안은 친하게 지내도 상관없다는 말도 된다고 소녀는 생각하고 있었다.

아무리 철없는 아멜리아라도 알렉스의 귀환이 어린 시절의 관계로 돌아가는 것을 의미한다고는 생각하고 있지 않았다. 길어 봤자 삼 개월이라는 유효기간이 있다는 걸 알기에 서로가 어린 시절의 소꿉친구를 편하게 다시 받아들이는 것일지도 몰랐다. 냉정한 말일지는 몰라도, 재회의 시작부터 그녀는 그를 평생을 볼 사람으로 분류해 놓지는 않았다.

해리가 걱정한 건 아멜리아에 대한 세간의 시선과 소문이었겠지만 소녀가 걱정하는 것은 다른 부분이었다. 생각해 보면 그와 함께 있을 때마다 크고 작은 일이 터졌다. 어릴 적에는 그저 운이 나쁜 날인가 보다 하고 넘겼던 사건들이 어쩌면 그들이 함께 있었기 때문에 벌어진 일일 수도 있다는 생각이 들었다.

그와 만난 것 자체가 무언가의 질서를 파괴하고 있는 걸지도 몰랐다. 파괴하거나, 혹은 새로운 흐름을 부추기거나.

아멜리아는 앞으로의 기간 동안 별다른 일이 없기를 기도했다. 이 여름이 끝나면 모든 것이 제자리를 찾아 돌아갈 수 있을 거라 믿으면서.

"배고프지 않아?"

"응?"

한동안 책 읽는 데 전념하던 알렉스가 고개를 들고 물었다.

그는 자신의 옆에 두었던 작은 바구니를 들어 보이며 "샌드위치가 있는데."라며 웃었다. 그러고는 뚜껑을 열고 그 안에서 작은 병에 담긴 레모네이드와 간식들을 꺼내기 시작했다.

"알렉스, 준비성 정말 철저하다……."

"내가 준비한 게 아니라, 메이드들이 싸 준 거야. 어제 나갔다 온 걸 보더니 필요할 거라고 생각했나 봐."

소녀의 감탄에 그가 당황했다. 서둘러 다른 이에게 공을 돌린 후 들고 있던 샌드위치의 절반을 건넸다.

"이거 알렉스 혼자 먹으라고 준비해 준 거 아니야?"

"나 혼자 이걸 다 먹고 들어오라고 준 거라면 난 내일까지 여기서 야영해야 할 거야."

바구니 안을 보여 주며 그가 "원하는 걸 골라도 좋아."라고 말했다. 얼핏 봐도 엄청난 양의 빵들이 차곡차곡 정성스럽게 쌓여 있었다.

"그럼 사양 않고 실례할게요."

소녀가 레이스 장갑을 낀 손으로 샌드위치를 받아 들자 알렉스가 놀라 물었다.

"장갑은?"

"아, 아무리 냅킨에 감싸도 역시 보기에 좀 불편하지?"

망설이던 아멜리아는 결국 장갑을 벗어 옆에 내려놓았다. 장갑을 벗은 손등에 자리한 커다란 상처에 알렉스가 놀란 표정을 지었다. 장갑을 끼고 무언가를 먹기는 불편하지 않으냐고 물어보려던 그는 그제야, 그녀가 늘 장갑을 끼고 있는 이유를 깨달았다.

"혹시 그거……, 나랑 있다가 다친 거야?"

어릴 적 사고로 자신은 며칠 고열에 시달렸고, 소녀는 손을 다쳤다는 말을 들었던 기억이 났다. 다쳤다는 말은 들었지만 어떤 상처였는지는 들은 적이 없어서 저렇게 큰 상처를 입었으리라곤 생각도 못 했다.

그가 자신의 손을 뚫어져라 응시하는 것이 부끄러운지 아멜리아는 블라우스의 소매를 당겨 손등을 살짝 덮었다.

"밖에 다닐 때는 항상 장갑을 끼고 있다 보니 가끔 벗어야 할 때를 잊어버려, 미안."

"아냐. 그……, 나야말로 괜한 말을 물어서……."

그렇게 말하면서 알렉스는 미안한 듯 시선을 거뒀다. 손등에 난 상처를 만져 보고 싶다는 생각에 무심코 손을 뻗을 뻔했다. 그러나 용기가 나지 않았다. 과연 제게 그럴 자격이 있을까. 어쩌면 그는 자신이 모르는 사이에 소녀에게서 많은 것을 빼앗았을지도 모른다는 생각이 들었다.

우울한 생각에 빠지는 걸 느꼈는지 아멜리아가 평소보다 더 활기차게 "자, 어서 먹자!"라고 말하며 제 앞에 놓인 샌드위치를 집어 들었다. 호밀 빵으로 만든 커다란 샌드위치를 한입 베어 문 아멜리아가 눈을 크게 뜨며 "맛있어!"라고 외쳤다. 달콤한 크랜베리 소스를 사용한 닭고기 구이에 신선한 채소를 가득 넣은 담백한 맛의 샌드위치는 소녀의 입맛에 딱 맞았다. 그런 아멜리아를 보고 다행이라는 듯 웃은 알렉스는 햄과 치즈가 들어간 것을 골라 베어 물었다.

"오랜만에 왔더니 다들 뭐라도 더 먹이고 싶은가 봐. 더는 키가 클 것도 아닌데 양이 장난이 아니네. 나눠 먹을 사람이 있어서 다행이야."

"알렉스가 그리웠던 거지. 돌아오니 기쁜 거야."

"그런가."

"나도 알렉스를 다시 봐서 좋아."

샌드위치를 오물거리며 웃는 아멜리아를 알렉스가 잠시 눈이 부신 듯 바라보았다.

"몰랐는데, 소꿉친구가 있다는 거 정말 좋은 것 같다."

"그래?"

"응. 이렇게 좋은 건 줄 몰랐어……."

뭔가를 깨우친 표정으로 알렉스가 쑥스러운 듯 따라 웃었다. 함께 있으면 마음이 편안해지는 상대가 있었다는 걸, 어째서 그동안 잊고 살았는지.

"내일도 이곳에 올 거면 샌드위치 싸 달라고 할까?"

"어, 그래도 돼? 나야 좋지만……. 번거롭지 않겠어?"

"나야 들고 오는 게 전부인데 뭐. 앞으로도 계속 가능해."

"엄청나다……. 아, 나는 내일은 못 오는데 모레는 올 수 있어."

무언가 생각난 듯 자리를 고쳐 앉은 아멜리아가 "시드랑 점심 약속이 있어."라고 말했다.

"시드랑 약속했어?"

"응, 그날 마차로 데려다주면서 수요일 낮에 키쉬 먹으러 가자고 했거든."

그 말을 들은 알렉스의 표정이 묘하게 변했다.

"마차로 데려다준 거면 그 파티 있던 날?"

끄덕이는 소녀를 보고 알렉스가 씁쓸하게 웃었다. 아무리 연인이라지만.

이렇게 된 거 조금 놀려 주기라도 해야겠다고 생각한 그는 부러 심술을 부렸다.

"정말 너무한 거 아냐?"

"뭐가?"

"내가 초대한 저녁은 두 번이나 거절하고 시드의 데이트 신청은 받아 주는 거야? 아니면 샌더즈가에는 밖에서 먹는 건 점심까지만으로 제한해 둔 집안 규율이라도 있다거나."

꽤나 얄미운 차별 대우라며 알렉스가 투덜대자 무슨 소리인지 몰라 어리둥절해하던 아멜리아가 뒤늦게 "데이트?!"라고 소리를 질렀다.

"그거 데이트 신청이었어?"

"당연하지. 그럼 뭐라고 생각했던 거야? 배고플까 봐 억지로 챙겨 먹이는 거?"

"히이익!"

깜짝 놀란 소녀가 급히 숨을 들이켰다. 갑자기 놀란 탓에 사레가 들렸는지 콜록대기 시작하자 알렉스가 얼른 레모네이드를 따라 건네주었다. 그저 조금 놀려 줄 생각이었는데, 소녀가 너무 사색이 되는 바람에 그도 덩달아 놀라 눈이 커졌다.

컵에 담긴 내용물을 단숨에 다 마신 아멜리아는 두 손으로 잔을 든 채 그릇 밑바닥을 살펴보기라도 하듯이 아래를 노려보며 한동안 굳어 있다가 무언가 각오를 마친 듯 천천히 그를 향해 고개를 돌렸다. 그 속도가 지나치게 느린 탓에 대답을 기다리던 알렉스는 웃음이 터지는 걸 필사적으로 참아야 했다.

"정말 몰랐어……."

"……지금 보니 그런 것 같네."

"언질이라도 좀…… 주든가."

"나 나름대로는 충분히 어필했다고 생각했는데 말이지."

"그랬구나. 진짜 정말 몰랐어……."

꼼지락거리며 컵을 만지던 아멜리아가 큰 각오를 한 듯 입을 열었다.

"저기, 알렉스. 미—."

"미안하다는 말은 하지 않기."

사과하려는 아멜리아의 말을 알렉스가 얼른 막았다. 모르고 한 일에 사과까지 받고 싶지는 않아서 한 말이었지만 소녀는 다르게 받아들인 것 같았다. 하려던 말을 결국 삼켜야 했던 아멜리아는 이제 어찌해야 좋을지 몰라 눈에 띄게 안절부절못했다.

"아멜리아가 사과할 만한 일은 아니잖아. 데이트 신청이라고 제대로 말하지 못한 건 내 책임이야."

"아냐, 초대의 의미를 못 알아들은 내가 더—."

"그럼 저녁 식사가 샌드위치로 바뀐 거라고 생각해 주면 안 될까? 메뉴가 매우 볼품없어져서 미안하지만."

부드러운 부탁의 말에 소녀의 표정이 조금 밝아졌다.

"정말 그래도 돼?"

"음, 가능만 하다면 한 번의 저녁보다 여러 번의 피크닉이 더 좋은데, 이렇게 들이대는 남자는 너무 부담스럽나?"

짐짓 떠보는 것처럼 물어 오는 알렉스에게 아멜리아가 고개를 좌우로 흔들었다.

"전혀!"

"그러면 다행이네. 그리고 한 가지만 더 부탁해도 돼?"

"뭔데?"

"시드랑 다녀온 키쉬 가게는 나와도 반드시 함께 갈 것."

"어?"

"나 보기보다 질투 많거든."

"뭐어?"

알렉스의 말이 대체 어디까지가 농담이고 어디까지가 진심인지 감이 오지 않는 아멜리아는 지금이 웃어도 좋은 타이밍인지를 알지 못해 "어…… 그래…… 그럴게."라는 말만 하며 눈을 굴려야 했다.

질투라니. 알렉스가 먹을 걸 그렇게 좋아했던가? 아니면 키쉬인가? 저녁 초대 거절한 거 사실은 아직도 화난 거 아니야?

이리저리 바뀌는 소녀의 안색만 봐도 지금 무슨 생각을 하는지 보이는 듯했다. 먹을 것에 질투한다고 오해라도 하는지 중얼거리는 내용이 이상했다.

"길은 헤매지 않을 테니까, 이번에 가면 예약을 받는지 물어봐야……, 헉, 이게 아니라. 예약 날짜를 미리 정해 둬야……."

"아멜리아."

"알렉스! 예약은 언제로 해 둘까?"

"아멜리아!"

"응?"

"예약할 필요 없어."

그렇게 걱정하지 않아도 된다고 말해 주고 싶었지만, 그 말을 꺼내면 오히려 더 긴장할 것 같아 나긋한 목소리로 달랬다.

"당장 가자는 게 아니니까 천천히 좋은 날 골라서 가자. 중요한 건 너랑 같이 가는 거지 날짜가 아니야."

"어…… 그래……."

아멜리아는 대답을 길게 끌며 알렉스의 안색을 살폈다. 또 아무렇지도 않게 엄청난 소리를 하는구나. 너랑 같이 가는 게 중요하대, 우와아.

아무 생각 없이 하는 소리가 이 정도라면, 유혹을 작정한 상대에게는 대체 어떤 말을 할지 상상이 가지 않았다. 담담한 그에 비해 자신은 얼굴에 홍조가 돌고 가슴도 통통 뛰고 있었다.

"알렉스 정말 대단하다……."

소녀가 중얼거린 한마디에 이제는 그가 동요했다. 무언가 실수를 한 건가? 심술이 지나쳤나? 혹시 연인과 다녀온 곳을 저도 같이 가야겠다고 말한 게 꽤 도전적으로 들렸나? 흔들리는 눈으로 아멜리아를 살펴보았지만 소녀는 "후우—" 하고 짧은 숨을 내뱉는가 싶더니 다시 행복한 표정으로 돌아가 샌드위치를 깨물어 먹기 시작했다. 엇갈린 두 사람의 오해는 그 오후 내내, 풀리지 못하고 그대로 막을 내렸다.

본격적인 무더위가 시작되기 직전의 여름 날씨였다. 아멜리아는 리본 달린 모자에 양산까지 써서 피부가 타는 걸 철저하게 예방하고 길을 나섰다.

그녀는 얼마 전 빈센트와 함께 다녀온 쇼핑에서 산 여름용 드레스를 입었다. 최신 유행을 반영했다는 디자인으로 발목이 보이도록 시원하게 짧아진 스커트 라인이 포인트였다. 의상을 권한 점원들은 이 드레스를 입을 땐 얇은 발목에 시선이 모이도록 굽이 높은 구두를 신는 것이 좋다고 했지만, 걷기 불편하다는 이유로 아멜리아는 낮은 굽의 메리 제인을 신고 나왔다.

원단이 얇고 스커트의 길이도 짧아 여름에 입기에 아주 좋은 드레스였다. 걷기에도 편하고 전체적인 디자인이나 색상도 꼭 마음에 드는데, 평소 입던 옷보다 짧아진 기장에 신경이 쓰여 괜스레 아래로 시선이 향하게 된다.

'시드를 만나러 나오면서 너무 화려하게 입었나.'

새 드레스를 입어 보고 싶은 마음에 당장 입었지만 고작 마을 앞에 나오면서 과하게 꾸몄다며 놀림이라도 받으면 어쩔까 조금 걱정이 되었다. 그러나 그것은 기우에 그쳤다.

"오늘 정말 예쁘다, 아멜리아."

입이 귀에 걸릴 정도로 기뻐 보이는 시드가 두 팔 벌려 소녀를 맞이했다. 이 도를 넘은 환대는 대체 무얼까. 짐작 가는 곳이 없으니 두렵기까지 했다.

"시드. 혹시 이번에 저에게 맡길 일의 난이도가 높거나 수량이 많아요?"

"아니, 별로. 왜 그런 생각을 했어?"

이것도 아니면 대체 왜 이렇게 칭찬 일색이지? 예쁘다고 해 주는데 따져 묻기도 뭐해서 "오늘 기분이 좋아 보여요."라고 건네자 그가 "아멜리아가 예뻐서 그래."라고 대답했다. 이래서야 다시 원점이었다. 그가 새 드레스의 디자인을 이상하다고 말하지 않아 그나마 다행이라고 생각하며 소녀는 '붉은 서재'의 고객 상담용 소파에 앉았다.

"이번에 들어온 의뢰품은 이거."

작은 상자에서 시드가 꺼낸 것은 진한 군청색이 눈에 들어오는 도자기 인형이었다. 펄웨어(Pearlware) 기법으로 제작된 한 쌍의 파랑새들이 나뭇가지에 앉아 있는 모양으로 크기는 그리 크지 않지만, 만듦새가 정교해 고가의 물건으로 보였다.

"그리 오래된 물건은 아닌데, 출처가 불분명해서."

"세공이 섬세하네요. 수집가용의 물건인가 봐요."

손바닥 위에 새들을 올려놓고 이리저리 돌려 보던 아멜리아는 곧 이상하다는 표정으로 시드를 바라봤다.

"나무 위에 앉은 새들이 모두 눈을 감고 있어요."

"잠든 새들의 노래."

"네?"

"그게 그 작품의 이름이야. 저승에서 사는 새들일 거라는 설도 있어."

"유명한 건가요?"

"진품이라면. 인기가 있었던 만큼 가품도 많은데 이렇게 섬세한 건 정말 가려내기가 힘들어. 바닥에 작가 사인이랑 도장까지 똑같이 만들거든."

새들을 바라보던 아멜리아는 궁금했다. 저승의 새들이 부르는 노래 역시 사랑스러울까? 어쩌면 이들은 사랑하는 이들과의 헤어짐을 슬퍼하는 노래를 부르는 걸지도 몰랐다. 작고 동그란 뒤통수에는 깃이 살짝 서 있고 몸의 곡선은 둥글고 짧다. 저승에 사는 새들이라고 하기에는 지나치게 사랑스러운 외양이었다.

'안 돼.'

꼬리를 무는 생각을 잠시 멈추고 소녀는 머리를 흔들었다. 지금부터 하려는 작업에는 사적인 생각이 투영되면 안 된다. 마음을 깨끗하게 비우고, 손에 쥔 작고 차가운 도자기 새들이 보여 주는 것만을 받아 보아야 했다.

"준비되면 이야기해 줘."

종이와 펜을 준비한 시드가 맞은편 의자에 앉아 조용히 말했다. 소녀의 집중을 깨지 않게 하려고 목소리를 낮춰서 속삭였다. 아멜리아는 인형을 탁자에 잠시 내려놓은 뒤 후우, 심호흡했다.

"준비되었어요."

내려 두었던 새들을 다시 손에 쥐고 소녀는 눈을 감았다. 첫 영상을 받아 보기까지의 시간은 매번 달랐다. 빠른 경우는 잡는 즉시 반응이 오지만 늦을 때는 몇 분 정도가 걸린다.

그녀가 처음 본 장면은 새들이 눈을 감고 있는 모습이었다. 자신의 손에 들린 새들의 모습과 다를 바 없는 영상에 처음에는 '잘못 받았나.' 라는 생각을 했다.

이미지를 받지 못하는 경우는 크게 두 가지의 이유가 있었다. 첫 번째는 아멜리아의 집중이 이어지지 못한 경우. 이때는 시간을 좀 더 들여 차분하게 머리를 비우고 다시 시도하는 방법을 사용했다.

두 번째는 사물에 남아 있는 기억이 매우 흐리거나 마구 섞여 있을 때였다. 즉 필요한 흔적을 바로 찾아내지 못하는 경우인데 이럴 때는 해결이 힘들었다. 의뢰받은 물건에 별 의미가 담겨 있지 않는다는 뜻도 되기 때문에 아멜리아는 어쩔 수 없이 읽기를 포기하고 시드가 다른 방법으로 해답을 찾아봐야 했다.

그러나 지금 그녀가 손에 든 작은 새들의 경우, 그 두 가지 모두에 해당하지 않았다.

어차피 소녀가 볼 수 있는 이미지들은 극히 제한적이다. 무언가 장면이 보이면 놓치는 일 없이 움켜쥐고 끝까지 들여다봐야 했다. 가능한 많은 것을 끌어내야 했다.

매끈하게 유약 처리된 파란색의 새들이 아멜리아의 감긴 시야를 가득 채운다. 새들의 귀여운 머리가 눈에서 떨어지지 않는다.

'무얼 봐야 하는 거지?'

마음을 가다듬고 다시 살펴도 보이는 것은 새들의 머리뿐이었다. 장면이 넘어가지 않는다는 걸 깨닫고 당장 무언가 보기를 포기했다. 자신에게 보이는 영상의 의미를 찾을 때까지 소녀는 새들의 모습을 찬찬히 살피기로 했다.

"아!"

"밀리?"

"이제 알았어요."

그녀가 봐야 하는 것은 새의 눈이었다. 뜨고 있는 게 아닌, 감겨 있는 그들의 눈. 그것의 의미.

"이들은 저승에 사는 새들이 아니에요, 시드."

"······해석을 말하는 건가?"

"네. 이름 그대로 죽었어요. 살아 있지 않아요."

"그런데 노래를 한다?"

"그 이유는······."

흠칫, 놀라는 기색이 느껴졌다. 한동안 말을 잇지 못하던 아멜리아가 "미안해요. 궁금한 게 뭐였죠?"라고 되물었다.

"진품인지를 알고 싶어."

"제가 보이는 걸 설명할 테니 받아 적어 주세요. 그 안에 진품에 대한 정보가 있으면 좋겠지만, 저로서는 판단을 내릴 수 없으니까요."

"그래. 가능한 한 많이 둘러봐 주면 좋겠어."

"작업실······, 나이가 많은 남자가 혼자, 아니 뒤에 사람들이 있어요. 집중하고 있어서 혼자만 있다고 느끼나 봐요. 나무로 된 상 위에

서 작은 붓으로 먼지를 털고 있어요……. 이 작업에서 그의 위치
는……, 그는 금박공인 것 같아요."

아멜리아의 느린 목소리가 이어졌다. 그녀가 보는 것은 새들이 만
들어지는 장면이었다. 제작 환경, 계절. 가끔은 만든 이의 외모와 그
들이 입은 의상으로도 시기가 추정될 수 있었다.

소녀는 그 새들을 통해 볼 수 있는 거의 모든 것을 둘러본 뒤 "이 정
도면 될까요?"라고 물었다.

"이렇다 할 만한 명확한 특징이 없긴 하지만 이 정도라도 있으면 제
작자를 추정하는 데는 도움이 될 듯싶어."

소녀의 능력은 평범하지 않았다. 그러나 그녀가 하는 일에도 한계
는 있었다. 이런 일을 맡았을 때 아멜리아가 하는 일은 그 물건에 담
긴 기억을 읽어 내는 것이 전부여서 시간을 들여도 제대로 된 답이 나
오지 않는 경우가 더 많았다.

자신이 필기한 것을 꼼꼼하게 다시 훑어본 시드는 종이와 펜을 치
웠다. 정리를 마친 후 뒤를 돌아본 그는 아멜리아가 아직도 눈을 뜨지
않았다는 사실을 깨달았다.

"뭔가 더 있어?"

"아뇨."

명확한 답변이 돌아왔지만 소녀는 새들을 손에 쥔 채 눈을 감고 있
었다.

"밀리?"

불러도 대답이 없자, 인상을 쓴 시드가 서둘러 아멜리아의 곁으로
다가갔다. 그녀의 손 위에 얹힌 도자기 인형을 빼앗았다. 미동도 하지
않는 작은 어깨를 잡았다.

"아멜리아!"

"네."

"눈 떠."

시드의 명령을 받고서야 감겨 있던 눈꺼풀이 천천히 올라갔다. 그는 숨겨져 있던 연녹색 눈동자가 빛을 되찾는 모습을 확인하고 나서야 안심했는지 크게 숨을 내쉬었다.

"괜찮아? 눈을 뜨지 않아서 걱정했어."

"……시드. 그 새들 말이에요. 정말 진품 확인을 목적으로 보내진 거 맞아요?"

"무슨 뜻이야?"

아직도 어딘가 먼 곳을 응시하는 것 같은 얼굴이었다. 소녀의 질문이 이상했는지, 풀어졌던 시드의 얼굴이 다시 긴장했다. 아멜리아가 이렇게 질문의 의도를 물을 땐 숨겨진 무언가가 더 있다는 말이었다.

"이 새들, 주술 도구로 만들어진 거 아닌가 싶어서요."

"주술 도구?"

작게 고개를 끄덕인 소녀는 새들을 바라보며 고개를 갸웃거렸다.

"어떻게 쓰는 건지 사용 방법은 모르겠는데, 천도 목적으로 만들어진 것 같아요. 영혼을 올려 보내는 용도요."

"천도라고?"

"그 방법을 알아내려고 보낸 게 아닌가 싶은데요? 원래 작품명을 생각하면 다른 건 살펴볼 필요 없이 이건 진품이 되는 거고요."

"……만일, 그렇다면 진짜 의뢰 내용을 밝히기 전에 우릴 시험해 본 건가? 이거 꽤 기분 나쁜데."

누구의 의뢰인지는 몰라도 기묘한 일을 해결해 준다는 골동품상인 시드의 능력을 시험하기 위함이었을 것이다. 시드와 아멜리아가 사기꾼인지 아닌지를 미리 확인할 요량이었을 듯싶었다.

"의뢰인을 직접 만난 적은 없어. 멀리 사는 친척이라면서 이 근방의 사람이 상자를 들고 왔거든. 의뢰 내용은 편지에 적혀 있었고."

"그 편지, 제가 봐도 돼요?"

"물론."

시드는 도자기 새들이 들어 있던 상자에서 편지를 꺼내 아멜리아에게 넘겼다. 도톰한 백색의 편지지에는 별다른 내용이 없었다. 우연히 구한 물건인데 진품 여부를 알고 싶다는 몇 줄의 설명. 편지 내용을 살핀 소녀가 편지를 손에 쥔 채로 눈을 감았다.

"편지를 쓴 사람은 남자예요. 낡은 펜대를 사용하고 있고…… 밤인 것 같아요. 열린 창문으로 바람이 불고, 이 편지를 쓴 건 최소한 4개월 전일 듯싶어요. 아직 쌀쌀한지 두툼한 나이트가운을 입고 있거든요."

거기까지 설명을 마친 아멜리아는 다시 감은 눈 앞에 보이는 장면에 집중했다. 바람이 강하게 불고, 책상 위의 종이들이 몇 장 흩어졌다. 바람에 종이가 날려도 남자는 편지를 쓰는데 몰두하고 있었다. 번득이는 눈동자에서 광기가 느껴졌다.

소녀의 의식은 이제 날아가는 종이를 따라 움직였다. 어두운 실내, 어두운 복도. 방문이 열려 있어서 종이가 복도까지 날아갔다. 새카만 복도 저편에 작은 등불이 켜져 있지만, 어둠을 홀로 밝히기에는 역부족이었다.

'복도……'

캄캄한 복도의 끝에 방이 있었다. 어두운 공간에서 그곳에 방이 있다는 걸 알게 된 이유는 실내에서 흘러나오는 가느다란 불빛 때문이었다. 문의 윤곽이 희미하게 보이는 곳을 바라보았다. 이미 너무 멀리 나간 느낌이었지만 저 방 안에 무엇이 있을지 궁금했다.

아니, 저 방을 봐야만 한다는 생각이 들었다. 저곳에 자신이 찾는 단서가 있을 것 같다는 기분이 들어 아멜리아는 최대한 가까이, 자신이 갈 수 있는 곳까지 시야를 길게 늘였다.

복도까지 성큼 뛰어간 의식은 다시 방문 앞으로 훌쩍 뛰듯 움직였다. 이동에 거리감이 없어서 자신이 방에 들어갔다는 사실을 인식한 건 방 안에 들어서고도 몇 초 후의 일이었다.

'아기의 방이네.'

구석에 놓인 요람을 보고 그렇게 생각한 것 같았다. 요람 곁에는 청동판을 깎아 만든 장난감 모빌이 달려 있었다. 만든 지 오래된 낡은 모빌은 밑 부분에 작은 초를 놓아두어 초가 타는 힘으로 청동 장난감들이 돌아가도록 만든 모빌이었다.

모빌은 바람이 드는 곳도 없는데 천천히, 불꽃의 기운에 따라 좌우로 흔들리며 회전하고 있었다. 어린아이가 있는 집일까. 아멜리아는 요람 곁으로 다가가서 안을 들여다보았다. 그리고 그 안에는.

"밀리!"

쓰러지는 소녀의 몸을 받은 시드가 소리쳤다. 들고 있던 편지가 바닥에 떨어졌다. 힘을 잃은 팔다리가 그대로 무너지려는 걸 곁에 있던 시드가 재빨리 안아 들었기에 망정이지 하마터면 크게 다칠 뻔했다.

"눈을 떠 봐."

시드가 품에 안긴 소녀의 안색을 살폈다. 코 밑에 손가락을 대고 숨을 쉬는지를 확인했다. 가슴이 작게 오르내리는 것을 확인하고 나서야 시드는 바닥에 떨어진 것 같던 심장이 진정되는 기분이 들었다.

정신이 돌아오는지 천천히 눈을 뜨고 주변을 둘러본 아멜리아는 자신이 시드의 가슴에 안겨 있는 것을 보고 깜짝 놀란 뒤 당황해 다시 눈을 꼭 감았다. 그 모습에 심각하던 시드의 얼굴이 조금 펴졌다.

"정신 들은 거 알아."

"미안해요. 갑자기 놀라서……."

어찌할 바를 몰라 하던 아멜리아는 시드의 품에서 몸을 일으킬 생각도 못 한 채 뻣뻣하게 굳어 있었다. 눈만 데굴데굴 굴리는 모습이 대체 이 난관을 어떻게 벗어나야 하는지 모르는 눈치였다. 그런 그녀를 보고 낮게 웃은 시드가 "난 이대로 계속 안고 있어도 괜찮은데."라고 말하자 소녀는 그제야 비명을 지르며 토끼처럼 튀어 올랐다.

어디서 그런 순발력이 나왔는지 잽싸게 거리를 둔 아멜리아가 달아오른 뺨을 양손으로 감싸며 그 자리에 주저앉았다.

"아오오—."

"어디 아픈 거야?"

걱정되어 다가오려는 시드를 손으로 저지한 채 소녀는 고개를 저었다. 그저 창피해서 나온 반응이라는 것을 깨닫자 안도했는지 그도 소녀의 옆에 쪼그려 앉고 손부채질을 하는 소녀에게 물었다.

"뭘 본 거야?"

그 질문에 파닥이던 손이 멈춘다. 눈을 뜨자마자 보았던 광경이 너무 강렬해 잠시 잊고 있었지만, 소녀가 종이 너머로 들여다본 것은 예상외의 장면이었다. 아멜리아는 고개를 돌려 도자기 새 두 마리가 놓여 있는 탁자를 바라보았다.

눈을 감은 두 마리의 새들. 어쩌면 자신은 그 의미를 깨달았을지도 모른다.

"저거, 깨 버리거나 그러면 안 되는 거죠?"

"아무래도 위탁품이니까 남의 물건을 함부로 처분하기는 곤란하지……. 정말 깨고 싶을 정도야?"

"세상을 위해서는 가루를 내서 없애는 게 더 낫지 않을까 싶을 정도예요."

저것을 보낸 남자는 그 새들을 사용할 방법을 찾고 있는 것임이 틀림없었다.

"그 집에는 아기용 방이 있었어요. 요람도 있고, 모빌도 있고. 갖출 것은 대충 다 갖춘."

하지만 아기 엄마의 흔적도 유모도 없었다. 커다랗고 추운 방에 놓인 요람과 장난감 몇 개. 우유를 데운 흔적도, 빨아 놓은 새 기저귀도 없었다. 그도 그럴 것이 요람 속 아이는 이미 죽어 있었다.

"죽은 지 오래된 것 같았어요. 어떻게 한 건지는 모르겠지만, 꼭 미라처럼 말라 있었는데."

수분이 빠지고 갈색으로 변색된 피부. 머리카락이 그대로 붙어 있

는 아이의 시체가 놓여 있었다. 그때였다. 누군가가 소녀에게 속삭인
것은.

'새들이 노래를 부르면 돼.'

그 말을 마지막으로 소녀는 그 공간에서 쫓겨나듯 의식을 잃었다.
"새들이 노래를 부르면 된다고?"
"네. 그렇게 들렸어요."
조심스럽게 탁자로 다가간 아멜리아는 다시 두 마리의 새들을 바라
보았다.
"이 둘은 같은 새지만, 역할이 다를 거예요. 하나는—."
팔을 뻗어 다시 한 번 새들을 만지려는 아멜리아의 손목을 시드가
저지했다.
"거기까지."
"시드?"
"이 정도면 충분해. 판단 불가라고 설명하고 그냥 돌려보낼 테니까
그렇게 알아. 위약금 내라면 낼 거야."
아멜리아의 손이 닿지 않는 곳으로 도자기 새들을 잽싸게 치운 시
드가 "너무 위험해."라고 한 번 더 못을 박았다.
"궁금하지 않아요? 저 새들이 할 수 있는 일이."
"나도 궁금해. 하지만 너 위험하게 하면서까지 알고 싶지는 않아."
평소의 시드답지 않은 강경한 어조에 아멜리아도 더는 어쩌지 못하
고 포기했다. 미련이 가득 담긴 눈으로 새들이 담긴 상자를 바라보았
지만, 그마저도 시드가 재빨리 치워 버렸다.
"일은 이 정도면 되었으니, 맛있는 거 먹으러 가자."
"이게 다예요?"
"오늘은 이게 전부야. 자, 아가씨. 모자를 다시 쓰시죠. 약속했던 가

게로 모시겠습니다."

모자를 건네준 시드가 소녀의 어깨에 손을 얹고 살살 문 쪽으로 밀어냈다. 미련이 남아 자꾸 뒤를 돌아보는 아멜리아의 시야를 자신의 넓은 어깨로 가리고 골동품점의 문을 열었다.

가게 밖은 밝고 쾌청했다. 커튼으로 빛을 반쯤 가려 둔 '붉은 서재'의 안과 쨍한 한여름 날씨는 그들이 다른 공간으로 이동하는 기분마저 들게 했다.

"키쉬 가게는 이쪽이야."

눈부신 세상에 처음 나온 어린아이처럼 어리둥절하고 있는 아멜리아의 팔을 끌며 시드가 재촉했다. 다른 생각은 하지 마, 라고 그가 스쳐 가듯 속삭였다.

아멜리아는 집사의 걱정을 듣지 않기 위해 비교적 이른 시간에 귀가했다. 다른 집안 아가씨들과 다르게 매일같이 밖을 나도는 막내 아가씨가 노집사는 내심 불만이었다. 그는 소녀가 돌아오자 힐끔 현관에 걸린 괘종시계를 노려보며 귀가 시간을 확인했는데, 그 순간 아멜리아는 심장이 멎는 줄만 알았다. 바짝 긴장해서 들어오지도 못하고 현관 앞에서 눈치만 보고 있자니 시계를 노려보던 집사가 별다른 말 없이 "어서 들어오십시오."라고 소녀를 맞았다. 다행히 오늘은 너그럽게 넘어가 줄 생각인 것 같았다.

조심스럽게 계단을 오르려는데 뒤에서 집사의 목소리가 이어졌다.

"오전에 손님이 오셨었습니다."

"손님? 나에게?"

샌더즈가에 아멜리아의 손님이 찾아오는 건 상당히 드물었다. 소녀가 되묻자 집사가 '그럼 다른 사람의 손님을 말하겠느냐.' 라는 표정으로 고개를 끄덕였다.

"방문 예정도 없고 약속한 것도 없었는데……. 누구라고 안 밝혔어요?"

"귀족 여자분으로 아가씨의 친구라고만 하셨습니다. 부재중이라는 말을 듣고 좀 당황하는 것 같았습니다. 신분을 알 수 없는 분을 집 안으로 들일 수는 없어서, 현관에서 맞이했습니다."

"아, 메이벨인가? 혹시 내 또래로 갈색 머리의 마르고 키가 큰 아가씨?"

"금발 머리의 숙녀분이셨습니다. 나이는 아가씨보다 조금 더 많아 보이셨고요."

"으응? 누구지……?"

짐작 가는 사람이 없어 고개를 갸우뚱하고 있으려니, 집사가 "용건이 있으시면 다시 찾으시겠지요."라고 말했다. 이름도 용건도 밝히지 않고 찾아오는 예의 없는 사람을 쫓아내지 않은 것만도 다행 아니겠냐고 빈정대는 바람에 아멜리아는 대꾸할 말을 찾지 못하고 슬금슬금 다시 계단을 올랐다.

자신의 방으로 돌아와 실내복으로 갈아입은 소녀는 묶어 두었던 머리를 푸르고 간단하게 씻었다. 책상 앞으로 가서 스케치북을 꺼내 들고 옷에 묻지 않도록 양팔에 토시를 찼다.

작은 필통에 넣어 둔 가느다란 목탄을 집어 들었다. 포도나무 가지를 태워 만든 목탄은 쉽게 그어져서 밑 선을 빨리 그릴 때 효과적이지만 섬세한 표현을 하기에는 부족하다는 단점도 있었다. 사각사각. 머리에 떠오른 것들을 종이에 그려 넣던 아멜리아는 잠시 손을 멈추고 그림을 들여다보았다.

그녀가 평소 그리는 그림들은 거의 음영이 강한 크로키에 가까웠다. 좀 더 자세한 그림을 그리고 싶을 때 연필을 꺼내 들었고, 그렇지 않으면 대부분 기록용으로 목탄을 사용했다. 종이에 정착되지 않고 지저분하게 묻어나는 것이 목탄이라 소녀는 그리 머지않은 시기에 제 그림이 전부 사라질 거라는 생각을 하고 있었다. 그리고 그 점이 그녀의 마음에 꼭 들었다. 굳이 오래 남기지 않아도 되는 그림이었으니까.

스케치북에는 가지의 양 끝에 앉은 사이좋은 두 마리의 새들이 그려져 있었다. 서로를 향해 머리를 모으고 잠자듯 눈을 감고 있었다. 하지만 그들은 잠이 든 것이 아니라 이미 죽어 있는 새들이라는 것이 도자기 인형들에게서 받은 인상이었다.

'죽었어.'

아니 그건 누군가가 제게 속삭여 준 것일지도 몰랐다. 그림을 그리다 보니 그때의 느낌이 어렴풋하게나마 되살아났다. 뒤죽박죽으로 엉켜 있는 장면들 사이에서 제가 무언가 놓친 것은 없었나?

이런저런 생각을 하며 새들을 들여다보는데 문득, 요람 속의 아기가 다시 떠올랐다. 미라처럼 변한 시체. 남자는 왜 죽은 아기를 보관하고 있었을까? 아멜리아가 이 일을 시작한 지 2년이 지났지만 누군가의 시체를 직접 보는 일은 처음이었다. 깨끗한 흰색의 유아용 세례복을 입힌 상태로 눕혀져 있었던 걸로 보아 옷을 계속 갈아 주는 걸지도 몰랐다.

그녀는 새들과 아이의 관계를 알아내고 싶었다. 남자가 시드에게 도자기 새들을 보낸 이유, 그가 알고자 했던 것이 무엇이었는지도 궁금했다.

'시드가 새들을 못 만지게 할 줄은 몰랐어.'

아멜리아의 설명에 점점 표정이 굳어 가던 그의 얼굴이 떠올랐다. 그 새들을 그대로 돌려보낸다는 말을 했을 때 의외라는 생각이 들었다.

'오히려 더 자세히 알아보라고 할 줄 알았는데⋯⋯.'

그가 무슨 생각을 하는지 알 수가 없었다. 물끄러미 스케치북을 들여다보던 아멜리아는 복잡해지는 머리를 작게 흔들고 서랍 속에 스케치북을 조용히 넣어 두었다.

아침 일찍 외출 준비를 마친 알렉스는 부탁해 두었던 피크닉 바구니를 받으러 주방으로 내려갔다. 청소하던 하인들이 그를 발견하고 인사를 건넸다.

"도련님, 좋은 아침입니다."

"안녕."

"바구니 때문에 오셨죠? 여기 있습니다. 오늘은 차가운 로스트비프 샌드위치가 메인이에요."

"그렇군. 매번 고마워."

"천만에요. 오랜만에 본가에 내려오셔서 지루하실까 봐 걱정했는데 즐거워 보이셔서 다행입니다."

"그래 보였나?"

"내려오신 첫날이랑 비교하면요, 하하."

그렇군. 나는 즐거워 보이는군. 의외의 말을 들었지만 그리 기분 나쁘지는 않았다. 이 조용한 생활에 나름 적응을 한 것도 있지만 말벗이 있어 더 편했던 것 같았다.

'어제는 선약이 있다고 했고 오늘은 별일 없다고 했지.'

어제는 아예 바구니를 준비할 필요가 없다고 말했었다. 혼자 숲에 나가 무언가를 먹고 돌아오는 것도 처량한 느낌이라 점심은 시간에 맞춰 돌아와 집에서 먹었고, 산책도 숲이 아닌 강가로 목적지를 변경했다. 하워드가 말했던 기묘한 사건이 있었다는 엘포트 강은 들판을 거슬러 한참 걸어가다 보면 나오는데, 알렉스가 갔을 땐 낚시꾼만 몇 있을 뿐 잔잔하고 평온한 강으로 보였다. 낚싯대를 드리우고 앉아 담소하는 남자들을 보며 그는 생각했다.

'곧 낚시에까지 취미를 붙이게 되는 게 아닐까.'

도시 생활이 그리워 일주일도 안 돼서 레이븐을 박차고 떠날 줄 알았는데 스스로 보기에도 이 정도면 꽤 잘 버티는 중이었다. 뛰어난 적응력이었다. 낚시꾼들의 수다를 듣고 있자니 마음이 평온해지는 기분이었다. 이러다가 좀 더 있으면 저도 낚싯대를 찾을 것 같아 두려워졌다.

그는 요즘 원 없이 책을 읽고 있었다. 개강하면 수업을 위해 읽어야 할 책이 산더미인데, 그중 시간이 있을 때 미리 읽어 두면 좋다는 평가의 책들을 싸 들고 내려왔었다. 한적한 나무 그늘에서 읽다 보니 슬슬 가지고 온 서적들로는 부족한 감이 있어 조만간 서점에 들러야 할 것 같았다.

'아멜리아와 같이 갈까.'

마을에 나간 김에 그녀가 말했던 키쉬 가게에 가도 좋을 것 같았다. 아니 이건 아닌가. 남자 친구랑 다녀온 지 며칠 되지도 않았는데 또 가자고 하는 건 너무 배려 없는 행동일지도 몰랐다. 사실 키쉬는 다음으로 미뤄도 상관없긴 했다. 그리 좋아하는 음식도 아니었고, 약간의 심술로 얻어 낸 약속이었으니.

이런저런 생각을 하며 숲에 도착한 그는 주변을 둘러보았다. 조금 이른 시간에 나온 터라 소꿉친구가 나타나기까지는 아직 시간이 더 필요했다. 소녀가 보통 열 시 반에서 열한 시 쯤에 외출을 한다는 걸 알렉스는 알고 있었다.

바구니에 넣어 온 모포를 바닥에 깔고 커다란 나무 기둥에 몸을 기대앉아 책을 꺼내 들었다. 바삭바삭, 낙엽을 밟으며 조심스럽게 다가오는 소녀의 발소리가 들릴 때까지 그는 책 읽기에 몰두했다.

"오늘도 일찍 왔네."

"안녕, 아멜리아."

땋은 머리를 둥그렇게 틀어 올려 묶은 소녀는 목덜미를 시원하게 드러내고 있었다. 퍼프 소매의 여름 드레스 차림이 시원해 보였다. 작게 손을 흔들며 다가온 아멜리아의 손에 들린 것이 항상 가지고 다니던 스케치북이 아니라 작은 책이어서 살짝 의아했다.

"이제 그림 안 그려?"

"어? 응…… 더워서 그런지 그림 그릴 생각이 별로."

어색하게 하하 웃으며 소녀가 시선을 회피했다. 그러고 보니 스케치북을 가지고 다니는 건 보았지만 그림 그리는 모습은 보지 못한 것 같았다. 더워서 그런 건가, 알렉스는 이유를 듣고 고개를 끄덕였다.

"더 더워질 텐데 벌써 여름 타면 어떻게 하려고."

"……괜찮아. 곧 익숙해지겠지, 응. 괜찮아지고말고."

어째서인지 더 곤란해하는 표정이라 그림에 대한 질문은 접어야겠다는 생각이 들었다. 아무래도 아멜리아는 갑작스러운 질문에 쉽게 당황하는 것 같다는 인상을 받았다.

이제는 익숙하게 모포 한구석에 자리를 잡은 소녀는 들고 온 책을 펼쳤다. 그 모습을 지켜보던 알렉스가 무심코 물었다.

"무슨 책이야?"

"이거? 프랑스어…… 가정교사에게 배우고 있거든. 문학책을 읽고 내용을 말해야 해."

"집에서 수업받아?"

"어릴 때는 어머니가 봐주셨는데, 지금은……."

손가락을 하나둘 꼽아 나간 아멜리아는 네 개를 꼽으며 "네 분이 돌아가면서 오셔."라고 말했다. 외국어, 역사, 문학, 예절 등을 배우고 있는데 레이븐에서 좋은 선생님 찾기가 그리 쉽지 않다고 설명했다.

"지방이다 보니까, 인기 있는 선생님은 주변 귀족 집안을 다 돌아야 해서 매일같이 바쁘다나 봐."

"공부하는 건 어때?"

"좋아, 재미있어. 어렵긴 하지만……."

"수도로 오면 확실히 교육 레벨이 높아지긴 할 텐데."

"그야, 그렇겠지."

그렇지만 혼자 독립한다고 올라갈 수도 없잖아, 라는 소녀의 대답을 듣고서야 알렉스는 자신과 제 소꿉친구와의 성별의 차이를 확인할 수 있었다.

"미안, 그런 뜻이 아니었어. 생각이 짧았다."

"알아. 무슨 말인지. 내가 수도로 갈 수 있는 건 아마도 결혼한 다음이 아닐까? 남편과 함께라면 갈 수 있을지도. 그때 하고 싶은 공부를 더 하면 되지."

당황해서 사과하는 알렉스를 보며 아멜리아가 웃었다. 아무리 유복한 귀족 집안의 아가씨라도 홀로 독립하는 것은 허락받기 힘들었다. 소녀가 레이븐을 떠날 수 있는 건 말 그대로, 결혼한 다음에나 가능한 이야기였다.

'딱히 결혼할 생각도 없으니 계속 여기서 살게 되겠네.'

막내딸이 고집을 부리면 부모님들도 결혼에 대해 포기할 거라는 걸 그녀는 알았다. 위로 오빠가 둘이나 있어 자신은 결혼에 대해 비교적 자유로운 편이었다. 또한, 부모님이 이해하지 못하는 제 특이 체질 때문에라도, 그들은 아멜리아의 선택을 우선시할 터였다. 공부는 좀 아쉬웠지만 그걸 포기해서 얻을 수 있는 걸 생각해 보면 그리 나쁜 거래는 아니라고 생각하고 있었다.

그러나 이런 상황을 모르는 알렉스는 죄책감으로 계속 입만 벙긋거리고 있었다. 말실수가 너무 커서 주워 담지도 못하고 진땀만 흘리고 있는 걸 보고 도저히 안 되겠는지 아멜리아가 웃으며 말했다.

"그럼 알렉스가 여기 있는 동안에 내 공부 좀 봐주면 안 돼? 많이 귀찮게 하지는 않을게."

놀랐는지 눈이 살짝 크게 뜨였다. 잠시 아멜리아를 바라보던 그가 진지한 얼굴로 답했다.

"나로 괜찮다면, 기꺼이."

"고마워."

소녀는 정말 마음이 놓이는 표정으로 웃었다.

'……오늘 불어 사전 안 들고 왔는데, 다행이다. 모르는 단어는 마음껏 물어봐야지.'

공부를 도와 달라는 말은 꺼냈지만 사실은 그를 인간 사전 대용 정도로 사용할 예정이었던 아멜리아는 책 읽기가 편해졌다며 크게 기뻐했다. 며칠 후 알렉스가 일정표까지 그려서 본격적으로 공부를 시작하자고 나타날 줄은 꿈에도 생각하지 못한 채.

서로 각자의 책에 빠져서 한동안 시간을 보낸 후, 점심을 먹자며 알렉스가 샌드위치와 마실 것을 꺼냈다.

"우와아. 언제나 훌륭한 준비네. 감사합니다."

샌드위치를 깨물며 소녀가 감탄했다. 샌드위치의 빵이 눅눅해지는 걸 방지하기 위해 그레이비 소스는 작은 통에 따로 담아서 넣어 두는 섬세함까지, 감탄이 절로 나왔다.

"입에 맞는다니 다행이네."

"정말 맛있어."

알렉스는 소녀가 먹는 모습을 유심히 바라보았다. 제가 봐 오던 다른 아가씨들은 모두 적은 양을 조금씩 무심한 듯 먹었다. 어떨 땐 정말 저걸 먹고도 살 수 있을까 싶을 정도만 먹는 경우도 있어 같이 식사를 하다 보면 신경 쓰이고 불안했는데, 아멜리아는 말 그대로 충분한 양을 맛있게 먹었다. 덕분에 곁에 있는 그도 마음이 편했다.

그녀도 시드니 앞에서는 다른 숙녀들처럼 소식하며 얌전을 떠는 걸까? 어쩐지 아닐 것 같다는 생각이 들었지만 혹시 그렇다 하더라도 그건 그대로 또 지켜보는 재미가 있을 것 같다고 생각했다.

이렇게 함께 있는 것에 익숙해지고 나면 학교로 돌아가도 분명히

이 순간이 생각나서 아쉬울 것 같았다. 이미 그가 이곳에 온 지도 보름이 넘었다. 석 달은 금방 지나가고, 두 사람의 거리가 멀어지게 되는 순간은 다시 오게 된다.

"그러고 보니, 어제 말이지, 이상한 전화를 받았는데."

"응?"

"하워드가 전화했어. 실비아가 반지를 또 잃어버렸다던가."

"정말?"

사색이 된 아멜리아가 소리쳤다. 그 과열된 반응에 알렉스가 놀라자 소녀는 곧 "아니, 그 귀한 걸 너무 자주 잃어버리는 것 같아서……."라며 얼버무렸다.

"지난번에 네가 어쩌면 또 잃어버릴지도 모른다는 이야기를 했던 게 문득 생각나더라고. 신기하지. 그대로 되었네."

"그러게. 설마 정말 그렇게 될 줄은……."

아멜리아는 빈센트와 함께 쇼핑 갔던 날 이야기를 해 주었다. 실비아가 마차 사고가 나서 병원으로 실려 갔다고 하니 알렉스도 매우 놀라는 눈치였다.

"마차에 치였어? 거기다 반지도 잃어버린 거야?"

"응. 아, 혹시 반지를 잃어버려서 찾다가 마차에 치인 거 아닐까?"

"그럴 수도 있겠네. 그 약혼녀라는 사람은 어쩜 재난의 연속이군. 그 정도로 중요한 거면 금고에 넣어 두든가."

결국, 잃어버렸구나. 아멜리아는 속으로 혀를 찼다. 로사가 그리 순순히 반지를 넘겨주지 않을 거라는 건 알았지만 이렇게 빨리 잃어버릴 줄은 몰랐다. 다시 찾을 수 있을까? 지난번에 찾을 수 있었던 건 운이 좋았던 건지도 몰랐다. 그 반지를 잃어버리는 것으로 액땜할 수만 있다면 그것도 나쁘지만은 않을 것 같았다. 반지의 분실이 실비아에게 커다란 타격을 주는 만큼, 로사의 마음도 잠재울 수 있으면 좋겠다고 아멜리아는 생각했다.

점심을 마치고 두 사람은 조금 더 책을 읽었다. 일이 있어 일찍 들어가 봐야 한다는 알렉스와 함께 일어난 아멜리아는 두 사람의 집이 있는 중간 지점까지 같이 걸었다. 저택이 보이는 언덕 근처에서 두 사람은 작별 인사를 나눴다.

각자의 길로 들어서서 조금 걸었을까, 알렉스는 저 멀리에서 어디론가 달려가는 여성의 모습을 목격하고 발걸음을 멈췄다. 그 여인의 동작은 어딘가 불안정했다. 바쁜 일이 있어 급하게 가는 모습이라기에는 기묘한 움직임이었다. 정신을 놓고 달리는 여성이 향하는 곳은 방금 아멜리아가 접어든 골목길이었다. 이상한 예감이 든 알렉스는 들고 있던 책과 바구니를 던져 버리고 있는 힘껏 여인의 뒤를 따라 달렸다.

"내 반지!"

"꺄아악!"

갑자기 뛰어든 여인이 아멜리아의 어깨를 양손으로 움켜쥐고 미친 듯이 소리를 질렀다.

"없어졌어! 없다고!"

도망갈 틈도 없이 붙잡힌 아멜리아는 공포에 질려 비명을 질렀다. 소녀를 움켜잡은 손가락은 절대 놓치지 않겠다는 듯 강한 힘으로 자국을 남기며 피부를 파고들었다.

"또! 왜지? 이번엔 잃어버릴 일도 없었거든. 어디에 있는지 알려 줘!"

"아파, 이거 놓아요!"

"이봐요, 이게 무슨 짓입니까!"

알렉스는 자신의 눈을 믿을 수 없었다. 뒤를 따라와 보니 설마 했던 일이 벌어지고 있었다. 여자가 아멜리아를 붙잡고 무언가 소리치고 있었다. 그는 멀리서 소녀의 비명이 들려오는 순간 심장이 멈추는 것 같은 기분이 들었다.

고함치는 여자를 향해 달려들어 소녀를 흔들던 손을 떼어 놓았다.

그녀는 엄청난 힘으로 다시 아멜리아에게 달려들려 했지만 젊은 남성의 힘에는 역부족이었는지 조금씩 뒤로 밀리기 시작했다. 헝클어진 머리로 횡설수설하고 있던 여자가 실비아라는 것을 깨달은 건 조금 시간이 지나서였다.

"실비아? 대체 당신이 왜 여기에 있습니까?"

"당신은 누구야?"

여인은 알렉스를 알아보지 못하는 것 같았다. 그것도 무리가 아닌 것이, 그는 반지 사건 때문에 실비아를 기억했지만 그녀에게 알렉스는 그 파티 장소에 있던 무리 중 한 명이었을 뿐이었다.

하지만 아멜리아는, 이 소녀는 달랐다. 반지를 다시 잃어버리자 미칠 것 같던 실비아는 소녀를 떠올렸다. 어째서인지 그 아이라면 다시 한 번 자신의 반지를 찾아 줄 수 있을 거라는 묘한 확신이 들었다. 실비아는 헤이워드를 통해 소녀의 오빠인 빈센트의 주소를 알아냈다. 어제 저택을 찾은 것도 그녀였다. 아멜리아가 없어 허탕을 친 그녀는 오늘은 아예 저택으로 들어가는 길목을 헤매며 소녀를 기다리던 중이었다.

"찾아야 해, 그걸 찾아야 한다고! 어디 있는지 알고 있잖아, 그렇지?"

"무슨 말도 안 되는 소리를 하는 겁니까! 당신이 어디서 잃어버렸는지도 모르는데 무슨 수로 아멜리아가 그걸 찾는다고!"

"아니야, 찾을 수 있어! 가능할 거라고! 지난번에도 찾았잖아!"

실성한 사람처럼 소리를 지르며 발버둥을 치는 실비아는 정상이 아닌 것 같았다. 알렉스가 온 힘으로 그녀의 행동을 구속하자 한참을 거세게 저항하던 그녀도 결국 지쳐서 바닥에 주저앉았다.

"상태가 정상이 아닌 것 같은데, 이대로 두고 누굴 부르러 갈 수도 없고."

숨을 몰아쉬느라 아래위로 크게 헐떡이는 여자의 어깨를 바라보며 알렉스가 이마에 난 땀을 닦았다. 가녀린 여성의 힘이라고는 믿기지 않는 실비아의 저항에 그도 지친 상태였다. 실비아의 습격에 혼이 나가 아직도 제대로 정신을 차리지 못하고 있는 아멜리아를 돌아보며 그가 말했다.

"멀리 가기 전에 발견해서 다행이었지. 너를 혼자 뒀으면 큰일 날 뻔했어. 뭐야 이 여자, 원래 이런 성격인 건가?"

"반지를…… 찾아 달라고 나한테 올 줄은."

"그러게. 의외네. 네가 그걸 무슨 수로 찾는다고."

"어떻게 여기까지."

원한이 있는 로사라면 몰라도 실비아가 이렇게 달려들 거라곤 생각도 못 했던 아멜리아는 그녀의 광기를 마주한 탓에 몸이 떨려 왔다. 말을 잇지 못하고 계속 떨고만 있자 알렉스가 손을 잡아 왔다. 눈으로 그녀가 괜찮은지를 살펴본다.

바위에 쓰러지듯 기대 있는 실비아를 지켜보던 아멜리아는 문득, 자신이 무언가 잘못 생각하고 있는 건 아닌가 싶었다. 한동안 거칠게 호흡하던 여자는 이제 정신이 좀 드는지 어딘가 멍한 얼굴로 그들을 바라보고 있었다.

"실비아. 일어나 봐요."

"……미안해요. 반지를 잃어버리고는 정신이 없어서……."

"여기 어떻게 온 겁니까? 자, 걸을 수 있겠어요? 우리 집으로 가서 마차를 부릅시다."

이곳까지 온 이유도 어떻게 이동했는지도 기억이 나지 않는다는 대답에 알렉스는 기가 막혔다. 실비아는 자신이 왜 이곳에 있는지 모르는 듯 주변을 두리번거렸다. 몽유병에서 깨어난 사람처럼 어리둥절한 표정을 짓는 그녀를 바라보는 아멜리아의 눈이 차갑게 가라앉았다.

기묘한 인연의 연속이라 미처 그때는 이상함을 느끼지 못했던 부분이 있었다. 실비아를 처음 본 빈센트가 그녀의 인상이 흐리다고 말한 점이었다. 아멜리아가 아는 빈센트는 이목구비의 선이 강한 화려한 미녀가 이상형이었다. 실비아 정도의 미인을 보며 그가 예쁘다는 말 대신 인상이 흐리다는 표현을 썼던 것이 마음에 걸렸다. 처음에는 언니였던 로사가 실비아를 뛰어넘는 엄청난 미인인가 싶었지만, 어쩌면 그게 아니라.

"로사, 이제 정신이 좀 들어요?"

"네, 조금 전까지는 머리가 멍했는데 괜찮아졌어요."

"……아멜리아. 무슨 소리를 하는 거야?"

두 사람의 대화를 듣고 있던 알렉스가 물었다.

"'로사'가 대체 누구야?"

그 질문을 듣고서야 '그녀'는 자신의 실수를 깨달았는지 크게 몸을 떨었다. 그 모습을 바라보던 아멜리아는 담담한 표정으로 물었다.

"반지는 어디에 숨겼어요? 당신이 그 소중한 반지를 버릴 리는 없고, 동생이 모르는 곳에 감춰 두었나요?"

"무슨 소리를……."

"……흐흐흐."

지치고 기운 없어 보이던 실비아가 갑자기 웃기 시작했다.

"너희 남매만 아니었으면 이미 전부 끝났을 일이었는데."

목을 울리며 웃던 여자가 그 말을 하며 무시무시한 표정으로 아멜리아를 노려봤다.

"너, 그리고 네 오빠……! 너희만 없으면 되는 거였다고!"

힘없이 늘어져 있는 줄만 알았던 그녀의 손에서 무엇인가가 빛났다. 대체 언제부터 바뀌었을까. 실비아인 척하며 기회를 노리고 있던 로사는 어느 틈엔가 주머니에서 작은 잭나이프를 꺼내 휘두르며 소녀에게 달려들었다.

"꺄아악—!"

번쩍이는 은색 칼날이 날아오는 것을 본 아멜리아가 소리를 질렀다. 있는 힘껏 덤벼드는 로사를 피해 몸을 웅크린 소녀는 자신의 앞을 막아서는 그림자를 느끼고 깜짝 놀랐다. 어느 틈엔가 두 사람의 사이를 파고든 알렉스가 무지막지하게 내리꽂히려는 로사의 손목을 잡았다. 그가 팔을 위로 들어 올려 칼을 떨어뜨리려 하자, 반항하던 여인이 다른 한쪽 손으로 얼굴을 할퀴었다.

"윽!"

"알렉스!"

눈을 찡그린 알렉스의 손에서 잠시 힘이 빠진 틈을 타 로사가 재빨리 칼을 휘둘렀다.

사악. 잘 갈린 날카로운 칼이 무언가를 베는 불길한 소리가 들렸다. 아멜리아가 무슨 일이 일어난 건지 확인도 채 마치기 전에 핏방울이 후두둑 소리를 내며 바닥에 떨어졌다.

다시 한 번 칼날이 번득이기 전에 잡힌 손목은 이번에야말로 칼을 놓을 때까지 인정사정없이 흔들렸다.

"알렉스! 피가 나. 누가, 누가 좀 도와주세요!"

"아멜리아 아가씨?"

아멜리아가 도움을 청하러 달려가려는데, 저택 쪽에서 누군가가 다가오는 모습이 보였다. 근처에서 들려오는 소동을 눈치채고 상황을 살피러 나온 샌더즈가의 풋맨 쥴스였다.

"쥴스! 알렉스가, 알렉스가 다쳤어!"

"무슨 일입니까? 아가씨, 위험하니 옆으로 비키세요!"

칼을 쥐고 날뛰는 여인을 본 쥴스가 아멜리아를 멀리 떨어뜨려 놓고는 알렉스와 대치하고 있는 여자의 뒤로 돌았다. 피가 통하지 않아 하얗게 질린 손에 쥐어진 칼을 빼앗아 멀리 집어 던졌다.

"놔! 놓으란 말이야!"

두 남자가 거세게 반항하는 여자의 팔을 제압하자 그녀는 이제 발로 차기 시작했다. 가녀린 여성의 악에 받친 저항을 받고 잠시 당황한 눈치를 보이던 쥴스는 상처를 입은 알렉스를 힐긋 보더니 더는 사정을 보면 안 되겠다 싶었는지 상대를 자비 없이 바닥에 쓰러뜨렸다. 엎어 놓은 채로 양손을 뒤로 향하게 한 다음 자신의 타이를 풀어 손목을 묶었다. 움직일 수 없게 된 로사는 차마 입에 담기 어려운 욕과 저주를 외치며 몸을 들썩이다가 어느 순간 정신을 잃었다.

"이 미친 여자가 두 분에게 덤벼든 겁니까?"

"미친……."

"그렇다네."

알렉스는 쥴스의 의견에 망설임 없이 동의했다. 그녀가 휘두른 칼에 찔린 팔에서는 계속 피가 흘러서, 흰 셔츠의 소매는 이제 붉은색으로 흠뻑 젖어 있었다. 아멜리아는 그 팔에 매달려 상처 윗부분을 손수건으로 동여매며 지혈하려 애쓰고 있었다. 그런 자신의 아가씨를 바라보던 쥴스가 혀를 찼다.

"아가씨. 여기서 이럴 것이 아니라 저택으로 옮기는 게 어떻겠습니까?"

"어? 응. 그래야지. 얼른 피도 멎게 하고, 의사. 의사를 불러야!"

아직도 충격에서 벗어나지 못한 소녀의 손이 바들바들 떨리고 있었다. 어찌나 좌우로 심하게 흔들리는지 매듭이 끝까지 묶이지 못해 실패를 거듭하는 중이었다. 알렉스는 다치지 않은 쪽 손으로 아멜리아의 어깨를 꼭 안아 주었다.

"진정해. 크게 다친 거 아니야."

"으……."

"겁먹지 마."

눈물이 차오르는 아멜리아를 보고 당황한 알렉스가 안은 팔에 힘을 주었다. 토닥토닥 등을 두드려 주자 조금씩 떨림이 잦아든다.

그런 두 사람의 뒤에서 "크흠, 흠!" 하는 억지 기침 소리가 들렸다. 화들짝 놀라 떨어진 두 사람이 뒤를 돌아보니 정신을 잃은 실비아 영애를 자루 둘러메듯 어깨에 얹은 줄스가 그들을 바라보고 있었다. 그는 할 말이 많지만 참는다는 표정으로 두 사람을 노려보더니 "거기서 그러고들 계시지 말고, 움직이시죠."라며 앞장을 섰다.

샌더즈 저택에는 한바탕 소동이 일었다. 현관에 들어선 줄스가 사람들을 모으고는 다짜고짜 "이 곱게 생긴 미친년이 대로변에서 아가씨에게 칼부림하며 덤볐고 그걸 지나가던 멜포드가의 자제분이 도와주다가 다쳤다."라고 엄청나게 대충 설명했기 때문이었다.

조용한 레이븐에 광인이 출몰했다는 사실에 공황 상태에 빠진 하인들이 모두 달려와 각자 한마디씩을 남겼다. 그들은 그녀가 어딘가의 병원에서 관리 부족으로 도망 나온 환자가 틀림없다고 단정 짓고 말을 이어 갔다. 의심되는 곳에 전부 연락해서 반드시 피해 보상을 받아야 한다며 목소리를 높이는 바람에 당황한 아멜리아와 알렉스 그리고 집사까지 그들을 달래야 했다.

"귀한 집안 아가씨를 그런 일로 경찰에 넘길 수는 없지 않겠나!"

집사가 짐짓 엄한 표정으로 그들을 달래자 모두 '저 미친 여자가 귀족인지 아닌지 당신이 어떻게 아느냐'고 반박해서, 모두에게 그녀의 신변을 설명하는 데 쓸데없이 시간이 걸렸다.

거실에서 응급 치료를 받던 알렉스가 그들의 대화를 들으며 때때로 웃음을 터트렸는데, 그럴 때마다 아멜리아는 부끄러워 작아지는 기분이 들었다.

"미안해. 보통은 저렇게 시끄러운 사람들이 아닌데……."

"아냐. 활기차서 좋은데. 자유롭게 각자의 의견을 내는 모습이 보기 좋아."

피에 젖고 찢어진 셔츠는 그대로 쓰레기통으로 직행했다. 알렉스와 체격이 비슷한 빈센트의 셔츠를 대신 걸친 알렉스는 지금 상처 부위의 드레싱을 하는 중이었다.

"임시방편이니 붕대를 감으면 병원으로 모셔다드리겠습니다."

"아냐, 이미 피도 멎었는데 뭘."

"이건 꿰매야 하는 상처입니다. 파상풍 주사도 맞으셔야 하고요."

반박을 용서하지 않겠다는 엄한 표정으로 집사가 쏘아붙이자, 뭐라 더 말하려던 알렉스가 어깨의 힘을 빼고 "알겠어."라고 답했다. 붕대를 감은 팔로 조심스레 옷을 입으며 알렉스가 말했다.

"샌더즈가의 집사는 정말 무섭거든. 장난친 걸 들키지 않으려고 무지 애를 썼던 기억이 나."

"멜포드가의 어린 도련님이야말로 아무리 야단을 쳐도 듣지 않고 또 같은 장난을 반복하시던 분이었습니다만."

무덤덤한 표정으로 옛이야기를 나눈 두 사람의 입꼬리가 살짝 올라갔다. 알렉스는 주변을 둘러보았다. 어릴 적 매일같이 드나들던 저택이었다. 가구며 그림, 장식품 같은 소소한 물건들의 위치 같은 것이 바뀌었지만 전체적으로 예전에 보았던 그 느낌이 살아 있는 추억의 장소였다. 정말 오랜만에 돌아온 고향 같은 기분이 들었다.

"병원에 모셔다드릴 마차가 준비되었습니다."

줄스가 현관에서 집사를 불렀다. 자신을 일으키려 하는 집사를 잠시 손으로 저지한 알렉스가 "전화 한 통만 쓸 수 있을까?"라고 물었다.

"댁에는 제가 연락을 넣어 둘 테니 안심하고 다녀오십시오."

"아니, 우리 집이 아니라."

알렉스는 힐긋 소파에 눕혀진 실비아를 바라보았다.

"그런 거라면, 이리로 오시죠."

"실비아의 집 주소를 알고 있어?"

아멜리아가 물었다. 실비아의 가족들에게 알리고 싶어도 주소를 알지 못해서 어떻게 해야 좋을지 고민하던 소녀는 알렉스가 전화를 찾자 놀랐다.

"아니. 일단 하워드에게 연락해서 가족을 찾든가 약혼자를 찾든가 해야겠지."

"그 사람이 알고 있으면 좋을 텐데……. 아! 더 좋은 방법이 생각났어."

알렉스의 손에서 전화기를 넘겨받은 아멜리아는 전화국에 연락을 넣었다. 스위치보드 오퍼레이터(Switchboard Operator)에게 아버지의 사무실과 연락을 부탁했다.

— 아멜리아? 무슨 일이냐.

"아빠! 빈센트 오빠 좀 바꿔 주세요."

— 빈센트?

"네, 급한 일이에요. 죄송해요."

— 우리 막내딸이 아버지 직장에 전화를 걸었다길래 기쁜 마음에 달려와서 받았더니…… 제 오라비만 찾는구나. 해리, 빈센트 좀 와 보라고 하겠니.

전화기 너머에서 시끌벅적한 소리가 한차례 들리고, "받으면 되잖아, 받으면! 밀지 말라고! 아야! 아버지, 왜 때려요!"라는 빈센트의 목소리가 멀리서 들려왔다.

— 여보세요, 아멜리아? 무슨 일이야?

"오빠! 혹시 실비아 양 집 주소 알아?"

— 어, 누구? 실비아? 아니 모르는데. 뭣 때문에 그래?

"그럼 그 약혼자분에게 연락 좀 해 줄래? 실비아 양이 우리 집 근처에서 쓰러진 채 발견되었다고."

— 뭐라고? 정말이야?

"자세한 이야기는 돌아오면 할게. 좀 부탁해. 바래다주고 싶어도 주소를 몰라서 움직일 수가 없어."

— 그 아가씨가 거기서 뭐 한대?

"몰라. 그리고 기절했다는 얘기도 꼭 해 줘! 병원 가야 한다고."

— 어, 그래 알았다. 이따 보자!

빈센트와의 대화를 곁에서 듣고 있던 알렉스가 "그렇군. 더 빠른 연락책이 있었네."라며 고개를 끄덕였다. 통화 내용을 확인한 뒤 안심한 그는 이제 병원으로 갈 준비를 했다. 아멜리아가 외출용 숄을 집어 들고 따라나설 기색을 보이자 쥴스가 그녀의 앞을 가로막았다.

"아가씨는 가실 필요 없습니다. 멜포드 도련님은 제가 책임지고 병원에서 직접 댁으로 모셔다드릴 테니 걱정하지 말고 집에서 기다려 주십시오."

"그래, 괜히 따라올 필요 없어. 많이 놀랐을 텐데, 오늘은 푹 쉬고 나중에 설명해 줘."

"그렇지만……."

"어서 가시죠, 도련님."

재촉하듯 알렉스를 현관으로 안내한 쥴스가 힐끔, 아멜리아에게 시선을 던졌다. 따라올 생각은 하지도 말라는 단호한 몸짓으로 그가 문을 닫았다.

헤이워드가에서 보낸 마차가 도착할 때까지 아멜리아는 쓰러진 실비아 곁에 앉아 있었다. 물론, 이 정체를 알 수 없는 여성이 자신의 아가씨에게 칼을 휘둘렀다는 설명을 들은 집사는 두 사람만 있도록 허락하지 않았다. 집사와 다른 하녀가 함께 방에서 대기하는 채로 헤이워드가에서 보내는 마차를 기다리던 소녀는 문득, '이번에 정신을 차리게 되는 건 누구일까.'라는 생각을 하고 있었다.

파티에서 보았을 때만 해도 로사와 실비아는 따로 움직이고 있었다. 대체 로사는 언제 실비아의 몸을 이용할 수 있게 된 것일까. 아니 그것보다도, 어떻게 이런 일이 가능한지도 궁금했다. 보통 살아 있는 사람의 기운은 망자의 그것보다 훨씬 더 강해서 아무리 원혼이라도 그들의 생각만큼 쉽게 살아 있는 사람을 움직일 수는 없었다. 무엇을 어떻게 하면 이런 일이 가능한 건지 궁금했다. 이번에 깨어나는 것이 로사라 하더라도 주변에 사람들이 있어 대놓고 물어보는 것은 불가능할 테지만 말이다.

'너희 남매만 아니었으면.'

로사의 칼날은 자신만이 아니라 빈센트에게까지 향해 있었다. 이걸 어떻게 그에게 설명할 수 있을까 소녀는 고민했다. 빈센트는 해리와 달리 영혼을 느끼는 힘이 전혀 없었다. 그는 아멜리아 주변에서 일어난 일을 대부분 믿지 않거나 가끔은 '운이 나쁜 우연' 정도로 해석해서 받아들이는 타입이었다.

그나마 다행인 것은 반지의 위치를 들킬 수 있을지도 모른다는 불안 때문에 로사가 우선으로 노리는 것이 자신일 거라는 점이었지만, 헤이워드를 통해 또 우연히 빈센트와 맞닥뜨리지 않는다는 보장도 없었다.

"골치 아프네……."

그녀가 빈센트에게까지 칼을 휘두르기 전에 어떻게든 방도를 찾아야 했다. 어떻게 실비아의 몸에 들어간 건지는 모르겠지만 두 사람을 떼어 놓아야만—

"그거다!"

섬광처럼 스치고 지나간 생각에 소녀가 벌떡 일어나 소리를 질렀다. 그래, 그 방법이 있었지! 엄청난 기회를 얻을 수도 있다는 생각에 그녀는 흥분했다. 함께 거실에 있던 하녀와 노집사가 놀라서 아멜리아를 바라보았다. 집사가 아가씨의 품위 없는 행실을 지적하며 잔소리를 시작하려는 순간, 샌더즈가의 현관 벨이 울렸다.

"헤이워드가에서 보낸 마차가 도착했습니다."

뭐라 말하려던 집사가 입을 꾹 다문 채 현관으로 방향을 틀었다. 현관에는 마차가 한 대 기다리고 있었다.

"생각보다 빨리 왔네."

따라 나온 아멜리아가 중얼거리자 그 소리를 들은 집사가 대답했다.

"직접 사람을 보내면 아무래도 시간이 오래 걸리니 역 근처에 대기하는 용역 마차를 부른 모양입니다. 마차 옆의 문양을 보십시오."

"그런 방법이 있었네. 그럼 도중에 실비아 양이 깨면 어쩌지? 묶인 채로 보낼 수도 없잖아."

"누군가 함께 왔으면 더 좋았을 텐데 그런 상황이 아니니……. 문을 밖에서 잠근 채로 가라고 해야 할 것 같습니다."

집사는 마부에게 다가가 주의 사항을 전달했다. 목적지에 도착하면 그 집안사람들이 직접 문을 열게 해 주라는 말을 이해하기 힘든지 연신 고개를 갸웃거렸지만 끝내는 알겠다고 대답하는 듯했다. 실비아를 좌석에 눕히고 문을 잠근 마차는 그렇게 샌더즈가를 떠났다.

아버지와 오빠들이 돌아온 건 마차가 떠나고 난 조금 후였다. 아멜리아는 로사와 빈센트가 마주치지 않고 지나갈 수 있어서 천만다행이라고 가슴을 쓸어내렸다.

"아멜리아, 헤이워드가 마차를 보냈어?"

집사에게 실비아가 떠났다는 말을 전해 들은 빈센트가 거실에 있던 자신의 여동생에게 뛰어왔다.

"응. 저기 오빠. 그 헤이워드라는 분이랑 다시 통화할 수 있겠어?"

"왜? 무슨 문제가 있니?"

"아까는 급해서 말 못 했는데, 병원에 입원시키는 것이 좋을 것 같아."

"안 그래도 기절했다는 말을 했지. 우리 집 앞에서 왜 쓰러진 거야?"

"그게……."

"그 미친 여자가 덤벼들었습니다."

알렉스를 저택에 데려다주고 돌아온 듯싶은 쥴스가 남매의 이야기를 들었는지 복도를 지나치다 말고 끼어들었다.

"덤벼……, 미쳤다고?"

경악한 건 빈센트만이 아니었다. 조용히 이야기를 듣고 있던 해리도 줄스의 표현에 놀라 기대 서 있던 벽난로에서 몸을 일으켰다.

"아가씨는 순화된 표현을 사용하시는 것 같은데, 미친 여자를 미쳤다고 불러야지 달리 뭐라고 합니까. 아가씨에게 칼을 들고 덤볐습니다. 그런 위험한 여자를 경찰에 안 넘기고 집에 돌려보냈다니 저로서는 이해가 가지 않는군요."

"아멜리아, 줄스 말이 정말이냐?"

"어…… 그게."

"그리고 아가씨를 구하기 위해 뛰어드신 멜포드 도련님이 다치셔서 병원에 다녀오는 길입니다."

"뭐라고?"

점점 영문을 알 수 없게 되는 상황 설명에 소파에 앉아 신문을 읽으려던 샌더즈 백작까지 일어났다.

'줄스, 이 상황을 즐기고 있어…….'

아무리 봐도 신나게 일러바치는 것으로 보이는 줄스였다. 하지만 아멜리아를 제외하고는 그가 유일한 목격자인 터라 설명을 대신할 다른 사람이 없다는 것이 문제였다. 물오른 그의 설명을 세 남자는 허어, 이런, 세상에 그럴 수가! 같은 외마디 독백을 곁들이며 경청하고 있었다.

"내가 지금 이해가 안 가는 부분은 실비아 양이 네게 칼을 휘두를 이유가 있느냐는 거야."

서둘러 헤이워드에게 전화하고 온 빈센트가 줄곧 의문을 품고 있던 부분을 짚어 물었다.

"처음에는 반지를 잃어버렸다고, 찾아 달라고 하다가……."

"그걸 또 잃어버렸다고?"

"나라면 찾을 수 있다고 생각했나 봐. 그래서 어제도 왔었는데 못 만나고 돌아갔대.”

“주소는 어떻게 알……, 아아, 그래. 헤이워드에게 물어봤겠군. 그 자식, 가만두지 않을 테다…….”

빈센트가 어금니를 깨물며 중얼거렸다. 약혼녀가 그런 짓을 벌일 것을 알고 주소를 알려 준 것은 아닐 테지만 현 상황에서 원망을 받기 가장 적절한 위치에 있는 사람 역시 그였다. 그로서는 제 여동생을 해치려 한 여자의 약혼자를 잘 봐줄 필요가 없었다.

“반지를 잃어버리고 왜 우리 집 앞에서 칼부림하는 건데?”

“미친 사람이 이유 있는 거 보셨습니까? 여러분. 저녁 식사가 준비되었습니다.”

이제는 노집사마저 그녀를 미친 여자라고 부르고 있었다. 아니, 사실 샌더즈가의 고용인들 모두가 그렇게 부르고 있었다고 해도 과언이 아니었다. 실비아의 이름을 가르쳐 줬는데도 다들 고칠 생각을 하지 않았다.

다 함께 식당으로 자리를 옮긴 가족들은 이제 아멜리아에게 설명을 요구했다. 쥴스의 설명으로 어느 정도 상황 파악은 되었으나 사건의 극 초반부에 대한 설명은 여전히 아멜리아의 몫으로 남아 있었기 때문이었다.

아멜리아는 대충 이야기를 얼버무렸다. 다시 반지를 찾아 달라는 말에 어디서 잃어버렸는지도 모르는 걸 어떻게 찾느냐고 거절했더니 화를 내며 덤벼들었다고 말했다. 사실을 확인해 줄 알렉스도 곁에 없으니 대충 상황을 묘사해도 큰 문제가 보이지는 않았다.

“헤이워드도 놀라는 눈치더라고. 안 그래도 마차 사고로 입원해 있던 약혼녀가 사라져서 병원이 발칵 뒤집혔는데 여기까지 찾아와 반지를 찾아 달라고 할 줄은 몰랐다는 거야.”

“그럼 다시 병원에 입원하게 되는 거 맞지?”

“그래. 이번엔 간병인을 옆에 붙여 놓을 거라고 하더라. 빠져나와서 해코지는 못 할 거야."

"강박증인가, 고가의 반지라고 하지 않았어?"

"3캐럿 다이아몬드. 가문의 보물 중 하나래."

"그런 걸 왜 또 잃어버렸대."

오빠들이 이런저런 이야기를 나누는 동안 아멜리아는 정신이 없어 확인하지 못한 것이 있다는 걸 깨닫고 자리에서 일어났다. 다다다, 복도를 건너가 창문을 열고 소리쳤다.

"쥴스! 병원에서 치료는 어땠어?"

정원에서 빗자루질하던 쥴스가 아멜리아의 부름에 천천히 창가로 다가왔다.

"다시 소독하고 꿰맸습니다. 파상풍 주사도 맞았고요. 상처가 좀 남기는 할 것 같다는데 뭐, 아물고 나면 그리 큰 상처는 아닐 겁니다."

"상처가 크지 않은 거 맞지? 피가 엄청 났었잖아."

"걱정하실 일 없습니다. 댁에 모셔다드렸으니 나머지는 그 댁에서 알아서 할 거고요."

"응, 다녀와 줘서 고마워."

"아닙니다. 샌더즈가 하인으로서 당연히 해야 할 일이지요. 저희 아가씨를 도와주신 분인걸요. 그분이 대체 왜 거기 있었는지는 모르겠습니다만."

"……아, 나 저녁 식사 중이었거든. 돌아가 봐야겠다. 정말 고마워 쥴스!"

추궁이 담긴 쥴스의 매서운 눈초리를 피해 슬금슬금 뒷걸음을 친 소녀는 식당으로 돌아왔다. 가족들은 여전히 반지에 관해 이야기하고 있을 뿐, 실비아가 아멜리아에게 집착하는 이유에 대해서는 크게 의문을 가지지 않는 눈치였다. 늦은 외출에서 돌아온 샌더즈 부인까지 합류한 식당에서 가족들은 평소보다 더 오랜 시간 이야기를 나눴다.

다음 날 아침이 밝자 아멜리아는 서둘러 외출 준비를 했다.

"아가씨! 어제 그런 일이 있었는데 또 어디를 나가시는 겁니까!"

"미안해요, 급한 볼일이 생겨서. 실비아는 병원에 가뒀다니까 괜찮을 거예요."

살그머니 도망 나가려던 아멜리아는 현관 앞을 지키던 집사에게 딱 걸렸다. 잔소리가 쏟아지기 전에 부리나케 꼬리를 말고 튀어 나가는 소녀의 뒤통수에 "누굴 데리고 나가시든가! 혼자는 위험하다고 말씀드렸지 않습니까!"라는 외침이 따랐다.

그러나 아멜리아에겐 이런 일로 주춤댈 시간이 없었다. 내일부터 외출 금지를 당하는 한이 있더라도, 오늘은 나가야 했다. 스커트 자락을 움켜쥐고 정신없이 달리며 생각했다. 힘들어 죽겠으니 혹시라도 내일 외출 금지를 당하지 않는다면, 반드시 자전거를 사야겠다고. 소녀가 달려간 곳은 시드의 가게, '붉은 서재'였다.

딸랑딸랑.

작은 종소리와 함께 문을 열자 가게 안쪽에서 대화 소리가 들렸다.

"향유를 태우는 도자기인데, 이게 바로 세브르 공방에서 만든 겁니다. 여기 정교한 로코코식 페인팅이 보이시죠? 전형적인 구체제의 예술품이라는 증거입니다."

작은 자기의 세밀화를 보여 주며 설명하는 시드의 뒷모습이 보였다. 그는 누군가 들어오는 소리에 고개를 빼서 뒤를 살펴보더니 방문객이 아멜리아인 것을 확인하고는 접대용 거실에 가 있으라는 손짓을 했다.

"오늘은 아침부터 바쁘구나."

부르봉 왕가에서 사용하던 도자기가 어떻게 이 시골 골동품점까지 오게 되었는지를 장황하게 설명하는 시드의 목소리를 들으며 아멜리아는 가게 내부를 돌아봤다. 바쁜데 와서 귀찮게 하는 건 아닌가 싶어 다음에 다시 올까 고민하던 중, 카운터 뒤에 세워진 유리장 안에 지난번의 그 도자기 새들이 들어 있는 것을 발견했다.

'역시, 아직 보내지 않았어.'

아멜리아가 알아낸 정보를 사용하지 않겠다는 선언을 한 시드였다. 그렇다 하더라도 그의 성격상 의뢰받은 일을 포기한 채 그냥 돌려보내지 않고 무언가 적당한 자료를 찾을 때까지 보관하고 있지 않을까 싶었다.

유리장의 자물쇠가 걸려 있지 않은 것을 확인하고 소녀는 문을 열어 새들을 꺼냈다.

'두 마리의 새들. 누군가가 노래를 부르면 된다고 했는데.'

도자기를 손에 쥐고 눈을 감았다. 이번에는 마음속에 떠오르는 것이 아무것도 없었다. 검게 침묵만이 울렸다. 이 안에서 제가 무엇을 찾아봐야 하는지 알 수가 없었다. 무얼 봐야 하지? 정신을 집중하고 지난 기억을 더듬자 다시 새들의 머리 부분이 크게 확대되어 보였다. 그들의 감은 눈을 들여다보며 소녀는 생각했다.

'로사를 잠재울 수 있는 노래. 그 노래를 찾고 있어.'

이변이 일어난 건 그때였다. 두 마리 중 오른쪽에 있는 새가 천천히 눈을 뜨기 시작했다. 갑작스러운 변화에 놀란 아멜리아는 감았던 눈을 번쩍 뜨고 손에 들고 있던 도자기 새들을 살폈다. 혹시 그들이 눈을 뜬 건 아닌가 살펴봤지만 당연하게도 현실 속의 그들은 여전히 눈을 감고 있었다.

'그렇다는 것은……'

심호흡한 다음 소녀는 다시 눈을 감았다. 그리고 조금 전과 같은 부탁을 새들에게 건넸다.

'제 죽음을 받아들이지 못하고 있는 로사에게 평안을 선물하고 싶

어. 네 노래를 들려줘, 내게 길을 보여 줘.'

소녀의 기도에 응답이라도 하듯 오른쪽에 자리한 파랑새의 눈이 다시 천천히 열렸다. 숨을 참은 채 그 모습을 들여다보는 아멜리아의 귀에 작은 소리가 들렸다.

새들의 지저귐 같기도, 현악기의 소리 같기도 한 잔잔한 음률. 이것이 방금 눈을 뜬 새가 부르는 노래라는 걸 그녀는 알 수 있었다. 아, 이 곡이구나. 이것만 있으면.

"안 된다고 했지!"

언제 곁으로 다가왔는지 시드가 소녀의 손에서 도자기 새들을 빼앗았다. 그는 평소보다 낮은 목소리로 으르렁거렸다.

"시드."

"위험한 일은 안 된다고 말했을 텐데! 나 몰래 이런 일을 할 작정하고 여기 온 거야?"

꽤 화가 났는지 소녀를 보는 눈빛에 불꽃이 튄다. 야단맞을 줄은 알았어도 이렇게까지 질색을 할 줄은 몰랐던 아멜리아는 얼른 사과했다.

"미안해요. 시드가 바쁜 것 같아서……."

"설마 여기까지 들어와서 함부로 꺼낼 줄은 몰랐어."

책망하는 목소리에 언짢음이 가득 묻어났다. 도자기를 다시 유리장 안에 넣고 자물쇠로 잠그려는 그의 소매를 소녀가 잡았다.

"급한 일이 생겼어요. 그 새들이 필요한 일이."

"……새들이?"

고개를 끄덕이는 아멜리아를 찡그린 표정으로 내려다보던 시드가 "그래도 이건 안 돼."라고 말하며 자물쇠를 마저 잠갔다.

주변을 둘러보니 손님은 이미 돌아간 후인 것 같았다. '그 도자기는 팔았어요?' 라고 물어보고 싶었지만 지금 꺼내기에는 적절한 화제가 아닌 듯싶어 입을 다물었다. 소녀는 그가 시키는 대로 소파에 얌전하게 앉아 죄지은 어린아이처럼 손가락을 만지작거렸다.

"손톱 그만 괴롭히고, 말해 봐."

맞은편 의자에 굳은 표정으로 털썩 주저앉은 시드의 태도가 아무래도 그냥 넘어가지 않겠다는 전조로 보였다. 대충 넘기면 용서받지 못할 거라는 건 알았지만 평소 보기 힘든 흉흉한 분위기에 숨이 막혔다. 빠뜨리는 것 없이 조리 있게 잘 설명하지 않으면 안 될 것 같은 기분에 어디서부터 이야기를 시작해야 하는지 잠시 생각을 정리하던 아멜리아는 빈센트와 쇼핑을 갔던 날 일부터 차근차근 설명했다.

"……칼을 꺼내서 덤비는 순간 알았어요. 그게 실비아가 아니라 죽은 언니인 로사라는 걸."

"칼을 꺼냈어? 너한테? 다친 곳은 없어?"

"괜찮아요. 알렉스가 와서 도와줬어요."

"알렉스……가."

끄덕이는 아멜리아의 작은 머리를 보며 시드는 벌레 씹은 표정이 되었다. 아, 저 표정. 아멜리아는 쥴스가 '그 미친 여자'라고 말할 때 바로 저런 표정이었다는 걸 떠올리고 지금 시드가 속으로 무슨 욕을 하고 있을지를 짐작했다.

"그래서 두 사람이 달려들어서 간신히 칼을 빼앗았어요. 그러는 동안 지쳤는지 실비아는 기절했고."

집에 연락해서 다시 병원에 데려가게 했다는 부분까지 설명했다. 여기까지 이야기한 뒤 숨을 돌린 아멜리아는 어느 틈엔가 제 앞에 놓인 레몬수를 단숨에 쭉 들이켰다.

"그래서, 새들이 왜 필요한데."

"만일 실비아의 몸에 아직도 로사가 남아 있다면, 그걸 이용해서 그녀를 올려 보낼 수 있을 것 같아요."

"'천도' 말인가."

"네. 조금 전에 노래를 들었어요. 하는 방법을 알 것 같아요."

"노래를 들었다고?"

시드의 표정이 다시 험상궂게 변했다. 가게에 혼자 둔 지 몇 분 되지도 않았는데, 그사이에 온갖 위험한 일은 이미 다 저질러 놓고 태평한 얼굴로 자신을 보고 있는 아멜리아를 보니 기가 막혔다.

"너, 내가 위험하다는 말을 한 걸 대체 어디로 듣고—."

"병원에 같이 가 주면 안 돼요, 시드?"

"뭐라고?"

"로사를 저대로 두면 계속 찾아올 것 같거든요. 당장은 저를 노리겠지만 이번에는 저랑 같이 있었다는 이유로 빈센트 오빠까지 원한을 산 것 같아서 그대로 두면 안 될 것 같아요."

"하아아……."

인제 보니 제 오빠의 안전을 걱정하느라 천도 이야기를 꺼낸 거였다. 자신에게 칼을 휘둘렀다는 건 조금도 신경 쓰지 않는 눈치였다. 어떻게 봐도 20대의 건장한 청년보다는 자신이 더 위험한 상황인데도 이에 대한 위기감이 전혀 없는 아멜리아를 보며 시드는 탄식했다.

"저 혼자서 가 볼까 했지만 역시 좀 무서워서……, 시드가 같이 가 주면 좋겠구나 생각했는데……."

한껏 걱정스러운 얼굴로 자신을 올려다보는 소녀는 깜찍하게도, 어떻게 하면 시드를 움직일 수 있는지를 알았다. 평소엔 맹한 것 같다가도 제가 필요할 땐 교활하기 그지없어지는 소녀의 부탁에 그는 결국 자신이 동행하게 될 것을 알았다.

실비아가 입원한 병원은 그리 멀리 있지 않았다. 시드의 마차를 타고 병원으로 향했던 아멜리아는 생각보다 가까운 거리에 놀란 눈치였다.

"이렇게 가까워서야, 몰래 도망 나오면 금세 우리 집에 닿겠네……."

"위험하다는 걸 이제야 눈치챈 거야?"

일이 해결될 때까지는 혼자 돌아다닐 생각은 하지도 말라고 시드가 화를 내자, "그래서 시드랑 같이 있잖아요. 이제 마음이 놓여요."라며 헤헤 웃는다.

"너 일부러 이러는 건 아니지?"

"뭐가요?"

"……아니야. 물어본 내가 바보 같다."

어딘가 허탈한 듯 시드가 투덜거리는 사이, 마차는 병원 앞에 도착했다. 근방에서 가장 큰 종합병원인 이곳은 전날 알렉스가 부상 치료를 받으러 갔던 곳이기도 했다. 시드가 마차를 맡기는 동안 아멜리아는 사무실로 들어가 실비아의 병실 호수를 물었다.

"몇 호인지 알았어?"

"네. 3층으로 올라가서 우측 맨 끝 방이래요."

"준비물은 이거면 돼?"

시드가 도자기 새들이 담긴 작은 상자와 소금을 넣은 주머니를 흔들어 보였다.

"솔직히 저도 이 이상은 뭐가 필요한지 몰라요."

"여기까지 와서 참 힘이 솟는 격려의 말이로군."

"그렇잖아요. 저도 이런 거 처음 해 보는데."

"이거 실패하면 우리 둘 다 큰일 난다."

"……네. 명심할게요."

긴장한 얼굴을 가다듬고 복도 끝 병실 문 앞에 섰다. 가볍게 문을 두드리자 실비아의 간병인이 문을 열고 용건을 물었다. 침착해 보이는 인상의 체격이 큰 중년 여인이었다. 다른 사람 없이 그녀 혼자 병실을 지키는 것 같았다.

"무슨 일로 오셨나요?"

"실비아 양의 친구인데 입원했다는 말을 듣고 문병 왔어요."

"그러시군요. 그런데 아가씨가 아직 의식이 없으셔서……."

"아직도 정신을 차리지 못한 건가요?"

"어제는 잠시 눈을 뜨셨다가⋯⋯."

여기까지 말한 간병인은 말을 줄이고 주변을 살폈다. 복도에는 그들 외에 다른 사람이 이야기를 듣고 있지 않았지만, 그래도 영 미덥지 않은지 결국 병실 문을 크게 열고 두 사람을 안으로 맞이했다.

"일단 들어오세요. 안에서 이야기하는 것이 나을 듯싶습니다."

"감사합니다."

"병원에 입원한 걸 알고 계신 분들이니 꽤 친한 사이겠지요. 가족 외의 분들은 아직 입원한 사실을 모르시거든요. 실은 새벽에 한 차례 정신을 차리기는 했는데 이상한 행동을 하셔서 약으로 진정시킨 상태랍니다."

"이상한 행동이요?"

병원 침대에 누워 있는 실비아에게 가까이 다가가려 하자, 시드가 팔을 잡고 말렸다. 어쩔 수 없이 멀찍이 떨어져서 지켜보자니, 새하얀 안색이 생각보다 더 병자 같았다.

"자해하려고 하는 걸 막았더니 나중에는 병실을 뛰쳐나가려고 하더라고요."

"어디로 간다는 말은 없었습니까?"

"'지금 가면 되는데, 지금이라면 내가 가는 줄 모를 거야'라는 말을 반복하셨어요."

누구를 찾아가는지는, 굳이 듣지 않아도 알 것 같았다. 등줄기를 따라 흐르는 오싹함에 소녀가 몸서리를 쳤다. 짐작했던 대로 로사는 아멜리아와 빈센트에 대한 복수를 포기하지 않고 있었다.

"아무리 그래도 자해라니⋯⋯."

"다들 그때는 너무 놀랐지 뭐예요. 선생님의 명령으로 날카로운 물건은 전부 치워 두었답니다. 필기도구나 과일 깎는 과도도 남겨 두지 못하게 하셨어요."

"그렇군요."

자해하려 했다는 건 실비아였을 가능성도 있다고 생각하다가 문득, 마차에 뛰어드는 것을 목격한 빈센트가 한 말이 떠올랐다.

'다른 사람 같아 보였다고 했어.'

어쩌면 자해 시도는 지금이 처음이 아닐지도 몰랐다. 로사는 실비아도 아멜리아 남매도 용서할 생각이 없는 걸지도 몰랐다. 그런 생각을 하며 멍하니 서 있으려니 곁에서 시드가 팔을 툭 쳤다.

그가 다른 장소를 유영하는 아멜리아의 생각을 되돌리려는 듯 눈짓했다. 시드의 시선을 따라 바라본 곳엔 끈에 묶인 실비아의 손목이 있었다. 그녀가 허튼 행동을 하지 못하도록 묶어 둔 것 같았다. 끈의 다른 끝을 침대의 양옆 보호 기둥에 묶어 두어 그 자리를 벗어나지 못하도록 해 두었다.

'이대로라면 도중에 깨어나도 덤벼들지는 못할 것 같네.'

손목에 단단히 묶인 매듭을 확인한 소녀는 이제 간병인이 잠시 자리를 비우게 할 만한 무언가가 없을지 고민했다. 계획을 더 확실하게 세우고 왔어야 하는 건데. 후회도 일었지만 이미 늦었다. 그때였다. 소녀보다 한발 빨리, 시드가 입을 열었다.

"아, 저희가 여기 온다는 말을 했더니 어떤 간호사분이 잠시 내려오시라는 말을 전해 달라고 하던데, 제가 깜박했네요."

"저를요?"

"네. 뭔가 중요한 이야기가 있는 듯했어요."

"……무슨 일일까. 저, 그럼 잠시 다녀올 테니 그동안 아가씨 좀 지켜봐 주시겠어요?"

"그러지요. 천천히 다녀오세요."

믿음직스러운 시드의 미소를 본 여인은 잘 부탁한다며 병실을 떠났다. 임기응변으로 간병인을 내려보낸 그는 그녀가 멀어지는 걸 확인하고 재빨리 문을 잠갔다.

"시간이 얼마 없어, 빨리해야 해."

건네받은 도자기 새들을 손에 쥐고 아멜리아는 눈을 감았다. 정신을 새들의 눈에 집중시키고 그들에게 도움을 청했다. 도와 달라고.

그러나 이전과는 달리 감긴 눈은 쉽게 떠질 생각을 하지 않았다. 마음이 초조해진 것이 문제였을지도 모른다. 집중력이 흐트러지는지 새들은 소녀의 요청에 답변해 주지 않았다.

"밀리, 얼른!"

문을 막고 서서 밖의 소리에 귀를 기울이며 시드가 외쳤다. 조금 있으면 간병인이 돌아올 터였다. 그 전에 로사를 떠나보내지 않으면 안 됐다.

당황한 아멜리아가 다른 방도를 찾다가 시드의 가게에서 들었던 음률을 떠올렸다. 숨을 크게 내쉬고 머리를 텅 비운 뒤 대화 대신 그 음악을 들려주었다. 잔잔하고 공허한, 독특한 박자를 온몸을 울려 머리로 노래하자 그제야 천천히, 오른쪽에 자리한 새의 눈이 움직였다.

'새가 노래하고 있어.'

아멜리아가 시작한 노래는 천천히 새에게로 넘어갔다. 음악 같기도, 지저귐 같기도 한 그 소리는 아멜리아가 기억했던 것보다 조금 더 빠르고 조금 더 꽉 채운 운율이었다. 우는 새의 눈에 빛이 들어오자 누워 있던 실비아가 정신을 차렸다. 순식간에 눈을 부릅뜬 그녀가 소리 질렀다.

"네년! 가만두지 않을 거야!"

정신을 차린 것은 로사였다.

형형한 눈빛으로 아멜리아를 물어뜯을 듯이 노려봤다. 아니, 손이 묶여 있지 않았다면 정말 물어뜯었을 것 같았다. 전신의 힘을 사용해 침대에서 벗어나려고 발버둥 치는 탓에 철제 침대가 엄청난 소리를 내며 이리저리 흔들렸다. 돌바닥 위에서 침대 구르는 소리가 방을 한가득 채우며 울렸다. 로사의 비명에 흠칫 놀란 아멜리아는 집중력이 흩어지지 않도록 최선을 다하며 새가 부르는 음률을 따라 그렸다.

"이거 놔아아아아—! 놓으라고—!"

덜컹, 덜컹덜컹.

철제 침대가 무서운 비명을 지르며 움직였다. 로사가 내지르는 괴성과 침대 부딪치는 소리를 들은 다른 방 환자들과 보호자들이 문밖에서 수군대며 모이기 시작했다.

'이 노래의 끝은? 어떻게 하면 그녀를 보낼 수 있지?'

처음 해 보는 시도에 아멜리아의 손은 땀으로 젖어 들었다. 정말 보낼 수 있는 거겠지? 자신의 감만 믿고 시드까지 끌어들였다는 철없는 변명으로 무마하기엔 이미 늦었다. 어떻게든, 책임을 져야 했다. 이 노래를 멈추고 그녀를 보내야 했다. 그러는 사이에도 파랑새의 지저귐은 조금씩 높아지고, 조금씩 더 빨라지고 있었다. 조금만, 조금만 더.

"거기, 지금 뭐 하는 겁니까. 문 여세요!"

쾅쾅대며 문을 두드리는 사람들의 목소리가 들려왔다. 마음은 조급하지만 새와 연결된 머릿속은 아직 투명하게 맑고 고요했다. 순간 아멜리아는 자신의 머리와 심장이 각각 다른 공간에서 존재하는 것 같다는 생각을 했다.

"캬아아아악!"

"이게 뭐 하는 짓입니까. 환자가 고통받고 있잖아요, 이봐요! 문 여시라고요!"

잠가 둔 문을 몸으로 막고 있는 시드의 뒤로 사람들의 웅성대는 소리가 더 커졌다.

"안에서 잠근 것 같은데. 안 되겠어. 문을 부숴야겠어!"

쿵쿵쿵. 긴장한 심장의 널뛰는 진동이 팔을 타고 도자기 인형을 든 손까지 전달됐다. 처음에는 그저 아멜리아에게 덤벼들기 위해 몸부림을 치는 것으로 생각되던 로사가 점점 괴로워하는 표정을 보였다. 가파르게 올라가는 파랑새의 노래가 로사에게 영향을 주는 게 분명했다. 솟구쳤던 파동은 다시 흐르듯 내려와서 그녀의 온몸을 훑듯이 쓸어내렸다. 아래로 향하고 다시 거슬러 올라온다. 노랫소리를 들으면 들을수록, 가녀린 몸이 중력을 거스르는 것처럼 퍼덕였다. 묶어 둔 손목이 까지고 새빨갛게 피가 배였다.

"실비아의 몸에 더 무리가 가기 전에 해결해야 해!"

시드가 외쳤다. 정말로 문을 부수고 들어오려고 하는지 사람들을 더 불러 모으는 소리가 들렸다.

콰앙, 쾅—!

남자들이 합심해서 자물쇠 부분을 발로 차는지 문이 크게 흔들렸다. 이 이상 더는 버티기 힘들 것 같다고 생각한 시드는 결국, 자물쇠 고리가 부서지기 직전에 문을 열었다.

"열렸다!"

"다들 들어가! 안에 있는 사람들을 포획하고 환자의 상태를 확인해!"

삐이이이이잇—

음악이 사라지고 머리가 깨질 것 같은 고주파의 신호음이, 비명이 울렸다. 귀가 먹먹할 정도의 고음에 아멜리아가 놀라 비틀거리는 사이에 사람들이 우르르 열린 문을 젖히고 병실 안으로 뛰어 들어왔다. 그리고 역시 그때를 맞춰, 신호음을 뚫고 엄청난 목소리가 들려왔다.

"반지는 못 줘! 내 물건을 빼앗은 건, 내 남자를 빼앗은 건 너니까!"

실비아의 입을 통해 로사가 소리쳤다.

눈동자가 반쯤 뒤집힌 상태로 그녀는 계속해서 소리를 질렀다.

"계단에서 날 밀친 것도 너였잖아! 달빛에 반지를 구경하겠다고 인적 없는 곳으로 유인한 것도! 내게 미리 압생트를 먹인 것도! 다 네가 계획했던 일이라는 걸 알고 있다고!"

흉흉한 기세로 내뱉은 그녀의 말에 뛰어 들어온 사람들이 모두 움직임을 멈추고 환자를 응시했다. 밀려들어 온 남자들에게 붙잡혀 벽에 밀쳐진 시드도 그 순간 눈을 휘둥그렇게 뜨고 여인을 바라봤다.

"네가 죽였어!"

삐이이이이—!

고막이 터질 것 같은 고음은 더는 음악으로도, 새들의 지저귐으로도 들리지 않았다. 아멜리아는 손에 들린 도자기 새들을 깨트릴까 두려워 귀를 막고 싶은 충동을 가까스로 참으며 버텼다.

드드드득.

사람들의 귀에 들릴 리 없는 파랑새의 노래가 파장으로 변해 병실의 유리창을 진동시켰다. 바람이 부는 것도 아닌데 갑작스럽게 흔들리기 시작한 창문을 보며 누군가가 놀라 비명을 질렀다. 그러는 동안에도 높낮이 없이 수평선을 그리던 고음이 한 단계 더 가파르게 올라갔다. 귀를 찌르는 것 같던 그 소리는 어느 순간 로사의 영혼을 실비아의 몸에서 뽑아 당겼다.

활처럼 둥글게 실비아의 가슴이 떠올랐다. 묶인 손 때문에 상체를 화살처럼 젖힌 상태로 공중에 몸을 띄우는 것처럼 움직이는 모습에 병실 안 사람들은 다들 경악했다.

"캬아악!"

삐이이이이익—!

안압이 올라가 안구가 튀어나올 것 같은 무서운 얼굴로 단말마의 비명을 지른 그녀는 맥없이 풀썩 다시 쓰러졌다.

"환자의 상태를 살펴!"

가장 먼저 정신을 차린 누군가가 얼어붙은 정적을 깨고 소리쳤다. 간호사들은 도자기 인형을 들고 병실 중간에 멍하니 서 있는 작은 소녀를 밀쳐 내고 급히 실비아에게 달라붙었다. 비틀대던 아멜리아는 뒤늦게 정신이 든 표정으로 주변을 둘러보며 시드를 찾았다.

로사의 고백이 너무 충격적이었는지 아니면 시드가 어떻게 말을 잘했는지는 몰라도 구속당한 상태이던 그는 이제 무리가 간 손목을 매만지며 자신을 공격했던 남자에게 무언가를 설명하는 중이었다. 진지한 표정으로 실비아와 주변을 둘러보며 이야기하던 그는 아멜리아가 비틀대며 곁으로 다가오자 그녀의 팔을 잡아 자신이 있는 쪽으로 끌어당겼다.

"수고했어."

다른 사람이 듣지 못하도록 귀엣말로 속삭였다.

신들린 사람처럼 발작하던 실비아는 이제 다시 조용해졌다. 분주하게 오가는 간호사와 의사의 모습 사이로 두 사람은 침대에 누워 눈을 감은 그녀를 오랫동안 지켜봤다.

"대체 뭐라고 설명해서 사람들이 우리를 그냥 가게 한 거예요?"

영문을 알 수 없다는 표정의 아멜리아가 병실을 나서며 시드에게 물었다. 큰 소동이 일어났던 병원에서 아무 제재 없이 유유히 나설 수 있다는 사실이 신기했다. 그는 소녀에게 윙크하며 "상황을 설명한 것뿐이야."라고 말했다.

"무슨 상황을?"

"간병인이 병실을 나서자마자 실비아 아가씨가 차마 입에 담기 힘든 말을 외치면서 발작을 시작했고, 지인인 우리는 그걸 차마 다른 이들에게 들려줄 수가 없어서 진정되기를 바라며 문을 잠갔다고 했지."

"와……."

"다들 본 것이 있으니 믿어 주더라고. 우려하는 바는 이해했지만 그래도 문을 잠그면 어떻게 하느냐는 말에 너무 당황해서 그랬다고 했지. 다음부터는 그러면 안 된다고 하면서 풀어 주더군."

"그런 방법이 있었구나. 시드 정말 굉장하네요."

존경의 눈빛으로 자신을 바라보는 소녀의 머리를 쓰다듬으며 시드가 웃었다.

"아냐, 설명도 설명이지만 샌더즈 백작가의 이름 덕을 본 거지."

"시드 덕분에 로사를 보낼 수 있었어요."

타박타박, 마차를 세워 둔 곳으로 걸어가는 소녀의 손에는 작은 상자가 들려 있었다. 그 상자를 힐긋 본 시드가 물었다.

"로사는 확실히 떠난 거야?"

"네. 제 예상대로 새의 노래가 떠도는 영혼을 천도하는 기능을 가지고 있었어요."

노래가 점점 높아지며 고주파의 신호음처럼 변하는 순간, 로사는 실비아의 몸에서 분리되기 시작했다. 자석으로 끌어당기는 것처럼 억지로 공중으로 끌려 올라간 그녀는 끝까지 가지 않으려고 몸부림을 쳤지만, 자신보다 몇 배나 강한 힘을 버티지 못하고 말았다.

"제가 본 바로는 천도라기보다는……, 좀 더 강제적인 느낌이었어요. 사람들이 사는 세계에서 추방당하는 것 같은 인상이 더 강해요."

"추방이라……, 재미있는 표현이네. 과연 누구의 힘으로 하는 걸까?"

"그걸 잘 모르겠어요. 자주 쓰면 좋을 것 같은 느낌은 아니에요. 아니, 다시 쓸 일은 없겠지만요."

제 오빠가 위험하지만 않았어도 이런 정체를 알 수 없는 물건을 사용하려는 생각은 하지 않았을 것이었다.

"그나저나 결국 반지의 행방은 알 수 없게 되어 버렸네요."

"상관할 거 없어, 그딴 반지. 알아서 하겠지. 또 찾아 달라고 쫓아오면 그때는 정말 가만 안 둘 거야. 엉덩이를 차서 쫓아내 줄 테다."

"이 난리를 쳤으니 반지를 찾을 정신이나 있을지 모르겠어요."

"워낙 들은 사람이 많아서 소문이 퍼지겠지. 재조사 이야기를 꺼내는 사람도 있을 테고."

"실비아가 로사를 떠민 것이 사실이라면, 재조사는 당연한 거 아니에요?"

"글쎄? 둘이 자매인 이상 언니를 잃은 부모가 무리해서 진상을 밝히며 그 동생까지 희생하려고 들지는 않을 거야. 대충 덮는 대신, 평생 뒤에서 손가락질받겠지."

"그런 건가……."

"앞으로 사회에서 매장되고 안 되고는 실비아의 성격에 달렸고. 더는 로사의 간섭은 없을 테니까 말이야."

소녀로서는 이해할 수 없는 관계였다. 자신의 가족을 해칠 생각이 들 만큼 갖고 싶은 것이라니. 자신이 더 나이가 들어 사랑에 빠지게 되면 알게 되려나 싶었다.

상자를 든 채로 묵묵히 생각에 빠진 아멜리아의 머리에 툭 손을 얹은 시드가 말했다.

"로사는 어느 정도 복수를 하고 떠난 거라고 봐. 살아 있는 사람도 앞으로 남은 생 동안 괴로움에 시달리겠지. 그걸 이해하려 애쓸 필요 없어."

"네."

이것저것 물어 올 줄 알았던 시드는 뜻밖에 순순히 대답하는 아멜리아의 반응에 놀랐다. 그만큼 충격이 컸던 모양이라 생각한 그는 쓰게 웃으며 소녀의 손에서 작은 상자를 들어 올렸다.

"그리고 이제 이 새들은 정말로 여기서 끝."

"……."

무언가 할 말이 있는 것 같은 얼굴로 아멜리아가 그를 올려다보았다.

"시드는……."

"응?"

묶어 두었던 말을 풀며 그가 돌아다보았다. 그 평온한 표정에 아멜리아가 하려던 말을 삼켰다.

"피곤하지? 어서 타, 늦기 전에 데려다줄 테니. 집사 할아버지 또 히스테리 부리실라."

"……네."

경쾌하게 달리는 말발굽 소리와 함께 덜컹대는 마차 안에서 두 사람은 한동안 말이 없었다. 아멜리아는 마부석에 앉은 시드의 뒷모습을 바라보고 있었다.

'시드는 저 새가 필요하지 않아요?'

소녀가 파랑새들의 사용법에 대해 집착했던 건 시드가 그것을 원하지 않을까 싶어서였다. 자신이 아는 한, 그는 저 새의 존재를 가장 필요로 할 것만 같은 사람이었다. 그에게 물어보고 싶은 말이 남아 있었지만 당사자가 원하지 않는다면 어쩔 수 없다고 생각했다.

'그저, 아직 때가 아닌 거야.'

마음 한구석에서 누군가가 속삭인다. 그것이 자신의 목소리인지, 다른 이의 목소리인지 소녀는 구분할 수 없었다.

병원에서 치료를 받고 돌아온 알렉스 때문에 멜포드가는 한바탕 뒤집혔다.

"헤이워드가의 약혼녀가 내 아들에게 칼을 휘둘러?"

멜포드 부인은 다친 알렉스를 보고 거의 기절할 지경으로 화를 냈다. 그도 그럴 것이, 잘 알지도 못하는 처녀가 제 아들에게 날붙이를 휘둘렀다는 난데없는 소식에 놀라지 않을 수가 없었다. 어째서 그런 일이 생겼는지 역시 이해하기 어려웠다.

처음에는 두 사람이 사귀던 사이인가를 의심해 몇 번이고 아들의 연애사를 추궁했다. 혹시 영애에게 먼저 뭔가 실례되는 일을 한 게 아니냐고 조심스럽게 물어보던 부인은 거듭되는 아들의 부인에 "버림받은 충격에 복수를 꿈꾼 것도 아니면 대체 왜 그랬단 말이냐."라고 의아해하는 단계를 맞이했다.

그리고 그 기간도 지나 이제 분노의 시기가 도래했다. 남의 귀한 아들에게 대체 이게 무슨 짓이란 말인가! 전통 있는 헤이워드 가문도 그렇지만 실비아라는 아가씨의 집안도 작위는 낮아도 꽤 오래된 귀족 집안이라는 말에 어머니의 분노는 배가 되었다. 알 만한 가문에서 대체 어떤 교육을 받았길래 아가씨가 길거리 폭행을 서슴지 않느냐며 화를 냈다.

그러다가 알렉스를 병원까지 데려가 치료를 받게 한 것이 샌더즈 집안의 가솔이었다는 설명에 그 연관성을 찾기 위해 다시 상처를 입은 아들을 들볶는 중이었다.

"대체 왜 샌더즈가의 마차 같은 걸 타고 다녀온 거니?"

"덕분에 임시 치료도 받고 병원도 다녀왔어요."

"그 집에서 널 안으로 들였다는 것도 이상하구나. 그렇게까지 신경을 써 줄 사람이 그 집에……. 아멜리아? 너 그 집 막내딸을 만났니?"

"네."

"너랑은 상관없다고 한다면, 그 아가씨가 혹시 네가 아니고 그 아이에게 덤빈 거 아니었니?"

"……."

"그런 거구나! 네가 도와주다 다친 거였어? 대체 네가 거긴 왜 끼어들어!"

알렉스의 등을 팡팡 두들겨 가며 어머니가 책망하자, "제가 데려간 파티 때문에 알게 된 인연이거든요."라고 대답했다. 이 말은 당연히 멜포드 부인을 더 놀라게 했다.

"그 애를 데리고 파티를 다녀왔다고? 금시초문이구나! 얘 좀 봐, 오자마자 일을 저질렀어! 양가 집안 사이가 좋지 않은 거 이야기 못 들었니?"

"들었습니다만, 저까지 아멜리아와 서먹하게 지내야 할 이유가 없어요."

"이유가 왜 없어! 애초에 서로 이렇게 된 사건의 시작이 너희 둘—"

174

"어머니. 아멜리아의 손에 난 상처, 보신 적 있으세요?"

"갑자기 무슨 소리니. 지금 중요한 건 그게 아니다."

"열여섯이 된 아멜리아의 손을 보신 적 없으시죠? 사고가 난 직후에도 물론 보신 적 없으시고요."

멜포드 부인의 목소리에 짜증이 섞였다. 샌더즈 가문의 막내딸 때문에 다친 제 아들은 이 상황이 되어서도 뜬금없는 옛날이야기나 하고 있었다.

"그 이야기 중이 아니잖니, 알렉스!"

"……백작가의 영애 손에 있을 만한 상처가 아니에요, 어머니. 밖에 나갈 땐 장갑을 꼭 껴야 하고요. 다섯 살 난 여자아이일 때 다친 사고였어요."

"그 얘기를 왜 꺼내는 건지 모르겠구나. 그때 넌 더 심각한 상태였어."

"그 사고는 우리 집에서 난 거였잖아요."

"그래서? 한밤중에 멋대로 들어와서 다친 거 아니었니?"

"다섯 살 여자아이예요. 멜포드가에서 얻은 상처고요. 만일 제가 그렇게 다쳤다면 아마 생각이 바뀌셨을 거예요."

"무슨 뜻이니 그게! 네가 다친 게 그때의 보상이라도 된단 말이니?"

"아뇨. 그건 아니지만, 적어도 제가 아멜리아와 섭섭하게 지내야 할 이유는 없다는 겁니다."

"알렉스!"

고집불통인 두 사람의 대화는 시작부터 끝까지 평행선을 이어 가고 있었지만, 알렉스는 그래도 이 기회에 제 뜻을 밝힐 수 있어 다행이라고 생각했다. 애초부터 어머니에게 숨기면서 아멜리아를 만나고 샌더즈가를 몰래 들락거릴 생각도 없었다. 화제가 등장한 이상 이즈음에서 한 번쯤 짚고 넘어가야겠다 싶었다.

"당시 어머니가 얼마나 마음고생이 크셨을지는 짐작이 갑니다. 하지만 달리 생각하면 샌더즈 부인 역시 같은 마음이셨을 거예요. 따님 손에 그렇게 큰 상처가 남은 줄 저는 지금까지 모르고 있었거든요.”

“……알렉스, 애야. 지나간 이야기를 굳이 왜 다시 꺼내는지 나는 정말 모르겠다.”

멜포드 부인은 피곤한 표정으로 의자에 앉아 등을 돌렸다. 알렉스가 헤집으려는 과거의 일은 그녀에겐 다시 건드리기 싫은 부분에 속하는 과거였기 때문이었다. 그런 제 어머니의 뒷모습을 지켜보던 그는 허리를 숙여 부인의 어깨를 안았다.

“아멜리아와 제겐 아직 남겨진 날들이 많은데, 어린 시절의 일로 모른 척하고 지내기엔 시간이 너무 아깝다는 생각을 했어요.”

“그건 네가 그 후의 상황을 보지 못해서 그런 거다.”

“우리가 갑자기 떠나서 샌더즈가의 입장이 애매해진 것도 있고요. 사고 후의 뒷말을 들은 건 아멜리아 혼자잖아요.”

“일부러 책임 전가를 하려고 떠난 건 아니잖니. 네가 이 집에 더는 있기 싫다고 울어서—”

“어머니 탓을 하는 게 아니에요. 그저 정황상 다른 사람들에겐 그렇게 보이게 된 거죠.”

“그러니까 그걸 왜 네가 신경을 써야 하는데?”

“같은 어머니시니까 아실 것 같아서요. 다섯 살 딸이 남의 집에서 크게 다쳐서 돌아왔는데, 주변 사람들이 그 책임까지 묻는다면 기분이 어떨까 싶어요.”

멜포드 부인은 아들이 무슨 말을 하고 싶은 건지 알 것 같았다. 천성이 상냥한 아이이니 제 소꿉친구와 어색하게 지내고 싶지는 않을 거라는 짐작이 쉬이 갔다.

“알렉스. 사람의 마음은 그렇게 쉽게 ‘이제부터 그럽시다.’라는 말로 바뀔 수 있는 것이 아니란다.”

“제가 어머니께 부탁하는 것도 그런 거창한 일이 아니에요. 없었던 일로 할 수 없다는 것도 압니다. 그저 그 가족들도 우리만큼 힘든 시간을 보냈다는 걸 알아주셨으면 하는 거죠."

뒤에서 제 어머니의 어깨를 안고 달래듯 말하는 알렉스의 목소리에 그녀는 한숨을 내쉬었다.

"대체 이 편한 속은 누굴 닮았는지 모르겠어……."

"하하, 아마도 어머니겠죠?"

"난 아니다, 애! 너처럼 무르지 않아. 아유, 속상해. 진짜."

어머니의 볼에 가볍게 키스한 알렉스가 빙긋 웃으며 어깨를 안은 팔에 살짝 힘을 줬다.

"이해해 주실 줄 알았어요."

"이해는 누가 뭘 했다고 그러는 거니!"

샌더즈 가문의 딸 때문에 아들이 다쳐서 돌아왔는데 당사자는 기억도 안 날 정도로 예전 일을 들먹이며 상처도 당연하고 과거 역시 이해하자는 말이나 하고 있으니 어머니로서 속이 답답할 수밖에 없었다. 그래도 좋다고 웃는 아들이 어찌나 한심한지, 넋두리했더니 당신을 닮아 그렇다는 말이 돌아와 기가 막혔다.

대화를 더 했다가는 혈압이 오를 것 같다며 불편한 표정으로 자리를 뜨는 어머니의 뒷모습을 알렉스는 조용히 지켜보았다.

저택 사람들 모두가 한마음 한뜻으로 밖에 나가지도 못하게 한 탓에 상처를 입은 다음 날은 갇혀 있다시피 했던 알렉스였다. 둘째 날은 가볍게 산책이나 하고 오겠다며 말을 꺼내자, 오래 나가 있을 생각은 말라며 집사가 "피크닉 바구니는 준비해 드리지 않겠습니다."라고 으름장을 놓았다.

점심시간 전에 돌아오라는 말을 돌려 하는 거라 생각하고 저택을 나선 알렉스가 향한 곳은 아멜리아와 만나던 숲 속의 공터였다.

"일찍 와 있었네?"

"안녕."

평소보다 이른 시간에 공터에 나온 아멜리아를 보고 알렉스가 놀라자, 소녀는 쑥스러운 표정으로 "상처가 걱정돼서. 알렉스네 집에 연락할 수는 없으니까."라고 답했다.

"아, 그래. 걱정했구나. 난 너희 집 하인이 상황 설명을 했을 거라 생각했거든."

"설명은 들었어. 들었지만 직접 보는 거랑은 또 다르잖아."

"그건 그렇군. 내가 생각이 짧았네. 설마 어제도 종일 여기서 기다린 건 아니지?"

미안한 기색이 묻어나는 알렉스의 질문에 소녀가 고개를 저었다.

"아냐, 어제는 나도 일이 있었고……. 알렉스가 못 나올 것 같았어. 밤새 열이 오르거나 아프지는 않았어?"

"나보다는 집안사람들이 난리였지. 오늘도 밖에 오래 있으면 안 된다면서 바구니도 안 주던걸."

"응, 내 생각에도 한동안은 집에서 쉬는 것이 좋을 것 같아."

"그 정도로 중상은 아니야. 어제까지는 좀 화끈거리긴 했지만."

"내가 불안해서 그래. 정말 미안해, 나 때문에 알렉스가 다치게 될 줄은 몰랐어."

"그게 왜 네 탓이야? 실비아가 칼을 숨겨 두고 있을 줄은 아무도 몰랐잖아. 대체 네게 덤빈 이유를 모르겠더군. 우리 어머니가 정식으로 그 가문에 항의하실 것 같아."

"……어쩔 수 없지 뭐. 병원 기록도 남아 있을 테고, 그냥 넘어가시지 않을 거라는 생각은 했어."

로사가 남겨 둔 여러 가지 흔적들은 앞으로 실비아가 죗값처럼 짊어지게 될 예정이었다. 그리고 그녀가 저지르지 않은 이 일 역시, 그

중 하나였다. 아멜리아는 실비아에게 안타까운 마음이 들었다. 하지 않은 일을 평생 안고 가야 하는 부분을 말하는 것이 아니라, 욕심에 눌려 제 언니를 해칠 생각을 했던 그녀가 안쓰러웠다.

소녀가 제 다친 팔을 응시하는 걸 깨달은 알렉스가 괜찮다며 팔을 들어 올렸다. 상처가 터지면 어쩌려고 그러냐며 사색이 된 아멜리아 때문에 괜한 호기를 부렸다는 걸 금세 깨닫기는 했지만.

"오늘은 간단히 산책이나 할 생각에 책도 안 들고 나왔어. 서점 위치를 알려 줄 수 있을까? 가까우면 다녀오려고."

"서점? 상가가 밀집한 곳에 하나 있기는 한데, 작은 편이라 알렉스가 찾는 책이 있을지 모르겠네."

"가서 확인해 보지 뭐."

알렉스가 어깨를 으쓱했다. 어차피 할 일도 없는 데다 가져온 책마저도 거의 다 읽었다는 말에 아멜리아도 함께 가겠다는 뜻을 밝혔다.

"알려만 줘도 되는데. 굳이 같이 오지 않아도……."

"아냐. 말로 잘 설명할 자신도 없고, 직접 보여 주는 게 나아."

서점으로 가는 길은 그리 복잡하지 않았다. 말은 그렇게 해도 부상이 걱정되어 같이 나선 거라는 걸 알렉스는 눈치챘다.

"그럼 서점 갔다가 젤라토 가게에 들릴까."

"어?"

"바닐라 빈즈가 들어간 새 아이스크림이 나온다고 했는데, 아멜리아는 어때?"

아이스크림 이야기가 나오자 얼굴이 등불을 밝히듯 환해졌지만, 곧 빠르게 눈을 깜빡거리며 티를 안 내려고 애쓰는 모습이 귀여워 더 놀려 주고 싶어졌다.

"오늘 별로 안 내키면……. 흐음, 혼자 가고 싶지는 않았는데. 다음에 가지 뭐."

"그, 그런 거면 나도 갈래!"

"그래? 다행이다. 같이 가 준다니 정말 기쁜데."

고민하는 척하다 곧바로 생긋 웃는 알렉스를 바라보며 어라? 전개가 미묘한데? 싶었던 아멜리아였지만, 애초부터 둘이 함께 젤라토를 먹으러 가는 것에 무슨 문제가 있을 리 없었다. 소녀는 재빨리 고민을 접고 알렉스와 나란히 서점을 향해 걸었다.

아담한 크기를 자랑하는 레이븐 마을의 서점에는 있을 것은 없고 없을 것은 있다는 소문의, 주인의 취향이 다분히 반영된 책들이 모여 있었다. 덕분에 기대하지 않았던 책들을 몇 권 발견한 알렉스는 그걸 전부 구매하고 필요한 책들의 이름을 추가로 적어 배달을 부탁했다.

"아멜리아, 미안해. 오래 기다렸지?"

책을 보낼 주소와 이름을 알려 주고 수표책을 꺼내 사인을 마친 알렉스가 아멜리아를 찾았다. 소녀는 새 종이와 잉크의 냄새가 공기 중을 떠도는 서점 한구석에 오도카니 서서 책장 어딘가를 바라보고 있었다.

"아멜리아?"

소녀의 곁으로 다가와 멍하니 그 시선이 닿아 있는 곳을 함께 보니, 책장은 순문학 구역이 아닌 환상 서적 구역이었다. 작은 서점의 좁은 책장 한 칸을 전부 이런 부류의 흥미용 서적으로 가득 채운 걸 보면 생각보다 인기가 있다는 뜻일지도 몰랐다. 얼핏 훑어봐도 꽤 다양한 제목의 책들이 나열되어 있었는데 '수호천사와의 대화', '고대부터 내려오는 연금술법', '트랜스' 같은 기묘한 제목들만 보아서는 어떤 내용일지 상상하기 힘들었다.

소녀가 바라보고 있는 곳은 제 눈높이보다 조금 높은 칸에 있는 책이었다. 아니, 책들일 수도 있었다. 한곳을 응시하는 것 같기도 하고 아닌 것 같기도 한, 애매한 시선이 책장에 묶여 있었다. 관심이 가는 책이 있다면 꺼내 들고 책장을 넘겨 봐도 좋으련만 소녀는 미동도 없이 그저 표지들만 바라보고 있었다.

"사고 싶은 것이 있으면 함께 주문해."

"……어? 아, 그냥…… 구경하고 있었어."

알렉스의 목소리를 듣고 느리게 반응이 돌아온 아멜리아가 어딘가 씁쓸한 표정으로 고개를 저었다.

"내가 선물할 테니까, 원하는 걸 골라 봐."

"그런 거 정말 아니야."

조금 가라앉은 목소리로 그렇게 말하고는 억지로 다른 책들로 시선을 돌렸다.

"와, 내가 읽던 소설의 신간이 나왔네!"

책장 앞에 묶여 있던 발걸음을 떼며 소녀가 중얼거렸다. 어딘가 무리하는 뒷모습을 바라보던 알렉스는 조금 전 그녀가 바라보던 책들을 눈으로 훑었다. 그녀의 흔적을 따라 한동안 들여다봤지만 기묘하고 자극적인 제목들로 가득 찬 서적들 사이에서 소녀가 바라보던 것이 무엇이었는지는 찾지 못했다.

어쩌면 그가 소녀의 시선이 닿던 곳에 '심령학의 모순과 사기 유형—시드니 크로프트'가 꽂혀 있는 걸 확인했다 하더라도, 모르고 그냥 지나쳤을 확률이 더 높았다.

"책 주문은 다 했으니 이제 젤라토 가게로 가자."

"에헤헤."

책방을 나서자 천천히 평소의 분위기로 돌아온 아멜리아는 발걸음도 가볍게 길을 걸었다. 함께 걷던 알렉스가 무엇인가를 가리키며 물었다.

"아멜리아, 저건 뭐야?"

그의 손가락이 향한 곳은 마구간의 처마였다. 지붕 꼭대기부터 늘어뜨린 줄에 돌이 묶여 있는 모습을 유심히 바라보며 "근방에서 이런 걸 꽤 많이 본 것 같은데."라고 고개를 갸웃거렸다. 주먹 크기의 돌 중앙에 구멍이 뚫려 있어 그걸 노끈이나 가죽끈으로 천장에 매달았는데, 거의 두 집 건너 하나씩 걸려 있다 해도 과언이 아니었다. 돌의 크기도 다 제각각이고 매달린 곳도 일정하지 않았다.

"그거 도비 스톤(Dobbie Stone)이라고 해."

"도비 스톤?"

"응, 태곳적부터 내려오는 민속 신앙이야. 구멍 뚫린 돌을 처마나 문 앞에 매달아 악을 쫓아내는 용도야. 다른 이름으로는 '뱀의 돌'이나 '마녀의 돌'이라고도 불려."

"아아, 부적의 일종이구나."

"그렇기는 한데 큰 의미는 없어. 무엇보다도 돌에 직접 구멍을 뚫어서는 소용이 없고 자연 상태로 마모되어 구멍이 뚫린 돌에만 힘이 있다고 전해지거든. 요즘은 관광 상품으로도 많이 팔리는 편이야."

"부적이 상품이 된다니 발상의 전환인 건가."

고개를 끄덕인 아멜리아가 주변을 둘러보더니 정육점 앞에 놓인 돌을 가리키며 "저건 정말 도비 스톤이라고 불릴 수 있어. 억지로 뚫은 구멍이 아니거든." 하고 설명했다. 알렉스가 가까이 다가가 그 돌을 들여다봤다.

"다른 돌들이랑 크기가 다른데."

귀여운 크기의 작은 돌을 매단 다른 집과는 달리 정육점 앞 정원에 놓인 것은 사람이 앉아도 될 만큼 큼직한 돌이었다. 깎아 낸 것이 아니라 마모된 흔적이 남아 있어 정말로 자연 풍화로 구멍이 뚫린 티가 났다.

"이게 악을 쫓는 거?"

"악이라기보다는 요정이나 난쟁이, 마녀같이 못된 장난을 치는 신비한 존재를 가까이하지 못하게 하고자 하는 의미였어."

"그야말로 동화 속에나 등장할 환상의 존재들을 쫓아내는 돌이라니 신기하네. 정말 효과가 있다고 믿었을 걸 생각하니 어딘가 귀여운데."

"구멍이 뚫린 진귀한 돌이니 무어라도 의미를 부여하고 싶은 심리가 작용하지 않았을까 싶기도 해."

아멜리아가 주변을 둘러보며 미소 지었다. 다른 돌은 몰라도 이 커다랗고 오래된 바위만큼은 아주 작고 귀찮은 요정 정도는 쫓을 수 있었을 것 같았다. 본 적은 없어도 내쫓긴다기보다는 '짜증을 내며 멀어지는' 정도에서 끝났을 거라고 생각되었지만.

정육점의 정원을 빠져나와 둘은 조금 더 걸었다. 쨍한 여름 날씨를 피하려고 양산을 쓰고 앞장서 걷던 소녀가 멈춰 서자 한 걸음 뒤에서 따라오던 알렉스도 자연스럽게 발걸음을 멈출 수밖에 없었다.

"가브리엘?"

양산으로 시야가 완벽하게 가려진 알렉스가 무슨 일인가 싶어 고개를 빼고 앞을 내다보았다. 상점 그늘 밑에 쪼그리고 앉아 나뭇가지로 바닥에 그림을 그리던 꼬마가 자신을 부르는 목소리에 고개를 들고 "으에엑, 아멜리아!"라고 소리쳤다.

"오랜만이야, 잘 있었어?"

"넌 여기 또 왜 온 거야?"

벌레 씹은 표정으로 가브리엘이 소녀를 바라봤다. 낙서하느라 쥐고 있던 나뭇가지를 던지고 튀려고 하는 소년의 뒷목을 낚아챈 아멜리아가 "할 일 없으면 나랑 같이 가."라며 소년을 질질 끌고 젤라토 가게로 향했다.

"야, 이거 안 놔? 와, 무슨 여자가 힘은 무식하게 세 가지고. 놓으라고! 놔!"

아멜리아가 방글방글 웃으며 금발의 소년을 끌고 가는 모습을 알렉스는 눈을 휘둥그레 뜨고 지켜봤다. 평소 남에게 자신의 의견을 그리 강하게 표현하는 일이 없던 제 소꿉친구가 마치 친동생을 대하듯 과감하게 행동하는 모습이 낯설었다. 저 아이는 대체 누구길래 그녀가 저리 귀여워하는 건지 알 수가 없었다. 뭐, 반응을 봐서는 소년은 제가 특별 취급 당하는지도 모르고 있는 것 같지만.

'그건 그렇고 예쁜 아이구나.'

팔다리가 길쭉하니 아직 덜 자란 아이는 중성적인 느낌이 들 정도로 예쁘게, 아니 아름답게 생긴 소년이었다. 외모와 비교하면 입이 많이 거친 편으로 전형적인 평민 소년의 발음과 어투를 사용하고 있었다.

"야! 어딜 가는 거야, 나 바쁘단 말이야."

"……심심해서 낙서하는 거 봤어."

"볼일이 많아서 힘들어서 잠시 쉬었거든요?"

"그럼 조금만 더 쉬어."

"이건 유괴야! 납치라고!"

바락바락 대드는 소년과 옷깃을 움켜쥔 손에 힘을 빼지 않으면서도 조곤조곤 대답하는 아멜리아가 도착한 곳은 최종 목적지, 젤라토 가게 앞이었다.

"여긴 대체 왜!"

"가브리엘은 어떤 거 먹을래?"

"뭐?"

눈을 둥그렇게 뜬 소년이 아멜리아를 한참 바라보다가 알렉스 쪽으로 고개를 돌렸다. 얘가 하는 말을 못 알아듣겠으니 통역을 좀 하라는, 도움을 청하는 눈빛이었다. 그 간절한 표정에 순간 웃음이 터질 뻔했던 알렉스는 올라가는 입꼬리에 힘을 주며 상황을 설명했다.

"아멜리아가 너에게 아이스크림을 사 주겠다고 하는 것 같은데?"

"뭐라고!"

놀라운 소리를 들었다는 표정의 소년이 "너 뭐 잘못 먹었냐?"라고 아멜리아에게 되물었다.

"아니, 지금부터 먹을 건데."

태평한 어조로 대답하자, 아이는 어딘가 두렵다는 듯 두리번거리며 도망갈 구멍을 찾았다.

"안 고르면 내 맘대로 할 거야. 여기 초콜릿 더블—."

"아악! 그거 싫어! 바나나로 해!"

"알았어. 바나나랑 바닐라 빈즈—, 알렉스는 뭐 할래?"

"나도 바닐라 빈즈."

"바나나 하나랑 바닐라 빈즈 두 개 주세요."

시끄러웠는지 밖을 내다본 젤라토 가게 주인이 가브리엘을 보더니 유리컵 두 개와 웨이퍼를 둥글게 말은 콘을 하나 꺼냈다.

주인이 둥그런 스쿱으로 아이스크림을 돌돌 말 듯이 푸고 있는 동안, 힐끔대던 소년이 알렉스를 손가락질하며 물었다.

"저 남자랑은 무슨 사이야?"

"뭐?"

무슨 사이냐는 질문에 소꿉친구? 그게 이상하면 그냥 이웃이라고 해야 하나? 하며 망설이는 눈빛으로 알렉스를 돌아보니 그가 소년을 가소롭다는 듯 빤히 내려다보며 "전 약혼자."에 강세를 넣어 대답했다. 그에게는 소년이 질문한 의도가 다분히 보였다.

"진짜야? 노친네 시드뿐만 아니라 이런 잘빠진 영계까지? 약혼자가 있었다고?"

가브리엘도 놀랐지만 아멜리아 역시 놀랐다. 갑자기 알렉스가 약혼자 운운한 것도 놀라웠고 소년의 아이답지 않은 표현에도 어이가 없어 턱이 빠질 것 같았다.

"잘빠진 영계……."

"진짜구나! 진짜야!"

왜인지 화가 난 표정으로 무언가 더 말하려는 가브리엘의 입에 알렉스가 재빨리 아이스크림콘을 물렸다. 그냥 뒀다가는 또 무슨 말을 할지 모르겠으니 일단 막아 놓는 게 좋을 듯싶어 무의식중에 나온 행동이었다. 소년은 벌어진 입으로 들어온 아이스크림을 먹는 것이 제 의지가 아니었다는 듯 껄끄러운 표정으로 한동안 우물댔다. 달고 부드러운 크림과 바나나의 맛에 얼굴이 풀어진 것도 잠시, 먹다 말고 심히 불안한 표정을 지으며 주변을 둘러봤다.

"억지로 먹여 놓고 나중에 빚 갚으라고 독촉하거나 이상한 일 시키는 거 아니지?"

"아니라니까."

"그, 그렇다면 잘 먹을게……, 라고 할 줄 알았지, 바보야!"

빽 하고 소리를 지른 소년은 아멜리아와 알렉스를 향해 혀를 내밀더니 잽싸게 도망갔다. 아이스크림을 손에 들고도 어찌나 빨리 뛰는지 작은 금발 머리가 눈앞에서 번개처럼 사라졌다.

"참, 솔직하지 못하다니까."

장갑을 낀 손을 뺨에 대고 속상한 듯 중얼거리지만 사실은 그렇지도 않은지, 아멜리아는 귀여워 죽겠다는 표정으로 도망가는 뒷모습을 바라보고 있었다.

"저 입 거친 꼬맹이는 뭐야?"

"귀엽지? 가브리엘이라고, 이 동네 포목점 아들이야."

"동네 아이인 건 알겠는데 아멜리아랑은 무슨 관계야?"

"어쩌다가 알게 된 아이인데, 나를 보면 멀리서도 인사하면서 뛰어와."

"그거, 널 따른다기보다는 괴롭히려고 쫓아오는 건 아니고?"

"……어? 그런 거야? 이름도 불러 주는데?"

놀란 표정으로 자신을 바라보는 아멜리아를 보며 알렉스는 아이스크림 스푼을 빙글빙글 돌려 가며 장난치듯 말을 이었다.

"그래. 이름도 부르고, 너 보면 매번 소리 지르고, 가끔 옷도 잡아당기고."

"응."

"그거 저 또래 남자애들이 애들 괴롭힐 때 하는 거잖아."

"진짜? 난 가브리엘 성격이 그냥 저런 건 줄 알았어."

"그 얘기 본인에게 들려줘 보고 싶다."

정말로 생각도 못 한 깨달음을 얻은 듯 놀라워하는 아멜리아 때문에 알렉스는 결국 웃음이 터졌다.

"어떻게 그걸 모를 수가 있어?"

"그걸 어떻게 알아? 난 그 또래 남자애들 대하는 건 알렉스 말고는 가브리엘이 처음이란 말이야."

그런데 알렉스는 저런 성격이 아니었잖아……, 라고 중얼거리는 아멜리아에게 알렉스는 허를 찔린 표정을 지었다.

'나……, 친구가 없어.'

언젠가 그녀가 했던 말이 떠올랐다. 즉, 자신이 기숙사로 떠난 이후로 소녀는 줄곧 또래 친구가 없이 지냈다는 말이었다.

소녀의 말대로 어린 시절의 알렉스는 가브리엘처럼 제 관심사를 굳이 비틀어 표현하는 쪽이 아니었다. 싫고 좋은 걸 솔직하게 표현하던 제 소꿉친구의 성격만 생각했던 소녀는 지금까지 가브리엘이 저런 독특한 성격을 가진 아이라고 믿고 있었던 것 같았다.

"그게 괴롭히는 거였다니 난 눈치도 없이……."

뒤늦게 깨달은 사실에 민망한지 볼에 옅은 홍조가 일었다. 여태 저를 싫어하는 애를 끌고 다닌 셈이 되었으니 부끄러울 만도 했다.

"그런데 그거 알아? 저 또래 남자애들은 원래 자기가 좋아하는 여자애들 따라다니며 괴롭힌다는 거."

응? 눈을 깜박거리던 소녀가 그제야 알렉스가 하려는 말의 의미를 알아듣고 뒤늦게 고개를 살짝 들어 올렸다.

"그래?"

"아직 애들이라 호감을 표현할 줄 몰라서 그래. 어른이 돼서도 저 버릇 못 고치는 못난 놈들도 있고."

"아하하."

그제야 소녀가 안심했는지 예쁘게 눈을 접었다.

"아이스크림 다 녹겠다, 얼른 먹어."

"아, 응!"

바닐라 빈즈가 가득 들어간 아이스크림을 작은 스푼으로 뜨면서도 소녀의 입가에는 수줍은 미소가 걸려 있었다.

"어, 그렇다면……."

"응?"

문득 떠오른 생각에 아멜리아가 잠시 알렉스를 바라보았다. 그는 우아한 동작으로 자신의 냅킨을 접던 중이었다.

"어린 시절의 알렉스는 나에게 관심이 전혀 없었구나. 지금은 물론 이고."

"뭐라고?"

"저 또래 아이들은 괴롭히면서 호감을 표시한다고 했잖아. 알렉스는 나를 괴롭힌 적이 없었는걸."

"그걸 그렇게 해석하는 거야?"

"후후, 아쉽네—."

알렉스는 냅킨을 쥐고 얼어붙은 채로 아멜리아를 바라보았다. 지금 이건 설마 농담이겠지?

그 나이대 아이들이 모두 같은 반응을 보일 거라고 믿는 게 아니기를 바랐다. 처음부터 다시 설명해야 하나?

정작 알렉스를 진땀 나게 한 장본인은 "지금은 몰라도 나 어릴 적에는 꽤 귀엽다는 말 자주 들었는데 말이지."라고 투덜거리며 행복한 표정으로 아이스크림 한 스푼을 크게 떠서 입에 넣었다. 제 앞의 소꿉친구는 어릴 적이나 지금이나, 젤라토의 크림처럼 항상 부드러웠다고 생각하면서.

늦은 저녁, '붉은 서재'.

주변이 어두워지는지도 모른 채 시드는 가게에 남아 있었다. 상품이 진열된 곳 뒤편에는 작은 창고 공간이 있는데, 그는 그곳에 책상을 놓고 서류 업무를 보아 왔다. 영수증과 서류들을 쌓아 놓고 정리하는 평소와 달리, 지금 그는 종이에 무언가를 정신없이 써 내려가고 있었다. 한 손에는 낡은 가죽 수첩이 들려 있고, 그는 그곳에 적힌 메모들을 읽어 가며 글을 쓰는 중이었다.

한동안 쉬지 않고 글을 쓰던 그는 잠시 손을 멈추고 제가 쓴 내용을 눈으로 훑어 내렸다. 한참을 읽던 그는 마음에 들지 않는 듯 인상을 쓰더니 종이를 구기고는 신경질적으로 쓰레기통에 집어 던졌다.

"못 해 먹겠네—."

팔짱을 끼고 의자에 몸을 기대앉아 침묵하던 그는 책상 한구석에 던져져 있던 최근 소인이 찍힌 편지 봉투를 집어 들었다. 페이퍼 나이프로 깨끗하게 잘린 편지 봉투에서 하얗고 질 좋은 편지지를 꺼냈다. 안에 적힌 내용은 의외로 짧았다.

[새 글을 기다리고 있네. 언제까지 시골에서 쉴 셈인가, 이제 슬슬 올라오게나.]

다시 한 번 읽으며 그는 떨떠름한 얼굴로 중얼거렸다.

"역시 잠시 쉬러 왔다고 생각하는군."

시드 역시 몇 해 전까지는 자신이 이렇게 조용한 시골 마을에 정착하게 될 거라는 건 생각도 못 했다. 처음 내려왔을 땐 다시 본업으로 돌아갈 생각도 있었는데, 하루가 이틀이 되고 점차 시간이 흐르는 동안 어째서인지 그 생각은 조금씩 옅어져 가고 있었다.

'이제는 정말 별 의미를 못 찾겠어. 유명세도, 명예도, 재산도.'

지금처럼 가게 앞을 치우고 찾아오는 사람들과 담소를 나누며 교류하는 것이 훨씬 마음이 편했다. 그러나 이전의 그를 아는 사람이라면 분명 '그 생활은 오래가지 못할 것이다.' 라고 단언했을 거였다. 숨겨지고 복잡하게 꼬여 있는 남들의 비밀을 캐내는데 명수인 기자 시드니 크로프트는 어둡고 복잡한 도시의 매력을 포기하지 못할 거라고.

그에게는 목표도 있었고, 하고 싶은 것도 많았다. 일에 대한 욕심도 사회적 지위에 대한 야심도 넘칠 정도로 충분했었다. 분명 그런 적이 있었다.

'라일라가 죽기 전까지는.'

그녀가 죽은 후 모든 것이 바뀌었다. 그가 추구하던 삶은 그때 마침표를 찍은 거나 다름없었다. 이전의 시드니는 라일라와 함께 사라졌고, 빈 껍질만 남은 그가 방황하다 내려온 곳이 여기 레이븐이었다. 그리고 이곳에서 그는 아멜리아를 만났다.

처음에는 그저 호기심으로 명함을 건넸었다. 평소 하던 대로, 뭔가 재밌거리가 걸리지 않을까 생각했던 것도 같았다. 그리고 그의 예상은 적중했다. 아멜리아는 그가 생각했던 것보다 훨씬 더, 흥미로운 존재였다.

'평소대로라면 지금쯤 신이 나서 글을 쓰고 있었을 텐데 말이지……'

그는 조금 전 자신이 집어 던진 종이 뭉치가 들어 있는 쓰레기통을 바라보았다. 무엇을 어떻게 해 보아도, 도저히 예전 같은 글은 나오지 않았다. 잃어버렸던 양심이 어디선가 갑자기 굴러떨어지기라도 한 것처럼 아멜리아의 이야기를 팔아서 글을 쓴다는 사실이 도저히 내키지 않았다.

권위 있는 백작가 영애의 숨겨진 비밀 같은 것이 가십지나 신문에서 얼마나 환영받는 기삿거리인지를 잘 알면서도 그는 소녀를 노출할 생각이 들지 않았다. 무엇이 변한 건지는 그도 몰랐다. 그저, 출판사에서 기대하는 부류의 글을 이제 더는 쓰지 못할 거라는 걸 어렴풋이 느끼고 있을 뿐이었다.

"질투에 눈이 멀어 언니를 계단에서 밀어 버린 여동생과 그 원한으로 약혼반지를 빼앗기 위해 망령이 된 언니……라."

직접 눈으로 보아도 믿기 힘든 내용이니 글로 적어 놓으면 얼마나 삼류 가십 쓰레기 같을지는 상상이 갔다. 아멜리아와 만나기 전까지는 영매니 심령현상이니 하는 건 모두 조작되고 꾸민 허황된 거짓말이라고 생각하던 그였다. 진심으로 부정하던 시기에 쓸 수 있던 강한 필력은 이제 그에게 남아 있지 않았다.

이전의 자신에게 지금의 모습을 보여 준다면 대체 뭐라고 할지 궁금했다. 너는 자신의 미래 모습이 아니라고, 사기꾼 같은 수작 말라며 이에 대해 폭로하는 신랄한 비교 글을 썼을지도 몰랐다.

"내가 이런 짓을 했다는 걸 아멜리아가 몰라서 다행이지……."

그렇게 손에서 놓고 싶지 않던 기자로서의 명예와 자존심보다, 소녀의 신뢰를 잃는 것이 지금은 더 망설여졌다. 원망의 말도, 미움도 받고 싶지 않았다. 반짝이며 자신을 바라보는 녹색의 눈동자에 눈물이 어리게 하고 싶지도 않았다. 치열하게 살아왔던 자신의 과거를 묻어 버리고 싶어지는 때가 올 거라고는 생각해 본 적도 없었던 그는 최근 자신의 감정이 혼란스럽기만 했다.

"대충 병원에서 어떤 진단이 내려질지는 짐작이 가지만, 확인차 한 번 가 보는 것도 좋겠지."

의자를 뒤로 밀며 시드가 중얼거렸다. 그는 자매의 뒷이야기에 흥미를 가지고 있었다. 기자로서의 본능이 아직도 살아 있는 탓인지도 몰랐다.

시간이 나는 대로 병원에 다녀와야겠다는 생각을 하며 그는 창고의 불을 껐다.

외전 — 일곱 개의 낡은 못

친구를 따라 열쇠 구멍을 들여다본 순간, 그는 깨달았다. 해서는 안 되는 일이 있다는 걸.

오랜만의 휴일이라 말을 타고 산책을 나온 해리는 자신이 숲의 뒤편에 있는 수도원까지 내려왔다는 것을 깨달았다. 날씨가 좋아 자신의 애마와 함께 천천히 걷다 보니 여기였다는 걸 깨닫는 순간 그는 뒤를 돌아보았다. 간단한 산책치고는 꽤 멀리 나온 거리였다.

잠시 돌아갈까를 망설였지만 여기까지 와서 왔던 길을 되돌아가는 것보다는 한 바퀴 크게 돌아 다른 길을 통해 집으로 가자는 생각이 들어 수도원 앞을 향해 다가갔다.

숲과 연결되는 수도원의 뒤뜰에는 풍화를 겪어 깎이고 무뎌진 낡은 묘비들이 자리하고 있었다. 살풍경한 배경 때문일지는 모르겠지만 오래된 수도원 건물은 색이 바래고 인기척이 없어 어딘가 음산한 기분을 줄 때가 있었다.

크고 울창한 숲과 을씨년스러운 낡은 건물의 조화는 어린아이들의 호기심을 자극하기 딱 좋은 공포의 공간이었다. 어른이 되어 제 상상력을 자극하던 장소를 다시 찾아가 보니 예전에 느꼈던 신비함은 어디론가 사라지고 그저 관리가 부실한 낡은 건물만 남아 있다는 것에 그는 약간의 실망감마저 느끼는 중이었다.

'예전에는 이 근처에 얼씬도 하기 싫어했는데.'

추억을 곱씹던 해리의 머리에 문득, '대체 왜 그렇게 싫어했었지?'라는 의문이 떠올랐다.

이 오래된 수도원은 신과 왕의 권위를 알리기 위해 지어진 웅장한 과시용 건물과는 거리가 멀었다. 시골 어디에서나 볼 수 있는 검소하

고 금욕적인 소박함이 느껴지는 서민형 조형에 상주하는 승려의 수도
그리 많지 않아 매우 작은 규모로 운영되고 있었다. 그들은 방문객을
반기고 이웃과의 왕래도 잦아 누구에게나 친근한 인상을 주었다. 그
러나 어린 시절의 그는 어떤 일을 계기로 이 근처로는 발길을 딱 끊었
던 기억이 있었다.

　말에서 내려 수도원 주변을 둘러봐도 별다른 이상을 발견하지는 못
했다. 이 근처로 산책 나오는 사람들도 꽤 있어서 그가 두리번거리는
건 그리 수상한 행동에 속하지 않았다. 수도원의 정문을 지나 뒤편으
로 향하니 후원 쪽에 종이 걸려 있는 작은 탑이 나타났다.

　그의 발걸음이 멎은 건 그 탑을 발견한 직후였다. 저 탑에서, 무슨
일이 있지 않았던가?

　해리가 보고 있는 탑은 전형적인 수도원 탑의 모양을 하고 있었다.
주로 나선형으로 만들어진 탑의 계단을 올라가면 높은 위치에 종탑
(Belfry)이 있고 그 위에 등을 켜는 '랜턴' 층, 그리고 꼭대기에 첨탑
(Spire)이 있는 형식으로 지어져 있었다. 그리 높지 않은 아담한 수도
원의 종탑을 보며 그는 고개를 갸웃했다. 저 위에 올라가 본 적이 있
던가? 탑을 오르는 문고리를 잡아당겨 보았지만 아쉽게도 문은 잠겨
있었다.

　'뭐였더라?'

　생각에 빠진 그의 시선은 문고리에 닿아 있었다. 아니, 정확하게는
문고리 위에 난 작은 흔적들을 보고 있었다. 그것을 보는 순간 그의
등에 소름이 끼쳤다. 펄쩍 뛰듯 한 걸음 뒤로 물러난 그가 멀리 떨어
져 다시 종탑의 문을 바라보았다. 어떻게 이걸 여태껏 잊고 있었지?

　그것은 해리가 열네 살 때의 일이었다. 또래 친구들과 함께 숲에서
놀던 그는 그들 중 누군가가 "악마를 만나게 하는 주술을 알고 있어."
라는 말을 꺼낸 걸 기억했다. 천진난만한 아이들은 눈을 반짝이며 그
말을 꺼낸 소년을 주시했고, 또래의 관심을 끌었다는 걸 깨달은 아이

는 거들먹거리며 "우리 할아버지에게 들은 거야."라고 깨알 같은 제 가족 자랑을 시작했다.

"너희 할아버지 이야기는 되었으니까, 아까 그 악마 이야기나 더 해 봐!"

지루함을 이기지 못한 아이 중 누군가가 그의 말을 잘랐다. 그 반응에 마음이 상했는지 샐쭉한 표정을 짓던 소년은 투덜대더니 결국 본론으로 들어갔다.

"그건 '놀이'로 불러내는 거야. 이 숲 아래에 수도원 있지? 거기 종탑에서 불러낼 수 있어."

"웃기는 소리 하지 마. 수도원에 어떻게 악마를 불러?"

"그건 그래. 다른 곳도 아니고 수도원에서? 너 너희 할아버지에게 속았어!"

흥미를 보이며 듣고 있던 아이들이 이야기를 꺼낸 소년을 놀렸다. 주근깨가 난 소년은 제 할아버지의 이야기를 부정당해 마음이 상했는지 "내가 보여 주면 되잖아!"라고 소리를 치며 자리에서 일어났다.

아이들을 몰고 수도원의 종탑 앞으로 간 소년은 할아버지가 해 준 이야기를 이어 들려주었다.

"악마를 부르기 위해서는 수도원의 종탑을 일곱 번 돌아야 해. 매번 돌 때마다 종탑 문에 핀을 꽂아야 한댔어."

"핀이 없잖아!"

"수도원에서 빌려 쓸 수는 없을까?"

"멍청아! 가서 뭐라고 할 건데? 악마 부르게 핀 일곱 개만 좀 빌려주시라고 할 거야?"

"이러지 말고 주변에 핀 대용으로 쓸 만한 게 뭐가 없나 찾아보자."

수도원 근처는 숲과 묘지밖에 없어서, 소년들이 제대로 된 핀을 빌리기 위해서는 먼 길을 돌아 나가야 했다. 솔직히 말해 그 정도로 흥미진진한 내용의 이야기는 아니었기 때문에 마을로 나갔다간 아무도 다시 돌아오지 않을 거라는 걸 다들 쉽게 짐작할 수 있었다.

이가 없으면 잇몸으로. 대충 흉내만이라도 내 보자는 생각에 소년들은 대용품을 찾기 시작했다. 핀이든 뭐든, 문에 꽂을 수 있을 정도로만 날카로우면 되는 거 아니냐는 한 아이의 말에 또 다른 누군가는 "하긴 그래, 악마 정도 되는 존재가 쪼잔하게 이건 핀이 아니니 무효! 이럴 것 같지도 않고."라고 말했다. 듣고 보니 그들의 주장에도 일리가 있어 보였는지 아이들은 뾰족한 돌이며 나무 조각 같은 것을 들고 와 나무로 된 종탑의 문에 꽂아 보았다.

"떨어지기 쉬운 건 안 돼. 일곱 바퀴를 뛸 동안 문에 붙어 있어야 한다니까."

"여기 문 갈라진 곳에 끼워 넣어도 맨 위에 올린 건 밑으로 떨어지는데?"

소란을 눈치채고 수도원의 누군가가 나와 보기라도 할까 싶어 작은 소리로 토론하던 아이들은 진전 없는 상황에 점점 지쳐 가고 있었다. 특히 해리가 눈에 띄게 흥미를 잃기 시작했는데, 사실 그는 원래부터 이런 내용에 관심이 없었다. 바늘이고 핀이고 뭐가 어찌 돼도 상관이 없다는 생각이었지만 다른 아이들이 실망할까 봐 차마 입 밖으로는 내지 못하고 지켜보는 중이었다. 열중하는 아이들 뒤에서 점잖은 척 뒷짐을 지고 구경하는 역할을 담당하던 그가 문득 "핀이 없으면 못을 쓰면 되잖아?"라고 말을 던졌다.

"못! 그거 좋은데?"

"교회 창고에 낡은 목재랑 못이 있었을걸?"

"해리, 그런 건 좀 빨리 얘기해라."

작은 못이라면 몇 시간이 지나더라도 문제없이 버틸 터였다. 아이들은 모두 자리에서 일어나 못을 찾으러 교회의 창고로 달려갔다. 사용하던 목재와 공구들 사이에서 낡은 못을 일곱 개 찾은 아이들은 의기양양하게 다시 종탑 앞으로 모였다.

"한 바퀴 돌고 못 하나, 맞지?"

"잠깐. 우리도 다 같이 달려야 하는 거야?"

"악마를 보고 싶은 사람은 다 달리는 거 아니야?"

"그런 거라면 우리도 모두 못을 일곱 개 박아야 하는 건 아니고?"

"못은 일곱 개밖에 없다니까! 각자 다 따로 해 보는 건 어때?"

"시간이 너무 많이 걸려. 못은 한 사람이 박고 다 함께 달리는 건 어때?"

"아, 난 빼 줘."

웅성거리는 아이들 사이에서 해리가 손을 들고 불참 소식을 전하자, 소년들의 야유가 터졌다.

"다 같이 달리는데 너만 빠지는 게 어디 있어?"

"그래, 단독 행동 반대!"

"너 악마를 불러낸다니까 무서워서 그러는 거지?"

'대체 언제부터 다 같이 달리는 걸로 결정이 난 거야?' 라고 따져 묻고 싶은 해리였지만, 이 역시 논쟁이 귀찮아 결국 그들과 함께 행동하는 데 동의했다. 사내아이들의 무리에서는 무슨 일이 있어도 약자로 분류되는 건 피하는 것이 좋았다. 하물며 '겁쟁이' 같은 치욕적인 별명이 붙게 되는 것보다는 관심 없는 행동에 일조하는 것이 백 배 정도 낫다고 해리는 생각했다.

"알았어, 같이 달리면 되잖아."

내키지 않아 하며 그가 동의하자, 그제야 만족한 아이들은 모두 종탑 앞으로 자리를 옮겼다.

"네가 시작한 이야기니까 네가 대표로 못을 박아."

"알았어."

큰 임무라도 맡은 듯 진지한 표정으로 못과 돌을 받아 든 소년이 고개를 끄덕였다.

"자, 그럼 줄을 서서 함께 달리자."

"해리 너 도중에 도망가면 용서 안 해!"

'망할⋯⋯.'

대충 달리다 튈 기회까지 사전에 차단당한 해리는 어쩔 수 없다는 듯 다른 아이들과 함께 문 앞에 서서 달릴 준비를 했다.

"시작!"

수도원 건물을 한 바퀴 돌아 종탑의 나무문에 못을 박는다는 악마 소환 의식은 어느 틈엔가 소년들의 달리기 경주로 바뀌어 있었다. 너도나도 질세라 수도원 주변을 내달리고 목표물 앞에서 순서를 외치며 와자지껄하게 노는 중, 못을 받은 소년만이 성실하게 맡은 바 임무를 다하며 못질을 했다.

"일곱—번!"

녹이 슨 낡은 못을 일곱 개째 나무문에 때려 박은 뒤, 그들은 숨찬 호흡을 가다듬으며 주근깨 소년을 바라보았다.

"그래서? 일곱 번 채운 다음에 뭐야? 이 문을 열어야 한다는 소리는 하지도 마. 이거 종 치는 시간 아니면 잠가 두는 거 알지?"

"알아, 알아. 그런 거 아니니까. 끝까지 좀 들어 봐."

소년의 설명이 이어졌다. 이제 남은 일은 종탑 문의 열쇠 구멍을 들여다보는 거라고 했다.

"열쇠 구멍을?"

"그걸 통해서 악마를 훔쳐보는 거야."

"직접 소환하는 게 아니고?"

"저 작은 구멍으로 대체 뭘 본다는 거야!"

실망한 소년들의 야유가 터졌다. 일은 크게 벌여 놓고 결국 이런 마무리냐며 아이들이 화를 내자, 말을 꺼냈던 주근깨 소년이 "싫은 사람은 보지 말든가!"라고 외치며 제 눈을 열쇠 구멍에 갖다 댔다.

"⋯⋯."

"뭐가 보여?"

열심히 들여다보는 소년 곁으로 아이들이 다시 모였다. 호기심으로 가득 찬 얼굴들이 답변을 기다렸다.

"어두워서 잘……."

"아, 내가 그럴 줄 알았다니까!"

"에이—, 나와 봐. 이번에는 내가 볼게."

믿지 않는다는 소리를 하면서도 혹시나 하며 열쇠 구멍에 눈을 갖다 댄 소년들은 다들 "어둡다."라든가 "뭔가 있는 것 같기도 하고 아닌 것 같기도 하고." 같은 애매한 감상들만 늘어놓았다. 그 소리에 엉겁결에 같이 일곱 바퀴나 달려야 했던 해리의 표정이 썩어 들었다.

대충 정리하고 집에 가고 싶다는 생각으로 땅바닥의 돌을 차는 그에게 누군가가 "자, 해리도 봐야지."라며 팔을 잡아끌었다.

"아냐, 나는 별로……."

"아, 또 이런다. 얼른, 얼른!"

억지로 문 앞으로 끌려가 열쇠 구멍을 마주하게 된 해리는 어쩔 수 없이 눈을 가져다 댔다. 탑 안은 대낮에도 빛이 들지 않아 어두운 곳이었다. 그런 곳을 아무리 들여다본들 뭐가 보일 리가……라는 생각을 하고 있을 때, 열쇠 구멍 저 안에서 무언가 번들거리는 것이 움직이는 기분이 들었다.

"어?"

놀란 해리의 목소리에 뒤에서 투덜대며 주근깨 소년을 놀리던 아이들이 뒤돌아보았다.

"뭐야? 해리, 뭔가 보여?"

"저게 뭐지?"

뭔가 누렇고 붉은 것이 보이는 것 같은데. 밝은 곳에서 어두운 곳을 들여다보는데 저런 게 보일 수 있나? 싶어 해리는 다시 한 번 눈을 크게 뜨고 안을 노려보았다.

붉고 기분 나쁜 눈동자와 시선이 마주친 건 그때였다. 그것이 눈동자라는 사실조차 마주한 지 한참 후에나 깨달았을 정도였다. 자신이 알고 있던 그 어떤 눈과도 닮지 않은 기분 나쁜 그 누런 자위가 그를 훑듯이 지켜보고 있다는 걸 깨달은 그는 숨을 들이켜며 화들짝 문에서 멀어졌다.

"뭐야, 얘 왜 이래?"

부릅뜬 눈으로 열쇠 구멍만 바라보는 해리의 반응이 이상했는지 누군가가 다시 눈을 가져다 대고 들여다보더니 곧이어 비명을 질렀다.

"으아아아악!"

"무슨 일이야?"

소년이 손으로 자신의 얼굴을 감싼 채 바닥을 뒹굴기 시작했다. 얼어붙은 해리와 고통을 호소하는 소년, 두 아이의 상반된 반응에 놀란 누군가가 열쇠 구멍에 눈을 가져다 대고, 또다시 비명이 터졌다.

"눈이 타는 것같이 아파!"

"아파, 너무 아파, 도와줘!"

쓰러진 소년들이 얼굴을 감싸며 울었다. 그 모습에 겁에 질린 아이들이 웅성거렸다.

"악마다! 악마가 나타났어!"

"이놈들, 이게 무슨 소란인고!"

시끄러운 소리에 결국 어른들이 뛰쳐나왔다. 울며 고통을 호소하는 아이들의 모습에 깜짝 놀라 치료를 전담하는 사제를 불러왔다.

"이 녀석들, 대체 무슨 못된 장난을 친 거냐!"

우는 아이들을 서둘러 실내로 옮긴 후 나이 많은 사제가 역정을 내며 나머지 아이들을 꾸짖었다. 잘못 걸리면 큰일 나겠다 싶던 소년들은 그의 고함에 맞춰 뿔뿔이 흩어져 도망하기 시작했다.

"거기 못 서느냐! 이 장난꾸러기들, 제 친구가 다쳤는데 버리고 도망을 가!"

"해리, 뭐 하는 거야, 얼른 가자!"

아픈 아이들 때문에 차마 떠나지 못하고 우물거리는 해리의 등을 누군가가 힘껏 떠밀었다. 엉겁결에 그 자리를 피한 해리는 그대로 아이들과 헤어져서 집으로 돌아왔다. 집에 무사히 돌아와서도 마음이 그리 편하지만은 않았다. 그와 눈이 마주쳤던 그 소름 끼치는 눈동자와 아이들의 비명이 뇌리에서 떠나지 않았다. 사제의 말이 맞았다. 아파하는 친구들을 버리고 홀로 도망을 왔다는 죄책감까지 더해져서 그는 그날 오후 내내 방에 틀어박혀 자책했다.

저녁을 물린 해리를 부모님이 걱정했으나 소년은 아무에게도 자신이 경험한 일을 털어놓을 수 없었다. 차분하게 생각하면 할수록 너무도 바보 같은 일의 연속이었기 때문에 현장에서 다친 아이가 나오지 않았다면 저 혼자 헛것을 본 것으로 넘기고 덮고 싶을 정도였다.

밤이 늦은 시각, 우울함에 가라앉아 있는 소년의 옆자리에 불쑥 통통한 작은 손이 올라왔다. 해리가 고개를 들고 바라보니 어떻게 들어왔는지 제 여섯 살 난 막냇동생 아멜리아가 오빠의 얼굴을 빤히 바라보고 있었다. 문을 잠가 둔 줄 알았는데, 그게 아니었던 모양이었다. 소녀의 손에는 그림책과 소녀가 가장 좋아하는 곰 인형이 들려 있었다. 잠들기 전에 책을 읽어 달라고 부탁할 요령으로 온 모양이라고 그는 생각했다.

"아멜리아. 오빠 지금 책 읽을 기분 아니니까, 빈센트한테 가 봐."

그런 말을 했지만, 빈센트가 아멜리아에게 책을 읽어 줄 정도로 차분한 성격이 아니라는 것 정도는 해리도 알고 있었다. 지금은 그저 어린 여동생의 부탁이 귀찮은 것뿐이었다.

가라는 소리를 듣고도 제 얼굴만 빤히 바라보던 여동생에게 짜증이 나 다시 한 번, 나가라고 말하려는데 소녀가 먼저 입을 열었다.

"해리 오빠, 낮에 어디 다녀왔어?"

"뭐?"

"누구랑 있었어?"

"무슨 소리야, 아멜리아."

소녀는 책 읽기를 포기했는지 창틀에 그림책을 올리더니 낑낑 소리를 내며 해리의 손을 잡아끌었다. 싫은 기색이 가득한 제 오빠의 팔을 있는 힘껏 잡아당긴다.

"어디야?"

기묘한 일이지만, 해리는 아멜리아가 무슨 소리를 하는지 알 것 같았다. 확실한 것은 아니어도 지금 어떤 상황인지 이해하고 있는 것 같다는 기분이 들었다. 아멜리아는 어릴 적부터 신비한 아이였다. 제 어린 동생이 빤히 응시하는 곳은 늘 춥고 무서운 기분이 든다는 걸 해리는 알고 있었다. 그리고 지금 이 아이가 가자는 곳은 분명 그 수도원을 뜻하는 거라고, 그는 이해했다.

"너무 어두워서 안 돼. 어른들이 허락해 주지 않을 거야."

"몰래 다녀와."

"아멜리아. 내일 데려가 줄게."

"내일은 안 돼. 지금."

순하디순한 제 여동생이 고집을 부렸다. 잡힌 팔을 귀찮은 듯 빼어내도 다시 달려들었다. 아무래도 소녀의 말주변으로 설명 못 할 무언가가 있다는 걸 깨달은 해리는 난감한 듯 주변을 둘러보다가 결국, 서재의 창문을 열고 소녀를 안아 몰래 정원에 나가는 것을 도왔다.

"얼른 다녀와야 해. 들키면 혼날 거야."

"응. 빨리 다녀오자."

오빠의 신경질에도 울지 않고 매달리던 아멜리아는 해리의 승낙을 받자 그제야 환하게 웃었다. 아이는 한술 더 떠서 친구인 곰돌이까지 같이 데려간다며 졸랐다. 결국, 걸음이 느린 여동생과 인형까지 같이 업고 숲으로 뛰어든 해리는 숨이 턱에 차도록 수도원을 향해 달렸다.

숲을 통하는 지름길은 밤에는 캄캄하고 무서운 길이었다. 그래도 제 목을 꼭 잡은 여동생의 작은 손이 자신이 혼자가 아니라는 사실을 깨우쳐 주고 있었다. 불빛 하나 없는 검고 음산한 숲을 꿰뚫고 그는 수도원에 다다랐다.

"여기야."

해리가 아멜리아를 내려놓은 곳은 바로 수도원의 종탑 문 앞이었다. 모여 있던 아이들은 소동 후 사라졌지만, 그들이 장난 삼아 박아 두었던 못은 그 자리에 그대로 있었다. 어째서인지는 몰라도 문 앞에 서 있는 것만으로도 그 눈을 들여다보던 때의 공포가 되살아나는 기분이 들었다. 전신에 소름이 끼치고 다리가 후들거렸다.

열쇠 구멍을 들여다본 아이들이 고통을 호소한 것을 떠올린 해리는 제 여동생이 그곳을 들여다보지 못하게 막았다. 그제야 마음 한구석이 서늘해지며 어린 여동생을 이런 곳에 데리고 온 실수를 뒤늦게 후회했다.

"안 되겠다, 아멜리아. 돌아가자."

나는 어쩌면 이렇게 생각이 없을까! 여동생까지 위험하게 만들었다는 생각에 해리는 아멜리아를 안고 다시 돌아가려고 했다. 그러나 소녀는 말릴 틈도 주지 않고 문에 박힌 못을 하나 움켜쥐는가 싶더니 망설임 없이 뽑아냈다. 그 순간 나무로 된 문 안에서 "키이익!" 하며 무언가 긁는 듯한 소리가 들린 것도 같았다.

"아멜리아?"

"이거 다, 전부 빼 줘."

자신들이 못을 박았다는 이야기는 꺼내지도 않았는데 아이는 당연하다는 듯 그것을 가리켰다. 해리는 무언가에 홀린 듯 시키는 대로 낮에 꽂았던 못들을 제거하기 시작했다. 아멜리아의 말을 듣고 보니 못을 빼는 것이 무척 당연한 일 같았다. 신기하게도 못을 빼면 뺄수록 문 너머에서 느껴지던 무서운 기운이 점차 사라지는 기분이 들었다. 그와 함께 무언가를 긁는 것 같던 기분 나쁜 소리도 조금씩 멀어졌다.

마지막 하나까지 다 뽑은 후 해리는 다시 문을 바라보았다. 더는 기분 나쁜 한기도 속을 저미는 두려움도 느껴지지 않았다. 낡은 문을 갉아 내고 튀어나올 것만 같던 소리도 잠잠해졌다. 신기하고 벅찬 기분에 제 여동생을 돌아다보니 오빠를 올려다보는 아이의 얼굴은 평온했다. 늦은 시간이라 졸리는지 반쯤 감긴 눈을 비비고 있었다.

"이럴 수가……."

기적 같은 일이었다. 제 여동생의 고사리 같은 손에 들린 녹슨 못을 빼앗아 멀리 던진 해리는 소녀를 번쩍 안아 들고 볼에 키스했다.

"아멜리아, 대체 어떻게 한 거야? 기적이 일어났어!"

키스가 간지러운지 키득키득 웃는 아이를 안고 그는 서둘러 다시 왔던 숲의 지름길을 거슬러 가기 시작했다. 늦은 시각에 둘이나 집을 비운 사실이 들통나면 큰 소동이 벌어질 것을 알고 있기에 기쁨은 잠시 뒤로하고 얼른 돌아가야 했다. 저 때문에 어린 여동생까지 야단맞게 할 수는 없었다.

숲을 가로지르는 내내 흥분한 해리가 이것저것 물어보며 말을 걸었으나 반쯤 졸음에 빠진 아이는 제 오빠의 질문에 제대로 대답하지 못했다. 소녀는 그저 오빠의 목을 꼭 껴안고 매달린 채로 "그 애는 집에 돌아갔어."라든가 "이제 걱정하지 않아도 돼." 같은 말을 중얼거린 것이 전부였다.

"그래, 우리도 얼른 집에 가자."

제 작은 여동생이 한 말에 가슴이 벅차 왔다. 공포에 빠져 있던 오빠를 돕겠다고 필사적으로 달라붙던 아멜리아의 모습을 떠올리며 그는 아이를 힘주어 품에 안았다. 정체를 알 수 없는 불안으로부터 자신을 해방시켜 준 아멜리아는 오빠의 기분을 아는지 모르는지, 그의 목에 머리를 기댄 채 색색 잠이 들었다. 동생의 따뜻한 체온과 숨결이 함께하는 귀갓길에서 더는 어둠이 무섭게 느껴지지 않았다.

쏴아아아, 숲을 흔드는 바람 소리가 들렸다.

종탑을 바라보며 생각에 빠져 있던 해리가 그 소리에 정신을 차렸다. 조금 전까지 저는 여섯 살 아멜리아를 품에 안고 있었던 것만 같은데, 다시 내려다본 손에는 애마의 말고삐가 쥐어져 있고 그는 이미 스물넷의 어른이 되어 있었다.

'그런 일도 있었지. 같이 놀던 아이들이 혼비백산했었는데.'

그 후, 눈의 통증을 호소하던 아이들은 그날 해가 진 후에야 우는 것을 멈췄다고 들었다. 무언가에 데인 것처럼 벌게진 눈이 정상으로 돌아오기까지는 며칠이 더 걸렸는데, 나중에 듣기로 그들의 증세가 호전된 시간은 아멜리아가 못을 뺀 즈음과 일치했다.

그 이야기를 들은 해리는 새삼 동생을 다시 보았다. 자신보다 나이도 수도 많던 소년들도 쉽게 떠올리지 못한 대응 방법을 여섯 살 꼬마는 고민 없이 쉽게 해결했었다. 소녀가 대뜸 못을 움켜쥐는 것을 본 그는 이런 상황이 다시 반복되는 한 언젠가 제 동생이 위험하게 될 것이라는 걸 직감했다. 그가 아멜리아에게 도움을 받는 건 여기에서 끝나야 했다. 앞으로 보호받는 쪽은 자신이 아닌 제 어린 동생이 되어야 한다고 생각했다.

말머리를 돌린 해리는 다시 집으로 향했다. 수도원과 집의 중간에 놓인 숲은 이제 그에게 두려움을 주지 못했다. 오히려 적당히 어두워 따가운 햇빛이 잘 들지 않아 다행이라 생각하며 저택으로 돌아온 그는 거실에서 이야기를 나누고 있는 아멜리아와 빈센트를 발견했다.

"여보세요~ 크로스 워드 하나 푸는데 그렇게 시간이 걸려서 어떻게 할 건데?"

"빈센트 오빠는 잠깐만 있어 봐, 생각이 날 것 같단 말이야. 아! 먼저 답 적어 놓기 없기!"

투덕거리며 귀찮게 구는 것으로 보여도 빈센트는 여동생을 꽤 잘 돌보는 편에 속했다. 해리나 아멜리아와 달리 기묘한 것들을 감지하는 능력이 전혀 없는 그였다. 막내의 위험한 능력을 알고 행여 잘못될까 노심초사하는 저와는 달리 그는 순수하게 제 여동생을 귀여워하는 마음 하나로 끼고돌면서 보호하고 있었다. 그런 모습을 보면 어쩌면 그가 자신보다 더 대단한 걸지도 모른다는 생각이 가끔 들곤 했다.

"형, 산책 다녀온 거야? 꽤 멀리까지 갔었나 봐. 늦게 왔네."

"숲 너머 수도원까지 다녀왔어."

"아, 그 오래된 수도원? 아직도 안 무너졌어?"

킬킬거리는 빈센트의 목소리를 들으며 해리는 힐끔, 아멜리아를 바라보았다. 혹시 여동생이 무언가를 떠올릴까 싶었으나 그녀는 오늘 자 신문에 실린 크로스 워드를 푸는 데 더 집중하고 있었다.

"생각이 날 듯 말 듯 하니까 더 답답하네……."

종알거리는 목소리는 아직도 어린데 몸만 훌쩍 커 버린 아멜리아는 이제 어린 소녀에서 숙녀가 되어 가고 있었다. 위험한 능력을 갖고도 지금까지 아무 탈 없이 잘 자라 준 여동생이 기특했다. 그리고 그런 여동생과 잘 어울려 주는 빈센트 역시 곁에 있어 든든한 존재로 자랐다. 두 사람 모두 부디 이대로, 아무 일 없이 행복하게 지내 주기를 해리는 기도했다.

"야, 아직도 못 풀었냐? 네 곰돌이 인형도 너보다는 빨리 풀겠다."

"집중하는데 훼방하지 마, 빈센트 오빠!"

"이 정도를 훼방이라 부르시면 안 되지요, 아가씨. 제대로 된 방해를 보여 줄까나!"

"으아앙, 해리 오빠! 도와줘!"

"동생 괴롭히지 마라, 빈센트."

"아! 아버지도 형도 맨날 나만 뭐라 그래! 서럽다, 엄마한테 갈래, 엄마아!"

시끄럽게 구는 빈센트의 머리를 툭 밀어 아멜리아와 떨어뜨린 후 그 빈 공간 사이에 앉은 해리가 아멜리아에게 물었다.

"그러고 보니 그 곰돌이 인형, 요즘은 잘 안 보이네?"

"웅? 폴?"

"그런 이름이었나. 너 어릴 적에 되게 좋아하던 인형이었잖아."

"아, 형도 참. 얘가 아무리 어려 보여도 나이가 몇인데 아직 곰 인형을 찾겠어."

"그런가?"

무척이나 좋아하던 인형이라 어디든 꼭 끌어안고 함께 다니던 모습이 아직도 눈에 선한데, 벌써 인형이 필요 없는 나이가 되었나 싶었다. 해리가 놀라워하는 모습에 당황한 아멜리아가 "아냐, 그, 누구 선물로 줬어!"라고 대꾸했다.

"그 애지중지하던 폴을 누구한테 줬다고?"

그 소식은 빈센트도 처음이었는지 눈을 둥그렇게 떴다.

"으, 응. 나보다 더 필요로 하는 아이가 있어서……."

당혹함이 역력한 표정으로 설명하는 소녀의 반응을 보니 아마도 장난감이 없는 아이에게 선물이라도 한 듯싶었다. 무언가에 그리 집착하지 않는 제 여동생의 성격이라면 주고도 남을 거라고 해리는 생각했다.

"물론 폴이 없어서 나도 섭섭하긴 하지만……, 그 아이에겐 정말 친구가 필요했는걸."

크로스 워드 판 위에서 펜을 굴리며 더듬더듬 상황을 설명하는 아멜리아를 덤덤한 표정으로 바라보던 해리가 양팔을 펼쳐 제 동생들을 껴안았다.

"으아악, 형! 뭐하는 짓이야!"

"오빠, 머리 헝클어져, 머리!"

양쪽에서 강력한 항의의 목소리가 터져 나오는 걸 무시하고 팔에 힘을 가득 줘서 동생들을 쥐어짜듯 껴안은 해리는 "귀여워."라고 지극히 무표정한 얼굴로 자신의 기분을 전했다.

"뭐어어?"

뜬금없는 해리의 반응에 둘 다 황당한 표정으로 그를 올려다봤지만, 그는 어딘가 후련한 표정으로 자리에서 일어났다. 하고 싶던 말을 마쳤으니 더는 볼일이 없다는 듯 거실을 빠져나가며 해리가 말했다.

"아멜리아."

"응?"

망가진 머리를 정리하던 소녀가 고개를 들고 제 오빠를 바라보았다.

"곰 인형은 내가 새로 사 줄게."

그 말만을 남기고 그는 발걸음도 가볍게 중앙 계단을 올라 사라졌다. 다음 휴일에는 아멜리아를 데리고 인형 가게로 가서 소녀가 마음에 들어 하는 인형은 전부, 원하는 만큼 다 사 주겠다고 생각하면서.

일곱 개의 낡은 못 — T h e   e n d

비도 내리지 않는 건조한 여름이 계속되는 날들이었다. 쨍한 햇살을 받으며 평화롭게 흘러가는 강물을 지켜보던 두 사람의 침묵은 알렉스의 한마디로 깨졌다.

"주변 사교계가 발칵 뒤집혔어."

"응, 그럴 것 같았어."

한숨을 쉰 아멜리아가 안타까움이 가득 묻어나는 목소리로 대답했다. 소녀는 알렉스와 함께 강가의 벤치에 앉아 이야기를 나누고 있었다. 알렉스가 다친 지 벌써 일주일 정도가 지나, 상처도 어느 정도 아물었다. 오랜만에 외출 제한이 풀린 그는 소녀와 짧은 산책길에 나섰다. 그 일주일 동안 많은 일이 있었다.

실비아의 병원에서의 일과 고백은 소문을 타고 마을 전체로 퍼졌다. 큰 소리를 지른 탓에 들은 사람이 워낙 많아 조용히 묻히기는 힘들 거라는 짐작은 했지만 내용이 내용이다 보니 다음 날이 될 즈음에는 소문이 날 대로 난 상황이 되어 있었다.

실비아는 퇴원하지 못했다. 로사가 떠났으니 금방 안정을 찾아 집으로 돌아가지 않을까 하던 아멜리아의 생각과는 달리, 의사들은 심신 상태의 불안정을 이유로 퇴원을 보류하고 상담과 정신 진료를 병행했다.

로사에 대해 모르는 의사들은 실비아가 평소 언니의 행동이나 몸짓을 따라 하고 그녀의 물건을 사용하는 등, 지나친 동경과 모방 심리에서 시작된 착란의 일종이라고 진단했다. 반지에 대한 과도한 집착이며 언니의 약혼자를 거부감 없이 바로 받아들인 것 역시 그 증세의 일종이라고 판단되어 장기 입원의 가능성도 논의되고 있다는 소문이 사람들의 입을 통해 퍼지는 중이었다.

"결혼은 무기한 연기되었다고 하더라. 아무리 집안끼리 약속을 한 경우라지만 큰 사건들이 너무 많이 터진 후라서인지 헤이워드 집안의 반응이 좀 냉랭한 편인가 봐."

"그렇구나……."

거기다 가보인 반지도 분실했다. 상대에게 그에 대한 책임을 묻지 않는다 하더라도 이쯤 되면 걸리는 요소들이 꽤 많아서 그 어느 쪽도 마음이 편하지 못할 터였다.

'로사를 보내는 걸로는 끝나지 않는 거구나.'

난관을 극복한 공주님과 왕자님이 곧바로 행복해지는 옛날이야기 같은 결말은 현실에서 기대하면 안 되는 거였나 싶었다. 고통은 쉽게 물러설 기미를 보이지 않았고 실비아에겐 앞으로도 많은 역경이 남아 있었다. 아멜리아는 그저 멀리서 그녀가 가는 길을 지켜보아야 했다.

벤치에서 일어난 두 사람은 천천히 엘포트 강가를 따라 걸었다. 쩽한 날씨 덕인지 강가 둔덕에 피크닉을 나온 사람들의 모습이 간간이 보였다. 발걸음이 닿는 대로 한가하게 걷다 보니 강을 가로지르는 돌다리에 도착했다. 엘포트 강의 폭은 그리 넓은 편이 아니어서 다리도 꽤 작고 아담했는데, 최근 마차와 신식 자동차가 지날 수 있도록 넓이를 넓히는 보강 공사를 마쳤다고 들었다.

그들은 돌다리의 중간 부분까지 올라갔다. 지나는 사람도 마차도 없어서 돌을 쌓아 올린 보호대에 몸을 기대고 잠시 이야기를 나눴다. 햇빛을 받아 반짝이는 강물을 내려다보며 오리 떼에게 먹이도 주고, 알렉스가 내 준 숙제에 대한 이야기도 나눴다.

그러던 중 멀리서부터 먼지를 일으키며 다가오는 마차를 발견한 알렉스가 아멜리아의 팔을 잡아 제 쪽으로 끌었다.

"아멜리아, 마차 조심해."

"어어."

보강 공사를 마친 다리라고는 하지만 여전히 좁은 느낌이 남아 있었다. 마차가 지나갈 때 통행인은 보호대 쪽에 바짝 붙어 서는 것이 안전했다. 양산에 시야가 가려 뒤늦게 마차를 발견한 아멜리아가 허둥대자 알렉스가 바깥쪽에 나와 서서 소녀를 보호했다.

뽀얗게 흙먼지를 내며 지나간 마차의 뒷모습을 눈으로 확인한 알렉스가 "괜찮아?" 하며 소녀 쪽을 바라보았다. 그러나 보호대에 바짝 붙은 상태의 아멜리아는 그 질문에 대답하지 않은 채 하염없이 강 쪽을 바라보고 있었다. 그 시선을 따라 고개를 돌려 무슨 일인지를 살피던 그는 흠칫, 몸을 굳혀야 했다.

"뭐지, 저건?"

다리 바로 근처의 강가에 온몸이 불에 타 녹아내린 것 같은 어린아이가 물에 몸을 담그고 있었다. 새빨갛게 달아올라 녹은 몸, 용암처럼 흘러내리는 피부. 뜨거운 몸의 열을 식히려는 듯 강에 반쯤 몸을 담근 채, 한 손에는 인형을 소중한 듯 안고 주변을 두리번거리고 있었다. 아이가 누군가를 찾고 있는 건지, 도움을 요청하려는 건지는 알 수 없

었다. 그저 저 정도의 화상이라면 도저히 살아 있을 수 있는 상태가
아니라는 건 확실했다. 머리가 반쯤 녹아내린 상태의 아이는 고통에
찬 비명 하나 지르지 않고 무언가에 골몰하여 있었다.

"어떻게 저런……."

부상자가 있는 줄 알고 뛰어 내려가려던 알렉스가 기묘함을 느끼고
눈을 크게 떴다. 지금 자신이 보고 있는 것이 사람이 아니라는 생각이
스치자 등줄기를 타고 차가운 한기가 흘렀다. 자신보다 먼저 그 형체
를 지켜보고 있던 아멜리아 쪽을 바라보니 그녀는 뜻밖에 담담한 표
정으로 아이를 내려다보고 있었다.

"아멜리아, 저 아이는 대체 어떻게 된 거지?"

그제야 알렉스를 올려다본 소녀가 놀란 표정을 지었다. 그 의미를
알 수 없어 눈썹을 찡그리는데, 당황한 기색이 역력하게 사방을 열심
히 살피던 그녀는 자신의 팔을 잡고 있는 알렉스의 손을 발견하고 흠
칫 놀랐다. 아멜리아가 조심스럽게 잡혀 있던 팔을 빼내자 그도 뒤늦
게 상황을 파악하고 당황했다.

"이런, 계속 잡고 있을 생각은 없었는데."

"아니야. 나도 방금 알았어."

"그것보다 지금 저기 어린아이가 다쳐서— 어라?"

조금 긴장한 어조로 대꾸하는 소녀를 보며 기묘한 표정을 지은 알
렉스가 다시 한 번, 고개를 돌려 아이를 찾았다. 그러나 그곳에는 아
무도 없었다. 햇빛을 받아 반짝이는 강물만이 조용히 아이가 있던 자
리를 지나 흘러가고 있을 뿐이었다.

"아멜리아, 너도 봤지? 그 아이, 아니……, 정말 아이가 맞기는 한
건가? 불에 탔지만 입고 있던 옷도 어딘가 예스러운 것 같은 기분이."

"아무도 없어, 알렉스."

"아냐. 방금 너도 보고 있었잖아. 저기 강가에—."

당황한 그가 소녀를 돌아보다가 하려던 말을 삼켰다. 아멜리아가

강을 바라보며 다시 한 번, "아무도 없어."라고 그녀답지 않게 단정적인 어투로 말했기 때문이었다. 왜 그 말을 듣고 전신에 소름이 돋은 건지는 알 수 없었다. 그 말을 하는 소녀의 표정이 슬퍼서였을 수도 있고, 자신이 한여름의 환각을 보았다는 사실에 놀라서였을 수도 있었다. 더 이야기했다가는 소녀를 울릴 것 같다는 생각이 들었다.

'전에도 이런 적이 있지 않았나?'

아멜리아를 바라보며 알렉스는 기시감이 드는 기분이 들었다. 벌레가 기어가듯 속을 울렁이는 불편함과 예민해지는 감각을 애써 눌러 보지만 온몸의 신경세포가 전부 깨어 있는 느낌이 사그라지지 않았다. 마음을 진정시키기 힘들었다. 방금 본 것을 부정하고 싶은 생각만 가득한데 대체 왜 이런 기분이 드는 건지 알 수가 없었다.

그는 자신이 방금 목격한 그 무언가를 경멸하는 중이라는 걸 뒤늦게 깨닫고 어이가 없었다. 그리고 그 혐오감이 공포와 등을 맞댄 종이 한 장 차이의 감정이라는 불편한 진실과도 마주했다.

"기가 막혀서……."

"알렉스, 괜찮아? 얼굴이 창백해."

조금 전부터 무언가를 걱정하는 표정으로 자신을 바라보는 아멜리아를 보고 그는 알았다. 소녀가 자신의 말보다 안색을 먼저 살피는 이유. 그녀는 그가 불편함을 느끼고 있다는 걸 이미 알고 있었다. 당사자보다도 먼저 그의 감정을 눈치채고 걱정하는 모습이 아마도 알렉스가 이런 반응을 보일 것을 예상한 것 같았다.

그리고 그 모습에서 그는 깨달았다. 그들이 어린 시절에 겪었던 일과 지금 이 상황이 무언가 관련이 있을 거라는 묘한 확신이 생겼다. 걱정해도 차마 말해 주지 못하는 무언가가 있었다.

'대체 무슨 일이 있었던 거지?'

어린 시절에 있었던 사고를 제대로 기억하지 못한다는 건 알고 있었지만, 그 내용에 큰 의미를 부여한 적은 없었다. 물론 궁금했던 적도 없었다. 그러나 이 상황을 보고 있자면 자신은 무언가 아주 중요한 것을 잊고 있는 것임이 틀림없었다. 그걸 알아내야 한다는 생각이 들어 입을 열려는 순간, 아멜리아가 선수를 쳤다.

"더우니까 저기 그늘로 자리를 옮기자."

알렉스의 팔을 잡고 방향을 이끌려던 아멜리아가 잠시 망설이더니 손을 놓았다. 뻗었던 손가락을 몇 번 꼼지락대더니 다시 그의 소매 끝을 살짝 잡고 가자는 표시를 했다.

아닌 게 아니라 뙤약볕에 서 있던 전신에 슬며시 땀이 배어 피부가 끈적이고 있었다. 식은땀이라 생각했던 건 더위 탓일지도 몰랐다. 쨍한 햇살에 어지러운 기분도 들었다. 몽롱한 기분을 느끼며 그는 중얼거렸다. 아, 혹시 여름이 보여 준 환각인 건가? 하고.

그 소리를 들었는지 아멜리아가 힐끔 뒤를 돌아보았지만 아무 말도 하지 않았다. 그녀도 동의해 주었다면 좋았을 텐데. 어째서인지 조바심이 나고 속이 울렁였다. 밀려오는 질문을 억지로 삼키고 자리를 옮긴 알렉스는 강이 보이지 않을 때까지 계속 뒤를 돌아보았다.

그 이후 자리를 옮긴 두 사람은 그리 오래 있지 않아 헤어졌다. 신경이 예민해진 알렉스와 그런 그를 불안한 표정으로 바라보던 아멜리아는 의미 없는 일상 대화를 조금 더 나누고 각자의 길로 돌아갔다.

'드디어 올 것이 오고야 말았어.'

소원하게 지내던 소꿉친구와의 재회가 기뻤던 만큼 예상치 못한 사건은 그녀를 우울하게 만들었다. 왜 하필 그때 그는 자신의 팔을 잡고 있었고 어째서 자신은 그 순간 아이를 보고 있었을까.

놀라 굳은 그를 보며 아멜리아는 절망했다. 그가 어릴 적 일에 대한 기억이 없다고 말했을 땐 조금 섭섭한 생각도 들었는데, 지금 생각하면 기억하지 못한 덕에 아멜리아에게 스스럼없이 다가와 주었을 수도 있었다. 그때는 이렇게 빨리 저 표정을 다시 보게 될 거라고는 생각지 못했었다.

'그 불쾌감을 주는 원인이 나라는 걸 알게 되면.'

다른 이들보다 배는 예민한 알렉스인 만큼 다른 사람들과 비슷하거나 더 큰 거부 반응을 보일 가능성이 있었다. '아쉬워할 것 없어, 모든 것이 원래 있던 자리로 돌아가는 것뿐이야.' 라고 자신을 타일러 보아도 가슴에 커다란 구멍이 뚫린 것 같은 허전함은 여전히 존재했다.

알렉스가 떠나면 남는 사람만 힘들어질 거라던 해리의 말은 이런 것이었을지도 몰랐다. 아니, 제 소꿉친구가 진실을 모른 채 돌아갔다면 이런 기분은 맛보지 않았을 수도 있었다.

소녀는 어릴 적 기억을 떠올렸다. 사고가 난 뒤 며칠이고 숲의 공터에서 알렉스가 찾아오기를 기다리던 날들을. 하루가 이틀이 되고 사흘이 일주일이 될 때까지 어린 아멜리아는 친구가 돌아오기를 기다렸다. 아프다고 했으니 열이 내리면 오지 않을까, 하룻밤만 더 자면 나아지지 않을까. 붕대를 감은 제 작은 손등을 쓰다듬으며 그렇게 생각했었다.

소년과 그 가족이 레이븐을 떠났다는 사실을 전해 들은 것은 사고가 나고 보름이 지났을 무렵이었다. 가족들은 이미 알고 있었던 눈치였지만 당사자인 소녀에게 전해진 것은 그들이 알게 된 것보다도 한참 후였다.

알렉스가 다시는 오지 않을 거라는 걸 알게 된 날 아멜리아는 공터에서 혼자 울었다. 작별 인사도 없이 사라진 제 친구가 그리워서, 그리고 이 모든 일이 자신 때문에 생긴 일인 것 같은 자책감에.

그래서 소녀는 다른 누군가에게 '그들' 에 대한 이야기를 하는 것을 멈췄다. 더는 보이지 않는 척, 모르는 척하고 숨어 살기로 했다. 제가 그들을 보고 소리를 들을 수 있다는 걸 알게 되면 또 누군가가 곁을 떠나갈 것만 같아 두려웠다.

'이제는 꽤 담담해졌다고 생각했는데, 아니었어. 아직 멀었구나.'

눈물이 쏟아지려는 걸 꾹 참고 집으로 돌아가니, 정원에서 줄스가 소녀를 맞이했다.

"아가씨. 날씨가 상당히 덥습니다. 일사병으로 쓰러지는 사람들도 있다니까 한동안 외출은 한낮을 피하시는 편이 안전할 듯싶습니다."

"응. 정원사도 올여름은 꽤 더울 것 같다던데."

"안 그래도 잡초가 너무 빨리 자란다고 투덜거리더군요. 또 혼자 숲에 다녀오셨습니까?"

쥴스의 표정에서 '그 누군가를 만나고 온 거 아니냐' 라는 의혹을 읽을 수 있었다. 실비아의 사건 후에도 여전히 알렉스를 탐탁지 않아 하는 한결같은 그의 반응에 힘없는 미소를 보인 아멜리아는 "앞으로는 볼 일 없을 테니 너무 곤두세우지 말아 줘."라고 말했다.

"그렇습니까?"

"……걱정할 일은 이제 없을 거야."

그 말에 쥴스가 떨떠름한 얼굴이 되어 아멜리아를 살폈다. 평소와 달리 어딘가 기운 없어 보이고 우울해 보이기까지 하는 제 아가씨를 보며 눈을 가늘게 뜬 그가 무언가 더 물으려고 하는 순간, 아멜리아가 "나 피곤해서 먼저 들어갈게요."라며 발걸음을 옮겼다.

평소의 성격대로라면 뒤를 쫓아서라도 확실하게 되물었을 쥴스였지만 오늘만큼은 추궁할 분위기가 아니라는 생각이 들어 선선히 물러났다. 일손을 멈추고 한참 동안 아멜리아를 바라보던 그는 "이거 원. 만나도 마음에 안 들고 안 만난다고 해도 마음에 안 들고."라고 투덜대며 애꿎은 정원의 조각상을 발로 차며 화풀이했다.

"도망갔어."

인상을 찌푸린 알렉스가 중얼거렸다. 강가에서의 산책 이후, 어딘가 멍한 표정으로 일관하던 아멜리아는 시답잖은 이유를 핑계로 급히 돌아갔다. 다리 위에서 목격한 이상한 아이 때문에 놀랐던 것은 자신이었다고 생각했는데, 어째 충격은 그녀가 더 받은 모양새였다. 돌아가는 뒷모습이 휘청이는 것 같아 걱정되어 쫓아갈까도 생각했지만, 오늘만큼은 혼자 있기를 바라는 것 같아 포기했다.

집으로 발걸음을 옮기며 알렉스는 오늘 있었던 일을 정리해 보려고 애썼다.

'강가의 그 아이는 내가 뭔가 잘못 본 건가 싶었는데 아멜리아의 반응 역시 이상했지.'

자신보다도 먼저 그 장소를 바라보고 있던 건 분명 그녀였는데, 알렉스가 놀라는 눈치를 보이자 '아무것도 없다.'고 잡아뗐다. 그 말이 지독히도 어색하게 들렸다는 건 말을 꺼낸 그녀도 알고 있는 눈치였다.

강가에 있던 그 아이는 대체 무엇이었을까. 헛것을 보았다기엔 너무 선명하게 보였고 도저히 살아 있는 사람이라고는 말할 수 있는 상태가 아니었다. 그리고 아이를 보았을 때 느꼈던 그 차가운 냉기는 알렉스도 이미 잘 알고 있는, 그가 가장 질색하는 바로 그 감각이었다.

'정황상 내가 환각을 본 것이 맞는다면, 아멜리아 역시 그걸 보았다는 게 납득 가지 않고.'

차라리 혼자 착각한 거라면 좋았을 터였다. 하지만 소꿉친구의 반응으로 보아 소녀도 분명 같은 것을 본 것이 틀림없었다. 그렇다면 대체 왜 그걸 보이지 않는다고 딱 잘라 부정했냐 하는 의문이 생긴다. 어쩌면 아멜리아는 그가 그런 부류의 불확실한 것들을 경멸한다는 걸 이미 알고 있는 것이 아닐까? 만일 그걸 알고 있다고 한다면 대체 언제 깨달았을까? 두 사람이 재회한 지 이제 한 달이 조금 넘은 시점이었다. 그동안 그런 것을 깨우칠 만한 사건은 단연코 없었으니 아무래도 11년 전의 기억과 연관이 있을 거라고 짐작할 수 있었다.

'여덟 살 때, 대체 무슨 일이 있었던 거지?'

뒤늦게 밀려드는 궁금증에 머리가 복잡했다. 마음속 어디에선가 그 두 가지가 연관되어 있을 거라는 확신이 들었다. 그리고 아멜리아가 무언가를 알고 있다는 것도.

지금까지 그는 어릴 적 사고에 대한 기억이 없는 것에 딱히 아쉬움을 느낀 적이 없었다. 무언가 사고가 있었다는 말만 들었고 그것이 전부였다. 굳이 물어볼 생각도, 알아야 할 필요성도 느끼지 못했었다. 이미 지난 일이니 더는 떠올리지 않아도 될 기억이라고 생각했다. 별쓸모도 없었다. 그랬다. 바로 조금 전까지는.

하지만 지금은 좀 달랐다. 무슨 일이 있었는지 정확하게 알아야 할 것 같은 기분이 들었다. 집에 돌아가 집사에게도 물어보고 제 어머니에게도 다시 들어 봐야 할 것 같았다. 물론 어머니는 그 이야기를 꺼내는 걸 그리 반기지 않으실 것 같았지만 말이다.

주변 사람들의 이야기를 다 들은 후에는 아멜리아에게도 사건의 전후 이야기를 물어야겠다는 생각이 들었다. 자신보다 훨씬 어렸던 소녀가 얼마만큼이나 기억할지는 몰라도, 모을 수 있는 정보를 전부 모으다 보면 제 기억 역시 부분적이나마 되살아날지 몰랐다.

그 안의 어딘가에는 그때의 일에 대해 알고 싶지 않다는 기분이 분명 존재했다. 그냥 묻어 버리고 지내라고, 지난 일을 굳이 파헤칠 필요가 있겠느냐는 마음의 소리가 들리는 것만 같았다. 그러나 이걸 이대로 묻어 버리면 자신은 영원히 아멜리아라는 소꿉친구를 잃을 것이라는 걸 직감으로 느낄 수 있었다.

레이븐을 떠나 지내다 보면 다시 천천히 서로를 잊을지도 모른다. 그렇게 자연스럽게 멀어지는 거면 몰라도 오늘 같은 일이 계기가 되어 불편하게 헤어지는 것만은 안 된다고 생각했다. 그 어떤 거북한 진실과 마주하게 된다 하더라도, 이제 못 본 척 지나치는 것은 힘들었다.

강가에 있던 그 아이를 떠올리면 아직도 거부감이 들고 싫은 기분에 속이 뒤집힐 것 같았다. 불편하고 거북한 감정과 마주해야 한다는 사실이 부담스러웠지만 그래도 그때 일을 아는 모든 이들에게 이야기를 듣기로 했다. 그리고 아멜리아를 만나 소녀의 이야기도 들어 보기로. 이 이상 미뤄 두면 안 되는 일이라는 건 확실했다.

힘들게 다잡은 그의 결심은 이후 일주일간 아멜리아가 숲의 공터에 나타나지 않아 뜻대로 성사되지 못했다.

"이상하긴 하네요."

"뭐가?"

정원의 벤치에 앉아 그림을 그리는 아멜리아를 보고 쥴스가 고개를 갸웃거렸다.

"미친년이 어디에서 갑자기 뛰쳐나올지 모르던 때에도 외출 충동을 참지 못하시던 분이 벌써 일주일째 두문불출하는 게 신기해서 그럽니다."

"뭐야, 그게."

아멜리아가 샐쭉한 표정으로 쥴스를 흘겨보자 그가 좀 더 가까이 소녀의 곁으로 다가왔다.

"무슨 일 있습니까?"

"무, 무슨 일이라니?"

"잊으신 것 같은데 그게 제 질문이었습니다. 밖에 나가지 않는 이유가 있는 것은 아닙니까?"

"아냐. 그런 거 없어."

"없으면 지금 당장 저기 숲에 좀 다녀와 보겠습니까?"

"싫어."

"이유 없다면서요."

"……갈 이유도 없잖아."

"왜 없습니까, 그 어딘가의 도련님도 있을 테고……, 아. 설마."

의심을 담은 시선으로 쥴스가 아멜리아를 훑어봤다. 그의 자비 없는 화법은 이번에도 아픈 곳을 정확하게 찔렀다.

"두 분이 싸우기라도 한 건가요?"

불편한 듯 몸을 뒤척이던 아멜리아가 "아냐. 왜 그렇게 생각하는데……."라고 한 박자 늦게 대답했지만 쥴스는 이미 상황을 파악한 듯 싶었다.

"뭐, 두 분이 서로 더 이상 안 보는 거라면 저도 마음이 편합니다만, 혹시 저쪽에서 모욕적으로 나온 거라면 이야기가 다르지요. 가서 대갚음해 주고 올까요?"

귀족 상대로 뭘 어떻게 하겠다고 하는 건지는 모르겠지만 쥴스의 표정만 봐서는 당장에라도 뭔가 저지르고 돌아올 것처럼 보였다. 당황한 아멜리아가 그를 말리자 금세 흥미를 잃은 표정으로 설명을 요구해 왔다.

"가끔은 쥴스가 우리 오빠들보다 더 엄격한 것 같아."

"아가씨 상대로 도련님들이 지나치게 무른 거죠. 이 정도는 별거 아닙니다. 제 여동생에게 물어보십시오."

"이런 오빠를 둔 쥴스의 여동생이 불쌍해."

"복 받은 거죠. 제 눈에 차지 않는 사내는 얼씬도 못 하게 해 주니까요."

"거봐, 불쌍해."

"어디가 말입니까."

그야말로 남매처럼 옥신각신하던 두 사람의 대화는 아멜리아의 "정말 안 싸웠어."라는 한마디로 휴전 상태에 돌입했다.

"싸우지는 않았고, 더는 이야기하지 못할 뭔가는 여전히 남아 있고요?"

아멜리아의 침묵이 동의라고 생각했는지 쥴스가 팔을 걷어붙이기 시작했다. 그 모습에 놀라 "왜, 왜 그래?"라고 소녀가 말리니 그가 미간을 찌푸리며 "그놈이 아가씨에게 혹시 나쁜 짓 한 건 아닙니까?"라고 화가 난 어투로 따졌다.

"나쁜 짓이라니?"

"손댄 거 아니냐 이 말입니다."

"손…… 헉, 꺄아아악! 쥴스 바보! 무슨 생각을 하는 거야! 멜포드가 도련님한테 무슨 말도 안 되는 오명을!"

순식간에 머리끝까지 잘 익은 사과처럼 새빨개진 아멜리아가 들고 있던 스케치북을 집어 던질 기세로 펄쩍 뛰어오르자 그가 어깨를 으쓱하더니 "아니면 말고요."라는 뻔뻔한 한마디로 제 엄청난 발언을 마무리 지었다.

"너무해……."

그의 한 마디 한 마디에 지나치게 반응하는 자신이 원망스러워진 아멜리아는 억울해서 눈물이 날 지경이었다.

"뭐, 별거 없었다고 한다면 제가 나설 필요는 없겠지만 그래도 뭔가 마음에 걸리는 일이 있으니 밖에 못 나가는 거 아닙니까?"

"그런가……?"

"아, 그걸 또 저한테 묻습니까? 늦게라도 뭔가 생각나면 말해 주시고요."

애매한 대답에 흥미를 잃은 기색이 역력한 쥴스가 아멜리아의 곁을 떠나며 말했다. 원래 애들은 투닥거리면서 자라는 거니 너무 신경 쓰지 말라고 덧붙이기까지 했다. 말은 그렇게 해도 쥴스 나름대로 신경을 써서 상담해 준 것 같았다.

"……그러게, 차라리 싸웠으면 좋았을 텐데, 화해라도 할 수 있게."

현실은 싸우기는커녕 그에게 무슨 소리를 들을지 몰라 겁먹은 채 얼굴도 내밀지 못하는 중이었다. 다시 만나면 알렉스는 분명 그때의 일에 관해 물어 올 텐데 대체 뭐라고 설명을 해 줘야 좋을지 답이 보이지 않아서 피하고 있었다.

그렇다고 알렉스를 계속 멀리할 수도 없는 일이었다. 그건 그에게도 실례인 행동이라고, 어떤 결말이 나오던 이제는 마음의 각오를 해야 할 때라고 소녀는 자신을 타이르며 자리에서 일어났다.

"말은 그렇게 했는데."

오솔길을 미적대며 걸어가던 아멜리아가 슬픈 듯 중얼거렸다.

"용기가 없었어. 도저히 못 가겠는 거 있지."

소녀는 주변을 나는 꿀벌에게 말을 거는 중이었다. 혼잣말은 슬프니까 너라도 들어 줘, 라고 종알대면서. 알렉스가 있든 없든 일단 공터로 가 보겠다고 박차고 나온 건 좋았는데, 정작 발길은 정반대 편인 마을로 향하는 중이었다.

"아직 마음의 준비가 안 되었나 봐. 큰일 났어. 이렇게 겁쟁이일 줄 나도 몰랐는데."

쥴스와 나눈 대화로 어느 정도 마음이 정리되었다고 생각했던 아멜리아였지만, 단정한 수재형의 대표 격인 알렉스에게 그가 논리적으로 이해하지 못할 세계를 조리 있게 설명할 자신이 없던 소녀는 슬그머니 외출의 방향을 시드의 가게로 변경하고 있었다.

"어쩌면 시드한테 조언을 받을 수 있을지도 몰라."

이것 또한 변명의 한 종류라는 것을 알고 있어도 지금은 소녀가 할 수 있는 최선이기도 했다. 한동안 얼굴을 보지 못한 시드도 만나 볼 겸, 소녀의 마음은 마을로 가는 쪽으로 기울었다.

'붉은 서재'는 마을의 번화한 시장길에서 조금 떨어진, 외진 곳에 자리하고 있는 가게였다. 그곳으로 가기 위해 마을 광장을 지나던 아멜리아는 조금 떨어진 곳에서 "이 근처가 맞을 텐데, 정말 이상하네~"라는 누군가의 맥 빠진 독백을 듣고 무심코 그쪽을 바라보았다.

아담한 여행 가방을 든 곱슬머리의 젊은 남자가 무언가가 적힌 종이를 들여다보며 "어라아, 왼쪽으로 돌면 교회가 있는 거 아니었나?"라고 말하더니 잠시 후 그 종이를 180도 돌려서 "이렇게 보는 건가?"라며 두리번거렸다. 외지인으로 보이는 그는 아무래도 길을 잃은 듯싶었다.

조심스레 남자에게 다가간 아멜리아가 "어디를 찾으세요?"라고 묻자, 하늘에서 동아줄이라도 내려온 표정으로 돌아본 남자가 "이 근처에 큰 홀이 있는 교회가 있다던데, 어딘지 아시나요?"라며 물어 왔다. 그 짙은 갈색 눈동자에는 간절함이 스며 있었다.

"교회라면, 이쪽이 아니라 저 끝으로 가서 돌아 나가야 해요."

"그렇습니까? 감사합니다. 애초에 방향을 잘못 잡았던 거로군요! 제가 지도를 좀 못 보는 편이라 여태 이곳에서 헤매고 있었지 뭡니까."

좀 못 보는 정도가 아닌 것 같은데. 지도를 완전히 거꾸로 들고 보고 있던 남자는 어딘가 못 미더운 인상을 주었다. 이제라도 길을 알았으니 알아서 찾아가리라 생각한 아멜리아가 웃으며 자리를 뜨려고 하자, 남자가 급한 목소리로 다시 붙잡았다.

"저기, 너무 바쁘지 않으시다면 교회까지 같이 가 주실 수 있을까요? 사례는 하겠습니다."

"저 끝으로 가면 금방인데……."

"여기서 두 시간째 헤매는 중이었거든요. 저 나쁜 사람 아닙니다, 여기! 명함도!"

재빠른 속도로 주머니에서 명함을 꺼낸 남자가 그걸 아멜리아에게 건넸다.

"구…… 구겨진 것밖엔 없지만, 본인 맞습니다."

주고도 민망한지 더듬대는 그의 명함 앞부분에는 '베린저 출판사'라고 적혀 있고 뒷부분에 '카이퍼 셸저'라는 이름이 적혀 있었다.

"출판사분이 여긴 웬일이신가요?"

"저는 기획 파트에서 일하는데 지금 어떤 전시회의 전국 순회를 계획 중이거든요. 이곳 교회의 전시장을 빌려 볼까 하고 확인 겸 나와 봤습니다."

"그러시군요."

고개를 끄덕인 아멜리아가 교회 쪽으로 발걸음을 옮기자 그의 얼굴이 환하게 밝아졌다.

"정말 감사합니다! 제가 꼭 사례하겠습니다."

"아니에요. 그리 먼 곳도 아닌데요, 뭐."

"세상에 이렇게 상냥한 아가씨를 만나다니. 조금 전까지는 너무 덥고 짜증이 나서 전시회고 뭐고 그냥 돌아가 대충 보고서를 작성할까 생각 중이었는데, 더 참고 버티기를 정말 잘했다 싶습니다."

장황하게 자신의 이야기를 늘어놓은 셀저는 수다스럽고 사교성이 좋은 사람인 듯싶어 보였다. 교회에 도착한 아멜리아는 그를 전시회장 뒤쪽에 있는 사무실로 안내했다. 교회 안으로 직접 들어가면 한 바퀴를 빙 돌고 다시 밖으로 빠져나와야 전시회장으로 갈 수 있는데, 이쪽은 번거롭게 돌아가지 않아도 되는 지름길이었다.

"이런 샛길이 있었군요!"

감탄한 셀저가 방문객 전용 창구의 유리문을 두드리며 사람을 찾았다. 아무리 불러도 안에서 답변이 없자 그는 문을 열어젖히고는 대담하게 안으로 들어섰다.

"실례합니다. 아무도 안 계십니까?"

안내인의 기척을 찾아 척척 안으로 들어가는 이방인을 보며 당황한 아멜리아가 재빨리 그의 뒤를 따라 들어갔다. 혹시라도 안에서 누군가와 마주치면 자신이라도 상황을 설명해야 할 것 같았기 때문이었다.

"저기, 이렇게 함부로 들어오면 안 되는 곳인데……."

"아, 괜찮습니다, 괜찮습니다! 걱정하지 마십시오!"

무단 침입자의 호언장담에 어처구니가 없어진 아멜리아가 불안한 듯 주변을 두리번거렸다. 왜 멋대로 구는 사람은 이리 태평하고 말리는 자신이 이리 조바심이 나는지 모를 지경이었다.

"전시회장은 여기군요! 크기는……, 흐음. 이 정도면 괜찮을 것 같은데. 나중에 정확한 면적과 도안을 받아 봐야 하겠지만요. 채광도 나쁘지 않고, 최근 설계한 건물이라 그런지 깨끗함에 가산점을 줘야겠습니다."

씩씩하게 혼잣말하며 이곳저곳을 누비는 그를 보며 아멜리아가 '혼자도 잘 있을 것 같은데 그냥 두고 나갈까.'라는 생각을 하던 참이었다. 시선의 끝에서 무언가가 흔들리는 것이 있어 고개를 돌려 보니, 퍼트리샤 백작 부인의 초상화가 그곳에 걸려 있었다.

소녀의 동작이 그 자리에서 잠시 굳었다. 아무 생각 없이 셀저를 쫓아 들어온 전시회장이었다. 이 그림이 여기 있다는 것을 알고 있었지만, 거의 기억에서 잊히다시피 했던 터라 그녀의 모습을 보고 깜짝 놀랐다.

'그래, 이게 여기 있었지.'

시드와의 첫 만남에서 소녀가 선물했던 스케치는 이 그림을 그린 거였다. 퍼트리샤 부인의 초상화는 화려한 드레스를 입은 우아한 귀부인과 그녀의 애완견을 묘사한 그림이었다. 젊은 시절의 그녀는 도자기처럼 하얀 피부를 가진 상당히 아름다운 여성으로 묘사되었는데 여기까지는 그 당시에 그려진 여타 귀족들의 초상화와 다를 바 없었다.

문제는 그 그림에서 뻗어 나오는 기다란 한 쌍의 손이었다. 그림 속의 여인이 찬 팔찌를 한 것으로 보아 백작 부인 본인의 팔인 듯싶었는데, 어째서인지 그 팔은 늘 그림 밖으로 나와서 갈대처럼 흔들리고 있었다. 오늘도 예외는 아니었다. 산들바람에 나부끼는 손수건같이 흔들흔들, 무언가가 걸리기만을 기다리는 것처럼 뻗어져 있었다.

처음 이 그림을 보았을 때 아멜리아는 열 살 정도였다. 초대를 받아 부모님과 함께 놀러 간 집의 중앙 계단 한쪽에 걸려 있던 그림에서 손이 뻗어 나오는 것을 보고 비명을 질렀었다. 어두운 복도에서 희고 투명한 팔이 자신을 향해 다가오는 모습에 너무 놀라 아이는 경기를 일으켰고, 어른들은 무척 놀랐다.

저택의 주인이자 그림의 소유자인 윌리엄 남작은 아이가 그림을 보고 울었다는 걸 알고는 복잡한 표정을 지었다. 이전에도 저택의 고용인들이 그 그림의 안 좋은 소문에 대해 몰래 숙덕거리는 걸 들은 적이 있었기 때문이었다. 대대로 물려 내려온 이 그림은 본래 사용하지 않는 작은 방에 걸려 있던 것을 윌리엄 씨가 밖으로 꺼내 사람의 왕래가 잦은 계단 벽에 걸어 둔 것이었다.

하인들의 불평을 들었을 때는 쓸데없는 예민을 떤다며 화를 내던 그도 아멜리아의 일을 계기로 그림을 전시회에 영구 대여할 결심을 굳혔다고 했다. 그는 지금도 소녀를 보면 그때의 불편한 기억이 되살아나는지 모호한 표정으로 할 말을 찾지 못하고는 했다.

'지금껏 부인의 팔은 항상 뻗어 나와 있다고 생각했는데, 그게 아니었어.'

그림과의 간격을 둔 소녀가 다시 확인해 보니 아무도 없을 때는 그 손이 보이지 않았다. 그리고 셀저가 다가갔을 때 역시 아무 일 없다는 듯 조용했다. 그는 전시된 그림들을 하나하나 차례대로 구경하고는 퍼트리샤 부인의 초상화에도 가까이 다가가 "완성도가 높은 아름다운 그림이군요."라며 들여다보고 있었다.

'언제나 보이는 게 아니었어? 그럼 일정한 조건이 충족돼야 보인다는 뜻인가?'

그것도 아니면 퍼트리샤 부인이 내킬 때만이라거나. 자신에게 보이는 것이 남에게 보이지 않는다는 건 참으로 답답하기 짝이 없는 일이었다. 꼬리에 꼬리를 무는 질문에 궁금증이 생기지만 이런 일에 대해서 누군가에게 물어보고 속 시원한 대답을 받을 방도가 없었다. 멀리 떨어져 있던 아멜리아가 그림 곁으로 다가가니 반투명한 안개 같은 팔이 다시 나타났다.

'이리로 오렴……'

처음 듣는 목소리였다. 너무 놀라 비명을 지르려는 걸 간신히 참은 아멜리아가 손으로 입을 막은 채 소리가 들리는 곳을 찾았다. 아무리 주변을 둘러봐도, 그림 말고는 짚이는 곳이 없었다.

"헉……"

크게 숨을 삼킨 아멜리아는 눈으로 셀저를 찾았다. 설마 이 소리를 그도 들었을까? 하지만 그는 주머니에서 줄자를 꺼내 입구의 크기를 재느라 소녀의 이상 행동을 눈치채지 못한 것 같았다.

아멜리아가 기묘한 것들을 보고 듣는다고는 하지만 그건 온전하게 그녀의 선택에 따른 것이다. 즉, 듣겠다는 마음을 가져야 들렸다. 그간의 경험상 이렇게 본인의 의지를 무시하고 일방적으로 불쑥 들려오는 목소리는 그 대상의 힘이 무척 강하거나, 좋지 않은 부류일 경우에 한했다. 적어도 그동안 소녀가 보고 경험해 온 바로는 그랬다.

목소리가 들린다는 걸 안 소녀가 정신을 집중해서인지 다음 대화는 조금 더 선명하게 머릿속을 울렸다.

'이쪽으로 와.'

흔들리는 손이 까닥대는 것 같기도 했다. 주춤대던 아멜리아가 조금 가까이 다가가니 방심할 수 없는 속도로 뻗어져 나온 팔이 소녀의 몸을 칭칭 감았다.

"……!"

깜짝 놀란 소녀가 잡아당겨지기 직전에 몸을 뒤로 물렸다. 조금만 더 늦었으면 끌려갔을 수도 있었다. 이전에 보았을 때도 이렇게 강압적인 느낌이었나? 망자들은 사고의 범위가 상당히 좁았다. 절반쯤 꿈을 꾸고 있는 상태라고 불러도 좋았다. 자신이 집착하는 것에 온 정신이 팔려 있는 경우가 많았다. 정신이 맑지 못한 편이라 논리적인 사고도 불가능하고 아주 특별한 이유 없이는 산 사람을 자신과 연관 지을 생각조차 하지 못하는 편이었다.

그러나 방금 이 그림 속의 팔은 자유를 가지고 소녀에게 말을 걸고, 산 자를 끌어들이려고 하기까지 했다. 초상화에 더는 가까이 가지 말라던 시드의 말이 생각났다. 선견지명이었다. 그는 아멜리아가 그린 그림에서 대체 무엇을 보고 그런 이야기를 했던 것일까.

'시드를 만나 봐야겠어.'

소녀는 셀저를 이곳에 남겨 두고 가야겠다고 생각했다. 길 안내를 마친 이상 그와 같이 있을 이유도 없었고, 당장 시드와 나누어야 할 이야기들이 많았다. 그녀가 작별 인사를 하려는 순간, 한 박자 빠르게 셀저가 말을 걸어왔다.

"대충 보았으니 이제 숙소를 잡아야겠군요. 담당자분은 내일 만나 봐도 상관없을 것 같으니 슬슬 다시 번화가 쪽으로 나갈까 하는데 같이 가시겠습니까?"

기가 막힌 타이밍에 말을 꺼내는 남자를 멍하니 바라보고 있자니 그가 어딘가 초조한 낯으로 한마디 더 보탰다.

"실은 제가 어디로 가야 할지 몰라서 하는 소리입니다."

아, 길을 잃을까 봐 걱정되는구나. 조용히 고개를 끄덕이는 아멜리아에게 남자는 안도의 표정을 숨기지 않았다. 살았다는 표정으로 소녀를 바라보며 기뻐했다.

"이야아, 정말 좋은 분을 만나 고생을 덜었습니다. 종일 헤매다가 호텔도 못 잡고 길거리에서 노숙하게 되는 건 아닌가 걱정했거든요."

이런 사람을 믿고 출장을 보내야 하는 회사가 불쌍하다는 생각이 들 즈음, 그가 중얼거렸다.

"실은 친구가 이곳으로 이사 왔다는 소식을 듣고 겸사겸사 얼굴이

나 볼까 싶어 자진해서 온 건데, 친구는커녕 전시회장 구경도 못 하고 돌아가면 체면이 말이 아니어서요."

"친구분이 레이븐에 사세요?"

"몇 년 전에 연락이 끊기긴 했지만, 분명 여기로 왔다고 들었습니다. 주민의 이름만 대면 찾을 수 있을 정도의 작은 마을인가 했거든요. 생각과 달리 많이 넓군요. 관광객도 많고 깜짝 놀랐지 뭡니까. 전시회 하기에는 좋은 환경입니다만."

"그럼 그분 주소도 모르고……."

"예. 혹시 얼굴이나 볼 수 있을까 생각했는데, 이래서는 힘들겠어요. 아가씨는 이 고장에 오래 사셨습니까?"

"여기 토박이예요."

"그렇군요! 그럼 혹시나 싶어 여쭤 보는데, 몇 년 전에 이곳으로 이사 온 청년을 아세요? 이름은 시드니 크로프트라고 키가 좀 크고……."

"시드를 찾는 거였어요?"

소녀의 답변에 셀저가 놀란 표정을 지었다.

"시드라니……, 그를 아십니까?"

"안 그래도 지금 그쪽으로 가는 중이었는데…… 같이 가시겠어요?"

"세상에! 나는 천사를 만난 거였어!"

아멜리아를 향한 시선에 경외감이 깃들기 시작하는 셀저였다. 그는 부담스러울 정도로 칭찬이 심하고 과장도 심한 사람이었다. 그렇기는 해도 사람을 좋아하는 명랑한 성격의 시드와는 어쩌면 꽤 잘 어울리는 친구일 거라는 생각이 들기도 했다.

"호텔을 예약해서 며칠 묵을 생각입니다."

"전시회, 계획대로 진행하시려고요?"

"예. 남쪽에 이 정도의 전시장은 그리 많지 않거든요. 시기를 맞추는 게 관건인데……."

두 사람은 길을 걸으며 전시회에 대한 이야기를 나눴다. 셀저는 내년에 있을 이 프로젝트를 위해 전국을 누비는 중이라고 설명했다. 대형 박물관과 연계하여 열릴 예정인 전시회로 국보급 작품들이 공개될 예정이라고 그는 눈을 빛내며 설명했다.

"여기예요."

"……골동품점입니까?"

의외라는 표정의 셀저가 가게 주변을 둘러보았다. '붉은 서재'. 가게명을 중얼거리며 건물 외관을 몇 번이고 눈으로 훑었다.

"시드니와 전혀 어울리지 않는 곳이군요."

"그런가요? 그럼 그를 보면 놀라시겠네요. 저는 굉장히 시드다운 가게라고 생각하거든요. 인기가 많아서 다른 도시에서도 찾아오는 단골손님이 많……."

그때였다. 딸랑이는 작은 종소리와 함께 '붉은 서재'의 문이 열렸다.

"뭐야. 누군가 시끄럽게 떠드는 것 같아서 나와 봤더니, 밀리였어? 들어오지 않고 밖에서 뭐 하는 거야?"

"시드! 안 그래도 인사하러 가려고 했어요. 여기 이분이 찾아오셨는데―."

"야아, 시드니."

잠시 딴짓을 하던 셀저가 아멜리아의 뒤에서 나타나 손을 흔들었다.

"……카이퍼?"

"그래. 오랜만이야."

재회가 진심으로 반가운 듯 화사하게 웃는 셀저와 비교해 시드의 표정이 점점 굳어졌다. 그의 차가운 반응을 본 아멜리아는 당황했다. 분명 친한 친구라고 했는데, 어째서 반기는 기색이 없는지 모를 지경이었다.

"시드?"

소녀가 부르는 소리를 듣고 정신이 돌아온 시드가 가게 문을 활짝 열더니 셀저를 안으로 초대했다.

"들어와서 잠시 저기 앉아 있어."

"그래. 실례할게. 구경 좀 해도 되지?"

"마음대로 해."

그는 따라 들어가도 되는지 몰라 눈치를 보고 있던 아멜리아의 팔을 잡더니 밖으로 나가 문을 닫았다.

"혹시 데려와서는 안 되는 불청객을 잘못 안내한 거예요?"

"대체 둘이 어떻게 만났어?"

"길에서요. 지도를 거꾸로 들고 헤매고 있었어요."

"아아, 그런가. 저 녀석 알아주는 길치라서……."

"시드, 혹시 반갑지 않은 사람이라든가……."

"친구 맞아. 여기서 볼 거라고는 생각지 않던 얼굴이라 당황한 것뿐이야. 밀리, 잘 들어."

아멜리아의 양팔을 단단히 쥔 시드가 시선을 맞추며 말했다. 소녀의 얼굴을 바라보며 낮은 목소리로 경고했다.

"앞으로 한동안은 여기에 오지 마. 최소한 저 녀석이 떠날 때까지는."

"시드?"

"별거 아냐. 그저, 좀 못 미더운 구석이 있어서 그래. 부탁할게. 알았지?"

초조한 표정으로 그렇게 말한 시드는 어딘가 구석에 몰린 듯한 인상을 주었다. 그와 상의하고 싶은 이야기가 있어서 왔다는 말은 꺼내지도 못한 채, 소녀는 고개를 끄덕였다. 답변을 듣고서야 마음이 놓이는지 아멜리아의 어깨를 토닥인 뒤 미안한 어조로 "연락할게."라는 말을 남기고 가게 안으로 사라졌다.

"……무슨 일이 있는 걸까?"

그가 레이븐에 이사 오기 전에 알던 친구라고 했다. 출판사 사람이면 직장 동료일 수도 있었다. 시드는 아멜리아가 그의 과거에 대해 모른다고 생각하고 있지만, 소녀는 어느 정도 눈치채고 있었다.

'서점에 그가 쓴 책이 있었는걸. 처음 만났을 때 보였던 반응도 평범하지 않았고. 모르는 것이 없을 정도로 탁월한 정보 수집 능력도 그렇고…….'

그는 다 읽은 신문을 유독 버리지 못했다. 게으르거나 귀찮아서 정리하지 않는 것이 아니라, 못 하는 것으로 보였다. 미련이 많이 남은 일이었을 텐데, 그렇게 좋아하는 것을 두고 어째서 레이븐에 내려와 골동품점을 하는지 의아할 정도였다.

'시드, 당황하고 있었어…….'

아무래도 제가 쓸데없는 짓을 한 건 아닐까 걱정이 되는 아멜리아였다. 셀저 정도의 방향 감각이라면 도움 없이 시드를 찾는 건 불가능했다. 소녀가 끼어들지 않았다면 포기하고 돌아갔을 수도 있었을 터였다. 설마, 사고를 치고 도망친 건 아니겠지? 책임감이 강한 시드가 그럴 일은 없었겠지만 제대로 이유를 듣지 못하고 쫓겨난 탓에 소녀의 망상은 그 크기를 점점 더해 가고 있었다.

"아멜리아?"

생각에 빠져 멍하니 길을 걷던 아멜리아는 자신을 부르는 소리에 놀라 뒤를 돌아보았다. 집으로 돌아가는 길목, 숲 근처에서 알렉스가 소녀를 향해 손을 흔들며 다가오고 있었다.

"며칠간 왜 오지 않은―, 아멜리아!"

"꺄아아악!"

알렉스의 얼굴을 보고 비명을 지른 소녀가 재빨리 집을 향해 달리기 시작했다.

'안 돼! 아직 마음의 준비는커녕 무슨 말을 해야 할지조차 정리하지

못했단 말이야!'

오늘 하루 마가 끼었다며 울고 싶은 마음으로 하늘을 원망하는 아멜리아였다.

"꺄아악이라니, 내가 뭘 했다고……. 이봐, 잠깐! 할 말이……!"

비명을 지르며 달아나는 모습에 당황한 알렉스가 소녀의 뒤를 쫓기 시작했다. 대체 왜 그를 보자 소리를 지른 것이며 어째서 도망을 가고 있는지를 묻고 싶었다. 그러나 양손으로 스커트 자락을 움켜쥔 소녀는 정말 필사적으로 달렸다. 어지간하면 잡힐 만도 했는데 위태롭게 넘어질 듯 휘청거리면서도 정신없이 질주하는 모습을 보자니 자신이 선량한 아가씨를 위협하는 파렴치한이라도 된 것 같아 쫓을 마음이 점점 사라졌다.

"대체 왜 도망을 가는 거야!"

당황과 억울함이 교차하는 복잡한 심경으로 알렉스가 소녀의 뒷모습에 대고 소리를 질렀다. 그 소리는 결국 상대에게 닿지 못한 듯, 소녀는 멈춰 서는 일 없이 일직선으로 냅다 달려 곧 그의 시야에서 사라졌다.

미친 듯이 치맛자락을 펄럭이며 집까지 달려온 아멜리아는 숨이 턱까지 차서 금방이라도 쓰러질 것 같이 어지러웠다. 현관 기둥을 잡고 숨을 몰아쉬고 있으려니 낙엽 갈퀴를 들고 정원을 지나던 쥴스가 그 모습을 보고 "곰에게 쫓기기라도 했습니까."라며 소녀를 맞이했다. 자신이 타박한 후 분연히 집을 나선 소녀였다. 겁에 질린 사람처럼 뛰어들어오니 신경 쓰인 듯싶었다.

"어, 정말…… 헉, 곰보다 무서웠어……."

"그렇습니까. 농담하실 여유가 있는 걸 보니 딱히 걱정하지 않아도 되겠군요."

쥴스는 정말 그 이상의 관심이 없었는지 "집사 영감님의 잔소리 폭격을 듣고 싶지 않다면 숨은 좀 고르고 들어가시는 걸 추천합니다. 머리가 산발한 빗자루 같네요."라는 말만을 남긴 채 어디론가 사라졌다.

"아냐, 걱정 좀 해 줘…… 나 큰일 났어."

홀로 남은 아멜리아가 기둥에 등을 댄 채 중얼거렸다. 제 이름을 부르던 알렉스의 목소리가 아직도 귓가에 걸려 있었다. 그저 이름을 부르며 인사했을 뿐인데 도망가다니, 자신이 저지른 일을 믿을 수가 없었다.

"알렉스, 얼마나 어이가 없었을까……."

어째서 도망가는 거냐고 물었던 것 같기도 한데, 정작 자신도 그 이유를 모르니 대답해 줄 수가 없었다. 그의 목소리를 듣는 순간 본능적으로 몸을 돌려 달아나기 시작했다는 것만 기억이 났다. 만나서 잘 설명해 보겠다고 집을 나섰던 것 같은데 정작 만나자마자 꽁지가 빠져라 도망치기에 바빴으니 다음에 보면 대체 뭐라고 이유를 설명해야 좋을까. 아니, 무슨 낯으로 그를 다시 볼 수나 있을까 싶었다.

'미움받고 싶지 않아서?'

시드의 조언을 받았다면 도망치지 않고 알렉스를 볼 수 있었을까? 지금은 그것도 알 수 없었다. 현관 앞에 쪼그려 앉은 아멜리아가 깊은 한숨을 내쉬며 중얼거렸다.

"미움받기 싫다면서 엄청나게 미움받을 만한 짓을 저질러 버렸네……."

설명만 잘한다면 알렉스와의 사이가 서먹해질 일도, 그의 경멸을 받을 일도 없을 테지만 방금 저지른 잘못은 되돌릴 수 없는 실수가 맞았다. 이것도 제대로 설명하고 사과해야 옳다고 생각하면서도 앉은 자리에서 몸을 일으킬 용기가 들지 않았다.

"큰일 났어……."

하늘을 우러르며 탄식했다.

알렉스의 일만이 아니었다. 시드, 퍼트리샤 부인의 그림, 강가의 아이 그리고 갑자기 나타난 셀저까지. 연결된 듯 연결되지 않은 문제들이 한꺼번에 밀어닥치고 있었다. 어디부터 묶인 매듭을 풀어야 제대로 된 순서인 건지 알 수 없었다. 평온하게 흘러가던 소녀의 일상은 이렇게 세찬 비바람에 휩쓸린 강가의 작은 종이배처럼 위태롭게 흔들리기 시작했다.

창밖은 이미 해가 떨어져 어둑해진 시간이었다. 한여름이면 오후 늦은 시간까지도 꽤 밝은 레이븐이지만 그림자가 흐려지는 걸 보니 둘이 자리에 앉은 지 꽤 시간이 흐른 것 같았다.

조용히 실내를 둘러보며 차를 마시는 셀저를 노려보던 시드가 지친 표정으로 자리에서 일어났다.

"어디 가려고?"

"방문객께서 할 말이 없으신 듯하니 나는 일이나 마저 하려고. 차 다 마시면 가라."

"여전히 차갑네. 자리에 앉아."

다른 일을 하는 건 용납 못 한다는 표정으로 셀저가 말했다.

"카이퍼. 내가 왜 네 명령을 들어야 하지?"

"저런. 이게 명령으로 들렸어? 난 그저 혼자 있기 외로우니 함께 있어 달라는 부탁이었는데."

싱글거리며 맞받아친 셀저는 다시 한 번 턱짓으로 앉을 것을 종용했다. 이제는 짜증을 숨길 생각도 없어 보이는 시드가 "찾아온 이유가 뭐야."라고 물었다.

"다짜고짜 본론으로 들어가는 거야? 교묘한 화술로 상대의 숨겨진 진심을 읽어 내는 시드니답지 않은 거친 방법이네. 시골에서 오래 살다 보면 화법도 녹이 스나 보지?"

"말장난할 생각 없어, 카이퍼."

"그렇게 생각하다니 슬프네. 난 정말로 시드니가 잘 지내는지 궁금했을 뿐이야."

그 말을 하는 셀저의 눈이 어둡게 빛났다.

"정말, 어떻게 이렇게 잘 지내는지 궁금했을 뿐이라고."

"확인했으니 이제 만족했겠네. 이만 가라."

"4년 만에 보는 친구에게 너무 매정한 거 아니야?"

셀저의 말에 시드가 눈썹을 구겼다. 친구라고?

"내가 언제부터 네 친구였는지 모르겠군. 카이퍼 셀저."

"아, 그래. 친구는 아니었지. '매형'."

자리에서 일어나며 셀저가 웃었다.

"이제는 그것도 아니지만. 이게 뭐야, 우리 사이 정말 아무것도 아니었네?"

모자를 머리에 쓰고 여행 가방을 손에 쥔 셀저가 "한동안 일 때문에 여기 있을 거야. 호텔 잡게 되면 다시 연락할게."라고 말하며 '붉은 서재'를 나섰다. 인사를 마친 후, 문고리를 잡은 채 그는 문득 무언가 생각났다는 듯 시드를 돌아보며 말했다.

"안 보던 사이에 취향이 많이 변했더라? 뜬금없이 골동품점을 연 것도 의외였는데. 그 아가씨, 귀엽더라. 설탕물 떨어지는 시선으로 보기엔 네겐 너무 어리지 않나?"

무표정하게 셀저의 퇴장을 지켜보던 시드가 날카로운 눈으로 그를 노려보았다. 그 시선에도 아랑곳없이 그는 "착한 아이더라고. 너 같은 쓰레기에게는 과분할 정도로."라는 말을 남기고 문을 닫았다.

"미친 새끼……."

실내에 홀로 남은 시드가 신경질적으로 머리를 쓸었다. 오래전에 끊었던 담배가 생각나 괜스레 주머니를 뒤집어 봤다. 가지고 있지 않은 담배가 뒤진다고 나올 리 없었다. 새로 사서라도 피우고 싶은 마음이 가득했지만, 밖에 아직 셀저가 돌아다닌다고 생각하니 간신히 충동을 억누를 수 있었다. 뒤집히는 속을 달래면서 그는 늦은 폐점 준비를 시작했다.

'붉은 서재'에서 그리 멀리 떨어지지 않은 곳에서 카이퍼의 "실례합니다. 호텔은 어느 쪽에 있나요~?"라는 나긋한 목소리가 먼 환청처럼 들려오는 것 같았다.

알렉스는 영문을 알 수가 없었다. 그 다리 위에서의 일 이후로 아멜리아와 만날 수도, 이야기를 나눌 수도 없게 되었는데, 정작 본인은 일이 그렇게 전개된 이유를 이해할 수 없었기 때문이었다.

최근에는 숙면을 취하기 힘들었다. 잠들기를 포기한 밤이 이어졌다. 원인을 알 수 없는 불면증에 시달렸는데, 아무래도 이 모든 것이 아멜리아와 관계된 일일 거라는 막연한 생각이 들었다.

짧게 잠이 들 때면 그는 꿈속에서 항상 다리 위에 서 있었다. 그곳에서 녹아내린 피부를 가진 참혹한 모습의 아이를 내려다보고 있었다. 사방을 두리번거리던 아이는 무심하게 고개를 들어 하늘을 보는가 싶더니 다리 위의 알렉스에게 시선을 던졌다.

눈썹이 전부 불에 타 둥글게 뚫린 눈구멍만 남은 아이의 눈동자가 크게 회전하듯 움직이며 그를 바라보는 순간, 알렉스는 숨이 턱 막혀 가위에 눌린 것처럼 움직일 수가 없었다.

'누가, 좀 도와줘.'

다 큰 사내가 뱉기에 부끄러운 말이란 건 알았지만 누군가가 곁에 있어 주기를 진심으로 바랐다. 누구에게나 숨겨진 약점 하나씩은 있는 법이 아니던가. 알렉스에게는 이 부류의 일들이 그랬다. 다리 위에 혼자 남겨지지 않았으면 했다. 손을 잡아 주고 괜찮다고 다독여 주는 사람이 있다면 이 불안한 마음이 놓일 것 같았다.

그러다 문득, 그는 생각했다.

'혼자가 아니었어. 분명히 누군가와 함께 있었는데.'

지독하게도 안심이 되는 누군가가 그의 곁에 있었다. 그 사람과 함께라면 그도 견뎌 낼 수 있을 것 같다는 생각을 주는 사람이었는데, 어쩐 일인지 그 손을 잃어버린 그는 다시 아이와 시선을 마주한 채 숨 죽이며 다리 위에 얼어붙은 듯 서 있었다. 영원히 끝나지 않을 것만 같은 시간을 보내면서.

그의 짧은 잠은 늘 이런 꿈으로 이어졌다. 지금도 누워서 잠들기를 기다리다 지쳐 일어난 참이었다. 사이드 테이블의 불을 켜고 책을 읽으며 날이 밝기만을 기다리고 있었다. 피곤함에 욕지기가 나왔지만 제대로 잠이 들 수가 없었다.

그 자신도 스스로가 예민하다는 건 잘 알고 있었다. 환경이 바뀌면 쉽게 잠들지 못했고, 고민이 있을 땐 그 생각에 밤을 새우기도 했다. 그래 봤자 남들보다 조금 민감한 정도이고 딱히 사는 데 지장이 있을 만큼도 아니어서 큰 문제를 느끼지 못하고 여태껏 살아왔다.

다리 위에서 불에 녹아내린 것 같은 아이를 보았을 때는 숨이 막히는 기분이 들었다. 배 속까지 차가운 덩어리가 내려앉는 기분이 들고 그 한기에 손가락 끝까지 저리기는 했지만, 이것만의 문제로 잠이 들지 못하는 건 분명 아니었다.

아무리 생각해 봐도 원인은 아멜리아였다. 요 며칠간은 제가 생각해도 답답하기 짝이 없는 일들의 연속이었다. 울화통이 나서 잠이 들지 못한다고 해야 더 옳았다. 그녀를 곤란하게 만든 것 같은데, 그 이유가 짐작이 가지 않았다. 매너에 어긋난 일을 한 것은 없나 되돌아봐도 딱히 짚이는 부분도 없었다. 아니, 만일 실수를 한 부분이 있다고 한다면 이야말로 당사자에게 확인하고 사과를 해야 하는 부분이거늘 그녀는 지금 대화할 기회조차 주지를 않는다.

"비명을 지르며 도망갔지."

갑자기 머리 위에 송충이라도 떨어진 것처럼 질겁을 하며 전속력으로 도망갔다. 아멜리아가 저리 큰 목소리로 소리를 지를 수 있다는 것을 이번에 처음 알게 되었다. 늘 조심스럽고 고요한 것만 같던 소녀가 그리 빨리 달릴 수 있다는 것도.

몹쓸 짓을 한 기억도 없는데, 이게 뭐란 말인지. 소꿉친구에게 외면당한 충격이 이렇게 클 줄 몰랐던 알렉스는 생각보다도 더 동요하는 중이었다.

"아침이 밝으면 다시 숲에 가서 기다려 보고……."

침대에 걸터앉은 알렉스가 입술을 깨물었다. 이미 일주일 이상 나타나지 않았다는 걸 알면서도 바보 같은 짓을 반복할 생각만 하는 자신이 한심했다. 학습 능력이 없는 것에도 정도가 있었다.

대체 소꿉친구가 무어라고 이렇게 마음고생을 하게 되는지. 더 한심한 건 그런데도 포기하지 못하는 제 반응이었다. 그는 일어나 가운을 걸치고 창가에 놓인 와인 테이블로 다가갔다. 참나무로 만들어진 작은 테이블 위에는 술병이 여러 개 준비되어 있었다. 그는 그중 반정도 남아 찰랑거리는 브랜디 병을 집어 들었다. 지문 하나 없이 깨끗하게 닦여져 있는 튤립 모양의 유리잔을 바라보며 그는 중얼거렸다.

"술이라도 마시면 잠이 좀 오려나."

기다리는 건 이미 충분히 했다. 밖으로 나올 생각도, 제 얼굴을 볼생각도 없는 사람을 멍하니 기다리는 것만으로는 부족한 시점이었다.

그는 잔에 따른 브랜디를 조금씩 마시며 자신이 할 일을 정리하기시작했다. 이렇게 지내느니 차라리 '붉은 서재'를 방문해 보는 것도좋을 듯싶었다. 내키지는 않지만, 시드니에게 사정을 설명하고 아멜리아를 불러 달라고 부탁해야 할 것 같았다. 그것도 받아들여지지 않는다면 최소한 설명이라도 전해 달라고 할 수는 있지 않을까 싶었다.

"다 안 되면, 샌더즈가로 찾아가든가."

자신이 환영받지 못하는 사람이라는 건 잘 알고 있으니 이것은 정말 최후의 카드로 남겨 두고 있었다. 시드니를 통해서도 만족할 만한 답변을 받지 못한다면, 그때는 찾아가는 수밖에 없었다.

"……이제 슬슬 화가 나려고 해, 아멜리아."

그렇게 중얼거린 알렉스는 잔에 담긴 액체를 한 번에 들이켠 후, 인상을 찌푸린 채 한동안 빈 잔을 노려보며 앉아 있었다. 창밖은 아직도 어두웠고, 잠은 여전히 찾아올 기미를 보이지 않았다.

아멜리아는 자신이 잠이 든 상태라는 걸 알고 있었다.

'이리로 오렴.'

그렇지 않으면 이 목소리를 들을 수 있을 리가 없었기 때문이었다. 소녀는 잠결에도 이것이 퍼트리샤 부인의 목소리라는 것을 알았다. 부인이, 아니 부인의 그림이 자신을 부르고 있었다.

어찌 된 영문인지는 몰라도 교회의 전시회장에 있어야 할 그림이 지금은 그녀의 앞에 놓여 있었다. 그리고 그것이 무척이나 당연한 일인 것처럼 생각되었다.

꿈속이라는 것을 깨닫고 나니 마음이 놓이는지 천천히 그림을 들여다볼 생각이 들었다. 현실에서는 매번 팔이 불쑥 튀어나오는 탓에 놀라 도망가기에 바빴다. 지금처럼 차분하게 그림의 세부 묘사를 들여다볼 여유는 없었다. 기회를 잡은 소녀는 호기심을 보이며 그림을 감상하고 있었다.

"이렇게 가까이 가도 아무 일 없는 건 처음이네."

그림을 살펴보며 혼잣말했다. 깃털이 달린 화려한 모자를 쓴 귀부인이 정원에 놓인 비너스의 석상에 우아한 자세로 몸을 기대고 있었다. 그녀의 사냥개도 함께 있는 것으로 보아 사냥철을 테마로 그린 그림일지도 몰랐다. 퍼트리샤 부인의 뒤로는 아름답게 다듬어진 미로의 정원이 그려져 있었는데 다듬어진 나무의 모습과 복잡한 미로의 모양으로 짐작하건대 부인이 꽤 큰 정원을 소유했던 것으로 보였다.

'시기는 봄이나 가을……. 차분하지만 따스한 색감을 써서 그렸는데, 아, 저건 포도인가? 수확 시기를 생각하면 이른 가을이 배경일 수도 있겠네.'

화가가 누구인지 상당히 잘 그린 그림이었다. 훌륭한 정원과 사냥개, 화려한 복식을 갖춘 부인의 그림이니 아마도 큰돈을 주고 불러온 화가였을 것이다. 피부의 표현도 화사하고 표정도 풍부하게 담겨 있었다.

'꿈에서는 그 손이 나오지 않는구나.'

현실도 이랬으면 참 좋았을 텐데, 그럼 이 예쁜 그림을 마음껏 감상할 수 있었을 터였다. 그 순간 아멜리아의 귀에 다시 한 번, 목소리가 들렸다.

'이리 오렴. 기다리고 있단다.'

그 말에 소녀는 고개를 갸웃했다.

"'이리로' 오라고?"

뻗어 나오는 손을 피해 도망가는 소녀를 부르는 말인 줄만 알았는데. 그게 아닐 수도 있다는 생각이 뒤늦게 들었다. 전신에 소름이 돋는 것이 느껴졌다.

"그 손이 잡아당기는 대로 끌려가면 무슨 일이 생기는 거지?"

아멜리아는 그림에서 손이 뻗어 나오는 이유에 대해 생각해 본 적이 없었다. 그저 무서웠고, 피해야 한다는 생각만 했을 뿐이었다. 그러나 만일 그 팔에 몸을 맡길 경우에는.

이리로 오라는 말은 그림 앞으로 오라는 뜻 외에 혹시 다른 의미가 더 숨겨져 있지는 않나?

어딘지 섬뜩한 기분이 들었다. 소녀는 그림의 소유자인 윌리엄 남작을 만나 보아야겠다는 생각을 했다. 이 일에 대해 누군가와 상의하고 싶었지만, 지금 제 이야기를 들어 줄 사람은 아무도 없었다. 속을 털어놓을 사람이 없다는 걸 깨달은 아멜리아는 절망했다.

지나치게 걱정을 하는 오빠 해리에게도 말할 수 없었고 지금은 시드에게 찾아갈 수도 없었다. 이런 부류의 일들을 질색하는 알렉스에게 털어놓는 것도 불가능했다. 아니, 알렉스에게는 이것 이전에 설명해야 할 일들이 쌓여 있었다.

제 현실을 깨닫고 나니 우울했다. 좋은 사람들에게 자신의 이야기를 솔직하게 꺼낼 수 없다는 것이 괴로웠다. 소녀는 문득, 외롭다는 생각을 했다.

'이리로 오렴.'

같은 말을 반복하는 초상화를 바라보았다. 그녀 역시, 외로웠던 건 아닐까. 아무리 기다려도 소녀가 다가오지 않으니 그림 쪽에서 찾아온 것일지도 몰랐다.

이럴 때 마음이 약해지는 건 좋지 않은 징조였다. 아멜리아는 미련을 떨치듯 고개를 강하게 흔들고 다시 앞을 보았다. 그들에게 틈을 주면 안 된다. 생각을 다잡고 시간이 조금 흐르자 퍼트리샤 부인의 그림이 점점 시야에서 흐려졌다. 들려오던 목소리도 조금씩 잦아들다가 그림과 함께 사라졌다.

주변에는 다시 정적이 맴돌고 소녀는 홀로 남았다. 아니, 어쩌면 소녀의 의식이 그림에서 떨어져 나온 것일지도 몰랐다.

'다시 혼자 남았네.'

혼자보다는 곁에 초상화라도 같이 있어 주는 게 좋지 않았을까? 마음속에서 들려오는 속삭임을 못 들은 척한 소녀는 도피하듯 그대로 더 깊은 잠 속으로 빠져들었다.

아침 식탁에서 아들의 얼굴을 본 멜포드 부인이 비명을 질렀다.

"알렉스? 너 얼굴이 왜 이러니?"

잠들지 못하는 날들이 이어지자 그의 몸에도 조금씩 무리가 쌓였다. 철도 씹어 소화할 수 있을 것 같은 열아홉 나이의 건강한 청년에게도 쉽게 해소되지 않는 피로가 누적되었고, 이제는 누가 봐도 티가 날 정도로 안색이 좋지 못했다.

"너 어디 아픈 거니? 응? 주치의를 부를까?"

아픈데 왜 말을 하지 않았냐며 화를 내는 어머니의 목소리를 들으며 멍하니 의자에 앉아 있던 알렉스가 먹는 둥 마는 둥 건성으로 식사하자 난리가 났다.

"별거 아니에요. 그냥 잠을 좀 못 자서 피곤해서 그래요."

"잠을 못 자? 왜, 사용하는 침대가 불편하니?"

대답 여부에 따라 당장에라도 새 침대를 들일 것 같은 기세로 나서는 어머니를 그가 말렸다.

"아뇨, 생각할 일이 좀 생겨서……."

말을 채 마치지도 못하고 작게 한숨을 쉬자, 멜포드 부인의 표정이 경악으로 물들었다.

"학업 고민이니? 아니면, 여기서 생활하는 데 불편한 점이라도 있어?"

"그런 거 아니니까 걱정하지 않으셔도 괜찮아요."

"거울에 네 얼굴 꼴이나 비춰 보고 그런 말을 해!"

아침부터 눈 밑에 그림자가 칙칙하게 내려앉은 얼굴로 아무렇지 않다는 말만 반복하는 아들이 답답해 부인이 소리를 질렀다.

"대체 고민이 뭐길래 이 지경이 되도록 잠을 못 잔대! 밖에서 무슨 일 있었니? 친구 문제야?"

어린 나이도 아니고, 친우 관계로 마음을 앓을 나이는 아니지 않나 싶어 이 질문은 차마 꺼내지 못했던 건데 뜻밖의 핵심을 찌른 건지 알렉스가 잠시 동요하는 기색을 보였다.

"대체 이곳에서 누구랑……."

"……아니라니까요."

뒤늦게 부정해 보았지만 이미 어머니의 감은 움직인 후였다. 부인의 입에서 소리 없는 독백이 흘러나왔다. 입 모양을 자세히 보면 세상에, 라고 말하는 것 같기도 했다.

"아니긴 뭐가 아니야. 너 설마, 아멜리아랑……, 무슨 일이 있었니?"

"……."

"맞지? 아멜리아야! 걔랑 뭔가 있었구나. 너희 싸우기라도 했니? 그러니까 내가 그 애는 만나지 말라고 그렇게—."

낭패감 짙은 침묵이 이어지는 걸 보고 부인은 감을 잡았다. 얼마 전에 상처를 입고 돌아온 애가 마음고생까지 하고 있으니 답답하기 그지없었다. 다른 이도 아니고 아멜리아와의 일로 고민하다 저리되었고 생각하니 속에서 열불이 치솟았다.

"……걱정하지 않으셔도 돼요. 안 만나 주거든요……."

"뭐라고?"

차라리 부정이라도 해 줬으면 속이 시원했을 텐데, 놀라 물은 부인의 말에는 대답이 돌아오지 않았다.

"어머니. 이럴 땐 대체 어떻게 하는 게 좋을까요?"

"뭐, 뭐가 말이니?"

"아녜요. 제가 쓸데없는 걸 물었네요. ……신경 쓰지 마세요."

부인은 당황했다. 무언가를 따져 물으려던 말문이 막혔다. 아들이 인간관계, 그것도 이성과의 관계 개선을 상담해 오는 것도 당황스러운데 그 상대되는 아가씨가 하필 아멜리아라 당혹감도 두 배였다.

어머니의 질문 공세가 멎은 것조차 눈치채지 못하고 멍하니 어딘가를 응시하며 앉아 있던 알렉스는 식욕이 없다는 말만 남기고 식당을 빠져나갔다.

"쟤 지금 아멜리아랑 못 만나서 저렇게 기운이 없는 거야?"

멜포드 부인은 양손으로 입을 가린 채 놀란 표정을 지우지 못했다. 두 아이가 어울리는 걸 원한 적은 없었다. 가능하면 엮이지 않고 만나지도 않았으면 하는 상대였다. 그런데 오랜만에 고향에 오자마자 파티도 같이 다녀왔다고 하지를 않나 그녀의 반대에도 종종 어울리는 것 같은 눈치에 쭉 마음이 불편했었다.

그녀는 혹시 샌더즈가의 딸 쪽에서 더 적극적으로 알렉스를 찾는 건 아닌가 의심하고 있었다. 그런데 방금 들은 알렉스의 말에 의하면, 그쪽에서 피하는 것 같은 눈치란다.

그 말을 듣고 보니 돌아가는 상황이 묘했다. 한동안 바구니 한가득 먹을 것을 싸 들고 매일같이 나가던 아들이 아멜리아를 대신해 칼을 맞고 돌아오지를 않나……. 안 그래도 무언가 이상하다는 생각이 들던 참이었다. 이제는 그 아이가 만나 주지 않는 것에 상심해서 불면증에 시달리고 있다고?

"얘가 며칠 새 얼굴이 반쪽이 돼서 비실대는 이유가 아멜리아 때문이었어?"

이건 꼭 그거 같잖아, 그거.

부인이 차마 입 밖으로 내지 못한 단어를 속으로 중얼거렸다.

"어휴, 내가 쟤 때문에 속상해서 못 살아……."

부모 마음대로 되는 자식 없다더니. 답답한 마음에 부인은 계속 가슴을 쳐야 했다.

연한 크림색이 도는 가벼운 여름 드레스를 입은 아멜리아는 다시 엘포트 강 근처에 서 있었다. 지나치는 사람들이 보기에는 한가로이 산책을 나온 귀족 아가씨의 모습이지만 소녀의 얼굴에는 옅은 긴장감이 배어 있었다.

이 강은 지형 탓인지 물 탓인지 예전부터 이상한 것들이 잘 모여들었다. 소녀의 시점에서 말하자면 산책하기 그리 좋은 장소가 될 수 없는 곳이었다.

"오늘도 뭔가 있는 느낌은 드는데……. 뭐랑 맞닥뜨릴지 몰라서 제대로 보기가 두렵다."

소녀에게는 그 '이상한' 것들을 볼 수 있는 신비로운 눈이 있었다. 그렇다고 일상생활을 하는 동안 어디에 뭐가 있는지를 속속들이 다 볼 수 있는 것은 아니었다. 평소에도 가감 없이 그들을 볼 수 있다면 진작에 미쳐 버렸을지도 모른다.

아멜리아도 평소에는 무시하고 살다가 정말로 보아야 할 필요가 있을 때만 봤다. 정신을 집중해야 무엇이 어디에 있는지, 어떤 것이 있는지 알 수 있었는데 잘 보이지 않는다고 해도 기분이 나쁘기는 매한가지였다. 무언가 거기에 있다는 감각. 오히려 제대로 보이지 않을 때의 불쾌감이 상상을 더 크게 자극하고 오감에 민감한 영향을 주는 것 같은 기분도 들었다.

"해리 오빠나 알렉스가 예민한 이유가 이런 걸지도 모르겠네."

정확하게 정체를 알 수 없는 나쁜 기운이 엘포트 강가에 오면 스멀스멀 피부를 타고 올라왔다. 그리 자주 오고 싶지 않은 곳이었지만 오늘은 일이 있었다. 여름이 되면 반드시 확인해야 하는 한 가지를 확인하러 왔다.

'지난번에 알렉스와 왔을 때 보여서 깜짝 놀랐어. 평소보다 좀 빨리 나타난 것 같았는데.'

찰랑거리는 강물이 시원해 보였지만 아멜리아는 가까이 가는 일 없이 멀찍이 떨어진 곳에서 바라보고 있을 뿐이었다. 그녀가 찾는 것은 강 하류에 있었다. 늘 그렇듯 불에 타서 피부에 눌어붙은 옷을 입고 녹아내린 피부를 차가운 강에 담근 채 천천히 돌아다니는 중이었다.

처음 만났을 때, 소녀는 아이에게 왜 강에 있느냐고 물었고 아이는 '뜨거워서.' 라고 답했다. 이제 불에 타는 일도, 뜨거울 일도 없다고 말해 주었지만 아이는 이해하지 못했다. 아직도 '뜨겁다.' 고 대답할 뿐이었다.

살아생전의 기억에 집착하는 영혼들은 쉽게 이승을 떠나지 못했다. 강한 감정을 남기고 죽은 사람들 혹은 사리 분별이 부족한 아이들이 특히 그런 예에 빠지기 쉬웠는데, 이 아이 역시 죽음의 기억이 너무 강렬해 그것이 족쇄처럼 이곳을 떠나지 못하게 묶어 두고 있었다.

아이가 나타나는 계절은 여름이었다. 다른 시기에는 어디에서 무엇을 하는지 알 수가 없지만 몇 년 전부터 여름마다 엘포트 강에 나타났다. 무얼 하는지, 무엇을 찾는지. 아무리 물어봐도 아이는 제대로 대답하는 일이 없었는데, 어쩌면 강의 상류에서 이곳으로 흘러내려 온 것일지도 몰랐다.

'자신의 이름도, 나이도 기억하지 못하는 걸 보면 꽤 오래된 영혼인데.'

제 이름을 모를 나이가 아닌데 기억하지 못한다는 것은 결국, 떠돌아다닌 지 오래되어 생전의 기억이 마모되었다는 뜻이었다. 최소 백년 전 시대의 옷을 입고 있는 걸 봐서도 그 가능성이 크다고 아멜리아는 생각했다.

지금도 아이는 강가를 떠돌며 사방을 두리번거리고 있었다. 오늘 아멜리아가 하러 온 일은 단 한 가지였다. 아이의 손에 인형이 제대로 들려 있는지를 확인하는 것. 힐끔 뒤를 돌아본 앙상한 손가락에 곰 인형 '폴' 이 제대로 들려 있는 걸 확인한 소녀는 그제야 안도의 숨을 내쉬었다.

'다행이야. 아직 효과가 있는 것 같아.'

언젠가부터인지 정확하지는 않지만, 아이가 엘포트 강에 나타나기 시작한 해부터 여름이 되면 사고가 생겼다. 사고의 내용은 다양했다.

물놀이하다 사고가 날 때도 있었고, 보트를 타거나 어망 낚시를 하다가, 가끔은 다리를 건너던 사람조차도 어찌 된 영문인지 실종된 다음 날 강가에서 익사체로 발견되는 사건이 터졌다. 사고는 여름마다 생겼고, 때마다 반드시 한 명의 사망자가 나왔다. 그 후로 매해 여름이 돌아오면 사람들은 강을 꺼림칙한 시선으로 바라보았고 혹시 있을 사고를 대비해 근처에서 아이들이 놀지 못하도록 막았다.

아멜리아가 강에 무언가가 있다는 것을 느낀 건 사고가 생기기 시작하고도 꽤 오랜 시간이 지나서였다. 우연히 강을 지나다 불에 탄 흔적이 있는 그 아이를 발견했고 불길한 기운을 느꼈다. 일주일 후 익사자가 발견되었다는 소식을 접했을 때 소녀는 사건을 아이와 연관 지어 떠올렸다.

강에서 사람이 죽었다는 이야기는 이전에도 들었지만, 그때까지는 그것이 자연스러운 사고의 일종이라고 생각하고 있었다. 매해 사망자가 생기는 사건에 대해서는 그만큼 강이 위험한 곳일 거라고만 생각했는데 아이를 본 순간 사고의 원인을 알 것 같다는 기분이 들었다.

'한 해에 딱 한 명씩의 사망자가 나왔으니 올해는 추가 희생자가 없을 거야.'

묘한 확신이 들었다. 이 사고에는 반드시 한 명의 희생자가 필요했으니, 아이를 다시 만날 수 있는 건 다음번 여름이 되어서야 가능할 거라는 생각이 들었다. 그래서 소녀는 다음 해 여름이 시작되자마자 아이를 찾았다.

처음에는 너무 이른 여름부터 찾아다녀서 아이를 만날 수 없었다. 하염없이 강가에 나와 종일 기다려 봐도 아이의 행적을 찾을 길이 없던 아멜리아는 다른 방법을 찾기로 했다.

'도서관이 좋겠어. 지난 신문들을 전부 모아 두고 있는 곳이 필요해.'

레이븐의 도서관에는 서적뿐만 아니라 그 지역의 신문도 날짜별로 전부 보관해 두어 누구나 열람할 수 있도록 준비되어 있었다. 한 해씩 거슬러 올라가며 몇 년 치 여름철 신문들을 전부 뒤졌다. 해마다 사고가 난 날짜를 모아 확인했다. 사고는 주로 8월 중순에서 말경쯤, 태양이 가장 뜨거운 여름에 몰려 있다는 사실을 알 수 있게 되었다.

아멜리아가 아이를 다시 만난 건 그해의 8월 중순경이었다. 맹렬하게 내리쬐는 강에서 미역을 감는 것처럼 보이는 아이를 발견하고 다가갔다. 일단 만나서 이야기를 들어 보자고 생각하고 가까이 다가간 것이 실수였다.

아이는 소녀를 보자 눈을 빛내며 달려들었다. 흠칫 놀라 강둑으로 도망하다가 의외의 사실을 깨닫게 되었다. 아이의 행동반경이 딱히 강 안에 한정되어 있지 않다는 것이었다. 도망가는 사람만큼이나 빠른 속도로 거침없이 강둑을 타고 올라오는 모습에 경악한 아멜리아는 그대로 집으로 줄행랑을 쳤다. 대화고 뭐고, 너무 무서워서 집으로 가는 내내 혹시 뒤를 따라오지는 않는지 계속 돌아봐야 했다.

소녀가 아무리 기묘한 것을 자주 본다고 해도 무서운 건 여전히 무서웠다. 놀란 가슴을 다스리느라 그날 밤은 잠도 제대로 들지 못했다.

'대체 어떻게 접근해야 하지?'

이야기를 들어야 해결책을 찾을 수 있을 텐데. 그러나 섣불리 가까이 갔다가 강으로 끌려들어 갈 거라는 것을 깨닫고 나니 다가갈 용기가 생기지 않았다. 그렇게 방도를 모색하며 며칠을 보냈고, 그해의 8월 말에는 계속되는 폭우로 강물이 불어나고 있었다.

마땅한 방법을 찾지 못해 시간만 흐르던 중, 저녁 늦은 시간 샌더즈가 저택 현관이 평소와 다르게 웅성거렸다.

"실종된 아이는 찾았대?"

"마을 남자들이 모여서 수색하고 있는데 아직……."

"쥴스, 지금 나가 볼 거지?"

저택의 하인들이 수군거리는 소리를 들어 보니 마을에서 아이가 실종된 듯싶었다. 늦은 시간까지 집에 돌아오지 않았는데 폭우가 쏟아지고 있어서 수색에 난항을 겪고 있다고 했다. 마을 수색대만으로는 인원이 모자란다며 저택에 도움을 요청해 왔고 지금 쥴스를 포함한 젊은 남자 몇몇이 도우러 나갈 채비를 하는 중이었다.

"비가 많이 오니까 비옷을 걸치고 가. 우산까지 들면 등을 들 수가 없잖아."

"우산을 들지 않으면 등이 젖지 않겠어?"

두런두런 나누는 이야기들을 좀 더 자세히 듣기 위해 아멜리아는 계단 끝에 몸을 동그랗게 말고 숨을 죽였다. 계단에 불이 꺼져 있어서 소녀가 숨어서 대화를 듣고 있다는 걸 눈치챈 이는 없었다. 저택의 아가씨라는 입장상 자신이 내려가 무슨 일인지를 물으면 다들 걱정할 것 없다면서 쫓아내려 든다는 걸 경험으로 알고 있기 때문이었다.

"마을은 거의 다 뒤져 본 것 같다고 하고, 남은 건 숲이랑 강인데."

'엘포트 강.'

그 말을 듣자 심장이 철렁했다. 실종된 아이가 강 근처에 있다면 불어난 강물도 위험하지만 그만큼 위험한 것이 하나 더 있었다. 하필 시기가 시기인 만큼 '그 아이'와 만날 가능성이 컸다. 올해는 아직 사고 소식이 없었으니 마음을 놓을 수 없었다.

아멜리아는 쥴스와 하인들이 밖으로 나가는 것을 확인한 다음 제방으로 돌아가 밖으로 나갈 준비를 했다. 충분한 시차를 두고 나가야 몰래 외출하는 것을 들키지 않을 터였다. 작은 램프와 우산을 들고 창문을 통해 조용히 밖으로 나간 아멜리아는 엘포트 강까지 전속력으로 달렸다. 쏟아지는 비와 귀를 찢을 듯 울리는 천둥소리가 소녀의 발걸음을 잠깐씩 멈추게 했다.

'앞이 안 보여.'

창밖에서 들리는 빗소리로 비가 꽤 많이 내린다는 것은 알고 있었지만, 생각보다도 심한 폭우였다. 빗줄기를 보아서는 이미 강물이 상당히 붙어 있을 것 같았다. 아멜리아는 전에 자신이 그 아이를 발견했던 장소를 목표로 열심히 뛰었다. 무서운 속도로 비가 들이쳐서 우산을 들고 있는 의미가 없을 정도였다. 강에 도착할 즈음 소녀는 머리끝부터 발끝까지 흠뻑 젖어 있었다.

'분명히 이 근처 어딘가였는데.'

늘 한자리에 있는 건 아닐 테지만 그래도 한 가닥 희망을 품고 이전 그 아이를 만났던 장소에서 주변을 두리번거렸다. 캄캄한 밤이라 보이는 것이 거의 없는 데다 강한 빗줄기에 시야가 온통 뿌옇게 흐리기까지 했다. 천둥이 치면 앞이 조금 보였지만 도움되는 것의 배는 무서웠던 탓에 전혀 반갑지 않았다. 들고나온 등이 꺼질세라 조심조심 우산으로 비를 막으면서 강을 따라 걷기 시작한 지 얼마나 지났을까, 멀리서 누군가의 울음소리가 들리는 것 같았다.

"싫어, 안 갈 거야. 이거 놔, 놓으라고!"

"거기 누가 있어요?"

우는 것 같기도 싸우는 것 같기도 한 그 목소리는 어린 소년의 목소리였다. 소리가 들리는 곳으로 다가가니 금발 머리를 한 남자아이가 강가에 있는 나무를 끌어안고 울고 있었다.

'저 아이인가 보다.'

잃어버린 아이의 인상착의는 듣지 못했지만 아마도 저 소년이 아닐까 싶었다. 그가 무사한 것을 보고 안도하려는 순간, 아멜리아는 아이의 발목에 걸려 있는 작은 손을 발견하고 깜짝 놀랐다. 화상으로 일그러진 검고 창백한 손이 있는 힘껏 소년을 강으로 끌어들이는 중이었다.

"꽉 잡아!"

나무를 붙잡고 버티던 손에서 힘이 빠지는 것을 본 소녀가 재빨리 그 손을 마주 잡았다. 눈물범벅이 된 얼굴로 자신을 올려다본 아이가 겁에 질려 "나를 놓지 마!"라고 외쳤다. 강둑에서부터 끌려 내려오다 강가에 난 나무를 붙들고 지금껏 간신히 버티고 있던 듯했다.

"저게 뭐야! 왜 날 끌고 들어가려는 건데!"

아이는 잡혀 있는 발을 구르며 손을 떨쳐 내려고 했다. 그러나 발목에 엉킨 앙상한 손가락은 마치 끊을 수 없는 밧줄처럼 놓아줄 생각을 하지 않았다. 아멜리아까지 가세해 소년과 함께 버티는데도 엄청난 힘으로 그들을 둘 다 강으로 끌어들이기 시작했다.

"이 바보야, 놓지 말라고 했잖아!"

"놓지 않고 있다고! 우리 힘이 쟤보다 약한 걸 어떻게 해!"

아무도 없을 땐 아이답게 큰 소리로 왕왕 울더니만, 자존심 센 소년은 제 약한 모습을 보이고 싶지 않았는지 소녀를 보자 금세 강한 척 거친 말투를 사용했다.

"이름이 뭐야?"

"멍청아! 이 상황에서 통성명을 원하는 거야? 돌았냐!"

아멜리아의 질문에 소년이 어처구니가 없다는 듯 소리를 빽 질렀다. 쏟아지는 빗줄기와 어둠 속에서 얼핏 본 것만으로도 엄청나게 예쁘게 생긴 아이라고 생각했는데 입이 거칠기는 동네 불량배급이었다.

"나는 아멜리아라고 해!"

"그 이름 버리고 귀머거리 고집불통이라고 바꿔라!"

열 받은 소년이 다시 분통을 터트렸다. 남은 지금 익사를 하느냐 마느냐 하는 순간인데 태평하게 제 이름이나 소개하는 소녀가 영 마뜩잖았다. 아, 젠장. 소년이 인상을 쓰면서 짜증을 내다가 결국 입을 열었다.

"가브리엘!"

"뭐?"

"가브리엘이라고, 바보야!"

"예쁜 이름이네!"

"아, 진짜. 야! 기운 빠지니까 너 입 좀 다물라고!"

소년이 불같이 화를 내며 대화를 끊었다. 조그만 아이 주제에 기세가 대단하다고 아멜리아가 속으로 웃었다. 어울리지 않는 괄괄한 말투를 사용하며 강한 척하는 모습이 귀여웠다. 그러나 아무리 센 척 버텨 보아도 소년의 체력은 시간이 지나며 점점 약해지고 있었다. 맞잡은 팔에 힘이 빠지자, 그녀는 서둘러 소년의 상체를 껴안고 깍지를 껴서 견뎠다. 깊은 강 속으로 빠져들면 빠져들수록 소년은 겁에 질려 아멜리아에게 꼭 매달려 왔다. 무슨 일이 있어도 이걸 놓으면 안 되었다. 온몸의 힘을 사용해 버티고자 버둥거리는 사이에도 그들은 착실하게 조금씩, 보이지 않는 손에 의해 천천히 넘실대는 강물 속으로 끌려 들어가고 있었다.

'아, 안 돼. 더는 못 버틸 것 같아.'

아멜리아까지 끌려 들어가기 시작하자 소년이 원망에 찬 눈으로 그녀를 바라보았다. 자신이 소년에게 마지막 희망이라는 걸 잘 알고 있었다. 여기까지 와서 포기하고 싶지 않았다. 조금 더 버텨 보는 수밖에 다른 방도가 없었다. 소년을 가운데 두고 힘겨루기 한 지 얼마나 지났을까. 두 사람에게 영겁의 시간이 흐른 것 같던 순간, 멀리서 웅성거리는 소리가 들려왔다.

"저거 사람들 목소리 아니야? 여기야! 도와줘!"

빗속을 뚫고 들려오는 수색대의 사람 찾는 목소리에 먼저 반응한 것은 소년 쪽이었다.

"잠깐. 어디서 목소리가 들리는 것 같지 않아?"

"강가에서 들리는 것 같은데."

"난 모르겠는데, 빗소리 아니야?"

"불 좀 비춰 봐. 어이—, 이봐요. 거기 누가 있어?"

두런대는 목소리가 점점 선명하게 들려왔다. 그들이 기다려 마지않던 인기척이었다. 환청인가 싶어 조심스럽던 아멜리아의 귀에도 확실히 들리는 수색대의 목소리. 순간적으로 아이를 안은 팔에 힘이 돌아왔다. 이제 정말 조금만 더 버티면 되었다.

"살려 줘! 사람 살려!"

아이 특유의 높고 맑은 목소리가 어두운 강가에 퍼졌다. 그 목소리를 들은 사람들이 "아이가 살아 있다!"라고 환호성을 지르며 달려오기 시작했다.

"여기다, 여기 아이가— 이봐! 사람이 더 있어! 누구지?"

"여자인 것 같은데. 저기서 뭘 하는 거야?"

번쩍! 천둥이 치자 짧은 순간 시야가 트였다. 다가오던 사람들이 아멜리아를 발견하고 당황한 목소리를 냈다. 거칠게 울어대는 하늘이 번쩍이는 순간 보여 준 기괴한 장면에 다들 잠시 움직임을 멈췄다.

강에서 소리 지르는 아이와 허리까지 물에 잠긴 채 필사적으로 아이를 잡고 있는 젊은 여자, 꽤 비현실적인 광경이었다. 그도 그럴 것이, 아이를 잡아당기고 있는 물 밑의 손이 보이지 않는 그들로서는 소녀가 아이를 물에 밀어 넣고 있는 건지 꺼내고 있는 건지 구별이 되지 않았기 때문이다. 한밤중의 강가에서 쏟아지는 폭우를 맞으며 아이와 함께 반쯤 잠겨 있는 귀여운 아가씨의 모습은 예쁜 만큼 으스스하고 괴기스러운 공포 소설 속의 한 장면 같은 인상을 주었다.

"이럴 게 아니야, 얼른 아이를 구출해야지. 강물이 불어서 수위가 높아!"

"빨리 움직여!"

정신을 차린 수색대원들이 강으로 뛰어들어 아멜리아와 소년을 함께 끌어당겼다.

"발에 뭐가 걸려 있나 본데?"

"물 밑에서 수초가 엉킨 거 아니야? 더 힘을 줘서 당겨야 할 것 같아."

장정 둘이 덤벼도 아이가 쉽게 나오지 못하자 당황한 남자들이 추가로 더 들어와 그들을 잡았다.

"하나, 둘, 구령에 맞춰 뒤로 당기라고, 셋!"

아멜리아와 소년은 이미 지칠 대로 지쳐 있는 상태였다. 수색대원들의 수가 모자랐다면 아마 그대로 끌려 들어갔었을 수도 있었다. 다행히 네 명의 남자들이 달라붙어 힘을 합하자 소년을 잡아당기던 손이 사라졌고 순간 전원이 그대로 뒤로 넘어가 물에 빠지긴 했어도 희생자 없이 무사히 밖으로 나올 수 있었다.

"저 아가씨. 샌더즈 백작가의 영애 아니야?"

강가 자갈밭에서 힘겹게 숨을 고르고 있는 소녀와 아이를 바라보던 사람 중 누군가 아멜리아의 얼굴을 알아보고 놀라 소리를 질렀다. 소년과 함께 있던 아가씨의 정체를 알게 된 구조대원들은 잠시 무엇을 어찌해야 할지를 몰라 공황 상태에 빠졌다.

실종된 아이를 찾았더니 곁에 귀족 집안 영애가 함께 있었다. 그것도 한밤중 폭우가 쏟아지는 심상치 않은 날씨에 아이와 함께 강가, 아니 강에 몸을 반쯤 담근 상태로. 거기다가 그들이 도착하기 직전까지 아이가 엄청난 기세로 "도와줘, 살려 줘!"를 연발한 탓에 상황이 더 애매하게 보이는 상태였다.

수색대의 의혹에 찬 차가운 눈빛은 그렇다 치고, 한밤중에 폭우와 강물에 젖어 있던 두 사람은 한여름 날씨답지 않은 추위에 체온이 떨어져 몸을 떨기 시작했다. 이것이 저체온증인지 긴장이 풀려서였는지는 당사자들도 알 수 없었다.

누군가가 레인코트를 벗어 그들에게 둘러 주었다. 오랜 시간 사투를 벌인 탓에 지독하게 지쳐 있던 아이는 결국 의식을 잃고 구조대원의 등에 업혀 병원으로 보내졌다. 홀로 남겨진 아멜리아는 주변의 기분 나쁜 침묵 속에 방치되다가 일단 저택으로 돌아가라는 안내를 받았다.

그중 용기 있는 누군가가 무슨 일이 있었느냐고 물었지만, 소녀는 뭐라 설명할 말을 찾지 못하고 결국 입을 다물었다.

밤늦게 구조대가 샌더즈가를 찾자 저택은 난리가 났다. 수색을 나갔던 줄스가 돌아와 아이의 실종 추정 시간에 저택에 아멜리아가 있었다는 사실을 증명하자 소녀에 대한 의혹의 시선은 거두어졌으나 기묘한 행적에 대한 의문은 사그라지지 않았다.

마을에서는 그녀가 언제부터, 어째서 그 순간 강가에 나와 있었는지에 대해 여러 가지 소문이 흘렀다. 변명 한마디 없이 침묵하는 아멜리아를 대변한 사람들의 상상력은 갖은 이야기를 만들어 냈다. 그러는 도중 꽤 질이 나쁜 헛소문도 꼬리를 물고 퍼져 나갔다.

쓰러졌던 가브리엘이 정신을 차리고 가장 먼저 한 일은 아멜리아의 무죄를 주장하는 것이었다. 그는 완강하게 소녀의 결백을 강조했는데 그런 그조차 당시의 상황에 대해 정확한 설명을 하지는 못했고 사건은 그대로 흐지부지, 미궁에 빠지게 되었다. 인명 손실이 없었던 것과는 별개로 아멜리아의 집안 배경이 사건을 덮는 데 어느 정도 영향을 주었다고 후일 이에 대해 불만족스럽게 털어놓는 사람들도 있었다.

이 일을 계기로 마을 사람들은 대부분 아멜리아를 꺼림칙하게 받아들였다. 이전에도 그녀를 둘러싸고 벌어진 크고 작은 소동들이 있던 탓에 소문은 마른 짚에 불이 옮겨붙듯 퍼지고 말았다.

"말도 안 되는 소리를 지껄이는 것들은 가만두지 않겠어!"

샌더즈 저택의 하인들이 마을에서 시비를 거는 이들과 싸움이 붙었다. 침묵하면 빠르게 지나갈 것이라 생각되던 소문은 오히려 날개를 단 듯 더 크게 번졌고 이제는 아멜리아가 거리를 지나갈 때 대놓고 비아냥거리는 사람들도 나타나기 시작했다. 언제인가부터 저택 사람들은 소녀가 밖에 혼자 나가도록 허락하지 않았다.

"우리가 틀린 말 했나? 이상하잖아. 그 시간에 아이를 강에 집어넣고 있다 들켰는데."

"맞아. 들키지 않았다면 지금쯤 또 다른 사고 정도로 처리되고 원인 규명도 하기 어려웠겠지. 힘없는 평민 아이니까 말이야."

"그 아가씨 원래 좀 기분이 나빴어. 귀족 아가씨다운 면이 부족했다고."

"지금 씨부렁거린 새끼들 전부 한자리에 모여. 그 주둥이들 내가 가만 안 둔다."

하인 중 가장 다혈질인 쥴스는 하루가 멀다고 싸우고 돌아왔다. 원체 말보다 주먹이 먼저 나가는 성격인 그는 이때 가장 물 만난 고기처럼 여러 사람을 패고 돌아다녔다. 보다 못한 아멜리아가 나서서 말려야 할 지경이었다.

"쥴스. 난 괜찮다니까. 정말이야. 가브리엘도 내가 아니라고 했잖아."

"그걸 귓구멍에 처넣지 못하는 새끼들이 있으니 문제지 말입니다. 고상한 아가씨는 잘 모르시겠지만 저런 것들은 이쪽도 화가 났다는 걸 보이지 않으면 닥치지 못한다고요."

병원에서 퇴원한 가브리엘도 나름 꽤 열심히 아멜리아를 옹호했다. 초반에는 그럴 생각이 별로 없어 보이던 소년도 마을 사람들이 소녀를 몰아세우는 것이 지나치다고 생각했는지 바락바락 소리를 지르며 대들고는 했다.

사실 아멜리아는 그걸로 충분하다고 생각했다. 저택의 하인들이 자신을 믿어 주었고, 가브리엘도 제 편을 들어 주었으니까. 그러나 그것만으로 세간의 평은 쉽게 누그러들지 않았다.

"피해자 본인이 아니라고 하는데 뭣도 상관없는 너희가 왜 떠들고 다니는지 모르겠다고!"

"그래, 너희 아가씨가 죄가 없다고 하자. 그럼 그 시간에 뭘 하다가 거기서 애를 발견했는데?"

"아이 부모에게 입막음으로 몰래 돈이라도 쥐여 준 거 아냐? 제대로 상황 설명도 못 하는 피해자가 왜 아가씨를 그리 감싸고도는 건가?"

사건의 개연성이 궁금한 사람들은 샌더즈가 하인들에게 따지고 들었다. 아멜리아의 무죄를 주장하던 가브리엘 역시, 자신의 발을 잡아당기던 무언가에 대한 기억이 많지 않은 것이 문제였다. 그로서는 회색의 무언가가 기어오듯 다가와 제 발목을 잡았다는 것 외엔 제대로 표현할 말이 없었기 때문이었다. 이 말을 들은 병원의 사람들과 소년의 가족들은 가브리엘이 사고로 충격이 커서 헛소리를 하는 것으로 이해하고 사리 분별이 부족한 어린아이의 가치 없는 증언이라고 넘겨 버렸다.

"……몽유병. 그래, 몽유병이라고!"

"몽유병까지 있다고?"

열 받은 줄스가 수습하겠답시고 아멜리아의 몽유병설까지 꺼내 들었는데, 이 덕분에 아멜리아는 "이상한데 몽유병까지 앓는 아픈 아가씨."가 되어 버리는 슬픈 현실과 맞닥뜨려야 했다.

그러나 그즈음 소녀는 자신에 대한 경멸의 시선에는 아랑곳없이 엘포트 강에 있을 그 아이에 대해 고민하고 있었다. 가브리엘을 데려가는 데 실패했으니 분명 다시 누군가가 걸리기만을 기다리며 그곳을 떠돌고 있을 터였다.

"막으려면 지금인데 말이지."

가브리엘의 사건이 터진 직후니 누구를 데리고 같이 갈 수도 없고, 알아보기는 해야겠고. 고민을 거듭하던 아멜리아는 다음 날 어둑하게 땅거미가 지는 시간에 조용히 강가로 발걸음을 옮겼다. 다시 강가에서 누군가에게 발견되면 안 되니 인적 드문 시간을 골라 나가기로 마음먹었다. 자살행위 같다는 건 알았지만 이에 대해 상담할 사람도 도움을 받을 사람도 없어 혼자 움직여야 했다.

아무리 그래도 혼자 나오기는 겁이 나 용기를 북돋워 줄 제 곰 인형을 안고 나간 소녀는 멀리 떨어진 곳에서 아이를 불렀다. 자신을 부르는 소리에 의아한 듯 주변을 둘러보던 아이는 아멜리아를 보자 다시 무서운 속도로 다가오기 시작했고, 그 무시무시한 속력에 온몸에 소름이 돋는 걸 꾹 참으며 그녀가 물었다.

"대체 뭘 찾는 거야?"

덜렁이는 팔과 다리를 아래위로 흔들며 허겁지겁 달려오던 아이는 그 질문에 잠시 움직임을 멈추는 것 같았다. 아멜리아의 질문이 아이에게 중요한 무언가를 건드린 듯, 잠시 이성이 돌아온 것처럼 고개를 갸웃하더니 '혼자는 외로워.'라고 중얼거렸다.

"외로워서 강으로 데려가는 거야?"

그 질문에 아이는 중얼거렸다.

'외로워. 외로워. 외로워. 외로워. 외로워. 외로워.'

멈춘 자리에서 몸을 움직이며 망가진 태엽 인형처럼 그 말만을 끊임없이 반복했다. 당황한 아멜리아가 무언가 더 물어보려고 하는 순간 번쩍 고개를 드는가 싶던 아이가 외쳤다.

'나랑 같이 가!'

소리를 지른 것이 먼저인지 달려든 것이 먼저인지 구별이 되지 않았다. 방심하고 있던 아멜리아는 너무 놀란 나머지 비명을 지르며 그 자리에 주저앉았다. 틈을 주지 않고 무서운 속도로 달려온 아이가 소녀를 순식간에 잡아챘다.

"꺄아악!"

다리의 힘이 풀려 도망도 가지 못한 아멜리아는 눈을 질끈 감고 온몸에 힘을 주었다. 꼼짝없이 강으로 끌려 들어갈 거라고 생각하고 있었는데 뜻밖에 아무 일도 일어나지 않자 조심스럽게 감았던 눈을 뜨고 앞을 바라보았다. 아이가 양손으로 소녀의 발목을 잡은 채 가만히 멈춰 있었다.

'······?'

움츠렸던 상체를 펴고 앞을 내다보니 얼굴이 반쯤 녹아내린 아이가 아멜리아를 빤히 쳐다보고 있는 것이 보였다. 바짝 붙어 있던 탓에 상처며 화상 자국들이 지나치게 선명하게 보였는데, 발이 잡혀 있는 터라 뒤로 물러서지도 못하고 그 시선을 참아 내고 있어야 했다.

"뭘 보는 거야?"

행동을 멈춘 채 눈을 굴리고 있는 아이를 보며 소녀가 묻자 발목을 잡고 있던 손이 슬그머니 풀렸다.

'이건 뭐야?'

그 앙상한 손가락이 가리킨 것은 아멜리아의 품에 안겨 있던 곰 인형, 폴이었다. 그 틈을 타 발을 뒤로 숨긴 아멜리아는 무언가를 확인해야 한다는 생각이 들었다.

"이거? 내 인형인데. 마음에 들어?"

잠시 망설이는 것 같던 아이가 고개를 끄덕였다. 그 순간, 소녀의 머리에 떠오른 생각이 있었다.

"네가 갖고 싶다면 줄 수도 있는데, 대신 나랑 약속해야 해."

'……약속?'

"그래. 폴이 네 친구가 되어 줄 거야. 그러니까 앞으로는 사람들을 끌고 들어가지 마."

'외로워.'

"폴이 있잖아."

'외로워.'

"폴이 곁에 있어 줄 거야."

'혼자는 싫어.'

"약속하지 않으면 인형은 주지 않을 거야."

등줄기에 서늘한 칼날이 꽂히는 것 같은 차가운 시선을 받으며 아멜리아는 최대한 당당하게 아이와 협상했다. 사실은 인형이고 뭐고 소녀가 타협안을 제시할 처지가 못 됐다. 아이가 지금이라도 발목을 다시 잡고 강으로 끌어들이면 아멜리아도, 곰 인형도 전부 다 제 것이 될 터였다. 다행히도 그것을 미처 깨닫지 못한 아이는 소녀의 제안에 망설이는 기색을 보이다가 결국 고개를 끄덕였다.

"이걸로 약속한 거야. 네게는 이제 폴이 함께 있어."

'내, ……친구.'

아멜리아가 인형을 건네주자, 그것을 소중히 품에 안은 아이가 중 얼거렸다.

"그래, 그리고 그 친구는 물속에서도 너랑 놀아 줄 수 있어. 그러니 이제 사람들에게 손대지 마."

'……'

어휘는 풍부하지 않아도, 대화할 정도의 인지능력이 남아 있었다. 아예 소통할 수 없는 상대가 아니었다. 소녀의 말을 이해했는지 확인 이 어려울 정도로 모호한 태도를 보여서 손바닥에 땀이 배었다. 인형 을 꼭 껴안고 한참 쓰다듬던 아이는 어느 순간 아멜리아에게 관심이 사라진 듯 등을 돌리더니 천천히 강으로 돌아갔다.

바닥에 쓰러진 채 혼자 남은 아멜리아는 마른침을 삼키며 사라진 아이의 흔적을 한참 더 주시했다. 당장 도망가고 싶은 마음을 달래며 더는 아무 기척이 느껴지지 않을 때까지 끈기 있게 기다리다가, 아이 가 정말로 사라졌다는 것을 확인한 후 안도의 숨을 몰아쉬었다.

폴을 주고도 약속이 지켜질지 몰라 노심초사하던 소녀였지만 그해 에 추가 인명 사고 소식은 들리지 않았고, 그다음 해에도, 또 다음 해 에도 촉각을 곤두세운 아멜리아가 확인한 바로는 별다른 사고가 일어 나지 않았다.

그래서 올해 역시, 아멜리아는 아이의 손에 인형이 들려 있는 걸 확 인하러 강으로 왔다. 인형만 제대로 가지고 있다면 사고가 나지 않을 거라는 확신이 있었다. 알렉스와 함께 본 날은 당황해서 제대로 찾아 볼 정신이 없었는데, 이제 확인해 보니 다행스럽게도 폴은 아이의 품 에 여전히 안겨 있는 중이었다. 아이는 아직도 사방을 두리번거리며 무언가를 찾고 있기는 하지만 이전 같은 절박함은 느껴지지 않았다.

그저 강물을 따라 아래로 위로 흘러다니며 주변을 훑어보고 있는 것으로 만족하는 듯싶었다.

"다행이다, 아직 가지고 있네……."

"뭐가 말인가요?"

"네? 꺄아악!"

다리 위에서 아이를 내려다보며 중얼거리는데 누군가의 한가로운 목소리가 바로 곁에서 들렸다. 주변에 아무도 없다고 생각하고 혼잣말을 하던 아멜리아는 놀라 소리를 지르고야 말았다. 지나치게 가까운 거리에서 소리를 질렀는지 먹먹해진 귀에 손을 대고 눈을 동그랗게 뜬 남자는 황급히 사과했다.

"아이고, 이런. 놀라게 할 생각은 없었는데. 양산을 쓰고 계셔서 말입니다. 제가 저 멀리서부터 팔이 빠지도록 손을 흔들었는데 못 보시더라고요."

재회를 기뻐하는 밝은 표정의 셀저를 보고 아멜리아가 놀란 표정을 지었다.

"당신은……!"

"그렇죠, 그렇죠. 기억하시는군요. 다행입니다. 제가 아가씨 이름을 몰라서 멀리서 부를 수가 없었습니다. 절 아직 기억하고 계시는지도 확신이 안 서길래 가까이 다가와서 말을 건다는 것이 그만……, 결국 이런 결말을 맞았습니다만."

"……네, 기억해요. 시드의 친구분."

"맞습니다! 하……, 제가 인상이 좀 흐린 편이라는 말을 자주 들어서 혹시 기억을 못 하시나 하고 걱정했지 뭡니까. 물론 아가씨는 워낙 예쁜 분이시라 제가 잊을 리가 없었고요. 십 리 밖에서도 알아볼 수 있었습니다. 참, 놀라게 해 드려서 죄송합니다. 그럴 생각은 전혀 없었어요."

"아, 아니에요. 저야말로 갑자기 소리를 질러서 죄송했어요."

셸저는 어딘가 느긋해 보이는 표정의 남자였다. 말도 그리 빠른 편이 아닌데 쉬지 않고 떠들어서 그런지 분주한 느낌을 주었다. 우연히 만나게 된 반가움을 표현하기 위해 다가왔다는 셸저는 "조용하고 아름다운 곳입니다!"라고 뜬금없는 자신의 감상을 말했다.

"시골은 다 이렇지 않나요?"

"이런, 역시 제 삭막한 감수성이 낳은 저질 감상은 현지인과 이리도 다르군요. 사방이 푸르고 강도 아름답게 빛나고 있습니다. 이것만으로도 회색 도시에서 살아온 저에게는 눈이 부시지 뭡니까. 산책하다 보니 감탄이 절로 나와서……, 그런데 아가씨는 여기서 무얼 하고 계셨나요?"

주변 풍경을 두리번거리며 눈을 반짝이는 셸저의 말에 뭐라 대꾸할지 몰랐다. 아멜리아는 지금 꽤 불편함을 느끼고 있었다. 제가 아이를 바라보며 혼잣말을 하던 장면을 들킨 것도 당황스러웠고 시드가 그와 만나지 않는 것이 좋을 것 같다고 했던 말 역시 기억났기 때문이었다.

'못 미더운 사람이라고 했는데.'

아멜리아는 시드의 판단을 신뢰했다. 그가 피하는 것이 좋다고 말한 사람과 굳이 얼굴을 마주할 필요는 없다고 생각했다. 껄끄러워하는 소녀의 표정을 읽었는지, 셸저는 "아, 그렇게 경계할 필요 없습니다. 저 나쁜 사람 아니에요."라며 너스레를 떨었다.

순한 인상의 사람이었다. 조금 덤벙이는 면이 있어 보였고 대책 없이 헤매는 부분도 있는 허점 많은 인물로도 보였다. 그래도 시드가 멀리해야 하는 사람이라고 집어 말해 준 이상, 경계를 늦추면 안 된다고 생각했다.

소녀의 표정이 풀리는 기색을 보이지 않자 그는 씁쓸한 표정으로 "시드니가 저를 반기지 않는 이유가 있답니다."라고 입을 열었다. 이걸 들어야 하나. 순간 아멜리아는 망설였다. 어떤 연유로 그들의 우정에 틈이 벌어진 것인지 궁금하지 않다고 한다면 거짓말이겠지만, 분명 자신이 들어서는 안 될 범주의 이야기일 것이었다.

어떻게 거절해야 하는지 고민하느라 주춤대던 아멜리아가 말하려는 것보다 한발 빠르게, 셀저의 입에서 폭탄이 떨어졌다.

"시드니는 제 누나의 약혼자입니다. 제 매형 될 사람이고요. 아니, 약혼자였었죠. 지금은 아니니까."

"파혼······하신 건가요?"

시드의 약혼 소식에 깜짝 놀란 아멜리아가 조심스레 물었다. 몇 년간을 함께 일해 오면서도 시드에게서 약혼녀의 존재나 그 비슷한 이야기도 들어 본 적이 없었다.

"역시 시드니가 아무 말 안 하던가요? 원래 자기 이야기를 잘 안 하는 사람이긴 했는데, 그래도 아가씨에게는 하지 않았을까 생각했었거든요."

"······왜 그렇게 생각하시죠?"

"두 분 꽤 친해 보였거든요. 아, 지금 생각해 보니 상대가 아가씨라 오히려 말을 꺼내기 더 힘들었을지도요."

영문을 모르겠다는 얼굴로 셀저를 바라보고 있으려니, 아멜리아의 반응을 느긋하게 관찰하던 그가 "제가 너무 빙 돌려 말했나 보군요. 시드니가 아가씨를 마음에 들어 하는 것 같아 보여서 한 이야기랍니다."라고 설명했다.

"그게 왜요?"

시드와 친밀한 만큼 마음에 들어 할 수도 있지 않겠는가. 싫은 사람이랑 같이 어울리는 게 더 이상한 건데. 그의 이야기를 곱씹으며 눈을 깜박이던 소녀가 고개를 갸웃했다. 아멜리아의 반응이 여전히 신통치 않자 그제야 셀저의 표정이 무너졌다. 그가 파안하며 키득대기 시작했다.

"아, 나 더는 못 하겠어. 이렇게 순진할 거라고는······ 예상외인데, 하하하."

아멜리아는 이해할 수 없는 행동과 의미심장한 말을 하는 사람을 별로 좋아하지 않았다. 나쁜 남자 역시 취향이 아니었다. 누군가를 떠보는 듯한 어투는 상대를 내려다보는 것 같아서 마음이 상했다.

그리고 지금도 그랬다. 복잡하게 꼬아 말하는 불편한 사람을 제가 굳이 상대할 필요는 없다고 생각했다. 역시, 시드가 만나지 말라고 한 데는 이유가 있었다고 납득한 소녀는 인사도 없이 등을 돌려 그에게서 멀어졌다.

"아, 저 잠깐만요. 제가 장난이 좀 심했습니다! 인정해요!"

소녀의 거리를 두는 시선과 마주한 그가 미안한 듯 웃었다. 책임을 회피하고 싶은 장난꾸러기의 사죄같이 어설픈 부분이 없는 건 아니었지만, 그는 꽤 진심을 담아 용서를 빌었다.

"고향을 떠난 시드니가 못 보던 사이에 친구도 사귀고 이곳 삶에도 적응을 잘 한 것이 마음에 안 들어서……, 좀 속상해서 말이 삐뚤게 나왔습니다. 즉, 삐진 거죠."

"……그 화풀이를 제가 들어야 할 이유는 없어요."

"하하, 가차 없으시군요. 그렇습니다. 제가 엉뚱한 분에게 장난을 친 거죠, 정말 죄송합니다."

순순히 자신의 잘못을 인정한 셀저가 "괜찮으시다면 사과의 뜻으로 차를 대접하고 싶습니다."라며 진지하게 말했다.

"사과는 이미 받았고, 굳이 그러실 필요 없어요."

차까지 함께 마실 사이는 아니라며 단호한 거절의 뜻을 비치자 셀저의 표정이 조금 더 일그러졌다. 우리에서 탈주한 하이에나를 경계하는 것처럼 철벽을 치는 소녀의 눈치를 보며 말했다.

"차……, 차를 꼭 마셔야 하는 이유가 실은……, 저기. 겸사겸사 저를 마을에 좀 데려다주시면 안 될까 하고……."

오늘 본 중에 가장 진심이 담긴 얼굴로 그가 간청했다. 아무래도 또 길을 잃었던 모양이었다.

"아주 조금 산책을 나왔는데 어쩌다 보니 여기까지 흘러와서 는……, 길을 물으려 해도 주변에 풀 뜯는 소와 양밖에 안 보여서 진짜 당황했습니다."

그러니까, 아멜리아를 알아보고 다가온 것도 아니고 그저 지나가던 사람이 있어 기쁜 마음에 달려온 것이라는 뜻이었다. 예쁜 아가씨 운운했던 것도 그저 입에 발린 칭찬이었던 거라는 걸 깨닫고 나니 더 기가 막혔다.

'너무 어이가 없으면 화도 안 나는구나.'

기가 막히니 웃음이 터졌다. 아멜리아는 차라리 이렇게 가식 없이 솔직하게 말해 주는 걸 더 좋아했다.

"마을에 모셔다드릴게요. 그래도 차는 안 마실 거예요."

"차를 함께할 수 없는 건 정말 애석하지만 제가 지금 찬밥 더운밥 가릴 처지가 아니어서요. 정말 감사합니다!"

껴안을 듯 셀저가 덤벼 왔다. 정말 끌어안을까 두려워 옆으로 살짝 피한 아멜리아가 앞장서서 길을 걸으니 머쓱해진 그가 다시 곁으로 다가와 이것저것 이야기를 시도했다. 새침하게 대하던 아멜리아도 그의 끊임없는 노력을 가상하게 보고 결국 조금씩 대꾸를 해 주기 시작해, 두 사람은 대화를 주고받으며 길을 걸었다.

그런 두 사람을 뒤에서 지켜보는 시선이 있었다. 가브리엘은 나무 숲에서 걸어 나와 아멜리아가 쓴 레이스 양산의 끝을 노려보며 중얼거렸다.

"뭐야, 저 녀석. 정신 못 차리고 다시 강에 가는 것 같아서 야단치려고 따라 나왔더니……. 어느 틈에 남자가 또 바뀌었잖아!"

가브리엘이 주먹을 흔들며 분통을 터트렸다. 시력장애가 있는 남자들이 쟤 주변에 왜 이렇게 많지? 저 맹한 게 무슨 매력이 있다고 예쁘다 하는 거냐며 펄펄 뛰면서 셀저의 뒤통수를 쏘아보았다.

"뭐, 여하튼. 별다른 일 없었으니 상관없지만, 응."

어찌 되었든 무사했으니 다행이었다. 아멜리아만 아니었으면 제가 강에 오는 일은 없었을 거라고 툴툴거리면서 볼을 부풀리던 소년은 그 말을 남기고 숲을 떠났다.

"아. 뒤통수가……."

"네?"

"따가운데, 오늘 햇살이 강렬한가 봅니다."

뒷머리를 긁적이던 셀저가 실없는 소리를 했다. 아멜리아가 '나만 양산을 쓰는 게 예의에 어긋난다는 뜻일까?' 싶어 그가 들어올 수 있도록 양산을 높이 들어 보이자, 셀저가 펄쩍 뛰더니 아니라며 손을 내저었다.

"차도 같이 마시지 못하는 거리감 있는 남녀 사이에서, 바짝 붙어서 써야 하는 양산이라니 가당치도 않습니다!"

"되게 뒤끝 있으시구나……."

"아, 방금 이건 말이 잘못 나왔습니다! 저 앞도 뒤도 없는 사람입니다! 정말이에요!"

"그래도 차는 같이 안 마셔요."

"그럼요. 제가 얼마나 수상쩍은지 말씀 안 하셔도 잘 알고 있습니다. 이상한 사람은 경계하는 것이 좋죠. 변명하기엔 이미 늦었지만 말입니다, 아하하!"

쑥스러운 듯 웃은 그는 자신은 긴장하면 생각을 정리할 틈도 없이 말이 줄줄 새는 버릇이 있어 큰일이라고 한탄했다. 사회생활을 하기에 여러모로 걱정되는 성격의 소유자인 셀저를 마을에 데려다주자 그가 인사를 건넸다.

"정말 감사합니다. 몇 번이고 도움을 받았으니 정말 뭐라도 사례하고 싶은 마음이 굴뚝같지만, 수상한 자는 조심하는 편이 낫겠죠. 이해합니다."

"어째 제가 미안해지는 기분이 드는데……."

"기분 탓입니다. 절대 그런 뜻이 아닙니다. 그저 제 주제를 파악하기 위해서!"

엄마아, 이 사람 정말 피곤해요. 아멜리아는 속으로 울었다. 누구든 아는 사람이라도 지나가면 인사하는 척하면서 그쪽으로 도망이라도 가고 싶은데 그날따라 거리는 한산하기만 했다. 그런 소녀의 절박한 마음을 아는지 모르는지, 남자는 계속 기분이 묘해지는 화법으로 감사를 표하고 있었다.

"이곳에서 계획하신 일 다 잘 성사되기를 바랄게요, 미스터 셀저."

"제 이름을 기억해 주셨군요. 영광입니다. 아, 그러고 보니 제가 아가씨 이름을 아직……. 아닙니다. 저 따위에게 굳이 말씀 안 해 주셔도."

"그런 말 마세요. 통성명을 안 한 건 제 잘못인걸요……. 아멜리아 샌더즈예요."

"샌더즈 양."

덜렁대던 셀저가 의외일 정도로 차분하게 아멜리아의 이름을 되씹었다. 꼭 기억하고 잊지 않겠다는 듯이.

"우리의 재회는 운명인가 봅니다. 그런 기분이 들어요."

"저는 잘 모르겠는데요……."

"아, 이런. 아쉽지만 저라도 운명을 강하게 느끼고 있으니 괜찮습니다. 추억이란 건 누구든 한 사람이라도 제대로 기억하면 되는 거 아니겠습니까."

역시 심하게 당황스러웠다. 당장 이 자리에서 도망하지 않으면 이 사람이 놓아주지 않을 것 같다는 불길한 생각이 든 아멜리아는 가지고 있던 용기를 끌어내어 작별 인사를 건넸다.

"그럼, 저는 이만 가 볼게요. 안녕히."

"아, 예. 정말 감사합니다, 샌더즈 양!"

어린아이처럼 힘차게 손을 흔든 셀저가 멀어져 가는 소녀의 뒷모습을 응시했다. 그녀가 쓴 양산이 보이지 않게 될 때까지 땡볕에 서서 시선을 거둘 줄 몰랐다.

'오늘은 강에 갔다가 시드의 가게에 들를 생각이었는데.'

아멜리아는 탄식했다. 하필 그가 만나지 말라고 당부한 사람과 딱 마주칠 줄이야. 셀저가 아직 마을에 있는 걸 안 이상 시드의 가게에 가기에는 무리가 있었다. 이러다가 가게에서 다시 마주치기라도 하면 곤란하니까, 라고 중얼거리며 소녀는 이만 집으로 돌아가기로 했다.

아멜리아가 사라진 후에도 한참 동안 거리를 응시하던 카이퍼가 시선을 쾌청한 하늘로 옮겼다.

"순진한 아가씨네. 꼭 라일라의 어릴 때 모습을 보는 것 같아."

제 선하던 누나를 떠올리며 카이퍼가 중얼거렸다. 외모는 거의 정반대라 싶을 정도로 닮은 구석이 없는데도 어딘가 그녀가 연상되었다. 꾸밈이 없는 성격에 가식적인 사람들을 불편해하는 모습을 봐서 그런 걸지도 몰랐다.

"시드니 같은 자식과 만나면 이용만 당하지 좋을 거 하나 없을 텐데 말이야."

착하고 순진한 아가씨일수록 저런 어두운 남자에게 끌리게 되는 걸까, 씁쓸한 표정을 하며 그는 동네 주점으로 들어갔다. 지나치게 날이 더웠다. 시원한 음료라도 한잔 마실 생각에 가게의 문을 열자 텅 빈 가게의 주인이 반겼다.

"아유―, 더운데 왜 밖에 있어, 어서 들어와!"

"예. 시원한 에일이나 한 잔 주세요."

가게에 들어가 주변을 살핀 카이퍼는 맨 앞, 주인과 가까운 자리에 앉아 샌드위치를 추가로 주문했다.

"식사를 아직 안 했나 봐?"

"오전에 강 쪽으로 산책하러 나갔는데, 오는 길에 그만 길을 잃어서요."

"강에를 갔어? 아이고, 그런 위험한 곳엘 뭐하러 가."

"근처 풍경이 참 예쁘던데 위험한가요? 맹수라도 나옵니까."

"여름만 되면 거기서 사람이 죽으니 맹수보다 더하지."

"사람이 죽어요?"

차가운 에일을 들이켜던 그가 놀라 되물었다. 그렇게 위험해 보이는 지형이 아니었는데, 대체 무슨 일이 있길래 그리 말하는 건지 호기심이 생겼다.

"아유, 그런 게 있어. 그래도 요 몇 년간은 사고 없이 잘 지냈으니 괜찮지만…… . 길 헤맸다며, 외지인에게는 먼 길인데 그래도 잘 찾아왔네."

"그 근처를 지나는 아가씨에게 도움을 받았습니다. 샌더즈가의 아멜리아 양이라고."

"뭐야? 샌더즈가 막내딸이 또 강가에 있었어?"

들어서는 안 될 이름을 접한 사람처럼 떫은 표정으로 호들갑을 떠는 주인의 반응에 카이퍼는 의아함을 담아 물었다.

"그 아가씨가 강가에 있으면 안 되나요?"

"그런 건 아닌데, 참…… . 아주 불길해, 하여튼."

카이퍼는 그냥 얼버무리며 넘기려는 주인을 살살 구슬려 상황 설명을 들었다. 매 여름 사고가 나던 엘포트 강. 그리고 몇 해 전 여름, 천둥 번개가 치는 한밤중의 폭우 속에서 발견된 아멜리아와 소년의 이야기.

"당사자인 어린애는 그 아가씨와 상관없다고 말하고 다니던데, 모르지 뭐. 사고가 나게 된 원인도 기억을 못 하는 애가 하는 말을 어떻게 믿어. 안 그러면 왜 그 시간에 거기 그러고 있는 건데. 귀족 아가씨가 한밤중에 거기서 뭘 한다고."

"……그러게요. 기묘한 이야기이긴 하네요."

때를 맞춰 나온 샌드위치를 받아 들며 그는 조금 전 헤어진 아멜리아를 떠올렸다. 천둥 번개가 치는 폭우 속에서 아이를 강물에 밀어 넣고 있었다니. 도저히 그런 무서운 이야기와 어울릴 것 같지 않은 인상이었다. 그가 본 바로는 오히려 풋사과 향이 날 것 같은 청량한 분위기의 아가씨였다.

"사람 참 알 수 없는 거네요. 그리 보이지 않는데."

"그러게 말이야. 그거 말고도 그 아가씨 주변에서 이상한 일이 워낙 많아서 말이지. 이 근방에서는 괴짜로 아주 유명해."

"그런가요. 꽤 흥미로운데요?"

카이퍼가 미소를 지으며 더 들려 달라고 조르자 주인이 "이런, 가십 좋아하는 청년이로구먼!"이라고 짐짓 나무라는 투로 쏘아보았다. 말은 그렇게 해도 심심했는지 그는 아예 의자를 가지고 와 청년의 근처에 앉아 자신이 아는 이야기들을 소곤거리기 시작했다. 심심하던 차에 너 참 잘 걸렸다, 싶은 분위기였으나 카이퍼는 개의치 않았다. 시간은 넉넉했고, 손에는 찬 에일 잔도 쥐어져 있으니 그는 몇 시간이고 주점 주인의 상대를 할 준비가 되어 있었다.

'오늘도 허탕이었어.'

아멜리아를 기다리던 알렉스는 결국 오늘 하루도 별 성과를 보지 못한 채 집으로 돌아가야 했다. 숲에서 기다리다가, 샌더즈 저택 근처에도 가 보았다가, 우연인 척 만날 수 있을까 하고 마을에서 얼쩡거려 보기도 했지만 찾는 이의 모습은 만날 수 없었다.

'어떻게 이리 감쪽같이 사라질 수가 있지.'

다니는 곳마다 마주치던 지난날들이 무색하게 소녀의 흔적은 연기처럼 사라져 자취를 찾기 힘들었다. 수면 부족에 피로까지 더해진 데다, 울화통까지 났다. 알렉스는 이제 오기가 났다. 아멜리아와 대화를 하고 싶다는 초기 목적은 잠시 잊고 일단 찾고야 말겠다는 생각으로 움직이고 있었다. 그녀가 저를 의도적으로 피하는 것이든 아니든, 그게 문제가 아니었다. 문제는 자신이 소녀를 만나야겠다는 목표가 선 것뿐.

이 며칠간 충혈된 눈으로 밖에 나가는 자신을 집사도, 심지어는 그의 어머니마저도 말리지 못했다. 어딘가 조심스러운 눈치로 '일찍 들어오렴.'이라던가 '무리하지 마십시오.' 같은 소리를 들은 것 같기도 한데, 알렉스는 그 말에 크게 신경 쓰지 않았다.

마을을 찾을 때도 처음 며칠은 일거리를 만들어서 나가는 등 자연스러워 보이려고 신경을 썼다. 책을 구경하러 간다든가, 하인을 시키지 않고 굳이 직접 우체국에 가서 편지도 붙이고 은행 거래를 하러 가는 등. 그러나 이제는 이유고 뭐고 핑계 대기도 귀찮았다. 그냥 나가서 아멜리아의 흔적을 찾았다.

'내가 생각해도 지금 정상이 아니긴 한데.'

깊게 생각하면 할수록 영문을 알 수가 없던 그는 제가 더위를 먹은 거라고 생각하기로 했다. 지금도 마을에 내려왔다가 한 바퀴 돈 다음 성과 없이 터덜터덜 집으로 돌아갈 생각을 할 즈음이었다.

"야! 멍청이의 약혼자!"

"……?"

처음에는 그것이 자신을 부르는 소리인지 몰라 못 들은 척 지나가자, 목소리의 주인이 다급하게 달려와 앞을 막아섰다.

"걔도 그러더니 너도 멍하냐! 한심하게 쌍으로 잘한다, 진짜!"

"너는……."

알렉스의 앞을 막아선 것은 가브리엘이었다.

"그래, 너 맞지? 아멜리아의 약혼자."

"'전' 약혼자."

"전이고 후고, 약혼자 맞잖아!"

아이는 아직 단어의 미묘한 차이를 모르는 눈치였다. 사실 그건 아이들의 시선에서는 크게 의미 없는 차이이기도 했다.

"무슨 일이야?"

"와, 얼굴이 왜 이래? 너 어디 아픈 병이라도 걸렸냐?"

"……더워서."

"더위 먹어서 그런 꼴이 돼? 살다 살다 이런 건 처음 본다."

대체 몇 해나 사셨길래, 라고 물어보고 싶은 마음은 굴뚝같았지만 그건 아이를 상대로 너무 잔인한 말인 것 같아 참았다. 안 그래도 격하게 반항기를 겪는 시기인 듯싶었는데, 제가 부채질하면 안 되지 않는가. 어른이 참아야 한다며 한숨을 푹 내쉰 알렉스가 당돌한 작은 머리통을 툭 밀고 옆을 스쳐 지나가려다 아이의 말에 발걸음을 멈췄다.

"약혼녀가 다른 남자랑 바람나서 그러는 건 아니고?"

"뭐라고?"

다른 남자? 바람이라니? 영문을 알 수 없는 단어들의 나열에 순간 누구 이야기를 하는 건지 감을 잡지 못하다가 뒤늦게 그것이 아멜리아를 뜻한다는 걸 깨달았다.

"아멜리아와 만났어?"

"그래. 오늘 엘포트 다리 위에서 젊은 남자랑 산책하던데! 처음 보는 얼굴인 걸 보니 외지인이야. 휴양지에서 시골 처녀와 바캉스 로맨스를 꿈꾸는 날건달일 수도 있겠네!"

콩! 아이의 말이 끝나기가 무섭게 알렉스의 주먹이 머리에 내리꽂혔다. 정확하게 조준된 주먹은 꽤 투명한 소리를 내며 직격했다.

"아야! 왜 다짜고짜 폭행이야!"

"폭행은 무슨, 이 정도면 온화한 교육적 지도다. 보자 보자 하니 말

버릇이 형편없어. 남자들끼리라면 몰라도 아가씨들 앞에서는 입조심
해라."

"치잇, 신사인 척하기는."

"척이 아니라 신사야. 그리고 너도 스스로가 신사라는 자각을 좀
해. 그것보다, 아멜리아가 뭐 어쨌다고?"

"아. 그거, 걔 오늘 못 보던 남자랑 데이트하고 있었어. 몰랐어?"

"못 보던 남자라고?"

놀라는 알렉스를 보고 무슨 생각을 했는지 가브리엘이 불쌍하다는
표정을 지었다. 아무래도 그 작은 머릿속에서는 약혼녀가 바람나 버
림받은 남자라는 시나리오가 작성되는 중인 듯싶었다.

"몰랐구나? 그, 뭐. 기운 내라고. 세상에 여자가 걔 하나뿐인 것도
아니고."

이건 또 어디서 주워들은 문장인 거지. 또래 아이들보다 어른들의
대화를 더 많이 듣고 자란 듯한 소년은 제게 어울리지 않는 대사들을
거침없이 응용해 사용하고 있었다.

"어떤 남자였어?"

"밝은 곱슬머리에, 키는 적당하고 크게 인상에 남는 특징은 없었던
것 같아. 남자답다기보다는 좀 비실거리는 인상? 별 볼 일 없는 샌님
같았어. 걔 남자 보는 눈이 참 낮은 것 같아."

느낌 탓인가, 남자에 대한 소년의 평가는 매우 박했다. 가브리엘은
어딘가 원한에 찬 것처럼 보이기까지 했다. 성심성의껏 남자의 험담
을 하는 소년을 바라보며 알렉스는 다른 생각을 하고 있었다.

'저택에 꼭꼭 숨어 있는 건 아닌가. 평소처럼 돌아다니고 있는데 만
나지 못하는 것뿐이라면.'

찾아다니다 보면 만날 희망이 있었다. 새로운 정보를 얻게 되어 희
색이 도는 얼굴로 작별 인사를 한 그가 자리를 뜨려 하자 가브리엘이
"넌 약혼자에게 다른 남자가 생겨도 괜찮은 거야?"라며 퉁명스럽게

물었다.

"세상에 여자가 많기는 해. 그러나 아멜리아는 하나뿐이지."

"무슨 소리야?"

"그냥, 그렇다고."

알렉스의 답변이 어이가 없는지 소년이 입을 벌렸다. 아멜리아도 그렇지만 애도 좀 이상해, 분명 그런 생각을 하고 있는지 검지를 살짝 들고 뱅뱅 돌렸다. 그것을 못 본 척한 청년은 이제 용건이 끝났다는 표정으로 아이에게서 멀어졌다.

집으로 돌아가는 길 내내 머릿속이 복잡했다. 엘포트 강에서 봤다고 했지. 허를 찔린 기분이었다. 강에서 있던 일을 물으려고 할 때 무척 곤란한 듯 도망가길래 그곳만큼은 다시 가 보지 않았는데, 그게 아니었나 보다. 앞으로는 그 장소 역시 확인해 봐야 할 것 같았다. 그는 내일 자신이 돌아볼 곳의 리스트에 강을 추가했다.

'그것'이 여전히 그 자리에 있을지도 모르지만. 거기까지 생각이 미치니 발걸음이 저절로 멎었다. 눈썹을 구긴 알렉스가 '멀리서만 보자, 멀리서만.'이라고 중얼거리다 그제야 문득, 가브리엘이 했던 말이 떠올랐다.

"다리 위에서 젊은 남자랑 데이트했다고?"

그것도 시드도 아니고 다른 남자? 저는 피해 도망 다니면서 데이트를 할 여유가 있다는 말이지?

문득 속에서 무언가 끓어오르는 기분이 들었다. 아니, 불타오르는 기분 같기도 하고 저미는 것 같기도 했다. 정체를 알 수 없는 무언가가 저 깊은 곳에서부터 치받혀 올라왔고, 약간의 알싸함도 느껴졌다. 묘하게 기분이 나빴다. 그는 그 이해 못 할 감정을 '약이 오른' 반응이라고 생각했다.

"……다른 남자란 말이지?"

유독 그 부분을 다시 한 번 되뇌었다. 빨리 아멜리아를 봐야 할 이유가 한 가지 더 늘었다고, 알렉스는 피곤한 표정으로 중얼거렸다.

　바르고 좋은 것만으로는 세상을 버틸 수 없다는 걸 알게 된 때가 언제였을까.

　평소보다 이른 시간에 가게를 마감하고 혼자 창고에 앉아 시드는 기억을 되짚어 보았다.

　자신이 받을 예정이던 장학금을 학장이 제 친척에게 빼돌렸을 때? 그래서 결국 그는 원하던 학교에 진학하지 못했다. 아니면, 아버지가 친구에게 사기당하고 누명까지 써야 했을 때? 집안이 기울고 가족들은 뿔뿔이 헤어졌는데, 잘 생각해 보면 아주 어린 시절부터 그는 세상을 그리 밝게 본 적이 없었던 것 같았다.

　바닥을 헤매며 힘들게 살았느냐고 하면 그렇지 않다고 대답했을 거였다. 자신보다 비참한 환경의 사람들은 분명 있었다. 적어도 그에게는 비를 피할 지붕이 있었고 훌륭하지는 않아도 끼니를 거르지 않아도 될 정도로는 넉넉했다. 시련은 그를 비켜 가지도 않았고 또 모든 것을 앗아 갈 정도로 잔인하지도 않았다. 적당하게 잔인한 파도가 쉴 새 없이 덮쳤다. 죽지 않을 만큼만 완급 조절을 해 주는 인생에 휩쓸리며 살았다.

　급속도로 공업화가 진행되는 상업 발달의 시기였다. 변화를 받아들여야 하는 불안한 시간이기도 했다. 직업을 잃고 터전을 빼앗긴 사람들이 나타났다. 세상이 급변하는 동안 그는 주변 사람들이 겪는 만큼 피곤했고, 불안했다. 단단하다 생각하며 딛고 서 있던 발밑이 무너지는 절박함을 맛봐야 했다.

　힘들게 살았지만 불평하지 않았던 건 그가 선한 사람이었기 때문이 아니었다. 불평해도 변하는 게 없다는 걸 이미 알고 있었다. 불평과 불만은 들어 주는 사람이 있을 때나 나온다고 그는 생각했다. 하소연할 곳은 없었다. 그 상황을 바꾸기 위해서는 그저 쉴 새 없이 그가 변화하는 수밖에 다른 길이 없었다.

따라가는 것만으로는 살아남을 수 없다는 것을 알았을 때, 그 흐름의 앞에 서기 위해 노력했다. 그러기 위해서는 자신의 꽤 많은 순수한 것을 비워 내고 비겁하다고 부를 수 있을 법한 지혜를 담아야 했다. 그것이 쓰레기 같든 아니든, 성공으로 가는 길인 이상 그는 스스로 판단하려 들지 않았다. 굳이 판단할 필요도 느끼지 않았다.

'그래도 좋았어. 무언가 성취하는 느낌은 있었거든.'

자신을 비우면 비울수록 그가 하는 일은 승승장구했다. 일을 성사시키기 위해서 적당히 비열한 짓을 하고 거짓말을 한다 해도 결과가 좋으면 다 좋은 거라 생각했다. 그는 자신의 능력을 최대한으로 살려 신문사의 기자가 되었다. 주로 유명인의 가십을 다뤘고 정치나 귀족들의 비리도 맡았다. 자료를 모으고 뒤를 캐는 데는 재주가 있었다. 돈 되는 것은 무엇이든 평균 이상으로 잘 해냈다.

그렇게 사는 것에 익숙해진 시드는 제게 잃을 것이 더는 없다고 생각했다.

한때, 그에게도 있었을 반짝반짝한 무언가가 아쉬워진 것은 그가 라일라를 만난 후였다. 동갑내기인 푸른 눈동자의 아가씨를 만난 건 그가 20대 중반을 넘어서였다.

'그때로 다시 돌아갈 수 있다면 다른 선택을 했을 텐데.'

잃은 뒤에야 제게 주어진 것의 소중함을 깨달았다. 머리가 좋고 처세에 능한 건 아무 도움이 되지 못했다. 마음이 전하는 말에 귀를 닫아 버린 결과가 이것이었다.

'그래서, 레이븐으로 이사를 왔지. 평생 회피하던 내 진심에 귀를 기울여 보기 위해서.'

그렇게 온 레이븐에서 닿은 인연이 아멜리아였다. 그들이 처음 만난 날, 동네 불량배들이 소녀에게 시비를 걸고 있었다. 평소의 그라면 무심히 지나쳐 갔을 일이었다. 끼어들 생각도 돕지도 않았을 일이었다. 새 삶을 시작하며 이해관계 상관없이 마음 닿는 대로 살아 보겠다고 생각한 그가 한 행동은 소녀를 구하는 일이었다. 앞뒤 재 보는 것 없이 움직였고 그 결과가 그녀와의 친분이었다.

책상을 놓아둔 창고의 한쪽 벽에 붙어 있는 그림을 바라봤다. 선물 받은 그림을 액자에 넣어 두려고 했더니 아멜리아가 극구 저지했다. 부끄럽다나 뭐라나. 결국, 그냥 붙여 놓는 걸로 타협을 보았던 목탄화 스케치였다. 시간이 흐를수록 번지고 흐려져 이제는 처음의 그 느낌이 살지 않는 것이 안타깝다.

흩어진 스케치북 안의 그림들을 보았을 때 그는 꿈을 꾸는 것 같았다. 아, 이런 사람이 또 있을 수 있구나 하고 생각했던 것 같기도 했다. 귀여운 소녀에게서 라일라의 모습이 겹쳐 보여서 그는 무턱대고 지나치려는 소녀를 붙잡았다. 이대로 보낼 수는 없었다.

"하지만 나란 인간은 변한 게 없지……."

소녀를 처음 보았을 때 자신은 무슨 생각을 했나. 흥미로운 기삿거리를 잡을지도 모른다는 속셈이 전혀 없었다고 한다면 거짓말이었다. 위선이란 건 처음 길들이는 것이 어려워서 그렇지 한번 뿌리를 내리고 나면 지긋지긋하게 저를 쫓아오며 반복을 되풀이한다. 다시는 비겁해지지 않겠다고 결심하고도 나아지는 것이 없다며 시드는 힘없이 웃었다.

"흥미로운 이야기를 듣고 말았네."

카이퍼와 주점 주인과의 이야기는 늦은 시각까지 계속되었다. 두 사람의 대화가 끝을 모르고 이어지자 뒤늦게 합류한 다른 손님들이 너도나도 끼어들기 시작하면서 막판에는 큰 술잔치가 벌어졌다. 정신 없이 쏟아지는 자기소개와 오고 가는 잔들을 피하지 못한 카이퍼는 꼼짝없이 잡혀 한계치 이상의 술을 들이부어야 했다. 알코올에 그리 강하지 못한 그는 어지러운 머리를 잡고 호텔 가는 길을 고민하는 중 이었다.

"……일 년 치 술을 다 마신 것 같은데. 취하니까 더 헷갈려. 이쪽이 던가."

오른쪽이 아니면 왼쪽일 테니 일단 오른쪽으로 가 보고, 아니다 싶 으면 돌아와서 다시 반대 방향으로 직진하면 되는 거 아닐까. 비틀대 는 발걸음으로 제가 묵던 호텔이 있을 법한 방향을 향해 걸었다. 정 안되면 노숙하는 것도 괜찮을 듯싶었다. 날씨가 워낙 좋으니 밤새 얼 어 죽지는 않을 터였다.

"간단해서 좋네. 인생도 이리 단순하다면 참 좋을 텐데."

술집 주인의 수다는 끝이 없었다. 술까지 먹여 가며 떠드는데 어찌 나 시달렸는지 정신이 나갈 것만 같았다. 이 많은 말들을 어떻게 참고 살았을까 싶을 정도로 그는 세상만사를 토론하고 싶어 했다. 카이퍼 가 듣고 싶어 하던 주제를 벗어난 이야기도 한참 떠들었지만 그렇다 고 그 인내가 모두 무의미하지만은 않았다.

카이퍼의 무난한 인상은 사람들을 방심시켜서 속내를 드러내게 하 기에 딱 좋았다. 해가 없어 보이는 만큼 상대가 무심코 말을 흘리게 하기 쉬웠고 그는 그것을 십분 이용해 자신이 원하는 정보를 캐내는 재능이 있었다. 오늘도 술집에 모인 사람들이 던지는 말들을 유심히 듣고 자신의 예상이 맞았다는 걸 재확인할 수 있었다.

'아멜리아라는 소녀는 마을에서 꽤 유명한 존재구나.'

귀족이어서도, 순한 듯 귀여운 외모 때문이어서도 아니었다. 겉보 기와는 달리 소녀는 마을을 떠도는 불길한 소문 대부분의 근원지였 다.

'닮아도 그런 것까지 라일라와 닮을 줄이야.'

제 누이를 떠올리며 셀저는 픽 웃음을 흘렸다. 라일라의 직업은 점성술사였다. 아멜리아보다 키도 크고 이목구비도 진한 푸른 눈의 미녀로 두 사람의 외모에는 닮은 구석이 전혀 없는데도 묘하게도 비슷한 느낌을 주었다.

라일라는 시야가 탁 트이는 청명한 기운을 가진 조용한 사람이었다. 그런 그녀가 시드니에게 반한 건 운명이었을지도 몰랐다. 매사에 활력이 넘치고 사람의 마음을 끌어당기는 매력이 있던 남자는 그 강렬한 기운으로 라일라의 고요한 일상에 커다란 파도를 일으켰다. 그에게 끌려든 그녀는 그 파도를 견디지 못한 채 휩쓸렸고 결국 물속으로 가라앉았다.

별과 운명을 읽던 라일라는 제 운명만은 절대로 읽지 않았다. 별이 흐르는 대로 흘러가게끔 두겠다고, 미리 알면 사는 재미가 반감되지 않겠냐고 말하고는 해서 그게 점성술사를 직업으로 둔 사람이 할 말이냐며 웃었던 기억이 났다. 카이퍼는 가끔 그런 생각을 했다. 만일 누나가 미래를 알았더라면, 그래도 시드니를 사랑했을까 하고.

아멜리아라는 소녀도 시드니의 활발한 성격에 끌린 것이었을지 궁금했다. 아니면 시드니가 노리고 접근한 거였을지도 몰랐다. 셀저가 아는 시드니라면 후자일 가능성이 컸다.

시드니는 기자 생활을 하면서 틈틈이 글도 썼다. 연인을 믿고 들려준 라일라의 이야기를 토대로 그는 책을 썼다. 동의 없이 쓰인 글에는 수위 높은 독설과 비판이 담겨 있었고 뒤늦게 그 사실을 알게 된 그녀는 믿고 주었던 신뢰가 산산조각이 나는 충격에 고통받아야 했다.

라일라 셀저. 아는 사람은 알아서 찾아오는 유명한 뒷골목의 여점성술사였다. 별의 흐름을 읽는 그녀는 귀족이나 정치계의 단골손님도 많았다. 그녀를 한 번 만나기 위해서는 오래 기다려야 했다. 예약을 하고도 몇 주, 혹은 몇 달 후에나 기회가 주어지는, 상당한 몸값의 존재로 이름이 알려졌었다.

그녀의 가게를 몰래 나서는 유명인 누군가의 모습을 보았다는 소문은 매일같이 바뀌었다. 어느 순간부터는 그 정도로는 아예 화제가 되지도 못했다. 사람들의 시선이 걱정되는 지위의 사람들은 구설수를 막기 위해 숫제 그녀를 자택으로 초대하기도 했다.

경쟁자들은 그녀가 사용하는 점성술의 방법을 알아내기 위해 첩자를 보내는 등 부단하게 노력했지만 라일라는 자신만의 독창적인 방법을 응용해 별의 흐름을 읽었다.

유일한 가족이자 동생인 카이퍼는 알고 있었다. 그녀가 사용하는 것이 단순히 점성술뿐만이 아닌, 영매의 능력이 섞여 있다는 걸. 라일라는 자신이 사용하는 것이 오로지 점성술이라고만 공표해 두었는데 사실 그녀는 아주 어릴 적부터 죽은 자들을 보고 그들과 이야기할 수 있는 신비로운 능력을 갖고 있었다.

일찍이 부모님을 여읜 라일라는 어린 나이로 할 수 있는 일이 그리 많지 않았다. 생활비와 제 동생의 학비를 마련하기 위해 결국 그 좋지 않은 능력을 최대한 살린 직업을 찾아야 했다. 카이퍼의 반대에 부딪힌 그녀는 '단기간만 하고 얼른 그만두겠다'는 약속을 하고 일을 시작했다.

뛰어난 그녀의 능력 덕분에 점성술사로서의 명성은 나날이 높아만 갔다. 그녀의 이름은 금세 입소문을 탔고 손님이 늘었다. 카이퍼는 그런 누나를 보는 것이 늘 불안했다. 단기간에 성업을 거듭한 라일라는 쉽게 일을 그만둘 수 없어 보였다.

"나는 이제 누나가 이런 일 그만했으면 좋겠어."

"네가 걱정하는 것만큼 위험한 일이 아니야, 카이퍼."

"위험하지 않다고? 정말 그렇게 단정할 수 있는 거야?"

"이전보다는 많이 좋아졌어. 정말이야."

주기적으로 닦달하는 동생을 보며 라일라가 옅게 웃었다. 자신의 뒷바라지를 하느라 고생하는 누나를 생각하는 카이퍼의 마음을 모르는 건 아니었다. 그녀는 제 남동생을 대견하다는 듯 안아 주었다.

"언제 이렇게 컸을까."

"아이 취급은 인제 그만둬. 농담하는 거 아니야. 오래 할 거라는 말 없었잖아."

점성술, 아니 점을 치는 대부분의 일은 미래를 예견하는 일도 일이지만 타인의 고민을 들어 줘야 하는 직업이다. 상담사의 위치에서 이야기를 받아 줘야 하는 경우가 생각보다도 많았다. 각각의 고객이 전하는 우울한 소식과 좋지 않은 감정들에 쉬지 않고 노출되던 라일라의 기운은 나날이 흐려지고 약해졌다.

"지나치게 혹사하고 있어. 충분히 쉬어야 할 때라고."

"아직 괜찮아. 조금 더 할 수 있어."

"나도 이제 학교를 졸업하고 출판사에 취직했잖아. 누나 하나쯤은 먹여 살릴 수 있다는데 왜 못 믿어!"

"그래. 네가 자리만 잡으면 그만둘게, 약속해."

든든하게 성장한 남동생을 바라보며 자랑스러워하던 라일라의 약속은 지켜지지 못했다. 그녀가 사랑하게 되어 버린 한 남자 때문이었다. 그는 자신의 이익을 위해 라일라가 그 일을 계속하기를 원했고, 결국 그것이 그녀가 더 늦지 않게 구원받을 수 있던 마지막 퇴로를 차단한 셈이 되고 말았다. 카이퍼는 그를 용서할 수 없었다.

딸랑딸랑.

문이 열리는 종소리가 들리는 것을 깨달은 시드는 그제야 자신이 가게 문을 잠그지 않았다는 것을 깨달았다. 창고에 놓인 의자에 앉은 채로 그는 "폐점했습니다."라고 밖을 향해 외쳤다. 폐점을 알리는 팻말을 걸어 둔 것 같은데, 보지 못하고 들어온 모양이었다.

간격을 좀 두고 기다려 보아도 손님이 나가는 소리가 들리지 않자 한숨을 내쉰 시드가 자리에서 일어났다. 내쫓아야 가는 부류의 손님인가 싶어 창고를 나서 보니 뜻밖의 인물이 문 앞에 서 있었다.

"이런 잡동사니들 가지고 뭐 월세나 낼 수 있겠어?"

"······카이퍼."

"아닌가. 그간 벌어들인 인세 수익이 있을 테니 편하게 전원생활이나 만끽하려는 건가."

"시비 걸러 온 거라면 나가."

"싸우러 온 거 아니야. 그저 궁금한 걸 물었을 뿐인걸. 시드니와 싸울 생각 같은 건 애초부터 없었어."

"······술 마셨나."

"하나만 물어보자. 너는 누나 생각을 하기는 해?"

"······."

"사랑하기는 했나."

"······."

"그럴 줄 알았어, 개자식."

쉬이 대답하지 못하는 시드를 카이퍼는 경멸의 시선으로 바라보았다.

"······나도 이쯤에서 술이 깨는 것이 좋겠군. 주정하러 온 건 아니라서."

걷다 보니 '붉은 서재' 앞이었다. 의도치 않은 방문이어서, 카이퍼 본인도 내심 당황하고 있었다. 다음에 만나도 이번 일은 기억하지 못하는 척해야 할 듯싶었다. 술김에 들이닥친 게 그나마 변명거리가 되어 주지 않을까 억지 위안하며 가게 문을 열었다. 해가 졌지만 아직 식지 않은 후텁지근한 한여름의 바람이 그를 스치고 지나간다. 무언가 미련이 남은 듯 뒤를 돌아보던 그는 결국 아무 말 없이 골동품점을 나섰다.

"술기운 탓인가······."

다시는 상종 못 할 인간 말종이라고 생각하면서도 그는 가끔 시드니가 그리웠다. 아니 정확하게는 시드니와 공유하던 라일라의 기억이 그리웠다. 레이븐에 일이 생겼을 때는 그를 만날 생각에 설레기까지 했다. 저런 놈이라도 제 누이에 대한 이야기를 나눌 수 있다는 것이 기뻤다.

술에 취해 저절로 찾아간 곳이 '붉은 서재'인 것만 봐도 그랬다. 정작 라일라는 바로 그 때문에 죽었는데도 말이다.

마을의 번화가라고는 하지만 대부분 가게의 영업시간이 지난 거리는 어둡고 한산했다. 불빛이 넘치고 와자지껄한 소리가 들리는 곳의 대부분은 심야 영업을 시작한 술집들로 혼잡하고 혼탁했다. 그의 꽉 막힌 속을 시원하게 비워 줄 만한 깨끗한 공기가 머무는 곳이 아니었다. 숙소로 돌아갈 생각을 하던 그는 조금만 더 밖에 앉아 정신을 차리기로 했다.

"최소한 우리가 귀족으로 태어나기만 했어도."

한적한 길가의 벤치에 앉아 카이퍼는 홀로 중얼거렸다. 그는 오후에 만났던, 라일라와 매우 흡사한 조건을 가진 한 소녀를 머릿속에서 내내 지울 수가 없었다. 유명한 점성술사의 동생인 그 역시 누나만큼은 아니지만 기묘한 것들을 보는 능력이 있었다. 그래서 누나가 걸으려는 길이 얼마나 위험한지를 잘 알았다. 알기 때문에 더 반대했었다.

엘포트 다리 위에서 소녀가 지켜보고 있던 것이 무엇인지를 알았을 때, 카이퍼는 놀랐다. 아직 어린 느낌이 남아 있는 말갛고 순한 인상의 소녀는 놀라는 기색도 없이 무심한 듯, 당연한 듯 강 속의 흉측한 괴물을 바라보고 있었다.

마치 그것이 거기 있는 게 당연하다는 듯이. 이후 술집에서 강가의 납치 사건 이야기를 들었을 때, 카이퍼는 직감했다. 그 괴물의 살인 행위를 멈춘 게 소녀라는 것을. 평생 손 하나 깜짝 안 하고 사람들을 부리고 살았을 귀족 소녀치고는 의외의 행보였다.

카이퍼는 능력도 분위기도 비슷한 두 사람을 비교하지 않을 수 없었다. 가난한 집안에서 맏이로 태어나 돈을 벌어야 했던 라일라와 귀족 가문의 영애로 태어난 아멜리아. 두 아가씨의 삶의 차이는 너무도 컸다.

라일라에게는 선택의 여지가 없었다. 그녀를 보호해 줄 배경도 가족도 없이 자신의 능력만을 가지고 생활비를 마련하고 동생의 학비를 대야 했다. 그녀는 늘, 그래도 저는 행복한 편이라고 말했다. 아예 아무 능력도 주어지지 않았다면 두 사람은 이미 거리에서 굶어 죽었거나 몸을 팔아야 했을 거라며, 자신의 능력에 감사하다고 말했었다. 쓰고 싶지 않았던 능력을 살아가기 위해 사용하면서도 고맙게 생각했다.

'그것이 결국 누나의 목숨을 앗아 갔는데, 감사는 무슨.'

라일라가 걸어간 힘든 길은 그들에게 적당한 재산과 신분이 있었다면 경험하지 않아도 될 일이었다. 그러나 부유한 귀족 신분으로 태어난 소녀는 어떠한가. 좋은 집안의 딸로 태어나 귀여움을 받으며 살아온 아멜리아는 좋지 않은 소문이 돌아도 가문의 배경으로 무마되고, 딱히 제 능력을 살리지 않아도 되었다. 오히려, 사용하지 않아도 되는 때에도 아무 의미 없이 그 힘을 사용했다.

카이퍼의 시선에서 보면 그건 아이의 오만한 과시 같았다. 착한 소녀의 자기희생이라기보다는 부잣집 아가씨의 심심풀이 일탈에 가깝다고 생각했다. 닮은꼴의 두 사람에게 주어진 각각의 운명이 실로 불평등했다. 라일라 혼자만 그리 힘들게 살다 갈 필요가 있었을까. 아멜리아를 보며 그는 그런 생각을 뿌리칠 수가 없었다. 라일라 역시 저렇게 온화한 삶을 살 수도 있었는데.

"그리고 시드니까지 곁에 두었지."

그가 어린 소녀에게 빠져 라일라를 잊고 산다는 것은 용서할 수 없었다. 다른 사람은 몰라도 시드니만큼은 평생 라일라를 마음에 담고

회개하며 살아야 하는 사람인데 벌써 도망이라니 말도 안 됐다. 끓어오르던 마음속 불이 진정될수록 술기운으로 들떠 있던 그의 머리가 차갑게 식어 갔다.

"레이븐에 괜히 왔나 싶었는데 아니었어. 와 보길 잘했네."

불공평하게 기울어져 있던 천칭의 추를 제 손으로 조금쯤 움직여도 될 것 같다는 기분이 들었다.

"아멜리아라는 아가씨에게 개인적인 악감정은 없지만, 이 정도는 해야 공평할 것 같아서."

호텔로 돌아가려던 그는 발걸음을 돌려 마을 밖으로 빠져나갔다.

카이퍼가 사라진 문을 하염없이 바라보던 시드는 느린 동작으로 가게의 문을 잠갔다. 더는 누가 들어오지 못하게 하려는 듯 창가의 커튼까지 전부 내려 버린 후 어두워진 실내에서 고객용 소파에 주저앉아 천장을 올려다보았다.

"도피가 해결해 줄 문제는 아니라는 건 알았지만……, 카이퍼가 레이븐까지 찾아오는 건 확실히 예상외였지."

하나밖에 없는 가족을 잃은 카이퍼의 원망은 해가 지나도록 변함이 없었다. 당연한 일이었다.

'하나만 물어보자. 너는 라일라 생각을 하기는 해?'
'사랑하기는 했나.'

그의 질문에 선뜻 대답할 수가 없었다. 제가 감히 그녀를 사랑했다는 말을 꺼낼 수나 있을까, 다른 사람도 아닌 카이퍼 앞에서.

'⋯⋯시드.'

허스키하고 부드러운 라일라의 목소리가 지금이라도 자신을 불러 줄 것만 같았다. 카이퍼와 재회한 순간 문득 그는 그녀의 깊은 눈매가 웃음으로 접히며 자신을 불러 주던 시절로 돌아간 것 같다는 생각을 했다. 그럴 수만 있다면, 실수를 바로잡을 기회가 다시 주어지기만 한다면 정말 무엇이든 할 수 있을 것 같았다.

그런 생각을 하며 시드는 카운터 뒤 유리장 안에 놓인 도자기 새들을 바라보았다.

'돌려보낸다고 연락을 보내도 답장이 오지 않는다는 걸 핑계로⋯⋯.'

로사의 병원 난동 이후 시드는 상자에 적혀 있던 주소로 편지를 보냈다. 의뢰한 물품에 대한 감정이 불가능하니 반품할 예정이라며 수취인의 주소를 재확인했지만, 지금까지 그에 대한 답변이 돌아오지 않았다. 이 상자를 들고 온 마을 사람에게도 재차 물었지만 "자신도 아주 먼 친척이라 왕래가 없으니 책임지기 어렵다. 알아서 해 줬으면 좋겠다."라는 상당히 무책임한 답변만 받았을 뿐이었다.

편지가 반송되어 오지 않았으니 최소한 주소 오류는 아닐 거였고, 답장을 기다린다는 명목하에 그는 그 기묘한 새들을 아직도 자신의 유리장 안에 남겨 두고 있었다.

아멜리아에게 새들의 사용법에 대해 들었을 때, 자신은 어떤 부끄러운 생각을 했던가. 한 쌍의 새 중 한 마리가 영혼을 천도하는 능력이 있다고 들은 순간 그는 어찌 보면 소녀보다도 더 빨리 나머지 한 마리의 의미를 알아차렸다.

'한 마리는 올려 보내고, 나머지 하나는 내려보낸다.'

균형을 맞추기 위해 존재하는 한 쌍이라는 것을 깨달은 그는 적잖이 당황했다. 있을 수 없는 기회가 주어진 것 같았다. 제 버릇을 버리지 못하고 소녀의 힘을 빌려 라일라를 만날 희망을 품었다. 하늘이 보내 준 기회인지 아니면 악마의 속삭임인지, 구별되지 않았다. 마음 깊은 곳에서 아무려면 어떠냐는 속삭임이 들려왔다.

이대로라면 아멜리아마저 곤경에 빠트릴 것 같은 예감이 들어 소녀의 손에서 도자기 새들을 빼앗았다. 어차피 제 손에서는 큰 쓸모가 없는, 장식용 도자기일 뿐이다. 아멜리아만 멀리하면 된다고 생각했다.

'그렇지만 결국 밀리가 새를 사용하는 걸 보고 말았지.'

올려 보내는 방법을 터득한 소녀는 원하기만 한다면 내려보내는 방법도 알아낼 수 있을 거였다. 새와 아멜리아의 능력을 목격한 이상 멋대로 기대감이 부푸는 걸 막을 길이 없었다. 정말 이것이 옳은 판단일까 하는 의구심에 남아 있는 이성을 쥐어짜 내서 간신히 허튼 생각을 멈출 수 있었다.

그 순간의 위기는 모면했다고 해도, 시드의 미련을 표현이라도 하듯 새들은 아직도 그의 손에 남아 있었다. 당장 치워야 한다고 생각하면서도, 일말의 희망을 놓지 못하고 주인이 찾지 않는다는 핑계를 댔다.

'나약하기 짝이 없는 이런 인간을 과연 라일라가 만나 주려고나 할까.'

의자에 몸을 기대고 눈을 감았다.

'시드.'

다시금 그녀의 따뜻한 목소리가 들리는 것 같았다. 이 목소리를 다시 한 번 들을 수만 있다면. 그녀에게 하고 싶은 말이 너무 많았다. 그 중에서도 가장 하고 싶은 첫마디는 물론, 그리움을 담은 사죄의 말인 것은 두말할 것도 없었다.

외전 ─ 별이 떠난 자리

"우리가 어떻게 만났더라?"

"또 물어본다. 정말 기억 못 하는 거야, 못 하는 척하는 거야?"

라일라가 웃었다. 시드처럼 머리 좋은 사람이 왜 그걸 기억 못 하냐고 타박했지만, 정말 기억이 나지 않았다. 그녀의 설명에 의하면 그들이 만나게 된 계기는 정말 하찮은, 아무것도 아닌 일이라고 했다. 대수롭지 않아서 기억도 나지 않을 만큼.

"운명처럼 멋지게 만나지 않은 것만은 확실해. 그랬다면 분명 기억을 했을 텐데."

"생각하기 나름이지. 난 그날의 일을 아주 선명하게 기억하거든요?"

"말해 줘. 내가 펍에서 술을 샀나? 걸어가다 부딪혔어? 가게에서 같은 상품을 골랐다거나?"

"다 틀렸어요, 이 헛다리 양반아."

"헛다리……."

뜻밖의 단어에 시드가 심통 난 표정을 했다. 동갑내기인 두 사람은 늘 단짝 친구처럼, 연인처럼 굴었다. 그들의 첫 만남을 기억하지 못하는 시드를 라일라는 언제나 놀렸다. 어떻게든 알아내려고 틈만 나면 그가 물어보았지만, 그녀는 절대로 말해 주지 않았다.

"라일라도 기억하지 못하면서 아는 흉내만 내는 건 아니고?"

"잘 기억하고 있다니까."

"확인해 보자. 말해 보면 내가 기억할 거 아니야. 그럼 그게 진짜인지 아닌지도 밝혀질 테고. 네가 거짓말하는지도 모르잖아."

"기억해 내기 전까지는 안 가르쳐 줘. 그리고 모든 만남에는 시작이 있는 법이야."

"······고집쟁이."

"아하하."

라일라는 말했다. 네가 기억하지 못하는 건 그래도 상관없어서 잊은 거라고. 그 말을 들은 시드가 "기억하고 싶은데 잘 기억나지 않는 경우도 있잖아."라고 반박했으나 그녀는 "그 또한 잊힐 때가 되어서 잊힌 거야."라고 대답했다.

"말싸움으로 널 이기는 날이 오기는 할까, 이 운명론자."

지친 표정으로 시드가 투덜거리자 그녀가 "내 직업이 고객 상대로 말하는 건데 당연하지 않겠어?"라고 답하며 웃었다.

"내 직업은 이 도시 사람들을 상대로 글을 쓰는 거거든요?"

반박해 보아도 라일라는 행복하게 웃을 뿐이었다. 가끔은 시드를 남동생 카이퍼와 동급으로 보는 건 아닐까 싶을 정도로 여유만만한 누님의 미소였다.

"요즘도 일이 많아?"

"보통 때랑 비슷해. 손님이 늘어나도 일단 순서가 밀려나니까 하루치 점사량은 크게 변하지 않아. 가끔 단골의 응급 의뢰가 들어오는 거 빼고는."

일을 마치고 시드의 작은 아파트에 놀러 온 라일라가 오는 길에 사온 미트파이를 오븐에 데우며 대답했다.

"지난번 그 바람난 공작부인은 어때? 남편을 죽일 수 있는 저주를 알려 달라고 찾아왔다던. 흡족할 만한 답변은 받아 갔어?"

"천명을 어찌 사람 손으로 바꾸겠어. 대신 공작의 수명을 점쳐 보았어. 부인이 몇 년만 더 참으면 굳이 그녀가 나서지 않아도 될 것 같으니 다른 생각 말라고 다독였지 뭐."

"아하, 그런 방법이 있었군."

"권력자들은 아이 같은 면이 있어서 뭐든 적당히 대신할 것을 쥐여 주지 않는 한 포기를 모르거든."

라일라가 점성술사로서 명성을 얻게 되자, 순수하게 미래를 묻고 운명을 점치는 의뢰보다도 그녀의 힘을 악용하고자 하는 사람들이 더 많아졌다. 운명을 바꾸고 비겁한 수를 쓰고 싶어 하는 이들이 늘어나서인지 눈에 띄게 지쳐 가고 있었다.

"슬슬 그만둬야 할 때가 되었나 봐. 카이퍼도 요즘따라 그만두라는 소리를 더 자주 하고 있고."

"우리 결혼할 때쯤 어때? 나 승진 이야기 나오는 걸 봐서는 내년 초가 될 것 같으니 그때쯤 식을 올리자."

"……내년이면 아직 조금 남았네. 그래, 그러자."

새해가 오려면 아직도 4개월이나 남았다. 식을 올리기까지는 거기서 더 시간이 걸릴 터였지만, 조금만 더 힘내면 끝이 있다는 말이 그녀의 마음을 놓게 했다.

"결혼식에 좋은 날짜도 점쳐 볼 수 있어?"

"가능은 하지만 하지 않을 거야. 난 우리 일은 굳이 점쳐서 미리 알고 싶지 않아. 가능한 한 평범하게 살고 싶거든."

"그래? 난 뭐든 점으로 결정하자고 할까 싶었는데, 의외네."

"뭐든이라니 구체적으로 뭘 생각한 거야?"

"꽃병 하나 사면서도 점을 쳐야 하는 걸까 기대했었어. 아, 오늘은 동쪽에 있는 가게로 가서 오렌지를 사야 해! 뭐 이런 거?"

"아유. 얄미워, 진짜!"

소파에 앉아 있던 라일라가 쿠션을 집어 던졌다. 시드가 킥킥대며 웃는 걸로 보아 농담이란 걸 깨달은 것 같았다.

"무슨 말이 나올지 진지하게 기다리던 내가 너무 바보 같아……."

마감하지 못했다며 퇴근하고도 책상에 앉아 글을 쓰는 시드를 위해 라일라가 미트파이를 그릇에 담아 건넸다. 나이 지긋한 신사 숙녀들이 봤다면 젊은 세대들은 식탁 예절도 잊었다며 통탄할 장면이었다.

시간을 절약하기 위해 시드는 종종 책상에 앉은 채로 간단한 음식을 먹으며 자신의 약혼녀와 이야기했다.

"신문사 일 말고도 따로 글도 쓴다고 하지 않았어? 그쪽은 잘돼가?"

"어? 어어. ……그럭저럭. 심각하지 않은 오락용 글이야. 우연히 기획안이 통과돼서 쓰게 된 거야."

"카이퍼는? 시드 소개로 출판사에 들어가서 실수만 하는 거 아니야?"

"잘하고 있어. 머리가 좋아서 금방 익숙해질걸. 서툰 것처럼 보여도 능청스러운 면이 있어서 기자 일에 잘 맞아. 나야 소개만 했지 합격한 건 카이퍼의 능력이야."

"흐응—, 나로선 걔가 사회인이 된다는 게 어딘가 믿기지는 않지만, 시드가 그렇게 말한다면 걱정하지 않아도 되겠네."

라일라가 책상 곁으로 가까이 다가오자 시드가 종이 몇 장과 수첩을 재빨리 책 사이로 감췄다. 그것을 눈치채지 못한 라일라는 그에게 우유를 넣은 홍차 잔을 건네고 다시 소파로 돌아가 앉았다.

"결혼 비용 마련한다고 추가 업무까지 맡았다며? 과로하는 거 아니지?"

"괜찮아. 너랑 같이 보낼 시간이 부족해서 그렇지 지금처럼만 하면 돼."

"나는 너 글 쓸 때 같이 있는 걸로도 상관없어."

그녀가 "얼른 다른 이들의 비밀을 듣는 일을 그만두고 싶어."라고 중얼거렸다. 마음 여린 그녀는 남들의 말 못 할 비밀을 안고 살아야 한다는 것이 늘 힘에 겨웠다. 그러나 시드는 그것을 부러 못 들은 척했다. 힘들어 한다는 것은 알았지만, 두 사람이 함께할 미래를 위해서 지금은 잠시의 고생이 더 필요한 순간이었다. 조금만 인내하면, 나중에 이 모든 것들을 "그때는 정말 힘들었지."라고 웃으며 회상할 수 있는 시간이 오리라고 그는 믿었다.

준비되지 않은 난관은 언제나 입을 벌리고 누군가가 발을 헛디뎌 떨어지기만을 기다리고 있다.

"시드니, 이게 대체 뭐야?"

격앙된 목소리로 라일라가 외쳤다. 그녀의 손에는 오늘 자 신문이 들려 있었다. 타자기에 종이를 넣으려던 시드의 손이 잠시 멈췄다.

"정치인 G의 금융 손실을 미리 막아 준 은행장 R의 뒷거래……. 이 거, 나에게 상담하러 왔던 로젠버그 씨 이야기 아니야?"

시드는 황망한 표정으로 신문을 들여다보는 제 약혼녀를 바라보았 다. 이 정도면 꼬리가 꽤 긴 편이었다. 드디어 눈치를 챈 듯싶었다. 사 교계의 뒷모습을 폭로하는 자극적인 글을 주로 써 오던 시드니였다. 신랄한 단어 선정이며 비아냥거리는 문장이 일품이라 그가 담당하는 칼럼은 늘 인기가 좋았다. 가능하다면 끝까지 감춰 둘 생각이었지만 알게 된 이상 어쩔 수 없었다. 기사를 읽은 라일라는 내용과 문장을 보고 이것이 시드니가 쓴 글이라는 걸 직감했다.

"내 고객들이 나를 믿고 해 준 이야기를 적었다고? 내가 너에게만 털어놓은 이야기를, 설마 전부 기사화하고 있었어? 이것 말고도 더 있 는 거지?"

"……라일라."

"내 반쪽이라 믿고, 너에게만 말한 걸 글로 써서 팔았다고?"

"괜찮아. 어디서 새어 나간 소문인지 아무도 모를 거야."

"그게 문제가 아니잖아! 시드. 내 눈을 보고 대답해. 날 이용한 거였 어?"

"그렇지 않아. 나도 처음부터 이럴 생각을 했던 건 아니었어. 편집장이 계속 뭔가 쓸 만한 게 없느냐고 물어 오는 통에……."

"내 믿음을 저버린 네 말을 어떻게 신용해야 하지? 기사 계속 쓰려고 나더러 일 그만두지 말라 한 거야?"

"라일라, 그건 오해야. 우리의 결혼 비용을 마련할 때까지만 잠시 지름길을 택했던 것뿐이야."

"……돈 때문에, 신뢰를 배반한다는 거야? 선택의 여지가 없었다는 투로 말하지 마. 난 그런 돈 필요 없으니까."

"흥분하지 말고 조금 진정해 봐. 이걸로 결혼을 몇 달은 앞당겼다고. 기사는 아예 다른 가명으로 쓰고 있고, 우리 둘을 연관 지어 생각할 만한 사람도 없어. 네가 걱정할 일은—."

"시드니."

시드의 설명을 자른 라일라가 슬픈 눈으로 그를 바라보았다.

"내가 듣고 싶은 말은 그런 게 아니었어."

자신을 정당화하려는 시드의 변명에 뭐라 말할 힘을 잃은 라일라가 소파에 주저앉아 양손으로 얼굴을 감쌌다. 시드는 그런 약혼녀의 모습을 안타까운 표정으로 바라보았다. 그가 라일라의 선하고 올곧은 면에 반했던 이유는 그에게 결여된 부분을 그녀가 가지고 있었기 때문이었다. 라일라는 시드에게 사라진 진솔한 양심 같은 존재였기에 그녀가 그의 잘못에 고통받고 있다는 사실이 괴로웠다.

그는 그런 그녀의 모습을 보는 것이 마음 아픈 한편 자신의 행동이 잘못되었다고 생각하지는 않았다. 그에게는 확실한 선이 그어져 있었다. 그가 지켜야 할 사람은 라일라였지 자신이 아니었다. 순수하고 바른길을 걷는 사람도 제가 아니었다.

그는 기자로서 제 본분을 다했다고, 쓰레기 같은 세상 속에서 제법 흥미로운 기삿거리를 제공했다고 생각했다. 기자로서 해야 할 도리를 한 것뿐이라며 자신과 라일라를 속이려 들었다.

"내가 가장 가슴이 아픈 건 말이지, 시드. 네가 자신에 대한 애착도 신뢰도 없다는 점이야. 어째서 다른 사람에게 해 주듯 너를 사랑하지 못하는 거야?"

그건, 어떻게 해야 느낄 수 있는 감정일까. 라일라의 질문에 잠시 그런 생각을 했던 것 같았다. 그 당시의 시드는 그에게 이미 아무짝에도 쓸모없는 것을 아쉬워하는 그녀를 이해할 수가 없었다. 정직하고 올바른 것들은 이미 어릴 적에 자신이 살아남기 위해 버린 조건들이었다. 가지고 있지 않은 것을 아무리 찾아본들, 존재할 리가 없다고 그는 생각했다. 그의 말에 라일라는 더 슬픈 표정을 지었다.

"그렇지 않아. 그것들은 우리에게서 분리될 수 있는 요소들이 아니야. 태양이 떴다고 별이 사라지는 게 아닌 것처럼. 네가 받아들이기를 부정하고 있는 것뿐이지."

자신을 속인 연인에게 맹렬하게 화를 내던 라일라는 그 후 시드를 안타까워하며 울었다. 당황한 그가 미안하다며 울지 말라고 달래니 "네가 널 위해 울지 않으니 내가 울 수밖에 없어."라는 뜻 모를 소리를 하며 눈물을 흘렸다.

라일라는 자신을 속인 연인을 용서했다. 그 대신 앞으로 서로의 신뢰를 배반하는 일이 다시 없게 하자는 약속을 요구해 왔다. 사교계의 유명인과 사회 고위 인사들이 주 고객인 라일라의 정보를 사용할 수 없게 되는 건 시드에게 큰 타격이었지만 그래도 그는 그녀의 제안을 받아들였다. 결국, 그에게도 명예나 재산보다는 라일라가 더 중요했기 때문이었다.

"미안해, 내 생각이 짧았어."

"다시 이러면 절대로 용서해 주지 않을 거야."

간신히 달랜 연인이 눈을 흘기며 으름장을 놓자 시드가 고개를 끄덕였다. 더는 누군가를 희생시켜 돈을 버는 일이 없도록 하자고 약속했다. 그러나 이미 폭로된 기사들의 양은 상당했다. 그 안에는 누가 봐도 흥미 위주로 넘길 만한 내용도 있었고, 가끔은 당사자가 밝혀지면 상당히 치명적일 내용도 포함되어 있었다. 그간 시드가 쓴 기사를 하나하나 확인한 라일라는 "내가 이걸 잘 얼버무릴 수 있을까……."라며 곤란한 표정을 지었지만, 그 이상 시드를 나무라지는 않았다.

두 번 다시 자신의 고객들에 대한 이야기를 기사화하지 않겠다는 약속을 확실히 받아 낸 라일라는 그 후 얼마 지나지 않아 괴한의 습격을 받아 사망했다. 일터에서 집으로 돌아가는 길이었다. 어두운 뒷골목에서 칼에 찔린 채로 발견되었는데, 그것이 강도의 소행인지 아니면 고객의 중대한 정보를 흘린 것에 대한 보복인지는 경찰의 조사에도 끝끝내 밝혀지지 못했다.

"대체 왜 누나가 죽어야 하는데?"

날벼락처럼 라일라를 잃은 카이퍼의 슬픔은 이루 말할 수 없었다. 시드는 말없이 벽에 몸을 기댄 채 하나밖에 없는 가족을 잃은 카이퍼의 오열을 듣고 있었다. 마음씨 착하던 누나에게 있을 수 없는 일이 벌어졌다. 학교를 졸업하고 사회인이 된 지 얼마 되지 않은 그는 이제야 무언가 해 줄 기회가 왔다고, 평생 받기만 했던 것을 보답해 주려고 했다며 통곡했다.

"묻지마 살인이라니 말도 안 돼. 가게에서 우리 집까지 5분도 채 안 걸리는 거리잖아! 그 거리에서 어떻게 살인 사건이 생긴단 말이야, 그럴 리가 없어!"

믿을 수 없는 일이 벌어진 충격에 시드는 아무 말도 할 수 없었다.

그즈음 일이 바쁘다며 제대로 얼굴도 마주하지 못한 나날들이 이어졌었다. 라일라와 함께 식탁에 앉아 제대로 식사를 했던 것이 언제였었나, 마지막 나눈 대화가 무엇이던가, 그런 자잘하고 쓸데없는 기억만이 아쉬움으로 이어졌다. 그날 자신이 찾아가 바래다주었더라면 사고가 나지 않았을지도 모른다며 자책했다.

셀저 남매에게는 두 사람 외의 다른 가족은 없었다. 카이퍼와 시드 둘만이 찾아오는 조문객들을 전부 맞이해야 했다. 이웃 사람들이 틈틈이 일을 도와주는 것이 전부였다. 손님의 행렬을 맞으면서도 내내 머리가 멍했다. 어딘가 비현실적인 장면이라는 생각이 들 정도였다. 라일라가 곁에 없다는 사실이 믿어지지 않았다. 지금이라도 어디선가 "방금 누가 나 찾았어?"라고 말하며 나타날 것만 같았다.

"누나는 자기 일만큼은 점치지 않았어. 운명을 미리 아는 것만큼 시시한 게 없다고."

장례식 날 카이퍼가 중얼거렸다. 점성술사에 운명론자였지만 제 운명만큼은 별의 뜻에 맡기며 흘러가겠다 늘 입버릇처럼 말했다고 했다.

"곧 일도 그만둘 거라고 기대에 차 있었는데. 점성술과는 아예 다른 일을 찾겠다고 했어. 내가 말단 신입이긴 해도 신문사에서 자리를 잡았으니 이제 좀 쉬겠다고, 시드니와의 결혼도 준비하고 있었단 말이야."

시드의 소개로 같은 신문사에 취직한 카이퍼였다. 그를 친형처럼 따르는 카이퍼는 두 사람이 약혼 발표를 하자 진심으로 기뻐해 주었다. 그는 어른스럽고 남자다운 매력이 넘치는 시드를 마음 깊이 존경했다. 기자로서도 까마득한 선배인 그와 가족이 되는 날을 진심으로 기대하고 있었다.

그러나 카이퍼는 라일라의 사망 한 달 후, 뒤늦게 발간된 시드의 책을 읽고 그에 대한 태도를 바꾸게 되었다.

"이걸 시드니가 쓴 거야? 왜?"

카이퍼가 집어 던진 책을 바라보며 시드는 멍하니 '아, 저런 것도 있었지.'라는 생각을 했다. 마감해 놓고도 정신이 없어서 발매일조차 기억하지 못하고 있던 책이었다.

"다른 사람이면 몰라도, 어떻게 당신이 이런 걸 쓸 수 있어?"

시드니는 사실 점술가들이나 영매를 믿지 않는 부류의 사람이었다. 그렇다고 약혼녀인 라일라의 실력을 의심했다는 말은 아니었다. 그저 점성술을 통계 자료로 산출하는 별자리 운세 정도로 받아들일 뿐 진지하게 생각하지 않는 부류였다. 라일라에게는 남의 말을 귀담아들어 주는 능력과 그들을 옳은 선택지로 안내하는 타고난 혜안이 있을 뿐, 그녀를 찾아오는 손님들의 대부분은 심리 상담이 필요한 사람들이라 믿고 있었다.

그는 신비학(Sciences Occult)이니 초심리학(Metapsychics) 같은 주제로 작성된 논문과 서적들을 읽고 자신만의 사론을 정립했다. 그리고 라일라에게 들은 세밀한 내용을 토대로 그 신비성을 파헤치는 신랄한 글을 썼고, 사례 연구까지 추가해 비신봉자의 입장에서 작성한 반박 자료로는 꽤 그럴듯한 책을 한 권 만들어 냈다. 신비학의 허무맹랑함을 꼬집으며 과학으로 증명할 수 없는 애매한 부분들을 시원하게 긁은 그의 글은 현실주의자들의 지지를 얻어 빠르게 재판을 찍을 정도로 인기가 좋았다.

"다른 사람도 아니고 시드니가, 라일라의 인생을 부정하는 글을 썼어?"

"인생을 부정……, 아냐! 그런 의도가 아니었어, 카이퍼."

"아니라고? 이건 충분히 그렇게 보여."

대중의 흥미를 유발할 수 있는 글을 써서 돈을 벌 생각이었던 시드는 카이퍼의 경멸 어린 시선에 다시금 신중하지 못한 선택을 한 자신의 실수를 깨달았다. 시드는 알지 못했지만, 누나 라일라만큼은 아니어도 카이퍼 역시 약간의 특별한 능력이 있었다. 누나만이 아니라 자신도 부정했다고 생각한 그는 이전처럼 시드를 따르지 않았다. 오히려 이 일을 계기로 시드가 특종을 쓰기 위해 라일라에게 접근한 것은 아닌가 하는 의심을 하기 시작했다.

라일라를 진심으로 사랑했던 시드는 자신의 경솔함으로 카이퍼의 신뢰까지 잃게 되자 괴로워했다. 그러나 카이퍼는 거기서 멈추지 않고 라일라의 죽음을 뒤쫓았다. 기자의 특성을 살려 경찰이 미처 확인하지 못한 세세한 일들을 추적하고 라일라의 기록을 뒤지던 그는 결국 시드가 쓴 기사가 라일라의 죽음과 연관되어 있다는 사실을 알아내고 말았다.

"대체 무슨 짓을 한 거야! 모든 걸 당신이 망가트렸어. 우리에겐 당신밖에 없었는데, 이렇게 배신을 해? 그 알량한 가십 기사 따위 때문에 라일라가 죽어야 했다는 거야?"

카이퍼는 실성한 사람처럼 울며 덤벼들었다. 시드가 쓴 폭로 기사에 원한을 품은 고위 인사가 청부업자를 고용하여 정보의 근원지였던 라일라를 죽인 것으로 밝혀졌다. 범인을 추적하는 데는 성공했으나 살인범은 이미 보수를 챙겨 외국으로 도피한 후였고 의뢰인은 건드릴 수 없는 위치의 사람이라는 것이 밝혀졌다. 제 범행을 들킨 고위 인사는 몸을 사리기는커녕 내친김에 익명으로 폭로 글을 쓴 기자까지 찾아내 혼쭐을 내겠다며 협박을 해 왔다.

"누나의 용서는 받았을지 몰라도, 나는 달라. 절대로 당신을 용서하지 못해."

한동안 몸을 피해 있으라는 편집장의 권유에 따라 짐을 싸던 시드에게 카이퍼가 한 말이었다.

"일이 이렇게 되어 정말 미안하네. 자네 약혼녀가 그렇게 된 책임감을 느낄 거라는 것도 알고 있고, 힘들 거라는 것도 짐작이 가네. 잠시 몸을 피할 겸 여행을 다녀오는 건 어떻겠나. 자네 자리는 비워 둘 테니 정리가 되면 돌아오는 걸로 하고. 요양도 할 겸 다른 환경에서 글이나 쓰다가 정신을 추스르고 돌아오는 게 좋겠네."

"저도 이대로는 도저히 버틸 수 없을 것 같다는 생각을 하던 참입니다. 전부 정리하고 떠나려고요."

시드가 아파트며 소지품을 전부 팔았다는 말에 놀란 편집장이 "지나치게 극단적인 행동은 삼가는 것이 좋아."라며 만류했지만, 시드의 결심은 확고했다.

"라일라와 함께 지내던 거리에서 다시 평범한 일상을 살 용기가 없습니다. 가게 해 주세요."

어디로 갈지도 정하지 않고 떠나기로 했다. 라일라가 올려다보던 하늘이 자신이 가는 곳과 이어지는 한 그녀에 대한 죗값을 잊지 않으며 살기로 했다. 발 닿는 대로 흘러가다가 걸음이 멈춰지면 그곳에서 머물며 조용히 살 생각이었다.

"자리를 잡으면 연락드리겠습니다."

"어디든 눌러앉을 생각 말고, 마음이 좀 풀리면 돌아오게나. 자네는 기자가 천직인 사람일세."

오랜 시간 정들었던 출판사를 마지막으로 방문한 날, 그를 배웅하는 사람들 속에는 카이퍼도 끼어 있었다. 다른 사람들 사이에 섞여 인사를 나눈 그는 "이게 끝이 아닙니다. 도망가도록 그냥 두지 않을 거예요."라는 말을 남겼다.

모든 것을 정리하고 가방 하나만 든 채 기차를 탄 시드는 생각했다. 아무리 괴롭고 힘들어도 이것으로 끝낼 수는 없다고. 이제 그는 그녀의 몫까지 살아야 했으니 무슨 일이든 쉽게 포기하면 안 됐다. 자신의 부족했던 일부를 대신해 주던 그녀가 없으니, 이제는 자신이 라일라의 몫까지 넘치도록 채우며 살아야 했다.

"결국, 듣지 못했네. 우리가 어디서 처음 만났는지."

하늘을 보며 그가 속삭였다.

자신의 별이 떠난 가슴은 텅 비었지만, 진한 그리움과 아쉬움이 그를 채웠다.

작은 속삭임이 귀에 들리는 것 같았다.

'전부 잊을 이유가 있어서 잊은 거야.'

별을 사랑하던 운명론자의 다정한 한마디가.

별이 떠난 자리 — *The end*

뛰어난 점성술사였던 누나 라일라만큼은 아니지만, 카이퍼에게도 기묘한 것들을 볼 수 있는 눈이 있었다. 제 동생 역시 그런 능력이 있다는 걸 알게 된 날 라일라는 "피는 속일 수 없는 건가 보다."라고 말하며 슬픈 얼굴을 했다. 가능하다면 동생은 몰랐으면 하는 세계였다고 그녀가 말한 적이 있었다.

"나는 진심으로 감사하고 있는데 말이지."

땅거미가 진 늦은 시간, 카이퍼는 혼잣말을 중얼거리며 어디론가 바삐 걸어가고 있었다. 동생만큼은 지극히 평범한 사람이기를 바랐던 라일라와 달리 카이퍼는 누나와 비밀리에 공유하는 것이 있다는 게 좋았다.

마을 외곽으로 빠져나온 그는 한참을 걸어 너른 들판을 가로지르고 있었다. 다른 이에게 들키면 안 되니 늦은 시간까지 기다려야 했다. 한참을 걸어 그가 도착한 곳은 엘포트 강이었다.

다리 위에 선 카이퍼는 강줄기를 내려다보며 무언가를 찾았다. 잔잔하게 흘러가는 강 가운데에서 움직이는 그것을 발견한 그가 나지막이 중얼거렸다.

"저기 있네, 찾았다."

그는 불에 타 화상을 입은 아이를 지켜보았다. 아멜리아가 보던 때처럼 그 아이는 평온한 얼굴로 주변을 두리번거리며 흘러 다니고 있었다.

"흐음……."

카이퍼는 아이에게서 시선을 떼지 못했다. 뭔가 있었는데, 꽤 중요한 단서가 될 한마디가.

"무언가 생각이 날 듯한데, 그 아가씨가 그때 뭐라고 그랬더라?"

'다행이다. 아직 가지고 있네⋯⋯.'

그거였다. 소녀는 무의식중에 '아직 가지고 있다.'라는 표현을 썼었다. 그는 아이를 다시 훑어보다가 그 손에 들린 것을 확인했다. 눈을 가늘게 뜨고 낡은 곰 인형을 보던 그가 무언가 깨달았다는 듯 손뼉을 쳤다.

"그렇군. 그런 거였어⋯⋯."

맞부딪친 손을 비비며 즐거운 듯 웃었다.

"일이 재미있어지겠는데."

누나의 능력을 조금이나마 나눠 받아 다행이라고, 그는 진심으로 기쁜 표정을 지었다.

아멜리아가 강가에서 일어난 사고 소식을 들은 건 그로부터 이틀 후였다. 인명 피해가 없다는 말에 처음에는 단순한 물놀이 사고라고 생각했다. 그러나 그다음 날에도 누군가 다쳤다는 말을 듣게 되자 이상하다는 생각이 들었다.

'그리 사고가 자주 생기는 곳이 아닌데⋯⋯.'

강턱은 완만했고 심한 폭우가 아닌 이상 강줄기의 흐름도 강하지 않아 사고가 날 여지가 그리 많지 않은 곳이어서, 소녀는 그저 우연이 겹친 것으로 받아들였다.

"부르셨습니까, 아가씨. 마차가 필요하시다고요."

집사의 질문에 레이스 장갑을 끼던 소녀가 고개를 끄덕였다.

"응. 윌리엄 씨 댁에 가 보려고 하는데, 마차 좀 준비시켜 주세요."

"알겠습니다. 잠시만 기다려 주십시오."

숲이며 들을 가리지 않고 뛰어다니는 아멜리아에게는 사실 걸어가도 상관없을 거리였지만 그렇다고 다 큰 아가씨가 다른 귀족의 저택을 걸어서 방문하는 것도 예의가 아닐 것으로 보여 일단 마차를 타고 가기로 했다.

"오래 걸리지는 않을 거야. 금방 돌아올게요."

"잘 다녀오십시오."

흔들리는 마차 안에서 소녀는 자신의 방문 목적을 되짚었다. 윌리엄 씨를 만나면 물어볼 질문들이 몇 가지 있었지만, 그가 솔직하게 대답해 줄지는 확신하기 어려웠다.

오랜만에 찾아가서 기묘한 질문들을 해야 하는 소녀의 손바닥에 땀이 배었다. 한여름의 레이스 장갑이 지독하게 덥다지만 지금 손수건에 닦고 있는 땀은 더위보다는 긴장 탓이 더 컸다. 윌리엄 씨에게서 답변을 듣지 못하면 아멜리아는 막다른 벽에 부딪히게 된다. 어떻게든 알아내야 할 것이 있었다.

"아멜리아 양, 이게 얼마 만인가요! 마지막으로 만났을 때는 키가 요만했는데, 어느새 이렇게 아름다운 아가씨가 되었군요."

"안녕하세요, 윌리엄 아저씨."

"부모님들과의 왕래는 종종 있어도 자녀분들을 만나 뵈는 건 정말 오랜만인 것 같습니다."

"저도 뵙게 되어 기쁩니다."

데이비드 윌리엄은 60대를 넘긴 백발이 성성한 체격 좋은 남자였다. 나이를 먹음에 따라 자연스럽게 배도 나오게 되어 이전 아멜리아가 기억하던 모습보다 체중이 많이 늘어난 모습이었다.

"앉으시지요."

"감사합니다."

집사가 따라 주는 차를 앞에 두고 소녀가 어색하게 웃었다. 그것은 윌리엄도 마찬가지였다. 샌더즈가의 막내딸이 자신을 찾아온 이유를 알 수 없었기 때문이다.

"방문 연락을 듣고 조금 놀랐습니다. 무슨 일이신지 여쭈어도 되겠습니까?"

"아, 네……. 그럼요."

"너무 급하게 본론으로 들어가 죄송합니다. 제가 많이 성급해서 탈이지요. 젊은 아가씨의 방문 이유가 어찌나 궁금하던지. 하하하."

어떻게 말을 꺼내야 좋을지 몰라 꼼지락거리던 아멜리아는 윌리엄의 눈치를 살피며 조용히 물었다.

"실은, 저……. 소장하신 그림에 관련해서 여쭤 보고 싶은 게 있어서……."

"소장한 그림이요?"

영문을 모르겠다는 표정으로 자신을 바라보는 윌리엄에게 "퍼트리샤 백작 부인의 그림이요."라고 설명을 추가하자 그의 얼굴이 굳었다. 표정 관리가 거의 되지 않을 정도로 당황한 윌리엄은 "왜, 왜 그걸, 아가씨가."라며 말까지 더듬었다.

"얼마 전 우연히 교회의 전시회장을 방문했다가 그곳에 걸려 있는 그림을 보았어요. 예전에 윌리엄 아저씨 댁에서 본 기억이 나서 반가운 기분이 들었거든요."

"……그런가요."

윌리엄의 얼굴에서는 이미 미소가 사라져 있었다. 푸근하던 분위기가 순식간에 긴장으로 말라붙었다.

"저도 취미로 그림을 끄적이다 보니 아름다운 그림을 보면 정신없이 빠져들게 되어서요. 빛의 표현이 섬세하고 인물 역시 흠잡을 곳 없는 훌륭한 그림이었어요."

"아멜리아 양이 그림에 조예가 깊은 줄은 몰랐습니다. 제 저택에는 그 그림 말고도 멋진 그림들이 많으니 언제든 방문하셔서 천천히 둘러보시기 바랍니다."

"감사합니다. 그 그림을 그린 화가 이름을 혹시 아시나요?"

"당시 헝가리 출신의 궁정 화가였는데, 갑자기 이름이 기억이 안 나는군요. 하도 예전 그림이라 저도 아는 것이 별로 없답니다. ……페스트레, 같은 이름이었던 것 같습니다."

"그렇군요. 실력이 뛰어난 화가일 거라 짐작하기는 했는데 역시 궁정 화가였네요. 그럼 퍼트리샤 부인은 선조님이신가요?"

"오스트리아 여행 중에 맺은 인연으로 저희 선대와 결혼하신 분이십니다. 그때가 윌리엄 백작가의 최성기라 불려도 손색이 없을 시기였지요."

"로맨틱한 만남이었겠네요."

"어찌나 사랑했는지 그분이 돌아가신 뒤 상심한 선조께서 하던 사업을 다 접고 저택에 칩거하는 바람에 가문이 크게 흔들릴 정도였지요."

"사고로 돌아가신 건가요?"

먼 선조의 로맨틱한 연애담을 이야기하면서 다시 분위기가 부드러워진 윌리엄은 슬픈 표정으로 "심한 우울증으로 자살하셨다고 합니다."라고 밝혔다.

"어머나, 정말 슬픈 일이에요."

"고질병이었다는 진단이 있었는데 아무래도 고향을 오래 떠나와 있다 보니 악화된 모양이더군요."

"그 아름다운 그림에 그런 슬픈 이야기가……."

커다란 모자를 쓰고 사냥개와 함께 있던, 아테나 여신 같은 기품이 느껴지는 외향적인 부인의 모습에서 상상하기 힘든 전개였다. 타국에 홀로 온 외로움과 수차례의 유산으로 처녀 시절에 앓던 마음의 병이 도진 것 같다고 했다.

귀 기울여 이야기를 듣는 아멜리아의 열의에 동화된 그는 신이 나서 한참 동안 선대의 이야기와 그림에 관련된 이야기를 들려주었다.

"주인님, 손님이 오셨습니다."

귀여운 아가씨와의 티타임을 방해받은 것이 못내 아쉬운 듯한 윌리엄이 "다음에 오라고 해."라고 말하자, 집사가 그에게 귀엣말로 뭐라고 설명했다.

"그런가, 그럼 잠시 팔러(Parlour)로 모셔. 손님 접대 중이니 좀 기다리시라고 하고."

"알겠습니다."

손님이 있다는 말에 아멜리아가 눈을 크게 뜨고 "아니에요, 그러실 필요 없어요. 저도 이제 슬슬 가 봐야 할 시간이랍니다. 윌리엄 아저씨 이야기가 너무 재미있어서 염치없이 오래 머물렀지 뭐예요."라며 자리에서 일어났다.

"이런, 불청객에게 신경 쓸 필요 없는데. 꼭 내쫓는 기분이라 마음이 편치 않군요."

"다음번에 다른 그림들도 구경시켜 주세요. 이야기 너무 즐거웠어요."

"평소에는 아무도 찾지 않는 심심한 늙은이인데 하필 오늘 이렇게 손님이 겹쳐서…… 정말 미안합니다. 예쁜 아가씨와 함께할 기회를 다시 주시기 바랍니다. 제 저택의 문은 언제든지 활짝 열려 있답니다."

궁금한 것도 대충 확인한 아멜리아는 "네, 그럴게요!"라고 말하며 방글방글 웃었다. 거실을 나서며 긴 복도를 걷다 보니 손님맞이 준비를 하느라 바쁜 하녀들이 팔러 안을 분주히 움직이는 모습이 보였다.

'평범한 손님은 아닌가 보네.'

아무래도 지위 있는 귀족 손님의 방문인가 보다, 하며 현관 쪽으로 시선을 돌린 소녀의 발걸음이 그 자리에 딱 멎었다.

"……아멜리아?"

"알렉스?"

늘씬한 키에 단정한 얼굴, 섬세한 눈매가 지적인 인상을 주는 우아한 모습. 절대로 잘못 볼 리가 없는 소꿉친구의 수려한 얼굴이었다.

오랜만에 보는 그의 얼굴은 어딘지 창백해서, 선이 한층 날카롭게 느껴졌다. 어째서 이런 곳에 알렉스가 있는 건지 알 수 없었다. 놀라기는 알렉스 역시 마찬가지였는지, 할 말을 빨리 찾지 못한 채 입만 벙긋거리고 있었다.

"먼저 방문한 손님이라는 게 아멜리아였어?"

"알렉스가 여기는 어쩐 일이야? 안색이 왜 이래?"

"나는 아버지 심부름으로……, 아니. 이게 아니고. 내 걱정 할 때가 아니야. 너 말이지."

그때. 무언가를 말하려는 알렉스의 앞에 저택의 주인이 나타났다.

"멜포드 군! 오랜만일세!"

"……안녕하십니까."

정중하게 인사를 나누는 두 신사를 바라보며 소녀가 눈을 굴렸다. 알렉스 역시 그토록 찾아 헤매던 아멜리아를 바로 곁에 두고도 아무 말도 하지 못하게 된 상황이 답답한지 소녀를 곁눈질했다. 틈을 봐서 조용히 사라지려고 최선을 다하는 소녀에게 그가 "아멜리아, 할 말이 있어."라고 말을 건네자, 윌리엄 씨가 "그렇지, 두 사람이 아는 사이였지?"라고 물었다.

"네, 어릴 적부터 친했습니다."

"또래들끼리 사이좋게 지내면 좋지, 잘 어울리는 한 쌍인걸. 아, 그렇군. 부모님들 때문에 고민이 많겠어. 혹 문제가 생기면 말하게. 내 도움을 줄 테니."

덩치에 어울리지 않게 깜찍한 윙크를 던진 윌리엄을 뭐라 말할 수 없는 표정으로 바라보던 아멜리아는 무시무시한 얼굴로 자신을 노려보는 알렉스의 시선을 받으며 고개를 끄덕였다. 대체 무슨 도움을 어떻게 주겠다는 건지 궁금했지만, 지금은 그런 걸 물을 상황이 아니라는 것 정도는 눈치 없는 그녀도 알 수 있었다.

"오래 걸리지 않으니까, 여기서 기다려."

스쳐 지나가던 알렉스가 낮은 목소리로 말했다. 한여름인데도 소름이 오스스 돋는 기분에 흠칫 놀란 소녀가 눈을 둥그렇게 뜨자, "도망가기만 해 봐라."라고 나지막하게 쐐기를 박았다. 그가 윌리엄을 따라 홀 너머로 사라지는 것을 인내심 있게 지켜본 아멜리아는 그 뒷모습이 사라지자마자 재빨리 현관문을 박차고 나가 마구간에서 기다리던 마부를 불러냈다. 그는 아가씨가 지나치게 서두르는 모습에 의아해하면서도 그녀의 희망대로 재빨리 말을 달려 저택을 빠져나갔다.

"그래, 아버님은 무탈하시고?"

"예. 늘 바쁘십니다. 일 때문에 해외에 계셔서 이번에는 제가 오게 되었습니다."

"이런, 바쁠 텐데 미안하구먼. 하인을 보내도 된다고 내가 매번 설명하는데도."

"아닙니다. 직접 가져다 드리지 못해서 많이 아쉬워하고 계십니다."

"장성한 아들을 두어 기쁘시겠군. 아주 훌륭하게 자랐어."

대화가 길어질 것 같은 눈치에 알렉스는 초조했다. 기다리라는 말은 했지만 아무리 봐도 뒤도 안 보고 튈 눈치였다. 평온한 얼굴을 가장하고 있는 중이지만 당장에라도 나가 보고 싶어 속이 들썩였다. 눈앞에 두고도 놓쳐야 한다니, 도망갈 틈을 줘서는 안 되는 거였는데. 용건을 마치고 나가도 아멜리아가 기다리고 있을 거라는 기대는 접어야 할 것 같았다.

기대하지 않는다고 해서 속이 쓰리지 않은 건 아니었다. 제가 할 말이 있다고까지 말했는데 사라진 걸 확인하게 되면 무척이나 마음이 상할 터였다.

'대체 어디를 다니나 했더니 뜻밖의 곳에서 마주칠 줄은……. 아니, 그것보다.'

그제야 이상함을 느끼고 알렉스가 물었다.

"샌더즈 양은 무슨 볼일로 이곳에 온 겁니까?"

"음? 그러고 보니 대체 왜 왔지? 그림에 대해서 몇 가지 질문했네만."

"그림이요?"

"그래. 지금 교회에서 전시 중인 초상화의 이야기를 좀 한 게 다일세."

"교회? 그렇습니까……."

"갑자기 그 이야기를 꺼내길래 긴장했는데 결국……, 궁금한 게 뭐였는지는 모르겠군. 미안하게 도중에 자리를 비켜 준 게 아니라면 좋을 텐데."

예술을 좋아하는 아멜리아가 그림에 관해 궁금한 것을 물어보러 왔다는 설명은 이해가 가는 한편, 묘하게 이질적인 느낌도 들었다. 그가 아는 아멜리아는 어딘가 늘 포기가 빠른 편이었다. 아무리 마음에 든 그림일지라도 대하기 어려운 어른을 찾아와 무의미한 질문 몇 가지를 하고 갈 정도로 적극적인 성격은 아닐 것 같았기 때문이었다.

밖에 나와 보니 그의 예상대로 아멜리아의 모습은 이미 어디에서도 찾을 수 없었다. 하인들에게 물어보니 그가 팔러에 들어간 후 금방 떠났다고 했다. 도망갈 빌미를 준 제 잘못이지만 매정하게 떠난 소녀가 원망스럽기도 했다.

"대체 왜 저렇게 피하는 건지 이유나 좀 들었으면 좋겠는데……."

곰곰이 무언가를 생각하던 알렉스는 자신의 마부에게 "잠시 들렀다 갈 곳이 있어."라고 말했다. 마차가 멈춘 곳은 '붉은 서재' 앞이었다. 한 번쯤 방문해야 할 것 같다는 생각을 하던 알렉스는 이제 더는 지체할 시간이 없다고 생각했다. 마을에 나온 아멜리아가 겸사겸사 어쩌면 이곳을 찾았을지도 모른다는 생각도 해 보았지만, 주변에서 샌더즈가의 하인이나 마차의 흔적은 눈에 띄지 않았다. 서운한 마음을 누르며 가게 문고리를 당겼다. 아멜리아를 만나지 못하더라도 오늘은 꼭 해야 할 일이 있었다.

딸랑거리는 놋쇠 종소리에 입구를 바라본 시드는 예상외의 얼굴을 보고 인사말을 잠시 잊었다.

"……자네는."

"안녕하세요. 오랜만입니다."

"밀리의 소꿉친구. 오늘은 가게 청소하는 날이라 일찍 문 닫았어요."

"알렉스 멜포드입니다. 그런가요. 아직 이른 시간이라 폐점일 줄 모르고 들어와서……."

"팻말 걸어 뒀었는데."

손가락이 가리키는 곳으로 시선을 따라 옮긴 알렉스의 얼굴이 조금 붉어졌다.

"그렇네요. 제가 다른 생각을 하다가 미처 못 보고…… 실례했습니다."

아무래도 저 팻말은 보는 사람보다 보지 못하는 사람들이 더 많은 것 같았다. 더 크고 잘 보이는 것으로 바꿔야 하는 게 아닌가 하는 생각을 하며 잠시 딴생각에 빠져 있자니 침묵을 견디지 못한 알렉스가 민망한지 그대로 몸을 돌려 사라지려고 했다.

"아니, 그거야 모르는 사람 상대로 하는 이야기고. 내게 볼일이 있어서 온 거 아니야?"

"아……, 그게. 있다면 있긴 한데 나중에 한가한 때 다시 오겠습니다."

"가게 문 닫은 시간 정도면 꽤 한가한 거 아닌가? 청소야 뭐……, 골동품점이라 치워도 티가 잘 안 나긴 해요. 시간이 좀 이른가 싶은데 뭐, 차 대신 술이나 할까."

시드는 대답을 듣지도 않고 카운터 뒤에서 술병과 유리잔 두 개를 꺼내 흔들었다. 사람을 맞이하는 게 귀찮아서 문을 닫았던 그였지만 상대의 안색을 살펴보더니 두말하지 않고 자리를 내어 주었다.

"무슨 일 있어? 못 보던 새에 얼굴색이 영 아닌데."

"티가 많이 납니까?"

"그런 소리 못 들었어?"

제 얼굴을 손으로 더듬어 보며 알렉스가 눈치를 보았다. 스스로는 평소대로 잘 지내고 있다고 생각했는데 만나는 사람마다 안색 타령이었다.

"많이 듣습니다. 전 별 차이 없다고 생각했는데."

"혹시 내가 들어야 하는 게 그 고민인가?"

"……그게, 고민이라기보다……."

무턱대고 찾아와서 이런 상담을 하는 건 역시 뻔뻔한가 싶어 당황했다. 돌파구가 없어 찾아오기는 했는데 상대방에게 폐가 될 거라는 생각까지는 차마 하지 못했다. 알렉스는 자리에서 벌떡 일어났다.

"실례했습니다. 아무래도 가 봐야 할 것 같아서요."

"갈 때 가더라도 한잔 어때? 나도 혼자 마실 기분은 아니라서."

그의 생각을 읽은 것 같은 시드가 잔을 다시 흔들었다. 윗사람을 어려워하고 격식을 따지는 알렉스가 입을 열게 하려면 술의 힘이 약간 필요할지도 몰랐다. 시드의 제안에 망설이다 다시 앉는 걸 보니 마음이 흔들린 모양이었다.

"여기엔 적포도주밖에 없으니 이걸로 참아 줘."

"충분합니다."

술을 따르는 시드의 손을 바라보며 알렉스가 "운동하십니까?"라고 물었다.

"그래 보이나?"

"네. 손마디를 보니까……."

굳은살이 박인 제 손을 들여다보던 시드가 "눈썰미가 좋네, 한때 아마추어 권투를 했어.”라며 복싱 자세를 취했다. 젊은 나이에 골동품점을 하지 않나 권투 선수를 하지 않나, 상당히 독특한 경력의 소유자라고 알렉스는 생각했다. 이야기를 나누다 보면 화제도 풍부하고, 순발력이나 재치도 있어 머리가 상당히 좋다는 인상을 주었다.

'저런 타입을 좋아하는 건가.'

어느 면으로 보나 단단한 남자였다. 사회적인 경력이나 어른 특유의 여유로움 역시 자신이 따라가기에는 벅차다고 느껴졌다. 어디에 내놓아도 아쉽지 않을 완전한 성인 남자를 앞에 두고 소꿉친구 뒤나 쫓고 있다는 멍청한 이야기 같은 걸 꺼내도 괜찮은 것인지 불안했지만, 그런 것 때문에 뒷걸음질 칠 그가 아니었다.

“사실 포도주보다는 샴페인을 더 좋아하는데, 혼자서 마시기엔 어딘가 궁상맞은 기분이 들어서 자주 손이 가는 건 이쪽이더라고. 샴페인은 기름진 음식에 곁들여 먹는 걸 좋아해.”

알렉스가 좀처럼 본론을 꺼내지 못하자 시드가 다른 이야기로 긴장을 풀어 주고 있다는 것이 느껴졌다. 배려받는 입장이라는 걸 자각하자 한심한 기분이 들어 쓰게 웃었다.

“최근 아멜리아가 저를 피해 다녀서 연락할 방법을 찾고 있습니다.”

“밀리가?”

의외라는 듯 시드의 목소리가 높아졌다. 모르고 있었나. 알렉스는 낭패감을 숨기지 못하고 고개를 끄덕였다.

“자네를 피한다고? 그럴 성격이 아닐 텐데. 혹시 무슨 일이 있었어?”

“그게……, 실은 저도 잘 모르겠습니다. 못 본 지 며칠이나 되어서 어디 아픈가 걱정했더니……, 오늘 윌리엄 씨 댁에서 잠시 마주쳤습니다. 도망갔지만요.”

“윌리엄 씨?”

시드가 누구인지 모르겠다는 표정을 하자 알렉스가 설명했다.

"교회에 있는 그림에 관해 물었다던데, 윌리엄 씨도 의외라는 표정이긴 했습니다."

"그림? 교회에 있는……, 허."

시드는 잠시 시선을 제 창고 방 쪽으로 던졌다. 소녀가 무슨 생각을 했는지 알 것 같았다. 왜 갑자기 그걸 알아볼 생각이 들었는지는 모르겠지만.

"얼굴을 보고 이야기를 하고 싶은데 만날 방도가 없어서, 혹시 괜찮으시다면 연락을 좀 넣어 주실 수 있으신지 여쭤 보려고 왔습니다."

"흐으음──."

남에게 모진 말 한마디 못 하는 소녀가 그를 보고 도망갔다는 말에, 시드니는 팔짱을 끼고 의자에 몸을 기댔다. 무언가 문제가 있을 터였다. 그리고 청년 역시 그걸 감지했기에 자신에게 와서 도움을 청하는 것일 테고. 평소의 밀리라면 제게 와서 상의했을 텐데, 아무래도 카이퍼 때문에 오지 말라 한 것이 그녀의 걸음을 막고 있는 것은 아닐까 싶었다.

"실은 나도 최근 일이 생겨서 한동안 밀리를 보지 못했거든. 원한다면 연락을 넣어 줄 수는 있는데, 그래도 만나는 건 전적으로 그녀의 판단에 맡겨야 할 것 같아."

"……그렇겠죠."

예상했던 답변이었는지 막막함을 감추지 못하고 있는 알렉스에게 "그렇게 세상 끝난 것 같은 얼굴은 하지 말라고."라며 시드가 웃었다. 제 표정 하나 감추지 못하는 청년을 앞에 두니 풋풋하다는 기분이 들었다. 귀여운 만큼 놀려 보고 싶어진다.

"일단 연락은 넣어 볼게. 거절한다고 해도 나에게 이유를 설명해 줄 수도 있을 테고, 그것도 힘들게 되면 그냥 여기로 불러내서 우연히 만나는 것처럼 자리를 만들어도 좋겠지."

"그렇게까지 해 주신다니 뭐라고 감사를 드려야 할지."

"아니, 물론. 나는 페어플레이가 좋으니까."

"예?"

되묻는 알렉스를 바라보며 시드가 빙긋 웃었다.

"더는 비겁하게 살지 않기로 했거든."

"페어플레이라니 그게 무슨……."

영문을 알 수 없어서 그의 말을 따라 하던 알렉스는 그제야, 말의 의미를 깨닫고 당황했다.

"저는 그런 의미로 부탁한 것이 아닙니다."

"그리고 나는 그런 의미로 대답한 거고. 서로에게 동정심이나 불필요한 방해는 필요 없을 것 같아서 도와주는 거니까, 그리 알아주면 좋겠어."

빈정대는 어투는 아니라지만 어딘가 장난기가 느껴지는 건 사실이었다. 알렉스는 의문에 잠겼다. 이 사람은 어째서 자신의 연인을 다른 사람에게 내거는 투로 장난을 치는 걸까. 저라면 좀 더 소중하게 아멜리아를 대할 것 같다는 생각을 하다가 '내가 무슨 생각을 하는 거람.' 싶어 얼굴에 열이 올랐다.

말은 그렇게 해도 시드 역시 초조함을 느끼고 있었다. 아멜리아를 만나 묻고 싶은 것이 적지 않은데, 근처에 카이퍼가 있다고 생각하니 함부로 움직일 수 없었다. 그에게 원한을 가진 남자가 얼쩡거리고 있는 만큼 그의 주변 사람들이 말려들지 않게 움직임을 최소화해야 했다.

게다가 알렉스와의 일에 관해서도 그녀의 설명을 들어야 할 것 같았다. 그간 무슨 일이 있었던 것인지 못 보던 사이에 핼쑥해진 청년을 보고 있자니 마음이 착잡해졌다. 그는 지난번 보았을 때와 달리 어딘가 어른스러워졌다. 차분하기만 하던 눈매에 깊이가 더해진 걸 보니, 아무래도 자신의 마음을 어느 정도 눈치채고 있는 듯싶어 보였다. 용기를 내어 자신에게 아멜리아의 문제를 들고 온 것만 봐도 그랬다. 어느 정도 각오는 서 있는 것이리라. 만날 이유는 충분하니 내일이라도 저택으로 찾아가 보아야겠다는 생각이 들었다.

시기가 좋지 않다는 생각이 계속 머리 한구석을 맴돌았지만, 시드는 각자의 잔에 포도주를 더 따르는 걸로 그 불안감을 밀어냈다. 언제까지고 가게 안에서 숨어 있을 수만은 없었다. 만일 카이퍼가 그에게 원하는 것이 있다면 우선 그걸 들어 보는 것이 나았다.

'그 당시에 목숨의 위협을 받고 있었다지만 따지고 보면 레이븐으로 온 것도 도피의 일종이었지. 그러나 이젠 정면으로 마주할 준비가 된 것 같아.'

시간은 이미 충분히 흘렀다. 이제는 자신의 상처가 아닌, 카이퍼의 상처를 들여다보아 주어야 한다고 생각했다. 그리고 그다음에는.

제 앞에 앉아 잔을 응시하고 있는 어린 청년을 보며 그는 '타이밍이 너무 안 좋아.'라고 작게 한숨을 쉬었다.

두 사람은 한동안 잔을 비우며 이런저런 이야기를 나눴다. 마을의 상황이라든가 나라의 정세, 그들이 살던 도시에 대한 잡다한 것들을 나누며 마시다 보니 적포도주 한 병을 홀쩍 비워 버렸다는 것을 깨달았다.

"생각해 보니 변변한 안주도 없이 술을 줬는데, 너무 많이 마신 건 아니야?"

"아닙니다. 아직 괜찮습니다. 그래도 이제 사양하는 게 나을 것 같네요. 이럴 줄 모르고 마차를 돌려보냈거든요."

"그리 가까운 거리는 아니니 차라리 근처에서 캡(Cabriolet) 마차 한 대 불러서 가면 어때?"

"걷다 보면 술도 깨지 않을까요. 날씨도 좋으니 그냥 갈까 합니다."

그렇게 말한 알렉스가 자리에서 일어났다. 불청객이 너무 늦게까지 방해한 것이 아닌가 싶어 미안하다는 사과를 덧붙인다.

"다음번에는 제가 좋은 술 가지고 찾아뵙겠습니다."

"그거 좋은데. 멜포드 저택의 훌륭한 셀러에 어떤 걸작품이 있을지 기대하고 있을게."

문을 열고 나가려던 청년이 무언가 생각난 듯 잠시 머뭇대며 뒤를 돌아보자, 그 모습을 본 시드가 알겠다는 듯 고개를 끄덕였다.

"아멜리아에게 말해 볼 테니, 사흘 후에 다시 오든지 하인을 보내 줘. 그때까지는 답변을 받아 놓을게."

"……감사합니다."

긴장감이 어려 있던 얼굴에 그제야 화색이 돈다. 그런 알렉스를 보며 시드는 '포도주를 마셨는데도 안색이 그대로네. 예상외로 술에 강한 타입일지도.'라는 생각을 잠시 하며 그를 배웅했다.

'붉은 서재'를 나온 알렉스는 잠시 망설였다. 괜찮은 척했지만 어쩌면 시드의 말대로 마차를 잡아타고 돌아가는 편이 나을지도 모른다는 생각이 잠시 들었다. 고민에 빠져 걸음을 옮기다 주변을 둘러보니 그는 어느새 마을을 벗어나는 경계까지 와 있었다.

"언제 여기까지 나왔지?"

취한 티는 크게 나지 않았지만 머리는 멍한 상태였는지 저도 모르게 이미 상당한 거리를 걷고 있었던 모양이다. 발걸음을 멈춘 그는 뒤로 돌아 캡을 불러 타야 할까 잠시 망설였다. 슬쩍 뒤를 돌아보며 갈등하던 알렉스는 포기하고 가던 길을 다시 걸었다.

무더운 여름이어도 해가 지면 곧 선선한 기운이 들어 걸을 만했다. 고민 끝에 시드니에게 찾아가길 잘했다 싶었다. 그는 주저하면서도 알렉스의 요청을 흔쾌히 들어주었고, 할 일이 있다고 하면서도 제 긴장을 풀어 주려 술과 시간을 내 주며 잡담에 어울려 주었다.

'멋진 사람이네.'

매력적인 인물이라 어디에 가도 인기가 많을 타입이었다. 아멜리아도 저런 면에 반한 걸까. 풋내기인 자신과 비교하자니 애석하지만 본 보기가 될 만한 훌륭한 신사라고 생각했다. 시드니에게 상황을 설명하고 아멜리아의 의사를 타진하면 무조건 후련하기만 할 줄 알았는데 예상과 달리 마음은 아직도 무거웠다. 만일 거절당한다면, 이라는 가설도 가설이지만 만나서 무슨 말부터 해야 할지도 정리가 되지 않았다. 무턱대고 찾기만 하느라 그다음 단계에 대한 준비가 짧았다는 걸 이제야 깨달았다. 그사이에 어느 틈엔가 강가 근처를 지나게 된 알렉스는 엘포트 다리를 올려다보았다.

'저기서 이야기한 것이 마지막이었지.'

그 후는 어긋남의 연속이었다. 이곳을 지나는 것이 썩 내키지 않아 그가 다른 길로 가려고 몸을 돌린 순간, 뒤에서 인기척이 나는가 싶더니 무언가 무거운 것이 그의 뒷머리를 내리쳤다. 내리친 사람을 확인할 틈도 통증을 제대로 느낄 새도 없이 알렉스의 몸은 그대로 앞으로 무너져 내렸다.

"아, 미안합니다. 힘 조절을 하려고 노력은 했는데, 갑자기 방향을 트는 걸 보고 당황해서요. 게다가 제가 몸을 잘 쓰는 편이 아니라서 말이죠. 혹시 지나쳤다면 사과드립니다."

기절한 청년을 내려다보며 남자가 말했다. 가벼운 어투로만 보면 지나가다 어깨를 부딪친 사람에게 건네는 사죄의 말 같은 평범함이 담겨 있는데, 이 상황에서는 그것이 더 무서운 느낌을 자아냈다. "다행히 머리는 안 깨진 것 같네요, 아하하." 실없는 목소리로 습격자가 웃었다.

"적당한 시간에 누군가 지나가 주지 않을까 기다렸는데 마침 딱 맞춰 와 주셔서, 당첨되셨습니다. 아, 원한은 없어요. 서로 아는 사이도 아니고……."

듣는 이가 없는데도 줄기차게 잘도 떠드는 모양이 아무래도 제 긴장을 풀기 위해서인 것 같았다. 그는 숨겨 두었던 밧줄을 꺼내 알렉스의 다리를 묶었다.

"일단 장소를 좀 옮겨야 할 것 같은데, 이해해 주시면 좋겠네요."

다리를 묶은 뒤, 양 손목을 질질 끌고 강둑을 내려갔다. 목적지에 도착한 남자가 숨을 몰아쉬며 하늘을 바라보았다. 해가 져 가는, 아직 주변이 어스레한 시간대였다. 이마를 타고 흘러내리는 땀을 손으로 닦는 카이퍼의 얼굴이 저물어 가는 해에 선명하게 보였다.

"후아—, 운동 부족인가 봅니다. 저도 남자다움을 단련하기 위해 권투를 배울까 고민 중이에요."

강둑 밑에는 기묘한 장면이 펼쳐져 있었다. 신기한 글자와 주술로 보이는 마법진 문양이 흙 위에 크게 그려져 있고 그 안에 낡은 곰 인형이 놓여 있었다. 그리고 그 문양 곁에, 기절한 알렉스를 내려놓았다.

"너무 빨리 깨도 곤란하니까."

주변을 살펴보던 카이퍼는 그를 가장 가까운 나무에 옮겨 앉히고는 손을 뒤로 해 나무를 감싸 안게 한 뒤 남은 밧줄로 손목을 묶었다. 무대를 꾸며 놓은 연출가처럼 몇 걸음 뒤로 물러나 전체적인 구도를 살펴보던 그는 모든 준비가 끝나자 다시 자신이 그려 놓은 커다란 그림으로 돌아가 곰 인형을 집어 들었다.

"영체가 실물을 안고 있을 수는 없으니, 어딘가 묻혀 있을 거라는 생각을 하긴 했지만 범위가 워낙 넓어서 찾는데 엄청나게 고생했지요. 뭐, 결국 찾았으니 됐지만."

이전에 누나가 사용하던 간단한 주문 같은 것들을 총동원해 아이가 들고 있던 인형을 찾아냈다. 아멜리아가 어떤 수로 영혼을 진정시켰는지 알아내야 하는 상황이었는데 다행히 다리 위에서 중얼거리던 말이 떠올랐다. 그는 그것을 단서로 근처에 인형이 묻혀 있을 거라는 추측을 했다.

"한참 고생은 했지만, 강 밑바닥에 가라앉아 있지 않은 걸 다행이라고 생각하기로 했습니다. 최소한 꺼낼 수는 있었으니까요."

그렇게 말하며 전리품을 챙기듯 곰 인형을 바라보았다. 그는 흙이 묻고 천이 삭아 가는 더러워진 인형을 집어 들더니 확신에 찬 눈빛으로 말했다.

"영체에게서 물건을 빼앗는 건 이 방법밖에 생각이 나지 않아서요. 해 본 적이 없으니 제대로 먹힐지가 관건이네요."

안 되더라도 이미 늦었지만. 그는 그 말을 하며 기절해 있는 알렉스를 힐끔 보았다. 주머니에서 성냥을 꺼내 불을 붙였다. 바람이 불어 불이 인형에 옮겨붙지 못하자 그는 바닥에 웅크리고 앉아 바람을 막으며 몇 번이고 다시 불을 붙였고, 드디어 인형의 팔에 불이 붙기 시작했다.

후르륵, 가벼운 소리를 내며 타기 시작한 인형을 바라보고 있자니 잠시 후 저 멀리 강 깊은 곳에서 비명을 닮은 무시무시한 진동이 울려왔다. 강줄기를 따라 흔들리는 것 같았다. 카이퍼는 잠시, 이 소리를 듣는 게 저 혼자라 아깝다는 생각을 하며 알렉스를 내려다보았다.

"어이쿠. 얼른 가야겠네요."

냉큼 인형을 내려놓은 카이퍼가 성냥갑을 다시 주머니에 넣으며 소리가 들려오던 곳을 응시했다.

"여기 있다가 같이 휘말리기는 좀 그렇고. 제 흔적은 대충 지우고 가겠습니다. 뭐, 나무에 묶어 드렸으니 운 좋으면 살 수 있을 거예요. 딱히 잘못되기를 원한 건 아니라서요, 네."

여전히 누구에게 말하는 건지 알기 힘든 혼잣말을 중얼거리며 카이퍼가 기절한 알렉스에게 건투를 빈다며 허리를 굽혀 정중한 인사를 건넸다. 누가 보았다면 그 과도한 몸짓이 마치 무대의 성공을 기원하는 극작가의 모습을 떠올리게 했다고 말했을 터였다.

옷에 묻은 먼지를 꼼꼼하게 털며 뒤를 한 번 더 돌아본 그는 곧 아무 일도 없었다는 듯 빠르게 다리 너머로 사라졌다.

아멜리아가 알렉스의 실종 소식을 접한 건 같은 날의 늦은 밤이었다. 윌리엄 씨 댁에서 마을의 작은 골동품점에 들른 것을 마지막으로 그의 행적이 묘연하게 되자 멜포드가에서 사방에 연락을 넣었다.

윌리엄 씨 댁에서 샌더즈 가문의 마차를 보았다는 마부의 설명을 들은 멜포드가의 집사는 '실례를 무릅쓰고' 샌더즈가에 전화해 혹시 무언가 행적을 쫓을 만한 것이 있는지를 아멜리아에게 물었다. 평소 시간 약속에 철저하던 알렉스가 연락도 없이 돌아오지 않는다는 말은 그녀를 불안하게 만들었다.

"알렉스가……?"

그의 자취에 대해 딱히 생각나는 건 없었다. 대화가 길어지기 전에 재빨리 도망쳤기 때문에 이후 그가 어디를 간다든지 무엇을 할 예정이라든지에 관해 들을 여유가 없었다. 기다리라고 했는데 사라져 버린 자신 때문에 속상해서 무슨 일이 생긴 건 아닐까, 라는 생각도 해봤지만 금세 고개를 저었다.

'내가 뭐라고 알렉스가 거기까지 하겠어.'

말도 안 되는 가설은 당장 접고, 소녀는 집사에게 전해 들은 이야기를—샌더즈가의 집사는 당연하게도 아멜리아와 직접 통화를 하게 해 주지 않고 곁에서 한 마디 한 마디를 따라 읊으며 전화기로 말을 옮겨 주었다—듣다 마부가 그를 내려 준 곳이 골동품점이었다는 말에 자리에서 벌떡 일어났다.

"붉은 서재에 내려 주었다고?"

"네, 그렇다고 합니다. 그 상점의 주인에게도 연락을 해 봤는데 오후 7시경에 집으로 돌아갔다고 합니다. 마차를 불러 가라고 권했지만 걸어간 것 같습니다."

소스라치게 놀란 아멜리아의 반응에 집사가 당혹감을 감추지 못했다.

"붉은 서재에서 멜포드가 쪽으로 가는 지름길이면……."

머릿속으로 알렉스의 동선을 그려 보던 소녀는 "엘포트 다리를 건너야 해!"라고 소리를 빽 지르더니 정신없이 제 방으로 뛰어 올라가 얇은 숄과 램프를 들고 뛰어 내려왔다.

"거기는 위험해, 안 돼!"

"아가씨, 어디를 가시는 겁니까! 돌아오세요!"

"나 잠시만 다녀올게요오오오—."

하인들의 정신을 쏙 빼 놓고 아멜리아는 엄청난 속도로 현관문을 박차고 뛰어나갔다. 다들 말리려고 했지만 소녀의 움직임이 한발 더 빨랐다.

무언가 단서가 될 만한 것은 없는지 탐문 수색을 하러 십자로에 모여 있던 경찰관들이 귀족 아가씨가 달려 나가는 모습을 보고 깜짝 놀라 웅성거렸다.

아멜리아는 불길한 기분이 들었다. 요 며칠, 강에서 사고가 이어지고 있다고 하지 않았던가. 이번만큼은 다른 사람을 보내도 소용이 없는 일이었다. 얼른 가서 제 눈으로 확인해야 했다.

'물론, 알렉스는 무사할 수도 있어. 친구를 만나서 잠시 늦을 가능성도 있고, 꼼꼼한 성격에 연락을 안 했다는 것이 마음에 걸리지만 그래도 단순히 연락 누락일 가능성…… 아아아.'

윌리엄 씨 댁에서 그가 말하는 대로 기다려 주었다면 이런 일이 일어나지 않았을지도 모른다는 생각이 들자 마음이 무거워졌다. 솔직하게 털어놓는 것이 뭐 그리 두렵다고 노골적으로 피했을까. 한 번 도망친 것도 부족해 오늘도 또 달아났으니 이젠 정말 고개를 들 수가 없었다. 마음 같아서는 미안하다고 싹싹 빌기라도 하게 당장 알렉스를 만날 수 있기를 바라며 엘포트 강으로 달렸다.

어디에선가 늑대 울음소리가 들리는 것 같았다.

이 근처에 맹수가 있던가? 알렉스는 멍한 머리로 늑대가 아니면 하이에나 소리일 거라는 생각을 했다. 숲 주변에서 여우는 자주 봤는데……라고 중얼거렸던가. 아니, 소리 내지는 못하고 그냥 입가에 맴돌기만 했던 것 같았다. 어째서인지 몸이 무거워서 목울대를 울리는 것조차 버거웠다.

여우, 예쁘지. 어릴 적에 아기 여우를 본 적이 있는데, 아주 작고 꼬리털이 풍성해 귀여웠다. 팔짝팔짝 뛰는 모습을 보며 "무슨 좋은 일이 있나 봐."라고 아멜리아가 말했던 것이 기억났다. 아, 그래, 아멜리아. 그녀도 정말 작았지. 그 당시에는 나를 보고 웃어 주었는데. 아니, 얼마 전까지도 눈을 마주치며 함께 웃었는데. 어디로 간 거지. 기다리라고 했잖아.

어지러운 머리에 정리되지 않은 생각들이 끌려왔다가 사라졌다. 제 몸의 반응이 지나치게 둔하다는 걸 깨달은 건 그가 두 번째 비명을 들었을 때였다. 짐승의 울음소리라고 생각했는데, 다시 들어 보니 이것과 비슷한 동물은 없는 것 같기도 했다. 앓는 소리 같기도 해서 주변에 상처 입은 짐승이 있는 건가 하는 생각도 들었으나 도저히 유추할 만한 동물이 떠오르지 않았다.

'캬아아아아아아—!'

아, 저건 사람의 목소리에 더 가깝구나. 그것이 사람의 목소리라는 걸 깨닫는 순간, 등골에 소름이 끼쳤다. 대체 무슨 일이 있었길래 저렇게 소리를 지르는 걸까. 흐릿하던 정신이 맑아지고 힘겹게 눈이 떠졌다.

"……여긴?"

눈을 뜬 알렉스가 어리둥절한 얼굴로 주변을 둘러보았다. 의식이 돌아오고 보니 제 침대 위도 집도 아닌 야외에 앉아 있는 상태였다. 어째서 이런 곳에서 잠이 든 건지 영문을 모르겠다고 생각하던 그가 몸을 움직여 일어나려다 그제야, 제 팔이 뒤로 묶여 있다는 것을 깨달았다.

"묶여 있어? 이게 대체 어떻게 된 일이지?"

아직 현기증이 남아 있는 머리를 흔들며 사방을 더 자세히 살펴본 그는 어쩐 이유에서인지 자신이 강가의 나무에 묶여 있다는 것을 알게 되었다. 강에서 그리 멀지 않은 버드나무 고목이었다. 주변을 둘러보니 땅에는 이해할 수 없는 도형이 그려져 있고, 반쯤 타다 만 곰 인형이 연기를 내며 그 위를 뒹굴고 있었다. 주변의 사물들과 자신의 조합이 영 생뚱맞아 그는 "이게 뭐야?"라고 중얼거렸지만, 대답해 줄 사람은 아무도 없었다.

'골동품점에서 나온 뒤 마차를 부르지 않고 그냥 걸어서……, 다리 근처까지 왔었지.'

눈을 감기 전에 있었던 일들을 되짚어 기억을 거슬러 오르던 그는 다리를 건너기 싫어 돌아가려고 몸을 틀다가 누군가에게 맞았다는 걸 떠올렸다. 대체 무슨 이유로 때렸던 걸까? 누구였지? 생각해 내려고 노력해 봐도 몸을 돌린 순간 본 것은 남자의 구두뿐이었다. 미처 상대방의 얼굴을 보지 못했다는 걸 떠올리니 앓는 소리가 절로 났다.

"어떤 미친놈이……."

어깨를 이리저리 비틀며 묶여 있는 팔을 풀어 보려고 애쓰는데 섬뜩한 기운이 느껴졌다. 아무리 밖이고 강 근처라지만 해가 진 지 얼마 되지 않는 한여름 날씨가 이리 추울 리 없었다. 그는 이 한기가 무엇을 의미하는지 알았다. 자신이 혐오하는, 죽은 자들의 냉기였다.

"주변에 뭔가 있는 건가?"

혼잣말해 놓고도 바보 같다는 생각이 들어 어색하게 입술을 깨무는데, 저 멀리서 다시 그 비명이 들려왔다. 동시에 어깨가 부르르 떨리는 걸 보며 그는 자신의 신경세포가 '저 목소리를 내는 무언가'에 대해 반응한 것이라는 걸 알았다. 그 소리가 강줄기를 타고 점점 가까이 오는 기분이 들어, 그는 초조해졌다. 저것과 만나고 싶은 생각이 없으니 얼른 밧줄을 풀고 이곳에서 떠나야 했다.

그때, 바삭바삭, 풀을 밟는 소리가 들렸다.

"알렉스—!"

"아멜리아?"

자신을 부르는 사람이 아멜리아라는 걸 깨달은 그의 눈동자가 흔들렸다. 지금 들은 소리도 혹시 환청인가? 그렇지 않고서야 며칠 동안 숨바꼭질을 해 오던 제 소꿉친구가 여기까지 자신을 찾아올 리가…….

"알렉스—, 어디 있어? 있으면 대답해 줘."

그가 고민하는 사이, 다시 한 번 소녀의 목소리가 들려왔다. 맑으면서도 높은 톤의, 부드러운 목소리. 그리고 그는 이것이 환청이 아니라는 걸 깨달았다. '그것'들은 이렇게 누군가를 따뜻하게 부를 수 없을 것이다.

"알렉스—."

애타게 자신을 찾는 목소리가 다시 한 번 들려왔다. 그제야 정신을 차린 그가 목을 가다듬고 응답했다.

"아멜리아! 여기야!"

대답 대신 잠시 침묵이 따랐다. 설마, 대답해서는 안 되는 거였나? 내가 잘못 알았던가. 저 다정한 부름이 '그것'들이 부르는 소리였나?

"……정말 알렉스야?"

돌아온 대답은 어딘가 조심스러웠다. 그가 아멜리아를 의심했듯, 소녀도 그의 목소리를 듣고 의심하는 것 같았다. 아무래도, 그녀는 이곳에 무언가 있다는 걸 아는 게 아닐까. 알렉스는 그런 생각을 하며 입을 열었다.

"그래, 나야. 나 좀 도와줘. 일어날 수가 없어."

"일어날 수가 없다니, 어디 다쳤어?"

길게 자라난 잡초들을 헤치며 급하게 움직이는 소리가 들렸다. 어둠 속에서 목소리가 들리는 방향을 향해 움직이는 것 같다는 생각에 이야기를 계속 들려주었다.

"다치진 않았는데, 여기 나무에 묶여 있어. 누군가가 날 묶어 놓고 가 버렸—."

그의 말이 다 끝나기도 전에 다시 그아아아악! 하는 예의 비명이 들렸다. 주변을 쩌렁거리며 울리는 외침에 걸음을 멈추고 놀란 듯하던 아멜리아의 움직임이 조금 전보다 배는 빨라졌다.

"아, 이런. 근처까지 왔어. 그런데 대체 이게 어떻게 된 일이지—."

소녀와 '그것'은 거의 동시에 알렉스 근처에 닿았다. 아니, 정확하게는 그녀가 조금 더 빨랐다.

잡초와 잔가지가 많은 나무를 헤치고 달려온 아멜리아는 그를 발견한 기쁨에 활짝 웃었다. 스커트 자락에는 마른 잎사귀며 꽃씨 같은 것들이 지저분하게 달라붙어 있고 땋아 내린 머리도 가지에 걸려 잔뜩 엉클어져 있었다. 필사적으로 저를 찾아다닌 티가 나는 소녀를 본 그는 잠시 말을 잇지 못하고 눈만 깜박거렸다. 두 사람의 시선이 얽히는 순간 서로의 입에 안도의 미소가 걸렸다.

어두운 밤길이 무서울 텐데도 작은 램프 하나만을 들고 주변을 돌아다녔을 걸 생각하니 감동으로 가슴이 뭉클해졌다. 팔만 묶여 있지 않았다면, 당장 달려가 그녀를 안아 주었을 텐데.

알렉스를 찾았다는 안도감에 조그맣게 "감사합니다."라고 기도한 소녀는 반가움도 잠시, 엉망이 되어 묶여 있는 제 소꿉친구와 바닥에 그려진 마법진 같은 문양을 보고 기겁했다.

"뭐야! 무슨 일이 있었던 거야? 이게 다 뭐야? 타는 내가 나는데 대체……."

입을 벌린 채 사방을 둘러보던 아멜리아는 아직도 연기를 내뿜는 타다 만 곰 인형을 발견하고 외마디 소리를 질렀다.

"폴?"

그 말에 알렉스가 놀라 아멜리아를 바라보았다. 그녀는 저 인형을 알고 있는 눈치였다.

"누가 이걸 태웠지? 아니, 어떻게 찾았지……."

소녀가 울 것 같은 표정으로 사방을 살피고 있을 때, 다시 고통에 찬 비명이 들렸다. 보이지는 않지만 소리가 매우 가깝다는 것과 참기 힘든 냉기가 그의 주위를 감싸는 것으로 그는 그 무언가가 가까이 다가왔음을 직감했다.

"우리 목소리를 들었나 봐. 얼른 도망가야 해."

알렉스에게 달려가 묶인 손을 풀어 주려고 하던 소녀가 갑자기 강을 바라보며 비명을 질렀다.

"안 돼! 가까이 오지 마!"

"아멜리아?"

무슨 일이냐고 묻기도 전에 아멜리아가 용감하게 앞으로 튀어 나가는가 싶더니 알렉스의 앞에 팔을 벌리고 막아섰다. 무엇인가로부터 그를 보호하려고 하는 동작을 취하는 듯 보였다. 영문을 모른 채 소녀를 바라보던 알렉스는 바로 후에 벌어진 장면을 목격하고 경악했다. 정신을 차려 보니 목이 터지라고 소리를 지르고 있었다.

"아멜리아!"

자신보다 몇 걸음 더 물가 쪽에 가까이 있던 소녀가 강에 빠졌다. 마치 느린 동작처럼 보인 그 장면은 누군가가 발목을 잡아당긴 것 같기도 했다. 크게 몸을 휘청이던 아멜리아는 그대로 물속으로 빨려 들어갔다.

"꺄아악!"

"아멜리아! 무슨 일이 있는 거야, 대답해!"

놀라 소리를 지르며 소녀를 찾았지만 잠잠한 검은 강물은 대답이 없었다. 잠시 후 "푸하—!" 소리를 내는 기척이 그에게서 조금 떨어진 곳에서 들렸다. 물살에 떠밀려 내려가는 중인지 강을 거스르며 첨벙거리는 소리가 점점 멀어지는 것이 불안했다.

시끄럽게 물 튀는 소리가 들리더니 다시 잠잠해지고, 곧이어 또다시 비명과 함께 물소리가 들려오는 안타까운 상황은 미동도 할 수 없는 알렉스를 미칠 것같이 만들었다.

"뭐가 어떻게 된 거야, 아멜리아!"

손을 묶고 있는 끈을 힘으로라도 끊어 보려고 노력해 보지만 밧줄이 손목을 파고들 뿐 매듭은 단단하게 매어진 채였다. 몸부림을 치며 계속 소리를 질러 소녀를 불러 보았다. 출렁이던 물소리마저 점차 약해지고 있었다.

"아멜리아—!"

"이봐, 여기서 사람 소리가 들리는데!"

램프의 불빛으로 추정되는 빛들이 어지럽게 움직이는가 싶더니 여러 사람의 음성이 섞여 들려왔다.

"여깁니다!"

"알렉스 멜포드 씨인가요?"

"도련님!"

거침없는 발소리와 함께 제복을 입은 사내들이 나타났다. 곁에는 멜포드가의 하인도 함께 있었는데, 알렉스의 신원 확인을 위해 동행한 것 같았다. 남자들은 묶여 있는 알렉스를 보고 놀라 어떻게 된 일인지 경위를 물었다.

그러나 그는 그런 것들에 신경 쓸 여유가 없었다.

"당장 이걸 풀어!"

무시무시한 기세로 소리치자 흠칫 놀란 남자들이 서로의 얼굴을 바라보다가 칼을 꺼내 밧줄을 잘라 주었다. 손을 묶은 줄이 풀리자 그는 자신의 다리를 묶은 끈을 풀어 던져 버리고 필사적인 표정으로 강물에 뛰어들었다.

"이봐! 뭐 하는 짓이야?"

"어서 돌아와!"

당황하며 그를 말리려는 사람 반, 영문을 몰라 지켜보려는 사람이 반 정도 되었다. 모든 이의 시선을 받으며 거침없이 물에 뛰어든 알렉스가 조금 뒤 잠겨 있던 사람을 끌고 올라오려는 걸 보고서야 그들은 사태를 파악한 듯, 몇몇이 서둘러 강으로 뛰어들었다.

소리가 들리던 곳을 뒤져서 가라앉아 있던 소녀를 금방 발견한 것까지는 좋았는데, 어째서인지 끌고 올라갈 수가 없었다. 수위가 그리 높지 않은데 온 힘을 다해 당겨도 물 위로 올라올 기미가 보이지 않았다. 물속에 들어간 지 꽤 시간이 흘렀기 때문에 한시가 급했다.

그가 강에 들어가 누군가를 구하고 있었다는 것을 깨달은 사람들이 다가와 모두 함께 끌어냈다. 여럿의 힘이 더해지자 버티고 있던 무언가가 끊어지는 기분이 들더니 소녀의 몸이 물 위로 떠올랐다.

"의식이 없습니다!"

물 위로 끌어 올려진 소녀의 몸은 힘없이 늘어져 있었다. 사색이 되어 아멜리아를 바라보던 알렉스가 그 말에 몸을 떨었다. 차가워진 손을 붙잡고 손등을 쓸어 주며 "안 돼. 아멜리아, 제발……."이라는 말만 반복하던 그가 인공호흡을 시도했다. 목 뒤에 손을 넣어 기도를 확보한 뒤 코를 쥔 채 숨을 불어 넣었다. 수차례의 인공호흡에도 반응이 없자 알렉스의 손이 떨리기 시작했다.

문득 '이대로 잃을 수도 있겠구나.'라는 생각이 들자 걷잡을 수 없는 불안감이 밀려들었다.

"숨을 쉬어, 부탁이야……."

기도하듯 간절하게 속삭이며 다시 입술을 겹쳐 공기를 주입했다. 한참을 해도 반응이 없자 "다른 사람에게 맡기고 멜포드 님은 좀 쉬시지요."라고 사람들이 권했으나 그 손을 매섭게 뿌리치고 소녀를 바라보았다. 불안감에 눈앞이 흐려지는 기분이 들었다. 다시 만나기를 원했지만 이런 걸 원한 건 아니었는데. 아멜리아가 깨어날 때까지 기계적으로 끊임없이 같은 동작을 반복하는 사이 지친 알렉스의 귀에 작게 콜록하는 소리가 들렸다.

등불이 밝혀지듯 얼굴이 환하게 밝아진 알렉스가 소녀를 안아 들고 이름을 부르려고 하는 순간, 곁에 있던 경관이 그것을 저지하고 아멜리아의 고개를 돌려서 물을 토할 수 있도록 도와주었다. 삼켰던 물을 토해 낸 소녀가 가물거리는 눈으로 알렉스를 올려다보았다. 따뜻한 평원의 옥빛이 그의 모습을 눈에 담더니 다행이라는 듯 입꼬리를 살짝 움직였다. 그러고는 말 한마디 없이 그대로 다시 의식을 잃었다.

"……아멜리아?"

"지쳐서 기절한 겁니다. 물을 토했으니 큰 문제는 없을 겁니다. 아가씨는 저희한테 맡기시고 멜포드 님도 응급 처치를 받으시죠. 손목에서 피가 납니다."

묶여 있던 손목이 찢겨 상처가 심한데도 알렉스는 소녀를 떼어 놓을 생각이 없는지 품에 안고 꼼짝도 하지 않았다. 이리저리 달래 보던 사람들은 결국, 그가 아멜리아를 안고 샌더즈가로 가는 것에 동의해야 했다.

당연한 말이지만, 샌더즈가는 발칵 뒤집혔다. 알렉스가 아멜리아를 안고 나타난 것도 놀랄 일이었지만, 실종 소문이 들리던 그가 전신에 상처를 입은 채 기절한 소녀를 안고 돌아왔기 때문이었다.

"아멜리아! 대체 이게 어떻게 된 일이니!"

갑자기 뛰쳐나갔다던 딸이 강에 빠져 실신 상태로 돌아오자 소녀의 어머니는 쓰러질 것처럼 놀랐다. 샌더즈가의 아들들이 모친을 방으로 모시는 동안, 알렉스는 거실에서 아멜리아를 안고 경관의 질문에 대답하고 있었다. 집까지 데려왔으니 이제 내려놓아도 된다고 말했지만 그는 고집스럽게 소녀를 품에 가두고 샌더즈가의 주치의가 올 때까지 버텼다.

상처를 입고 너덜너덜해진 두 사람에게 사건 경위를 듣는 것보다는 그들이 안정을 찾은 후가 괜찮을 거라는 판단이 섰는지, 그들을 호위했던 경찰관들은 몇 가지의 형식적인 질문만을 하고 금방 돌아갔다. 진술도 진술이지만 현장에 남아 있던 기묘한 증거들이 훼손되기 전에 확인을 마쳐야 했기 때문이었다.

"후우—."

경관이 떠나자, 긴장이 풀린 알렉스가 저도 모르게 한숨을 내쉬었다. 아멜리아와 재회한 뒤로 너무 많은 사건이 한꺼번에 일어나서 머리가 터질 것 같았다. 럼이 들어간 차를 마시니 타들어 가던 목이 간단히 축여지고 따뜻한 차와 알코올의 기운에 차게 식어 있던 몸이 데워지는 느낌이 들었다. 정신을 좀 차리고 나니 그제야 얻어맞은 머리와 손목이 시큰거렸지만 알렉스에겐 그런 것에 신경 쓸 여력이 없었다.

한숨 돌린 그는 의사의 도착을 기다리며 팔에 안은 소녀를 내려다보았다. 미동도 하지 않는 하얗게 질린 얼굴이 안쓰러웠다. 아멜리아를 강물에 빠트린 것이 무엇인지는 모르지만, 그녀는 위험하다는 걸 알면서도 알렉스를 지키기 위해 그것과 마주했다.

"미련하게 왜 그랬어. 너 먼저 도망갈 수도 있었잖아……."

껴안고 있는 소녀의 귀에 속삭였다. 그 상황에서 가녀린 아멜리아가 현장에 남아 그를 지켜야 했다고 주장할 사람은 아무도 없었다. 위험을 피해 누군가를 불러오는 것만으로도 충분했을 텐데, 그녀는 망설임 없이 알렉스 앞에 나서는 걸 선택했다.

자신을 위해 뛰어들었다는 사실에 기쁘지 않았다면 거짓말이다. 기쁜 만큼 소녀의 어리석음이 한탄스러웠고, 행복과 동시에 가슴이 조여드는 두려움을 맛봤다.

어째서 이렇게 무모한 거지. 자신 때문에 아멜리아가 죽을지도 모른다는 생각을 했던 순간을 떠올리니 새삼 미칠 듯이 속이 끓었다. 하지만 살아 있다. 다행히, 살았다.

그 사실을 확인하느라 그녀에게서 눈을 뗄 수가 없었다. 미동도 않는 모습이지만 작게 오르내리는 가슴을 뚫어지게 바라보고 있자니 옆에서 "크흠!" 하는 소리가 들렸다. 화들짝 놀라 소리가 나는 방향으로 시선을 옮기니 샌더즈가의 풋맨 쥴스가 경멸을 담은 표정으로 그를 바라보고 있었다.

"……대체 뭘 훔쳐보시는 겁니까."

이런 상황에서 무슨 음흉한 짓이냐며 질색하는 그의 반응에 알렉스가 화들짝 놀랐다.

"아니, 난 숨을 쉬나 확인하려고……."

"아, 예, 예. 그러시겠죠. 지금 다들 바빠서 저 혼자였다는 걸 다행으로 생각하십시오."

파렴치한을 봐준다는 투로 말하자 알렉스가 억울한 듯 "정말 아니라니까!"라고 다시 반박했지만, "손대면 멜포드 가문의 도련님이고 뭐고 가만 안 둡니다."라는 말을 남긴 채 그는 마른 수건을 더 가져오겠다고 거실을 빠져나갔다. 물론, 둘만 남겨 둘 리는 없고 집사가 돌아온 것을 확인한 뒤에야 교대하듯 자리를 넘겼다. 아무래도 단단히 미운털이 박힌 기분에 알렉스는 억울한 한숨을 쉬어야 했다.

'걱정돼서 호흡을 확인하는 걸 보고 대체 무슨 몰염치한 생각을 하는…….'

엉큼한 쪽은 오히려 쥴스 쪽이 아닌가 하며 다시 소녀의 호흡을 관찰하던 그는 그제야 흠칫, 몸을 굳혔다. 아멜리아가 입고 있던 옷이 얇은 홑겹 모슬린 드레스라는 걸 뒤늦게 깨달은 것이다. 어째 옷위로 안고 있는데도 피부가 부드럽게 감기는 것 같은 느낌이더라니. 거짓말을 좀 보태 잠자리 날개보다 조금 두꺼운 정도의 미색 나이트가운이 아무래도 그녀의 실내복인 듯싶었다. 귀여운 복장을 선호하는 그녀의 일상복에선 보기 힘든 과감하게 패인 드레스의 가슴 부분을 뚫어져라 내려다보고 있었으니, 쥴스가 한심하게 생각할 만도 했다.

물에 젖은 드레스는 몸의 유려한 곡선을 가감 없이 드러냈다. 어딘가 보송보송한 아기 같은 얼굴에 늘 사랑스럽고 깜찍한 리본 드레스를 즐겨 입던 가느다란 몸매의 소녀라 몰랐는데 생각 외로 가슴은 도톰한 편이었다. 뭐라 해도 한참 성장기의 열여섯 살 소녀였는데 귀여운 얼굴에 방심했다며 알렉스는 혀를 찼다. 제 눈 바로 아래에서 오르내리는 봉긋한 곡선을 본 그가 눈을 커다랗게 떴다가 재빨리 시선을 돌렸다.

'왜! 왜 그런 소리를 해서! 쓸데없이 의식하게 되잖아!'

깨닫지 않아도 될 사실을 깨닫게 해 준 쥴스가 원망스러웠다. 그렇다고 빼앗기지 않을 기세로 안고 있던 주제에 인제 와서 가슴에 신경이 쓰인다며 슬그머니 내려놓을 상황도 아니었다. 이 더운 날씨에 저게 뭐하는 짓인가 하며 바라보는 노집사의 시선을 어설프게 회피하며 그는 소녀를 감싼 담요를 조심스레 어깨 위까지 꼭꼭 싸매듯 둘러놓았다.

그러고 나니 또 다른 생각이 그를 괴롭히기 시작했다. 과연 제가 굳이 의사가 올 때까지 기다릴 필요가 있었을까. 그가 의사를 만난다고 해서 아멜리아의 상황이 좋아지는 것도 아닐 텐데, 과한 고집을 부린 걸지도 몰랐다.

정신이 없어서 당시에는 깨닫지 못했지만 이제 와 생각해 보니 너무 자연스럽게 샌더즈가 저택에 들어온 것 같은 기분도 들었다. 아멜리아를 안고 제집처럼 망설임 없이 거실로 들어오는 그를 보며 샌더즈 가족은 대체 무슨 생각을 했을까. 세상에. 그는 망신의 기록을 실시간으로 갱신 중이었고 지금도 현재 진행형이었다. 알렉스는 타오르는 것 같은 얼굴을 가리며 어떻게 이 상황을 유연히 헤쳐 나갈지를 고민해야 했다.

아멜리아는 결국 입원했다.

가볍게 긁히고 쓸린 상처 외에 눈에 띄는 외상은 없었지만 좀처럼 의식을 되찾지 못하는 걸 본 주치의가 혹시 모를 뇌 손상을 우려하여 병원 입원을 지시했다.

병원에 옮겨지고 나서 만 하루 동안은 가족들이 곁을 떠나지 않아 면회 사절 표시가 붙어 있던 소녀의 병실이었지만, 이튿날이 되어 샌더즈가의 세 남자가 출근하고 피곤함에 지친 샌더즈 부인이 저택으로 돌아가 쉬게 된 동안엔 예정에 없던 손님들이 찾아왔다.

알렉스와 시드는 병실 문 앞에서 만나 어색한 인사를 나눴다. 각자 선물을 품에 안고 마주친 것이 민망했는지 아직 의식을 되찾지 못한 아멜리아의 침대 곁을 지키며 침묵하던 남자들은 시간이 흐르자 천천히 사고의 경위에 대한 이야기를 나누며 긴장을 풀어냈다.

"돌아가는 길에 사고가 난 거야?"

"예. 다리 근처에서 누군가가 때린 것까지는 기억하는데, 정신을 차려 보니 나무에 묶여 있었습니다."

"개인적인 원한 문제인가?"

"그럴 만한 이유는 생각나지 않는데요."

"흐음—."

아멜리아의 정신이 돌아온 것은 주변에서 들려오는 낮은 목소리들 때문이었다. 힘든 일을 마친 뒤 푹 자고 난 아침처럼 머리는 개운했지만 이상하게도 몸이 잘 움직이지 않았다. 게다가 잠결에도 느껴지는 익숙하지 않은 주위의 공기가 그녀를 긴장시켰다. 이곳은 자신의 방이 아니었다. 느리게 돌아온 의식을 놓지 않으려 애를 쓰던 그녀는 곧 무슨 일이 있었는지를 떠올렸고, 자신이 마지막으로 본 것이 알렉스가 나무에 묶여 있던 장면이라는 것을 깨달았다.

찬물을 뒤집어쓴 것 같은 서늘함이 마음 한구석을 쓸고 지나갔다. 누군가가 더 늦지 않게 그를 도와주었을까? 아니면 아직도 그 장소에 묶여 있으려나? 아니, 설마 그 아이에게 끌려간 것은 아니겠지? 나는 대체 왜 여기에 있는 걸까?

누군가에게 알렉스의 위치를 알려 줘야 하는데. 눈에 힘을 줘 봤지만 눈꺼풀이 무거워서 올라가지 않았다.

"조금 전 유모가 자리를 비우면서 차를 마음대로 마셔도 된다고 했는데, 한 잔 가져다줄까?"

"아, 네. 부탁합니다."

"물 가져올게."

누군가가 문을 열고 나가는 소리가 들리고, 잠시 주변에 정적이 감돌았다. 방금 들은 것이 무언인지를 고민하는 아멜리아의 이마에 따뜻한 손이 닿는 느낌이 들었다.

"정말 어디 잘못 다친 거 아닌가……?"

간질이듯 이마를 쓸던 손가락이 머리카락을 타고 내려갔다. 곱슬머리의 곡선을 따라 그리듯 한참을 만지작거리더니 얼굴에 닿을 듯 말듯 한 한숨을 내쉰다.

"나 때문에 누워 있는 걸 보는 게 너무 힘들어. 얼른 눈을 떠 줘, 아멜리아."

녹을 것처럼 다정한 목소리의 주인은 알렉스였다. 자신이 꿈을 꾸고 있다고 생각하면서도 그가 무사하다는 사실이 기뻤다. 괜찮다고 말해 주려고 하는데 내내 다정하게 머리를 쓰다듬어 주던 손가락보다 더 부드러운 무언가가 자신의 이마에 내려앉는 것이 느껴졌다.

그 낯설면서도 간지러운 느낌에 아멜리아는 그제야 이 모든 것이 꿈이 아닌 현실이라는 것을 깨달았다.

'……눈 뜨는 거 취소! 안 돼! 지금 절대 뜨면 안—돼—!'

조금 전까지 움직여 보려고 애를 쓰던 몸을 이제 반대로 움직이지 않게 하려고 최선을 다해야 했다. 눈과 입술에 힘을 꼭 주고 정지 동작을 하고 있으려니 눈꺼풀이 바르르 떨렸는데, 다행히 들키지 않았는지 알렉스의 반응은 들려오지 않았다.

언제까지 이런 상태로 있어야 하는지 몰라 진땀을 흘리며 굳어 있는데, 병실의 문이 열리는 소리가 들렸다.

"간호사 사무실에서 더운물만 받아 오려고 했는데 아예 차를 만들어 줬어."

묵직한 머그잔 두 개를 든 시드가 들어왔다. 아멜리아는 점점 더 영문을 알 수 없었다. 시드와 알렉스가 왜 함께 있는 건지 궁금했다. 그리고 이것이 꿈이 아니라면 지금 자신은 어디 있는 건지도.

"감사합니다."

잔을 받아 든 알렉스가 인사를 하고, 조용히 차를 마시는 것 같던 병실 안의 정적은 시드의 명랑한 목소리로 인해 깨졌다.

"아멜리아. 깼으면 눈을 떠야지, 왜 그러고 있어?"

"예?"

"봐 봐, 얘 얼굴이 새빨개진 채 억지로 눈을 감고 있잖아. 저러다 곧 터질 것 같아."

"아멜리아?"

뒤늦게 깨달은 알렉스까지 얼굴을 빤히 바라보자 눈을 뜰 수밖에 없었다. 더 버티고 싶어도 그럴 수 없게 만든 시드의 폭로가 원망스러운 소녀는 민망한 듯 살짝 눈꺼풀을 들어 올렸고, 조금 전과 달리 눈은 아주 조금의 노력만으로도 반짝 떠졌다.

"안녕, 잠꾸러기 아가씨. 무슨 일이야? 어디 아픈 곳은 없어?"

밝게 웃으며 반겨 주는 시드의 인사에 쑥스럽게 고개를 끄덕인 아멜리아는 주변을 둘러보고 "여기는 어디예요?"라며 놀랐다.

"병원이야. 물에 빠진 후 의식을 찾지 못해서 입원하게 되었어."

"병원……."

그래서 이렇게 모든 것이 낯설었구나, 라고 중얼거리는 소녀의 손을 알렉스가 움켜잡았다.

"아멜리아!"

"……알렉스. 무사했구나, 다행이야."

심각하게 자신을 부르는 알렉스가 걱정되어 미소를 짓자 그가 한층 더 괴로운 표정을 했다.

"네가 눈을 뜨지 못하게 될까 봐 너무 두려웠어."

"왜 그런 무서운 생각을 했어? 난 괜찮아, 봐."

안심을 시켜 주어도 어딘가 못 미더운 듯 눈동자가 계속 흔들렸다. 강하게 잡혀 있는 손에 시선이 느껴지자 부끄러워져 볼이 한층 더 빨개지는 걸 본 시드가 슬쩍 입꼬리를 올리더니 알렉스의 어깨에 손을 얹고 "아멜리아가 깼다고 간호사들에게 연락을 넣어 주겠어?"라고 말했다.

"아, 간호사. 네. 그래야죠. 일단 검사를 받아 봐야……."

그제야 손을 놓고 허둥지둥 병실을 나가는 청년을 본 시드는 문을 닫고 아멜리아에게 재차 물었다.

"무슨 일 있었어?"

"네에?"

"잘 달궈진 양철 주전자 같은 얼굴을 하고 있길래 말이야."

"아, 그래요?"

볼을 감싸고 수줍어하는 모습을 보며 "이거 흥미진진한데."라고 놀리자, 소녀는 뒤늦게 장난이란 것을 깨달았다.

"시드, 지금 놀리는 거죠!"

"아냐. 정말 새빨간 얼굴로 눈이며 입이며 잔뜩 긴장하고 있는 걸로 보였는데, 그걸 아무도 눈치채지 못할 거라 생각한 아멜리아도 대단하지만 정말 눈치 못 챈 누군가도 굉장했다고."

"벼, 별거 아니었어요. 자연스럽게 눈이 떠지려는 순간 알렉스가 얼른 눈을 뜨라고 하잖아요. 그때 일어나기엔 타이밍이 정말 이상했거든요."

"그래, 일단은 그런 걸로 해 줄게."

빙글빙글 웃는 시드는 가브리엘의 스무 배 정도는 짓궂어서 매우 얄미워 보였다.

"마음대로 생각하세요……."

설득하기에 실패한 아멜리아는 결국 항복 표시를 하며 토라진 듯 고개를 돌렸다.

"장난은 대충 여기까지 하고, 무슨 일이 있었던 거야? 대체 왜 한밤중에 뛰쳐나가서 강에 빠졌어?"

"알렉스가 실종되었다는 소식을 들었어요……."

평생 없을 것 같았던 멜포드가에서 온 전화와 경찰관들이 탐문 수사를 하고 있다는 걸 알게 된 다음 설마 강에 가지는 않았을까 걱정되어 뛰쳐나가 찾았다고 설명하자, 시드가 눈썹을 찡그리며 "실종된 사람이 왜 강에 갔을 거라는 생각을 했는데?"라고 되물었다.

시드와 아멜리아가 처음 만난 것은 2년 전, 즉 아이가 이미 곰 인형을 받은 후였다. 그간 별다른 사고가 없었으니 이에 대해 말을 꺼낼 필요도 없었다. 아, 시드에게 강에 있는 아이 이야기는 한 적이 없지 싶어 처음부터 설명하려는데 알렉스가 의사와 함께 들어왔다.

"어디 불편하거나 거슬리는 부분은 없습니까?"

아멜리아의 눈을 확인하고 이런저런 질문을 시작한 의사의 곁에 서 있으려니 때마침 경관이 알렉스를 찾아왔다. 하룻밤이 지나 진정이 되었을 그에게 증언을 청취하려고 일부러 병원까지 찾아온 것도 있겠지만, 진찰이 끝난 아멜리아에게도 질문할 예정인 듯 청취 후에도 돌아가지 않고 복도에서 기다리고 있었다.

"아멜리아. 애매한 부분은 전부 '기억나지 않는다.' 로 통일해."

"네에?"

침통한 얼굴로 대체 뭐라고 설명해야 하나 고민하는 소녀에게 시드가 해답을 던졌다.

"말해도 어차피 안 믿어 줄 거니까, 솔직하게 설명할 생각 말고 모른다고 하라고."

"그래도 돼요? 경찰이잖아요."

"내 말대로 하는 게 좋아. 안 그랬다가는 너도 운 나쁘면 실비아처럼 장기 입원행일 거야."

"히익!"

듣고 보니 그럴 가능성이 작지 않았다. 강에 떠도는 아이의 혼령이 있다는 말을 하면 다들 무슨 생각을 할까. 절대로 그것만은 안 된다며 정신없이 고개를 끄덕이고 있는데 병실 문이 열렸다. 알렉스와 대화를 마친 경관이 "진료도 끝났으니 몇 가지 좀 여쭤 봐도 되겠습니까?"라며 들어왔다.

"조금 전 의식을 찾은 환자입니다. 증언은 좀 나중으로 미뤄도 되지 않을까요?"

제법 까칠한 어조로 시드가 끼어들자 그를 샌더즈 가문 측 사람이라고 생각한 경관이 조심스럽게 "피해자의 진술이 있어야 사건을 해결합니다. 오래 걸리지 않을 테니 양해 부탁합니다."라고 한발 물러난 태도를 보였다.

아무래도 피해자인 두 사람 모두 귀족 신분이다 보니 경찰 측에서도 나름 조심하는 눈치였다. 미리 분위기는 대충 조성해 두었으니 앞으로는 전적으로 아멜리아의 연기력에 달려 있다는 의미로 소녀에게 가볍게 윙크한 시드가 자리를 내어 줬다.

"그럼 최대한 간단히 부탁합니다."

선심을 쓰는 것처럼 병실에서 물러난 시드는 병원 복도 벤치에 앉아 있는 알렉스를 향해 다가갔다.

"이제 해방된 건가? 경찰 쪽에서는 뭐 물어봐?"

"전부 다 알고 싶어 하죠, 뭐. 그런데 저도 기억하는 것이 없으니 큰 도움은 되지 못했습니다. 수사가 벽에 부딪히면 다시 찾아온다고 했고요."

"범인의 얼굴은 봤어?"

"아뇨. 검은 구두 끝만 봤습니다. 몸을 돌리기 전에 무언가에 맞고 쓰러졌거든요."

"조용한 마을인데, 어쩌다 이런 일이 생긴 건지 모르겠네."

"원한 관계가 아니라면 무작위로 희생자를 찾은 걸 수도 있다네요. 이전에 없던 범행 방법으로 봐서 어쩌면 외지인일 가능성도 크다고 하고요. 경관이 지금은 휴가철이라 관광객이 많이 들어온 상태여서 수사에 난항을 겪을 것 같다고 중얼거리더군요."

"……외지인?"

아주 짧은 순간이었지만, 시드의 눈빛이 무섭게 빛났던 것 같았다. 섬뜩한 분위기를 느낀 알렉스가 다시 그를 바라보았지만, 그곳에는 언제나처럼 온화한 얼굴을 한 시드가 고개를 갸웃거리고 있을 뿐이었다.

"……곰 인형이 불에 타고 있었는데."

"응?"

"어디서 본 기억이 있는 인형이라고 생각했는데 아멜리아 거였어."

생각에 잠긴 알렉스가 혼잣말하듯 당시의 기억을 되살리고 있었다.

"이상한 기분이 들어서 경찰에게는 말하지 않았습니다. 아멜리아의 인형이 태워진 곳에 본인이 나타나서……."

혼란스러움을 감추지 못하는 알렉스를 지켜보던 시드는 그가 진정할 때까지 조용히 곁에 앉아 있었다. 아멜리아의 설명을 듣기 전까지는 아무 말도 하지 않는 것이 좋을 것 같았다. 알렉스가 무언가 더 말하려는 순간 시드가 자리에서 일어나며 "자, 이제 슬슬 거머리를 쫓아 내러 가 볼까!"라고 외쳤다.

두 사람이 병실로 돌아와 보니 경관은 이미 쥴스에게 쫓겨나고 있던 참이었다.

"병석에 누워 있는 사람한테 무슨 질문이 그렇게 많은 겁니까. 누가 아예 안 된다고 했소, 다음에 또 오시라고요."

팔까지 걷어붙이고 밀어내는 쥴스의 힘을 이기지 못해 밀려난 경관은 한참 투덜거리다가 어쩔 수 없다는 듯 돌아갔다. 그 모습을 노려보던 쥴스의 시선이 천천히 복도 반대편에 서 있는 두 남자에게 닿자 다시 험악해졌다.

"유모한테 휴식 시간을 준 게 누군가 했더니!"

아가씨가 눈을 뜰 때까지 옆에 찰싹 달라붙어 있어야 할 유모가 병실에 없자 쥴스는 어이가 없었다. 누군가 내보낸 게 확실했다. "대체 누가 이런 간덩이 큰 일을 벌이나 싶었지."라고 투덜거리며 두 청년을 아래위로 훑어보던 그는 특히 알렉스를 보며 인상을 구겼다. 평소 그리 고운 취급을 받지 못하던 시드는 자신보다도 알렉스를 더 싫어하는 티를 내는 쥴스의 반응에 신기한 것을 보듯 두 사람을 번갈아 바라보았다.

"무슨 일 있었어?"

"아무것도 아닙니다."

시드의 말에 건성으로 대답한 쥴스가 두 손님 중 누가 더 진상인지 우열을 가리기 힘들다는 듯 노려보더니 결국 자리를 비켜 주었다.

"신사분들이시니 제가 별 얘기는 안 합니다만, 환자 너무 피곤하게 굴지 마시고 줄 거 있으면 냉큼 주고 잽싸게 가십시오."

이 정도면 할 말 다 한 거 아닌가? 싶은 기분이 들었지만 야단맞는 학생들처럼 고분고분하게 고개를 끄덕인 두 남자는 줄스에게 인사를 건네고 다시 병실로 들어갔다. 환한 미소로 그들을 반긴 아멜리아가 "옆에 와서 앉아요!"라며 침대 가장자리를 손으로 두드렸다.

"무슨 소리를 하는 겁니까. 두 분은 저기 의자 끌어다 앉으시면 되겠네."

문을 닫기 직전까지도 쓴소리를 한 줄스가 사라지자, 병실 안에는 잠시 침묵이 흘렀다.

"샌더즈가는 혹시 집사 영감님 은퇴하면 줄스가 뒤를 잇는 건가?"

"……풋맨 대표니까, 아마도?"

"공포정치가 펼쳐지겠군."

"오빠들보다도 훨씬 더 무서워."

예측되는 두려운 미래에 고개를 젓던 그들은 뒤늦게 각자의 선물을 아멜리아에게 전했다. 시드는 꽃다발과 시집이었고 알렉스는 과자가 담긴 작은 바구니였다.

"다 내가 무척 좋아하는 것들이야. 고마워요."

두 사람에게 볼 키스를 한 아멜리아가 선물을 품에 안고 행복해하는 동안에도 알렉스는 굳은 표정으로 소녀를 내려다보기만 하고 있었다.

"알렉스?"

의아함이 담긴 목소리로 그를 부르자 그제야 정신이 든 청년이 아멜리아를 바라보았다.

"아멜리아, 나는."

흐려진 목소리가 나지막이 병실을 울렸다. 하고 싶은 말이 너무 많았다. 궁금한 것도 많았다. 그러나 가장 먼저 해야 할 말은 무엇보다도.

"……미안해."

"알렉스? 왜 사과하는 거야?"

놀란 아멜리아가 그의 손을 잡고 안색을 살폈다. 무겁게 내려앉은 실내 분위기가 좀처럼 나아질 기미를 보이지 않자 어쩔 수 없다는 듯 어깨를 으쓱한 시드가 아멜리아의 어깨를 살짝 두드려 주고는 병실을 나섰다. 그도 당장 소녀와 나눠야 할 이야기가 있었지만, 저 두 사람은 사고를 당한 뒤 처음 만나는 상황이었다. 아무래도 지금은 자리를 양보해야만 할 것 같았다.

입을 다문 채 손만 꼭 쥐고 있는 알렉스가 걱정되어 이름을 불러 보아도 그는 잠시 입술을 달싹이는가 싶더니 다시 아랫입술을 깨물었다.

"널 잃는 줄 알았어."

오랜 기다림 끝에 들려온 목소리는 자책을 담고 있었다.

"속수무책으로 손도 못 쓰고, 그렇게 다시 못 볼지도 모른다고 생각하니까 괴로워서 미칠 것 같더군……."

"나, 나 괜찮아. 봐 이제 멀쩡하잖아. 강에서 날 꺼내 준 것도 알렉스였다며. 정말 고마워."

그 말에 잡은 손에 힘이 들어갔다.

"고맙다고 해야 하는 건 나야. 앞으로는 제발 그런 위험한 일에 뛰어들지 말아 줘. 그런 장면을 다시 보게 되면 그때는 정말 심장이 멎을지도 몰라."

"으, 응. 미안해……."

"내가 부족한 건데 네가 미안할 일이 아니잖아. 앞으로는 절대로 그런 일 생기지 않도록 할게. 너 다칠 일도 다시는 만들지 않을 거야. 위험하지 않도록 내가 곁에 있을게."

어머나. 소녀가 속으로 감탄사를 삼켰다. 간신히 정상으로 돌려놓은 뺨이 다시 달아오르는 것이 느껴졌다. 마지막 말은 거의 무의식인 것 같은데, 생각 없이 자연스럽게 이런 소리를 하다니. 알렉스는 늘 착실하고 진지한 것 같은데 가끔 이런 말을 하는 걸 보면 아가씨들을 홀리는 능력을 타고난 것이 확실했다. 자신이 이성에게 이런 소리를 들어 보는 날이 오니 신기하기도 하고 감탄스럽기도 하고. 침통한 알렉스에게는 미안하지만 아멜리아는 살짝 들뜨는 기분마저 들었다.

"주변이 너무 어두워 검은 강물 안에서 널 제때 찾아내지 못했을 수도 있었다고 생각하니 아찔했어. 차라리 현실이 아니라 악몽이기를 바랄 정도로."

묶여 있던 상황의 무력감이 트라우마로 남은 모양이었다. 고통받는 그를 보니 안쓰러웠다. 자신과 접촉하고 있으면 지난번처럼 그 아이를 다시 보게 될까 걱정돼 그에게서 떨어졌던 거였는데, 그런 고민 전에 손에 묶인 끈부터 풀어 줬어야 했던 걸지도 몰랐다. 생각에 잠겨 있던 아멜리아가 갑자기 놀란 얼굴로 소리 질렀다.

"그렇지! 강! 나 거기 가 봐야 해! 당장!"

"무슨 소릴 하는 거야? 어딜 간다고, 안 돼!"

곰 인형을 빼앗긴 그 아이를 그대로 강에 두면 안 된다. 사건 감식을 하기 위해 사람들이 왕래할 텐데, 빨리 손을 쓰지 않으면 그들이 위험했다. 외침과 동시에 벌떡 일어나려 하자, 알렉스가 무서운 표정으로 소녀의 어깨를 잡았다. 그의 양손에 힘이 들어가자 일으켜 세운 상체가 다시 침대 위로 눕혀졌다.

"다시 거기에 가겠다니 제정신이야? 말도 안 되는 소리 말고 누워 있어."

"내가 가지 않으면 다른 사람이 다칠 거야."

소녀의 말에 그의 눈동자가 흔들렸다. 될 수 있으면 생각하지 않으려 잠시 밀어 두었던 의문들이 결국 터져 나왔다.

"그게 무슨 뜻이야? 강에서 무슨 일이 있었던 거지? 그제만이 아냐. 다리 위에서, 우리가 그날 본 건 대체 뭐였지?"

"……."

"아멜리아. 왜 내게 숨기는 거야? 네가 강에 빠진 것도 그 이상한 울음소리와 관계있는 건가? 넌 마치 무언가가 있는 것처럼 행동했어. 그런데 왜 내 눈에는 보이지 않았지?"

그를 공격한 것은 분명 사람이었다. 비록 얼굴은 보지 못했지만 인 기척도 있었고 범인이 신고 있던 검은색 윙팁 구두코도 보았다. 그래 서 이 사건의 범인이 사람이라는 것에 의심이 없었다. 그러나 소녀는 마치 다른 범인이 있는 것처럼 말하고 행동했다. 그가 전날 다리 위에 서 본 것이 없었다면 소녀가 실수로 강에 빠졌다고 생각했을지도 모 르지만, 지금은.

그녀가 필사적으로 숨기는 것이 무언지, 왜 숨기는지 알아야 했다. 복잡한 마음을 감출 수 없었다.

"내게 말 못 할 무언가가 있는 거야? 내가 알면 안 되는 게 있어? 아 니면 날 믿지 못해서 그러는 거야?"

"너를 믿지 못하는 건 아니야……."

미안한 얼굴로 세 가지 중 한 가지만 부정하는 소녀를 보며 알렉스 가 답답한 듯 제 머리를 헝클었다. 아무래도 소녀는 거짓말에는 재주 가 없어 보였다. 물론 솔직한 건 그것대로 좋았지만, 지금만큼은 그를 불안하게 만들었다.

"내가 알면 안 되는 것과 말 못 할 무언가는 있는 거구나."

그 말에 애꿎은 환자복의 옷깃을 자근자근 손톱으로 누르며 어깨 를 움츠리는 모습을 보자니 꼭 제가 야단치는 것 같아 더 어이가 없었 다. 힘들게 하려는 것이 아닌데 이야기를 하다 보면 늘 이렇게 되고 만다.

"나는 안 되고 크로프트 씨에게는 전부 이야기할 수 있고?"

"시, 시드 이야기가 왜 나와?"

"모르겠어. 나보다 너랑 더 친해 보여서 질투라도 하나 보지."

"뭐어?"

놀라는 표정을 하자, 어깨를 쥐고 있던 손이 스르르 맥없이 흘러내렸다. 그제야 셔츠 사이로 보이는 손목에 붕대가 감긴 것을 발견한 아멜리아가 그의 손을 다시 잡았다.

"밧줄에 묶인 상처야? 많이 다쳤어?"

"별거 아냐."

"별거 아니긴, 간단히 묶인 붕대가 아닌 거 같은데? 널 묶은 사람이 폭행이라도 한 거야?"

알렉스는 '묶은 사람'이라는 표현을 사용한 아멜리아를 유심히 바라보았다. 소녀도 알렉스를 공격한 것이 사람이라는 것을 눈치채고 있다고 한다면, 소녀가 말 못 하는 부분만큼의 무언가는 사람이 아닐 가능성도 있다는 뜻일지도 몰랐다.

'뭐가 어떻게 되는 거지?'

제 망상이 너무 멀리 나간 건 아닌가 싶으면서도 강에서 보았던 그 이상한 존재를 떠올리면 그것이 아예 말도 안 되는 것은 아닌 듯싶고. 솔직한 이야기를 듣지 못하니 정리가 되지 않아 답답했다. 그의 속도 모른 채 소녀는 손목을 이리저리 돌려 보며 "다른 곳은 다친 데 없어? 너도 입원해야 하는 거 아니야?"라며 그의 걱정만 했다.

'어떤 이유로든 나를 따돌리려는 건 아닌 것 같고. 그렇다면 남아 있는 가능성은.'

소녀가 자신을 보호하고 있을 가능성이었다. 아멜리아가 그를 무시해서가 아니라, 보호하기 위해서 숨기고 있을 가능성. 무시무시한 울음소리가 가까이 들려올 때, 망설임 없이 제 앞을 가로막고 나서서 방패가 되어 준 것처럼.

"한심하네……."

"알렉스?"

부글부글 끓는 속은 진실을 몰라서가 아니라, 질투 때문이었다. 소녀의 전부를 다 알고 싶은 욕심이 채워지지 않아서 고통스러웠다는 걸 그는 뒤늦게 깨달았다. 아멜리아가 제게 소꿉친구보다 더한 의미라는 걸, 호감 이상의 감정이 있었다는 걸 깨달은 알렉스는 혀를 찼다. 제 마음을 모른 채 저지르고 다녔던 그간의 미련한 삽질을 생각하니 어디 가서 소리라도 실컷 지르고 돌아오고 싶은 기분이 들었다.

"목숨을 걸고 구해 준 너에게 이럴 일이 아닌데, 나 정말 한심한 것 같아."

"갑자기 왜 그래? 무슨 일이야?"

알렉스가 눈에 띄게 기운이 없어 보이자 아멜리아의 표정이 어두워졌다. 머리를 맞았다더니 어디 아픈 거 아니냐고 물어보려는 찰나, 알렉스의 크고 따뜻한 손이 아멜리아의 볼을 감쌌다.

"하고 싶은 말은 많은데, 오늘은 여기까지만 할게. 네가 무사해서 정말 다행이야. 우선은 그것만으로 만족하기로 했어."

"뭐가? 알렉스! 설명을 좀 해 줘."

살짝 뺨을 쓰다듬던 손이 아쉬운 듯 멀어지고, 알렉스는 무언가 결심한 표정으로 아멜리아를 바라보았다.

"앞으로는 네게 보호받는 일 없을 거야. 그럴 필요도 없도록 할 거고. 누가 보기에도 믿음직스럽다면 너도 숨기지 않고 이야기해 주겠지."

"알렉스, 그렇지 않아, 넌 충분히—."

"그래도, 다음번에는 전부 이야기해 줘야 해. 나는 누군가가 내게 뭘 숨기는 걸 좋아하지 않아. 또 도망가는 것도."

"……응. 도망가서 미안해."

"그럼 됐어. 오늘은 이만 갈게. 푹 쉬고 또 보자."

뺨에 부드러운 작별 키스를 남기고 그가 떠났다. 집요한 추궁이 이어질 거라 생각했던 예상과 달리, 포기가 빨라 어리둥절할 지경이었다. 물론 다음번에는 반드시 설명을 듣겠다고 못을 박기는 했지만 어딘가 후련해진 얼굴로 인사를 하는 알렉스를 바라보며 소녀는 눈을 깜박였다.

"대체 무슨 일이 있었지?"

분명 같이 있었는데 말이야. 흐름을 따라가지 못해 홀로 남겨진 아멜리아는 그가 사라진 병실의 문을 바라보며 알렉스의 극적인 태도 변화에 대한 의문을 떨치지 못했다.

알렉스는 병원 복도에 마련된 의자에 앉아 있었다. 나무에 묶여 있을 때 끈을 풀기 위해 필사적으로 손을 움직였던 당시에는 고통도 크게 느끼지 못해서 별거 아니라고 생각했지만 정작 손목의 상처를 본 주치의는 매우 놀라며 당장 병원에 갈 것을 지시했다. 피가 흘러나올 정도로 온통 까지고 엉망으로 찢어진 손목은 꿰매야 했고 전부 아물 때까지 상당한 시간이 걸릴 것이라는 진단을 받았다.

아멜리아의 문병을 위해 병원에 온 그는 드레싱을 새로 하기 위해 잠시 치료실에 들러 순서를 기다리던 참이었다. 무심한 얼굴로 앉아 있지만 진정하지 못하는 심장 때문에 속이 울렁였다. 병실에서 도망치듯 나온 이유도, 아멜리아의 얼굴을 더 보고 있다가는 붉어지는 얼굴을 숨길 수 없을 것 같았기 때문이었다.

'대체 어쩌다가. 아니, 어쩌려고.'

자기보다 한참 연약한 소꿉친구에게 목숨도 보호받고 이제는 반하기까지. 민폐도 이런 민폐가 없었다. 그런 주제에 뭐가 '나는 누군가가 내게 뭘 숨기는 걸 좋아하지 않아.' 란 말인가. 무슨 낯으로 그런 소리를 했는지 모르겠다. 실로 머저리 같은 대사가 아닐 수 없었다.

자신이 스스로가 생각한 것보다도 더 풋내기라는 생각이 들어 이루 말할 수 없을 만큼 창피했다. 좋아하는 사람에게 지지대가 되어 주지는 못할망정, 도움을 받고도 기를 쓰고 허세나 부리다니. 이래서야 다음번에 아멜리아를 만나면 제가 먼저 도망가야 하는 건 아닐까 싶을 정도였다. 민망함의 고통에서 헤어나지 못하고 있을 무렵, 주변에 있던 환자들의 속삭임이 귀에 들어왔다.

"강에서 사고가 있었다며, 그 아가씨가 또……."

"이번에는 그 아가씨가 빠졌다던데?"

"그래? 다른 사람도 같이 있었다고 하지 않았어? 난 또 누구 빠트리려는 줄."

"여기 입원해서 아까도 경찰 왔다 갔어. 그놈의 강은 한동안 잠잠하더니 왜 또 난리야."

"그 아가씨는 유난히 강 관련 사고가 잦네. 예전의 그 꼬마 사건 이후로는 조용하나 했더니."

"포목점 아들? 그래, 벌써 몇 년 전이네. 아이가 많이 컸더구먼."

두런두런 들려오던 목소리는 갑자기 난입한 아이 우는 소리에 멈췄다. 진찰실에서 나온 소년은 주사를 맞았는지 큰 소리로 울며 칭얼거렸고 그런 아이를 달래는 엄마의 소리에 대기실 모두가 잠시 시선을 빼앗긴 사이, 알렉스는 홀로 조금 전 들은 이야기를 되짚고 있었다.

'아멜리아가 이전에도 강에서 사고가 난 적이 있었단 말이지?'

기묘한 대화 내용이었다. 엘포트 강에 사고가 잦았다는 것도 아멜리아가 관련된 적이 있다는 것도 그는 처음 들었다. 알렉스의 치료 순서가 되어 이름이 불린 것과 수다를 떨던 두 환자가 차를 마시자며 자리를 뜬 것은 거의 동시였다.

"앞으로 며칠간은 물에 닿지 않도록 조심하시길 바랍니다. 상처가 난 상태로 강에 뛰어들어서 염증이 생길 뻔했으니까요. 강물이 깨끗해서 그나마 다행이었지, 큰 도시 근처였으면 오염수 때문에 덧났을지도 모릅니다."

새로 붕대를 감아 주며 의사가 지시했다. 파상풍 주사와 약은 이미 전날 다 처방받았기에 알렉스는 간단한 진료 후 자리에서 일어났다. 다음부터는 통원하지 않아도 될 것 같다는 말을 한 의사는 진단서를 작성해 주며 주치의에게 전달할 것을 부탁했다.

"감사합니다."

병원을 나서며 그는 아멜리아가 입원한 병실 쪽을 돌아보았다. 창이 반쯤 열려 있어 커튼이 흔들리는 것이 보였다. 큰 외상도 없고 의식도 되찾았으니 아마도 내일쯤이면 퇴원하지 않겠냐는 의사의 말에 알렉스는 다행이라는 생각을 하면서도 혹시 퇴원하고 나면 다시 만나지 못하는 건 아닐까 싶어 초조했다.

마차를 찾기 위해 병원의 마구간 쪽으로 발걸음을 옮기는데 어디선가 작은 자갈이 날아왔다.

톡.

'……?'

잘못 날아온 건가 하고 멈췄던 발걸음을 옮기려니 다시 두어 개 더 날아왔다.

톡, 톡.

근처에 둥지를 짓는 새라도 있나. 주변을 두리번거리던 알렉스는 나무 뒤에서 얼굴만 빼꼼 내놓은 작은 머리통을 발견했다.

"……너는."

"가브리엘이다, 바보야. 지금 그 녀석 병실에서 나온 거 맞지?"

이름이 기억나지 않아 잠시 머뭇거리자 냉큼 대답한 소년은 고개를 빼고 알렉스를 보더니 나무 뒤로 오라며 비장하게 손짓했다. 이 넓은 정원에서 굳이 나무 뒤로 숨어야 할 이유가 없다고 생각하면서도 부르는 대로 따라가 보았다.

"강에 빠졌다며. 괜찮아?"

"음. 조금 전에 정신을 차렸어. 궁금해서 여기서 기다린 거야? 병실로 가 보지 왜―."

"별로 안 궁금하거든? 그냥 지나가다가 마침 너랑 마주친 거거든?"

"아, 그래."

꼬마의 패턴을 이제 충분히 이해한 알렉스는 입꼬리가 올라가는 걸 감추지 못하고 가브리엘을 바라보았다.

"뭐야, 그 기분 나쁜 시선은. 너 최근 아멜리아랑 되게 비슷해지는 거 알아?"

심술부리는 막냇동생을 보는 것 같아 귀여웠다. 그래, 아멜리아도 이런 기분이었군. 소녀가 아이를 예뻐하는 이유가 어딘가 이해가 갔다. 그녀라면 아마 이쯤에서 머리를 쓰다듬고 싶어 몸부림치다가 소년이 방심하는 틈을 노리고 있을지도 몰랐다.

"애가 정신을 못 차려. 지난번에도 강에 가더니 이번에도 또 갔잖아! 자꾸 근처에서 얼쩡거리길래 불안했는데. 그 고생을 하고도 깨닫는 게 없다니 진짜 바보 아냐?"

"지난번? 가브리엘, 전에 강에서 무슨 일이 있었는지 알아?"

"……무슨 소리야?"

아이가 멀뚱하게 되물었다. 그러다 곧 "아, 여기 없었지?"라고 중얼거렸다.

"예전에 강에서 사고가 난 적이 있었어. 그때도 그 녀석이랑 내가……."

"그게 너였어?"

"자꾸 말 자를래?"

소년의 설명은 이랬다. 낮에 가지고 놀던 장난감을 잃어버려 찾아다니는 사이 해가 지고 잠시 멎었던 폭우가 다시 쏟아졌다고 했다. 그래서 꼼짝 못 하고 강 근처에서 발이 묶여 있는데 '무언가'가 자신을 강 쪽으로 잡아끌었다고 했다. 강가에 난 나무를 껴안고 남자답게 그 정체를 알 수 없는 괴물과 싸우고 있는데 어떻게 알았는지 구조대보다도 아멜리아가 먼저 달려왔던 거였다.

"그 후에 구조대가 와서 둘 다 무사하기는 했는데, 그걸로 녀석에 대한 평판이 나빠져서……. 내가 아니라고 하는데도 믿어 주지 않았어. 어리다고 무시하는 거야, 다들 곧 두고 보라지."

멋진 어른이 되어 누명을 벗겨 주겠다는 말을 하던 가브리엘은 "그런데 이게 왜?"라며 궁금해했다.

"무언가 끌어당겼다고?"

"그래, 엄청난 힘이었어. 번개가 치는 순간 잠시 희뿌연 손을 본 것 같기도 한데, 그 말을 했더니 의사 선생님이고 가족들조차 다 내가 너무 지쳐서 헛것을 본 거라고 하잖아. 뭔가 정말 잡아당겼는데……, 아무도 믿어 주질 않아. 아멜리아랑 나랑 둘 다 질질 끌려 들어갈 정도로 힘이 셌거든."

"그때도 빠졌던 거야?"

"응. 구조대원들이 시간 맞춰 오지 않았으면 둘 다 지금쯤."

손을 목에 가져다 대고 높은 곳을 올려다보며 익살스럽게 묘사했지만, 요는 둘 다 상당히 위험한 상황이었다는 거였다. 알렉스는 그제야 초여름에 아멜리아가 한 '친구가 없다.'라는 말을 이해할 수 있었다.

"뭐가 잡아당겼는데?"

"……몰라. 나도 못 봤다고 했잖아."

"흐음."

알렉스의 침묵을 무시로 해석했는지 가브리엘이 화난 표정을 지었다.

"뭐야, 너도 결국 그런 반응이야? 아멜리아 울리면 가만 안 둘 거야."

"섣부른 판단하지 마. 누가 믿지 않는다고 했어."

끌려 들어가듯 물속에 빠졌다는 말은 그가 목격한 것과 일치했다. 그전에도 비슷한 일이 있었다고 한다면 아멜리아는 그곳에 무엇이 있는지 이미 알고 있다는 말이 된다. 조금 전 소녀가 '강에 가야 한다.' 고 말했던 것을 떠올렸다. 자신과 가브리엘의 눈에 보이지 않는 무언가가 사람들을 노리고 있는 건 아닐까. 그리고 그걸 막고 싶어 하는 것은.

'무언가가 확실히 있어.'

보통 사람들의 눈에 보이지 않는 위험한 무언가가 강에 있고, 어쩌면 그것이 불에 타다 만 곰 인형이나 마법진 같은 것과 연관이 있을 수도 있었다. 허황한 이야기 같지만 지금은 그런 생각이 들었다. 그리고 그 일을 계기로 아멜리아가 안 좋은 소문에 휩쓸렸다는 것과 가브리엘만이 그녀의 편에 서 있었다는 걸 깨달은 그의 눈이 가늘어지더니 복잡한 빛을 띠었다.

"여, 여하튼. 정신 좀 단단히 차리고 살라고 해. 위험한 곳에는 절대 가까이 가지 말고."

"해 줄 말 있으면 직접 가서 해. 반가워할걸?"

"진짜?"

"그래. 가서 얼굴도 보여 주고, 얼른 퇴원하라고 격려해 주고 와. 남자답게. 2층 특실에 있다."

"으, 응."

긴장한 얼굴로 고개를 끄덕거린 가브리엘이 뻣뻣하게 굳어 앞으로 걸어 나갔다. 자세히 보면 같은 쪽 팔과 다리가 동시에 나가고 있었다. 그 귀여운 모습에 머리를 쓰다듬어 주고 싶은 충동을 가까스로 참고 있는데 몇 걸음 떼다 말고 뒤를 돌아본 소년이 그에게 물었다.

"너, 왜 이렇게 친절한 건데?"

"……나도 페어플레이 하기로 마음먹었거든."

"뭐?"

가브리엘은 알렉스를 향해 "너 역시 좀 이상해."라며 한숨을 쉬었다. 저런 이상한 녀석의 조언을 받아 움직여도 괜찮은지 모르겠다고 투덜거리면서도 망설이지 않고 씩씩하게 병원 안으로 들어갔다.

한편, 병원의 정원에 홀로 남은 알렉스는 어이가 없어서 헛웃음이 나올 지경이었다. 조금 전의 일로 시드니가 자신을 어떻게 보고 있었는지를 잘 알았기 때문이었다. 귀여운 꼬마, 한참 미숙한 소년, 그 '페어플레이' 의 의미는 자신이 그의 적수가 아니라는 뜻이었다는 걸 이제야 깨달았다.

"언제까지 뒤처져만 있다고 생각하면 큰코다친다고."

불만이 가득 담긴 얼굴로 투덜거리는 알렉스를 시드니가 봤다면 아마도 '딱 열아홉의 제법 고민이 많을 시기.' 의 모습이라고 말해 줬을지도 몰랐다.

마을로 돌아온 시드는 카이퍼가 묵고 있는 호텔을 찾아갔다. 그가 두 번째로 '붉은 서재' 를 방문했을 때 마치 찾아오라는 듯 호텔의 명함을 두고 간 것이 기억나 주소를 확인했다. 자신의 가게와 그리 멀지 않은 거리에 있는 작은 호텔이었다. 시드는 카이퍼가 일부러 '붉은 서재' 와 가까운 곳에 숙소를 잡았다고 생각할 정도로 단순한 사고를 하는 사람은 아니었다. 그 호텔에 투숙한 다른 이유가 있다기보다는 레이븐의 번화가 자체가 모두 한곳에 옹기종기 모여 있는 편이어서 선택의 여지가 그다지 없었을 거였다. 고급스러운 로비를 지나 프런트에 카이퍼의 이름과 객실 번호를 대며 안내를 부탁하자 불가능하다는 답변이 돌아왔다.

"이미 체크아웃을 했다고요?"

"네. 전시회 계약이 성사되었다고 하시면서 오늘 새벽 기차로 떠나셨어요."

"……남겨 둔 메모라던가, 없었나요?"

"있습니다. 혹시라도 누군가가 찾아오면 이걸 전해 주라고 하셨는데, 아무래도 선생님께 드려야 할 것 같네요."

겉면에 카이퍼 셀저라는 이름만이 적혀 있는 하얀 봉투. 자신을 찾아온 사람에게 주라는 의미로 적은 그의 이름 외에는 별다른 특징이 없었다. 봉투 역시 객실에 기본적으로 비치된 스테이셔너리를 사용했는지 호텔의 로고가 큼지막하게 양각으로 찍혀 있었다.

'전시회의 계약이 성사되었다'는 말에 떠오른 건 이전에 아멜리아가 그려 준 귀부인의 그림이었다. 봉투를 받아 든 시드는 그걸 그대로 주머니에 꽂고 교회로 향했다. 가늘고 긴 팔이 뻗어 나온다는 그림이 있는 곳이었다.

'그게 그곳에 있었지.'

묘한 기분이 들었다. 카이퍼와 전시회, 교회의 그림, 그리고 아멜리아.

이전에 아멜리아가 카이퍼에게 길을 안내했다고 한 곳에 혹시 교회가 포함되어 있다면, 그래서 그녀가 갑자기 그 그림에 대한 의문이 생긴 거라면 모든 것이 맞아떨어진다. 알렉스가 뭐라 했던가. 아멜리아가 윌리엄이라는 신사의 집에 가서 그림에 관해 물어봤다고 했다. 갑자기 그런 행동을 할 만한 계기가 있었을 텐데 혹시 그것이 카이퍼 때문은 아니었을까 싶었다.

늦은 오후지만 아직 관광객이 남아 있는 전시회장에 들어섰다. 사람들의 틈에 섞여 차례로 그림들을 감상하던 그는 한쪽 벽면에 홀로 걸려 있는 '그' 그림을 발견했다.

'단독 전시라니 꽤 유명한 작품인가 보군.'

가까이 다가가 이리저리 훑어보아도, 그리 특이한 점은 발견되지 않았다. 자신에게는 전시회장에 있는 여느 그림들과 다를 바 없는, 유화로 그려진 납작한 평면의 액자로 보이는 것이 전부였다. 화려한 그림이라고 생각하며 주변을 둘러보다가 마침 가까이에 갤러리 직원으로 생각되는 사람이 있어 조용히 다가가 물었다.

"실례합니다. 저 그림에 관해 설명을 좀 부탁해도 될까요?"

"퍼트리샤 백작 부인의 초상화 말씀이시군요. 잠시만요. 저희에게 전시 작품을 설명하는 안내서가 준비되어 있답니다."

재빠른 걸음으로 입구에 다녀온 그녀의 손에는 삼등분으로 접힌 종이가 들려 있었다.

"15번, 여기 있네요. 데이비드 윌리엄 씨의 개인 소장품인데 감사하게도 저희에게 평생 대여를 허락해 주셨습니다. 백작 부인을 워낙 미인으로 묘사한 데다가 섬세한 붓 터치로 완성된 흠잡을 데 없는 수작이지요."

"정말이군요. 제 친구가 극찬하기에 저도 보러 왔습니다."

"친구분이요?"

미남과의 대화가 싫지만은 않은지 직원은 꽤 상냥하게 그의 말에 대꾸해 주고 있었다.

"네. 셀저라고, 신문사 친구인데. 아, 여기에는 전시회 기획 때문에 왔을 텐데요."

"어머, 알아요. 어제도 뵈었는걸요. 전시회 시기가 잘 맞아서 다행이에요. 레이븐에서 그런 훌륭한 작품들을 전시할 기회가 오다니 벌써부터 마음이 설렌답니다."

"시기가 언제였죠? 꼭 오라고 그러던데 듣고도 그만 잊었군요. 그 친구가 행여 마음이라도 상할까 걱정입니다."

"그런 걱정 하지 마세요, 제가 알려 드리면 되잖아요. 내년 10월이랍니다."

"이번엔 수첩에 적어 두기라도 해야겠어요. 제가 잊었다는 사실은 비밀로 부탁합니다."

화기애애한 대화가 이어지고, 붙임성 좋은 시드의 입담에 넘어가 이것저것 편하게 대답해 주던 여인이 문득 생각난 것을 말했다.

"그러고 보니 친구분도 저 그림이 가장 마음에 드셨는지 내내 저것만 보고 계셨어요."

"카이퍼가요?"

"네. 이리저리 자리를 옮기면서 감상하셨는걸요. 너무 오래 보셔서 제가 이유를 물었을 정도였어요."

"아름다운 그림이기는 한데, 그렇게 마음에 들었대요?"

"기묘한 아름다움이 느껴진다고 하시더군요. 그림에 대한 해석이 남다른 분이어서 기억에 남아요."

그 말을 하며 백작 부인의 초상화를 바라보는 그녀를 따라 시드도 다시 그림을 바라보았다.

아름다운 그림이었지만 그 어디에서도 그가 표현한 기묘함은 느껴지지 않았다.

"그림을 잘 몰라서 그런지, 저는 모르겠네요."

"예술이란 원래 각자 보이는 대로 즐기면 되는 것이지요. 모두 같은 걸 볼 필요는 없으니 걱정하지 마세요."

저 그림에서 자신이 보고 싶은 것을 골라 보는 것 역시 예술을 즐기는 한 방법이라고 격려하는 직원을 이번에는 다른 사람이 불렀다. 안내가 필요한 관광객 같았다. 그녀는 어쩔 수 없다는 듯 그쪽으로 향하면서도 못내 아쉬운 듯 힐끔대며 시드를 바라보았지만, 그는 작게 손을 흔들어 주고는 다시 그림에 몰두했다.

자신은 골동품상이지 전문적인 미술상은 아니지만, 그래도 그간 보아 온 것이 있어 상당한 수작이라는 것은 알 수 있었다. 따스한 색채로 부드럽게 표현된 그림이었다. 피부 질감 역시 실제보다도 더 하얗고 말랑한 느낌을 강조해 미화되어 표현된, 당시 귀족 부인들이 선호할 만한 작풍이었다.

이런 아름다운 초상화를 보며 '기묘하다'라고 표현했다는 말이 어딘가 마음에 걸렸다. 자신의 기억으로는 카이퍼가 딱히 미술에 조예가 깊은 편도 아니었고, 그렇다면 가능성은 한 가지였다.

'카이퍼에게도 라일라 같은 능력이 있는 건가?'

누나의 점성술사 직업을 맹렬하게 반대하던 이유가 혹시 그런 거였다면. 그렇다면 그가 초상화를 뚫어지게 바라본 이유도 이해가 갔다. 어쩌면 그는 이 그림에서 아멜리아와 같은 것을 본 건 아니었을까?

그는 정말 순순히 돌아간 걸까. 떠나기 전에 한 번 정도는 더 자신을 보러 오지 않을까 싶었는데 그냥 가 버렸다는 말이 의외였다. 여기까지 쫓아온 이상 순순히 물러나지 않을 것 같은 인상이었는데 예상과 달리 미련 없이 떠나 버린 것 같았다.

전시회장을 나오면서 그는 생각에 잠겼다. 카이퍼에게 그런 능력이 있다는 말을 직접 들은 적은 없었다. 자신에게는 이해하기 힘든 세상이라 어느 정도의 능력일지는 짐작이 가지 않는다. 그러나 그가 라일라의 남동생이라는 걸 생각하면 예상외로 꽤 기감이 발달했을지도 몰랐다. 그 가능성이 가슴속에 앙금처럼 가라앉는 기분이었지만 떠난 사람을 다시 찾아 속셈을 물어볼 수도 없고, 이대로 흘려보내야 한다는 사실이 꺼림칙했다.

아멜리아의 시선이 나비처럼 천장을 방황하고 있었다.

"갑자기 강으로 뛰어간 이유가 뭡니까?"

"……그, 친구가 실종되었다는 소식을 듣고……."

"왜 하필 강으로 가셨지요?"

"……우연히요."

"그곳에 친구분이 묶여 있다는 걸 알았습니까?"

"아니요……."

"묶여 있는 친구분을 두고 왜 강에 들어갔습니까?"

355

"어두워서 발을 헛디뎠어요……."

"발을 헛디뎠다, 라."

압박 수사가 펼쳐지고 있는 현장은 아멜리아의 병실이었다. 나이가 지긋한 경관은 수사에 참고한다며 질문을 하는데 그런 것치고는 그리 상냥하지 않았다. 놓치지 않겠다는 듯 소녀가 하는 말을 하나하나 다 받아 적은 그는 가장 의심하던 걸 물어보았다.

"현장에 주술을 벌인 흔적이 있는데, 그건 아가씨가 그린 건가요?"

"주술이요? 저는 그런 거 몰라요."

"주변에서는 아가씨가 그런 걸 잘 알 거라고 하던데요."

"그런 거 저는 정말 모르는데……."

기죽은 표정으로 항변해 보지만 그리 믿어 주는 눈치는 아니었다. 이전에 강에서 있던 소문도 그렇고 지금까지 소녀에 대한 일화들을 대충이라도 들어 본 사람이라면 아멜리아를 의심하는 것이 무리는 아닐지도 몰랐다.

표정을 읽을 수 없는 얼굴로 물끄러미 바라보던 경관이 "뭐, 여기에 대해서는 조사가 더 진행된 후에 물어보는 걸로 하고."라며 여지를 남기자 아멜리아의 얼굴이 희게 탈색되었다. 또 온다고? 잘못한 것도 없는데 괜스레 심장이 철렁한다. 그런 소녀의 심정이 얼굴에 나타났는지 메모를 하던 경관은 "이건 관례니까요."라고 한마디 덧붙였다.

그렇다고 마음이 편해지는 건 아니지만, 소녀는 불퉁하게 생각했다.

"그럼 멜포드 씨를 발견했을 당시의 주변 상황에 관해 설명을 좀 해 주시겠습니까?"

"알렉스의 외침 소리가 나는 쪽으로 갔어요. 주변은…… 너무 어두워서 제대로 보지 못했고요."

아멜리아는 시드가 알려 준 대로 '몰라요'를 반복하고 있었다. 시키는 대로 하고 있지만 정말로 주변이 어두웠기 때문에 제대로 본 것이 거의 없었다. 알렉스를 발견하고는 곧이어 그 아이가 근처로 왔기 때문에 아예 거짓말을 하는 건 아니었다.

"땅에 문양 같은 것이 그려져 있고 무언가를 태운 흔적이 있는데, 그것에 대해서는 기억나는 것이 없습니까?"

"모르겠어요. 알렉스의 손이 묶여 있길래 풀어 주려고 가다가 그만⋯⋯."

"'발을 헛디뎠다'?"

"네에."

그는 자신이 적어 둔 메모를 크게 읽으며 재확인했는데, 그 모습만으로도 무언가 잘못된 건가 싶어 아멜리아는 숙제를 안 한 아이처럼 안절부절 조바심이 들었다.

'미안, 폴. 모른 척해서 정말 미안.'

"그러면 말입니다―."

그가 무언가를 추가로 질문하려고 하는 순간, 병실 문이 열리고 쥴스가 들어왔다.

"아―, 쫑알쫑알 길기도 하네!"

그는 꽤 불손한 태도로 실내를 한번 휘젓고는 "우리 아가씨 깨어난 지 얼마 되지도 않았는데, 적당히 하시죠? 이러다가 또 쓰러지면 어찌합니까. 나기를 약하게 나신 분이라 많이 지치셨을 텐데."라며 경관을 노려보았다.

"그렇습니까?"

"어, 저어."

산이고 들이고 망아지처럼 뛰어다닌다는 건 소문이 나지 않았으려나? 싶어 뭐라 말해야 좋을지 몰라 쥴스를 바라보니 경관의 뒤에 서서 무섭게 고개를 끄덕이고 있었다.

"⋯⋯네. 좀 어지럽네요."

"조금만 더 참아 주시면 금방 끝내겠습니다."

"참기는 뭘 더 참습니까. 거기, 의사 불러오고! 나리는 이제 자리를 좀 비켜 주시죠."

"이봐요, 아직 질문이 남아 있는데."

"병석에 누워 있는 사람한테 무슨 질문이 그렇게 많은 겁니까. 누가 아예 안 된다고 했소, 다음에 또 오시라고요."

쥴스가 경관의 말을 자르고 쫓아내기까지 아멜리아는 긴장으로 숨도 제대로 쉬지 못 할 정도였다. 혹시 제가 뭔가 해서는 안 될 말을 한건 없는지 몇 번이고 머릿속에서 지금까지의 답변을 반복해 보고서야 휴우, 안도의 숨을 내쉴 수 있었다.

'바닥에 그려져 있던 그림은 솔직히 나도 뭔지 모르겠어.'

경관의 질문에 떠올랐던 문양은 어떤 의식을 위한 것으로 보였지만 별다른 기운이 느껴지지 않았다. 의미 없는 표식을 대충 기억나는 대로 따라 그린 아이의 장난 같다는 인상이었는데, 대체 그것이 왜 그려져 있었는지 알 수가 없었다. 의미가 없는 거라면 왜 굳이 그걸 그려두었던 걸까? 그리고 폴은 어떻게, 왜 찾아내서 태운 걸까?

'그 애가 다시 문제를 일으키기를 원하는 사람이라도 있나?'

나 말고도 그 아이를 볼 수 있는 사람이 있었구나, 라고 신기해하면서도 불명확한 의도에, 특히 알렉스를 기절시켜 묶어 놓을 생각을 했다는 것에 지독한 악의가 느껴지는 것을 떨칠 수 없었다.

"대체 목적이 뭐지?"

홀로 남은 병실에서 소녀는 속삭였다. 지금은 이조차 누가 들었을까 걱정되는지 곧 입을 다물고 주변을 살피던 아멜리아는 다시 침대에 몸을 기대고 눈을 감았다.

시드의 가게에 도둑이 들었다는 소식을 들은 것은 다음 날이었다.

"도둑이 들어요?"

"음, 아침에 가 보니 뒷문을 따고 누가 들어간 흔적이 있었어. 워낙 물건이 많아 소품 한둘쯤 비는 건 사실 나도 기억이 안 나서…… 정작 분실 신고는 못 했지."

시드는 퇴원 준비를 하던 아멜리아를 찾아와 함께 병원의 정원을 산책하고 있었다. 쥴스가 마부를 부르러 간 사이, 둘은 체리나무 밑 벤치에서 햇빛을 피하며 이야기를 나누었다.

"한참 뒤진 흔적은 있는데, 뭘 찾던 건지는 모르겠어."

"왜 이런 일들이 자꾸 벌어지는 거죠……."

아멜리아의 걱정에 시드가 어깨를 으쓱했다.

"가게는 괜찮아. 아주 값나가는 건 찾을 수 없게 금고 안에 꼭꼭 숨겨 뒀으니까."

"큰 피해가 없어서 다행이에요."

소녀를 찾아온 시드는 사고가 있던 날의 일에 대해서 물었다. 해야 할 이야기가 너무 많아 어디서부터 설명해야 할지 좀 헤매던 아멜리아는 시간을 들여 차곡차곡, 그간 있었던 일들을 설명했다.

"그래. 강에 그런 것이 있단 말이지?"

"곰 인형을 빼앗겼으니까 다시 사람들을 노릴 거예요. 어서 가서 조처하지 않으면—."

"밀리는 강 근처에 갈 생각도 하지 마. 사건 현장에 다시 나타나서 이상한 짓 하고 있다는 거 들키면 이번엔 변명도 통하지 않을 거야."

"그건 그렇긴 한데……."

"어제도 경찰관 한 명이 강에 발을 헛디뎠다는 말이 있었어. 동료들이 금방 꺼내 준 모양인데, 그 근처가 위험하다는 소문이 난 데다 사건 현장도 있어서 출입 금지 지역으로 취급받을 예정이라고 했으니까 한동안은 안전할 거야."

"그래요?"

"그리고 여름이 지나면 그 아이는 사라진다고 하지 않았어? 올해는 어떻게든 잘 넘어가기를 빌어 보자고. 지금 밀리가 움직이면 더 큰일이 난다는 것만 명심하고."

못마땅해하면서도 고개를 끄덕이자 시드가 "곰 인형이라면 내가 넘치게 사 줄 테니 걱정하지 마."라고 덧붙였다.

"우와. 네, 하하……."

인형 선물을 좋아했다. 곰 인형의 복슬복슬한 털이며 포근한 감촉, 까만 눈과 동그란 귀도 사랑스럽다. 사실 많으면 많을수록 좋다고도 생각했다. 해리 오빠가 한 아름 사다 준 인형들은 다 마음에 쏙 들었고, 소파며 침대며 가득 찰 정도로 앉혀 놓고 감상하면 행복했다. 좋기는 한데, 이런 모습 때문인지 자기도 이제 열여섯의 어엿한 레이디인데, 주변에선 항상 아기 취급을 하는 것 같다는 기분을 떨치기 힘들었다.

다른 아가씨들도 나처럼 인형 선물이 압도적으로 많은가? 하는 고민을 해 보아도 또래 친구가 없는 아멜리아로서는 좀처럼 얻기 힘든 정보였다. 배부른 투정 같지만 기왕이면 좀 더 아가씨에게 어울리는 선물이면 좋겠다고 생각하고 있으려니, 독심술이라도 하는지 시드가 웃음을 터트렸다.

"곰 인형 외에도 준비할 테니까 그런 얼굴 하지 마."

"시드. 그런 거 아니에요―."

"알아, 알아."

얼굴만 보고 그런 걸 알 수 있는 건가? 놀라서 시드를 바라보았지만 그는 별다른 설명 없이 웃으면서 자리에서 일어났다. 먼 곳에서 팔짱을 끼고 노려보는 샌더즈의 젊은 풋맨을 향해 가벼운 눈인사를 한 뒤, 아멜리아를 에스코트하여 마차까지 데려다주었다.

"퇴원 축하해. 빠른 시일 내에 놀러 와. 깜짝 놀랄 만한 선물을 준비해 둘 테니까."

"선물을 바라는 게 아니라니까요, 시드. 놀리는 거죠?"

"아냐. 진심이야. 무사 퇴원을 환영하는 의미에서 멋진 식사도 곁들이자."

시드는 샌더즈가의 마차를 배웅하며 손을 흔들었다. 시야에서 마차가 완전히 사라지자, 천천히 병원의 정원을 거슬러 마을로 향했다.

'가져간 것이 없다면, 대체 왜 가게를 뒤진 거지?'

비록 도둑맞은 물건이 없다 하더라도 누군가 자신의 영역에 들어와 장소를 어지럽히고 떠났다는 사실만으로도 기분은 충분히 더러웠다. '붉은 서재'로 돌아와 좀 더 꼼꼼하게 상황을 확인하던 그는 잠가 두었던 카운터 뒤의 유리 진열장 문이 열려 있다는 것을 발견했다. 눈으로 훑어보아서는 물건을 움직인 흔적도, 빈자리도 없어 분실된 것은 딱히 없어 보였다. 그러나 모든 것이 시드가 두었던 그대로인데도 불구하고, 불길한 느낌을 지울 수가 없었다.

다시 찬찬히 내부를 들여다보던 그는 그것이 유리장 안쪽 깊은 구석에 놓여 있던 도자기 새들 때문이란 것을 깨달았다.

'원래 이런 색이었나?'

자신이 넣어 둔 장소에 얌전히 놓여 있는 그 도자기 새들이 이질적으로 느껴진 것은 그 색이 조금 바랜 듯한 인상 때문이었다. 이보다 더 진한 군청색이 아니었나? 하며 의심해 보지만 자신의 착각일 수도 있었다. 도자기는 여전히 강한 푸른색이었고 그의 기억과 아주 조금 다른 것밖에는 달라진 곳이 없었기 때문이었다. 자신의 기억이 잘못되었던 거라 결론을 내린 시드는 지금 중요한 것은 이것이 아니라며 책장의 책들을 재확인하러 장소를 이동했다.

생각에 빠져 있던 그는 같은 시각, '붉은 서재'의 입구 쪽 유리창 밖에서 누군가가 숨을 죽이고 안을 들여다보는 것을 발견하지 못했다.

가볍게 긁힌 상처들 외에 외상은 없었다. 정밀 검사 결과, 내상 역시 없어서 퇴원하게 된 아멜리아는 집에 돌아와 가족들과 하인들에게 엄청난 잔소리를 들었다.

"앞으로는 한밤중에 집을 뛰쳐나가는 일은 없었으면 합니다. 다른 사람들이 보면 샌더즈가의 교육 수준을 의심하지 않겠습니까."

"네……."

집사의 엄격한 어투에 놀라 소파 끄트머리에 몸을 파묻고 죽을죄를 진 죄인처럼 고개를 떨구고 있던 아멜리아는 장장 한 시간에 걸친 '모름지기 양갓집 아가씨라면 ~를 해야 합니다, 와 ~는 안 됩니다.' 의 끝없는 리스트를 듣고서야 겨우 풀려났다.

그다음은 둘째 오빠 빈센트의 순서였다. 역시 잔소리를 한참 퍼부은 뒤에야 무사해서 다행이라고 말해 준 그는 곧 짓궂은 어투로 어떻게 알렉스가 '마치 자기 집인 것처럼' 현관문을 박차고 들어와 제 여동생에게 꼭 달라붙어 있었는지를 재연해 보여서 소녀를 당황하게 만들었다.

"정말 그랬단 말이야?"

"미안해서 얼굴도 못 내밀 줄 알았는데, 생각보다 근성이 있는 건지 눈치가 없는 건지 모르겠더라."

이 한마디로 당시의 상황을 정리한 것이 매우 빈센트 오빠답다고 생각하며, 아멜리아는 화끈거리는 얼굴을 식혀야 했다.

다음 날 아침. 집사가 팬트리에서 일하는 동안 살그머니 도망 나온 아멜리아는 오랜만에 숲으로 향했다. 아무래도 누군가가 자신이 오기를 기다리고 있을 것 같은 생각이 들었기 때문이었다.

"있을 줄 알았어."

"안녕, 아멜리아. 기분은 좀 어때? 아픈 곳은 없어?"

늘 만나는 고목 밑에서 책을 읽고 있던 알렉스는 소녀를 발견하자 자리에서 벌떡 일어나 뛰어왔다. 아멜리아가 올 것을 크게 기대하고 있지는 않았는지, 상기된 얼굴을 감추지 못했다.

"나쁘지 않아. 걱정해 줘서 고마워. 알렉스는 어때?"

"난 별거 아니야."

사실 외상은 알렉스 쪽이 더 심했다. 피부가 거칠게 찢어진 손목이며 강가로 끌려갈 때 생긴 등의 상처들과 멍, 후두부의 혹 같은 것들이 전부 완치되려면 5주 이상 걸릴 거라는 진단이 내려진 상태였다. 그와 비교해 눈에 띄는 상처가 없는 아멜리아는 사실 그런 질문을 받는 게 미안할 정도로 멀쩡한 상태였다.

무도회에서 아가씨를 에스코트할 때처럼 조심스레 손을 내밀며 나무 그늘 밑으로 안내하는 알렉스를 본 아멜리아는 살짝 의외라는 표정을 지었다. 예전보다도 어딘가 더, 조심스럽게 대해 주는 태도가 설레기도 하고 간지럽기도 해서 몸 둘 바를 모를 지경이었다.

아멜리아가 손잡기를 왜 망설이는지 그 이유를 모르는 알렉스는 그런 소녀의 손을 먼저 잡아 자리에 앉힌 뒤 자신도 곁에 앉았다. 그는 진지한 얼굴로 아침에 들어온 경찰의 보고에 관해 설명해 주었다.

"범인의 흔적을 찾을 수 없어서 수사에 진척이 없다더라. 누가 왜 이런 짓을 했는지 알아낸 것이 없나 봐."

"단서가 될 만한 게 아예 없는 거야?"

"음. 그 타다 만 곰 인형 정도 외에는."

"하아……."

아멜리아의 입에서 탄식이 흘러나왔다. 행여 제 것이라는 사실이 밝혀지기라도 한다면 꼼짝없이 자신이 뒤집어쓰게 될 상황이었다. 이번 사건은 강에 사는 유령을 분노하게 하는 것이 목적이 아니라 어쩌면 자신에게 누명을 씌우는 것이 최종 목표일지도 모르겠다는 생각이 들었다. 이래저래 막막한 상황에 눈앞이 캄캄해지는 아멜리아였다.

"어머니가 너에게 고맙다는 말을 전해 달라고 하시더라."

"응?"

"직접…… 보실 용기까지는 아직 없으신 것 같지만 네가 도우러 뛰어나왔다는 증언을 듣고 놀라셨어. 네가 그럴 줄은 몰랐다고 하시더라."

"정말? 그러고 보니 알렉스네 부모님들 충격이 크셨겠다. 어머니 괜찮으셔?"

"많이 놀라셨어. 처음에는 나나 우리 가문을 표적 삼아 벌인 사건인 줄 알고 다들 긴장했는데, 그건 아닌 것 같다는 말에 그나마 안심했지. 어머니는 범인을 꼭 잡아야 한다고 펄펄 뛰고 계셔."

"……그거야, 알렉스는 얼마 전에도 크게 다쳤으니까."

알렉스가 레이븐에 돌아온 이른 여름부터 굵직한 사건들이 연이어 터졌었다. 그 때문에 시간이 오래 지난 것 같은 착각이 들기도 하지만, 실은 로사의 습격을 받은 일도 겨우 얼마 전이었다. 칼에 다친 상처가 완치되기도 전에 다시 다쳐서 돌아온 아들을 본 어머니의 마음이 어떨는지, 소녀는 감히 상상할 수도 없었다.

"안 그래도 레이븐이 이렇게 무서운 곳인 줄 몰랐다고 걱정하시더라. 괜히 돌아온 거 아니냐며 방학이고 뭐고 당장 돌아가라고 하시던데."

"……그랬구나."

아멜리아의 목소리가 점점 작아졌다. 하긴, 계속 안 좋은 일만 벌어지는데 그런 말이 나올 만도 하지. 소녀는 이 사고의 원인이 자신이 아닐까 하는 불안감을 감출 수 없었다. 재회한 지 얼마 되지 않은 소꿉친구에게 이렇게 수난이 몰아치는 걸 보면 자신은 그의 주변에서 얼쩡거리지 않는 편이 더 나을지도 몰랐다.

"안 가. 간다 해도 당장은 떠나지 않을 거니까 그런 표정 하지 않아도 돼. 난 네 이야기 다 듣기 전까지는 어디에도 가지 않을 거야."

"어……."

"그러니까, 이제 숨기지도 도망가지도 말고 다 말해 줘. 무엇 때문에 그러는지는 모르겠지만 넌 내 생명의 은인이잖아. 밀린 설명 따위 얼른 해치우고 은인다운 대접을 받아 주었으면 해."

소녀의 마음을 이미 들여다본 것처럼 상황을 정리해 준 알렉스였으나 설명이 우선이라는 점을 강조하는 모습을 보면 대충 넘어가 줄 것으로 보이지는 않았다.

"으응. 난 진짜 한 거 없는데, 괜히 도와준다고 뛰어들었다가 일만 더 키웠는걸."

"아냐. 나야말로 경황이 없어서 제대로 인사도 못 했어. 아. 이거, 퇴원 축하 기념."

주머니에서 작은 상자를 꺼낸 알렉스가 쑥스러운 듯 그것을 건넸다. 진갈색의 상자에 금색의 리본이 묶여 있는 고급스러운 포장이었다.

"이게 뭐야?"

"시간이 없어서 당장은 간단한 것밖에 구하지 못했어. 일단은 이걸로 잠시 참아 줘."

묶여 있던 실크 리본을 풀고 상자의 뚜껑을 열어 본 아멜리아가 작게 환호성을 질렀다.

"세상에……."

"마음에 들어? 다행이다."

고급스러운 작은 상자 안에 들어 있는 것은 연분홍 색상의 새틴 원단에 리본 자수가 들어간 향낭이었다. 손바닥 절반 정도 크기인 분홍색 향낭의 가장자리에는 풍성하게 주름이 잡힌 얇은 레이스가 둘려 있고, 향낭의 중앙에는 실크 리본으로 섬세한 꽃 자수가 놓여 있었다. 무엇이 마음에 드느냐고 묻는다면 망설임 없이 '전부 다.' 라고 대답하겠지만, 소녀는 그중에서도 특히 그 앙증맞은 향주머니가 하트 모양으로 만들어져 있다는 점이 마음에 쏙 들었다.

"정말 예쁘다. 향도 아주 좋아. 이거 라벤더지?"

"맞아, 잘 때 베개 옆에 두면 숙면을 도와준대."

"고마워. 잘 쓸게."

행복한 표정으로 그에게 볼 키스를 한 아멜리아가 속으로 쾌재를 불렀다. 알렉스 덕분에 오늘은 일기에 꼭 적어 기념해야 할 만한 특별한 날이 되었다.

'나도 드디어 아가씨다운 선물을 받아 봤어, 대―감―격―!'

전국에서도 손가락 안에 꼽히는 명성을 가진 자수 공방의 작품이라지만 한 줌도 안 되는 조그만 향낭이었다. 샌더즈가의 아가씨쯤 되는 아멜리아에게는 별 감흥 없는 간소한 선물이 되지 않을까 싶었으나 "어쩜 좋아, 너무 떨려. 우와 감격!"을 연발하는 아멜리아의 반응에 알렉스는 꽤 놀라고 있었다. 자신이 준 선물에 기뻐해 주는 모습을 보는 것은 생각보다도 더 감동적이라는 걸 깨닫게 되는 순간이었다.

실은 그가 공예사에게 부탁한 정식 선물은 따로 있었다. 같은 연분홍색 새틴 원단에 실크 리본으로 자수를 놓은 쿠션 커버와 실내화 세트를 함께 주문해 두었는데, 명인이 한 땀씩 수를 놓아 제작해야 하다 보니 완성까지 시간이 너무 오래 걸리는 탓에 향낭을 먼저 선물했던 거였다.

이런 격한 반응은 그의 예상 밖이어서 흐뭇한 한편, 전부 함께 건네주지 못한 것이 후회스러웠다. 작은 선물에도 활짝 웃어 주는 아멜리아가 고마울 지경이었다. 어서 나머지도 보여 주고 싶다는 생각에 말을 이었다.

"다음번에는 이것보다 더 좋은 걸로 준비할게."

"응? 아냐. 이걸로도 충분한걸. 정말 고마워."

"……."

"알렉스?"

칼같이 자른 아멜리아의 대답에 알렉스의 눈동자가 흔들렸다. 혹시 이것보다 더 큰 선물은 부담스러워하려나? 고가의 물건은 거절하지 않을까? ……정말 줘도 되는 게 맞나? 자신의 한마디가 그를 심각한 고민에 빠트린 것도 모른 채 아멜리아는 행복한 얼굴로 향낭을 가슴에 꼭 품고 해맑게 웃고 있었다.

"그럼 이제, 밀렸던 이야기를 좀 듣고 싶어. 범인 찾기는 경찰에 맡긴다고 해도, 그 전에 있던 일부터."

"……꼭 해야 해?"

"역시 그게 네가 도망 다닌 이유였지?"

조금 전까지 햇살처럼 방글방글 웃던 얼굴에 난감한 기색이 번졌다. 역시. 제 짐작이 틀리지 않았다고 확신한 알렉스가 소녀를 가볍게 추궁했다.

"네가 보통 사람들이 모르는 세상을 보거나 듣는다는 걸 알고 있어. 대체 왜 나에게 말해 주지 않은 거야? 너에게는 내가 그런 일로 널 차별할 사람으로 보였어?"

"……아니야."

"그럼 왜 도망갔는데?"

"그게, 그……. 알렉스, 이런 거 무서워하잖아……. 그래서."

그가 몇 번이고 머릿속에서 예행연습 해 보던 대화의 큰 틀을 그대로 박살 내는, 예상외의 답변이었다.

"아, 알고 있었어?"

"응. 예전부터 그랬잖아. 무서워서 울고."

"안 울었어."

"울었어."

잠시 옥신각신하던 둘은 다시 본론으로 돌아갔다. 강가에 이상한 아이가 있다는 것과 영감이 예민한 알렉스가 자신과의 접촉을 통해 볼 수 있는 '눈'이 뜨인다는 사실을 설명하자 그의 얼굴이 창백해졌다.

"내 망상이기를 바랐는데, 정말 그곳에 아이가 있었구나. 그런 게 가능하다고?"

"응. 아무래도 내 '눈'이 전이되나 봐."

"넌 그런 걸 항상 보는 거야?"

"나도 봐야겠다는 생각을 하지 않으면 그냥 거기 무언가가 있다는 것만 알아. 저런 게 매일같이 보이면 그 누구라도 제정신일 수 없을걸."

"그런가. 다행이네."

마치 제 일처럼 안심하는 알렉스를 보며 소녀가 웃었다. 트라우마가 생겼을 정도로 싫어하는 이야기를 들으며 놀라는 중에도 그는 아멜리아의 걱정을 해 주고 있었다.

"그럼, 내가 지금 네 손을 잡으면…… 그들이 보일까?"

"내가 '보고' 있지 않는 한 알렉스가 내 손을 잡아도 아무 일 없을 거야. 하지만 진심이야? 나는 알렉스가 진실을 알게 되면 정색을 하고 절교 선언을 하지 않을까 걱정했어."

"……설마, 그것 때문에 날 피해 다닌 거야?"

어이없다는 얼굴이 되어 아멜리아에게 따지자, 소녀가 작게 고개를 끄덕였다.

"세상에, 나를 못 믿어도 너무 못 믿는군. 내가 이런 일로 너와 인연을 끊을 사람이라고 생각했다고?"

"알렉스 전에 엄청나게 앓았잖아……."

그제야 소녀는 다섯 살 때 자신이 숲에서 그를 기다렸던 이야기를 꺼냈다. 기다려도 기다려도 알렉스가 오지 않아서, 자기를 버리고 갔다고 생각했다고. 그 말을 들은 그의 표정이 얼어붙었다. 그 당시의 기억이 확실치 않았던 그는 모르던 일이었는데 소녀에겐 11년 전의 일들이 마치 어제 일어난 일처럼 상처로 남아 있었던 것을 이제야 깨달았다.

"그런 일이 있었는지는 몰랐어. 그 당시 기억이⋯⋯."

"알아. 트라우마가 생길 정도로 싫은 기억이었을 테니까. 그래서, 말 못 했던 거야."

알렉스는 손으로 얼굴을 감싸고 밀려드는 죄책감에 한숨을 쉬었다. 이런 일로 아멜리아를 여태껏 고통받게 하고 있었다는 건 정말 몰랐다. 정신적 충격은 오히려, 그녀 쪽이 더 심한 게 아니었을까.

"⋯⋯계속 이런 말밖에 못 해서 정말, 나 자신이 한심한데. 미안해. 네가 원한다면 평생 네게 사죄하면서 살게. 정말이야. 지금 고개를 들 수 없을 정도로 나 자신이 한심하다."

"평생?"

"그래, 평생."

"에헤헤."

빈말이라도 엄청나게 기뻤다. 아마 자신의 착각이겠지만 무척 로맨틱하게 들리기까지 했다. 알렉스의 성실한 대답은 언제나 아멜리아를 쉽게 뒤흔들었다. 정작 본인에게 그런 의도는 없었겠지만.

"그럴 필요 없어. 기억 못 하는지 나도 몰랐으니까. 다행이다. 네가 기억 못 하는 걸 다행이라고 말하는 건 좀 이상하지만, 그래도 내가 싫어서 오지 않은 게 아니라는 걸 알게 돼서 기뻐."

"정말 미안해."

고개를 떨군 알렉스가 말을 잇지 못하자 소녀가 상체를 숙여 그의 얼굴을 들여다보았다.

"정말 괜찮다니까. 나야말로 무서운 걸 보게 해서 미안했어. 손을 잡으면 그런 것이 보이는 사람이 있다는 건 나도 그때 처음 알았으니까."

손등의 상처를 가리기 위한 것도 있지만, 자신이 장갑을 끼고 다니는 것은 그때 이후 누가 또 비슷한 반응을 보일지 몰라 조심하느라 그런다는 말도 덧붙였다.

"그럼 지금도 네 손을 잡으면……, 보이겠지?"

그런 말을 하며 손을 내뻗어 소녀를 잡으려 하자 이번에는 아멜리아 쪽에서 기겁하며 몸을 뒤로 뺐다.

"알렉스, 일부러 보겠다고? 진심이야?"

"거북한 건 계속 보면 좀 익숙해질 수 있잖아."

덥석 잡은 소녀의 손을 자신 쪽으로 잡아당긴 알렉스가 어리둥절한 얼굴로 상대를 바라보았다.

"놀라울 정도로……, 아무 일도 일어나지 않는데?"

"나랑 손을 잡을 때마다 '그들'이 보이는 게 더 이상하지! 여긴 아무것도 없단 말이야."

"그런 거야?"

"응. 그리고 보이는 건 내가 보고 있을 때. 거기다 아마도 어느 정도 존재감이 있는 영체들에 한정될 거야. 나도 자세히는 몰랐는데……, 알렉스는 내 생각보다 더 예민해. 강에서 들었다는 그 비명도 보통 사람들의 귀에는 들리지 않았을 거야."

그 말에 그는 자신이 레이븐에 처음 도착하던 날, 마차를 타고 마을로 들어오는 길에 목격했던 숲 속의 여인을 떠올렸다. 숲 속 저편, 묘지들이 늘어서 있던 장소 근처에서 보았던 그 소름 끼치던 무언가를. 그것이 정말 사람이었을까? 아멜리아의 설명을 듣고 보니 자신이 잘못 본 것이 아니었을지도 모른다는 생각이 들었다.

"그럼, 너랑 손을 잡고 있어도 늘 보이는 건 아니라는 뜻이군. 다행이네."

"그렇다니까. 근데 그게 왜?"

"잡고 싶을 때 잡고 있을 수 있잖아. 지금처럼."

레이스 장갑을 낀 손등에 키스하며 그가 웃었다. 연이어 쏟아지는 알렉스의 직설 화법 공격에 아멜리아는 어지러웠다. 잡고…… 있고 싶은 거구나, 응. 그거 뭐 그럴 수도 있는데, 와. 솔직한 사람은 파괴력이 장난 아니구나. 면역력 없는 내 심장아 제발 조용히 좀 해 줄래. 너 정말 시끄럽거든…….

소녀의 소리 없는 절규를 듣지 못한 알렉스는 다행이라는 듯 잡은 손을 놓지 않으며 물었다.

"어디로 가면 볼 수 있지?"

"뭘? 아니, 정말로 보게?"

"음. 각오를 단단히 하고 도전하면 괜찮지 않을까 싶은데."

"……그렇게 힘든 거면 그냥 모르고 사는 게 낫지 않을까?"

마음의 준비가 필요할 정도의 일이라면 안 보는 것이 낫지 않겠냐는 아멜리아의 말에 알렉스가 엄한 목소리로 경고했다.

"아멜리아 샌더즈, 내 각오를 우습게 보지 마."

"……응."

박력이 느껴지는 그의 말에 소녀는 재빨리 고개를 끄덕였다. 저렇게까지 말하면 딱 잘라 거절하기 힘들었다. 아무리 그렇다 하더라도 굳이 이렇게까지 해서 봐야 하는 건지도 잘 이해가 가지 않았지만, 본인의 의견이 저리 완강하니 어찌 되었든 이번만큼은 그가 하자는 대로 해 줘야 할 것 같다는 생각이 들어 소녀는 그를 설득하는 걸 포기했다. 잠시 눈을 감고 호흡을 고른 아멜리아가 주변을 둘러본 뒤, 자리에서 일어났다.

"여기에는 없을 것 같으니까, 자리를 옮기자."

"어디로?"

"수도원 뒷마당."

그들이 있는 숲을 가로지르면 지은 지 오래된 수도원이 있었다. 그 뒤편의 뜰에는 선대 수도사들과 마을 사람들의 유골을 안치해 둔 허름한 공동묘지가 있는데, 수백 년의 시간이 지난 흔적이 고스란히 남아 있는 곳이었다. 이끼가 가득 낀 낡은 비석들과 기울어진 십자가가 드문드문 잡초들 사이에 누워 있어 보수의 손길은커녕 사람의 왕래조차 그리 잦지 않은 곳이라는 것을 한눈에 알 수 있었다.

"정말 볼 거야?"

무덤가에 도착해 조심스럽게 다시 물어 오는 아멜리아에게 고개를 끄덕인 알렉스는 내밀어진 작은 손을 잠시 바라보다 움켜잡았다. 처음에는 손을 잡아도 변한 것이 없다고 생각했다. 색도 소리도 그가 보고 느끼던 그대로, 이상한 점이 느껴지지 않았다. 주변이 아멜리아와 접촉하기 전과 같다는 사실에 모순을 느낀 것도 잠시 그는 곧, 둘만 있던 장소에 드물게 사람들이 더 있다는 것을 깨달았다.

천천히 주변을 둘러본 그는 흩어진 무덤 앞과 뒤에 점점이 서 있는 사람들의 모습을 보았다. 약간은 색이 바랜 듯 흐릿한 회색의 옷을 입은, 아니 그들 자체가 주변과 비교해 옅게 색이 바래 있었다. 탈색된 그 느낌은 어쩌면 그들의 형태가 흐릿했기 때문일지도 몰랐다. 아멜리아의 손을 잡기 전까지는 보이지 않던 이들이 지금은 마치 낡은 비석들처럼 조용히 자신의 발치를 응시하며 주변의 흩어진 무덤가 여기저기에 서 있었다.

수도원의 뒤뜰로 자리를 옮겨 온 후부터 내내 가을 날씨 같은 섬뜩한 공기가 느껴진다고 생각하던 알렉스는 뒤늦게 그 이유를 알게 되었다. 대충 훑어보는 것만으로도 그 기이한 인영들의 수는 족히 열이 넘었다. 넓은 평지에 드문드문 서 있는 그들의 모습을 보니 손바닥에 땀이 저절로 차올랐다. 그의 긴장을 느낀 아멜리아가 걱정하며 바라보는 중에도 알렉스는 잡은 손을 놓지 않고 대신 뻣뻣해진 뒷목을 억지로 풀어 주며 물었다.

"저들은, 우리가 있는 걸 보지 못 하나?"

"보통은 누가 지나다녀도 무시하는 편인데……."

그렇게 미안한 듯 운을 뗀 소녀가 말을 맺기도 전에, 무덤가에 서 있던 영혼들이 일제히 고개를 돌려 그들을 바라보았다.

"자신들을 알아보는 사람들에게는 좀 다를지……도……?"

생명의 빛이 꺼진 잿빛의 시선들이 차가운 얼음처럼 알렉스를 꿰뚫었다. 깜박임 한 번 없이 고정된 시선으로 주의 깊게 그를 응시하던 수십 명이 동시에 같은 방향으로 몸을 돌리는가 싶더니 어느 틈엔가 그들이 지키던 자리를 떠나 알렉스의 앞에 성큼 다가와 있었다.

"이게 무슨……."

"공간이나 속도는 살아 있는 사람들에게 주는 제약이지 이들에게는 통하지 않아."

아멜리아의 설명대로 그들은 알렉스의 눈으로는 이해할 수 없는 움직임을 보였다. 넓은 숲에 흩뿌려진 낡은 목재나 바위들처럼 영원히 자연 속에 그대로 녹아 있을 것만 같던 그들은 어느 틈엔가 각각의 독립적인 존재로 돌변해 이질적인 움직임을 보이기 시작했다.

그들은 어느새 무언의 압박을 하듯 둥글게 원을 그리며 두 사람의 주위로 다가오고 있었다. 각자 다른 시대를 살던 모습이 뚜렷하게 남아 있는 혼령들은 각각 희거나 검거나, 푸르거나 붉은빛을 띠고 있었다. 대부분 잿빛을 띠는 모습을 한 그들이 함께 서 있는 장면은 신비롭기까지 했다.

홀린 듯 그들을 바라보던 알렉스는 영혼들이 조금 더 가까이 오고서야 이 상황이 자신의 상상만큼 여유로운 장면이 아니라는 걸 깨닫게 되었다. 생전의 멀쩡한 모습인 줄 알았던 그들이 모두 참혹한 시신 상태라는 것을 눈치챈 알렉스는 무의식적으로 터져 나오는 비명을 막기 위해 입을 틀어막았다.

"강에 있던 그 아이도 그렇고 대체 왜 다들 이런 끔찍한 모습이지?"

"이곳에는 자기의 죽음을 받아들이지 못한 사람들만 남으니까."

죽음의 순간을 맞이하는 영혼 대부분은 그 생의 기억을 전부 다 내려놓고 홀가분하게 떠나기 마련이지만 이들만큼은 저마다 그러지 못

할 정도의 사연이 있다고 했다. 모두가 죽기 직전의 모습들을 하고 있었다. 극심한 전염병에 걸려 검게 타들어 간 신체를 가지고 있거나 팔다리가 무언가에 잘려 목이 돌아간 이도 있었고 기형적일 만큼 배만 불룩하게 부풀어 오른 비쩍 마른 어린아이의 모습도 보였다.

반쯤 깨진 머리의 안이 훤히 들여다보이는 남자가 하나 남은 눈을 굴리며 알렉스에게 다가왔다. 피부가 벗겨져 뼈와 살이 보이는 뒤틀린 손가락이 그의 눈을 찌를 듯 얼굴을 향해 가까이 다가오자 퇴로를 찾지 못한 알렉스는 창백해졌다. 앞과 뒤, 양옆에까지 바짝 다가와 있는 그들은 이제 전부 그를 향해 팔을 내뻗고 있었다. 차가운 공기에 섞여 곰팡이가 가득 핀 퀴퀴한 젖은 천의 냄새와 함께 썩은 시신의 향까지 전해지는 기분에 속이 뒤집힐 것 같았다. 구토감을 느낀 그는 결국 잡고 있던 아멜리아의 손을 뿌리쳐야 했다.

손을 놓자, 마법이 풀린 것처럼 한순간에 시야가 뚫렸다. 그의 눈에 보이는 것은 길게 자란 잡초들과 무너져 내린 비석들뿐. 자신에게 다가오던 음산한 그림자의 흔적은 씻은 듯 사라져 마치 처음부터 존재하지 않았던 것 같았다. 그들이 다가오는 동안 무의식적으로 숨을 멈추고 있던 그는 뒤늦게 돌아온 가쁜 호흡에 멎었던 숨을 돌린 후에야 비로소 자신이 소녀의 손을 내친 것을 깨달았다.

"아멜리아, 정말 미안해."

"아냐. 그, 나야말로 너무 무서운 곳으로 데려온 것 같아서 미안……. 역시 처음엔 좀 덜 자극적인 장소를 골랐어야 했는데 딱히 생각나는 곳이 근처에 없었거든, 내 실수야."

창백하게 질려 식은땀을 흘리는 알렉스를 보며 소녀가 미안한 듯 말했다. 손수건을 건네주며 다독여 주기는 했어도 소녀 역시 그가 고비를 넘기지 못한 것이 못내 아쉬웠다. 알렉스가 원했던 대로 더는 그들을 무서워하지 않게 되기를 바랐다.

어쩌면 아멜리아 자신도 이번 그의 도전에 작은 기대를 품었을지도 몰랐다. 그가 두려움을 완전히 이겨 낸다면, 그래서 같은 것을 함께 보아 준다면 세상에 혼자인 것 같던 자신의 외로움과도 작별할 수 있지 않을까 싶었다. 낭패라는 표정으로 괴로워하는 알렉스만큼이나 그녀의 마음도 아팠다.

'역시 안 되는 거구나.'

사람의 공포심은 그리 쉽게 이겨 낼 수 있는 것이 아니라는, 체념과도 같은 생각이 들었다. 자신을 이해하기 위해 노력해 준 알렉스가 고맙기는 했어도 그에게 계속 이런 경험을 하게 하는 건 아니라는 생각이 들었다.

"다시 손을 잡아 주면 안 될까? 이번엔 안 된다 해도 또 시도해 볼 거야."

그녀를 위해 최선을 다해 보려는 소꿉친구의 노력이 눈물겨웠다. 그렇지만 그가 굳이 이렇게 힘든 노력을 할 필요는 처음부터 없었다.

"'그들'을 장시간 보고 나면 정신적으로 많이 지치게 돼. 오늘은 이만 하자."

최선을 다해 밝은 목소리로 설명한 아멜리아가 앞장서서 공동묘지를 벗어났다. 숲과 맞닿아 있는 묘지 터에서 한참을 걸어 나가면 수도원과 묘지를 연결하는 야트막한 나무 울타리가 나타난다. 그 선을 넘어가자 그들을 감싸던 한기가 농담처럼 사라지고 호흡이 편해졌다. 알렉스는 뒤를 돌아보았다. 저 너머의 공간과 그가 서 있는 땅의 공기가 확연하게 다르다는 걸 알 수 있었다. 아마도 이 낡은 울타리가 경계선 역할을 하는 것 같다는 생각을 하며 그는 안타까운 마음으로 발걸음을 돌렸다.

무덤가를 돌아보며 생각에 잠겨 있던 알렉스는 자신이 머뭇거린 사이 시야에서 아멜리아가 사라진 것을 깨달았다. 서둘러 그 뒤를 쫓아간 그는 그녀가 마을 주민으로 보이는 사람들과 이야기를 나누고 있는 것을 보았다.

'수도원의 신도인가?'

손에 연장이며 공구를 들고 있는 그들은 기도를 위해 방문했다고는 보기 힘든 차림을 하고 있었다. 멀리서 다가가던 그의 귀에 남자들의 목소리가 들렸다.

"해괴한 마법진이 그려져 있다던데, 그걸 정말 모른다고 했대? 난 멀쩡한 사람 제물로 바치려는 건 줄 알았지."

"기우제도 아닐 테고, 대체 무엇 때문에 그랬나 모르겠네. 허어, 하지만 이상한 일이 한두 번이 아니긴 하니 의심을 안 할 수가 없지 않아?"

"그렇지. 우리끼리니까 하는 말이지만 좀 기분 나쁘지."

"곰 인형도 있다고 하지 않았어?"

"불에 탄 인형 잔해가 남아 있다고 하더군. 거참, 아가씨들이 딱 좋아할 만한 소품 아닌가."

곰 인형이라는 말에 흠칫, 작은 어깨가 떨렸다.

방금 자신이 들은 것이 대화가 아니라 일방적인 폭언이라는 걸 깨달은 알렉스는 빠른 걸음으로 다가가 얼어붙은 듯 서 있는 아멜리아의 어깨를 안고 자신 쪽으로 끌어당겼다.

"방금 뭐라고 그랬나?"

소녀가 혼자가 아니라는 것과 상대가 바로 '그' 알렉스 멜포드라는 것을 깨달은 주민들은 낭패라는 표정으로 항변하기 시작했다.

"저희끼리 말을 나눈 것뿐입니다."

"예, 젊은 도련님이 신경 쓰셔야 할 만한 별다른 건 없습니다. 일하다 지쳐서 잡담을 좀 했을 뿐이죠. 보수 공사 하러 왔거든요."

"수도원 외에 다른 곳도 크게 손보고 싶지 않으면 그 입들 닥치는 게 좋을 것 같은데. 어디서 이상한 소리가 다시 들리면 자네들인 줄 알고 찾도록 하겠으니 그리 알고."

"아이고. 그게 무슨 말씀이십니까, 그럴 리가 있나요."

"어떻게 되는지 확인해 보고 싶으면 편할 대로 그 입을 놀려 보도록 하게. 가자, 아멜리아."

싸움에서 진 개들처럼 눈도 맞추지 못하고 사라지는 남자들을 보며 혀를 찬 알렉스가 아멜리아의 손목을 잡았다. 멍하니 바닥을 응시하며 서 있는 소녀의 손을 당기자 흠칫 놀란 아멜리아가 그 손을 뿌리쳤다.

"아……."

당황에 물든 얼굴이 그를 올려다보고 있었다. 아멜리아의 두 눈에 눈물이 가득 고여 있는 걸 본 알렉스는 놀란 나머지 잠깐 할 말을 잃었다.

"미안해, 일부러 그러려던 건 아닌데. 네가 또 보게 될까 봐……."

"아멜리아. 저런 말 신경 쓸 거 없어. 잘못된 소문은 바로잡으면 되고 너랑 내가 같이 다니는 걸 보면 다들 헛소리에는 신경도 안 쓸 거야. 정 뭐하면 내가—."

소녀가 고개를 저었다. 인제 와서 한둘 정도 더 자신을 둘러싼 괴담이 추가된다고 바뀔 것은 없었다. 해명한다 한들 믿어 주는 사람이 있기나 할까. 눈물을 들킨 게 부끄러웠는지 고개를 살짝 돌리고 한참 말을 고르던 소녀에게서 돌아가겠다는 말이 나왔다.

"저기, 나 오늘은 이만 가 볼게……."

"……바래다줄게."

그것 역시 혼자 있고 싶다는 말로 거부하고 천천히 자신에게서 멀어지는 아멜리아를 보던 알렉스는 "아멜리아, 잠깐만 기다려 봐."라고 외치며 소녀에게로 한달음에 달려갔다.

"이건 뭔가 이상하잖아. 넌 아무 짓도 안 했는데 왜 저런 소리를 들어야 하지? 말도 안 되는 소리에는 참지 마! 적극적으로 해명하면 당장은 아니더라도 언젠가는 해결될 거야. 네가 직접 나서기가 힘든 거라면 멜포드가에서 할 테니까."

급하게 돌려세워진 아멜리아가 놀란 눈으로 그를 바라보았다. 화가 잔뜩 난 그의 모습에 어안이 벙벙한지 젖어 있는 두 눈동자가 반짝거리고 있었다.

"이제 네 곁에는 내가 있잖아. 그러니까 혼자 고통받지 않았으면 좋겠어!"

빠르게 쏟아 내는 그의 말을 천천히 곱씹는 동안, 알렉스는 정신없이 퍼부은 제 말에 뒤늦게 부끄러움을 느끼고 귀까지 빨개졌다.

"아니, 물론 매우 주제넘은 소리라는 건 알고 있지만……."

네가 허락만 해 준다면, 하고 점점 작아지는 목소리로 소녀의 눈치를 보니 동그랗게 뜨인 눈동자로 알렉스를 마주 보던 아멜리아가 킥, 하고 웃음을 터트렸다.

"아하하, 알렉스. 지금 얼굴 너무 웃겨."

"나도 그럴 것 같은데, 내 힘으로는 당장 어떻게 할 수 없으니까, 그건 잠시 언급하지 말아 줘……."

소녀는 자신의 어깨를 잡고 있는 알렉스의 크고 따뜻한 손을 바라보았다. 그녀의 시선이 닿는 위치에 붕대가 감긴 손목이 보였다. 물에 빠진 아멜리아를 구하기 위해 몸부림친 결과 그는 큰 상처를 입었고 그 상태로 소녀를 구하기 위해 강에 뛰어들기까지 했다. 죽어 가던 그녀를 살려 준 알렉스는 지금 정신적인 도움까지 주고자 최선을 다하고 있었다.

'어떻게 이렇게까지 할 수 있을까.'

아멜리아는 살며시 팔을 벌려 알렉스를 감싸 안았다. 그의 가슴께에 팔을 두르고 꼭 안아 주자 예상치 못했던 신체 접촉에 손을 벌린 채 그대로 굳은 그가 "어?"라는, 어긋난 현이 튕기는 것 같은 얼빠진 목소리를 냈다.

"고마워. 나도 모르게 지쳐 있었나 봐."

"그, 그래?"

"알렉스 덕분에 이제 괜찮아졌어."

기운을 나눠 받듯이 한참 동안 그의 가슴에 가만히 몸을 기대고 있던 소녀가 조금 전보다 활기찬 모습으로 돌아와 웃었다. 키득키득 웃는 소녀의 진동이 품에서 느껴지자, 심장 한구석이 아릴 정도로 더없이 기쁜 마음이 들었다.

"다행이네."

"응. 이제 기운차게 집에 갈 수 있어."

품에서 떨어져 나온 소녀가 "가자."라고 말하며 손을 내밀었다. 이전과 달리 망설임 없는 그 모습에 알렉스가 파안하며 손을 마주 잡았다. 둘은 돌아왔던 숲길을 다시 천천히 거슬러 올라가며 서로를 바라보았다. 연결된 손에서 손으로 부드럽고 따뜻한 기운이 이어져 흐르는 기분이 들었다.

"나, 다시 도전할 거야."

"응?"

"'그것' 말이야. 다음번에도 안 되면, 될 때까지 시도해 볼 거야."

"꼭 그렇게까지 해야 해?"

질색하는 것을 평생 보지 않고 살 수 있다면 그게 더 나은 게 아닐까. 아멜리아는 그가 왜 고집을 부리는지 이해가 가지 않았다. 그렇게 힘들다면 굳이 다시 보려고 할 필요는 없을 것 같은데 자꾸 보겠다고 한다.

"응. 꼭 할 거야."

다음번이라고 성공한다는 보장은 없지만, 하고 쑥스러운 듯 그가 웃었다.

집으로 돌아온 아멜리아는 서재에 놓인 소파에 몸을 기대고 중얼거렸다.

"……이 상황은 아무래도 조금 위험한 것 같아."

제 생각보다도 더 알렉스를 의지하고 있다는 사실을 깨달은 소녀는 우울했다. 처음에 그를 만났을 때, 자신이 뭐라고 했더라. 3개월 후에 떠나갈 사람이라는 걸 충분히 인지하고 있다고 하지 않았던가? 그런데 지금은 그 상실감이 생각보다 클 것 같았다. 적당히 거리를 유지하며 친구로 지내고 싶었는데 어느 틈엔가 그 선이 무너져 있었다.

아직 방학은 한 달이나 남았다고 생각하고 있던 차에 "차라리 일찍 돌아가라."고 충고했다던 알렉스의 어머니 이야기가 그녀를 슬프게 했다. 상황은 충분히 이해가 갔다. 위험에 처하고 다치기만 하는 아들을 위한 조언이었을 거였다. 알렉스에게서 일정이 앞당겨질 수도 있다는 말을 들으니 기운이 쭉 빠졌는데, 왜 그런 것인지 이유를 찾기 위해 한참을 고민해야 했다.

'알렉스에게 너무 기대고 있었나 봐. 생각보다도 더.'

엔간한 일에는 흔들리지 않겠다고 결심했는데 아직도 작은 일에 동요했다. 그래서 누군가에게 기댈 생각을 했는지도 모른다. 처음부터 주어진 건 여름 방학이라는 한정된 기간이었고 레이븐에 와 있는 짧은 시간 동안 아멜리아와 엮인 그는 이미 충분히 많은 사건과 사고들을 만나야 했다. 그가 영혼들을 보는 일에 다시 도전할 의지를 보여준 건 기뻤지만, 이제 정말 그를 말려들게 하면 안 된다고 생각되기 시작했다. 아멜리아는 오후 내내 그 결심을 하느라 서재에 처박혀 있었다.

'결심은 결심이고 마음이 아픈 건 사실이지.'

몸을 둥글게 말아 무릎을 끌어안은 채 창밖을 바라보았다. 차라리 보이지 않았다면 강가의 아이도 그냥 내버려 둘 수 있었을 텐데. 자신의 눈에만 보이는 걸 아는 이상 뭐라도 해야만 했다. 다시 누군가가 희생된다면 방관해 버린 제 탓인 것 같은 죄책감이 들 것만 같았다.

'같은 걸 보아 줄 사람이 생겨서 들떴던 걸지도 몰라. 함께 이야기

나눌 수 있는 상대가 절실했거든.'

누군가와 같은 것을 보고 자신의 판단이 맞았는지를 확인받고 싶었다. 혼자만 알고 있는 세상이 있다는 건 상당히 외롭고 많은 책임감을 필요로 했다. 어쩌면 자신은 알렉스에게 말한 것처럼 '지쳐 있는' 상태일지도 몰랐다.

'언제까지 이렇게 지내야 하는 걸까.'

시드는 이야기를 잘 들어 주지만 볼 수 없는 탓인지 가끔 이해하기 힘들어했다. 아니, 실은 이마저도 털어놓을 상대가 있다는 것은 무척 행운이라고 생각했다. 시드를 만나기 전까지 평생 이에 관해 이야기를 나눌 만한 사람은 없을 거라 생각했던 걸 떠올려 보면 지금 소녀가 안고 있는 문제는 이전과 비교해 꽤 배부른 투정과도 같았다.

그런 것을 전부 참작하더라도, 최근 들어 굵직한 사건들이 연이어 터진 탓에 소녀는 탈진한 상태였다.

'가끔은 떠나고 싶어. 어디론가 멀리.'

나름대로 적응을 잘하고 있는 줄 알았는데 아니었나 보네, 피식 웃은 소녀는 무릎에 턱을 괸 채 나비가 날아다니는 정원을 조용히 응시했다.

투명하게 맑던 여름 하늘이 점점 어두워지는 시간, 통행인이 드문 거리.

오늘은 더 이상의 방문객이 없을 것 같다는 생각을 하며 시드는 가게 문 앞에 달린 팻말을 '폐점'으로 돌려 두었다. 카운터로 다시 돌아온 그는 전용 의자에 앉아 주변을 둘러보았다.

옆에 쌓여 있는 것은 최근 들어온 서적들이 담긴 상자였고 나머지 골동품들은 비슷한 상자에 담겨 창고에 쌓여 있었다. 그가 할 일은 하나하나의 상품을 꼼꼼하게 확인하고 가격을 측정해 기록으로 남겨 두는 것. 책들의 경우에는 저자나 파본, 혹은 초판본으로서의 값어치가 있는지 같은 기본적인 것을 우선 확인한 뒤 대충 읽어 보고 비슷한 종류들끼리 정리해 두는 일을 해 두어야 했다.

'역사책, 동화, 시집, 음악, 종교 서적⋯⋯.'

책을 늘어놓고 무엇을 어디로 분류시켜야 하는지를 고민하던 시드의 눈에 상태가 그리 좋지 않은 책 한 권이 눈에 띄었다.

'어디, 이건 어디로⋯⋯.'

몇 장을 펄럭이며 넘겨 보던 시드의 손이 조용히 멈췄다. 환상 서적에 대한 인기는 딱히 최근 몇 년 동안 갑자기 시작된 것이 아니었다. 시기로 따지자면 수백, 수천 년 전부터, 인류는 환상의 세계에 대한 이해와 해답을 갈구해 왔다.

실질적인 욕망을 연금술 연구 같은 것으로 해소하는 자도 있었고, 단지 흥미로운 이야기를 즐기고 싶은 사람도 있었다. 그중에는 소수의 절실한 사람도 있었겠지만, 대다수는 심심풀이로 찾는 사람들이었다. 각자의 다양한 이유로 인류는 꾸준히 환상 서적을 소비해 왔고 지금 그의 손에 들린 책도 그런 부류의 하나였다.

시드는 수년 전 책을 내기 위해 나름 공부를 한 적이 있어서 이 분야에 대해 전문가 수준의 지식을 가지고 있었다. 이제는 묻어 버리고 싶은 씁쓸한 과거가 되었다 해도 당시 공부했던 것들은 골동품점을 경영하는 데도 적잖은 도움을 주곤 했다. 시드가 집은 서적은 해외의 유명한 신비학 사례에 대한 모음 글이었다. 서적들 대부분이 그랬지만 정보보다는 흥미 위주의 뜬소문을 집약한 한 권으로 알맹이가 없어 학술 가치는 거의 존재하지 않았다.

'이 정도면 가볍게 읽기 쉬운 책으로 분류해서⋯⋯, 음?'

무심코 펴 본 중후반 페이지의 삽화가 그의 시선을 끌었다. 처음 보는 그림이지만 어딘가 익숙한 기분이 들어 자세히 들여다보니 가지에 앉은 새 두 마리의 조각상을 그려 놓은 것으로 보였다.

'나뭇가지 위에 앉은 새 두 마리의 형상. 우연인가? 이 자체에 어떤 특별한 의미가 있는 거였나?'

그의 진열장 안에 들어 있는 새들과 모습은 많이 달랐지만, 그 도자기 인형들과 벌어진 가지 양쪽에 따로 앉아 있는 새 두 마리의 삽화는 분명 연관이 있을 거라는 생각이 들었다.

주석이 달린 설명을 읽어 보니 약 100년 전 심령술에 빠진 프랑스의 대귀족이 거금을 들여 만든 공예품의 이야기였다. 그것은 세브르 공방에 제작을 의뢰한 작품으로 주술적인 기능이 담겨 있다는 소문의 물건이라고 했다.

그 귀족은 이후 파벌 싸움에 휘말려 나라에 전 재산을 몰수당했다고 한다. 왕실에서 보낸 책임자들이 그의 영지에 도착했을 땐 방마다 수를 세기 어려울 정도의 미술품들로 가득 채워져 있어 다들 넋을 잃을 정도였다고 전해졌다.

재산 압류를 위해 저택을 방문한 사람들은 끝도 없는 귀중품들의 목록을 처리하기에 바쁜 나머지 그 누구도 이 특징 없는 작은 새 도자기까지는 관심을 두지 못한 듯싶었다. 어수선하던 시기를 틈타 물건은 사라졌고, 그렇게 새들은 왕에게 올려지는 기록에도 포함되지 못한 채 모두의 기억 속에서 사라졌다고 한다.

이후 물건의 행방을 아는 사람은 나타나지 않았다고 적혀 있었다. 저자는 그 새들이야말로 아마도 저택의 최고 보물 중 하나가 아니었을까 생각한다는 아쉬움이 담긴 말로 글을 맺었다. 그리고 어쩌면 하인 중 누군가가 푼돈을 위해 빼돌렸을 가능성이 크다는 자신만의 추측 또한 남겨 놓았다.

삽화는 목격자의 설명을 토대로 그려진 것이었다. 시드의 가게에 있는 것과는 꽤 다른 모습을 한 이유는 아마도 실물을 본 사람도, 기억하는 사람도 적었기 때문인 듯싶었다.

'문제는 그게 아니야.'

새들이 그 책에 실린 가장 큰 이유는 값비싼 가격 때문도, 소유주의 불행한 운명 때문도 아니었다. 도자기 인형에 주술적인 기능을 불어넣었다고 믿어졌기 때문이었다. 새들의 제작을 의뢰한 귀족은 자신의 넘치는 부를 즐기며 살았는데, 나이가 들어가며 죽음에 대한 공포가 생겼다. 왕 못지않은 권력과 부를 손에 쥔 그는 불사를 누리고 싶은 마음에 전 세계의 능력 있는 주술사들만을 불러 모아 거금을 투자했고 수십 년간의 실패 끝에 완성된 작품이 그 두 마리의 새가 앉아 있는 도자기였다고 전해졌다.

제작이 완성된 후, 약속된 보상을 받기 위해 주술사는 무언가를 '증명' 해 보임으로써 귀족의 인정을 받아 냈다고 하는데 여기서 저자는 주술사가 귀인이 보는 앞에서 죽은 동물을 부활시켜 보이지 않았을까 하는 가설을 제시했다. 실제로 저택에서 조금 떨어진 탑에서는 밤마다 다양한 동물의 소리가 들렸다는 소문이 있었다고 했다. 그 실험 상대가 동물에 국한된 것만은 아니어서, 죽었던 사람을 되살리는 것을 몰래 훔쳐보던 하인이 쥐도 새도 모르게 사라졌다고 누군가가 기록해 둔 문서가 발견된 적도 있다고 했다. 물론, 그 문서의 진위는 서적 내에서 밝혀지지 않았다.

'방황하는 혼령을 올려 보내는 것은 눈으로 봤지만⋯⋯.'

망자를 불러들여 부활시키는 것이 가능하다면, 그리고 그것이 가능한 도구가 실존한다는 것을 사람들이 알게 된다면 대체 무슨 일이 벌어질지 상상하기 힘들었다. 수단과 방법을 가리지 않고 덤벼드는 사람들이 나올 것이다. 도자기 새들을 건네주는 건 그렇다 치고, 그것을 사용할 수 있는 사람이 존재한다는 것이 알려지게 되면 아멜리아가 심각하게 위험해질 것이었다.

그 생각을 한 시드는 책의 뒷부분을 펼쳐 작가와 출판사를 확인했다. 그리 유명한 출판사의 책은 아니었고, 많이 팔리지도 않았을 것으로 짐작되었다. 심심풀이용 서적으로 취급받기 딱 좋은 내용이 담겨 있어 진지하게 받아들이는 사람은 없을 수도 있다. 하필 자신의 손에 그 새들이 있을 때 이런 사실을 알게 되어 더 불안한 기분이 든다며 그는 혀를 찼다.

"……별일은 없겠지만."

시드는 그렇게 중얼거리고 책을 다시 바라보았다. 그는 일단 이 책의 판매는 보류하는 것이 좋겠다며 다시 창고 안의 상자 속에 집어넣었다.

옅게 내려진 '붉은 서재'의 커튼 사이로 안을 훔쳐보는 사람이 있었다. 빗지 않은 긴 머리를 대충 쓸어 넘겨 하나로 묶은 남루한 차림의 중년 남자는 유리창에 딱 달라붙어서 안을 들여다보느라 뒤에 누군가가 다가온 것도 눈치채지 못했다.

"이런. 내가 없던 동안 무슨 일이 있었던 거지?"

흠칫 놀란 남자가 뒤를 바라보니, 그곳에는 단정한 정장 차림의 신사가 서 있었다.

"월급을 받는 몸이다 보니 잠시 밀린 일 좀 처리하고 왔어야 해서 말이죠. 단지 며칠 자리를 비웠을 뿐인데 뭐야, 시드니에게 다른 사람이 또 붙었어?"

어이없다는 듯 미소를 지으며 "대체 뭘 하고 살았는지. 참 죄 많은 남자라니까요."라고 말하는 두 눈에 형형한 빛이 감돌았다. 혼잣말하는 신사를 바라보며 엉거주춤 몸을 일으킨 중년 남자가 도망가기 위해 주변을 힐끔거리는 걸 눈치챈 카이퍼는 "도망갈 생각은 하지 않는 게 좋을 겁니다."라며 웃었다.

"순순히 말을 듣지 않는다면 말을 하고 싶게끔 만들어 주면 되는 거야. 대체 왜 거기서 안을 염탐하고 있었는지, 이야기를 들어야 하니 입 정도만 멀쩡하면 되는 거 아닐까?"

무서운 소리를 서슴지 않고 뱉는 카이퍼의 상태가 이상하다는 것을 깨달은 남자는 두려운 듯 꿀꺽 침을 삼켰다.

"좋은 말 할 때 대화로 해결하자고요. 자, 저기 골목으로 들어가시지. 아, 막다른 곳이라는 걸 미리 알려 줄 테니 현명한 선택을 하길 바랍니다."

손에 들고 있던 스틱의 끝으로 길을 가리킨 카이퍼를 보며 남자는 주먹을 쥐었다.

그날 밤. 아멜리아는 다시 퍼트리샤 부인의 꿈을 꾸었다. 여전히 모습은 보이지 않았지만 들려오는 목소리로 그녀라는 것을 확인할 수가 있었다.

'이리로 오렴…….'

거의 감정이 실리지 않은 부드러운 목소리였다. 소녀는 대체 왜 그녀가 자신을 부르는지 알 수가 없었고, 그래서 무언가 실마리를 찾을 수 있지 않을까 싶어 윌리엄 씨를 찾아간 거였다.

그가 선조에 대해 아는 건 지극히 평면적인 내용뿐이었다. 자세한 설명은 아니었지만 그래도 아멜리아의 짐작으로 유용하지 않을까 싶었던 정보가 몇 있었는데, 그중 하나가 그녀의 자살 소식이었다. 어째서 그림에서 손이 뻗어 나오는지 궁금하던 것은 그 설명으로 이해할 수 있었다.

'온전하게 떠나지 못하고 그림과 융화되어 남아 있는 게 틀림없어.'

자신의 아름다운 초상화에 반쯤 녹아들어 간 상태로 백작 부인은 현세에 남아 있었다. 그러다가 어린 아멜리아를 보고 손을 뻗었는데, 그것이 우연인지까지는 확인이 불가능했다.

'다른 사람들에게도 같은 반응을 보이는데 보이지 않는 것뿐인가? 그게 아니라면 보이는 이들에게만? 방아쇠 작용을 할 만한 특정한 조건 같은 것이 필요할까?'

어렸을 적, 그림을 처음 보았을 때도 소녀는 혼자였고, 최근 전시회장에서 다시 보았을 때 역시 근처에 다른 사람들이 없었기에 비교가 힘들었다. 유일하게 알게 된 것은 초상화가 셀저에게는 반응을 보이지 않았다는 거였다. 그것이 백작 부인의 변덕이었는지, 아니면 그가 그녀의 조건에 부합되지 않는 무언가를 가지고 있었는지는 알기 힘들었다.

'그렇다고 실험 삼아 다른 사람들을 그 앞에 세워 볼 수도 없는 일이고. 백작 부인이 아무에게나 손을 뻗고 있었다면 전시회에 왔던 모든 사람들이 다 위험했을 텐데 사고가 났다는 소문은 전혀 없었잖아.'

이상하다고 생각하며 주변을 둘러보니, 이전과 달리 발밑에 잔디들이 돋아 있었다.

'잔디밭이네……'

퍼트리샤 부인의 심리 상태가 그리 나쁘지만은 않은지, 위협적으로 보이는 것은 존재하지 않는 공간이었다. 인기척은 없지만 그녀가 제 곁에 있는 것을 느낄 수 있었다.

"왜 제 꿈에 계속 나타나는 건가요?"

궁금함을 참지 못하고 아멜리아가 물었다. 답을 찾을 수 없다면 이제 직접 묻는 수밖에 없었다. 잠시의 침묵 후, 어디선가에서 부인의 답변이 흘러들어 소녀의 머릿속을 채웠다.

'……내게로 오렴. 이곳에서는 상처받지 않아도 된단다.'

아. 그 말에 아멜리아의 눈이 커다랗게 떠졌다. 그래서였구나.

'이곳은 누구도 널 아프게 하지 못하는, 가장 안락한 장소란다.'

"생츄어리(Sanctuary)."

아멜리아는 그제야 무언가 이해가 되는 것 같았다. 부인은 소녀가 위험하다고 판단했던 거였다. 우울증과 향수병에 시달리던 백작 부인은 그녀처럼 피난처가 필요했던 어린 아멜리아를 첫눈에 알아보았고, 스스로가 사는 것을 포기해야 했던 힘든 세상으로부터 아이를 보호하려고 손을 뻗었던 거였다.

'다른 사람에게 저 손이 나타나지 않는 이유를 이제야 알았어.'

적어도 백작 부인의 판단에는 소녀가 예전의 자신 만큼 위태로워 보였다는 뜻이리라. 아멜리아는 의외의 사실을 깨닫고 놀랐다. 퍼트리샤 부인이 자신의 꿈에까지 나타날 정도로 본인이 아슬아슬한 상태에 있다는 자각이 없기 때문이었다. 도망갈 생각을 하지 못했을 뿐 어쩌면 소녀는 이전부터 모든 것에 지쳐 있었을지도 몰랐다.

'그저 이게 당연하다고 생각하고 있었는데…….'

아니었던 거구나. 백작 부인의 다정한 마음을 깨달은 소녀는 그녀에게 "고마워요."라고 말했다.

"고마워요. 그렇지만 제 걱정은 하지 않으셔도 된답니다."

'이곳은 널 위해 열려 있어. 슬픔도, 고민도 없는 곳이지. 모두 네 있는 그대로를 환영해 주는 장소란다.'

"아주 먼 미래에, 언젠가 한 번쯤 기회가 닿으면 꼭 가 보고 싶은 멋진 곳이네요……. 너무 늦어서 실례가 아니라면 말이죠."

소녀는 아주 어릴 때 자신의 능력이 타인을 불편하게 한다는 것을 깨우친 이후 그것을 최대한 감추며 살아왔다. 있는 그대로의 자신을 다 드러내도 미움받지 않는 장소가 있다니 그야말로 꿈과 같은 이야기였다. 호기심 반, 호감 반의 상태에서 마음이 흔들리는 걸 가까스로 다잡은 아멜리아가 백작 부인의 초대를 거절하자, 가벼운 웃음소리가 들려왔다.

'인간들의 시간과 내 시간은 다르게 흐른단다. 언제든 좋으니 마음

이 바뀌면 알려다오. 네 방문은 언제든 환영이란다, 아가.'

초상화의 목소리는 따뜻하고 부드러웠다. 뻗어 나오는 희고 가느다란 팔이 제 편이라는 걸 깨닫자 더는 무서운 기분이 들지 않았다. 오히려 든든한 기분마저 들어 아멜리아가 따라 미소 지었다.

"네."

'너는 본래 이쪽에서 태어났었어야 하는 아이. 언제든 돌아올 준비가 되면 말을 하려무나.'

가벼운 바람이 부는가 싶더니 소녀는 풀밭에서 어둠 속으로, 다시자신의 꿈속에 돌아와 있었다.

'저쪽에서 태어났어야 했다고?'

보통 사람들과 다르다는 생각은 많이 했지만, 그 정도였을지는 몰랐다. 확실히 정상이 아닌 거였구나. 그럼 저 너머의 세상은 어떤 곳일까. 소녀를 걱정하는 백작 부인의 세상이니 분명 아름답고 평화로운 장소일 거라 생각하며 그림에서 등을 돌렸다. 다시 깊은 어둠이 소녀를 감싸 안았다.

아침 식사를 마친 아멜리아는 주방으로 내려가 요리사에게 물었다.

"과자가 좀 남아 있을까?"

"과자 말씀이십니까? 당장 만들어서 가져다 드리겠습니다. 지금부터 준비하면 12시 차 시간쯤에는 따끈하게 새로 구운 사과 파이를 드실 수 있으실 겁니다."

"아, 그게 아니라. 친구 만나러 가는데 조금 들고 갈 정도면 돼요."

"친구분이랑 함께 드시는 겁니까! 그러면 1시까지만 기다려 주시면제가 애플파이와 플레지르, 가나슈 에클레어를 준비해 두겠습니다."

"아니, 저기, 남은 거……."

"크렘 브륄레도 만들까요!"

"아아아아."

"그렇게 해서는 아마 끝도 없을 겁니다."

어느 틈엔가 두 사람의 대화를 재미있다는 듯 경청하던 쥴스가 끼어들었다.

"쥴스! 나 좀 도와줘!"

"주방장님이 최근 가는 귀가 먹었는데, 그걸 무기 삼아 폭권을 휘두르고 계십니다."

"정말?"

"네, 보세요. 주방장님. 아가씨는 새 과자에는 관심이 없다고 하십니다."

"오오, 쥴스 왔느냐. 주방 창고에서 구리로 만들어진 파이 틀을 좀 가져다주겠니."

"……자기는 손이 없나 발이 없나."

"이 자식이!"

따악, 커다란 주먹이 꿀밤을 먹였다.

"에이, 씨. 영감 주제에 반사 신경은 더럽게 빨라 가지고!"

"더 맞고 싶은 거냐."

지금 봤지? 라는 얼굴로 쥴스가 돌아보았다. 확실히, 듣고 싶은 것만 듣고 있는 듯했다.

"그래, 그럼 뭐……. 원한다면 만들고 싶은 거 만들게 놔두고…… 우리 과자 남은 게 좀 있나요?"

"과자는 저기 도자기 단지 안에 들어 있습니다."

"그렇구나. 고마워요."

기다란 작업대 한쪽 구석에 놓인 하얀 도자기들의 뚜껑을 열어 보니, 서너 종류는 족히 될 만한 쿠키가 담겨 있었다. 자신의 방에서 가져온 귀여운 크기의 사각 철제 틴에 깨끗한 냅킨을 한 장 깐 뒤 색색의 과자를 정성스럽게 담고 뚜껑을 닫았다.

"……나가시게요?"

"응, 다녀올 곳이 있어요."

"이러다 정말로 외출 금지를 당하기 전에 슬슬 알아서 몸 사리시죠."

"네에, 금방 올게요."

포장을 마친 아멜리아는 건포도가 송송 박힌 먹음직스러운 쿠키 하나를 도자기에서 꺼내 오물거렸다. 옆에 서 있는 쥴스에게도 하나 먹겠느냐며 과자가 담긴 통을 내밀었지만 그는 단것을 그리 좋아하지 않는지 인상을 쓰더니 재빨리 부엌을 빠져나갔다.

작은 가방에 과자가 담긴 철제 상자를 넣고 현관을 나선 아멜리아는 마을로 향했다. 과자를 주고 싶은 상대를 찾기 위해 어쩌면 한참을 돌아다녀야 할지도 모른다는 생각에 양산까지 챙겨 들고, 본격적으로 상점가를 수색할 준비에 나섰다.

"어디로 가면 만날 수 있을까?"

소녀는 가브리엘을 찾고 있었다. 외출하면 우연이라도 한두 번씩은 만나게 되는 얼굴인데, 찾고자 하니 만나기 힘들었다. 평소 어디에서 노는지 물어나 볼걸. 한여름의 햇살 속에서 빙글빙글 돌아다닌 탓인지 금세 더위를 먹은 것 같았다. 시장으로 가는 계단을 오르다가 갑자기 밀려온 현기증에 발을 헛디뎌 넘어질 뻔한 아멜리아가 그대로 계단에 주저앉았다.

'어지러워……'

너무 무턱대고 나왔나? 마을에 오면 만날 수 있을 거라는 생각이 지나치게 안이했던 걸까 후회하며 어지럼증이 가시기를 기다리고 있으려니, 계단 아래에서 익숙한 목소리가 들렸다.

"아멜리아?"

소녀가 내려다본 곳엔 종이봉투를 손에 쥔 시드가 놀란 듯 서 있었다. 멀리서부터 달려온 것인지 그는 숨을 몰아쉬며 아멜리아를 올려다보았다.

"시드?"

"사람이 쓰러져 있길래 와 봤더니……, 아멜리아. 어디 아픈 곳이라도 있어?"

계단을 성큼성큼 뛰어 올라온 시드가 주저앉아 있는 아멜리아의 이마에 손을 대었다.

"아뇨. 아프지는 않은데, 땡볕에 너무 돌아다녔는지 어지러워서 잠시 쉬고 있었어요."

"해가 뜨거울 때는 밖에 돌아다니지 않는 게 좋아. 병원에서 퇴원한 지도 얼마 되지 않았으면서 왜 그런 무리를 해?"

대체 무슨 일로 나온 거냐고 묻던 시드는 뙤약볕 밑에서 이럴 게 아니라고 생각했는지, 소녀의 팔을 잡고 천천히 일으켰다. 비틀거리며 따라 일어서는 소녀를 눈으로 살핀 뒤 계단을 내려오는 동안 부축해 주었다.

"현기증은 없어? 일단 우리 가게로 가서 좀 쉬어."

"시드, 일하는 도중 아니었어요? 전 이제 괜찮으니까 두고 가셔도 돼요."

"두고 가긴 어딜 두고 가!"

말도 안 되는 소리 말라며 야단을 친 그가 종이봉투를 들지 않은 쪽 손에 소녀의 가방을 빼앗아 들었다. 어차피 '붉은 서재'에도 방문할 생각이었던 아멜리아는 순순히 그가 하자는 대로 골동품점 쪽으로 발걸음을 옮겼다. 가서 냉수라도 한 잔 얻어 마시면 곧 정신이 돌아올 것 같았다.

앞장서서 몇 걸음 발을 옮기던 시드가 "아 참." 하고 뒤늦게 무언가를 깨달은 듯 주변을 두리번거렸다. 그는 곧 작은 골목의 한구석을 향해 손가락을 까닥거리며, 나오라는 사인을 보냈다.

"……가브리엘?"

입술을 삐죽 내밀고 쑥스러운 듯 골목 모서리에서 나타난 사람은 아멜리아가 열심히 찾아다니던 바로 그 소년이었다.

"어떻게 알아본 거야?"

"네가 안절부절못하는 모습이 이상해서 따라와 봤다가 계단에 쓰러진 아멜리아를 만났으니, 순서는 널 발견한 게 먼저야."

시드의 설명에 아멜리아는 입을 딱 벌렸다.

"내 뒤를 쫓고 있었어, 가브리엘?"

"야, 넌 무슨 말을 그렇게 기분 나쁘게 해? 아냐! 우연히 네가 내 앞을 걷고 있었을 뿐이라고!"

"그렇구나……."

"그건 그렇고 넌 대체 이 더위에 어딜 그렇게 빨빨거리면서 돌아다니는 거야? 미쳤어?"

"나 가브리엘 찾아다니고 있었는데."

언제부터 따라왔는지는 알 수 없지만 찾는 사람이 제 뒤를 쫓고 있었으니 눈에 보일 리가 없는 거였다. 찾을 수 없는 것이 아니라 곁에 붙어 있던 거여서 못 만났던 거라고 생각하니 조바심 나던 마음이 단숨에 풀어졌다. 만면의 미소로 자신을 바라보는 아멜리아를 보고 말문이 막힌 가브리엘은 흠칫 놀랐다.

"왜, 왜, 왜 왜 나를 찾는 건데……. 아니 그것보다도 그 음흉한 미소는 대체 뭐야!"

"음흉하다니 너무해. 나 가브리엘에게 줄 것이 있어서 나온 건데. 자, 여기."

시드의 손에 들려 있던 자신의 가방을 다시 돌려받은 아멜리아는 작은 장난감 병정이 그려진 철제 상자를 꺼내 소년에게 건넸다.

"자, 이거."

"이게 뭔데."

"우후후, 열어 봐."

노골적으로 불편한 내색을 보이는 가브리엘의 반응에는 아랑곳없이, 아멜리아는 얼른 열어 보라며 성화를 부렸다. 그 기세에 밀려 엉겁결에 뚜껑을 열어 본 소년은 상자 안을 가득 채운 과자를 보고 "이게 뭐야?"라고 물었다.

"병문안 와 준 선물! 가브리엘이 와 줘서 정말 기뻤어."

"야. 뭐, 그런 걸 가지고……, 설마 진짜 그것 때문에 날 찾아다녔던 거야?"

"응! 어디에 있을지 몰라서 한참 찾았어. 이렇게 줄 수 있어서 정말 다행이야."

"……으아아."

와, 딸기다. 옆에서 구경하던 시드가 중얼거렸다. 잘 익은 딸기처럼 얼굴이 새빨개진 소년이 아멜리아의 한 마디 한 마디에 점점 어쩔 줄 몰라 하는 것 같더니, 결국 더는 못 참겠는지 귀를 막으며 자리에 주저앉았다.

"가브리엘, 왜 그래?"

당황한 아멜리아가 소년의 어깨를 잡으려 하자, 시드가 말렸다.

"너무 괴롭히지 말라고."

"괴롭혀요? 제가요? 가브리엘, 정말이야?"

"으어어……."

소녀의 시선을 더는 견디지 못한 소년이 상자를 품에 안은 채 멀리 달려가 버렸다. 도망가는 뒷모습을 놀라 바라보던 아멜리아가 시드를 올려다보며 종알거렸다.

"정말 어려운 나이네요~"

"푸하하하!"

상황을 제대로 이해했는지 의문스러운 소녀의 반응에 시드의 웃음이 터졌다.

가브리엘의 반응이 이상한 건 하루 이틀이 아니었으니 사실 그리 놀랍지는 않았다. 과자를 전달했으니 되었다고 후련한 미소를 짓는 아멜리아에게 시드가 "더운데 가게 앞에서 이러고 있지 말고, 들어가자."라며 '붉은 서재'의 문을 열었다.

시간을 거슬러 올라간 저녁, 어두운 뒷골목에서 두 남자가 실랑이를 벌이고 있었다. 다툼이라 표현하기에는 지나치게 일방적인 공격이었다.

"쿨럭쿨럭!"

남루한 옷차림의 중년 남자가 내던져진 충격으로 기침을 시작했고, 그런 그를 내려다보던 젊은 청년이 남자가 채 몸을 일으키기도 전에 한 번 더, 지팡이를 휘둘러 그의 등을 내리쳤다. 인정사정 보지 않고 가격한 탓에 남자는 그대로 바닥에 뻗었다.

"나는 쓸데없이 시간 끄는 걸 아주 싫어해."

카이퍼가 무표정한 얼굴로 바닥을 구르는 남자를 바라보았다. 출판사의 밀린 일을 해치우고 다시 레이븐으로 돌아온 그는 '붉은 서재'의 앞을 기웃거리는 수상한 인물을 발견했다. 누군가가 멀리서 자신을 주시하는 것조차 눈치채지 못한 채 남자는 하던 대로 계속 시드니의 일거수일투족을 감시했다.

처음에는 좀도둑이 아닐까 생각하던 카이퍼였지만 시드니의 움직임만을 탐색하는 남자의 이상한 행동에 결국 그 앞에 나섰고, 지금은 남자가 가게를 염탐하던 이유를 묻는 중이었다. 지저분한 차림새의 남자는 한동안 횡설수설했다. 대뜸 자신의 마누라가 도망갔다는 말을 하지 않나, 시드니에게 의뢰한 물건이 있다면서 자신은 정당한 손님이라고 화를 내지를 않나. 정신이 아픈 사람인지 영 제대로 된 답변을 받지 못한 카이퍼는 잠시 '말을 더 잘할 수 있도록' 도와주는 중이었다.

"자, 다시 한 번 설명해 보실까요. 저 골동품점에는 왜 갔다고?"

"……."

퍽!

침묵하는 남자의 옆구리를 세게 걷어찬 카이퍼가 다시 같은 질문을 반복했고, 고통과 공포에 질린 남자가 더듬더듬, 부인이 집을 나간 이야기를 시작했다.

"당신 마누라가 바람이 나서 집을 나갔든 도망을 쳤든 그건 내 알 바가 아니라고 했잖아."

다시 지팡이를 휘두르려고 하자, 남자가 비명을 지르며 "아이가 죽어서 처가 집을 나갔소!"라고 외쳤다. 카이퍼의 인내심은 슬슬 한계에 다다르고 있었다. 일부러 딴소리하는 것이 아니라면 눈앞의 남자는 머리가 좀 이상한 것임에 틀림없었다. 그렇지 않고서야 시드니가 죽은 아이를 되살릴 수 있는 능력이 있다는 말 따위를 진지하게 뱉을 수는 없었을 테니까.

남자는 죽은 아이가 되살아나면 떠나간 부인도 다시 돌아올 것이라고 굳게 믿고 있었고, 그래서 가게 주인의 비밀을 캐내기 위해 훔쳐보고 있었다고 말했다.

"미안한 말인데, 시드니는 그런 능력이 없어. 그건 내가 보장하지. 만일 그걸 기대한 거라면 당신은 여기까지 와서 소중한 시간만 낭비한 셈이 되는 거야."

"아니오, 그는 방법을 알고 있소! 그 증거를 나는 확인했어!"

"……증거라고?"

남자의 망발대로 시드니가 죽은 자를 되살릴 수 있는 능력 같은 것이 있다면 그는 최우선으로 라일라를 살렸을 거였다. 정신병자의 헛소리에 귀를 기울인 자신이 바보 같다는 생각을 하고 있을 무렵, 남자가 외쳤다.

"의뢰를 보냈던 도자기의 색이 변했어! 그게 사용의 증거요!"

"아……. 이게 무슨 개소린지 모르겠는데 발상이 참신해서 봐 줄 테니 어디, 설명이나 좀 해 보시지."

남자는 수년 전 태어난 지 얼마 안 돼 갑자기 사망한 아들로 인해 정신을 놓고 집을 나가 버린 처를 찾기 위해 수소문하고 있었노라 했다. 그러다 대대로 내려오던 선조의 유품 중 죽은 사람을 되살리는 도자기 새들이 있다는 것을 기억하고 창고를 뒤졌다.

고조부가 도자기를 보여 주며 설명했을 때 그 말을 믿는 사람은 아무도 없었다. 청년 시절 프랑스에서 힘든 세월을 보냈다는 그는 귀국할 때 자신이 일하던 귀족의 집에서 귀중품을 하나 훔쳐 달아났다고 했다. 작지만 고가의 물건, 남들이 봐서는 가치를 알 수 없는 물건이라 훔치기도 쉬웠고 가지고 출국하는 데도 아무런 제재가 없었다.

저택의 귀족이 하루가 멀다 하고 강령회며 마법이며 온갖 기묘한 일을 저지르던 동쪽 탑 안에서 신줏단지처럼 모셔지던 물건이었다. 분명 값어치가 있을 터였다. 사용 방법은 알려지지 않았지만, 주술에 성공했는지 귀족은 마법사처럼 보이는 수상한 사람에게 큰 재물을 내렸고 이후 대단히 만족스러운 얼굴로 며칠이고 연회를 열었었다.

'우리는 주인이 돈으로 영생을 샀다고 떠들었지. 하지만 술에 취한 그가 애인에게 흘린 이야기는 죽은 사람을 되살려 낼 수 있다는 내용이었어.'

주인의 말을 곧이 믿는 식솔들은 없었지만, 새 장식을 볼 때마다 그 생각이 나서 다들 기분이 꺼림칙했다고 했다. 저택의 하인들이 꺼리는 일은 주로 외국인 신분의 고조부가 맡아서 해야 했기 때문에 동쪽

탑에 청소하러 들어가는 것은 늘 그의 몫이었다. 탑 안에는 그 새들 말고도 으스스한 물건들이 쌓여 있었는데, 아무도 그 사용법을 몰랐다.

고조부가 저택에서 일한 지 약 3년 정도가 지났을 무렵, 가문이 망하는 큰 사건이 터졌고 주인이 체포되었을 당시 혼란을 틈타 도자기 새들을 훔쳐 도망칠 수 있었다고 설명했다.

그 이야기를 들은 가족들은 "다른 돈 될 만한 것도 많았을 텐데 왜 하필 그런 무서운 걸 가지고 나왔느냐."고 투덜댔고, 고조부는 그것에 대해 "젊은 시기의 전리품이었다."라고 설명했다.

슬쩍하기는 했으나 사용 방법을 전혀 모른다는 고조부의 말에 모두 "역시 거짓말인 줄 알았다."며 웃었는데, 그 후로도 몇 번인가 가족 모임에서 그 이야기가 나올 때마다 그 허무맹랑한 모험담은 후대들에게 큰 웃음을 주었다고 했다.

"댁네 친족들도 안 믿은 걸 지금 나더러 믿으라고?"

시큰둥한 얼굴로 카이퍼가 중얼거리자, "새의 색이 변했어! 맹세컨대 이런 일은 전에 없었다고!"라며 남자가 외쳤다.

아이가 되살아나면 부인 역시 돌아올 것으로 생각한 남자는 고조부의 그 작은 도자기 새들을 '사연 있는 물건을 알아봐 준다'는 소문의 골동품상에 감정을 보냈다. 도자기를 들고 여기저기 전문가들을 만나 발품을 팔던 그에게 누군가가 레이븐에 있는 작은 골동품점의 주소를 적어 주며 그곳에 의뢰해 볼 것을 추천했다.

그 '붉은 서재'라는 곳은 오래된 물건의 감정은 물론, 귀신 들린 골동품의 문제도 해결해 주는 것으로 유명하다고 했다. 어쩌면 도자기의 사용 방법을 알아낼 수 있을지도 모른다는 생각이 들었다. 그게 불가능하더라도 운 좋게 제작 연도나 장인의 이름 같은 걸 알게 되면 찾아가 볼 곳이 생기는 터라, 남자가 그곳에 건 기대는 대단했다.

도자기를 보낸 지 수 주 후 그는 한 통의 편지를 받았다. 물건에 대해 아는 바가 없으니 반송해도 되냐는 내용이었다. 아무것도 알아낼 수가 없다는 말이 오히려 더 큰 의혹을 불러일으켰다. 그는 조금의 실마리라도 얻게 되는 것을 기대하고 있었다. 그런데 지나치게 깔끔한 거절이 돌아온 거였다. 보통 의뢰를 받으면 대충 엇비슷한 자료라도 제공하며 작은 수수료 나마 챙기려 들 터였는데, 너무 단호하게 손을 떼려 하는 것이 미심쩍었다.

그래서 남자는 답장을 하지 않고 레이븐으로 직접 와 가게의 동향을 살피고 있었다고 했다.

"그런데 색이 변했어! 분명 가게 주인은 그 새의 사용법을 깨닫고도 나에게 알려 주지 않은 거라고!"

"그 정도 맞았으면 정신을 차릴 만도 한데 말이죠."

끈덕진 것은 인정하겠다며 지팡이를 거둔 청년이 남자에게 물었다.

"그 새를 만든 것이 주술사의 힘이었단 말이지? 시드니에게는 그런 능력이 없지만 그의 주변에 어쩌면 그것이 가능할지도 모르는 사람이 있기는 해. 그 아가씨를 보면 아주 뜬구름 잡는 소리는 아닐 것 같기도 하고. 밑져야 본전이니 어디 한번, 그 새의 힘이라는 걸 구경해 보도록 할까."

그는 여전히 바닥에 누워 신음하는 남자를 발로 찼다.

"정말로 아들을 되살리고 싶다면 내 말을 따르는 게 좋을 거야. 기회는 두 번 주어지지 않을 테니까. 당신의 소원을 이루는 걸 돕도록 하지."

"……쿨럭, 다, 당신이 왜……, 돕겠다는 거요?"

"그냥, 변덕이야. 대신 이 일의 지휘는 내가 하도록 하지. 나는 지시만 내릴 거고 움직이는 건 당신이야. '붉은 서재'의 문을 따는 건 저번에 해 봤다고 했던가? 이미 들어가 봤다면 그 물건이 어디에 있는지도 알 거고, 적당할 때 다시 들어가서 훔쳐 오도록."

"그건 내 물건이오! 달라고 하면 되지 굳이 훔칠 필요가 없지 않소."

"……범인이 저랍니다, 하고 일부러 광고라도 하게? 머리 좀 쓰고 살자고, 머리."

지팡이 끝으로 남자의 머리를 툭툭 친 카이퍼는 "내일 오후 2시에, 이 장소에서."라는 말을 남기고 등을 돌렸다.

"명심해. 날 배신하면 죽은 아이가 돌아오는 건 그저 허황한 희망으로 끝나게 될 거야. 당신의 꿈을 이루어 줄 사람이니, 내 말을 잘 듣는 것이 좋을걸."

그 말에 넋이 나간 듯 바닥에 앉아 카이퍼의 뒷모습을 보던 남자의 입가에 옅은 미소가 걸렸다. 자신의 꿈만 이루어 준다면, 그는 악마와도 거래할 용의가 있었다. 아이를 되살린다면 상심해서 집을 떠난 처는 돌아올 것이다.

"쿨럭. ……흐, 하핫. 크하하하하—!"

다시 이전의 화목한 가정으로 돌아갈 수 있다는 희망에 그는 거리가 떠나가라 큰 소리로 웃었다.

다음 날, 약속 장소에서 다시 만난 두 남자는 시드의 뒤를 밟고 있었다.

"좀 미련한 방법이긴 한데 말이지, 내가 다시 돌아왔다고 시드니 앞에 나서는 것보다는 숨어서 일을 처리하는 것이 나을 것 같거든. 시간이 좀 걸리더라도 미행하는 것이 나을 것 같아. 아하하, 인제 보니 당신이 하던 짓이랑 별반 다를 바 없군요!"

땡볕에 거리에서 땀을 흘리더니 더위 먹고 미친 건지, 카이퍼는 경쾌하게 웃고 있었다. 그게 아니라면 짜증을 숨기기 위해 밝은 척하는 것일 수도 있었다. 어떤 이유에서든 지나치게 즐거워 보이는 그가 오히려 무섭게 느껴져서, 중년의 남자는 굳게 입을 다문 채 아무 대꾸도

하지 않는 중이었다.

카이퍼는 시드가 언제 아멜리아를 만날지 몰라 뒤를 쫓고 있었다. 어제 남자가 한 말이 사실이라면 시드는 이미 죽은 사람을 불러낸 적이 있었다. 그에게는 그럴 능력이 없었으니 그것을 재현하는 데 필요한 준비물은 그 도자기로 만들어진 새와 아마도, 아멜리아. 제 누나와 비슷한 능력을 갖춘 소녀일 것이었다.

조용히 알아본 결과 아멜리아는 카이퍼의 생각보다도 더 굉장한 집안의 아가씨여서, 그가 몰래 불러내거나 만나러 찾아갈 만큼 만만한 상대가 아니었다. 그렇다면 소녀가 시드니를 만날 때를 기다려야 할 것 같았다.

"며칠이 걸리던 끈기 있게 달라붙을 각오를 해야 할 거야. 일단 당신에게 아멜리아 양의 얼굴을 확인시켜야 하니까, 짜증 나지만 우리 둘 다 함께 다녀야 한다고."

아, 그게 아니면 굳이 시드니의 뒤를 쫓을 필요는 없었을지도 모르는데.

기자 생활을 하면서 본의 아니게 미행 기술이 생긴 카이퍼였다. 혼잣말을 중얼거리며 그의 뒤를 따르던 때, 시장에서 산 물건을 손에 들고 다시 골동품점으로 향하는 것 같던 시드가 갑자기 발걸음을 멈추고 무언가를 빤히 바라보다가 달리기 시작했다.

"이크, 놓치지 않게 따라가자고!"

갑작스러운 질주에 두 남자는 매우 놀랐다. 시드가 어찌나 빠르게 달리던지, 잠시 한눈을 판 사이에 그를 놓치고 만 그들은 사방을 두리번거리며 욕을 해 댔다.

"망할 자식이 뭐가 저렇게 빠른 거야! 난 이래서 운동하는 사람들은 딱 질색이라니까."

이리저리 방황하던 두 사람은 그들이 달리던 방향과 조금 떨어진 길가에서 누군가와 이야기를 나누고 있는 시드를 발견하고 다시 몸을 숨겼다.

"오, 우리 아가씨 발견! 반나절 만에 보게 되다니 운이 좋은데? 이봐, 저 소녀를 잘 기억해 두라고. 당신의 꿈을 이루어 줄 천사가 될 테니까."

카이퍼의 말에도 남자의 대답은 돌아오지 않았다. 아까부터 지나치게 조용한 것 같아 힐끔 남자의 얼굴을 바라보니, 그는 입을 벌린 채 시드가 있는 쪽을 넋이 나간 듯 바라보고 있었다. 귀신이라도 본 것처럼 심하게 손을 떨더니, 도저히 안 되겠는지 주머니에서 휴대용 술병을 꺼내 뚜껑을 열고 단숨에 들이켰다.

'이건 왜 또 이래? 알코올 중독까지 있나?'

이런 사람을 믿고 일을 시켜도 될까 싶을 정도로 점점 더 못 미더워지는 남자의 행동에 카이퍼는 결국 이유를 물었다. 술병에 담겨 있던 브랜디를 단숨에 들이켠 남자가 여전히 떨리는 손가락으로 시드니 쪽을 가리키며 말했다.

"내 아들과 너무 닮았소."

"뭐? 시드니가?"

뜬금없는 소리에 짜증이 담긴 목소리로 남자를 노려보자, 그는 고개를 저었다.

"남자 말고, 아이 말이오."

그는 가브리엘을 보며 말하고 있었다. 그들과 함께 있는 금발의 소년을 뜻한다는 걸 깨달은 카이퍼가 "흐응……?" 하고 별 관심 없다는 투로 대꾸했다.

"내 아들이 살아 있다면 저 정도의 나이가 되었을 거요. 저 머리 색도 눈동자도, 마치 그 애가 살아 있으면 저런 모습이 아닐까 싶을 정도로……."

"그래?"

홀린 듯 가브리엘을 바라보던 남자는 곧이어 소년이 작은 상자를 들고 잽싸게 도망가는 뒷모습을 눈을 크게 뜨고 지켜보았다. 아쉬움이 남는지 시야에서 아이가 사라진 뒤에도 눈을 떼지 못하다가 결국 한숨을 쉬었다.

"그건 내 알 바 아니니 추억에 젖는 건 나중에 혼자 해 주면 고맙겠어. 지금 집중해야 하는 건 그 옆의 곱슬머리 아가씨."

"……저 아가씨는 왜?"

"최초의 계획대로라면 당신에게 아가씨를 보여 준 뒤 따로 모셔 오라고 하고 싶었는데, 다시 생각해 보니 고귀한 집안의 영애가 댁의 그 행색을 보고 도망이나 안 가면 다행이겠다 싶더라고. 술 냄새까지 풍기면 근처에도 안 올 텐데 뭐. 데려오는 건 내가 할 테니 그냥 저 얼굴만 잘 기억해 둬."

자신은 구면이라 최소한 도망가지는 않을 거라고 카이퍼가 중얼거렸다. 매사에 신중한 시드니다. 소녀에게 조심하라는 경고는 미리 해 두었을 거였다. 그러나 세상 물정 모르는 순진한 아가씨는 그 말의 의미를 반쯤만 알아듣고 있을 거라는 걸 카이퍼는 잘 알고 있었다.

"당신 말대로 따르는 대신, 조건이 있소."

남자의 말에 카이퍼가 눈썹을 치켜들었다. 감히 지금 협상을 하자는 건가? 싶어 화를 내려다가 그의 말을 끝까지 들어나 보자 싶어 턱을 들어 올리며 설명을 허락했다.

"조금 전의 그 아이를, 함께 데려가고 싶소."

"아이? 금발 꼬마?"

남자가 고개를 끄덕였다. 그는 아들이 죽자 시신이 부패될까 두려워 방부 처리(Embalming)를 해서 보관하고 있었다. 아이를 되살리겠다는 생각에 영구 보존을 할 방법을 찾아 엠바밍을 했지만, 정작 되살릴 생각을 하니 이 상태로는 안 된다는 걸 깨닫게 되었다. 다시 돌아올 아들에게는 방부 처리가 되지 않은 건강한 육신이 필요했다. 아니, 최소한 조금 전까지 살아 숨 쉬던 육체가. 방금 보았던 그 소년이라면 외모도 나이도 흡사해서, 더없이 좋은 그릇이 되어 줄 것만 같았다.

"내가 할 말은 아닌 거 알긴 하는데…… 당신 진짜 미친 거 알지?"

그런 게 가능하다는 건 몰랐다며 카이퍼가 질린 얼굴로 남자를 바라보았다. 한동안 상대를 응시하던 그는 무언가, 깨달음을 얻은 듯 입꼬리를 올렸다. 그러고는 아아, 덕분에, 라고 작게 중얼거리며 웃었다.

"뭐, 그러던가 알아서 해. 맛이 가 버린 사람이라도 내게 쓸모만 있으면 되는 거니까. 자아, 오늘은 얼굴 확인하는 걸로 되었으니 이제는 세부 논의를 해 보자고."

앞으로의 계획을 세우자면서 카이퍼는 남자의 등을 떠밀며 작은 골목 안으로 사라졌다.

시드에게서 갑작스러운 연락이 온 것은 가브리엘을 만난 지 이틀 뒤였다. 전화의 내용에 놀란 아멜리아는 허겁지겁, '붉은 서재'로 달려갔다.

"정말인가요, 시드? 도자기 새가 없어졌다니 그게 무슨 말이에요?"

가게에 뛰어 들어오며 인사말 대신 사건 경위를 묻는 아멜리아를 보고 작게 손을 흔든 시드는 어질러진 물건들의 산에 둘러싸여 낙담하고 있었다.

"도둑이 훔쳐 간 건 그것만이 아냐. 몇 가지 더 가져가긴 했는데 그게 영……, 연관성도 없고, 값어치도 제각각이라 정말 도둑인가 싶을 정도야."

유리 진열장 안쪽 잘 보이지 않는 곳에 숨어 있던 새들을 일부러 꺼내 간 것도 이상한 데다, 같이 사라진 물건들은 재떨이며 악기 같은, 굳이 훔쳐 갈 이유가 없는 것들이었다. 몇 개 털지도 않은 주제에 더럽게 어지럽혀 놓고 갔다며 투덜거린 시드의 설명에 의하면 열쇠를 바꾸고 이중 잠금까지 했는데도 다시 털렸다고 했다.

"계획범죄인 것 같아. 처음에는 들어와서 물건들의 위치만 확인하고, 이번에 필요한 걸 찾아내서 가져간 거지. 뭐 때문에 그랬는지 모르겠어. 나름대로 보안에 신경을 썼는데도 제집 드나들 듯 하는 걸 보면 열쇠 따는 건 큰 문제도 아닌 사람의 소행인 것 같아."

"같이 사라진 것들은 중요한 건가요?"

"아니. 뭐 뒷거래로 팔면 푼돈 좀 만질 정도야. 말했잖아, 중요한 건 금고에 넣어 둔다고. 잃어버려서 가장 타격이 센 거라면 역시 의뢰품으로 가지고 있던 그 새들 정도야."

"누가 그런 짓을……."

"그 물건은 여기 오래 있을 운명이 아니었나 봐. 정리하느라 좀 지저분하긴 한데, 거기 앉아 있어. 내가 금방 차를 내올게."

"네."

손님용 의자에 앉은 소녀는 들고 있던 화첩을 탁자 위에 내려놓았다. 정원에서 그림을 그리다가 시드의 연락을 받고 놀라 정신없이 달려오고 보니 스케치북을 손에 그대로 든 채였다.

찻잔을 건네주던 시드가 탁자 위를 보더니 "봐도 돼?"라고 물었다. 그는 평소에도 아멜리아의 그림을 보는 것을 좋아했다. 소녀가 스케치북을 들고 나타나면 언제나 그림을 보고 싶어 하는 그였다.

도둑이 든 후인데도 당황하지 않고 손님을 접대하거나 대화를 이어나가는 모습에 아멜리아는 내심 감탄했다. 자신 같으면 어림도 없는 일이었다. 역시 어른이라고 생각하며 고개를 끄덕이니 고맙다고 대답한 시드가 첫 장부터 천천히 그림들을 구경하기 시작했다.

"아, 이게 그 다이아 반지의……, 로사가 이런 느낌이었군. 으스스한데."

한 장 한 장 자신이 알 만한 그림이 나올 때마다 그게 맞느냐고 확인을 하며 열심을 내던 시드는 강가의 아이에 대한 그림은 없는지를 물었다.

"앞에 있어요. 물속에서 손이 나오는 그림."

"아, 이거야? 손만 그려져 있어서 눈치채지 못했어."

수면에서 나온 가느다란 손가락이 지나가는 사람의 발목을 향해 다가가고 있는 그림이었다. 그 창백한 손에 잡히면 물속으로 끌려 들어가게 된다.

"전체를 그리기는 좀 그래서요."

"……그 정도야?"

무섭게 생겼다는 말을 들어도 상상이 잘 가질 않는다며 손 그림에 다시 한 번 시선을 던지던 시드가 문득 생각났다는 듯 물었다.

"손 하니 말인데, 그 백작 부인의 초상화, 다시 보러 갔던 거지?"

"네, 어떻게 알았어요? 얼마 전에 우연히 그 앞을 지난 적이 있어요. 거기, 몇 장 뒤로 넘어가면 그림이 더 있어요."

새로 그린 백작 부인의 초상화는 처음과는 다른 분위기였다. 이전 시드에게 선물한 그림에서 전체적으로 공포의 기운이 느껴졌다면, 이번 그림은 상당히 평화로웠다. 그녀의 길고 가느다란 팔은 굽이치는 모양으로 숲을 가로질러 길 잃은 이방인에게 길 안내를 해 주고 있었다. 그녀의 팔 자체가 하얀 길이 되어 어디론가 안내하는 그림이었다.

"이건 상당한……, 심경의 변화로군."

무심결에 튀어나온 시드의 감상에 아멜리아가 겸연쩍은 얼굴로 "다시 보니까 그리 무서운 그림이 아니라는 걸 알게 되어서요."라고 변명했다.

"무서운 그림이 아니야?"

"네. 백작 부인은 저를 해칠 생각이 아니었던 것 같아요."

오히려 반대였다. 퍼트리샤 부인은 소녀를 보호할 생각이었다. 그걸 깨달은 후부터는 그림이 무섭게 느껴지지 않았다.

"그래도 말이지. 나는 여전히…… 이 그림이 좋게 느껴지지 않아."

자신의 창고 방에 걸려 있는 그림을 머릿속에서 떠올리며 새로 그려진 그림을 바라보던 시드는 어딘가 미안한 듯 말을 이었다.

"그래요?"

"응. 아무리 해를 끼치지 않는 종류라고 해도 밀리가 이 그림에 가까이 다가가지 않는 것이 좋다는 생각이 들어. 이상하지?"

"흐음. 그렇네요."

아무런 영감도 없는 시드가 이렇게까지 말하는 것은 확실히 이상하다며 동의하는 소녀의 말이 끝나기도 전에, 딸랑딸랑하는 가게의 종소리가 들리고 누군가가 뛰어 들어왔다.

"시드니 있나?"

"아, 브라운 씨. 무슨 일이세요?"

"손님이 계시는데 이거 미안하구먼. 내 이거 하나만 묻고 가려고. 혹시 포목점 아들 못 봤나? 어제저녁부터 안 보인다고 난리던데."

"포목점이라면……, 가브리엘이요? 그 애한테 무슨 일이 생겼습니까?"

등을 돌리고 앉아 있던 아멜리아의 눈이 휘둥그레졌다. 그런 소녀의 얼굴을 본 시드가 잠시 참으라는 손짓을 하고는 브라운 씨 곁으로 다가갔다.

"어떻게 된 겁니까?"

"어젯밤에 집에 안 돌아와서 경찰에 신고했는데, 아직도 못 찾았다나 봐. 어리지만 똘똘한 녀석이라 길을 잃을 리는 없고, 문제가 생긴 게 틀림없는데 마을을 뒤져 봐도 그 애의 행적을 아는 사람이 없어. 경찰만으로는 인원이 부족해서 지금 마을 사람들이 함께 찾아다니고 있어."

"시각을 다투는 일이 아니라면 좋겠네요. 저도 가게 정리 얼른 마치고 수색대에 참가하겠습니다."

"어, 어. 그래 주면 고맙지. 그럼 이따 보세."

바쁜데 미안하다고 말한 브라운은 옆집을 방문하기 위해 발걸음을 서둘렀다. 아멜리아가 앉아 있는 곳으로 다가온 시드가 가게를 둘러보더니 가벼운 한숨을 쉬었다.

"정리는 나중에 하고, 미안하지만 나도 가 봐야 할 것 같은데. 어제부터 실종이라면 서두르는 것이 좋을 것 같아. 브라운 씨 말대로 똑똑한 아이니까 아무 이유 없이 집에 안 돌아왔을 리가 없어."

"제가 뭐 도울 일은 없을까요?"

"수색대는 무리고……, 그럼. 여기 찻잔이나 정리해서 창고에 가져다주겠어? 치우는 건 나중에 내가 돌아와서 할 테니까. 여벌 열쇠를 줄 테니 이걸로 문을 닫고 가면 돼."

햇빛을 막기 위한 모자를 눌러 쓴 시드는 소녀에게 미안한 듯 인사를 하고 거리에 사람들이 모여 있는 쪽을 향해 뛰어갔다.

"가브리엘에게 별일 없으면 좋겠는데……."

이틀 전에도 얼굴을 보았다. 다시 만나면 선물한 과자가 마음에 들었는지도 물어보고 싶었는데 갑자기 실종이라니. 불안한 마음에 가만히 앉아 있을 수가 없어진 아멜리아는 자리에서 일어나 사방을 두리번거리다가 시드가 부탁한 찻잔을 우선 치우기 시작했다.

자신의 가게도 엉망인데 아이를 우선하겠다고 생각한 시드의 마음씀이 참 다정하다고 느꼈다. 수색대에 참가할 수 없으니 가게의 정리라도 조금 도와야겠다고 생각한 아멜리아가 카운터 앞을 치우고 있는데, 창가에서 누군가가 안을 들여다보는 모습이 보였다.

'손님인가?'

손님이라면 왜 들어오지 않고 밖에 서 있는 건지 몰라 의아해하며 창 쪽을 바라본 아멜리아는 상대의 얼굴을 확인하고 작게 비명을 질렀다. 창밖에서 소녀를 바라보는 얼굴이 낯이 익었다. 유리창을 사이에 두고 안을 들여다보던 카이퍼는 눈이 마주치자 옅은 미소를 지으며 인사를 건넸다. 한동안 소녀를 바라보던 그는 천천히 몸을 돌려 사라졌는데, 마치 그녀가 따라오기를 기다리는 것처럼 보였다.

'시드, 시드에게 연락을 해야 하는데.'

급한 마음에 주변을 두리번거리지만 시드는 이미 가브리엘을 찾기 위해 가게를 떠난 후였다. 카운터 근처에 놓인 종이에 급히 '셀저 씨가 돌아왔어요.'라는 메모를 적은 소녀는 잠시 망설이다가 가게의 문을 잠그고 카이퍼의 뒤를 쫓았다.

떠났다던 그가 돌아온 사실을 시드는 알고 있었을까? 다시 돌아온 이유를 고민하던 아멜리아는 어쩐지 카이퍼의 귀환과 가브리엘의 실종이 연관이 있을 것 같다는 생각이 들었다.

'……혼자 가면 안 되는데.'

당장 도움을 청할 사람이 없어 불안하다 생각하면서도 소녀는 조금 전 카이퍼가 사라진 방향으로 걸음을 재촉했다. 어째서인지 카이퍼의 이번 방문은 시드가 목적이 아니라 자신일 거라는 생각이 들었다. 그가 기다리는 사람이 저일 거라는 추측은 좁은 골목으로 들어선 뒤 확신으로 바뀌었다.

"야아, 안녕하세요. 샌더즈 양."

"……안녕하세요, 셀저 씨."

"놀라지 않는 걸 보니 제가 기다리는 걸 알고 계셨군요?"

"가브리엘은 어디에 있나요?"

소녀의 당찬 질문에 카이퍼가 살짝 놀랐다. 흥미로운 소리를 들었다는 듯 아멜리아를 훑어보는 모양이 아마도 예상치 못한 말을 들은 듯싶었다.

"날카로운 지적에 놀랐습니다. 제가 아가씨를 너무 얕잡아 보았나 봅니다."

그의 말에 휘말리면 안 된다. 몇 번의 경험을 통해 아멜리아는 카이퍼가 수더분한 어투로 사람을 현혹한다는 걸 알았다. 아무런 대꾸 없이 자신을 바라보는 소녀를 보던 그가 활기찬 어조로 앞장섰다.

"길게 설명하지 않아도 돼서 다행이네요. 따라오시죠. 길 안내를 해 드리겠습니다."

"가브리엘을 데려간 이유가 대체 뭔가요?"

"가서 보시면 압니다. 아, 지금 시드니를 부르러 도망가는 건 소용 없습니다. 당신이 떠나 버리면 소년의 목숨을 보장할 수 없게 되니까 요."

"……뭐라고요?"

"저는 당신을 쫓아가지 않을 겁니다. 다시 만날 일도 없을 거고요. 그리고 소년을 보는 것도 이걸로 마지막이 되겠지요."

가브리엘의 목숨이 위험하다는 말에 아멜리아는 무심코 소리를 질 렀다. 그 애에게 무슨 짓을 하려는 거냐고 물으려는데 앞서 걷던 카이 퍼가 고개를 돌리더니 입술에 손을 얹어 조용히 하라는 표시를 했다.

"아이가 깨는 걸 원치 않거든요."

마을을 조금 벗어난 곳까지 한참을 걸어 그가 도착한 곳은 사람이 살지 않는 폐가의 낡은 마구간이었다.

"탐사대? 수색대? 뭐 그런 분들이 시끄럽게 밀어닥쳐서 이미 확인 을 하고 간 곳이라, 다시 올 일은 없을 겁니다."

"뒤늦게라도 장소가 발견될 일은 없다는 뜻이군요."

"그렇죠. 총명한 분이시군요."

마구간의 문 앞에서 세 번, 문을 두드리며 신호를 보내니 안에서 잠 가 두었던 빗장이 풀리는 소리가 들렸다. 일행이 더 있는지 몰랐던 아 멜리아는 안에서 얼굴을 내민 중년 남성의 얼굴을 보고 하마터면 소 리를 지를 뻔했다.

'그 남자야!'

새들의 기억을 거슬러 올라갔을 때 보았던, 남자였다. 한밤중에 편지를 쓰던 남자. 그 남자의 집에는 미라가 된 아기가 요람에 누워 있었다. 이 사람이 왜 여기에 있는 거지? 예상치 못했던 남자의 등장에 아멜리아가 크게 당황했다. 그것을 단순히 낯선 남자를 보고 놀란 아가씨의 반응이라고 생각한 카이퍼는 별문제가 아니라는 듯 "미치긴 했는데 아직까지는 얌전합니다."라고 설명했다.

아멜리아는 혼란스러웠다. 몰래 다시 돌아온 카이퍼가 가브리엘을 데리고 있는 것도 이해가 가지 않았는데 미라 아기와 관련된 남자까지 레이븐에 와 있을 거라고는 생각하지도 못했다. 그리고 이들이 함께 있는 상황은 더더욱 이해가 가지 않았다.

저 두 사람이 대체 무슨 관계지? 저 남자는 왜 여기에 있는 거지? 미친 듯이 머리를 굴려 답을 찾아보아도 연결 고리가 전혀 보이지 않았다. 저 남자는 분명 '붉은 서재'에 새들을 보낸 의뢰인이고……, 새들. 그 도자기 새들이 사라진 것이 남자와 연관이 있는 걸까?

답답한 마음을 간신히 눌러 가며 어두운 마구간의 한구석을 바라보니, 그곳에 쓰러져 있는 가브리엘의 모습이 보였다. 팔과 다리가 묶인 채, 흩어진 금발이 짚 더미 사이로 삐져나와 있었다. 사람이 들어온 인기척에도 반응이 없이 죽은 듯 누워 있는 모습에 심장이 철렁했다.

"가브리엘?"

"어어, 아직. 우리 얘기를 먼저 합시다."

소년에게 달려가려는 아멜리아를 손으로 부드럽게 제지한 카이퍼가 제안했다. 당장에라도 곁에 가서 숨이 붙어 있는지 확인해 보고 싶은 마음에 그 손을 뿌리치려니, 그가 덧붙여 설명했다.

"이야기, 랄까 협상이랄까. 아이는 무사합니다. 밤새 소리 지르다가 지쳐서 지금 잘 자고 있으니 내버려 두시고."

마감이 거친 목제 의자를 끌고 와 소녀에게 앉을 것을 권한 뒤, "형편상 차는 내오지 못하니 양해 바랍니다."라며 웃었다.

"어찌나 기운이 좋은지 내내 발버둥을 쳤거든요. 아이가 건강하면 좋은 일이긴 한데 말입니다. 슬슬 억지로라도 재워야 하지 않나 싶었는데 알아서 잠에 빠져 준 덕분에, 좀 편해졌습니다. 묶어 둔 것 외에는 몸에 상처도 없어요. 우리도 되도록 상처 없는 몸을 원하고 있어서."

"……무슨 소리예요?"

되도록 상처 없는 몸을 원한다니. 마치 상품을 다루는 것 같은 말투였다. 아멜리아는 사람을 두고 이런 말을 사용한다는 것 자체를 이해할 수가 없었다. 깊이를 알 수 없는 불길한 소리에 창백해져서 가브리엘을 살펴보던 시선을 카이퍼에게로 향했다. 그때, 그가 뜻하지 않은 질문을 던졌다.

"그 강에 있는 괴물 말입니다. 인형을 빼앗기고도 얌전하던가요?"

"아……!"

강의 괴물이라는 것이 그 아이를 뜻한다는 걸 아멜리아는 단번에 알아차렸다. 이 사람이 어떻게 그걸 알고 있는 건가 싶어 당황하다가 "설마." 하고 작은 탄식을 내뱉었다. 그 아이를 볼 수 있는 사람과 인형을 빼앗은 사람은 아마도 동일인일 거다.

"생각보다 영민하네요. 눈치를 채셨나 본데, 맞습니다."

"대체 왜 그런 짓을 한 거죠?"

"뭐, 여러 가지 이유가 겹사겹사 쌓여서 말입니다. 아, 그 남자분이 친구인 줄은 정말 몰랐습니다. 세상 참 좁네요. 그래도 우연이 겹친 건 그거 하나고……."

다시 정신을 빼놓는 대화로 핵심을 비켜 나가는 카이퍼를 소녀가 조용히 노려보았다. 평소 좀처럼 화를 내는 일이 없는 아멜리아조차 머리끝까지 화가 나 있는 상태였다. 불안과 분노가 극에 달해 손이 떨리는 걸 막을 수가 없었다. 화가 나니 눈두덩이가 뜨거워졌다.

그녀는 지금껏, 자신과 같은 것을 볼 수 있는 사람이 있었으면 좋겠다고 생각해 왔었다. 같은 것을 보고 이야기할 수 있는 상대가 나타나 주기를 기다렸었다. 하지만 이 남자는 아니었다. 같은 것을 보아도 이런 식으로 사용하는 사람이 있을 거라는 생각을 하며 기다렸던 것이 아니었다. 슬픔과 노여움이 섞인 눈물이 핑 돌았다. 가브리엘의 납치뿐만 아니라 알렉스에게 몹쓸 짓을 했던 것도 이 남자였다는 사실에, 소녀는 평생 없던 적의를 느꼈다.

"사람이 죽을 수도 있었어요! 그런 짓을 하고 어떻게 다시 돌아올 생각을 한 거죠?"

"아……, 그래도 다행히 아무도 죽지 않았잖아요."

"지금 그걸 말이라고 해요? 운이 좋아서 죽지 않은 게 당연하다는 것처럼?"

매섭게 소리를 지르는 아멜리아의 말을 카이퍼가 맞받아쳤다.

"아직 다 끝난 게 아니라서 그럽니다……."

"뭐라고요?"

"이걸로 부족하다고—!"

울컥, 소리를 지른 후에야 저도 제 말에 놀랐는지 눈을 가늘게 뜨고는 잠시 침묵했다.

"……뭐가 부족하다는 거예요?"

이상한 사람이라는 생각은 했지만, 지금 그에게서 느껴지는 것은 광기였다. 어디에 숨겨 두었던 것인지 알 수 없는 분노 서린 눈동자에 아멜리아가 숨을 삼켰다.

"아가씨는 지금 그런 걱정을 할 때가 아닙니다."

크흐홋, 목 안에서 긁히는 듯한 짧은 웃음소리가 들렸다. 카이퍼는 긴장하고 있었다. 긴장을 넘어선 흥분으로 머릿속이 들끓는 것만 같았다. 이러다 제 몸이 터져 나갈지도 모른다고 생각될 정도로 불타오르는 기분이 들었다. 지금 잘만 구워삶으면 소녀는 자신이 꿈꿔 오던, 그가 가장 원하는 것을 현실로 이루어 줄 거였다.

"그 괴물이 앞으로 몇을 더 잡아먹을지 아무도 모릅니다. 지금 당신이 그 근처를 얼쩡거릴 수 있는 상황도 아니고, 인형이 없는 이상 다른 방도를 찾는 데도 시간이 걸리겠지요. 아가씨를 강으로 끌고 들어갔다는 걸 보면 당신이라고 딱히 예외는 아닌 것 같거든요."

강에서 날뛰는 괴물을 잠재우려면, 자신의 부탁을 들어줘야 한다고 그는 말했다. 그리 대단한 부탁이 아니라는 듯이 그가 웃었다.

"이게 부탁인가요? 협박이지."

"뭐든 상관없습니다. 편할 대로 해석하시죠. 하지만 제 요구에 응해 주지 않으면 그 검은 머리의 늘씬한 청년도 시드니도 안전하지 못할 겁니다. 시드니는 뭐, 마지막으로 순서를 미뤄 둘 예정이니 그 지적으로 생긴 친구분이 먼저겠네요."

알렉스의 이야기를 하고 있다는 것을 깨달은 아멜리아가 어깨를 움츠렸다. 이 사람은 대체 무슨 소리를 하는 걸까. 왜 자신에게 이런 말을 하고 있는지 몰라 울 것 같은 얼굴로 가브리엘을 바라보고 있자니 카이퍼가 말의 안장을 올려놓는 곳을 손가락으로 가리켰다.

"저거."

버려진 안장들 사이에, 시드의 골동품점에서 도난당한 도자기 새들이 놓여 있었다.

"저게 왜 여기 있는 거죠? 가게를 턴 도둑이 당신인가요?"

"도둑이라기보다는, 원래 이 사람 것이어서요. 원주인이 찾아간 것뿐이죠."

"그런 거라면 그냥 돌려 달라고 하면 되는 거였잖아요!"

"그러면 제가 원하는 것이 이루어지지 않거든요."

"……당신이 원하는 거? 뭘 원해서 이런 일을 하는 건가요?"

이유를 묻는 아멜리아의 목소리가 떨렸다. 그녀는 카이퍼가 하는 말을 이해할 수가 없었다. 가브리엘을 납치하고, 가게를 어지럽혀서 도자기를 훔치고, 그리고 저 남자까지. 대체 이들이 원하는 것은 무엇일까. 소녀는 이 납치극의 종착역을 몰라 진심으로 당황하고 있었다.

두렵고, 화가 나고, 당황스러웠다. 지금 마구간 안에서 펼쳐지고 있는 상황을 이해하지 못하는 건 자신뿐인 것 같았다.

그러나 카이퍼는 반대로 보였다. 그는 즐거워 보였고, 눈이 반짝이고 있었다. 목소리에도 힘이 넘쳤다. 기대감과 고양감으로 당장 춤이라도 출 수 있을 것같이 몸이 가벼워 보였다.

"나는 당신이 저 새들을 작동시키기를 원합니다."

아멜리아는 자신이 뭔가 잘못 들은 줄 알았다. 새를 작동시킨다고? 의미를 이해하지 못해 카이퍼를 바라보니 그가 예상외라는 듯 소녀를 바라보다가 아하, 하고 손바닥을 마주쳤다.

"그런 시스템은 아닌가 보군요. 영혼을 움직이는 힘이 있다고 해서 태엽 같은 것이 있는지 자세히 살펴보았지만 찾지 못했거든요."

'태엽.'

저 새들을 작동시키는 도구를 그는 찾고 있었다. 아멜리아는 그제야, 자신이 저 새들의 태엽이라는 것을 깨달았다. 자신이 원하든 원하지 않든, 저 새들과 함께 있는 한 그녀는 세트로 취급받게 된다. 순서가 어떻게 되든 저 새를 탐하는 사람은 결국 그녀도 필요로 하게 된다는 것을 깨닫게 된 순간 팔에 소름이 돋았다.

"새들을 움직여 줘요. 여기, 슬픈 사연을 가진 남자를 위해서."

카이퍼는 연기하는 배우처럼 극적으로 뒤를 돌아 구석에 서서 그들의 대화를 조용히 듣고 있던 남자를 소개했다. 자신의 이야기를 하는데도 남자의 표정에는 변화가 없었다. 두 발로 굳게 서서, 엔간한 일에는 흔들리지 않을 것처럼 위협적으로 보였지만 아멜리아는 느끼고 있었다. 그가 지금 어떤 심정일지. 그의 눈동자가 소녀를 잡아먹을 것처럼 바라보고 있었다. 세상의 끝이, 종말이 그녀에게 달린 것 같은 눈빛이었다.

두 명의 광인을 앞에 둔 아멜리아의 몸이 떨렸다. 영혼들을 만났을 때와는 또 다른 오한이 이들에게서 느껴졌다. 살아 있는 인간의 광기는 유령의 그것과 비교가 안 될 정도로 무겁고 날카로웠다. 당장에라도 이곳을 벗어나 누군가에게 도움을 요청하고 싶었다.

'그냥 따라오는 게 아니었어.'

뒤늦은 후회를 했다. 메모를 본 시드가 얼마나 어이없어할까. 어디로 가는지를 몰라 미리 적어 두지도 못했으니 그가 시간에 맞춰 찾아와 줄 수 있을지 알 수 없었다. 굳이 시드가 아니더라도, 수색대 사람들이 다시 한 번 낡은 마구간을 확인해 보자는 생각을 해 주기를 빌었다.

입술을 깨물며 도망칠 방도를 모색하는 아멜리아의 귀에 카이퍼의 목소리가 들렸다.

"이 남자는 자신의 죽은 아들을 되살리고 싶다고 하거든요."

"그래야 집을 나간 처가 돌아와."

"어 그래. 그런데 그건 나중 일이고, 일단은 아이를 살려 내는 것이 먼저잖아."

설명이 길어지려는 남자의 말을 카이퍼가 성급하게 잘랐다.

"우리는 저 귀여운 소년을 그릇으로 쓰기를 원합니다."

그릇이라니? 무슨 말인지 뜻을 이해하지 못하고 가브리엘을 바라보던 아멜리아는 그것이 미라가 된 아기의 영혼을 가브리엘의 몸에 넣고 싶다는 소리라는 걸 뒤늦게 깨닫고 "안 돼!"라고 소리를 질렀다.

"아주 작은 부탁이잖아요. 당신은 그걸 할 수 있고. 그렇죠? 우리는 이미 알고 있어요. 당신이 새들을 사용해 본 적이 있다는 걸."

"……어떻게 그걸 확신하죠?"

"새들의 색이 변했어."

마구간의 나무 기둥을 등지고 선 남자가 입을 열었다.

"사용할수록 색이 변해. 점점 색이 바랠 거야. 하얗게 될 때까지."

"색이 변하다니……."

아멜리아는 녹슨 안장들 사이에 놓여 있는 도자기 새들을 바라보았다. 그런 소리를 듣고 보니, 색이 조금 흐려진 것 같기도 했다.

"당신이 사용법을 알고 있다는 증거지요. 자아, 모른다고 발뺌할 수는 없습니다. 거부도 듣지 않아요. 우리의 부탁을 들어줄 때까지, 우리는 당신의 지인들을 곤경에 빠트릴 겁니다."

카이퍼는 신이 난 듯 몸을 들썩이며 소녀에게 얼굴을 가까이 댔다.

"뭐, 거절하면 어떻게 되나 지켜보는 것도 괜찮은데, 일이 터진 후에는 물릴 수가 없다는 것만 기억하세요. 뒤늦게 후회해도 손쓸 길은 없을 테니까."

의자에 앉아 있는 아멜리아의 뒤로 간 카이퍼가 흘러내린 소녀의 긴 머리를 손가락으로 쓰다듬었다.

"죽는 사람은 아무도 없잖아요, 그죠? 당신의 소중한 사람들이 하나씩 희생되는 걸 보고 싶지 않다면, 저 가엾은 남자의 가정을 좀 도와주세요."

그의 손이 몸에 닿는 순간 오한이 들었다. 그것을 뿌리치며 자리에서 일어난 아멜리아는 고개를 저었다.

"가브리엘은 어떻게 하고요? 저 아이가 불쌍하지는 않나요?"

"죽는 건 아니지 않습니까?"

"정말 그렇게 생각하는 건 아니겠죠? 이게 죽이는 것과 뭐가 다른데요?"

"아, 사실. 그럴지도 모르긴 한데, 별생각 없습니다. 뭐 '실질적인 사망자가 없다.' 정도로도 꽤 온화한 해결 방법이 아닌가 했을 뿐이죠."

"말이 되는 소리를 하세요!"

"영혼이 빈 그릇에 새로운 술을 부어 넣는 것뿐입니다. 고통도 공포도, 아이는 아무것도 느끼지 못할 거예요. 자는 사이에 모든 것이 끝날 테니까."

어이가 없어 입만 벌리고 있는 아멜리아에게 카이퍼의 뒤에 자리하고 서 있던 남자가 말을 이었다.

"하나는 올려 보내고, 하나는 내려보내. 시체보다는 살아 있는 생명을 사용하는 게 더 좋은 거라고 그랬어."

"그럼, 각각 따로 움직이는 것이 아니라……."

동시에 작동하도록 만들어진 새들이었구나. 그제야 본래의 사용법을 깨달은 소녀가 새들이 있는 곳을 돌아보았다. 무서운 물건이라는 건 알고 있었어도 이 정도일 줄 몰랐다. 산 사람을 제물로 죽은 자를 부활시키는 용도였다니, 소름 끼치게 잔인한 쓰임새였다.

"겉보기엔 그리 다를 게 없을 겁니다. 희생은 적을수록 좋지 않을까요, 아가씨?"

"당신이란 사람은 언제나 번드르르한 말밖에 없군요!"

분노하는 아멜리아를 바라보면서도 카이퍼는 화를 내지 않았다. 아니, 저주를 퍼붓든 말든 상관없다는 표정이었다. 이것은 모두 그가 원하는 결과를 향한 과정일 뿐이었다. 그 이상도, 그 이하도 아니었으므로 그는 평온할 수 있었다.

"좋을 대로 해석하시죠. 어차피 선택은 하나뿐입니다."

카이퍼는 소녀와의 대화를 즐기고 있었다. 거절이 용납되지 않는 것도 모른 채 반박하고 따지고, 의미 없는 에너지를 소비하는 철없는 아가씨와의 대화가 싫지만은 않았다. 순수해서 좋다고 생각했다. 저 반듯한 시선을 가진 소녀가 대체 언제 이 모든 것이 자신의 선택과 무관하다는 걸 깨닫게 될지, 그리고 그때가 되면 어떤 얼굴로 무너질지 꽤 궁금하다고 생각했다.

장난스럽게 대답하고 있지만 사실 자신이 모든 걸 다 버릴 각오로 전력을 다해 상대하고 있다는 걸 알게 되면 어떻게 반응할지도 기대됐다. 그가 정면 승부를 걸고 있다는 걸 알면 그녀는 겁을 먹을까, 아니면 울면서 용서를 빌까. 어떤 반응을 보이든 그는 양보할 생각이 전혀 없었다.

"싫어요! 난 그런 짓 못 해."

짜악—!

소녀의 말이 끝나기가 무섭게 카이퍼의 손바닥이 날았다. 비틀거리며 한 걸음 뒤로 물러난 소녀가 천천히 고개를 들자, 하얀 피부에 새빨간 손자국이 문신처럼 새겨져 있었다.

"울지 않는군요. 제어력 없이 소리 지르고 울고불고하지 않을까 기대했는데."

"······때려도 소용없어요. 협조 안 할 거니까."

"응, 뭐 처음엔 거부할 것 같았어요. 그래도 다 말을 듣게 하는 방법이 있지요."

쓸데없는 저항은 서로 피곤할 뿐이라고 카이퍼는 생각했다. 말을 듣지 않으면 손가락 한두 개쯤, 부러뜨려도 새를 작동시키는 데는 큰 문제가 없을 거라고 중얼거리는 그의 귀에 소녀의 날카로운 질책이 꽂혔다.

"저 사람의 아이를 살려서 당신에게 이득이 될 건 뭐죠?"

카이퍼가 이렇게까지 나서서 남자를 돕는 이유가 아멜리아는 궁금했다.

"솔직히 말씀드리자면 전 이번 일이 성공하든 실패하든 별 상관없습니다."

"······어이."

그의 솔직한 대답에 기둥에 기대고 있던 남자가 몸을 일으켰다. 남자는 날카로운 표정으로 카이퍼를 노려보았다. 허튼소리는 용납하지 않겠다는 어필에도 아랑곳없이, "그저 궁금해서요."라고 답했다.

"호기심 때문에 이런 일에 동조한다는 건가요?"

어처구니없는 그의 대답에 아멜리아의 목소리가 흔들렸다. 그는 재미로 한 짓이라고 하기엔 너무 큰 사건을 벌였다. 가브리엘을 납치한 것도 그렇지만 귀족인 아멜리아까지 건드렸으니 그녀가 풀려나면 절대 안전하지 못할 터였다.

자신의 직장과 거처를 아는 시드도 있으니 아멜리아의 증언까지 더해지면 그는 설 자리를 잃을 텐데도 별거 아니라는 듯 장난 어린 투로 말하고 있었다.

'저건 진심이 아니야. 아니, 진심일 수도 있지만 절대 저게 전부가 아니야.'

아멜리아는 재빨리 주변을 살폈다. 카이퍼는 무언가를 숨기고 있었다. 어쩌면 그는 영영 그녀를 놓아줄 생각이 없다든가 혹은, 다른 목적이 있었다.

'그게 뭐지? 원하는 것이 분명 있어. 자신의 인생을 버릴 각오가 된 무언가가.'

그가 이 판에 뛰어든 이유. 그걸 알아내야 했다.

'내가 그걸 알아낼 수 있을까?'

아멜리아는 솔직히 자신이 없었다. 무언가를 캐내기 위해 눈치를 보고 남을 떠보는 건 소녀의 평범한 일상과 거리가 멀었다. 이런 상황을 견뎌 내야 한다는 것 자체가 그녀에게는 공포였다. 긴장으로 심장이 터질 것 같았다. 가브리엘을 위해서라도 그의 의도를 알아내야 한다는 걸 알지만 무엇을 어떻게 물어야 할지 알 수가 없었다. 저 낯선 남자를 위해 아이를 희생하는 것이 카이퍼에게 무슨 이득이 되는 건지를 알지 못하면, 그녀는 대응 방법을 찾지 못하게 될 터였다.

"지금 무얼 고민하는지는 대충 짐작이 가는데, 아마 아가씨가 찾을 수 있는 답은 아닐 겁니다."

"당신은, 대체—."

망설이던 아멜리아가 무언가를 묻기 위해 다시 입을 여는 순간, 우당탕, 콰당—! 하는 큰 소리 몇 번과 함께 마구간의 낡은 나무문이 열렸다. 아니, 굉음과 함께 날아갔다고 표현해야 옳았다. 버려진 마구간의 목재는 이미 다 삭아 있었던 듯 산산조각이 난 나무문의 파편이 먼지와 함께 정신없이 흩날렸다.

"뭐야?"

갑작스러운 소리에 남자들이 긴장해 외쳤다. 대화에 집중하던 세 사람의 얼굴이 소리가 나는 방향으로 동시에 움직였다. 남아 있는 나무 조각을 신경질적으로 발로 차며 들어온 사람은 시드였다.

"시드!"

날아오는 먼지와 나뭇가루를 피하려고 잠시 고개를 숙였던 아멜리아가 바라본 곳에는 마음 든든한 아군의 얼굴이 보였다. 놀라움과 반가움이 섞여 그의 이름을 부르자, 평소엔 볼 수 없었던 잔뜩 화가 난 얼굴로 그가 소녀를 마주 보았다. 그의 노기가 가득 찬 눈동자는 새빨갛게 부은 소녀의 뺨을 보고 더욱 불타 이글거렸다.

"……무사하니 다행이군. 아니, 그리 무사해 보이지는 않지만. 그러게 내가 저놈 가까이 가지 말라고 말했잖아!"

"대체 어떻게 알고 여길 온 거예요?"

"램프를 가지러 가게로 돌아오다가, 겁 없이 낯선 남자의 뒤를 쫓아가는 널 보고 따라왔지."

잔뜩 억누른 노여움이 잇새로 새어 나왔다. 철부지 아이처럼 무방비하게 카이퍼 뒤를 따라간 아멜리아를 따끔하게 야단치고 싶지만 지금은 그럴 상황이 아니라는 걸 깨달은 듯, 그는 마구간 안을 이리저리 살폈다. 아멜리아를 가장 먼저 확인하고 조금 늦게 바닥에 쓰러져 있는 가브리엘을 발견했다. 소년까지 이곳에 있을 것을 예상하지 못했는지 아이를 본 그가 낮은 신음을 내었다.

"원인은 너였군. 꼬맹이 납치극을 벌여서 대체 무얼 하려고 했지? 밀리는 대체 왜 데려온 거야?"

아멜리아를 꼬여 내는 카이퍼를 발견한 시드는 그들의 뒤를 밟았다. 졸랑대며 따라가는 소녀를 보고 복장이 터질 것 같은 기분이 들었으나 카이퍼의 의도와 목적지를 알아내기 위해 그대로 두었다. 하지만 그들이 마구간으로 들어간 뒤 시간이 지체되자 걱정돼 문을 부순 거였다.

두 사람만 있을 거라 생각한 실내에서 실종되었던 소년까지 짚 더미 위에 쓰러져 있는 걸 발견한 그는 놀랐다. 아이의 유괴가 카이퍼의 계획이었다는 걸 안 시드는 분노를 참지 못했다.

"너 이 자식, 애는 왜 데려왔느냐고 묻잖아! 목적이 뭐야!"

"시드니와는 상관없는 일입니다."

시드의 등장이 그리 놀랍지 않은지 둥한 표정으로 카이퍼가 대답했다. 생각보다 빠른 등장이지만 그 역시 카이퍼가 꿈꾸던 무대에서 빠져서는 안 될 인물이었다. 아멜리아의 부은 얼굴을 보고 화를 내는 시드를 삐딱하게 바라보던 그는 예상치 못한 방문객 덕에 아이가 깬 것을 깨닫고 가브리엘을 뉘어 놓은 쪽을 바라보았다.

문이 부서지는 큰 소리에 잠에서 깬 소년이 웅얼거리며 몸을 뒤척였다. 아이가 의식을 되찾는 것을 본 중년 남자가 못마땅한 듯 바닥에 침을 뱉었다. 그런 남자를 보며 시드가 인상을 찌푸렸다.

"……저건 또 뭐야."

시드의 시선을 받은 중년 남자가 움찔, 몸을 긴장시켰다. 처음 보는 얼굴이었다. 덥수룩한 머리에 남루한 옷차림, 허름해 보이지만 체격은 꽤 큰 편으로 곰 같은 인상을 주는 남자였다. 낯선 이를 탐색하는 시드의 눈빛에 남자가 한 걸음 앞으로 나섰다. 곧 자신의 소원이 이루어지려는 순간에 등장한 방해꾼이 몹시 마음에 들지 않았다. 실패는 용납하지 않을 생각이었다. 그는 간섭은 용서하지 않겠다는 듯 카이퍼를 밀치고 나가 시드와 마주했다.

"넌 꺼져!"

"누구 맘대로!"

마구간 안을 굴러다니던 각목을 휘두르며 남자가 덤벼들었다. 덩치가 큰 만큼 힘도 평균 이상인지, 휭, 휭 하며 무기를 내젓는 육중한 소리가 공기를 갈랐다. 선제공격을 피한 시드가 남자의 허리를 힘껏 걷어차자, 중심을 잃고 비틀거리던 남자가 다시 각목을 휘둘렀다. 쉽게 근접전을 할 수 없게 된 시드가 남자의 주변을 맴돌며 틈을 찾았다.

"조심해, 그는 운동신경이 좋아!"

힘만 좋지 시드보다 움직임이 둔한 남자가 영 못 미더운지 뒤에서 조언을 아끼지 않던 카이퍼가 도저히 지켜볼 수만은 없는지 팔을 걷어붙였다. 시드를 잡지 못하면 일의 진척도 없었다. 자신도 싸움에 끼어들어 빨리 그를 제압해야겠다고 생각한 카이퍼는 남자를 도와 시드에게 덤벼들었다. 각목을 휘두르는 사이로 카이퍼가 덤벼들었고 그것을 살짝 피한 시드의 주먹이 상대의 턱을 정확하게 쳤다.

카이퍼가 잠시 싸움에 집중하는 사이, 자신과 가브리엘에 대한 경계가 느슨해진 것을 확인한 아멜리아는 그 틈을 타 천천히 안장이 놓인 곳으로 몸을 움직였다.

각목을 피한 시드는 빠른 속도로 중년 남자의 복부를 가격 했으나 뒤에서 달려든 카이퍼의 공격까지는 피하지 못했다. 두 사람이 엉겨붙어 싸우는 사이 남자가 휘두른 각목은 시드의 어깨를 직격했다. 충격이 컸는지 몸을 비틀거린 시드였지만 쓰러지지 않고 그대로 카이퍼의 가슴에 주먹을 날렸다.

"커헉—!"

"……무방비 상태군."

"헉, 쿨럭, 크……. 이 개새끼가……!"

세 남자가 마구간의 한구석에 몰려 격투를 벌이는 사이, 문과 자신의 사이에 장애물이 없다는 것을 확인한 아멜리아는 번개 같은 속도로 새들을 움켜쥐고 문 쪽으로 달려갔다.

"어—?"

예상치 못했던 아멜리아의 움직임에 소스라치게 놀란 카이퍼의 외마디 소리가 등 뒤에서 들렸다. 그 소리를 듣고 시선을 옮긴 시드는 소녀가 들고 도망가는 것이 무엇인지 깨닫고 눈을 크게 떴고, 곧 큰 소리로 외쳤다.

"그걸 깨 버려, 아멜리아!"

빌어먹을 주술 도구가 깨지면 모든 문제가 해결된다는 걸 깨달은 시드는 부숴 버릴 것을 요구했다. 그의 목소리를 들은 아멜리아가 당황한 듯 힐끔 뒤를 돌아 시드의 얼굴을 바라보았다. 던져 버리면 모든 것이 끝난다는 걸 알면서도, 소녀는 차마 그걸 깰 수가 없었다. 소녀에게는 작은 망설임이 남아 있었다.

'안 돼. 아직 안 돼. 한 번만 더.'

더도 말고 딱 한 번만 더. 소녀는 그 새들에게 부탁하고 싶은 것이 있었다. 그것을 위해서는 아직 그 도자기 새들은 망가지면 안 됐다. 또한, 그걸 사용할 수 있는 자신이 잡혀서도 안 됐다. 정신없이 마구간을 뛰쳐나가는 아멜리아를 본 중년 남자가 괴물 같은 소리를 지르며 덤벼들었다.

"그건 내 거야, 이리 내!!"

"꺄아아악―!"

잠시 망설이다 머리채를 잡힐 뻔한 소녀는 이제 더는 망설이지 않고 토끼처럼 뛰어 나갔다. 긴 머리카락이 혹시라도 잡힐까 두려워 있는 힘껏 뛰었다. 평소 달리기에는 자신이 있는 소녀였다. 마을 지리도 이방인보다는 더 잘 알았고, 술래잡기라면 어느 정도 해 볼 만하다고 생각했다. 사람들이 많은 거리였다면 훨씬 좋았을 거라고 소녀는 아쉬워했다. 그러나 그들이 있는 곳은 외딴 숲길이어서 누군가의 도움을 받을 수도 없었다.

'어디로 가야 하지?'

속도는 아멜리아가 더 빠르다 해도 지구력은 어떨지 몰랐다. 정신없이 숲을 헤치며 정처 없이 달리던 소녀는 갑자기 무언가 생각난 듯, 방향을 틀어 곧바로 어디론가 달려가기 시작했다. 돌에 발이 걸려 비틀대면서도 속도를 늦추지 않았다.

"거기 서지 못해? 콩알만 한 계집이 감히 내 물건을 가지고 도망을 가! 잡히면 네년을 가만두지 않겠어!"

빠르기는 해도 스커트를 입은 소녀의 보폭과 체격이 큰 남자의 속도 차이는 그리 없었다. 꼬불대는 숲을 빠져나가며 간신히 간격을 넓힌 아멜리아는 그대로 교회의 뒤뜰을 향해 뛰었다. 회랑은 열려 있었다. 오늘따라 전시회장은 한적하니 관람객이 없어서, 거침없이 뛰어 들어간 아멜리아를 제지할 사람은 없었다. 돋보기를 쓴 중년의 여성 방문자가 한 사람, 여유롭게 그림을 돌아보며 관람하고 있다가 아멜리아가 달려오자 깜짝 놀란 표정을 지었다.

"아가씨. 이런 곳에서는 좀 천천히……."

자신을 스치고 옆 전시실로 달려간 아멜리아를 보고 여성이 혀를 찼다. 경망스러운 행동을 야단치고 예절에 대해 아무래도 한마디 해야겠다 싶어 소녀의 뒤를 따랐다. 요즘 아이들은 예절 교육을 받지 않는 것 같다며 작은 목소리로 투덜거리던 여성은 깜짝 놀라 막다른 전시실에서 소리를 질렀다.

"세상에! 대체 어디로 간 거지?"

젊은 아가씨가 달려 들어간 전시실에는 아무도 없었다.

어떻게 된 일인지 주변을 두리번거려 보았지만, 방금 소녀가 뛰어간 곳은 텅 비어 있을 뿐이었다. 영문을 알 수 없는 일이었다. 다른 출구가 없는 전시실에서 사람이 사라진 것을 믿을 수 없어 이쪽저쪽을 분주히 걸어 다니며 숨겨진 통로라도 있나 살펴보는 그녀의 앞에 다시 덩치 큰 남자가 누군가를 죽이기라도 할 듯이 흉흉한 얼굴로 뛰어들어와 여성은 놀라 비명을 질렀다.

"아이고머니나!"

비어 있는 전시실을 울리는 날카로운 비명에 사무실에 있던 직원이 자리에서 일어났다. 그의 눈에 들어온 것은 놀라 바닥에 주저앉아 있는 노부인과 씩씩거리며 숨을 몰아쉬는 지저분한 남자의 모습이었다.

"전시장에서는 조용히 해 주시기 바랍니다. 어머나, 부인? 어디 다치신 건가요?"

한걸음에 달려와 무슨 일인지를 묻는 직원의 질문에도 대꾸조차 하지 않은 채 중년의 남자는 구둣발 소리가 시끄럽게 날 만큼 이리저리 전시회장을 누비며 누군가를 찾기에 분주했다. 하지만 그가 찾는 사람은 끝내 모습을 나타내지 않았다.

"여기로 들어오는 걸 봤는데! 내가 봤다고! 대체 그 망할 년을 어디에 숨긴 거야!"

콰앙!

남자는 격양된 어조로 짐승 같은 소리를 지르고 벽을 차며 날뛰었다. 노한 남자의 힘에 걸려 있는 그림들이 진동하며 흔들렸다. 닥치는 대로 때려 부술 것 같은 남자의 기세에 놀란 노부인과 직원은 구석으로 몸을 피한 채 서로를 감싸 안고 두려움에 떨어야 했다. 소란을 듣고 교회 쪽에서 달려온 사람들에 의해 제압되기 전까지 남자는 온 힘을 다해 저항하고 욕을 하며 소녀의 모습을 찾았다.

소녀가 뛰어든 마지막 전시실에는 그 회랑에서 가장 인기 있는 전시물 번호 15번, '퍼트리샤 백작 부인의 초상'이 전시되어 있었다.

아멜리아의 실종 소식은 한 박자 늦게 멜포드가에 알려지게 되었다.

"뭐? 아멜리아가 사라졌다고?"

쨍그랑— 성급히 의자에서 일어서는 바람에 그 여파로 테이블 위에 찻잔들이 서로 부딪쳐 빙글빙글 돌며 춤을 췄다. 고가의 찻잔이 벌이는 위태로운 서커스를 잠시 걱정되는 표정으로 바라보던 멜포드가의 집사가 자신에게 다가오는 알렉스를 향해 말을 이었다.

"마을 어린아이의 유괴 사건에 휘말리신 아가씨는 범인에게 쫓기다가 행방을 알 수 없게 되셨다고 합니다."

"유괴 사건? 범인이라고? 그걸 왜 여태껏 알려 주지 않았지?"

마을에 사건이 있었다는 것은 금시초문이었다. 깜짝 놀란 알렉스가 주변의 반응을 살펴보니 그의 어머니는 가슴에 손을 올리고 "정말 무서운 일이구나!"라며 진심으로 놀라는 반면 하인들은 모두 착잡한 표정으로 서로를 바라보고 있었다.

아무래도, 그들은 이미 알고 있던 것 같았다. 사실 평민 아이의 유괴 사건 같은 건 자신들이 모시는 귀족들의 귀에까지 반드시 들어가야 할 내용이 아니다. 괜스레 마음이 무거워지는 불편한 이야기를 꺼내지 않는 것이 그들 사이의 예절일 수도 있었다. 그러나 지금은 달랐다. 실종자는 샌더즈가의 영애, 아멜리아였다.

어머니와 차를 마시던 알렉스는 급히 모자를 쓰고 나갈 준비를 했다.

"알렉스, 티타임 중에 어딜 가려는 거니?"

멜포드 부인의 질문에 청년은 자신의 어머니 볼에 키스한 뒤 "샌더즈가에 다녀오려고요. 어떻게 된 일인지 자세한 설명을 들어야겠어요. 아멜리아가 사라졌다는 말을 왜 지금에서야 해 준 건지 모르겠습니다."라는 말을 남기고는 허둥지둥 현관을 빠져나갔다.

"어머나……."

아들이 사라진 복도를 바라보던 부인은 찻잔을 손에 든 채 굳어 있다가 집사를 바라보았다. 멜포드가의 노집사 역시 뭐라 말하기 힘든 표정으로 부인을 마주 보았다.

"아멜리아가 무사히 돌아왔으면 좋겠네……."

"예, 도련님을 위해서라도 말입니다."

정신없이 샌더즈가로 달리던 알렉스는 갈림길에서 잠시 걸음을 멈췄다. 샌더즈가로 가는 길과 마을로 가는 길이 갈라지는 곳에서 망설이던 그는 마을로 발걸음을 돌렸다. 만일 아멜리아가 정말로 실종된 상태라면, 불청객인 자신이 지금 샌더즈가에 가 본다 해도 제대로 된 답변을 기대하긴 힘들 거였다. 그렇다면 차라리 시드의 가게에 가 보는 것이 나을지도 몰랐다.

딸랑딸랑.

작은 종이 울리는 경쾌한 소리와 함께 '붉은 서재'의 문이 열렸다. 입구에서 안을 들여다본 알렉스는 정신없이 어질러진 내부를 보고 기함했다.

"이게 무슨 일입니까?"

놀란 나머지 버럭 고함이 터지자, 창고에서 무언가를 뒤적이던 시드가 그 소리에 이끌리듯 밖으로 나왔다.

"……도둑이 들어서, 지금 좀 참담해."

"도둑이요? 팔은 어떻게 된 겁니까? 다치셨어요? 아멜리아가 실종되었다는 말을 듣고 왔는데 시드니는 왜 이렇게 된 겁니까?"

창고에서 나온 시드의 왼쪽 팔은 반대쪽 어깨에 묶인 붕대에 걸려 있었다. 어깨와 팔을 고정한 모습이 꽤 많이 다친 것으로 보였다.

"음, 몸싸움하다가 좀 다쳤어. 한동안 안정이 필요하대. 아―, 대체 무엇부터 설명해야 좋을지 모르겠네."

유일하게 자유로운 오른쪽 손으로 머리를 벅벅 긁은 시드는 알렉스에게 앉을 것을 권했다.

"마실 건 지금 못 내오니까, 저 앞에 카페에서 사 올까?"

"지금 느긋하게 차나 마실 상황이 아니지 않습니까. 무슨 일입니까, 시드니가 다친 것과 아멜리아가 관계있습니까?"

"이야기가 길어. 일단 거기 앉아 봐."

지친 얼굴로 의자를 가리킨 시드가 한숨을 쉬더니 자신도 맞은편에 앉았다.

"아멜리아가 사라졌는데 찾지 않아도 되는 건가요?"

"안 그래도 밤새 찾았어, 찾았는데……. 흔적도 없이 사라졌어."

"사고를 당했을 가능성은 없나요?"

"사고라…… 그 생각을 안 한 건 아닌데, 찾아볼 만한 곳은 다 찾아봤거든."

찾아볼 곳은 이미 다 수색했다는 말에 알렉스의 머리에 떠오른 건 강가의 그 아이였다. 혹시, 그 애가 소녀에게 무언가 나쁜 짓이라도 한 건 아닐까 싶어 두려웠다.

"엘포트 강은, 수색해 본 겁니까?"

"강?"

엘포트 강을 수색해 보았냐는 의외의 말에 눈을 찡그린 시드는 한참 후 "……아아, 알고 있었나?"라고 낮은 목소리로 중얼거렸다.

"알고 있다니, 그럼 설마 시드님도."

"그래. 나도 알고 있어. 뭐, 직접 본 건 아니라 뭐가 있는지 정도의 설명만 들었지. 다행히 그쪽은 아니야. 사라진 곳은 다른 방향이었어."

"아멜리아의 마지막 행방을 아시는 겁니까?"

"그래. 사라지기 직전까지 같이 있었거든."

시드와 함께 있었다는 말에 알렉스의 시선이 날카롭게 변했다. 두 사람이 같이 있었다는 말에 뱃속에 차가운 쇳덩이가 가라앉는 기분이었다. 그는 같이 있었다면서 어째서 지키지 못했느냐는 책망이 담긴 눈빛으로 상대를 노려보았다.

"말했듯이, 이야기가 좀 길어. 흥분하기 전에 먼저 들어 봐."

"……예."

시드는 이틀 전의 사건부터 설명했다. 가브리엘의 실종, '붉은 서재'에 든 침입자, 그리고 카이퍼와 중년 남자.

알렉스로서는 모두 처음 듣는 이야기였다. 연관이 없을 것 같던 작은 일들이 모여 하나씩 꼬리를 물고 커다란 파도를 만들어 몰려들었다.

"그 남자는 왜 가브리엘을 납치한 겁니까?"

"아……, 그게."

시드가 솔직히 털어놓지 못하자 알렉스가 화를 냈다.

"아직도 제게 무언가 숨겨야 하는 것이 있습니까? 전 그 셀저라는 사람의 이야기도 처음 듣습니다. 여태껏 아멜리아의 곁을 맴돌았을 그 불쾌한 사람이 존재한 사실조차도 이제야 알았고요."

"……가브리엘을 납치해서 자기 아들을 삼으려고 했다나 봐. 죽은 아들과 나이도 비슷하고 생김새도 비슷해서 데려가면 자기 자식으로 키울 수 있을 거라고 믿고 있었어."

"그게 무슨 말도 안 되는……, 정신에 문제가 있는 사람인가요?"

도저히 그 도자기 새들의 이야기까지 잘 설명할 자신이 없던 시드는 유괴 사건을 될 수 있는 대로 평범하게 보이도록 간단하게 줄였다.

"제 아들이 언젠가 되돌아올 거라고 믿고 시신을 엠바밍 처리해서 요람에 넣어 두었다더군."

"제대로 미쳤군요."

시드는 자신이 어떻게 그 유괴극을 알게 되었는지를 설명했다. 아멜리아의 뒤를 쫓다 발견한 마구간에서 그는 두 남자와 격렬한 몸싸움을 벌였다. 감시의 시선이 느슨한 틈을 타 도움을 요청하러 도망간 아멜리아는 뒤따라오던 남자를 피해 달아나다 숲에서 흔적이 끊겼다.

"범인은 잡혔습니까?"

"음, 어제저녁에 경찰에게 체포되었어."

"그 사람이 아멜리아를 마지막으로 본 목격자라면, 어디에서 놓쳤는지 말 않던가요?"

"물어봤는데 이상한 소리를 하더라고. 교회 뒤뜰에서 사라졌다는 거야."

"교회의 뒤뜰이요? 거긴 숲이랑 꽤 거리가 있는데요. 거기서 사라졌다는 건 좀 이상하지 않습니까?"

"그래서 다들 믿지 않고 있는데, 그 남자가 체포된 곳이 교회 뒤편에 있는 전시회장이었어. 관람객과 관리자에게 폭언하며 날뛰다가 현장에서 잡혔지."

"확실히 정신에 좀 문제가 있나 보군요. 그렇다면 그의 말은 그리 신뢰하기 힘들겠네요."

"……과연 그럴까. 차라리 그러면 좋겠는데."

어딘가 착잡한 표정으로 시드는 창고 쪽을 바라보았다.

알렉스는 시드의 설명을 듣는 내내 심장이 조여드는 것 같은 기분을 느끼고 있었다. 아멜리아가 평생을 살아온 마을의 숲에서 길을 잃을 확률이 대체 얼마나 될까? 범인의 말처럼 숲에서 길을 잃은 것이 아니라면, 대체 어디로 사라졌다는 말인가. 그는 교회의 뒤뜰이 어떻게 생겼는지 알았다. 위험한 물건도, 사람이 사라질 만한 샛길도 없는 꽉 막힌 곳이었다.

범인이 광인이라면, 그의 증언은 신빙성이 없을 가능성이 컸다.

"혹시, 숲에서 아멜리아를 어떻게 한 건……."

해서는 안 될 생각이 바짝 마른 목을 타고 새어 나왔다. 지금이라도 숲으로 가 샅샅이 뒤져야만 할 것 같았다. 당장 가서, 제 눈으로 확인을 해 봐야 했다. 성급하게 일어나려는 알렉스를 제지한 건 시드였다. 그는 고개를 흔들고 "그건 아니야."라고 단호하게 말했다.

"어떻게 확신하시는 겁니까?"

"날 믿어. 그 남자는 절대로 아멜리아를 해치지 못해."

시드의 근거 없는 억지에 알렉스가 불쾌한 표정을 지었다. 명확한 증거나 대책도 없이 이렇게 감에 의존하는 사람이었나 싶어 실망스럽기까지 했다.

"그 말은 믿을 수 없군요. 시드니가 가지 않겠다면 저라도 가 봐야 겠습니다."

"숲은 이미 사람들이 한바탕 다 뒤졌어. 아무런 흔적도 나오지 않았고."

그 말에 자리에서 일어났던 알렉스가 털썩 다시 주저앉았다.

"그렇다고 그저 가만히 앉아 있을 수만은 없지 않습니까……."

칼칼한 목구멍에서 간신히 소리가 새어 나왔다. 마른 모래가 자글 거리며 입가를 휘젓고 그대로 심장으로 내려가 무겁게 쌓여 있는 기 분이 들어 곧 숨이 멎을 것 같았다. 현기증이 났다.

"나는 가게가 이런 상태인 데다가 상처까지 입었다고 수색대에서 쫓겨났어. 아마 자네가 가도 비슷한 취급을 받을 거야. 다들 강에서 일어난 사건을 알고 있거든."

"……저는 정말 어디에도 쓸모가 없군요."

"그런 소리 말아. 그리고 아직 카이퍼가 잡히지 않은 상태라서, 우리도 위험해."

"범인은 잡혔다고 하지 않으셨습니까?"

의외의 말에 흠칫 놀라며 알렉스가 숙이고 있던 고개를 들었다.

"납치범은 잡혔지. 하지만 카이퍼는 아직 잡히지 않았어."

시드는 아멜리아가 뛰어나간 후의 이야기를 설명했다.

세 남자가 한데 엉켜 격투를 벌이느라 소녀는 쉽게 도망칠 수 있었다. 시드가 문을 부수고 들어온 덕에 밖으로 빠져나가기가 한결 수월한 상태였다.

"망할 년이! 내 보물을 들고 도망을 가?"

각목을 집어 던진 남자가 격노하며 뒤를 쫓았고, 마구간에는 시드와 카이퍼 둘만이 대치 상태로 남아 있었다. 덩치가 큰 남자가 함께 있으면 모를까, 카이퍼 혼자로서는 시드를 상대하기 역부족이었다. 그것을 누구보다도 잘 알고 있던 카이퍼는 남자가 사라진 방향을 힐 긋 노려보고는 이마의 땀을 닦았다.

"예상외의 전개를 좋아하는 편이 아니라서, 난감하네요. 저는 반전 있는 소설도 안 읽거든요."

"……그건, 의외군. 너라면 좋아할 줄 알았는데."

"천만에요. 누구보다도 안정성을 우선으로 생각하고 있다고요."

"그런 사람이 이런 말도 안 되는 일을 저질러?"

어이가 없어 인상을 쓰며 시드니가 으르렁대자 그 모습을 본 카이 퍼가 일그러진 미소를 지었다. 카이퍼는 시드니가 왜 화를 내는지 이 해할 수 없었다. 그라면, 아니 그만큼은 자신을 이해할 거라 생각했었 다. 배신감이 치밀어 오른 카이퍼가 목에 핏대를 올리며 소리쳤다.

"저 말도 안 되는 작은 도자기 쪼가리로 뭘 할 수 있는지 알아? 아 니, 당신은 이미 알고 있잖아!"

마구간을 뒤흔드는 카이퍼의 외침에 멱살을 잡으려던 시드가 멈칫 했다.

"너, 설마……."

"그래, 누나를 되살릴 거야! 그게 가능하다면 나는 지푸라기라도 잡 을 거라고! 저 염병할 알코올 중독자가 제 아들을 불러내는 건 예행연 습에 불과해! 라일라가 돌아올 수 있게 된다고!"

내게, 그리고 너에게도 나쁜 일은 아니잖아?

감미롭기까지 한 한마디에 시드의 눈동자가 흔들렸다. 허억, 그의 목에서 숨을 삼키는 소리가 들렸다.

그랬다. 시드도 어렴풋하게 눈치는 채고 있었다. 저 도자기 새들에 게 부탁한다면 라일라가 돌아오는 건 문제도 아닐 거라는 걸 그는 알 고 있었고, 생각도 해 보았다. 하지만 그렇게 된다면 얼마나 좋을까 하고 잠시 꿈을 꾸어 보았을 뿐이다. 카이퍼처럼 정말로 그 일을 실현

해야겠다는 생각은 한 적이 없었다.

"섭리를 거스르는 짓을 하겠다고?"

"그러려고 만든 물건 아니었어? 대체 망설일 것이 뭐가 있지? 섭리? 대체 누구를 위해 지키는 건데? 난 그런 거 상관없어. 라일라가 돌아오는 것에 내 모든 걸 걸 거야. 고생만 하던 불쌍한 내 누나를 되살릴 수만 있다면, 난 지옥 불로도 뛰어들어 갈 수 있어."

"……카이퍼."

"누나를 되살리는 데 네가 반대할 리는 없겠지만, 만일 방해한다면 너라 해도 가만두지 않을 거야."

"미친 소리 하지 마. 그걸 라일라가 원할 것 같아?"

"해 보지 않으면 모르는 거잖아! 일단 되살려 놓을 테니 싫으면 내 앞에서! 내 눈을 보고 말하라고 해!"

"이 멍청한 자식이!"

날아오는 시드의 주먹을 간신히 피한 카이퍼는 중심을 잃고 비틀거렸다. 시드와 거리를 벌린 그는 주머니에서 작은 성냥을 꺼냈다.

"무슨 짓을 하려는 거야!"

성냥을 빼앗기 위해 덤비는 시드를 피해 재빨리 불을 붙인 카이퍼가 주변을 둘러보며 말했다.

"더 이상의 대화는 불필요할 것 같으니, 나머지는 시드니의 선택에 맡기려고요."

그는 성냥을 마구간 구석에 쌓인 짚 더미 쪽으로 던졌다. 시드가 재빨리 뛰어가 짚에 불이 붙는 것을 막아 내는 동안, 카이퍼가 다시 성냥을 그었다.

"그럼 안녕, 시드니."

아차 싶어 뒤를 돌아본 시드의 반대편 짚 더미에서 올라오는 연기가 보였다. 불이 붙어 서서히 부피를 늘리기 시작한 하얀 연기가 마구간을 채우기 시작했다. 불을 지르고 도망가는 카이퍼를 잡으려던 시드는 이를 갈면서 묶인 채 바닥에 웅크리고 있는 가브리엘에게 달려갔다. 이미 잠에서 깬 가브리엘은 구석에서 상황을 지켜보고 있었다.

"가브리엘, 어디 다친 곳은 없어?"

"……없어. 놈이 도망갔잖아. 얼른 쫓아가지 않고 뭐해!"

"그 자식보다 네가 우선이야."

시드는 가브리엘을 안아 들고 마구간을 빠져나왔다. 마른 짚과 나무로 만들어진 건물은 빠른 속도로 불이 붙었고, 시드가 마을에 가서 사람들을 데리고 돌아왔을 즈음에는 이미 전소되어 있었다.

"주변에 더 탈 것이 없어서 마구간 한 채로 피해가 최소화되긴 했지만, 카이퍼는 내가 아이를 돌보는 틈을 타서 도망쳤어. 아무래도 그걸 노렸겠지. 가브리엘을 그냥 버려둔 채로 자신을 쫓지는 않을 거라는 걸 알고."

"……정말 잔인한 사람이군요. 아이는, 가브리엘은 지금 어떻습니까?"

"다행히 다친 곳은 없어. 연기를 조금 마신 게 전부여서 집에서 쉬는 중이야."

시드는 알렉스에게 도자기 새에 대해선 말하지 않았다. 그 새들의 능력에 관해서 설명을 잘할 자신이 없기도 했지만 그러기 위해서는 무엇보다도 자신의 과거, 즉 라일라와의 일도 어느 정도 이야기하지 않으면 안 되는 상황이어서 더 꺼려졌다.

카이퍼가 자신을 증오하고 있다는 건 알고 있었다. 아무리 시간이 걸리더라도 그에게는 계속 용서를 구할 생각이었다. 혹시라도 사죄가 받아들여진다면 좋은 것이고 만일 그렇지 않다 해도 평생을 바쳐서라도 속죄할 마음이었다.

자신이 아닌 제 주변인을 납치한 이유를 알지 못하던 그는, 이제야 카이퍼가 구상하던 그림을 제대로 볼 수가 있었다. 그는 누나를 되살릴 수 있다고 믿고 있던 거였다. 그래서 남자가 가브리엘의 몸에 아들의 영혼을 넣는 걸 도왔다. 눈으로 직접 확인하기 위해서.

아이를 데려오고, 아멜리아를 유인했다. 라일라의 부활을 꿈꾸며.

'……그 남자는 제 아들을 위해 가브리엘을 바칠 준비를 했지. 그럼 카이퍼는? 그는 누나를 위해 누구를 희생시킬 생각이었던 거지?'

문득 든 생각에 시드는 설마, 라고 중얼거렸다. 아니겠지. 남자가 성공하는 걸 보고 난 뒤에 어디선가 무고한 사람을 납치해 올 생각이었겠지 싶으면서도 '그럴 시간이 있었을까?' 라는 생각이 드는 것을 떨치기 어려웠다.

가브리엘의 몸에 남자아이의 영혼이 들어가게 준비한 걸 보면 어쩌면 그는 술사로 납치했던 아멜리아의 몸에 라일라를 부활시킬 생각은 아니었을까 싶었다. 주술이 성공한 후에는 아멜리아가 없어도 된다. 정말 그게 사실이라면……. 붕대에 고정하지 않은 쪽 손에 꾸욱, 힘을 주어 주먹을 쥐었다. 무서운 상상을 한 탓인지 순식간에 어두워진 시드의 분위기에 기묘함을 느낀 알렉스가 그를 불렀다.

"시드니? 어깨가 아픈 겁니까?"

"아냐. 미안, 그때 놓쳐서는 안 되는 거였는데."

"가설이긴 하지만 혹시 말이죠. 그 셀저라는 사람이 도망치다가 아멜리아를 발견하고 납치했을 가능성은 없을까요?"

"……아, 그거 정말 끔찍한 가설이네……."

창백해진 시드가 의자의 등받이에 몸을 기댔다.

"도망치느라 바빠서 그럴 틈은 없었을 것 같긴 하지만……, 레이븐을 빠져나간 젊은 남자를 찾는 게 아니라 젊은 커플을 찾았어야 했나……?"

레이븐을 빠져나가지 못하게 큰 도로를 막고 통행인을 일일이 확인하며 범인을 찾고 있다고는 하지만 경찰은 '도피 중인 젊은 남자'를 우선으로 찾고 있었다. 아멜리아를 위협해서 같이 움직이고 있다면 뜻밖에 조사망에서 꽤 수월하게 빠져나갈 수 있을지도 몰랐다.

"이걸, 경찰에 얼른 알려야겠네. 잠시만 여기 있어, 금방 다녀올게."

"아닙니다. 저도 이만 가 보겠습니다. 돌아가 사람을 동원해서 숲을 한 번 더 찾아보게 하든가 해야겠습니다."

"그래, 그것도 좋겠지. 무언가 정보가 생기면 연락 줘."

자리에서 일어난 알렉스가 테이블 앞을 지나가던 발걸음을 멈췄다.

"이건……."

그는 아멜리아가 두고 간 화첩을 바라보고 있었다. 뒤를 돌아 그가 만지작거리는 것이 무엇인지를 확인한 시드가 "아멜리아 거야. 가지고 왔었어."라고 말했다. 알렉스는 고개를 끄덕였다. 그도 알고 있었다. 본 기억이 있는 표지였다. 스케치북을 꼭 쥐고 놓지 않는 알렉스의 괴로운 얼굴을 본 시드가 어쩔 수 없다는 듯 그에게 제안했다.

"그거, 혹시 샌더즈가에 갈 일이 있으면 가져다주겠어?"

시드의 말에 번쩍 고개를 든 알렉스가 재빨리 그것을 품에 안았다.

"아, 네. 그렇게 하겠습니다."

스케치북을 집어 든 그는 손가락으로 표지를 잠시 쓸었다. 얼마 전 숲에서 소녀가 보여 주었던 그 화첩이었다. 그가 펼쳐 보았을 당시에는 텅 비어 새하얀 도화지들만 가득 차 있었던.

경찰서로 가겠다는 시드의 말에 알렉스는 자신도 따라나서기로 했다. 그와 동행해서 무언가 새로운 정보가 없는지 직접 찾아가 확인하든가, 뭐라도 해야 답답한 속이 풀릴 것만 같았다.

"하아, 하아……."

당장에라도 남자의 무지막지한 손이 자신의 머리채를 잡아챌까 두려워 뒤도 돌아보지 못하고 달리던 아멜리아는 문득, 자신이 숲 속을 달리고 있다는 사실을 깨달았다.

'어?'

기분이 이상했다. 자신은 분명 교회를 향해 달려가고 있었는데. 아니, 그러려고 했던 것 같은데 어느 틈에 다시 숲으로 돌아와 있었다.

'그게 아니잖아. 분명 교회에 갔어. 가서 전시회장까지 들어가지 않았나?'

자신을 보고 놀란 부인에게 미안하다는 말도 미처 하지 못하고, 그녀는 분명 전시회장의 마지막 방까지 들어갔다. 달려가서 그곳, 퍼트리샤 백작 부인의 그림 앞으로 가서…….

"언제든 받아 주신다고 하셨지요? 저를 데려가 주세요, 지금 당장!"

그녀에게 요청했었다. 불한당이 쫓아오니 숨겨 달라고. 갑작스러운 요청에도 백작 부인은 웃으며 소녀를 맞아 주었다.

'그래, 잘 생각했다. 이곳에서는 너를 위협할 자가 아무도 없단다. 위험한 일은 존재하지 않지. 아가, 어서 오렴.'

가늘고 긴, 회색빛이 도는 하얀 팔이 그림에서 뻗어 나와 소녀를 감싸 안았다. 빙글빙글 돌며 머리끝부터 발끝까지, 아멜리아의 전신을 감은 팔은 천천히 다시 안으로 사라졌고 소녀 역시 그녀의 품에 안겨 그림 속으로 빨려 들어갔다. 아멜리아가 사라지던 순간 그림에서 하얀빛이 분수처럼 뿜어져 나왔으나 텅 빈 전시실에서 그 빛을 본 사람은 아무도 없었다.

'그래, 난 지금 그림 속에 있는 거구나.'

이제는 남자를 피해 달릴 필요가 없었다. 그는 이곳에 들어올 수 없었다. 그 누구도, 백작 부인의 초대를 받기 전까지는 접근할 수 없는 곳이었다. 그제야 천천히 속도를 늦춘 소녀는 숨을 고르며 주변을 돌아보았다.

"아름다워……."

푸른 하늘, 싱그러운 나뭇잎들이 바람에 흔들리는 숲 속은 바깥세상의 여름과도 비슷했지만 따가운 햇볕이나 더운 공기가 느껴지지 않았다. 덥지도 춥지도 않은 딱 좋은 기온이 계절을 가늠하기 어려울 정도였다.

"마음에 든다니 다행이구나."

부드러운 목소리가 들리는 쪽으로 고개를 돌려 보니, 깃털이 달린 화려한 모자를 쓴 귀부인이 소녀를 향해 다가오고 있었다.

"퍼트리샤 부인……."

"그래. 이렇게 직접 만날 수 있게 되어 기쁘단다, 아멜리아."

"제 이름을 알고 계셨어요?"

"그럼, 알다마다. 그림 속에 있어도 생각보다 많은 걸 알 수 있게 된단다."

귀부인은 부드럽게 소녀를 안아 주었다.

"가엾게도. 무서운 일을 당했어……."

카이퍼에게 맞아 새빨개진 뺨을 그녀의 하얀 손가락이 쓰다듬었다. 그녀가 토닥인 상처의 붉은 기운이 거짓말처럼 사라지는 걸 아멜리아는 눈치채지 못했다. 소녀는 부인을 바라보고 있었다.

초상화가 미화해서 그린 것이 아니었다. 백작 부인은 정말로 흰 피부의 아름다운 여성이었다. 그녀의 미모에 놀라 넋을 잃고 바라보고 있으려니 작은 소리로 웃은 부인이 아멜리아의 손에 들린 것을 바라보았다.

"작은 친구들과 함께 왔구나."

"네?"

무슨 뜻인지 몰라 자신의 손을 내려다본 아멜리아는 깜짝 놀랐다. 파란색 새들이 두 마리, 얌전하게 그녀의 손에 앉아 있었다. 소녀의 시선이 닿자 포르르, 하늘로 날아올랐다. 새들은 가장 가까운 나뭇가지 위에 앉아 두 사람을 바라보고 있었다. 아멜리아를 마주 보며 작은 날개를 파닥이는 새들은 두 마리가 마치 쌍둥이처럼 닮아 있었다.

"신기하네. 울지 않는 새들은 나도 처음 본단다."

퍼트리샤 부인이 나무를 올려다보며 마치 향기 없는 꽃을 보는 것 같다고 웃었다.

"살아 있는 건가요……?"

"이곳에서는 가능한 일이란다. 이런, 가엾게도. 괴물에게 쫓기느라 많이 지쳐 보이는구나. 이리 오렴. 정원에서 함께 차를 마시면 긴장이 좀 풀어질 거야."

흉포한 인간이야말로 진정한 괴물이라고 평한 백작 부인의 우아한 손짓에 소녀가 홀린 듯 그녀의 뒤를 따랐다. 푸른 잔디 정원에 놓인 테이블에 찻잔과 정갈한 티푸드용 과자들이 2인분, 이미 완벽하게 준비를 마치고 그들을 기다리고 있었다. 끝이 보이지 않는 푸른 하늘과 아름다운 정원의 자태에 소녀는 다시금 넋을 잃었다. 그녀가 이동하는 것을 본 파랑새 두 마리도 하늘을 날아 다시 아멜리아의 근처로 자리를 옮겨 왔다.

그림에서 보던 사냥개가 새로 온 손님을 반기는 듯 꼬리를 흔들며 아멜리아의 손등을 핥았다. 까르르, 간지럽다며 소녀가 웃자 개도 신이 났는지 이리저리 소녀의 주변을 맴돌며 경중경중 뛰었다.

"편한 곳에 앉으려무나."

"초대 감사합니다."

백작 부인과 아멜리아는 눈을 마주치며 웃었다. 한없이 평온하고 포근한 공간이었다. 지쳐 있던 소녀는 그제야 한숨을 돌린 듯 여유로운 얼굴로 찻잔을 손에 쥐었다.

경찰서에서 추가로 발견한 사실이 없다는 보고를 듣고 돌아온 알렉스는 낙담했다. 아멜리아가 사라진 지 만 하루가 지났는데도 조사에 진척이 없다는 말만 들으니 속이 타들어 갔다.

경찰서를 나온 그는 불에 탄 마구간으로 가서 소녀의 행적을 쫓아 보았다. 체포된 남자의 증언을 토대로 숲으로 들어간 그는 천천히, 무엇 하나 놓치지 않겠다는 듯 주변을 둘러보며 사방을 훑었다. 겁에 질려 도망친 아멜리아가 몸을 숨겼을지도 모르는 공간과 작은 오솔길까지 샅샅이 뒤져 보았지만 그녀의 흔적은 찾을 수 없었다.

시드가 예견한 대로, 남자는 자신이 소녀를 해치지 않았다고 주장했다. 오히려 그는 소녀의 행방을 물으며 구치소 안에서 난동을 피웠다.

"숨겨 두고 있는 거 다 알고 있어, 데리고 와! 내 물건을 가지고 도망갔단 말이오! 체포해야 할 사람은 내가 아니고 그 꼬마 도둑년이야!"

펄펄 뛰며 아멜리아에게 물건을 도둑맞았다고 주장하는 남자의 행동은 미심쩍었지만 거짓말을 하는 것으로 보이지는 않았다. 그의 진술은 한결같았다. 소녀가 전시회장으로 들어갔으나 나오는 것은 보지 못했다는 말만 반복했다.

"출구라고는 한 군데밖에 없는 사방이 막힌 전시실인 걸 뻔히 아는데 대체 무슨 소리를 하는지 모르겠더군요."

그의 진술을 기록한 경관은 고개를 저으며 남자의 말을 신용할 수 없다고 설명하면서도, 기묘한 말을 덧붙였다.

"전시실에 있던 유일한 관람객의 말에 의하면 젊은 아가씨가 뛰어 들어오는 걸 목격한 것 같다고 했답니다. 회랑에서 달리는 걸 보고 주의를 주기 위해 따라갔는데 없어졌다나요. 문제는 이 부인이 남자 때문에 너무 놀라 자신이 본 것이 사실인지 이제 확실치 않다고 말하고 있다는 겁니다. 아무래도 잘못 본 것 같다고 증언을 계속 번복하더라고요."

기묘한 말이었다. 두 사람의 진술이 사실이라면 아멜리아는 막다른 전시실로 들어가 연기처럼 사라진 것이 되었다. 경찰의 추측은 숲에서 사라진 것이지만, 전시실로 들어가는 모습을 목격한 사람은 둘이나 되었다. 그렇다고는 해도 신뢰도가 떨어지는 그들의 말에 어디까지 귀를 기울여야 할지 확신이 서지 않았다.

엇갈리는 진실에 낙담한 알렉스는 집으로 돌아와 집사를 시켜 샌더즈가에 사람을 보냈다. 이전, 알렉스가 실종되었을 때 아멜리아의 도움을 받았던 것을 상기시키며 소녀를 찾는 일에 전폭적인 협조를 하겠다는 내용으로, 샌더즈가에서 준비하는 수색대에 멜포드가의 사람들도 보내 함께 찾도록 했다.

그렇게 다시 하루가 지났지만 거듭된 수색에도 소득은 없었다. 온종일 돌아다니다 지친 알렉스는 자신의 집으로 돌아가 집사를 찾았다.

"샌더즈가에서 온 연락은 없어?"

"오전에 재수색을 한다는 말 외에 다른 것은 없었습니다. 마님께서 안정에 좋은 허브차와 포도주를 샌더즈가로 보내셨고 잘 받았다는 감사 연락이 들어온 것이 전부입니다."

"사람을 그렇게 풀었는데 알아낸 것이 하나도 없다는 게 말이 돼? 제대로 찾고는 있는 거야?"

"모두 아가씨를 찾기 위해 최선을 다하고 있습니다. 수색 범위를 이제 다른 마을까지 넓혔다고 하니 곧 좋은 소식이 있을지도 모릅니다. 지금은 참을성 있게 기다려야 할 것 같습니다."

피곤한 얼굴로 한숨을 쉰 알렉스가 비틀거리며 자신의 방으로 향하자, 등 뒤에서 집사의 차분한 목소리가 들렸다.

"도련님, 식사 준비가 되었습니다."

"아니, 괜찮아. 별로 입맛이 없어."

"걱정되는 마음은 잘 알지만 이럴 때일수록 식사를 소홀히 하면 안 됩니다. 내키지 않겠지만 꼭 드셔야 합니다."

"……알았어. 방에서 먹을 테니 간단하게 챙겨서 가져다줘."

"네."

신경이 예민해질 때는 무언가를 먹을 생각을 하지 않는 그였다. 그냥 두면 먹지는 않고 계속해서 깨작댈 것이 틀림없다는 것을 잘 아는 집사는 두 종류의 수프와 빵, 그리고 간단한 고기 요리를 가지고 와서 알렉스가 다 먹을 때까지 곁을 지키고 있었다. 노골적인 그의 압박에 쓰게 웃은 알렉스는 결국 스푼을 쥐고 억지로 내키지 않는 식사를 이어 나갔다. 그가 그릇을 비우는 것을 보고 나서야 식기를 물리는 것을 허락한 집사는 식후용 차를 준비해 주고 알렉스의 방을 떠났다.

"이거야 원. 어린 시절로 돌아간 것 같네."

이전부터 입이 짧은 알렉스 때문에 소년의 식사를 지켜보던 집사였다. 이 나이가 돼서 이걸 다시 하게 될 줄은 몰랐다며 투덜거리는 그에게 마땅히 할 말이 없어 애꿏은 신문만 뒤적였다.

실버 트레이를 들고 사라지는 집사를 물끄러미 보며 알렉스는 찻잔을 들어 올렸다. 신문을 넘기며 자신이 놓친 것은 없는지, 눈을 끄는 기사는 없는지를 살펴보지만 그가 찾는 내용은 발견되지 않았다.

답답한 마음에 자리에서 일어난 그는 한참 방 안을 빙빙 돌다가 침대 끝에 걸터앉았다. 손에 무언가가 닿는 걸 느끼고 바라보니 그곳에는 그가 들어오면서 던져두었던 아멜리아의 화첩이 놓여 있었다.

'이전에 숲에서 보여 주었을 땐, 텅 비어 있었지.'

얼핏 봐도 이제는 그림들이 빼곡히 들어차 있었다. 굳이 펼쳐 보지 않아도 검은 목탄의 얼룩이 종이를 물들인 양으로 보아, 그 후에도 소녀는 계속 그림을 그린 듯싶었다.

샌더즈가에 들러 가져다주라는 시드의 부탁에도 그는 망설였다. 선물을 건넨 적은 있어도, 그녀에게서 무언가를 받은 적은 없었다. 상응하는 대가를 원한다는 뜻이 아니다. 그저, 그녀를 추억할 수 있는 물건이 수중에 아무것도 없다는 것에 뒤늦은 후회가 일었다.

스케치북은 소녀가 돌아오면 돌려줘도 되지 않을까 하는 생각을 하며 집으로 가져왔다. 이 불안한 마음을 잠재울 수 있도록 짧은 시간 동안만이라도 빌리고 싶었다.

'어디에 있는 거야, 아멜리아. 너를 쫓던 무서운 사람도 잡혔고 이렇게 온 마을이 나서서 찾고 있는데. 다들 너의 안전을 기원하고 있어. 대체 어디에 있어……'

가브리엘은 무사히 가족의 품에 안겼다. 불이 난 마구간 역시 화재가 진압되어 더는 위험하지 않았고 레이븐은 이전의 평온한 시골 마을의 모습으로 돌아왔다. 다만, 알렉스가 기다리던 오직 한 사람만이 그 자리에 없었다. 그는 숲의 공터에서 자신을 맞아 주던 소녀의 밝은 미소가 그리웠다.

무거운 마음으로 표지를 만지작거리던 알렉스는 천천히 스케치북의 첫 장을 넘겼다. 그림을 본 순간 헉, 하고 숨을 들이켰다.

기이하게 뒤틀린 다리로 바닥을 기어가는 사람이 눈에 들어왔다. 다리가 부러진 거미처럼 정면을 향해 다가오는 모습에 그는 떨리는 손으로 그림을 만져 보았다. 검은 목탄의 고운 가루가 손에 묻어나 그린 지 얼마 되지 않았다는 걸 확인할 수 있었다. 무엇을 주로 그리느냐는 그의 질문에 부끄러운 듯 풍경화라고 대답하던 소녀의 얼굴이 떠올랐다. 그렇게밖에 설명할 수 없었을 것이다.

빼곡하게 차 있는 기이한 그림들. 전부 소녀가 본 것을 직접 그림으로 옮겨 놓은 기록이었다.

이렇게 다양한 것들을 보았다는 사실을 그녀는 비밀로 하고 있었다. 입을 다문 채 자신의 눈에만 보이는 슬프고 무거운 회색빛의 세상들을 그저 그림으로 옮겨 둘 뿐이었다. 누군가에게 꺼내면 행여 경멸의 눈으로 바라볼까 싶어 숨겨 둔 그림들. 종이 위에는 그동안 아멜리아가 혼자서 외롭게 마주해 온 시간의 흔적들이 고스란히 담겨 있었다.

비명을 지르는 오르골도 심장과 배에 구멍이 난 채 반지를 삼키는 젊은 처녀도 있었다. 어차피 삼켜도 몸에 난 구멍 밖으로 금방 빠져나올 반지에 끝까지 집착하는 모습이 섬뜩했다.

성스러워 보이는 장면도 있지만 무섭거나 슬픈 그림도 있었다. 일반인인 알렉스의 눈에는 그저 독특하고 신비한 매력이 넘치는 흡인력 있는 그림이지만 소녀에게는 이것이 일상이었을 터였다.

한 장, 또 한 장. 무거울 정도로 느리게 넘어가는 종이 소리만이 방을 울릴 동안 알렉스는 침묵했다. 페이지를 넘기던 손은 미처 끝까지 넘기지 못하고 기어이 도중에 정지했다.

그를 멈춘 것은 동그랗게 몸을 만 여자아이가 숲에 앉아 있는 그림이었다. 다른 것들과 달리 무섭지도, 기괴하지도 않은 그림이었다. 머리에 꽃 화관을 쓰고 하염없이 앞을 내다보는 조그만 곱슬머리의 소녀. 알렉스는 그것이 자신의 소꿉친구가 돌아오기를 기다리던, 어린 아멜리아의 자화상이라는 걸 깨달았다. 언덕 아래로 펼쳐진 평원을 내려다보며 그를 기다리던 그녀의 모습이었다.

툭, 투둑.

천천히 그림에 얼룩이 번졌다. 물방울이 한 방울 두 방울, 짙은 목탄 가루 위로 떨어졌다. 그림이 점점 망가지고 있는 것도 의식하지 못한 채 그는 한참 동안 눈물을 흘렸다. 아멜리아의 기다림에 답해 주지 못했다는 사실에 먹먹함을 감출 수 없었다. 그가 자신이 울고 있다는 걸 깨달은 건 그로부터 한참 후였다.

"……이래서 보여 주지 않은 거였어?"

어느 날부턴가 아멜리아는 공터로 나올 때 스케치북을 들고 나오지 않았다. 그에게 보여서는 안 된다고 생각했을 거다. 더워서 그리고 싶지 않다는 핑계를 대고는 그가 보지 않는 곳에서 계속 그림을 그렸을 터였다.

그건 그에게 미움을 받고 싶지 않아서였을 수도 있고, 어쩌면 그의 정신세계를 보호하기 위해서였을 수도 있었다. 이유가 어떻든 그녀가 있는 그대로의 모습을 제게 보여 줄 수 없다고 판단했다는 사실에 가슴 아팠다.

수도원의 정원에서 울음을 참던 아멜리아가 떠올랐다. 기묘한 세상을 보는 탓에 지나치게 쉽게 사람들의 경멸을 받아 온 소녀는 그녀 말대로 많이 지쳐 보였었다. 그리고 이번의 납치 사건까지. 도망간 카이퍼라는 남자가 이전에도 아멜리아 주위를 맴돈 적이 있는 사람이라는 것도 그는 처음 알았다. 쌓이고 쌓인 문제들로 지금까지 꽤 힘들었을 거라는 건 쉽게 짐작할 수 있었다.

"그렇게 힘들면 누군가에게 좀 기댈 생각을 할 수도 있었잖아, 이 바보야……."

깊은 한숨을 쉰 알렉스는 자신의 눈물로 번진 그림을 잠시 내려 보더니 혀를 찼다. 그림의 상태가 영 말이 아니었다. 이건 대체 어떻게 돌려줘야 하는 거냐고 착잡해하던 그는 곧 고개를 젓고 '아무 말 못 해도 좋으니 무사히 돌아와 주기만 하면 좋겠다.'고 중얼거렸다.

조금 마음이 진정된 뒤 그는 끝까지 페이지를 넘기며 소녀의 기록들을 살펴보았다. 이전이라면 도저히 보지 못했을, 그러나 이제는 볼 수 있게 된 아멜리아의 이야기들이었다.

그의 시선은 맨 마지막에 있는 굽이치는 하얀 팔이 숲을 가로지르는 그림에서 멈췄다. 기괴할 정도로 늘어난 긴 팔이 여행자들에게 길을 안내하는 그림이었다. 누군가가 이 그림처럼, 그녀에게 제게 돌아올 길을 안내해 주면 좋겠다고 기도하며 마지막 장을 닫았다.

"돌아와. 네 이야기는 이제 내가 다 들어 줄 테니까. 그저 무사히 돌아만 와 줘. 위험한 일은 내가 다 막아 줄게."

스케치북의 모서리에 턱을 대고, 그는 기도하는 사람처럼 중얼거렸다. 구겨진 미간을 그의 앞머리가 간지럽혔다. 어디선가 바람이 불고 있었다. 열어 둔 창문을 통해 늦여름 밤을 흔드는 산들바람이 스며들고 있었다. 덥지도 차갑지도 않은 부드러운 감촉이 마치 누군가가 다정하게 머리를 쓸어 주는 것 같은 기분이 들게 했다.

알렉스는 창밖으로 시선을 던졌다. 넓은 정원 너머 저 평지 뒤에 펼쳐진 숲 속에서, 아직도 제 소꿉친구가 괴한으로부터 몸을 피하고자 초조하게 숲을 헤매고 있을 것 같은 기분이 들었다.

아멜리아를 찾는 일은 성과를 거두지 못했다. 일주일에 걸친 대대적인 수색에도 소녀에 관한 단서는 작은 것 하나 발견해 내지 못했다. 아무런 흔적도 남기지 않고 연기처럼 사라졌다고 사람들은 신기해했다.

평소에도 신비한 일들과 관련이 많았던 소녀이다 보니, 요정이 데려갔다고 주장하는 사람도 있었다. 그러나 그것보다는 아직 잡히지 않은 또 다른 납치범에게 붙잡혀 추적이 닿지 않는 먼 곳으로 끌려갔을 거라 생각하는 사람들이 압도적으로 많았다.

새로운 정보를 얻기 위해 매일같이 직접 움직이던 알렉스는 이제는 거의 일과처럼 '붉은 서재'에 들렀다. 며칠 만에 깨끗하게 정리된 실내는 언제 도둑이 들었나 싶을 정도로 이전의 정돈된 모습을 유지하고 있었다.

"카이퍼에 대한 전국 수배령이 내려졌다고?"

"네, 아무래도 귀족가의 영애 납치 사건이니까 생각보다 빨리 수배령이 떨어진 모양입니다."

"……그렇단 말이지. 그렇지만 난 아무래도 카이퍼는 아닌 것 같아."

"시드니는 반대하는 건가요?"

찻잔을 건네는 시드의 얼굴이 영 신통치 않은 것을 보고 아직도 지인의 편을 드는 거냐며 알렉스가 날카로운 시선을 던졌다.

"아냐. 반대한다기보다는 시간적으로 카이퍼가 밀리를 납치했을 가능성이 상당히 낮다고 생각하거든. 어쩐지 납치설이 기정사실처럼 퍼져 있는 지금에 와서 꺼내기 힘든 이야기지만 말이야."

"그 남자가 데려간 것이 아니라면, 이렇게 종적도 없이 사라질 수가 없지 않습니까? 돌아오지 않는다는 것도 이상하고요."

"그렇지. 그래서 나도 뭐라 말하기가 어려워. 그렇지만 그때 가장 마지막으로 카이퍼를 본 것은 나였거든. 한참 뒤쳐져서 출발한 카이퍼가 그 남자를 제치고 밀리를 데려갈 수 있는 동선이 아니야."

그는 빈 종이에 숲과 마구간, 그리고 교회의 지도를 그리며 알렉스에게 설명했다. 시드의 말대로 그들의 방향은 각각 달라 겹치는 부분이 없어 보였다.

"그건 저도 압니다. 이대로라면 아멜리아와 셀저라는 남자가 만날 수 있는 접점은 없었다는 건 이미 실험을 해 보았지만……."

그렇게라도 하지 않고서는 소녀의 실종을 설명할 방도가 달리 없었다. 두 남자가 아니라면, 아멜리아는 대체 어디로 사라졌다는 말인가?

"그 남자는 대체 왜, 아멜리아를 노린 겁니까?"

"이유?"

지도를 그린 종이를 들여다보던 시드가 톡톡, 펜을 종이 위에 두드리며 무언가를 생각하더니 꽤 망설이는 어투로 입을 열었다.

"이건 짐작이긴 한데, 아마도 자신의 죽은 누나를 닮아서가 아닐까 싶어."

"그 사람 누나랑 아멜리아가 닮았습니까?"

"외모가 닮았다는 게 아니야. 라일라는 특이한 힘이 있는 사람이었어. 아멜리아와 같은 부류에 속하는 사람이었지."

"……그런 것 때문에 납치를 한다고요?"

"납치……, 까지는 모르겠고, 초반에 밀리에게 집착한 이유는 아마 그거였을 것 같아. 아니, 그거 말고는 다른 게 없어."

"그 누나라는 분도 아멜리아 같은 눈을 가지고 계셨나 보군요."

"나같이 지극히 평범한 사람으로서는 어디가 어떻게 다르다는 설명은 해 줄 수 없지만 둘 다 매우 특별한 아가씨들이야."

"시드니는, 언제 알게 되셨습니까?"

"뭘?"

"아멜리아에게 그런 능력이 있다는 것을요."

"아……, 그게. 처음 만난 날 우연히."

시드의 대답에 알렉스의 표정이 어두워졌다. 아멜리아를 만나자마자 알았다니 충격이었다. 어쩌면, 남들은 쉽게 눈치챌 수 있는 거였는데 자신만 이리 오래 걸렸던 건지도 모른다 생각하니 참담했다.

"그렇군요. 아멜리아에게 시드니는 정말 '특별한' 상대였겠네요."

질투가 나 인정하기는 싫었지만 아멜리아가 영혼들에 관해 유일하게 속내를 터놓을 수 있는 상대는 시드니가 유일했다. 그는 소녀의 이야기에 귀를 기울여 주었고, 그 답례로 소녀는 그림을 보여 주었으리라.

두 사람의 끈끈한 유대 관계를 확인할 때마다 초조한 마음을 금할 수가 없었으나 인정할 것은 인정해야 했다. 그에게는 과거보다 앞으로가 더 중요했다. 뒤늦게 시작된 추격전이라지만 소녀를 소중히 생각하는 마음은 지지 않을 자신이 있었다. 이제부터라도 그녀의 곁에서 모든 것을 함께하면 되는 거라고 생각을 고쳐먹었다. 그러니 어서 돌아와 주었으면 했다. 돌아와서 자신의 고백을 들어 주기를 바랐다.

쓸쓸한 생각을 하다 시선을 느껴 맞은편을 바라보니 시드가 알렉스를 빤히 응시하고 있었다.

"……뭡니까."

"아니. 도련님이 제법 의젓해졌구나 하고."

시드가 알렉스의 눈을 들여다보았다. 알렉스 역시 그 시선에 흔들리지 않고 마주 바라보았다.

"응, 확실히 변했네. 남자의 눈빛이야."

"또 놀리시는 겁니까."

"이런 것 가지고 놀리지는 않아. 진심이야. 좀 변했다 생각한 것뿐이야."

"그런가요……."

그렇게 말해도 스스로는 깨달을 수 없는 것이 눈빛이다. 몇 번 눈을 깜박이며 생각에 잠겨 봤지만 역시 그로서는 알 수 없었다. 이전에 '페어플레이' 운운할 때와 달리 시드가 놀리지 않은 거라면, 그걸로 충분했다.

"오늘은 이만 돌아가 보겠습니다. 새로운 소식이 들리면 다시 오겠습니다."

"음. 이제 우리 둘이서 보내는 오후의 차 시간에 점점 애착이 생기고 있어. 고정된 일과가 생긴 느낌이 들어서 나는 좋은데, 아쉽게도 곧 개강하지?"

"……이 주 후입니다."

"준비하려면 적어도 일주일 후에는 올라가 봐야겠군. 정이 들어서 그런지 헤어질 걸 생각하니 벌써부터 섭섭하네."

"……."

무언가 말을 하려던 알렉스가 입을 다물었다. 그는 내일을 기약하며 '붉은 서재'를 나왔다. 아멜리아가 사라진 지 일주일. 그가 레이븐에 있을 수 있는 최대한의 기간 역시 앞으로 일주일이었다. 그녀를 찾을 때까지 생각하지 않으려 했던 현실을 마주하게 된 그의 얼굴이 일그러졌다.

한여름의 땡볕을 피하려 하는 사람들이 많은지 거리는 한산했다.

여름내 밀려들었던 관광객들도 이제 그 수가 많이 줄어서, 북적대던 모습이 거짓말같이 한산해져 있었다.

"시간이 얼마 남지 않았어. 어서 돌아와 줘."

거리를 걸으며 속삭여 보았다. 금방이라도 곁에서 활기찬 목소리로 알았다는 대답을 돌려줄 것 같아 주변을 둘러보아도 그의 혼잣말을 들어 주는 사람은 아무도 없었다.

집으로 돌아가던 알렉스는 발걸음을 돌려 샌더즈가로 향했다. 아멜리아의 실종 상태가 이어지는 동안 그는 수차례 샌더즈가로 향해 가족들을 위로했다. 처음에는 그의 방문을 거북해하던 샌더즈 부인조차 이제는 제법 친근한 얼굴로 그를 맞아 주었다.

"알렉스. 어서 와요."

"안녕하세요, 샌더즈 부인. 지나가다 들렀습니다. 안색이 좋지 않은데 식사는 제대로 하고 계시는 건가요?"

"얼굴에서 티가 나나요? 요즘 그다지 입맛이 없어서……, 날도 덥고. 여름 과일과 차로 간단하게 때우다 보니. 아, 어머니가 보내 주신 과일 차가 아주 향이 좋아서 자주 마시고 있답니다. 감사하다고 꼭 전해 주세요."

차를 권하는 부인의 맞은편에 앉아 집사의 시중을 받던 알렉스는 그 말에 걱정스러운 시선을 건넸다.

"아멜리아가 돌아와서 부인을 보고 놀라겠습니다. 주변 분들에게 어머니를 챙기지 않았다고 원망하지 않을까요. 건강한 모습으로 맞아 주셔야지요."

"그렇군요. 걱정하게 해서 미안합니다. 그 애라면 그러겠지요."

건방진 참견일 수도 있다고 생각하면서도 멋대로 말이 나갔다. 조심스레 눈치를 살피는 알렉스를 보던 부인이 작은 소리로 웃었다.

"부인?"

"미안해요. 우리 둘이 이렇게 앉아 아멜리아 이야기를 하고 있다니 꿈만 같아서. 알렉스 군과는 다시 볼 일이 없을 거라 생각했거든요."

"……그건 정말로, 제가 잘못했습니다. 늦었지만 사과드리고 싶습니다."

"아니에요. 알렉스 군도 여덟 살이었는데, 누군가의 잘잘못을 따질 나이들이 아니었어요. 그때는 아이들도 어렸고 엄마들도 아직 어렸을 때였지요. 오랜만에 돌아와서도 우리 말괄량이를 잊지 않고 찾아줘서 고마웠어요."

오랜만에 레이븐에 내려온 알렉스가 샌더즈가를 처음 찾았을 때를 회상한 부인이 미안한 듯 미소를 지었다.

"갑자기 찾아와서 무슨 트집이라도 잡으려는 줄 알고……. 막내딸이 사고뭉치라는 자각은 있거든요."

"저도 오랜만에 내려와서 이곳 상황을 잘 몰랐습니다. 양 집안에 사연이 있는 걸 알았더라면 좀 더 정중하게 찾아뵈었을 텐데, 제 실수였습니다."

그때만 해도 두 사람이 이렇게 마주 앉아 차를 마시는 날이 올 거라고는 생각하지 못했다.

"……그것조차 다 지난 일이지요. 이 여름에는 정말 많은 일이 생기네요. 지금 이 일도 웃으며 추억할 수 있는 시간이 돌아오기를 바랄 뿐이에요."

한여름 밤의 꿈이 되어 주기를 비는 샌더즈 부인의 고백에 알렉스도 말없이 고개를 끄덕였다. 소식을 알 수 없는 소녀의 행방에 가슴 졸이는 사람들은 서로를 부둥켜안아 위로하며 또 한 번의 저녁을 맞이했다.

집으로 돌아온 알렉스는 늦게까지 책을 읽다 잠이 들었다. 그는 낮에는 아멜리아를 찾고 밤에는 공부하느라 평소보다도 훨씬 늦은 시간에 자리에 드는 나날을 보내고 있었다. 초반 며칠은 걱정으로 제대로 잠들지 못하던 그도 최근에는 누적된 피로로 인해 꽤 빨리 잠이 들게 되었다.

그는 잠시 자신이 잠든 건지 아닌지 잘 구분을 할 수 없었다. 책을 덮고 내일은 어디를 찾아볼까 생각하다 잠시 눈을 붙인 것 같았는데, 어느 틈엔가 숲 속에 서 있다는 것을 깨달았다.

"……숲?"

주변 풍경이 낯이 익었다. 최근 며칠간 매일같이 들러 보던 장소였다. 그는 아멜리아가 실종되었던 장소에 다시 와 있었다. 밀려오는 졸음 속에서도 그는 소녀가 걱정되어 확인차 다시 이곳에 왔다고 생각하고 있었다.

한참을 걸어 보아도 평소와 같은 숲이었고, 언제나 그랬던 것처럼 아멜리아의 흔적은 찾을 수 없었다. 낙담한 그는 마을로 돌아갈 생각에 몸을 틀었다. 그리고 그때였다. 그에게서 그리 멀지 않은 곳에서 하얀 손수건이 나풀대고 있다는 것을 깨달은 것은.

'뭐지?'

바람도 없는데 팔랑팔랑 공중에서 흔들리는 그것은 얼핏 보면 손수건 같기도, 커다란 나비 같기도 했다. 조금 더 자세히 들여다보기 위해 다가간 알렉스는 그것이 목이 긴 장갑이라는 걸 깨닫고 놀랐다.

"……장갑?"

아무리 다시 봐도 다섯 개의 손가락이 달린 흰 장갑이었다. 아니, 정말 장갑일까?

만져 보기 위해 손을 뻗으니 그의 손이 닿지 않는 곳으로 훌쩍 날아올랐다. 저게 장갑이라고? 하지만 장갑이 아니면 대체 뭐란 말인가? 손목으로 보이는 부분에 보석 팔찌까지 끼워져 있는 걸 보고 그는 장갑 외에 달리 뭐라 표현해야 좋을지 알 수 없었다. 그런 그의 번민을 아는지 모르는지 그의 머리 위를 배회하던 장갑은 나풀대며 어디론가 흘러가려 하고 있었다.

"어이, 장갑. 아니, 뭐든 잠깐만. 기다려 봐!"

따라가야 한다는 생각이 들었다. 그를 기다려 주지 않고 떠나가는 장갑의 뒤를 쫓아 한참을 달려간 그는 정신을 차리고 보니 어느 건물 앞에 서 있었다.

'여기는 어디지?'

주변을 둘러본 그는 낯익은 풍경에 이곳이 교회의 뒷마당인 걸 깨달았다. 어릴 적에 몇 번 방문한 적이 있는 곳이었다. 어른이 된 후로는 온 적이 없던 곳이라 그는 자신이 왜 이곳에 있는지 영문을 알 수 없었다.

"교회? 여기는 무슨 일로……."

왔던 길을 되돌아 나가려던 그는 무언가를 떠올리고 멈칫 발길을 돌렸다.

"아멜리아……?"

체포된 남자는 소녀가 교회로 뛰어갔다고 주장했다. 전시회장에서도 그녀를 본 목격자가 있었다. 신뢰성이 떨어진다고 판단되어 흐지부지되었던, 두 사람의 마지막 목격자들. 그들의 공통된 증언은 모두 아멜리아가 전시실로 뛰어들었다는 거였다.

"우연이겠지? 그녀가 이쪽으로 왔을 가능성은 없었어."

마구간에서 도망친 아멜리아가 향한 곳과 교회의 위치는 정반대 방향이었다. 그녀가 굳이 방향을 틀어 막다른 이곳으로 올 일은 없었을 거라는 것이 사건을 살펴본 모두의 의견이었다. 그래서 알렉스조차도 지금껏 교회를 둘러볼 생각은 하지 않고 있었다.

그래도 기왕 온 것, 한 번 정도 장소를 확인해 볼 생각에 그는 회랑 안으로 걸어 들어갔다. 깨끗하게 단장된 흰 벽에는 여러 점의 명화들이 작가별로, 혹은 주제별로 분류되어 전시되고 있었다.

그림들을 눈여겨보며 걷던 그는 마지막 전시장으로 들어갔다. 다른 곳보다 크기가 큰 그림들이 넉넉한 공간을 두고 배치된 것으로 보아 내부 가장 깊숙한 곳에 있는 전시장의 그림들이 이곳에서 가장 유명하고 인기 있는 작품인 것 같았다. 그중에서도 동선을 따라 맨 안쪽에 자리한 커다란 초상화가 입구부터 시선을 끌었다.

"저건 윌리엄 씨 댁에 있던 그림 아닌가?"

어릴 적 아버지를 따라 놀러 갔을 때 본 기억이 있는 그림이었다. 그가 아주 어렸을 적에 방문한 곳이지만 저택의 중앙 계단 벽에 걸어 두어 방문자들의 눈에 띄기 쉽게 해 두었던 것이 기억났다. 미술에 일가견이 있는 윌리엄이 상당히 자랑스러워하며 보여 주었던 그림이 틀림없었다.

"이게 왜 여기에 있지? 저택에 두고 자랑하는 것도 모자라서 전시를 결심했나?"

그림을 향해 다가가던 알렉스는 이전, 윌리엄 씨 저택에서 우연히 아멜리아를 만났던 것을 떠올렸다. 그때, 윌리엄 씨가 뭐라고 했던가. 아멜리아가 그림에 관해 물어보러 왔다고 하지 않았던가?

"그림이라고? 어떤 그림이었지?"

숨이 턱 막히고 무언가 중요한 것을 놓쳤다는 기분이 들었다. 윌리엄 씨와 그의 그림에 관해서 이야기를 나누던 아멜리아. 어째서 그때, 더 자세히 물어보지 않았던가? 그녀의 실종과는 전혀 연관 없는 그 작은 일이 날카로운 낚싯바늘처럼 그의 심장에 걸려 퍼덕이며 잡아당기고 있었다.

혼란한 마음을 숨기지 못하면서 그는 커다란 초상화 앞에 섰다. '퍼트리샤 백작 부인의 초상'. 참 재미없는 이름의 그림이라고 생각하던 그는 초상화의 제목이라는 것이 사실 거의 다 비슷하다며 실소했다.

아름다운 모자를 쓴 귀부인이 정원에서 자신의 사냥개와 함께 있는 그림이었다. 기품 있는 자세로 미소 짓는 그녀는 상당한 미인으로 그려져 있었다. 사냥 시즌을 맞아 사냥꾼들을 격려하기 위해 화려하게 단장한 그녀는 팔꿈치까지 올라오는 하얗고 긴 실크 장갑을 끼고 있었다.

"……장갑."

그리고 손목에 걸려 있는 보석 팔찌까지. 숲에서 그가 본 기이한 장갑은 바로 이런 모습이었다는 생각에 한 걸음 더 가까이 그림 앞으로 다가갔다. 백작 부인의 모습을 다시 한 번 꼼꼼하게 뜯어본 그는 장갑 외에는 그의 시선을 끄는 별다른 점이 없다는 것을 깨닫고 실망했다.

조금 뒤로 물러나 다시 전체적인 그림을 눈에 담아 보았다. 가장 가까운 곳에 부인과 사냥개, 조각상이 그려져 있었고 그 뒤로는 넓은 정원이 묘사되어 있었다. 대귀족의 저택답게 드넓은 잔디밭과 한쪽 구석으로는 정원수를 다듬어 만든 미로가 살짝 보였다. 구석에 자리한 정원수의 미로 한쪽에는 새들이 날고 있었다.

"새라고? 이상한데?"

아무리 풍요로운 계절을 표현하기 위해서라고 하더라도 조화가 맞지 않았다. 구석진 곳에서 나는 새들이라니. 그림의 균형을 깨트리는 세부 묘사라는 생각이 들었다. 화가의 의도가 궁금해진 그는 이번에는 정원수의 미로 쪽으로 다가가 뚫어지게 그림을 바라보았다.

그가 잘못 본 것이 아니었다. 푸른 새 두 마리가 하늘을 날고 있었다. 그리고 그 새들이 날고 있는 미로의 안쪽에—

"아멜리아!"

그것이 무엇인지를 확인한 순간 알렉스는 소리를 질렀다. 아멜리아였다. 그림의 아주 작은 부분에 그려져 있는 어렴풋한 형체만 보고도 그는 그것이 그녀인 줄 알았다. 그가 찾아다니던 바로 그 소녀가, 미로를 걷고 있었다.

정면에서 등을 돌린 소녀는 미로를 타고 그림의 반대편으로 향하고 있었다. 미로가 이어진 그림의 바깥, 알렉스가 볼 수 없는 곳으로.

"아멜리아! 여기야, 내 소리가 들려? 뒤를 돌아봐!"

알렉스의 목소리는 소녀에게 닿지 않는 것인지 그의 간절한 부름에도 뒤를 돌아보는 일은 없었다. 아니, 그림이 뒤를 돌아본다는 것 자체가 말이 되지 않는다는 걸 알지만 그는 아멜리아를 부르는 것을 멈출 수가 없었다.

"그쪽으로 가면 안 돼, 돌아와! 아멜리아—!"

소녀가 미로를 벗어나면 영영 돌아오지 못할 거라는 생각이 들었다. 눈에 잘 보이지 않을 정도로 미세한 움직임을 보이는 그 뒷모습은 저 미로에서 출구를 찾아내는 순간 그대로 그림 너머로 사라질 것이었다. 초조한 마음에 아무리 외치고 두들겨 보아도 소녀가 뒤를 돌아보는 일은 없었다. 밖에서 벌어지는 일은 그녀에게 아무런 영향을 미치지 못하는 것 같아 보였다.

정신없이 이름을 부르는 알렉스의 귀에 순간 까르르, 하는 작은 소리가 들렸다. 놓치기 쉬울 정도로 작은 소리였지만 듣자마자 깨달았다. 귀에 익은 부드러운 목소리가 누구의 것인지를. 아멜리아의 웃음소리가 먼 곳에서 들려오고 있었다. 그 즐거운 음성에 외침을 멈춘 알렉스는 눈을 크게 뜨고 그림을 응시하다가, 다리의 힘이 풀려 털썩 그 자리에 주저앉고야 말았다.

자세한 대화 내용은 들리지 않았지만 아멜리아가 누군가와 이야기를 나누고 있다는 것을 알 수 있었다. 경쾌하고 밝은 억양으로 작은 새처럼 지저귀고 있는 걸 보아 그가 우려하던 만큼 겁에 질려 있지도, 힘들어 보이지도 않았다. 아니, 오히려 그 반대였다.

"아멜리아. 거기서 행복한 거야……?"

소녀의 대답은 돌아오지 않았다. 차가운 대리석 바닥에 무릎을 꿇은 채 망연자실한 표정으로 그림을 바라보는 알렉스의 얼굴이 점차 일그러졌다. 그녀를 구출해야 한다는 생각만으로 움직이던 그에게 아멜리아가 저 너머의 생활에 만족할지도 모른다는 가정은 충격으로 다가왔다. 어쩌면 그녀는 본인의 의지로 귀환을 거부하는 것일지도 몰랐다. 그렇게 영영 다시 만날 기회는 사라지고 마는 것일지도 모른다. 가슴 한구석에 차가운 냉기가 스치고 지나갔다. 한순간 이것이 현실이 아니라서 다행이라는 생각이 들 정도였다.

차라리 카이퍼라는 남자가 납치했다면 세상 끝까지 추적해서라도 찾아올 수 있으련만, 그림 속의 세상은 그가 어떻게 손을 쓸 수 있는 공간이 아니었다. 어디 있는지를 아는데도 지켜만 봐야 한다는 건 너무 잔인했다. 발밑이 무너져 내리는 절망감을 맛보며 그는 바닥에 앉아 하염없이 그림을 올려다보고 있었다. 차가운 대리석의 기운이 그의 머리끝까지 둔하게 마비시키는 것 같은 기분이 들었다.

"……!"

흠칫, 놀란 알렉스가 눈을 뜬 것은 어스름한 새벽이었다.

"자고…… 있었나?"

눈을 감았다는 자각도 없이 잠이 들었던 모양이었다. 그는 조금 전 꿈에서 본 장면을 떠올리며 인상을 찌푸렸다. 가슴을 저미던 슬픔이 지나치게 생생해 여운이 좋지 않았다. 꿈이었구나, 그러면 그렇지. 꿈도 정말 거지 같은 걸 꾸었다며 나지막이 욕을 내뱉은 그는 자신이 책상에 앉아 졸고 있었다는 걸 깨달았다. 공부하다 잠이 든 모양이었다.

불편한 자세로 잠든 탓인지 뻣뻣하게 굳은 등과 목이 아파 기지개를 켜는 손에 무언가가 걸렸다. 놀라서 내려다본 곳에는 아멜리아의 스케치북이 펼쳐져 있었다.

"이걸 보다가 잠들어서 그런 꿈을 꾸었나 보지?"

매일같이 잠들기 전 들여다본 탓인지 이제 순서를 외울 정도였다.

팔락팔락, 종이를 넘기던 그의 시선이 멈춘 그림이 있었다.

"이 손은……."

숲을 가로지르는 하얗고 긴 손. 구불구불 숲을 지나가는 그 팔이 꿈에서 본 장갑과 닮았다는 생각이 들었다. 여행자에게 길을 안내하는 그 손이 혹시 조금 전 자신을 아멜리아에게 데려다준 것은 아닐까?

'너무 간절하게 원해서 꿈을 꾼 건가.'

잠에서 깨어나 멍한 머리로 그림을 지켜보던 그는 한숨을 쉬며 스케치북을 덮었다. 그는 잠들기 전에 읽던 책을 손에 쥔 뒤 자신의 서재 한구석에 놓인 찻잔을 들여다보았다. 다시 잠들 수 있을 것 같지 않다고 중얼거리던 그는 차게 식은 티포트 안의 내용물을 찻잔에 따르고 덮어 두었던 책을 읽기 위해 책상으로 돌아갔다.

정원에서 백작 부인과 차를 마신 아멜리아는 저택을 구경해도 되는지 물었다. 정원은 넓고 궁금한 것이 매우 많았다. 초상화를 보았을 때는 눈치채지 못했던 조각상이며 분수까지, 대단히 화려하게 꾸며져 있었다.

"네가 원하는 곳은 어디든 가도 된단다."

부인의 흔쾌한 승낙에 소녀는 종종거리며 정원을 거닐었다. 그녀가 걷기 시작하자 산책을 하는 거라 생각했는지 사냥개도 뒤를 따랐다. 걸어도 걸어도 끝이 없어 보이는 거대한 정원을 누비는 아멜리아의 곁에는 파란 새들이 함께했다. 그녀가 가는 곳이면 어디든 날아와서 근처에 있어 준 덕분에 소녀와 새 두 마리 그리고 강아지 한 마리는 모두 함께 정원을 거닐었다.

"정말 멋진 곳이에요. 이렇게 훌륭한 정원은 처음 봤어요."

"후후, 우리 정원사가 실력이 아주 좋단다."

정원을 둘러보고 온 감상을 말하자 백작 부인이 웃었다. 정원사라고? 백작 부인과 사냥개 이외의 다른 누군가가 있을 거라는 생각을 하지 못했던 아멜리아가 놀란 표정을 짓자, 부인이 윙크하며 말했다.

"그들은 필요할 때만 모습을 나타내."

"와아—."

동화 속의 요정들 같네요, 라고 중얼거리는 소리를 들었는지 부인이 다시 웃었다.

"그런 게 아니야. 네가 보겠다고 생각하는 순간 보일 거란다."

"어떻게요?"

"한번 시도해 보렴."

"보고 싶어요. 다들 어디에 있지?"

아멜리아가 주변을 두리번거리자, 서서히 주변을 지나다니는 흐릿한 형체들이 눈에 들어왔다. 집중해서 초점을 맞춰 보니 조금 더 시야가 밝아지는 기분이 들더니 곧이어 작은 소음들이 귀에 들어오기 시작했다.

"세상에……."

테이블 옆을 지키는 집사, 정원을 지나가는 하녀, 꽃나무에 비료를 주는 정원사……. 한순간에 다른 세상으로 옮겨 온 것 같은 기분이 들었다. 조용하게 비어 있다고 생각되던 백작 부인의 정원이 실은 사람들로 북적이고 있었다. 그들의 웅성거리는 소리며 웃음소리가 멀리서 들려왔다. 신기한 듯 사방을 둘러보던 아멜리아가 물통을 나르던 젊은 하녀와 눈이 마주치자, 하녀가 생긋 미소로 인사를 건네고는 사라졌다.

"처음부터 있었군요."

"그래. 네가 이곳에 '아무도 없을 것이다' 라는 암시를 스스로 걸어두어서 보지 못한 것뿐이란다."

"이렇게 활기찬 저택인 줄은 정말 몰랐어요."

"모두 네가 온 것을 진심으로 기뻐하고 있어. 사이좋게 지내렴."

"네!"

부인의 설명에 따르면, 초상화에 그려진 부분은 다른 곳과 비교해 좀 더 입체감이 느껴질 거라고 했다. 그것은 사람이나 동물에게도 해당되어 이 저택에서는 백작 부인과 사냥개가 가장 선명한 모습을 유지하고 있었다. 그 말을 듣고 나서야 의식을 집중하지 않으면 그들이 다시 그림자처럼 흐릿한 상태로 돌아가 버린다는 것을 깨달았다.

"이들은 어디서 온 건가요?"

"시간이 흐르면서 하나둘 모여들었단다. 너처럼."

"그렇군요."

"갈 곳 없는 영혼들이 이곳을 발견하지. 누구에게도 무언가를 강요하지 않는 곳이야. 생전의 삶을 이어 가고 싶은 사람들은 여기에서도 원하는 모습 그대로 지내고 있단다."

저택에서 나온 듯 보이는 노부부의 모습도 보였다. 나도 이곳에 오래 있으면, 저들처럼 그림 속의 주민이 되는 걸까? 한없이 평온해 보이는 그들의 모습에 소녀는 마음이 고요해짐을 느꼈다. 백작 부인의 말대로 이곳에는 그녀를 이용하려는 사람도 기분 나쁘게 생각하는 사람도 없었다. 소녀가 마음 아프지 않고 살 수 있는 장소라는 귀부인의 설명은 틀리지 않았다.

이 그림 밖에는 그 무서운 남자가 기다리고 있을 거였다. 새들을 이용해 가브리엘을 죽이라고 강요하는 사람들이 기다리는 세상으로는 돌아가고 싶지 않다고 아멜리아는 생각했다.

"좋은 곳이네요."

푸른 하늘을 올려다보며 소녀가 중얼거렸다. 위험이 없다면, 한동안은 그냥 여기에 머무르는 것도 좋겠어. 아멜리아는 진심을 담아 그렇게 생각했다.

다음 날, 아침이 밝자 알렉스는 외출 준비를 서둘렀다. 식사도 하는 둥 마는 둥 하고 식탁에서 몸을 일으키는 모습에 그의 어머니가 눈을 휘둥글게 떴으나 그는 꼭 가 봐야 할 곳이 있다며 저택을 떠났다.

"어제는 잠도 제대로 안 주무신 것 같은데, 저러다가 큰일이 나지 싶습니다. 몸에 문제가 생기기 전에 말려야 할 것 같습니다만."

"……우리가 말린다고 들을까? 어릴 적부터 뭐 하나에 빠지면 다른 걸 잊는 애였어……. 지금 저 애를 멈출 수 있는 건 아멜리아뿐일 거야. 오, 하늘이시어. 그 소녀를 불쌍히 여기시고 무사히 돌려보내 주세요."

자신의 신에게 작은 기도를 올린 멜포드 부인이 한숨을 쉬었다. 진심으로 소녀가 무사하기를 기원했다. 샌더즈가의 사람들을 위해서도, 제 아들을 위해서도.

"이런 평온한 마을에서 생겨서는 안 될 사건이 일어났으니 다들 얼마나 놀랐을까. 샌더즈가에 위로의 꽃다발을 보내도록 하세요."

"예, 마님."

"너무 화려한 꽃들 말고 마음의 안정을 줄 수 있는 작고 부드러운 색 위주로 골라서."

"일러두겠습니다."

집사가 정원사를 찾으러 사라진 거실에서 멜포드 부인은 포옥, 다시금 한숨을 쉬며 알렉스가 나간 현관문 쪽을 바라보았다.

가족이 자신을 걱정하고 있다는 사실은 실낱만큼도 눈치채지 못한 알렉스는 마을로 향하고 있었다. 분명 머리로는 아멜리아의 스케치북을 보다 잠이 들어 그런 꿈을 꾼 것뿐이라는 이성적인 판단을 내려 놓고도 그때 보았던 교회 건물이 이상할 정도로 뇌리에서 지워지지 않아 집을 나섰다. 꾸물댈 시간이 없었다. 아무리 작은 것이라도 궁금한 것은 확인하고 넘어가고 싶었다.

꿈은 꿈일 뿐이라고 생각하면서도 그는 전시회장으로 향했다. 그림을 직접 눈으로 확인하고 역시 꿈이었다고 실망하는 순서만 남아 있다는 걸 아는데도 차마 미련을 버릴 수가 없었다.

'내가 이렇게까지 우둔한 줄은 몰랐는데, 이걸 굳이 직접 보겠다고 아침부터 이 난리라니.'

한심하기 그지없는 자신의 모습에 낙담하면서 그는 전시회장의 입구를 찾았다. '관람객 입장은 오전 10시 30분부터'라고 적혀 있는 입구의 표지판을 물끄러미 바라본 그는 제 주머니의 시계를 꺼내 시간을 확인했다.

9시 50분. 개관 시간까지는 아직 40분을 더 기다려야 했지만 알렉스는 그럴 여유가 없었다. 다행히 누군가가 개관 준비를 위해 문을 미리 열어 두었는지 입장에는 문제가 없어 보였다. 알렉스는 망설임 없이 전시회장 안으로 들어갔다. 복도를 지나면서 훑어본 입구나 사무실 쪽에도 사람의 그림자는 보이지 않았다. 제지 없이 일직선으로 마지막 전시실까지 들어간 그는 '퍼트리샤 백작 부인의 초상' 앞에서 멈춰 섰다.

부인의 그림은 탄식이 나올 만큼 아름다웠다. 꿈속에서 보았던 그림도 이와 크게 다르지 않았던 걸 생각하면 꽤 정확한 묘사를 본 것 같아 의외였다.

'아무리 정밀하다 해도 꿈은 꿈일 뿐……'

한탄하며 초상화를 바라보던 알렉스는 그림을 샅샅이 훑었다. 어릴 때 본 적이 있다고 해도 기억나는 건 화려한 부인의 모습뿐이다. 세부 묘사 같은 걸 기억할 리가 없다고 자조하며 둘러보던 그는 그림 한구석에 정원수를 다듬어 만든 미로 정원이 있는 것을 발견했다.

"설마."

그는 그 부분을 뚫어지게 바라보았다. 그곳에서 꿈속에서보다도 더 흐릿한 사람의 형태를 발견한 알렉스는 그것이 제가 찾던 이의 모습이라는 걸 알았다.

"아멜리아!"

무의식적으로 터져 나온 외침이 전시실을 쩌렁쩌렁 울렸다.

"아멜리아, 돌아와!"

꿈속에서도 목이 터지라고 외쳐 부르던, 그러나 닿지 않던 이름.

"거기 있는 거 알고 있어! 내 목소리가 들려? 아멜리아!"

어쩌면 자신이 부르는 소리를 소녀가 들을 수 있을지도 모른다고 생각했다. 미친 소리 같다는 걸 알면서도 그녀를 부르는 것을 멈출 수가 없었다. 꿈속에서처럼 인영은 등을 돌리고 있었다. 저 미로를 빠져나가면, 소녀는 다시 돌아오지 않을 거라는 알 수 없는 확신이 들었다. 그런 일이 생기기 전에, 아멜리아를 돌아오게 해야 했다.

"널 쫓던 남자는 체포되었어. 더는 너를 괴롭히지 못하니까, 제발 돌아와 줘. 이제 내가 곁에 있어 줄게!"

그간 있었던 일을 말하며 소녀의 귀에 닿기를 기원했다. 이조차 꿈속에서처럼 그녀에게 들리지 않을지도 몰랐지만, 그래도 알렉스는 멈출 수 없었다.

"아멜리아—!"

누군가가 부르는 소리가 들려 뒤를 돌아본 곳에는 아무도 없었다. 살랑이는 바람에 파르르 나뭇잎이 스치는 소리를 잘못 들었나 싶었다. 정원은 전에 없이 고요하고 평화로웠다.

"어?"

"무슨 일이니?"

옆에서 책을 읽던 퍼트리샤 부인이 소녀에게 물었다.

"누군가가 절 부르는 것 같았는데……, 아무도 없네요. 잘못 들었나?"

직소 퍼즐을 맞추던 아멜리아가 고개를 갸웃거리더니 다시 하던 일에 몰두했다. 그러다가 다시 어? 하고 손을 멈추고, 다시 퍼즐을 맞추는가 싶더니 또 주변을 둘러봤다. 이제는 아예 두 손을 모으고 앉아 귓가를 맴도는 소리에 집중했다.

"……알렉스?"

소녀의 얼굴에 반가운 기색이 스쳤다. 소꿉친구가 제 이름을 부르고 있다는 것을 깨닫고 옅게 미소 짓던 아멜리아는 문득, 알렉스가 이곳에 있을 리가 없다는 생각을 했다.

"어떻게?"

그의 목소리가 들리는 것 같은 기분이 드는 것인지, 아니면 정말로 어디선가 부르고 있는 건지 의아해하며 부인을 바라보자 그녀는 읽던 책을 덮고 소녀를 바라보았다.

"너를 찾는 이가 있나 보다."

"저를요? 알렉스가 저를 찾고 있어요?"

고개를 끄덕인 부인은 정원에 놓인 분수를 가리켰다.

"궁금하면 가서 보렴."

어리둥절한 얼굴을 하고 분수로 향한 아멜리아는 시원하게 뿜어져 나오는 물줄기를 구경했다. 무얼 봐야 할지 몰라 망설이던 소녀는 흐르는 분수 아래에 고여 있는 작은 물웅덩이를 들여다보다가 깜짝 놀랐다.

흔들리는 수면 위로 알렉스의 모습이 비치고 있었다. 그는 전시실의 초상화 앞에서 소녀를 찾았다. 돌아올 대답이 없다는 것을 알면서도 아멜리아의 이름을 부르고 있었다.

"제가 여기 있다는 걸 알렉스가 어떻게 아는 거죠?"

"네가 마음의 조각을 주고 왔나 보지."

"제가요?"

어느 틈엔가 뒤에 서서 같이 수면을 들여다보던 부인의 말에 소녀가 그런 일을 한 기억이 없다며 머뭇거렸다. 가슴에 손을 대고 들여다봐도, 그런 것이 보일 리 없었다.

"그건 처음부터 눈에 보이는 것이 아니란다. 이곳에 사는 사람들처럼."

"⋯⋯제가 믿어 주기 전까지는 눈치채지 못하는 거군요."

"그래."

물에 비치는 알렉스는 지치지 않고 소녀를 찾았다. 그림을 향해 포기를 모르고 매달리는 그의 모습에 가슴이 저린 기분이 들었다. 자신의 부재가 누군가를 슬프게 할 줄은 몰랐다. 그가 아멜리아를 찾고 있다는 걸 몰랐던 소녀는 미안한 기분이 들었다. 미안한 한편, 행복한 일이라는 걸 깨달았다.

분수 속 저 멀리서 자포자기 조의 화난 목소리가 들려왔다.

"너! 나랑 함께 키쉬 먹으러 가기로 했잖아!"

그 말에 푸핫, 하고 웃음이 터졌다. 아직도 그 일을 기억하고 있었구나.

별것 아닌 작은 약속이지만, 아직 그림 밖의 세상에서 해야 할 일이 남아 있다는 것을 깨닫고 나니 급작스럽게 마음이 기울었다. 약속을 지키고 싶다는 생각이 작은 망설임으로 변해 소녀를 감쌌다.

지쳐 있던 소녀는 세상에 잠시 자신이 없어도 되지 않겠느냐는 생각을 했다. 비난과 미움을 받는 일이 당연한 일상에도 지쳤고, 그녀를 이용하려는 사람들까지 존재하는 세상에서 멀어지고 싶을 뿐이었다. 그러나 수면에 비친 알렉스의 모습을 보고 자신이 받아 왔던 넘치는 사랑에 대해서도 천천히 떠올리게 되었다. 아멜리아에게는 무엇보다도 소중한 사람들이 있었다.

"그러고 보니 엄마, 아빠, 오빠들……, 혹시 저를 찾고 있을까요?"

시드와 가브리엘도. 그래, 가브리엘은 그 후에 어떻게 되었지? 시드는? 다들 무사할까? 어째서인지 중요한 일들을 전부 잊고 있었다는 것에 깜짝 놀란 소녀가 백작 부인을 올려다보았다. 부인은 그 모든 것을 이미 알고 있는 듯한 미소로 아멜리아를 바라볼 뿐이었다.

"저, 돌아가도 되나요?"

"……돌아가고 싶니?"

"만나 봐야 할 사람들이 있어요. 그리고……."

힐끔, 흔들리는 수면 속의 알렉스를 바라보았다. 그가 불러 주는 자신의 이름이 물보라가 되어 소녀의 내부를 흔들고 있었다. 그의 외침을 들을 때마다 찰랑찰랑, 따뜻한 무언가가 스며들어 와 가슴속을 가득 채웠다.

얼핏 차갑고 이지적인 인상을 주는 알렉스지만 소녀는 알고 있었다. 사실은 누구보다도 다정하고 섬세한 성격이라는 걸. 가식 없이 늘 진심으로 상대를 봐 주는 사람이라는 것을 이 여름 동안 잘 알게 되었다. 지금처럼 힘들어하는 모습보다는 웃는 얼굴이 보고 싶었다. 여기 있으니 슬퍼하지 말라고 말해 주고 싶었다.

이렇게 듣기 좋은 목소리였구나. 눈을 감고 알렉스의 부름을 듣고 있으려니 불현듯 엄청나게 그가 그리워졌다.

"알렉스가 저를 불러서요."

그냥 두면 쟤는 또 울지도 몰라요. 이건 비밀인데 실은 알렉스 어릴 적엔 엄청난 울보였거든요, 라고 말하며 활짝 웃는 소녀를 보며 백작 부인이 말했다.

"돌려보내지 않겠다고 하면 어떻게 하겠느냐?"

"헉. 정말 안 되나요? 어떻게 방도가 없을까요?"

"그리 쉽게 왔다 갔다 할 수 있는 곳이라 생각했니? 이곳은 나름 들어오기 힘든 곳이란다. 통행에 자격이 필요하지. 그만큼 나가기도 쉽지 않아. 들어온 이상 이곳에서 머물러야 하지.”

“……제가 생각이 너무 짧았어요.”

싸늘한 부인의 대답에 아멜리아가 쩔쩔매며 통사정했다.

“이곳에 온 지 얼마 되지도 않았는데 돌아간다니……, 매너 문제구나. 아멜리아.”

“죄송해요. 저도 더 있고 싶기는 한데, 알렉스가…….”

“그럼, 저 아이도 이리 데려올까?”

은근히 떠보는 부인의 말에 소녀가 고개를 흔들었다.

“알렉스는 이곳에서 행복하지 않을 거예요.”

부드러운 아치형의 눈썹을 치켜세우며 매혹적인 시선을 보내는 귀부인에게 소녀는 통사정했다. 일이 이렇게 될 줄 모르고 급하게 방문한 건데 한 번만 더 기회를 주면 안 되느냐고 열심히 설명하는 모습을 보며 부인이 웃었다.

“내가 했던 말 기억나니? 인간의 시간과 우리들의 시간은 다르게 흘러간단다. 네가 정말로 준비되었다고 생각되는 그때 다시 돌아오렴.”

“번복해서 죄송해요. 꼭 다시 돌아올게요. 전 이곳이 정말 좋아요.”

“말벗을 잃게 되어 가슴이 아프단다. 새로운 친구를 맞이해서 다들 정말 기뻐했는데.”

“제가 곧 좋은 소식을 드릴게요, 약속해요!”

아멜리아의 어깨를 잡고 그 이마에 입술을 가져다 댄 아름다운 귀부인은 “나는 섭섭하지만, 네가 있어야 할 장소를 찾게 되어 다행이구나. 다시 부르러 가마.”라고 말해 주며 길을 열어 주었다.

알렉스는 망연자실 그림을 바라보고 있었다.

"아멜리아, 제발 돌아와……."

어쩌면 이렇게 꿈속과 똑같은지. 그림을 향해 간청도 해 보고 화도 내 보았다. 그의 부름은 공허하게 전시실을 맴돌다 흩어질 뿐이었다. 당연하다면 당연한 결과였지만 그래도 차마 돌아갈 발걸음이 떨어지지를 않아 그는 차가운 바닥에 무릎을 꿇은 채 주먹을 쥐고 있었다. 아무도 없는 전시실의 기분 나쁜 침묵에 삼켜질 것만 같아 소름이 끼쳤다.

무언가 방도가 없을까 고민해 봐도 마땅한 게 있을 리 없었다. 개관 전이라 망정이지 그림을 보고 소리치는 그를 본 사람들이 있다면 미쳤다고 신고나 하지 않으면 다행이었다. 그래도 한 번만 더 그 이름을 불러 보고 싶었다. 이대로 포기하기 싫다는 생각에 다시 그림을 올려다본 순간, 그는 그림에서 벌어지는 작은 이변을 깨달았다.

초상화 전체가 부드럽게 반짝이는 것처럼 보이더니 점점 빛이 강해졌다. 넋이 나가 그 장면을 바라보던 그는 흐릿하게 귓가를 맴도는 소리에 정신을 집중했다. 눈앞에 펼쳐진 비정상적인 광경보다도 더 중요한 무언가가 있다고 그는 직감했다.

'……알렉스.'

희미하게 들려오는 작은 목소리. 아멜리아의 목소리였다.

"아멜리아, 너야?"

벌떡 일어나 귀에, 눈에 온 신경을 집중시켰다. 갑자기 아멜리아의 스케치 중 하나가 떠올랐다. 여행자에게 길을 안내하던 가느다란 긴 손. 그는 이 순간 그 손이 소녀를 제게 인도해 주기를 간절히 기원했다.

그때 눈이 멀 정도로 강렬하게 터져 나오는 빛을 향해 그가 팔을 벌렸다. 그것이 순간의 일이었는지, 아니면 꽤 긴 시간이었는지는 알 수 없었다. 시야가 빛으로 완전히 막혀 앞을 볼 수 없게 되었다고 느껴진 순간, 그의 손에 닿는 무언가가 있었다.

보드랍고 따스한, 누군가의 손.

몇 번이고 잡아 보았던 아멜리아의 가느다란 손가락이라는 걸 닿는 순간 알았다. 알렉스는 놀라지도 내치지도 않고 그 손을 움켜쥐었다. 이것이 자신에게 주어진 마지막 기회일지도 모른다고 생각한 그는 이 기회를 놓치지 않겠다는 듯 꽉 잡은 손을 성급하게 제 쪽으로 잡아당기고는 온 힘을 다해 소녀를 안았다.

"알렉스─!"

천진난만한 소녀의 목소리가 확실하게 귀에 들렸다.

'아아, 환청 같은 게 아니야. 진짜 아멜리아다.'

번쩍하고 폭발하는 밝은 빛 가운데서 소녀가 그의 가슴으로 날아들었다. 아멜리아를 단단히 받아 낸 것을 확인한 알렉스는 기쁜 듯 자신의 품에서 웃는 소녀의 입술에 조용히 입을 맞췄다. 잡고 있던 손보다 더 따뜻하고 보드라운 입술의 감촉에 그가 안도했다.

눈부시던 빛이 사그라들자, 그가 가장 먼저 한 일은 소녀가 정말 자신의 품에 있는 게 확실한지 확인하는 거였다. 시야가 정상으로 돌아오자 팔 안에 꼭 가두고 있던 소녀의 얼굴을 조심스레 확인했다.

"아멜리아, 나 좀 봐 봐. 왜 피하는 거야, 응?"

안고 있던 팔을 풀고 그녀를 보려 했지만 소녀의 격렬한 저항에 부딪힌 알렉스가 당황해서 양손으로 그녀의 얼굴을 감싸고 자신 쪽으로 돌렸다.

"어?"

"이 바보!"

새빨개진 얼굴로 입을 삐죽거린 아멜리아가 그를 올려다보았다.

갑작스러운 키스에 당황한 반응이라는 걸 눈치챈 알렉스의 목에서 크크크, 하고 웃음이 터졌다. 크게 웃지 않으려고 애써 참으니 그 진동이 안겨 있던 아멜리아에게 전해져 참으나 마나 한 결과가 벌어졌다.

"으아아— 웃지 마! 난 몰라, 백작 부인도 보고 계실 텐데 이게 무슨 짓이야!"

"백작 부인?"

의외의 단어에 알렉스의 시선이 주변을 훑었다. 이른 아침 텅 빈 전시실에는 두 사람 외에 아무도 없었다. 무슨 소리냐고 물으려던 그가 문득 그림을 바라봤다. 우아한 포즈로 그들 앞에 자리한 귀부인을 뜻하는 거라는 걸 깨닫고 고개를 끄덕였다.

"이해하실 거야."

"이해는 무슨 이해! 알렉스 이상해!"

"내가 뭘."

한층 더 능청스럽게 대꾸한 알렉스가 그림을 보기 위해 돌아가는 소녀의 얼굴을 다시 제게 고정하고 말했다.

"다른 데 신경 쓰지 말고, 나만 봐 아멜리아."

"……으, 응. 저기……."

부끄러운지 연신 꼬물대는 소녀에게 도망갈 틈은 주어지지 않았다. 다시 한 번, 그가 가볍게 입을 맞춰 오며 아멜리아의 눈을 똑바로 바라보았다.

"너만 돌아오면 무슨 수를 써서라도 빼앗겠다고 생각했어. 네 남자 친구에게는 좀 미안하지만, 페어플레이 같은 거 할 마음의 여유 따위 나한테는 없는 것 같아."

"뭐어? 어? 남자 친구라니?"

"시드니 말이야. 지금까지 쓸데없는 의리를 지키다니 내가 병신 같았지. 후발 주자는 여러모로 페널티가 많으니 좀 봐줘."

"시드가 왜 내 남자 친구야?"

"……뭐?"

아멜리아의 마음을 흔들며 매력적으로 웃던 알렉스의 미소가 순간 굳었다.

"알렉스? 시드가 왜 내 남자 친구냐고."

"아니야……?"

"응. 아닌데, 라고 할까……, 우리는 애초부터 사귄 적이 없는데?"

"……."

이게 뭐지. 순간 현기증이 일었다. 그럼 그간의 삽질은 대체 뭐였단 말인가. 자신의 마음을 자각한 순간부터 어떻게 하면 **빼앗아** 올 수 있을까 궁리하며 보냈던 시간과 노력이 무의미해지는 한마디였다.

둘은 동시에 다른 의미로 어이없어하며 상대를 바라보았다.

"뭐야, 나랑 시드가 사귄다고 생각했었어?"

"어……, 그, 아니었어? 난 여태 그런 줄로만……."

"왜 안 물어봤어? 아, 시드가 혹시 농담으로 그런 소리를 했던가?"

"아니, 아니야. 시드니는 아무 말도, 아, 이런."

생각해 보니 그런 소리를 들은 적은 없는 것 같았다. 그저 의미심장한 몇 마디 말에 자신이 동요한 게 다였을 뿐.

"나 지금까지 뭐 한 거지……."

새빨갛게 달아오르는 알렉스의 얼굴을 보며 이번엔 아멜리아가 웃을 차례였다. 까르르, 소녀의 웃음소리가 전시실에 퍼졌다. 꿈속에서 저 밝은 목소리를 들었을 당시에는 마음이 복잡했는데, 지금 자신의 품에서 들리는 목소리는 그저 달콤하기만 했다. 이제 자신의 손안에 아멜리아가 있었다. 더는 잃어버릴 것을 불안해하지 않아도 된다는 안도감에 살짝 취해 있을 무렵 누군가가 다가오는 발소리가 들렸다.

"어머, 사람이 있네. 저기요, 아직 개관 전인데 벌써 들어오시면 안 됩니다. 거기 두 분, 어서 나와 주세요."

다른 이의 목소리에 흠칫 놀란 두 사람이 서로 얼굴을 마주 보며 눈을 동그랗게 떴다.

"죄송합니다."

"나갈게요―."

웃음이 터지려는 걸 간신히 참고 **빠른** 발걸음으로 전시회장을 뛰쳐나온 둘은 교회의 뒤뜰에서 크게 숨을 내쉬었다. 평소와 다름없는 쨍한 여름 햇살을 소녀가 신기한 듯 바라보았다.

"정말로 돌아왔구나."

"응. 돌아왔어."

감개무량한 얼굴의 알렉스에게 아멜리아가 대답했다.

"이제 그런 이상한 곳으로 가지 마."

"이상한 곳이라니 어딜 말하는 거야?"

"내가 찾으러 갈 수 없는 곳 전부."

잡은 손에 힘이 들어가는 것을 느낀 소녀가 힘차게 고개를 끄덕였다.

"알았어."

"지난 일주일 동안 다들 널 얼마나 찾았는지 알아?"

"……일주일이라고?"

아멜리아가 눈을 깜박였다. 무언가 잘못 들었겠지. 백작 부인에게로 가서 만 하루도 채 지나지 않은 시간을 보낸 것이 전부였는데, 일주일?

"나 그렇게 오래 있었던 기억이 없는데─ 정말 일주일이나 지났어? 말도 안 돼! 그 무서운 사람은 어떻게 된 거야? 가브리엘은?"

"하나씩 천천히 물어봐. 우선, 널 쫓던 남자는 체포되었어. 그 셀저라는 사람은 도망간 것 같아. 네 실종 사건 때문에 그가 널 납치한 건 아닌가 하는 추측도 있었어."

"잡혔어? 다행이네, 아니 셀저 씨가 아직 잡히지 않은 건 걱정되지만."

"가브리엘은 시드니가 무사히 구출했어. 시드니도 조금 다쳤지만 무사하고."

"다행이다……."

안도의 숨을 내쉬는 소녀에게 알렉스가 나머지 설명을 추가했다.

"너희 집은 발칵 뒤집혔어. 이럴 게 아니라 얼른 집으로 가자. 가족들이 얼마나 널 찾았는지 몰라."

"그러네, 일주일이나 지났으면 난리 났겠네. 엄마아아아!"

파닥이며 달려 나가려는 소녀를 알렉스가 진정시켰다.

"시간의 흐름이 다르다는 게 이런 뜻이었어?"

"아멜리아, 잠깐만. 무슨 소리인지 모르겠어. 일단 진정해. 너무 서두르지 말고, 발밑을 잘 보고 걸어."

"지금 그럴 때가 아니야, 빨리, 알렉스. 빨리 가야 해!"

재촉하는 소녀의 성화에 못 이겨, 결국 둘은 거의 달리다시피 샌더즈가로 향했다.

"아멜리아 아가씨!"

정문 근처에서 아멜리아를 발견한 집사가 너무 놀라 뒤로 넘어갈 뻔한 것을 줄스가 부축했다. 이윽고 소동을 듣고 달려 나온 샌더즈 부인과 하인들로 인해 샌더즈가에는 한바탕 울음바다가 만들어졌다.

"대체 어디에 있었던 거니, 내 아가!"

울며 놓아주지를 않는 어머니 덕에 뒤늦게 일터에서 달려온 아버지와 오빠들은 차마 비집고 들어갈 엄두를 내지 못했다. 그들은 어머니가 아멜리아를 놓아줄 때까지 잠시 뒤에서 순서를 기다리며 구경해야 했다. 아버지 다음으로는 큰오빠 해리의 차례였다. 부모님들이 모두 막내를 도닥이는 걸 보고 자신이라도 야단을 쳐야겠다며 엄한 얼굴로 아멜리아 앞에 섰으나 귀여운 여동생이 "해리 오빠아아!" 하며 폭 안겨 들어 머리를 비비자 저항 한번 못 하고 그대로 무너져야 했다. 그가 한 유일한 한마디는 "무사해서 다행이다."였다.

"……저거 3초는 버틴 거냐?"

곁에서 그 모습을 지켜보던 빈센트가 투덜거렸다. 형은 아멜리아에게 너무 무르다며 빈정대던 그는 알렉스의 어깨를 툭 쳤다. 행복한 재회 장면을 묵묵히 지켜보던 알렉스가 그에게로 시선을 돌리자, 빈센트가 의외라는 듯 말했다.

"너 다시 봤다. 간신배처럼 예의상 들락거리는 줄 알았지 정말로 아멜리아를 찾아올 거라고는 생각 못 했는데."

"……간신배."

지독한 평가에 뭐라 대답해야 좋을지 몰라 침묵하는 알렉스를 보며 그가 씨익 웃었다.

'어릴 적에 누적했던 죗값은 이걸로 사면해 줄까.'

개강하면 새내기 후배를 실컷 굶려 주겠다는 생각은 이제 포기해야 할 것 같았다. 샌더즈 집안에서 일주일 동안 뒤져도 찾아내지 못한 아멜리아를 무사히 데려온 것만으로도 그는 귀빈 대접을 받아 마땅했다. 생각보다 괜찮은 녀석일지도 모른다며 실실대던 빈센트가 해리 품에 안겨 있는 여동생에게 다가가 귀를 잡아당겼다.

"아야야!"

"요 녀석은 아픈 맛을 봐야 말을 듣지. 네까짓 게 뭐라고 겁도 없이 위험한 남자들을 상대하겠다고 덤벼, 엉?"

"빈센트! 아멜리아가 아파하잖아."

"형은 잠시 좀 있어 봐 봐. 형이 입도 뻥긋 못 하니 나라도 나서야지. 요놈!"

귀를 잡아당긴 뒤에는 코를 잡아 비틀었다.

"아파아아, 빈센트 오빠아!"

"온 가족을 걱정시키고, 이게 아프다고? 엉?"

"잘못했어요오."

코맹맹이 소리로 사과하는 꼴이 우스웠는지 빈센트가 웃음을 터트렸다. 새빨개진 코를 만지며 아멜리아가 눈물 맺힌 눈으로 흘겨보자, 그제야 제 여동생을 안아 빙글빙글 돌렸다.

"네 살배기 꼬마도 아니고, 이 나이에 '모르는 사람이 가자고 해도 쫓아가지 마라.'라는 소리를 하게 될 줄은 몰랐다. 다친 곳이 없으니 다행이지. 그동안 대체 어디서 뭘 한 거야?"

"어, 아니 그게."

뭐라 대답해야 좋을지 몰라 망설이던 아멜리아가 힐끔 알렉스를 보며 도움을 청해 봤으나 그 역시 당황하고 있었다. 일주일간 그림 속에 숨어 있었다고 이실직고할 수도 없고, 이리저리 눈을 굴리던 소녀가 입을 열었다.

"……기억이 안 나."

시드가 충고해 준 적이 있었다. 애매할 때는 시치미 떼는 것이 최고라나 뭐라나. 안 그러면 정신병원행이라고. 아니, 이렇게 말한 것 같지는 않았지만 뭐, 대충 뜻은 비슷하니 일단 응용을 하고 볼 일이었다.

어색하게 말하는 아멜리아와 더 어색하게 아예 다른 먼 곳을 보고 있는 알렉스의 모습에 빈센트가 눈을 가늘게 떴다. 어쭈. 아무래도 둘 다 의심스러운데. 그러나 실종되었던 것은 사실이니 추궁은 천천히 해도 좋을 거라 생각하며 일단 넘어가 주기로 했다.

"뭐, 나한테는 그렇게 대충 말해도 별문제 없을지 몰라도 경찰서에 가서 설명할 건 각오해야 할 거야."

"으……."

지난번 병원에서 겪었던 집요한 조사를 생각하니 절로 벌레 씹은 얼굴이 된 아멜리아의 머리를 빈센트가 거칠게 쓰다듬었다. 어떤 숨은 사연이 있더라도 여동생이 무사히 돌아온 건 기쁜 일이었다.

"네가 범인이 아니니 뭐 그리 심하게 굴지는 않을 거다."

"어……."

지난번에도 분명 그런 소리를 하면서 엄청난 압박 수사를 펼친 것 같은데. 상황을 막론하고 경관은 다 무시무시하다는 걸 당해 보지 않은 오빠는 잘 모르는 것 같다고 아멜리아는 생각했다. 아무래도 마음의 각오를 단단히 해야 할 것만 같았다. 다른 건 몰라도 다시는 혼자 경관을 상대하는 일은 없어야 했다.

경찰 이야기가 나오자 새하얗게 질리는 아멜리아를 보고 알렉스가 슬쩍 손을 잡아 주었다. 아직 시간이 있으니 대충 이야기를 맞춰 놓으면 되지 않겠느냐는 의미였는데 곁에서 그걸 목격한 두 오라버니의 얼굴이 썩어 들어간 건 눈치채지 못한 것 같았다.

아멜리아가 무사히 가족의 품에 안긴 걸 확인한 알렉스는 긴 이야기는 다음에 하자며 샌더즈 저택을 떠났다. 이전과 다른 점이라면 이제 샌더즈 부인과 하인들도 그를 보고도 못 본 척한다거나 하는 일 없이 모두 다정하게 그에게 인사를 건네는 것이었는데, 이 여름이 시작되기 전 누군가가 그들에게 "곧 멜포드 가문 사람들과 왕래가 있을 것이다."라고 말해 주었다면 웃기지 말라며 물벼락을 맞았을 정도의 '있을 수 없는' 수준의 변화였다.

"오늘은 일찍 올라가서 쉬렴."

온 가족과 함께 화기애애한 저녁 식사를 마친 아멜리아는 방으로 가는 계단을 오르다가 자신의 스커트 주머니 안에 무언가 무거운 것이 들어 있는 것을 깨달았다. 돌아오고 나서 내내 정신이 없던 소녀는 자신의 주머니 속에 이런 것이 있었는지 여태 모르고 있었다. 주머니에 손을 넣어 내용물을 확인한 그녀의 눈이 크게 뜨였다.

"새들도 돌아왔어!"

소녀의 주머니에서 나온 것은 가지에 앉은 두 마리의 파랑새 도자기였다. 아멜리아가 다시 현실로 돌아오면서 새들도 다시 도자기로 돌아간 듯싶었다. 그림 속 세상이라면 자유롭게 날아다닐 수 있었을 텐데. 안타까운 마음에 차가운 도자기 표면을 쓰다듬어 주며 속삭였다.

"너희는 그냥 그곳에 남아 있지 그랬어……."

미안한 듯 그곳이 더 행복하지 않았겠냐며 중얼거린 아멜리아가 곧

"아니, 아니야."라고 무언가 떠올린 듯 고개를 흔들었다. 미안하지만 이 새들에게 부탁하고 싶은 것이 있었다.

"기왕 돌아온 거, 딱 한 번만 더, 네 힘을 빌려주렴. 절대 나쁜 일에 쓰지는 않을게. 약속해."

소원이 이루어지기를 기원하며 소녀는 자신의 침대 옆 사이드 테이블 위에 도자기 새들을 올려 두었다.

아멜리아가 무사히 돌아왔다는 소식은 그날 저녁, 입소문을 타고 온 마을에 알려졌다. 대대적인 수사가 계속되는 동안 긴장감이 흐르던 마을 분위기는 순식간에 부드러워졌고 사람들은 소녀에게 무슨 일이 있었는지 궁금해했다.

'붉은 서재'에는 아멜리아가 직접 전화로 무사하다는 사실을 알렸다. 평소 같지 않은 시드의 철부지처럼 들뜬 목소리에 소녀는 한바탕 웃었고, 다음 날 방문하겠다는 말을 전했다.

밤이 지나고 아침이 밝자 경찰들이 몰려왔다. 그들의 반응을 예상한 아멜리아가 처음부터 혼자 대응하기를 거부한 탓에 옆에는 미리 불러온 가문의 변호사며 집사가 함께 있어 주었다. 그래서였는지는 몰라도 이전보다 훨씬 온화하고 간단한 확인 문답 몇 가지만이 오간 뒤 경관들은 물러났다.

자신을 쫓던 남자가 체포되었다는 말에 크게 안도한 아멜리아는 혹시 몰라 줄스에게 '붉은 서재'까지의 동행을 부탁했다.

"제발 좀 집에 붙어 있어야겠다는 생각은 안 드십니까?"

"위험한 걸 아니까 줄스랑 같이 나온 거잖아."

"그럴 바에야 아예 밖에 안 나오는 것이 더 현명하지 않겠냐는 말입니다."

"이것만 하고 바로 돌아갈게요~"

투덜거리는 줄스와 함께 '붉은 서재'에 들른 아멜리아는 시드의 열렬한 환대를 받았다. 시드에게 아가씨를 넘긴 줄스는 주방장의 심부름을 하러 잠시 자리를 비워야 한다고 말했다.

"부디 이곳에 붙어 계시길 바랍니다."

"그래요, 어디 다른 곳 안 가고 여기 있을 거니까. 얼른 다녀와요."

못 미더운 표정으로 장을 보러 떠나는 쥴스에게 손을 흔든 뒤, 아멜리아와 시드는 마주 앉았다.

"어디 다친 곳은 없고? 그간 어디에 있었던 거야?"

"친절한 분이 숨겨 주셔서 안전한 곳에 있었어요. 설명하자면 좀 길어요. 다친 곳은 어떠세요, 시드?"

"팔을 조금 다쳤어. 안 움직이고 잘 쉬면 나을 정도라니까 걱정하지 마. 밀리야말로, 집에서 좀 더 쉬고 오지 그랬어?"

"시드에게 돌려줘야 할 것이 생각나서 왔어요."

"내게?"

무슨 말인지 이해하지 못하는 시드의 앞에 아멜리아가 벨벳 천에 싸서 가져온 도자기 새들을 꺼냈다. 소녀가 가져온 것을 본 시드의 표정이 싸늘하게 변했다.

"이걸 왜 아직도 가지고 있어, 깨 버리라고 했잖아!"

말이 채 끝나기도 전에 시드는 다치지 않은 쪽 손으로 도자기를 움켜잡고 집어 던지려고 했다. 내동댕이쳐져서 망가지기 전에 몸을 던져 깨는 것을 막은 아멜리아가 냉큼 그것을 다시 제 품에 숨겼다. 불같이 화를 내는 시드의 모습에 당황한 소녀가 우물쭈물, 주저하며 설명했다.

"아직 할 일이 남아 있어서 깰 수 없었어요."

"대체 할 일은 무슨—!"

인상을 쓴 시드가 아멜리아를 바라보더니 한숨을 쉬었다.

"설마 그거인가? 강에 있는 그 애를 보내 줘야겠다 생각했어? 아멜리아. 지금 그런 팔자 좋은 상황이 아니라는 거 잘 알잖아. 저 새들 때문에 네가 죽을 수도 있었어!"

"그 애요? 아아, 그것도 있었죠. 확실히……."

예상외의 말을 들었다는 표정을 하는 아멜리아를 보며 이번에는 시드가 당황했다.

"그럼, 대체 무엇 때문에 깨지 못하게 하는 거야? 너도 눈치챘겠지만 이게 있으면 다른 사람이 아닌 네가 가장 위험해져. 얼른 망가뜨려야 해."

"알아요. 제가 이 새들을 보호하는 이유는 당신 때문이에요, 시드."

"……나?"

강가의 아이를 위해 새들을 사용하겠다는 생각은 해 본 적도 없었다. 그 아이를 달래는 법은 어떻게든 다른 방도를 모색할 수 있을 테지만, 이번은 아니었다. 새들이 반드시 있어야 했다. 아멜리아에게 그들이 필요했던 이유는 오로지 시드를 위해서였다.

"만나고 싶은 사람이 있잖아요. 마지막으로 딱 한 번만 더 사용하고 싶었어요."

소녀의 한마디에 그의 눈이 크게 뜨였다.

"그걸, 어떻게."

예상치 못했던 말에 시드의 입술이 작게 떨렸다. 아멜리아가 알고 있을 줄은 몰랐다. 레이븐에 내려와서, 자신의 과거에 대한 이야기는 그 누구에게도 꺼낸 적이 없었다.

"새들이 사라지기 전에 꼭 한 번 만나게 해 주고 싶었거든요."

"그것만 이루어지면 그 후에는 깨도 괜찮아요."라는 소녀의 말을 듣자 그의 눈앞이 뿌옇게 흐려지는 것 같았다.

"내가 라일라를, 정말 다시 볼 수 있을까?"

"시드가 보고 싶은 사람의 이름이 라일라예요?"

"……그녀가 날 만나 줄 것 같아?"

"그럼요. 당연하죠."

"……."

"그러니까 이번 한 번 정도는 용서해 주세요."

말은 부탁하는 투로 했어도 고민하는 시드의 답변은 듣지도 않겠다는 듯 아멜리아는 재빨리 새들을 두 사람의 중앙에 내려놓았다. 두려움과 망설임에 가득 차 앉지도 일어나지도 못하는 시드에게 괜찮을 거라고 다독여 주며 편히 앉아 있을 것을 권했다. 이것만은 양보하지 못한다고 고집부리는 소녀를 물끄러미 바라보던 그가 결국 고개를 끄덕였다.

"그럼 시작할게요."

"……그래."

목이 메는 소리를 낸 시드가 조용히 라일라의 이름을 불러 보았다. 긴장한 몸에 마비되는 것처럼 저릿한 통증이 훑고 지나갔다. 다시 그녀를 만날 수 있을 거라는 건 제 주제에 차마 꿈도 꿔 보지 못했던 일이었다.

"그럼 이제 불러 내리는 건가……."

"이제 올려 보낼 준비를……."

"어?"

"어?"

서로를 바라보며 무슨 뜻인지를 확인하던 두 사람은 동시에 소리를 질렀다.

"뭐라고?"

"몰랐어요?"

뜻밖의 소리를 들은 듯 놀라는 아멜리아를 보고 시드가 머리를 감싸 안았다.

"그게 무슨 소리야. 그러니까, 라일라는 지금."

"……여기 있는데요."

"하아아아아—."

대체 여기서 뭐 하는 거냐고 묻고 싶을 정도로 곤혹스러운 답변이었다. 세상을 초월한 듯한 면이 있는 라일라라면 이미 모든 것을 시원하게 털어 버리고 떠났을 거라 생각하고 있었다. 그런 그녀가 아직도 사람들이 사는 세상에 남아 있다는 말에 시드는 할 말을 잃었다.

"시드가 걱정되어서 가지 못한 것 같아요. 그리고 셸저, 씨도."

어색하게 셸저의 이름을 언급한 모습이 아멜리아도 그들이 남매라는 사실을 이제야 깨달은 것 같았다. 그에 대해 라일라와 어떤 말을 나누었는지는 몰라도 내내 애매한 웃음을 띠고 있었다.

"아멜리아의 눈에 보이는 라일라는, 어떤 모습이야?"

"평소에 어떤 사람이었는지는 모르겠는데……. 지금은 엄청나게 털털한 아가씨 같아 보이는데요? 편안한 복장을 즐겨 입나 봐요. 밝게 웃고 있어요. 시드에게 종종 장난을 치곤 해요."

"장난을……."

"네, 우울한 표정을 하면 답답하다며 머리도 때리고……, 아니 죄송해요. 이건 말하지 말라네요."

"밀리는 라일라가 있다는 걸 언제 알았어?"

"우리가 처음 만났을 때요. 사실 그때 백작 부인의 그림을 고른 건 시드가 아니라 저분이었어요."

"……끄응, 그런가."

깊은 시름에 앓는 소리와도 비슷한 한숨을 내쉬며 시드가 아멜리아와의 첫 만남을 되짚어 보았다. 어쩐지 그날따라, 누군가를 돕고 싶다는 생각이 들었다. 아무런 득이 되지 않을 싸움에 끼어들고 생전 처음 만나는 아가씨의 그림을 갖고 싶다고 말했었다. 이게 다 라일라가 등을 떠민 결과라고 생각하니 헛웃음이 나왔다.

"아멜리아가 라일라의 마음에 들었나 보군."

"그런 거예요? 다행이네요~"

위기감이라고는 전혀 느껴지지 않는 부드러운 목소리로 "저도 언니가 마음에 들어요."라고 종알대던 아멜리아가 방긋 웃더니 조용히 눈을 감았다.

잠시간의 정적. 시드는 소녀가 새들을 깨우는 중이라는 걸 알았다. 이전만큼 격렬하게는 아니지만 파르르르, 유리창이 떨리는 소리를 듣고 깨달았다. 눈을 꼭 감은 아멜리아가 그의 손을 더듬대며 찾았다. 다치지 않은 쪽 손을 내밀어 주자 소녀의 보드라운 두 손이 손가락을 꼭 잡아 온다.

"시드가 라일라를 만나기 위해서는 이게 필요했어요. 그녀를 올려 보내는 새들의 힘을 빌려서 볼 수 있게 하려고요. 이것으로 영영 마지막이 되겠지만 그래도 괜찮겠어요?"

"괜찮아. 라일라를 한 번이라도 더 볼 수만 있다면. 우리는 작별 인사도 못 했었어."

"……맨눈으로 직접 볼 수는 없으니까, 제가 하라는 대로 따라 해 주세요. 눈을 감고 그 사람 생각을 해 보세요. 머리를 비우고……, 소리에 집중하세요. 어때요. 목소리가 들리나요?"

영적인 능력이 전혀 없는 평범한 사람인 시드는 새들뿐만이 아닌 아멜리아의 힘까지 빌려야 간신히 라일라의 목소리를 들을 수 있을 터였다. 그들에게 주어지는 건 단 한 번의 기회였다. 실패는 있을 수 없었다. 깊은 심호흡을 한 아멜리아가 말라 가는 입술을 핥았다.

새들이 라일라의 영혼을 뿌리 끝까지 진동시켜 움직이는 동안, 손을 잡은 아멜리아가 기폭제가 되어 그녀의 소리를 전달하는 방법이었다.

한동안 침묵하며 라일라의 목소리를 기다리던 시드의 입에서 옛 연인의 이름이 흘러나왔다.

"……라일라."

그 한마디로 아멜리아는 두 사람의 대화가 이루어졌다는 걸 알았다. 라일라는 시드의 영혼에게 직접 말을 걸고 있었다. 머리로, 심장으로 듣는 그녀의 목소리는 손을 잡은 아멜리아의 귀에도 닿지 않는,

오로지 시드에게만 들리는 그리운 연인의 목소리였다.

파르르르. 그들이 대화하는 동안 창문은 계속해서 흔들렸다. 반항하던 로사 때와는 달리 공기의 흐름도 부드러웠다. 이전에 로사를 강제로 올려 보낼 때, 아멜리아는 어디로 보내지는 것인지 몰라 걱정한 적이 있었다. 그러나 어쩐지 이번에는 그럴 필요가 없을 듯싶었다. 아멜리아는 라일라가 그녀가 가야 할 가장 좋은 곳으로 갈 거라는 걸 확신했다.

아멜리아의 귀에 들리던 새들의 노래가 점점 고음의 주파수로 바뀌었다. 한참을 속삭이던 연인들은 헤어질 준비가 되었는지 맞잡은 시드의 손에 힘이 들어갔다. 사랑하는 사람과의 애달픈 작별 인사는 그렇게, 새들의 이별 노래로 막을 내렸다.

"이제 끝난 건가?"

새들의 소리가 들리지 않게 되고도 한동안 말을 잇지 못하던 시드가 낮게 잠긴 목소리로 물었다. 아멜리아가 고개를 끄덕이는 걸 보고 나서야 긴장이 풀렸는지 소파에 주저앉아 손으로 얼굴을 감쌌다.

"좋은 이야기 많이 나눴어요?"

"좋기는 뭐……, 너무 평소 같은 그녀의 모습이라서 오히려 맥이 빠졌어. 좀 더 애절하고 애틋한 분위기를 기대했던 것 같기도 하고."

"하하……."

줄곧 시드 곁을 지키던 라일라로서는 그리 애처로울 것도 없었으리라. 오랜만에 만났는데 자기 하고 싶던 잔소리만 잔뜩 털어놓더라며 밉살스럽다 투덜거리면서도 시드의 얼굴은 활짝 개어 있었다.

"덕분에 어느 정도 마음의 정리는 된 것 같아. 고마워, 아멜리아."

"그래요? 다행이다―."

"나를 위해 새들을 사용할 생각을 하고 있었을지는 몰랐어. 화내서 미안해."

"시드가 저를 걱정해서 그런 소리 했던 거 알아요. 신경 쓰지 마세요. 저야말로 미리 설명하려고 했는데 라일라 씨가 극구 말려서……."

"아, 라일라라면 분명 그랬겠지. 곁에서 내 흉 엄청 본 거 아니야?"

"……아니에요, 그렇게 심하게는."

"했구나."

"에헷."

"나 모르게 둘이 무슨 이야기를 했는지 들어야겠으니 거기 좀 앉아 봐. 내가 차를 타 올게. 천—천히 다 들려줬으면 좋겠는데."

"어, 절대 말하지 말랬는데……."

"누구 맘대로. 이제 네 편을 들어 줄 라일라도 없으니 포기해."

아가씨들이 자신에 대해 어떤 수다를 떨었는지 들어야겠다고 고집하는 시드를 보던 아멜리아가 입꼬리를 올리자 그가 의아하게 바라보았다.

"슬픔을 이겨 낸 것 같아 다행이에요. 지나치게 회복이 늦다고 라일라 씨가 줄곧 걱정하고 있었거든요."

"……하하."

머쓱한 표정으로 헛웃음을 지은 그가 아멜리아에게 말했다.

"네 앞에서 엉엉 울 수는 없잖아. 어른의 자존심이라고 생각해 줘."

죄책감을 덜 수는 없지만 마음이 조금 가벼워진 것은 인정한다고 시드는 설명했다. 긴 이야기를 듣기 위해서는 목을 축일 것이 필요하지 않겠느냐던 그는 창고 뒤편으로 찻잔을 가지러 사라졌다.

"하여간, 말로는 못 당한다니까……."

'붉은 서재'의 문이 열리는 종소리가 들리고 누군가가 가게 내부로 들어온 것은 그때였다.

"시드, 손님이……."

문소리를 듣지 못한 시드를 위해 대신 손님을 맞으러 나서던 아멜리아는 방문객의 얼굴을 보고 순간 몸이 굳었다.

"셀저 씨."

"안녕하세요, 샌더즈 양. 아, 비명 지르는 건 자제를 부탁합니다."

입에 손가락을 대 조용히 하라는 표시를 한 카이퍼가 뒷주머니에서 권총을 꺼내 시드가 있는 쪽으로 향했다.

"당신이 불러서 나오면 주저 없이 쏠 겁니다."

나지막이 속삭인 그가 다시 총구를 그녀에게 향하며 가게의 한쪽 구석으로 가 있을 것을 명령했다. 소녀가 벽으로 물러서는 걸 지켜본 카이퍼는 창고 문 쪽으로 가서 시드가 눈치채지 못하도록 살짝 문을 닫고 자물쇠를 잠그기 시작했다.

'시드에게 용건이 있는 게 아니야. 그는 나를 데리러 온 거야.'

그가 라일라의 동생이라는 것을 알지 못했을 때는 그의 집착을 이해할 수 없었다. 그러나 진실을 알게 된 이상 자신을 찾는 이유를 이해할 수 있었다. 아마도 그는 새들을 이용해 라일라를 불러내라고 요구하고 싶은 듯했다.

라일라의 죽음은 갑작스러웠다. 사랑하는 이들과 변변한 작별 인사도 없이 떠나야 했던 그녀에게 시드와 작별 인사를 나눌 시간을 주고 싶었다. 그러나 카이퍼는 누나의 부활을 꿈꾸는 타입이었다. 인사만으로 만족하지 않을 거였다. 가브리엘을 죽이고 자기 아들을 되살리려던 그 아버지와 같은 부류가 확실했다. 라일라를 불러낼 수 있다는 것을 알고 그에게 기회를 준다면 그는 분명, 누군가의 희생을 원할 터였다. 그런 일은 있어서는 안 된다고 아멜리아는 생각했다. 그녀는 조금 전까지 자신이 앉아 있던 자리에 놓여 있는 도자기 새를 내려다보았다. 침입자는 아직 새들이 그 자리에 있는 것을 눈치채지 못하고 있었다.

'실수했어. 시드와 라일라를 만나게 한 뒤 바로 처리했어야 했는데.'

아멜리아에게는 새들을 어떻게 할 것인지에 대한 나름의 계획이 있었다. 시드의 말대로 망가뜨리는 것도 하나의 길이었으나 그녀가 생각해 둔 방법 역시 그리 나쁘지 않을 터였다. 지금 같은 상황에서는 그럴 기회가 주어질 경우라는 가정의 말이 사용되겠지만.

생각이 떠올랐을 때 재빨리 실행하지 않고 여유를 둔 것이 후회스러웠다. 카이퍼가 이렇게 빨리 다시 돌아올 줄 누가 알았겠느냐며 투덜거려 보아도 지금 벌어진 상황에 도움이 되지는 않는 말이었다.

실수는 인정해도 다시 한 번 지난번과 같은 참사가 벌어져서는 안 된다고 생각한 아멜리아는 침착하게 카이퍼와 자신의 거리를 잰 다음 마른침을 삼켰다. 인제 와서 도자기 새들과 자신이 함께 카이퍼의 손에 들어가는 일은 없어야 했다.

'할 수 있어. 가능해.'

그가 문을 잠그는 데 열중한 지금이 적기였다. 그렇게 생각한 아멜리아는 망설임 없이 소파로 다가가 새들을 움켜쥐고 '붉은 서재'의 입구를 향해 뛰었다.

찰칵.

그때, 창고의 문을 잠가 시드를 가두는 데 성공한 카이퍼가 뒤를 돌아보았다.

"두 번은 안 통해!"

타앙―!

귀를 찢을 것 같은 총소리가 들렸다.

문을 여는 순간 아멜리아는 무언가가 자신의 어깨를 스치고 지나갔다는 것을 깨달았다. 아니, 그것을 느끼기도 힘들 정도의 빠른 속도였다. 하지만 소녀는 멈춰 서서 그것을 확인하거나 하지 않았다. 주저하지 않고 그대로 뛰어나갔다.

"아멜리아? 이게 무슨 소리……, 문이 왜 잠긴 거지? 거기 무슨 일이야!"

총성에 놀란 시드가 밖으로 나오기 위해 거칠게 문을 흔들었다. 쉽게 열리지 않자 무언가 잘못되었다는 것을 깨달은 그가 발로 문을 차기 시작했다.

"이봐, 무사한 거지? 대답해!"

과격한 발차기에 자물쇠가 걸린 부분이 덜컹거리며 흔들렸다. 위태로운 문의 상태를 곁눈질로 확인한 카이퍼는 그것이 최소한 얼마 동안은 시드의 발을 묶어 둘 것이라는 걸 확신하고 재빨리 아멜리아의 뒤를 쫓았다.

"이번엔 놓치지 않을 거라니까!"

카이퍼는 아멜리아가 도망가며 도자기 새들을 집어 드는 것을 보았다. 소녀를 잡아 새들의 위치를 물을 생각이었던 그에게는 일거양득의 상황인 셈이었다. 그리고 그는 지난번, 소녀가 도자기 새들을 망가뜨리라는 시드의 말을 듣지 않고 도망갔던 걸 기억했다. 당장 깨라는 시드의 외침을 무시하고 도망 나갔었다.

솔직히, 소녀가 총상을 입고도 도망갈 줄은 몰랐다. 곱게만 자랐을 귀족 아가씨치고는 상당히 터프한 선택을 한 걸 보면 아무래도 아멜리아라는 소녀는 자신처럼 그 새가 꼭 필요한 모양이었다.

'도망가다가 자신이 잡히면 모든 것이 헛수고라는 생각은 하지 못하는 모양이군.'

소녀의 뒤를 쫓아 달리던 그는 아멜리아가 마을을 벗어나 엘포트 강으로 향하고 있다는 걸 깨달았다.

"괴물이 사는 강으로 가겠다고? 재미있어지는군."

무엇을 생각하는지는 몰라도, 어깨에 총상을 입고도 달려갈 만큼 의미가 있는 일이길 바라야 할 거라며 그가 비웃었다. 이런 방법으로는 자신을 따돌릴 수 없을 터였다.

"하악, 하악."

강을 향해 달리는 아멜리아는 조금 전 총알이 스친 부분이 점점 뜨거워지는 기분이 들었다. 있는 힘을 다해 도망치느라 상처를 살펴볼 시간이 없었지만 아무래도 생각보다 출혈이 많은지 점점 달리는 데 속도가 떨어지는 기분이 들었다. 그래도 무릎이 꺾여 더는 달릴 수 없을 때까지, 최선을 다해 달려야 했다.

"허억."

상처가 지끈거리는 통증이 뒤늦게 전신을 강타했다. 걸음을 옮길 때마다 상처가 울려 욱신거렸다.

'엘포트 다리까지만 가면.'

저 멀리에서 강줄기가 보이는 걸 확인한 소녀는 조금만 더 힘을 내야 한다고 생각했다. 강가에 도착하면 아이를 찾아야 한다.

'내가 없는 사이에 이미 누군가를 데려간 것만 아니면 좋겠는데.'

부디 그동안 사고를 친 것은 아니기를 간절하게 빌며 달리는데 아멜리아의 목적지가 어디인지를 눈치챈 듯한 카이퍼가 뒤에서 외쳤다.

"헛수고예요. 그 괴물이 나온다고 달라지는 건 없을 겁니다!"

그는 소녀보다 자신이 더 유리하다는 걸 알았다. 두 사람은 같은 것을 볼 수 있었고, 카이퍼에게는 그녀에게 없는 무기가 있었다. 그 괴물과 맞서 싸울 힘의 차이 역시 달랐다.

카이퍼는 괴물이 덤벼들면 소녀를 미끼로 쓰면 된다고 생각했다. 아멜리아를 잃는 건 그에게도 큰 손해이긴 하지만 그녀 같은 영매는 찾다 보면 어딘가에는 반드시 또 있을 거였다.

'하나가 있다는 건 어딘가에는 분명히 또 비슷한 사람이 있다는 뜻이거든.'

애초부터 그에게 중요한 것은 영혼을 불러내는 '도구'였지 영매가 아니었다. 사용법을 아는 아멜리아가 새들을 이용해 라일라를 불러내는 것이 가장 이상적인 전개이기는 해도 도구가 있다면 언제든 다음 기회가 있을 거였다.

카이퍼는 만일 그녀가 말을 듣지 않는다면 시간을 끌지 않고 바로 죽여 버리기로 마음먹었다. 시체는 강에서 사는 괴물에게 던져 주면 뜯어 먹을 테니, 증거는 그렇게 은폐하고 자신은 새를 가지고 도망치면 되는 거였다.

'귀족 아가씨가 무사히 돌아온 덕분에 경비도 다시 허술해졌으니 이제 마을을 벗어나기도 한결 수월해졌겠지.'

수배령이 내려진 그는 변장하고 마을에 숨어 있었다. 작은 마을이라지만 숙박비만 넉넉히 내면 조건 없이 사람을 받아 주는 뒷골목의 숙소는 어디에든 존재했다. 그는 그곳에서 상황이 정리될 때까지 며칠이고 숨죽여 있다가 아멜리아가 돌아왔다는 소문을 듣고는 푼돈으로 마을의 불량배 몇을 샀다. 그들에게 주문한 것은 한순간도 눈을 떼지 말고 '붉은 서재'를 감시하는 일이었다. 행여 귀족 아가씨가 방문하는 일이 생기면 지체 말고 자신에게 알리도록 지시했다.

그것이 오늘이었다. 감시를 시작한 지 얼마 되지 않아 소녀가 제 발로 나타나 준 거였다. 가게를 감시하던 사람 중 발 빠른 자가 카이퍼에게 아멜리아의 도착을 알렸고 소식을 들은 그가 서둘러 뒤를 쫓아 다시 소녀와의 재회를 이루었다.

'……지쳤나 보군.'

초반에는 재빠르게 달리던 아멜리아의 속도가 현저히 떨어진 것을 본 카이퍼가 회심의 미소를 지었다. 총상을 입은 부위가 아픈지 점점 움직임이 둔해지고 있었다. 이 정도면 강가를 벗어나기 전에 잡을 수 있을 터였다.

'스스로 포기해 줘도 좋겠지만, 그럴 것으로 보이지는 않고.'

엘포트 다리 위를 오른 소녀는 주변을 살피며 무언가를 찾고 있었다. 정말로 그 괴물을 기다리는 건가, 싶어 놈이 도착하기 전에 도자기를 뺏기로 했다.

'이 거리면 다시 총을 쏘아도 충분하긴 한데, 그러다 주술 도구가 깨지기라도 하면 큰일이니까.'

그는 소녀가 주춤대는 사이에 덤벼들었다.

"이리 내놓으시지!"

"꺄아악!"

도망갈 타이밍을 놓친 아멜리아가 당황해서 소리를 질렀다. 새들을 품에 꼭 안고 필사적으로 버티던 아멜리아의 시야에 인기척을 들은 아이가 다리 밑에 와서 위를 올려다보는 것이 들어왔다.

"폴을 대신할 친구를 줄게! 더는 행인들을 해치지 마!"

"누구 맘대로!"

카이퍼가 소녀의 팔을 낚아챘다. 그 힘에 어깨의 상처에서 다시 피가 터졌다.

"아악!"

아이의 확답 따위를 들을 시간은 없었다. 고통에 비명을 지른 아멜리아는 마지막 힘을 다해서 쥐고 있던 새들을 강으로 떨어뜨렸다.

"미쳤어? 안 돼, 누나!"

포물선을 그리며 날아가는 도자기 새들을 보며 카이퍼가 외마디 소리를 질렀다.

밀쳐지는 순간 소녀가 본 그의 마지막은 새들을 안전하게 받아 내기 위해 있는 힘껏 팔을 뻗는 모습이었다. 소녀가 다리 위에서 구른 것과 카이퍼가 도자기를 잡기 위해 몸을 날린 것은 거의 동시에 벌어진 일이었다.

바닥에 내쳐진 순간 첨벙―! 하는 커다란 물소리가 들린 것 같은 기분이 들었다.

다친 어깨 쪽으로 전신의 체중이 쏠리며 쓰러진 아멜리아는 갑작스러운 충격에 눈앞이 하얗게 될 정도의 고통을 맛보았다. 생전 처음 경험하는 격렬한 통증에 비명조차 지르지 못한 채 아주 짧은 순간 동안 의식을 잃었던 것 같았다.

시간이 얼마나 지났을까. 문득 눈을 뜬 소녀는 자신이 엘포트 다리가 시작하는 부분에 누워 있다는 걸 알았다. 어떻게든 몸을 일으키기 위해 노력을 해 보려 했으나 힘이 빠진 팔다리는 말을 듣지 않았다.

'세상이 조용하네.'

눈을 뜬 그녀의 앞에 있어야 할 카이퍼가 보이지 않았다. 몸이 제대로 움직이지 않아 주변을 전부 돌아보는 것은 무리라고 해도 그의 목소리조차 들리지 않는 것은 이상했다.

'이상하다. 날 그냥 두고 갈 사람이 아닌데.'

아무리 새들을 수중에 넣었다고 해도 바닥에 쓰러져 있는 아멜리아를 두고 그냥 사라질 사람이 아니라고 생각했다.

'그러고 보니 셀저 씨만 조용한 게 아니네. 그 아이도……'

이상할 정도로 조용한 엘포트 강가에서 귀를 기울이던 소녀의 입꼬리가 살짝 올라갔다.

'강가에 등을 대고 누워 본 적은 처음이야. 이러고 있으니 물소리가……, 아아. 새소리도 평소보다 훨씬 잘 들리네. 목소리가 정말 예쁘다.'

처음 느껴 보는 신선한 감각이었다. 이럴 때 아니면 언제 맨바닥에 딱 붙어 누워 보겠어? 라며 긴장감 없는 감탄사를 중얼거리던 소녀는 차츰 정신이 흐려지는 기분이 들었다. 시드의 골동품점에서 엘포트 다리까지 달려온 것이 힘들어서인지 아니면 강이 흐르는 소리와 새들이 지저귀는 소리가 자장가처럼 들려서 눈이 감기는 것인지, 구분하기 힘들 정도로 잠이 쏟아졌다.

멀어져 가는 의식 사이에서 아멜리아는 지금 들리는 사랑스러운 새소리가 그 파랑새들의 노랫소리였으면 좋겠다고 생각했다.

알렉스는 서재에서 책을 보고 있었다. 아멜리아가 사라진 후 그녀를 찾아다니느라 소홀하던 공부를 조금 더 체계적으로 정리할 필요가 있었다. 그는 방학 동안 읽었던 서적들을 훑는 중이었다. 기숙사로 돌아갈 때는 필요한 것만 골라 가져갈 생각을 하고 있었지만 정리하다 보니 전부 두고 가도 괜찮을 것 같았다.

'짐은 간단한 게 좋으니까.'

아멜리아를 찾지 못하고 돌아가게 되는 건 아닌가 하고 걱정했는데 다행히 일이 해결되어 마음이 한결 후련해졌다. 고백하자마자 멀리 떠나야 하는 건 아쉬웠지만, 그래도 모든 것이 정상으로 돌아와 다행이라고 생각했다.

지금처럼 곁에 두고 매일같이 만날 수는 없어도 방학 때마다 내려와서 얼굴을 보면 괜찮지 않을까 생각하다가도, 그러다가 정말로 누군가에게 선수를 빼앗길 수도 있겠다 생각하니 마음이 착잡해졌다.

알렉스가 보기에 아멜리아는 지나치게 순진하고 심각할 정도로 귀여웠다. 그녀의 웃는 얼굴은 특히 사랑스럽다고 생각했다. 자신이 레이븐을 떠나 있는 동안 다른 사람이 눈독 들이지 않는다는 보장이 없다는 것이 앞으로 그의 최대의 골칫거리가 될 예정이었다.

그래도, 좋았다. 이제 그녀를 계속 볼 수 있다는 희망이 생겼으니까. 서로의 얼굴을 볼 수 있는 나날이 앞으로도 계속될 거라는 희망이 보이는 것만으로도 충분히 행복했다.

'그나저나, 우리 사귀는 거 맞기는 하던가?'

첫 키스 후 서로의 마음도 어느 정도 확인한 것 같은데 어쩐지 그 부분은 얼렁뚱땅 넘어간 듯한 기분이 들었다. 아멜리아의 무사를 알리기 위해 서두르다가 확답받는 걸 잊었던 것이 실수였다. 아멜리아와 관련된 일에서는 이상하게도 당황하다가 실수를 연발하는 기분이 들었다. 다시 만나면 반드시 물어보겠다고 그는 결심했다.

온종일 서재에 틀어박혀 가을 신학기의 커리큘럼을 살펴보며 수업 준비를 하던 알렉스에게 연락이 들어온 것은 늦은 저녁이었다. 저녁 식사를 마치고 느긋하게 책을 읽는데 집사가 급한 발걸음으로 그에게 다가왔다.

"도련님."

"무슨 일이야? 평소보다 우아하지 못한 몸가짐인데."

"저도 예절을 최우선으로 생각하는 편입니다. 그러나 기품 있는 행동이 늘 칭찬을 받는 건 아니죠. 평소처럼 행동했다가는 보고가 늦어질 것이고 결과적으로 도련님이 역정을 내실 것 같아서 서둘러 왔습니다."

"무슨 일인데 서론이 이렇게 긴 건지 물어도 될까?"

"아멜리아 아가씨가 병원에 입원하셨습니다."

"……뭐라고?"

날벼락 같은 소식에 당황한 알렉스가 자리에서 벌떡 일어났다.

"왜? 이유를 혹시 들었어?"

"상처를 입으셨다고 합니다. 강가에서 쓰러진 채 발견되었다고—."

"엘포트 강? 대체 그 위험한 곳에는 왜 또 간 거야? 당장 마차를 준비해!"

집사의 말이 채 끝나기도 전에 알렉스는 서재를 뛰쳐나갔다.

강가에 쓰러진 아멜리아를 발견한 것은 지나가던 마을 사람이었다. 출혈이 심한 그녀를 둘러업고 마을로 들어오다 소녀를 사방으로 찾아 헤매던 시드와 줄스를 만났고, 그대로 응급실로 직행했다. 아멜리아가 응급 처치를 받는 것을 확인한 시드가 알렉스에게도 알린 거였다.

"시드니!"

"여기야."

마차에서 내린 알렉스는 병원 입구로 뛰어 들어갔다. 이리저리 헤매는 그를 부른 건 초조한 얼굴로 복도에 기대 서 있던 시드였다. 그는 병원 로비의 구석진 곳으로 알렉스를 데려가 의자에 앉기를 권했다.

"아멜리아는요? 부상이라니 무슨 일이 있었던 겁니까? 당장 그녀를 봐야겠습니다."

달려드는 그에게 시드가 진정하라는 듯 손짓을 했다.

"수술 중이야. 여기서 잠시 기다려."

"수술이라고요? 상처가 큽니까? 어디를 다친 건데요?"

"총상을 입었어."

"총상이라고요?"

예상치 못한 답변에 창백하게 질린 알렉스가 비틀거리며 의자에 앉았다. 바로 어제 무사히 돌아와 안심하고 있었는데, 대체 무슨 일이 있었는지 이해가 가지 않았다. 아멜리아를 최우선으로 보호할 가족들이 있는 샌더즈가와 총기 사고는 쉽게 매치되는 조합이 아니었다.

"오발, 인가요? 아니면……."

"……카이퍼가 다시 돌아와 밀리를 납치하려고 했어."

극악무도한 유괴범의 이름을 듣자 신경에 바짝 날이 섰다.

"그 미친놈이 포기하고 떠나지 않고 계속 레이븐에 숨어 있었다고요?"

"……그랬던 모양이야."

손으로 얼굴을 쓸며 당혹스러운 표정을 하는 건 알렉스만이 아니었다. 시드도 이런 일이 생길 거라고는 차마 생각하지 못했다. 잠시 눈을 뗀 사이에 벌어진 지금의 전개가 매우 혼란스러웠다. 그는 카이퍼가 자신을 창고에 가두고 '붉은 서재'에서 총을 발사한 사실을 설명했다. 총격에 놀란 아멜리아가 범인과 함께 사라졌다는 건 그가 문을 부수고 나온 뒤에 알게 된 사실이었다.

"상처는 어떻습니까?"

"스친 상처라 봉합 수술 자체는 금방 끝날 거라고 했어. 출혈이 심한 게 문제일 거야. 발견이 늦어서 내가 찾았을 때는 이미 의식이 없었어."

"정말입니까……."

납치 사건 후에는 총상이라니. 상상할 수도 없는 강력 범죄가 연속으로 터지자 현실 같은 기분이 들지 않았다. 이곳이 병원이 아니고 수술실에 들어간 아멜리아만 없었다면 시드가 그를 놀리기 위해 이야기를 꾸며 냈다며 화를 내고 싶은 지경이었다.

"그 개새끼는 어디 있습니까?"

"못 잡았어. 의식을 잃은 밀리를 버려두고 사라져서 지금 경찰들이 엘포트 강 근처를 찾고 있어."

"엘포트……."

범인이 강 근처에서 사라졌다는 말이 묘하게 뇌리에 박혔다. 놈을 찾기만 하면 가만두지 않겠다고 이를 갈던 알렉스는 문득, 카이퍼가 다시는 나타나지 않을지도 모른다는 생각을 했다. 지난번 알렉스와 아멜리아를 공격하던 기괴한 아이가 아직 강가에 있다는 가정하에, 쓰러져서 저항도 하지 못할 아멜리아에게 더 이상 손대지 않았다는 것이 이상했다. 만일 아이가 아멜리아보다 먼저 셀저를 데려간 거라면?

"수색 결과가 나올 때까지는 기다려야겠군요."

만일 살아 있다면 제 손으로 지옥을 보여 주겠다고 생각하며 알렉스가 중얼거렸다.

시간이 더 흐르고 밤이 깊어 사방이 칠흑처럼 어두워졌을 무렵, 아멜리아는 안정을 찾고 개인 병실로 옮겨졌다. 물론 면회는 사절이었다. 얼굴을 보지 못하는 것을 아쉬워하며 두 남자는 샌더즈 가족들과 함께 병실 복도를 지켰다. 시드의 경우 만에 하나 카이퍼가 다시 돌아올 경우를 생각해서 남기로 했다. 그의 얼굴을 아는 유일한 사람인 시드만이 혹시 모를 다른 사고를 예방할 수 있기 때문이었다.

'새들도 가져갔어. 카이퍼의 수중에 있는 건가, 아니면 밀리가?'

창고 문이 잠겨 있는 동안 무슨 일이 있었는지 알 수 없는 것이 가장 분통 터지는 상황이었다.

자물쇠를 부수고 밖으로 나온 시드는 아멜리아와 새들이 같이 사라진 것을 보고 침입자가 카이퍼라는 것을 어렵지 않게 추리해 낼 수 있었다. 새들의 사연을 아는 것도, 아멜리아와 새들을 동시에 노리는 것도 카이퍼 외에 다른 이가 있을 리 없었다.

'카이퍼는 대체 어디로 간 거지?'

라일라를 불러내려 했던 거라면 새들뿐만이 아니라 아멜리아도 꼭 필요한 존재였을 텐데. 아멜리아를 대신할 누군가를 찾은 게 아니라면 카이퍼는 황금 사과의 반쪽만 가지고 간 셈이었다.

카이퍼가 저 어린 소녀에게 총을 쏠 정도로 극악무도한 선택을 할 줄은 몰랐다. 벼랑 끝까지 몰린 그의 심정은 짐작이 가나 상황을 그렇게 만든 것도 카이퍼 자신이었다. 다시 만나면 가만두지 않겠다고 벼르던 시드는 그날 새벽, 급히 병원을 찾아온 경관에게 불려 가게 되었다.

"절 찾으시는 이유가 뭡니까?"

"이번 사건의 유괴범 얼굴을 아시는 분의 도움이 필요합니다."

"카이퍼……, 아니, 셀저를 찾은 겁니까?"

"저희도 그 확인이 필요해서 모셨습니다."

그가 안내된 곳은 경찰서 관할로 사용되는 부검실이었다. 안내받은 곳에는 신원 불명의 익사체 한 구가 신원 확인을 위해 기다리고 있었다.

"카이퍼 셀저 맞습니다."

"알겠습니다. 확인자 서명을 부탁합니다."

하얀 천을 걷어 얼굴을 보여 준 검시관에게 시드는 카이퍼의 이름을 말했다.

시체는 가라앉는 일 없이 바로 강 하류에서 발견되었다고 했다. 상의 주머니에서는 아멜리아를 쏠 때 사용한 듯한 권총 한 자루가 나온 것이 전부였다. 도자기 새의 행방을 묻자 경관들이 당황하는 모습을 보이는 것으로 보아 그를 발견할 당시 곁에 있지 않았던 모양이었다.

카이퍼의 얼굴을 보는 순간 시드는 허탈함과 함께 안도감마저 들었다. 자신의 손으로 잡겠다고 생각하던 이가 변사체로 나타난 사실에 정신적인 충격이 없다면 거짓말이겠지만 그가 다시는 아멜리아를 상처 입힐 일이 없게 된 것에 안심했다. 카이퍼의 얼굴을 보며 시드는 괴로웠다. 라일라에 이어 그 동생마저도 자신이 망가뜨린 것은 아닌가 싶은 죄책감이 들었다. 충격과 안도가 지나간 빈자리를 슬픔이 가득 채웠다.

'이 바보 같은 자식⋯⋯.'

새하얀 천이 다시 사체를 완전히 덮기 전까지 시드는 카이퍼의 얼굴에서 차마 시선을 떼지 못하고 먹먹한 표정으로 바라보아야 했다.

되돌릴 수 없는 악행을 거듭한 카이퍼지만 시드는 그가 불쌍했다. 누나를 잃은 그가 벌인 범죄를 정당화하는 건 아니었다. 그저, 자신에게 그걸 나무랄 자격 따위는 없다는 걸 알았다. 끝까지 뒤를 추격해 자수를 시키겠다는 계획 역시 위선적으로 들릴지는 몰라도 자신 만큼은 카이퍼를 포기해서는 안 된다고 생각하고 있었다. 그 어느 것도 시도해 보기 전에 변사체로 재회하게 된 카이퍼를 보며 그는 복잡한 마음을 감출 수 없었다.

"대체 강가에서 무슨 일이 있었던 겁니까?"

"글쎄요, 저희도 아직 사인까지는 밝혀내지 못했습니다. 부검 결과를 봐야 알려 드릴 수 있을 것 같네요."

"⋯⋯."

꽃 한 송이 놓이지 못한 카이퍼의 죽음에 시드는 침묵하다가, 무언가 결심한 듯 발걸음을 돌렸다.

아멜리아는 다음 날 내내 의식이 있다가 없다가를 반복했다. 의사는 총상 후유증보다는 연속된 사건들로 인한 정신적인 피로의 여파에 가까울 것이라고 그녀의 상태를 설명했다.

"파랑새……, 이제 노래할 수 있대……. 에헤헤."

소녀는 가끔 기묘한 잠꼬대를 해서 주변 사람들을 어리둥절하게 만들었다. 그러다 가끔 꺄아앙, 강아지다, 하고 배시시 웃기까지 해서 "저 속 편한 잠꼬대를 듣고도 정신적인 피로를 말할 수 있느냐."고 빈센트가 분통을 터트렸다. 오히려 후유증과 스트레스 치료를 받아야 하는 건 나머지 가족들이라며 의사를 노려보았다.

비몽사몽 꿈속을 헤매던 아멜리아가 잠에서 깨어나 정신을 차린 건 늦은 오후였다.

"와……, 또 왔네, 병원."

자신의 인생에 이렇게 자주 입원한 적은 처음이라며 소녀는 감탄했다. 이야기 속에 등장하는 병약한 공주님이 된 기분이 든다고 종알대다가 해리의 무시무시한 시선을 받고 민망한 듯 살짝 혀를 내밀었다.

"떠드는 걸 보니 살 만한가 보다."

빈센트 역시 흉흉한 기운을 감추지 않고 물었다.

"너만 혼자 서부 개척 시대에 살지, 응?"

세상의 어느 귀족 집안 영애가 하루가 멀다 하고 납치 실종, 총격과 추격전을 벌이느냐고 화를 내기에 "내가 하고 싶어서 했나."라고 했다가 말대답을 할 상황이냐며 다시 야단을 맞아야 했다.

사고가 난 날, 동행했던 쥴스가 심부름으로 자리를 비우는 바람에 카이퍼가 쳐들어와 이런 사달이 났던 거라며 그도 엄청나게 야단을 맞고 감봉 처리를 당했다는 말에 아멜리아가 사색이 되어 말렸다.

"안 돼, 쥴스는 잘못이 없어, 오빠!"

"그래도 주인을 지키지 못한 책임은 져야 해."

부당하다 생각될지는 몰라도 그것이 하인을 다루는 방법이라며 담담하게 일러 준 해리는 "그러므로 진정으로 그들을 위한다면 고용주인 너와 나부터 행실을 제대로 갖춰야 하는 것."이라며 여동생을 혼냈다.

열여섯이나 되었는데도 동네가 들썩일 정도로 말괄량이 짓을 하는 아가씨를 대체 누가 데려가려 하겠냐는 말에 구석에서 그들을 지켜보던 알렉스가 고개를 번쩍 들었으나, 해리가 '넌 지금 나서면 죽는다.'라는 의미를 담은 시선을 던지자 다시 쪼그라들었다. 그 역시 아멜리아를 좋아하는 것과는 별개로, 그녀가 더는 사고를 치지 않아 주었으면 하는 의견에는 동의하고 있었다.

가족들과 의사가 한바탕 휩쓸고 지나간 뒤, 알렉스의 차례가 되었다.

"깨어난 걸 봤으니 됐어. 오늘은 이만 갈게."

"무슨 소리야? 이리 와."

자신이 피곤할까 염려하는 걸 안다는 듯 아멜리아가 웃었다. 얼굴을 본 것으로 만족하고 돌아가겠다는 알렉스를 붙잡았다.

"정신이 들고부터는 잔소리만 들었어. 잔소리 외의 대화를 부탁하고 싶습니다."

"……이런. 나도 잔소리를 할 예정이었는데."

"아아아, 살려 줘……."

핏기 없는 얼굴이 아직 창백하기는 했어도, 생각보다 기운찬 모습에 알렉스는 안도했다. 시드가 강에서 떠오른 변사체의 신원 확인을 했다는 말에 아멜리아가 깜짝 놀랐다.

"정말이야? 그럼 그때 물소리를 들었던 게……."

카이퍼가 도자기 새들을 붙들기 위해 강으로 뛰어들었다는 걸 깨닫자 표정이 어두워졌다. 그런 아멜리아를 바라보며 알렉스가 조심스레 물었다.

"혹시 그 사인이……."

자신이 생각하는 그것이 맞는지 묻자, 소녀가 조그맣게 고개를 끄덕였다.

"그 다리에서 실수로 떨어졌다고 해도 그리 깊은 곳이 아니라서 평소라면 충분히 살 수 있었을 거야. 그렇지만 그때 다리 밑에는 그 아이가 와 있었어."

"……역시."

알렉스를 아이의 먹이로 주려고 했던 카이퍼가 이번엔 자신이 아이에게 잡힌 거였다. 정반대로 벌어진 결과에 그도 잠시 말을 잃었다.

"아 참, 시드는?"

"새벽까지 나와 같이 있다가 신원 확인을 위해 불려 간 뒤에 소식이 없어. 셀저가 널 해칠 위험이 없어졌으니 안심하고 돌아간 것이 아닐까."

"그렇구나. 그래도 아는 사람인데 시드 많이 놀랐겠네."

"셀저는 자업자득이지. 누군가의 죽음을 비난하는 건 도리가 아니라지만 그렇다 해도 그에게는 일말의 동정의 여지가 없다고 생각해."

알렉스의 차가운 반응에 아멜리아가 고개를 끄덕였다. 알렉스에게 카이퍼는 그를 죽이려던 살인범이었다. 냉담한 반응이 나올 것쯤은 충분히 예상할 수 있었다. 아무리 나무에 묶어 주어 생존 가능성을 높였다고 해도 그 아이가 쉽게 사람을 해칠 수 있다는 걸 알면서 저지른 범행이었다.

"납치도 모자라서 네게 총까지 쏘다니. 놈이 살아 있었으면 내 손에 죽었을 거야. ……상처가 깊지 않아 다행이다."

"어, 그쪽이야?"

"뭐가?"

강가에서 제물이 될 뻔한 일로 화를 내는 줄만 알았던 알렉스가 제

일보다 오히려 아멜리아의 건으로 바짝 열을 받았다는 사실을 깨닫자 놀라 물었다.

'아, 얘가 정말 날 좋아하기는 하나 보네.'

그걸 확인하니 다시 심장이 간질거리는 기분이 들었다. 비장한 표정의 알렉스 앞에서 실실 웃게 될까 봐 입매에 힘을 주면서도 조심스레 마음이 들뜨는 건 어쩔 수 없었다. 그가 백작 부인의 그림에서 자신을 찾아낸 것도 신기했고, 밤을 새우고 곁을 지켜 준 것도, 대신 화를 내 주는 모습을 보는 것도 벅찬 기분이 들었다. 자신을 위해 이렇게까지 해 주는 사람이 가족 외에 더 있을 거라고는 생각해 본 적이 없던 아멜리아에게 그는 정말 특별한 사람이 되어 있었다.

"어떻게 넌 눈만 떼면 사고를 당하는 거야? 백작 부인에게서 돌아온 바로 다음 날 총상이라니 상상을 초월했어."

"미안⋯⋯."

"이래서야 널 두고 안심하고 떠날 수가 있겠냐고. 불안해서 공부가 될 것 같지 않잖아."

헝클어진 소녀의 앞머리를 다정하게 정리해 주던 알렉스가 한숨을 내쉬었다. 혼자 두면 다시 무슨 일에 말려들어 사고를 당할지 모르니 조마조마했다. 한동안 아멜리아를 바라보던 그가 머뭇대며 물어 왔다.

"저기, 우리 사귀는 거 맞지?"

"어⋯⋯, 어?"

"부탁인데 인제 와서 아니라는 말만 하지 말아 줘."

"아니라기보다는, 그. 응, 나도 알렉스 좋아하고, 어."

"진짜?"

좋아한다는 말에 활짝 얼굴이 핀 알렉스를 보고 아멜리아의 웃음이 터졌다.

"얼김에 슬쩍 넘어간 것 같아 내내 불안했거든. 날이 밝으면 확답을 받아야지 하면서 조바심 내고 있었는데 너는 틈도 안 주고 다쳐서 응급실에 실려 갔다지를 않나."

"미안해."

"네가 미안할 일은 아니지. 다 그 남자 탓이니……."

다시 생각이 났는지 표정이 험악해졌다. 그런 그를 아멜리아가 다독였다. 해서는 안 될 일을 저지른 사람이기는 해도, 자신의 가족을 되살리고 싶다는 마음마저 욕할 생각은 들지 않았다. 심한 일을 당하기는 했지만 소녀는 카이퍼를 완전히 미워할 수 없을 것 같았다.

"잘못된 선택을 한 결과야."

"그렇게 묻어 주고 다음으로 넘어갈 수 있는 아멜리아가 정말 대단하다고 생각해."

너무 쉽게 용서하는 것이 아니냐며 알렉스가 볼멘소리 했다. 살아 있었다면 샌더즈 가문과 멜포드 가문의 협동으로 엄청난 처벌을 내릴 수 있었을 터였다. 잡히지 않고 사망한 것이 범인에게는 차라리 행운이었다는 말에 아멜리아가 "그럴 수도 있었겠네……."라며 질린 얼굴을 했다.

그런 소녀의 얼굴을 한참 내려다보던 알렉스가 침대에 놓인 손을 잡고 허리를 굽혀 그 손등에 가볍게 입을 맞췄다.

"앞으로 두 번 다시 이런 일이 벌어지는 건 사절이야. 그래서 말인데, 아멜리아…… 저기."

알렉스답지 않게 말끝을 흐리며 한참 말을 잇지 못하는 모습에 의아한 듯 바라보자 그 시선에 달아오른 그의 얼굴이 점차 붉게 변했다. 아멜리아는 자신의 손을 잡은 그의 손에 점점 힘이 들어가는 걸 느낄 수 있었다. 어색할 정도로 뻣뻣하게 굳어 있던 알렉스는 시간을 끌어봐도 뾰족한 다른 방법이 없다는 걸 깨닫고 결국, 큰 각오를 한 듯 목에 꽉 막혀 맴돌던 소리를 뱉었다.

"……나와 약혼해 주지 않을래?"

"어, 엉?"

알렉스의 긴장이 손을 타고 건너온 것이 틀림없었다. 그가 긴장하는 모습에 전염되듯 아멜리아도 함께 굳어 버렸다. 떨리는 손끝에서 전해지는 열기가 그녀를 압도했다. 그 진지한 얼굴에 두근대느라 정작 질문의 요점은 머리에 들어오지도, 알아듣지도 못했다.

잠시 넋 나간 소리를 연발하던 소녀는 뒤늦게 조금 전 자신이 들은 것이 엄청난 고백이었다는 걸 깨닫고 입을 딱 벌렸다. 선뜻 그 의미를 이해하지 못해 조심스럽게 그를 곁눈질하자 그걸 망설임으로 받아들인 그가 경직된 얼굴로 다시 설명을 시작했다.

"평생 지켜 주겠다는 거, 기분 내키는 대로 했던 빈소리 아니었어. 반지도 아직 준비 못 했고 뭘 해도 절대 이런 식으로 물으려던 건 아니었는데. 나도 좀 더 준비해서 멋진 곳에서 프러포즈하고 싶었거든……."

"알렉스?"

"나랑 결혼하는 거, 싫어?"

"……진심이야?"

알렉스의 설명에 의하면 '네 사고가 난 뒤 밤새 초조해서 준비고 뭐고 기다릴 마음의 여유가 없었다.'고 했다. 아무리 그렇다고 해도 평생의 언약을 내일 낚시나 함께 가지 않겠느냐는 어투로 물어 오다 보니 넋이 나간 아멜리아는 이것이 진짜 청혼이고 그가 진심이라는 걸 깨닫기까지 약간의 시간이 걸렸다.

상대방이 더할 나위 없이 진심이라는 걸 깨달은 소녀의 얼굴이 삽시간에 빨갛게 달아올랐다. 이럴 땐 대체 어떤 얼굴을 하면 좋은 걸까 하며 괜스레 목도 다듬어 보고, 애써 당황한 모습을 숨기려고 노력해 보아도 뭐 하나 제대로 성공하지는 못했다.

알렉스의 청혼은 어이없을 정도로 엇박자에서 터져 나오기는 했어도 어설픈 만큼 진심으로 들렸다. 평소 그의 성격대로라면 벼르고 별러 완벽한 준비를 마친 뒤 구애를 했을 터였지만 지금은 그의 말대로 그럴 마음의 여유가 없는 듯 보였다.

　서투른 건 아멜리아뿐만이 아니었다. 알렉스 역시, 평소의 세련됨과는 거리가 먼 모습에 초조해 보이기까지 했다.

　"알렉스, 나는."

　"혹시 시간이 필요한 거면 생각하고 답변해 줘도 돼."

　"……그래도 너무 오래 걸리지는 말고."라며 불안한 듯 작은 목소리로 부탁하는 그가 사랑스럽다는 생각이 들었다. 아멜리아는 아쉬운 마음으로 한참 동안 그를 바라보다가 시선을 창밖으로 옮겼다.

　"정말 미안한데……, 약혼은 안 될 것 같아."

　"……나와 결혼하는 게 내키지 않아?"

　"그런 건 아니야. 알렉스를 좋아하는 건 진심이야. 그래도 결혼은 안 될 것 같아."

　비겁하다는 걸 알면서도 차마 알렉스를 바로 볼 엄두가 나지 않아 바깥 풍경에 시선을 고정했다.

　"거절의 이유도 말해 주지 않는 거야?"

　평소와 달리 지나치게 딱 부러지는 대답에 충격을 받은 듯 그가 물었다. 아멜리아가 대답 없이 고개를 떨구자 깊게 한숨을 내쉰 그가 잡았던 손을 놓았다.

　"알겠어. 나도 좀 성급하게 덤빈 기분이 없지 않았으니까. 갑자기 물어봐서 너도 당황했겠네. 환자에게 이게 무슨 짓이람……."

　"알렉스, 미안해. 정말 미안해."

　어색하게 몸을 일으킨 알렉스가 잠시 무언가 말하려 하다가 다시 입을 다물었다.

　"그렇게 생각할 거 없어. 내 질문에 너는 대답을 해 주었을 뿐이잖아. 이런 건 대답하는 사람이 아니라 질문을 꺼낸 사람의 책임이야."

　따져 묻거나 화를 내는 일 없이 그는 침착한 표정으로 설명했다. 하지만 거절당한 충격까지는 숨길 수 없는지, 떨리는 아랫입술을 깨물며 눈을 내리깔았다.

"나도 머리를 좀 식혀야 할 것 같은데."

소녀의 손등을 도닥이고는 그가 한 걸음 뒤로 물러섰다.

"오늘은 이만 가 볼게, 푹 쉬어."

"알렉스……."

"안녕, 아멜리아."

작은 인사말을 남기고 알렉스가 병실을 빠져나갔다. 그런 그를 차마 잡지 못한 아멜리아가 풀 죽은 얼굴로 그가 사라진 복도 쪽을 한참 동안 지켜보았다.

안녕. 그것이 마치 최후의 작별 인사같이 들린다고 생각했다.

"나, 정말 몹쓸 짓을 했구나……."

알렉스에게 상처를 주고야 말았다는 사실에 눈물이 났다. 억지로라도 웃어 보이지 못하고 등을 돌리던 그의 모습이 뇌리에서 지워지지 않았다. 저렇게 좋은 사람을 가슴 아프게 했으니 나는 언젠가 벌을 받을 거야, 라며 소녀는 울먹였다.

"밀리. 왜 이렇게 기운이 없는 거야?"

시드가 아멜리아의 병실을 찾은 건 다음 날이었다. 그는 카이퍼의 신원 확인을 마친 후 마음이 착잡해서 집에 틀어박혀 술이나 마시고 있었다며 얘기를 꺼냈다. 그녀가 병원에 입원한 것만 아니었으면 주정뱅이 모습을 보여 줄 뻔했다고 너스레를 떠는 그의 얼굴에서는 피곤이 묻어나고 있었다. 라일라를 올려 보낸 직후에 그녀의 남동생마저 죽었으니 그의 충격이 상당할 거라는 건 쉽게 짐작할 수 있었다.

"시드, 정말 괜찮아요?"

"그게 환자가 방문객에게 할 말은 아닌 것 같은데?"

소녀가 자신을 걱정하고 있다는 걸 눈치챈 시드가 일부러 밝은 표정으로 놀리자, 아멜리아가 힘없이 웃었다.

"밀리야말로 얼굴이 왜 그래. 다친 것 외에 또 무슨 일 있었어?"

"아뇨, 그게……."

"대충 넘어갈 생각은 하지 마. 얼굴이 아주 노랗게 떴는데 이유가 없을 리가 있나."

다른 사람은 속여도 나는 못 속인다며 어서 털어놓으라고 재촉하는 시드를 못 이기고 소녀는 전날 알렉스의 청혼에 관해 설명했다.

"집안끼리 이야기가 오고 간 건 아닐 테고, 알렉스가 먼저 물어본 거야?"

"나중에 정식으로 청혼하려고 했던 것 같은데 그 전에 거절했어요……."

"밀리가?"

고개를 끄덕이자 의외라는 표정으로 시드가 바라보았다.

"그런 대답은 신중하게 할 타입이라고 생각했는데."

"……어쩔 수 없었어요."

"뭐가 문제인지 이야기해 볼래? 머리를 맞대면 해결 방법이 보일 수도 있잖아."

"그냥, 알렉스랑 함께 있는 건 힘들 것 같아요."

"왜 그런 생각을 했는데?"

한참을 주저하던 아멜리아는 두 집안의 싸움이 시작된 자신들의 어린 시절 이야기를 했다. 그리고 이번 여름, 둘이 다시 만나면서 벌어진 사건들을 하나씩 나열했다.

"두 달 사이에 칼에 찔리기도 하고 살해당할 뻔했어요. 저랑 같이 있으면 그에게 안 좋은 일만 생겨요. 잠깐 보는 거면 몰라도 계속 함께 있는 건 무리예요. 또 다칠 거예요."

"그거, 알렉스에게 이야기해 줬어?"

"아뇨."

"얘기해 봐."

소녀가 고개를 저었다. 이야기한다고 뭐가 달라진단 말인가. 오히려 그에게 여지를 주는 일이 될 것 같아 말할 수 없었다. 그런 그녀를 물끄러미 바라보던 시드가 아멜리아의 머리에 손을 올렸다. 어린아이를 달래듯 살살 쓰다듬는 손길이 다정했다.

"밀리, 내 생각에는 청혼을 받았으면 거절 사유를 명백히 밝혀 주는 것도 필요하지 않을까 싶어. 상대가 그걸 어떻게 받아들이는가는 밀리가 걱정할 부분이 아니야. 청혼의 승낙이 백 퍼센트 밀리의 선택인 것처럼 말이지."

"……그렇게 하면 뭐가 달라져요? 잘 모르겠어요."

"어려운 말이 아니라, 진심으로 고백한 상대에게는 밀리도 우선 네 마음 그대로를 전해야 하지 않을까 한다는 뜻이야."

이해는 하지만 수긍하지는 못하겠다는 얼굴로 바닥을 내려 보고 있는 아멜리아의 머리를 계속 쓰다듬던 시드가 갑자기 물었다.

"그럼 예를 들어, 내가 밀리에게 청혼한다면 어떨 것 같아?"

"엑."

"청혼을 받았는데 엑이 뭐야. 엑이."

"그, 그렇지만 시드가 진심으로 제게 청혼할 리가 없잖아요."

"왜 그렇게 생각하는데."

"에엑."

"그러니까 반응이 왜 이따위냐니까."

못마땅하다는 듯이 팔짱을 끼고 자신을 바라보는 시드를 보며 아멜리아는 뭐라 말해야 좋을지 몰라 진땀만 흘리고 있었다.

"시드는 처음 봤을 때부터 라일라 씨가 옆에 딱 달라붙어서……."

"아."

그제야 시드도 무언가 이해한 듯 고개를 주억거렸다. 아무래도 이걸 것 같았지.

"라일라가 텃세 좀 부렸어?"

"아니 뭐 그 정도는 아닌데……."

"장난 정도는 쳤다?"

"뭐 그 정도도 아니긴 한데……."

우물쭈물 말을 흐리는 소녀를 보며 시드는 자신을 두고 두 아가씨 사이에서 오간 대화는 언젠가 반드시 들어야겠다며 한숨을 쉬었다. 그는 일단 자신의 문제는 덮어 두고 다시 알렉스 이야기로 돌아가자며 화제를 바꿨다.

"밀리에게는 좀 힘든 일일 수도 있겠지만, 생각하고 있는 그대로를 알렉스에게 털어놓는 걸 권하겠어. 아니, 나라면 그렇게 하겠어."

"괜한 망설임을 주고 싶진 않아요. 마음이 약해서 제 말에 흔들릴 거예요."

"비가 와서 흔들릴지 더 단단히 뿌리내릴지는 나무에 따라 달라. 밀리도 섣부른 판단을 하지 말고 알렉스가 어떤 사람인지 직접 확인해 봐. 그게 내가 해 줄 수 있는 유일한 충고야."

"……시드, 어디로 떠나요?"

"음?"

알렉스에 대해 생각을 하던 아멜리아가 불현듯 시드를 바라보며 의아한 듯 물었다.

"꼭 떠나는 사람 같아요."

"……그래 보여?"

조언이라고 하고 있었는데, 유언 같았나? 하고 제법 섬뜩한 농담을 한 시드가 씁쓸한 미소를 띠며 설명했다.

"실은, 잠시 가게를 닫고 자리를 비워야 할 것 같아서 왔어. 카이퍼의 장례는 내가 아니면 치러 줄 사람이 없거든. 저대로 무연고자로 뒷산에 아무렇게나 묻히게 둘 수는 없잖아."

"아……."

"밀리나 알렉스를 해치려던 사람이라 이런 말 꺼내는 건 좀 미안하다고 생각해. 하지만 나로서는 그냥 둘 수도 없는 문제라서. 장례를 치르고 카이퍼의 집도 정리하고 와야 할 것 같아. 다 해결하려면 최소 몇 주에서 몇 달은 걸릴 거야."

"그렇군요."

"밀리에게 말을 하기는 해야 할 텐데, 미안해서 참 입이 안 떨어지더라고."

"아니에요. 저도 좋은 생각인 것 같아요. 그리고 시드가 그렇게 해 주기를 라일라 씨도 원하고 있을 거예요."

"그럴까?"

"네. 분명히요."

"빈말이라도 그렇다면 다행이고. 그래서, 잠시 자리를 비울 거야. 밀리에게 조언을 해 줄 수 있는 건 지금 아니면 한참 뒤가 될 테니까, 미리 해 두려고 했어. 나는 알렉스와의 약혼을 꼭 해야 한다고 강요하는 게 아니야."

행여 소녀가 이해하지 못할까 시드는 다시 말을 골라 가며 설명했다.

"밀리가 아니라고 생각하면 아닌 거야. 본인 의지가 가장 중요하지. 하지만 알렉스가 판단할 부분까지 밀리가 미리 결정하고 대답해 놓으면 안 된다는 거. 무슨 말인지 알겠어?"

"알 것 같기도 하고, 아닌 것 같기도 하고."

매섭게 노려보는 시드를 보고 아멜리아가 재빠르게 손을 내저었다.

"아, 알 것 같아요. 네. 알았어요."

"그래. 그럼, 나는 잠시 자리를 비울 테니 그동안 소중한 '붉은 서재'가 잘 있나 가끔 확인해 줘."

"그럴게요. 우편물은 어떻게 하기로 했어요?"

"우체국 사서함이니까 별문제 없을 거야. 사서함이 가득 차서 터지기 전까지는 돌아올게."

짤랑. 작은 열쇠를 소녀에게 건네주었다.

"잘 부탁해."

"전화 기다릴게요."

시드가 마을을 떠난다는 말에 갑자기 외로움을 느낀 아멜리아가 겁먹은 표정을 보이자 그가 소녀의 머리를 다치지 않은 한쪽 팔로 안아주었다.

"나처럼 후회될 일은 만들지 말고. 알겠지?"

"……네."

"이럴 때 두고 가서 미안해."

열쇠를 받아 드는 아멜리아가 순하게 대답하는 걸 보고 시드가 웃었다. 착하다, 하며 토닥여 주고는 병실을 떠났다.

"후회할 일은 하지 마라, 라……."

그 말에 문득 카이퍼가 생각났다. 레이븐에서 행한 카이퍼의 선택은 잘못된 것이었다. 잘못된 것이기는 해도, 그는 자신의 선택을 후회하지 않았을 것이다. 꿈을 성사시키기 위해 그는 완벽한 악인이 되는 걸 두려워하지도 망설이지도 않았다.

무엇이 더 나은 걸까. 바른 선택이라 믿고 양보해 떠나보내고 이대로 포기한 채 평생을 후회하는 거? 아니면 정말 원하는 것에 손을 뻗어 욕심을 내어 봐도 되는 거였을까? 개인적인 후회와 옳은 선택의 갈림길에서 아멜리아는 고민했다. 세상을 사는 건 생각보다 어려운 결정의 연속이라고 한탄하며 병실의 하얀 벽을 멍하니 바라보았다.

'……그렇다면, 내게 다시 돌아오지 않겠니?'

백작 부인의 달콤한 목소리가 귓가에 들린 건, 기분 탓인 거라 생각하기로 했다.

며칠 후, 아멜리아가 퇴원하고 저택에 돌아가 가장 먼저 찾은 사람은 다른 이가 아닌 쥴스였다. 그는 자신을 향해 스커트 자락을 움켜쥐고 뛰어오는 아멜리아를 보고 놀란 표정을 지었다.

"쥴스! 정말 미안해요!"

"막 퇴원하신 분이 뛰어다니면 어떻게 합니까! 다치신 곳은 어떠십니까, 아가씨?"

"시드와 함께 병원으로 옮겨 주었다면서. 고마워요."

"천만의 말씀입니다. 제가 지켜 드렸어야 하는 건데……."

곁을 떠나는 바람에 지켜 주지 못해 송구하다며 그가 깊게 고개를 숙여 사과했다. 아무리 그의 탓이 아니라고 말해 주어도 그는 경직된 표정을 감추지 못했다. 이전처럼 능청스럽게 말대꾸하지도 웃어 주지도 않는 모습에 아멜리아는 착잡한 심정으로 그의 사과를 받고 물러나야 했다.

막내딸의 퇴원에 크게 기뻐한 가족들이 저녁 내내 만찬 파티를 벌인 탓에 소녀가 자신의 방으로 다시 돌아온 것은 밤늦은 시간이었다. 피곤해서 먼저 물러난 아멜리아를 제외한 나머지 가족들은 아직도 거실에 모여 이야기꽃을 피우고 있었다.

오랜만에 돌아온 자신의 방에서 쉬기는커녕, 소녀는 옷장을 뒤지며 무언가를 열심히 찾았다.

"여기 어디 있을 텐데."

드레스룸의 장 안을 전부 헤집으며 한참을 어지르던 소녀가 "있다!" 하고 작은 감탄사를 터트린 것은 그로부터도 한참 후였다. 옷더미 속에서 그녀가 꺼내 든 것은 작은 핸드백이었다.

"이거야, 이거."

좁쌀 크기의 크림색 비즈로 빽빽하게 자수가 놓인 외출용 가방은 지나치게 호화롭지도, 부담스럽지도 않을 정도의 단순하면서도 우아한 세공이 눈에 띄는 디자인이었다.

"이거면 될 것 같아."

작은 봉투에 가방을 담아 콘솔 테이블 위에 얹어 두고, 어지럽혀진 자신의 드레스룸을 돌아보았다. 헝클어진 옷이며 소품들 때문에 바닥에 한가득 잡동사니의 산이 쌓여 있었다.

"저거, 내일 치워 달라고 하자……."

돌아오자마자 어린아이처럼 방을 어질러 놓았다며 집사가 할 잔소리가 이미 귓가에 울리는 듯했지만, 한 손으로는 대충 정리하는 것조차 힘들어 그냥 포기하기로 했다. 드레스룸에서 나와 자신의 책상 앞으로 가서 서랍을 뒤적이던 아멜리아가 고개를 갸웃하며 중얼거렸다.

"이상하네. 스케치북은 어디에 두었지?"

평소 사용하는 곳을 다 뒤져 보아도 스케치북이 없자 어디서 잃어버린 건 아닌가 곰곰이 생각하던 소녀는 곧 자신이 입원하기 전 마지막으로 갔던 '붉은 서재'를 떠올렸다.

"시드가 가지고 있었겠네. 내일이라도 가서 찾아와야겠어. 나간 김에 미술 도구도 좀 더 사오고 또……."

손가락을 접으며 해야 할 일을 정리하던 소녀가 동작을 멈췄다. 하나씩 세어 가던 손가락을 다시 펴고, 하루, 이틀, 사흘 날짜를 세기 시작했다.

"내가 입원한 날이……, 지났으니까 알렉스가 돌아갈 날도……."

길게만 느껴지던 여름 방학은 어느새 끝을 보이고 있었다. 아마도 알렉스는 이틀 안에 다시 기숙사로 돌아갈 예정이리라.

"그 후 한 번도 다시 찾아 주지 않았어."

청혼을 거절당했으니 당연한 일이겠지만. 한숨을 쉰 아멜리아가 구부리고 있던 자신의 손가락을 바라보며 생각에 잠겼다. 이제 알렉스가 떠나면 아마 다시는 돌아오지 않을지도 몰랐다. 병원에서의 모습을 마지막으로 헤어지게 되는 거라면 많은 아쉬움이 남을 것 같았다.

슬픈 표정으로 병실을 나서던 알렉스가 떠올랐다. 차라리 화를 내거나 욕을 하기라도 했다면 좋았을 텐데. 가슴을 찌르는 아픔에 세고 있던 손가락을 움켜쥔 아멜리아가 자문했다. 슬픈 이유는 정말 그것만일까?

'나는 뭘 어떻게 하고 싶은 거지?'

정말 욕심을 부렸어도 괜찮은 거였을까?

"······알렉스."

남몰래 불러 보는 음성이 어렴풋이 떨렸다. 날짜를 세다가 남겨진 손가락들을 보며 소녀는 한숨을 쉬었다.

다음 날, 오전 일과를 마친 아멜리아는 전날 준비해 두었던 봉투를 안고 쥴스를 찾았다.

"저를 부르셨다고요?"

무슨 일인지 몰라 놀란 얼굴로 바라보는 그에게 아멜리아가 봉투를 내밀었다.

"이거, 여동생에게 좀 전해 줘요."

"제 여동생 말씀이십니까?"

"응."

"대체 무슨 일로······."

봉투 안을 들여다본 쥴스가 눈을 크게 뜨고 소녀를 바라보았다.

"아가씨, 이건."

"나 때문에 야단맞았다는 소리 들었어. 쥴스랑 시드 덕분에 빨리 병원에 도착해서 살았다고 의사가 그랬는데, 뭔가 미안한 기분이 들어서."

"그건 애초에 제가 자리를 비운 탓에—."

"쥴스가 원해서 비운 게 아니잖아. 내가 해 줄 만한 건 이런 게 전부라서……."

"……그렇다고 이걸 받을 수는 없습니다."

"오라버니가 주는 거라고 하면서 전해 주세요. 가끔 이런 선물도 주면 더 좋아하면서 따를 거야."

아가씨들이 좋아하는 소품이니 여동생이 격렬하게 반길 거라고 떠넘기듯 안겨 주자 망설이던 쥴스가 봉투를 받아 들었다.

"감사합니다."

"응, 나도 고마워요."

서로 감사의 인사를 주고받았다. 하던 일을 마저 하기 위해 자리로 돌아가던 쥴스가 무언가 생각난 듯 걸음을 멈추고 뒤를 돌아보았다.

"그건 그렇지만."

"응?"

"제 여동생은 선물 안 줘도 원래 잘 따릅니다."

"아하하!"

히죽, 입꼬리를 올리고 평소의 밉살스러운 쥴스로 돌아와 미소를 짓더니 다시 잰걸음으로 사라졌다.

"저래야 쥴스답지."

기운 없이 의기소침한 모습보다는 원래의 쥴스가 훨씬 좋다며 아멜리아가 개운한 표정을 지었다.

스케치북을 찾아오기 위해 외출을 하겠다고 집사에게 밝히자, 말도 안 되는 소리 말라며 현관 앞에서 쫓겨났다. 그 짧은 기간에 벌어진 사건이 몇인데 집에 오자마자 또 밖에 나가는 거냐고 야단을 맞았다.

그뿐만이 아니었다. 소녀가 이런 소리를 할 줄 알았다며 가정교사를 온종일 불러 놓고 그간 못한 공부를 하도록 강요받았다.

"팔의 상처가 다 낫기 전에는 아무 데도 못 나갑니다."

"정원에도?"

"도주의 위험이 있으니 하녀를 동반하십시오."

"내가 무슨 죄인도 아니고……."

그녀도 자신이 하루가 멀다고 사건에 휘말렸다는 자각은 있었다. 아무리 애원해도 바늘 하나 들어가지 않을 것 같은 집사의 반응에 낙담한 아멜리아는 어쩔 수 없다는 듯 터덜터덜 방으로 올라갔다.

"시드는 떠났으려나?"

카이퍼를 라일라가 잠든 곁에 묻어 주고 싶다고 했다. 준비는 잘했는지 궁금했다. 배웅하러 나가 보지를 못하니 전화로라도 물어보면 좋았을 테지만 '붉은 서재'를 제외한 그의 또 다른 연락처와 편지를 보낼 주소조차 알지 못했다.

'연락' 하니 떠오르는 사람이 하나 더 있었다.

퇴원 후 계속 집에 틀어박혀 있던 아멜리아에게 알렉스의 연락은 오지 않았다. 개강 시기가 되었다며 작은오빠 빈센트가 이미 기숙사로 떠났으니 그 역시 곧 가거나 혹은 벌써 떠났을 가능성이 컸다.

"아무래도 그냥 가 버리겠지?"

청혼을 거절한 상대에게 언제 떠나는지를 구구절절 설명하는 것도 이상할 테니, 아마도 연락 없이 조용히 떠날 것 같다는 생각이 들었다.

'이렇게 보내는 것이 옳은 절차라고 생각은 하지만.'

머리와 마음이 외치는 각각 다른 소리에 귀를 기울이자니 망설임만 커졌다. 거절한 마당에 미련이 생기면 어찌하느냐고 아멜리아는 자신을 꾸짖으며 서재로 향했다.

여행 짐을 챙겨 든 시드는 레이븐 기차역의 플랫폼에 서 있었다. 카이퍼의 집에 가서 그의 소지품과 처소를 처분해야 하는 등, 장례 외에도 해야 할 일이 꽤 많아 언제 돌아오게 될지 예측하기 힘들었다. 자신의 부재 얘기를 듣고 불안한 표정을 하던 아멜리아가 마음에 걸렸다. 예전 같으면 알렉스에게라도 부탁하고 떠났을 텐데, 이제는 그것도 불가능하니 그녀 혼자 잘 버텨 주기를 기원해야 했다.

'기차 시간까지 앞으로 20분⋯⋯.'

지금 떠나면 언제 다시 돌아올지 모르는 레이븐이었다. 시드는 '붉은 서재'가 있는 방향을 뒤돌아보았다. 이곳으로 이사 온 지 2년밖에 안 되었지만 이제는 고향 같은 느낌이 드는 것이 신기했다. 라일라가 죽고 난 후 정처 없이 길을 떠났던 그가 스스로 살아갈 공간을 마련한 마을.

카이퍼의 일로 레이븐을 떠나면서도 다시 이곳으로 '돌아올 것'을 생각하고 있는 자신이 신기했다.

도시를 떠나서는 절대 살 수 없을 것 같던 지난날의 자신이 이제 다른 사람의 이야기처럼 느껴지는 것도 커다란 변화 중 하나였다.

"돌아와야지."

그렇게 중얼거리는 그의 귓가에 새들의 노랫소리와 함께 들렸던 라일라의 말이 떠올랐다.

'이렇게 될 운명이었던 거야. 모든 일에는 이유가 있어.'

연인의 죽음을 받아들이지 못하는 시드에게 그를 지켜보던 라일라가 말했다. 자신은 미련 없는 생을 살았으니 이제 당신도 나라는 짐을 벗고 네 삶을 꽉꽉 채워 가며 살아가라고.

별을 읽던 운명론자는 그렇게 말하며 밝게 웃었다.

'헤어짐에 묶여 있는 한 새로운 만남은 이루어지지 않지. 바보야, 네가 망설이는 동안 좋은 사람 하나 놓쳤잖아. 벌써 늦었다고.'

과연. 곁에서 시드를 지켜본 만큼 그가 무엇을 놓친 것인지 잘 알고 있는 듯한 말투였다.

'하지만 나는 말이지, 라일라.'

그때 그녀에게 들려주지 못했던 말을 마음속에서 읊어 본다.

'널 다시 보고 확실하게 알았어. 난 아직 새로운 인연을 시작할 준비는 되지 않았다고.'

그래서 괜찮았다고. 앞으로도 괜찮을 거라고.

이 말을 듣는다면 라일라는 답답하다고 화를 낼 터였다. 2년이나 낭비하고도 아직도 그런 소리를 하느냐고 엉덩이를 걷어찰지도 모른다. 그러나 시드에게는 고작 2년이었다. 그녀와의 추억은 그리 짧은 시간에 정리되는 것이 아니라는 걸, 라일라를 다시 만나고 깨달았다.

그걸 알게 된 순간 마음이 맑게 개는 느낌이었다. 라일라가 보기에 자신은 이전과 다름없이 우울하고 연인의 죽음에서 헤어나지 못한 낙오자일지라도 그는 지금 그대로도 좋다고 생각하기 시작했다. 자기 연민에 취해서가 아니라, 소중한 사람을 굳이 빨리 잊고 정리해야 할 필요는 어디에도 없었다는 걸 새삼 깨달았기 때문이었다. 그래서 괜찮을 거였다.

'이제 내 걱정 같은 건 말고, 카이퍼나 잘 돌봐 줘.'

잘못된 길을 들어선 사랑하는 두 남자 때문에 마음 편하게 떠나지도 못했다고 볼멘소리로 툴툴대던 그녀라면 맨발로 뛰어서 카이퍼를 마중 나갔으리라. 시드는 하늘을 올려다보며 빌었다.

자신이 해 주지 못한 것까지, 부디 그 혼란에 빠진 가여운 영혼을 좋은 길로 인도해 달라고.

　아멜리아가 다시 외출을 한 건 집에 돌아오고도 며칠 후의 일이었다. 그간 얌전히 가정교사와 함께 지낸 덕에 오늘에서야 간신히 '붉은 서재'에 스케치북을 가지러 다녀오는 걸 허락받았다. 시드에게서 받은 열쇠로 문을 열고 들어가 간단히 내부 확인을 마친 뒤 화첩이 있을 만한 곳을 찾아다녔다.

　"이상하다. 여기 없으면 어디 있는 거지?"

　'붉은 서재'의 창고 안쪽까지 둘러보았으나 찾지 못한 소녀는 아무래도 그가 잘 둔다고 금고에 넣어 둔 것이 아닐까 추측하며 찾기를 포기했다. 아멜리아는 가게에 온 김에 창문이 잘 잠겨 있는지, 빗물이 새는 곳은 없는지, 여름 습기에 곰팡이가 생기는 곳은 없는지 등등을 확인했다. "시드가 없는 동안 내 책임이 막중해!"라고 자신에게 들려주며 짐짓 큰 직책을 맡은 사람처럼 심각하게 안을 살피고는 다시 문을 잠갔다.

　"다음에 올 때는 꽃을 좀 가져다 두어야겠어."

　시드가 언제 돌아올지는 모르지만 계속 싱싱한 꽃들로 갈아 둘 생각이었다. 그가 돌아왔을 때 꽃다발로 환영하고 싶다고 생각하며 샌더즈가로 돌아가던 아멜리아의 발걸음은 홀린 것처럼 강가로 가는 길에서 멈췄다.

　잠시 망설이다 강가로 다가간 아멜리아는 조심스레 아이를 찾았다. 카이퍼가 강에서 사망했다는 이야기를 들었을 때, 소녀는 그것이 아이의 소행임을 알았다. 한 해에 한 명, 희생자를 필요로 했던 아이는 올해 카이퍼를 데려간 것으로 아마도 만족하고 사라졌을 터였다.

　다리 위에 올라 아래를 살폈다. 넓은 강가 어디에도 아이의 흔적은 없었다. 잠시 보이지 않는 것일 수도 있고 올해 안에는 더는 보이지 않을지도 몰랐다.

"정말 안 보이네."

다리 중앙에 다가가 자신이 도자기 새들을 던진 장소에서 아래를 내려다보았다. 그 밑에는 찰랑대는 강물 외에 다른 건 보이지 않았다.

"가라앉았을까? 아니면 깨졌을까?"

곰 인형을 빼앗긴 아이에게 새들을 주고 싶었다. 아이에게 새로운 친구를 만들어 주어 더는 사람들을 해치는 일 없이 지낼 수 있도록 하는 한편, 새들 역시 아이가 가지고 있는 것이 가장 안전하지 않을까 생각했다. 곰 인형 폴처럼 누군가가 찾기 쉬운 장소가 아닌, 강가 깊숙하게 보관한다면 두 번 다시 악용하려는 사람들의 손에 들어가는 일은 없을 것 같았다.

그러나 카이퍼가 달려드는 바람에 다리 아래로 떨어뜨리고 말아서 아이가 제대로 받았는지 확인할 길이 없었다.

'모습이 보이면 새들을 가졌는지 아닌지 확인이라도 할 텐데.'

카이퍼의 목숨을 빼앗고 만족한 아이는 사라진 것으로 보였다. 새들을 받지 못하게 되어 대신 카이퍼를 데려간 것인지 그렇지 않으면 둘 다 데려간 것인지 알 길이 없는 아멜리아는 미련 가득한 발걸음으로 다리 근처를 배회하다가 포기하고 돌아가야 했다.

"스케치북도 못 찾고 아이와 새의 행방도 알 수 없게 되었네."

성과 없는 일정에 낙담하며 터덜터덜 정원을 지나가는데 아멜리아를 알아본 줄스가 빠른 걸음으로 다가왔다.

"줄스?"

"주신 선물, 여동생에게 주었습니다."

"어때요?"

"무척 기뻐하더군요. 제가 고른 게 아니라는 건 내용물을 보는 즉시 알았다고 합니다."

"아하하."

씨익, 쑥스러운 듯 웃는 쥴스를 보며 아멜리아가 물었다.

"평소에는 어떤 선물을 해 줬는데?"

"……빵과 달걀."

"응?"

"빵을 사 줬습니다. 제 선물을 받을 때와는 비교되지 않을 정도로 좋아하더군요."

"다행이다."

이 세상에는 먹을 것보다 더 좋은 선물이 잔뜩 있다는 말에 쥴스는 못 미더워하는 표정을 지었다. 남에게 무언가를 받을 때 먹거리보다 기분 좋은 것이 어디 있느냐고 투덜댔지만, 여동생의 반응을 직접 보고 난 뒤라 그런지 평소보다는 수긍하는 눈치였다.

"선물도 선물이지만, 제가 아가씨를 찾은 건 그 이유 때문만이 아닙니다."

"뭔데?"

"멜포드가 도련님이 내일 아침 기차로 떠나신다는 이야기를 들었거든요."

"알렉스가?"

어느 틈엔가 멜포드가의 하인들과도 조금씩 교류가 생겼는지, 중요한 이야기를 하는 양 귀엣말로 속삭였다.

"내일 오전 기차가 확실하다고 했습니다. 요즘 바쁘신지 도련님을 뵙기 힘든 것 같아 알려 드리려고요."

"그, 그렇구나. 고마워요, 쥴스."

"천만에요."

멜포드 가문에 대해 이러니저러니 말이 많아도 쥴스가 꽤 신경을 써 주고 있다는 걸 아는 아멜리아는 수줍게 웃었다. 그녀가 말하지 않았기 때문에 샌더즈가의 사람들은 알렉스가 청혼한 사실을 몰랐다. 그리고 아멜리아가 거절한 사실도.

11년간에 걸친 불화가 이제 좀 누그러졌나 싶은 상황에서 청혼을 거절했다는 소문이 나면 아마도 주변 공기는 다시 이전처럼 냉랭하게 얼어붙을 터였다. 멜포드가의 하인들이 자발적으로 알렉스의 일정을 알려 준 걸로 보아서 알렉스도 집안사람들에게 청혼에 관해 이야기하지 않은 것이 틀림없었다.

'끝까지 신경 써 주는구나.'

알렉스의 다정함이 느껴지는 배려에 아멜리아는 새삼 미안한 기분이 들었다. 또한, 저 좋은 사람에게 상처를 준 자신을 용서하기 힘들었다. 이번에 떠나면 아마 한동안, 아니 어쩌면 이제 영영 그를 보지 못할 수도 있었다.

"그래, 배웅하자!"

직접 얼굴을 보고 작별 인사를 건네지는 못할지라도, 방법은 있기 마련이었다. 내일 아침에는 멀리 숨어서라도 알렉스의 배웅을 해야겠다고 소녀는 결심했다.

레이븐의 기차는 하루 두 번 출발하고 도착한다. 오전 기차는 아침 이른 시간에 떠나는 터라 아멜리아는 새벽 일찍부터 숲 속 공터로 향했다.

이 여름 내내 알렉스와 함께 시간을 보내던 공터는 작은 언덕 위에 위치해 샌더즈가와 멜포드가를 드나드는 마차를 모두 내려다볼 수 있는 장소이기도 했다. 알렉스가 탄 마차가 언제 지나갈지 몰라 아예 아침 일찍부터 공터에 나온 아멜리아는 잔디 위에 앉아 그가 지나가기만을 기다리고 있었다.

'알렉스의 성격이라면 아마 기차 시간보다 한참 일찍 출발할 거야.'

꼼꼼하고 서두르는 법이 없는 그였다. 매사 신중하게 움직일 테니 배웅을 하고 싶다면 미리 도착해서 놓치는 일이 없어야 했다. 소녀는 길이 가장 잘 보이는 장소를 골라 자리를 잡았다. 기차 시간이 지날 때까지 앉아 있으면 어떻게든 보게 되지 않을까, 하며 마지막으로 그를 볼 생각을 하니 조금 설레는 기분마저 들었다.

'이게 정말 마지막이겠네.'

병실에서 보았던 알렉스의 얼굴이 떠올랐다. 단호한 거절의 말에 창백하게 소녀를 바라보던 그의 시선을 기억했다. 그가 떠나간 후 죄책감과 그 몇 배는 되는 후회가 아멜리아를 휩쓸었지만, 이것이 바른 선택이기를 바랐다. 누구보다도 알렉스를 위한 선택이었기를 기도했다.

스커트 자락을 잔디 위에 살짝 펼친 채 팔로 무릎을 감아 앉았다. 여름 햇살이 강렬한 텅 빈 도로를 하염없이 내려다보며 이제나저제나 기다려 본다. 개미 한 마리 지나는 소리도 들리지 않던 고요한 도로와 숲, 멍하니 잠이 들 것 같은 고요함을 깨고 저 멀리서 바스락거리는 소리가 들려오기 시작했다. 처음에는 숲을 지나는 작은 동물이나 새가 내는 소리라고 생각했다. 그러나 스쳐 지나갈 것 같던 소리가 계속해서 다가오자 이상함을 느낀 소녀가 뒤를 돌아보았다.

"……아멜리아?"

그곳에는 서둘러 언덕을 올라온 건지 숨이 살짝 흐트러진 알렉스가 놀란 표정으로 소녀를 바라보고 있었다.

"알렉스? 오늘 떠나는 거 아니었어? 여기서 뭐 해?"

너무 놀란 나머지 평소와 다르지 않은 다정한 어투로 소녀가 묻자, 순간 곤란한 듯 눈썹을 찌푸린 알렉스가 먹먹한 표정으로 입을 열었다.

"기억하려고……."

"응?"

목이 메는지 그는 더 말을 잇지 못하고 입을 다물었다.

가기 전에 한 번만 더 공터에 와 보고 싶었다. 그녀를 다시 보는 건 허락받지 못하더라도 두 사람의 추억이 담긴 장소를 마지막으로 눈에 담고 싶어 이곳을 찾은 그였다. 그러고도 설마 정말로 아멜리아를 만나게 될 줄은 몰랐는지 당황한 기색이 역력했다.

"너……, 는 왜 여기 있는 건데?"

그가 평소 알던 아멜리아의 외출 시간이라기엔 지나치게 일렀다. 아무도 없을 것이라 생각하고 도착한 공터에 소녀가 있었다는 사실을 믿을 수가 없다는 듯 긴장하며 물었다.

"어, 나는 알렉스가 오늘 떠난다는 소식을 듣고……."

멀리서라도 배웅하러, 라고 말을 끝까지 하기도 전에 허겁지겁 달려온 그가 소녀를 끌어안았다.

"……알렉스?"

아멜리아는 포근하고 부드러웠다. 감싸 안은 팔에 감기는 가늘고 부드러운 곱슬머리도, 제 품에 쏙 들어오는 여윈 듯 가녀린 어깨도 더는 포기하고 싶지 않았다. 심장이 터질 것 같은 기분으로 소녀를 내려다보며 망설이던 그가 말했다.

"숲을 지나면서 생각했어. 네가 여기 있다면 그때는 거절당하는 걸 두려워 말고 다시 한 번 말해 보자고. 만에 하나라도 기적 같은 기회가 주어진다면 절대 놓치지 않겠다고."

떠나는 날짜도 시간도 알리지 않았으니 큰 기대는 없었다. 생각하지 못했던 행운에 알렉스의 눈동자가 정신없이 흔들리고 있었다.

"그날 미처 물어보지 못한 질문이 있었어. 나는 사소한 거라고 생각했는데 네게는 아닐지도 모르겠다는 생각이 들더라고. 아멜리아, 너 혹시 내가 영혼들을 보게 될까 걱정하는 건 아니야?"

"……어? 어떻게 알았어?"

"맞구나."

고개를 떨군 알렉스가 한숨을 푹 쉬었다.

"시드가 얘기해 줬어?"

"시드? 시드니 이야기가 지금 왜 나와? 너 설마 내 청혼 건을 시드니에게 말한 거야?"

험악해진 알렉스의 목소리에 긍정도 부정도 못 하고 눈치만 보았다. 청혼처럼 두 사람 사이에서 이루어지는 은밀한 이야기를, 그것도 거절했다는 사실을 누군가에게 털어놓았다는 것 자체가 예의에 어긋나는 행동이었다는 걸 뒤늦게 깨달은 아멜리아가 알렉스의 품에서 어깨를 움츠렸다.

"미안……."

소녀의 반응을 본 알렉스가 다시 한숨을 쉬었다.

"힐난하려고 물은 것이 아니었어."

그저 제게는 말해 주지 않은 거절의 이유를 시드니가 먼저 들은 것에 질투가 나서 까칠해진 것뿐이었는데, 소녀는 그렇게 받아들이지 않고 있는 듯싶었다. 이대로 아멜리아의 오해가 커지기 전에 얼른 수습해야 할 것 같아 그가 말을 이었다.

"청혼을 거절할 수는 있다고 생각했어. 지나치게 갑작스러웠을 수도 있겠지. 하지만 네가 거절의 이유를 한사코 밝히지 않은 것이 줄곧 마음에 걸렸어. 그러다 깨달았던 거야. 거절하는 원인이 네게 있었다면 넌 주저하지 않고 밝혀 주었을 거라고."

넌 너 자신이 문제라고 생각하는 점은 남들에게 스스럼없이 털어놓거든, 귓가에 닿는 부드러운 목소리가 소녀의 고개를 들게 했다.

"네가 아닌 나 때문에 대답 못 한 거였어. 그렇지? 그리고 그 이유는 다른 게 아니라 영혼들에 관련된 이야기였을 테고. 내가 그들을 보면 불쾌해한다는 걸 아니까."

525

"그것뿐만이 아니야. 나랑 같이 있으면 알렉스는 또 다칠지도 몰라. 이 여름에만도 두 번이나……."

"역시, 그게 거절의 이유였던 거지?"

정답을 찾은 알렉스가 의기양양하게 묻자 아차 싶었던 아멜리아도 어쩔 수 없이 작게 고개를 끄덕였다.

"너 말이야. 내가 그런 거 감당할 각오도 없이 청혼했을 거라 생각했어?"

"그렇지만 알렉스가 나 때문에 또 다치기라도 하면 견디지 못할 것 같아……."

무얼 상상했는지는 몰라도 갑자기 눈가에 눈물이 그렁그렁 맺혔다. 그가 다치는 것이 정말 싫다며 울먹이는 소녀를 보니 안쓰럽기도 한 동시에 기가 막혔다. 자신을 보호해야 한다고 생각한 아멜리아가 괘씸해 목소리에 날이 섰다. 대체 어딜 봐서 그런 판단을 내렸는지 이 기회에 반드시 짚고 넘어가야겠다고 그가 이를 갈았다.

"나를 좋아하는 아가씨 하나 제대로 지키지도 못하는 쓸모없는 남자 취급하려는 건 아니겠지? 너와 함께할 수 있다면 부상 따위는 아무것도 아니야. 대체 왜 그런 쓸데없는 걸 신경 쓰는데? 그까짓 이유가 정말 너랑 내가 함께하는 것보다 더 중요하다고 생각해?"

"그까짓이라니. 그게 얼마나 위험한 건데……. 왜 다치는 게 당연하다고 말하는 거야?"

아멜리아가 무언가 더 오물거리기 전에 알렉스는 그 입술을 손가락으로 눌러 조용하게 만들었다. 청혼을 거절한 이유가 다른 것도 아니고 혹시 그가 입을지도 모르는 부상을 두려워해서라니, 우습게 보이는 것도 정도껏이었다. 짐짓 화난 표정으로 그녀를 내려 보던 알렉스가 자존심에 상처를 입은 듯 중얼거렸다.

"나는 어쩌다가 좋아하는 여자의 보호 대상에 들어가게 된 거지……."

어떻게 해야 보호받을 상대는 그가 아니라 아멜리아 자신이라는 걸 깨달아 주게 될지 막막했다.

"아멜리아, 봐. 나는 다치면서까지 너와 함께 있겠다는 말을 하는 게 아니야. 다치지 않으면 되는 거잖아."

"안 다칠 수 있어?"

"그래. 너와 함께하면서 다치지도 않을 거야. 네가 날 지켜 주지 않아도 된다고 생각할 만큼 강해지면 되는 거잖아."

"……그런가?"

솔깃해 보이는 반응에 그가 얼른 설명을 추가했다.

자신은 아직 열아홉이고, 지금도 몸이 크는 중이었다. 키는 이미 평균을 훨씬 웃도는 데다 어깨도 벌어지고 뼈대도 단단해지고 있었다. 만일 그녀가 건장한 체격이 좋다고 한다면 운동을 해서 근육을 단련하면 되는 거였다.

어린아이도 안 속을 것 같은 해명에도 아멜리아는 연신 진지하게 "응, 응." 하며 고개를 끄덕였다. 처음에는 반신반의하며 고개를 갸웃거렸지만 결국 구슬림에 넘어갔는지 꽤 혼란스러워하면서도 믿는 눈치였다. 그의 말에 귀를 기울이는 지금이 가장 좋은 기회라고 판단한 그가 소녀에게 속삭였다.

"유령들의 문제를 제하면, 한 사람의 남자로서 하는 내 청혼에 응해 줄 수 있었어?"

"아……."

알렉스가 위험해지니 가까이하면 안 된다는 생각에 사로잡혀 거기까지는 생각을 해 본 적이 없었다. 의외의 말에 아멜리아가 눈을 동그랗게 뜨고 그를 바라보았다.

"다시 대답할 기회를 줄 테니 이번에는 실수하지 말고 대답해 줘. 아멜리아 샌더즈, 나는 평생을 바치고 싶을 정도로 널 좋아하는데 너는 어때?"

안고 있던 팔을 물러 그녀의 어깨를 잡았다. 소녀를 살짝 뒤로 밀어 그녀의 얼굴을 들여다보며 고백했다. 부드러운 목소리로 그렇게 속삭이는 건 반칙이 아닌가 싶어 넋이 나간 듯한 표정으로 그를 응시하던 아멜리아가 중얼거렸다.

"알렉스, 나 어쩌지……."

"왜? 또 다른 문제가 있는 거야?"

눈을 가늘게 뜨며 그가 추궁하자, 소녀가 고개를 저었다.

"너무 기뻐."

"아하핫."

파안하는 그의 얼굴을 보며 소녀가 감탄사를 터트렸다. 와아, 나 이제야 알렉스의 기분이 어떤지 알 것 같아, 라며 뒤늦게 새빨개지는 뺨을 제 손으로 감싸고 어쩔 줄 몰라 했다. 그런 소녀를 다시 껴안은 알렉스가 귓가에 나지막이 속삭였다.

"이제 무르기 없기다?"

"……응."

소녀의 승낙에 알렉스가 행복한 듯 웃었다. 구름 한 점 없는 맑은 여름 하늘같이 눈부신 그의 미소에 끌려 따라 웃던 아멜리아는 시원하게 잘생긴 얼굴이 점점 제게로 다가오는 걸 깨달았다.

간격이 가까워질수록 무거워지는 긴장을 참지 못하고 목이 뻣뻣하게 굳어 가는 소녀의 반응을 보며 알렉스는 터질 것 같은 웃음을 간신히 참았다. 그가 장난스러운 손가락으로 소녀의 목 뒤를 가볍게 훑어 내리자 펄쩍 뛰는 비명이 터져 나온다.

"히익―!"

깜짝 놀란 소녀가 고개를 치켜드는 틈을 타서 입을 맞췄다. 촉. 베이비 키스의 가벼운 마찰음 소리가 났다. 동그랗게 뜨인 눈동자는 곧 더더욱 커다래져서 알렉스를 바라보았고, 그는 그런 소녀에게 살짝 눈을 접어 웃어 보이며 다시 입술을 겹쳤다.

"사랑해."

단어에서 맛이 느껴진다면 지금 그의 말은 이전에 함께 먹었던 바닐라 젤라토의 맛일 거라고 아멜리아는 생각했다. 청량하고 부드럽고, 소녀의 세상을 전부 담고도 넘칠 정도로 다디단.

그와 함께라면, 이제 겁먹지 않아도 될 것 같았다. 더는 혼자가 아니라는 생각이 그녀를 가득 채웠다. 하나가 둘이 될 수도 있구나. 새삼 깨닫게 된 만족스러운 나른함에 휩싸여 넋을 놓고 있자니 귓가에 작게 혀를 차는 소리가 들렸다.

"아, 이런—."

뿌듯한 표정으로 소녀를 바라보던 알렉스가 순간 멈칫, 무언가를 깨달은 표정을 짓더니 아멜리아의 어깨에 이마를 떨궜다. 그의 입에서 기나긴 한숨이 새어 나왔다.

"알렉스? 왜 그래?"

"……기차 시간이 생각나 버렸어."

"기차—!"

아멜리아의 비명이 공터에 크게 울렸다. 그제야 자신이 알렉스를 송별하기 위해 이곳에 나와 있었다는 걸 깨달았다. 창백한 얼굴로 서로를 바라보던 두 사람은 손을 잡고 누가 먼저라고 할 것 없이 동시에 숲 아래를 향해 달리기 시작했다.

"알렉스네 마차는 밑에 있는 거지?"

"큰 길가에 세워 두고 왔어!"

"늦은 건 아니지?"

"지금 가면 아마 간신히 탈 수 있을 거야."

"꺄아악—, 어떻게 해!"

"아멜리아, 발이 꼬이잖아. 침착해!"

"그런 걸 신경 쓸 때가 아니야, 서둘러 알렉스!"

하늘이라도 무너진 양 서두르는 아멜리아를 말리지 못하고 함께 공터를 빠져나온 알렉스는 그녀가 너무 걱정하는 바람에 차마 '지금 기회를 놓치면 저녁 기차를 타면 된다.'라는 말을 꺼내지 못했다. 길가에 도착해서는 당연하다는 듯 자신도 서둘러 마차에 오르는 모습을 보고 있자니 뭐 어떠냐 싶어졌기 때문이었다.

마차에 탑승한 아멜리아는 알렉스의 옆자리에 놓여 있는 자신의 스케치북을 보고 놀랐다.

"이게 왜 여기 있지?"

멜포드가의 마차에 두고 내렸던 기억은 없었다. 그도 그럴 것이, 멜포드 가문의 마차를 탄 건 알렉스가 레이븐에 내려온 직후 파티에 함께 갔을 때 외에는 없었기 때문이었다. 이상하다며 앞뒤로 표지를 확인한 소녀는 그것이 자신의 것이라는 것이 확실해지자 해명을 요구하는 눈빛으로 알렉스를 바라보았다.

"내가 가져왔어……."

"붉은 서재에서?"

"돌려주려고 했는데 시기를 놓쳤어."

"그랬구나."

부끄러운 기색이 역력한 표정으로 그가 사과했다. 고의로 그런 것도 아니고, 가져다주는 걸 깜박한 것뿐이니 신경 쓰지 말라고 다독이자 알렉스의 표정이 한층 더 미묘하게 변했다.

"알렉스?"

안절부절못하는 그의 반응을 수상하게 생각한 소녀가 그의 이름을 불렀다.

"미안……. 그거 나 주면 안 될까?"

"스케치북을? 왜?"

"너 생각나면 보려고……."

"뭐어?"

대체 이걸 왜 원하느냐는 말에 우물거리던 알렉스는 아멜리아를 추억할 것이 아무것도 없다는 게 너무 아쉬웠다는 자신의 속내를 밝혔다.

"뭐야, 그게!"

웃음이 터진 아멜리아 곁에서 뚱하니 "나한테는 너랑 관련된 물건이 하나도 없었단 말이야."라고 대답한 알렉스가 이제는 그것을 다음 방학 때까지 빌려주면 안 되느냐고 강하게 졸라 대기 시작했다.

"빌려주다니, 알렉스가 전부 가져도 돼."

알렉스가 무언가를 욕심내는 모습을 처음 본 아멜리아가 신기하다는 듯 바라보았다. 그는 자신에게 건네진 스케치북을 재빨리 받아 등 뒤로 숨기듯 시야에서 치워 버렸다.

"알렉스, 나에게 말하지 않은 게 혹시 더 있어?"

"어? 아니. 없어, 전혀."

"이상한데……."

그런 것치고는 지나치게 안도하는 모양새가 어딘가 수상하지 않은가.

알렉스는 아멜리아가 스케치북에 대해 잊을 수 있도록 주의를 다른 화제로 돌리기 위해 최선을 다했다. 그런 그의 어색한 태도에 고개를 갸웃거리던 소녀도 곧 새로운 이야기에 몰두해 화첩에 대해 캐묻는 것을 잊어버리고 말았다. 즐겁게 떠드는 모습을 지켜보며 알렉스는 속으로 안도의 숨을 내쉬었다.

'휴우―'

위험천만한 순간이었다. 아멜리아가 스케치북을 잡는 순간, 그는 뒤늦게 그 안에 자신의 눈물로 번진 그림이 있다는 걸 깨닫고 아찔한 기분이 들었다. 전전긍긍하며 그것을 숨길 방도를 모색하던 그는 스케치북을 소녀의 관심 밖으로 밀어내는 데 간신히 성공하고 나서야 마음의 평안을 되찾았다.

역까지 가는 짧은 시간 동안 손을 꼭 잡은 채 그들은 앞으로의 이야기를 나눴다. 멜포드가에서는 이미 알렉스가 언제 결혼 이야기를 꺼낼지 가슴 졸이며 기다리는 눈치라는 말에 아멜리아가 당황했다.

"내가 거절했던 거 어머니가 모르셔?"

"아무도 몰라. ……그렇지. 시드니 빼고는."

다시금 불만 가득한 얼굴로 책망당하자 소녀는 몸 둘 바를 모르고 부끄러워했다. 시드에게 털어놓은 건 그런 의미가 아니었다고 열심히 설명해서 마차가 역에 닿을 때쯤에야 그의 화를 조금 가라앉힐 수 있었다.

"도착하면 연락할게. 전화도 하고, 편지도 쓰고."

"응! 나도!"

방금 고백을 마친 연인과 헤어지는데도 씩씩하기만 한 제 아가씨를 보며 알렉스가 쓰게 웃었다. 저 귀여운 철부지 아가씨가 자신과의 짧은 이별을 아쉬워해 줄 때가 언제쯤 오게 될까. 앞으로도 갈 길이 까마득히 멀어 보이지만, 그것조차 설렘이라 생각했다.

'네가 서운한 듯 내 옷깃을 잡고 곁에 있어 달라 속삭여 줄 때가 오게 되면.'

그때는 아마도 세상을 다 가진 기분일 거라면서 그는 기차에 올랐다.

멜포드가에서 정식으로 청혼 이야기가 나온 것은 며칠 후였다. 심상치 않던 아들의 상태를 보고 다가올 미래를 예견했던 멜포드 부인과 집사가 만반의 준비를 해 둔 덕분에 청혼 건은 일사천리로 진행되었다.

"결혼? 첫째 해리도 아직 미혼인데 우리 막내가 결혼?"

예상을 깨고 가장 큰 충격을 받은 건 샌더즈 백작, 즉 아멜리아의 아버지였다. 과묵한 성품이지만 자식들을 지나치게 귀애하는 탓에 장성한 큰아들조차 주변의 또래보다 늦은 장가를 보낼 계획이었던 그에게는 실로 청천벽력 같은 소식이 아닐 수 없었다.

11년 전, 두 부인의 말싸움으로 시작된 양가의 불화에 가장 온화한 입장을 고수하던 아버지였으나 막내딸의 혼사 이야기가 나오니 태도를 돌변하여 상대편 집안을 저주하기 시작했다.

"절대로! 용납 못 해! 찬밥 취급할 때는 언제고 인제 와서 노른자만 쏙 빼먹겠다는 거냐!"

아직도 인형을 가지고 노는 귀여운 어린 딸에게 청혼이며 약혼이 대체 무슨 말이냐며 울분을 터트렸다. 자신의 상상과는 백만 광년쯤 거리가 먼 이야기가 오가며 우려가 현실이 되자 그는 심하게 우울해 했다. 틈만 나면 딸을 껴안고 우리 애는 절대 시집보내지 않겠다고 우기다가 심지어 출근도 거부하는 사태에 이르렀다.

"당장 결혼시켜서 내보낸다는 게 아니잖아요, 여보!"

보다 못한 아멜리아의 어머니가 한소리 했다. 그 말이 섭섭했던 샌더즈 씨는 다시 잔에 술을 따르며 "당신만은 내 편일 줄 알았는데—." 라고 울먹였다. 샌더즈 부인 역시, 11년간 말 한마디 안 섞던 집안에서 갑자기 따님을 달라며 청혼을 하자 속이 상하지 않은 건 아니었으나, 저 말괄량이 막내딸에게 홀딱 빠져서 졸졸 쫓아다니는 알렉스를 몇 번 보았던 탓에 이미 화가 많이 누그러진 상태였다. 사위가 될 쪽에서 더 좋아하는 티가 역력해 콧대가 한참 높아지지 않을 수 없었다.

거기다가 아멜리아의 실종 사건 때 알렉스가 틈만 나면 선물을 들고 찾아와서 샌더즈 부인을 위로했던 것 역시 알게 모르게 호감도를 올려놓는 데 큰 공헌을 했다. 여러모로 마음이 누그러진 부인은 "아이가 아직 배워야 할 것이 많으니 성급한 혼인은 원치 않는다."는 조건을 내걸며 승낙했다.

"뭐가 이렇게 많은데!"

약혼 이야기가 오가자 샌더즈 부인은 말괄량이 딸의 예절 교육을 강화했다. 이제 산이며 들이며 뛰어다니면서 사고 치는 산원숭이 같은 일상에서 졸업해야 한다는 엄한 주의도 받고, 깐깐한 가정교사도 둘이나 더 추가되어 평소보다 훨씬 많은 수업을 받아야 했다.

"네가 받고 싶었던 아가씨 대접을 이제야 받는 거지 뭐."

"으아앙. 내가 꿈꾸던 건 이런 게 아니야……."

오랜만에 만난 메이벨이 깔깔 웃으며 소녀를 놀렸다. 이전 로사의 반지 사건이 있던 파티에서의 인연으로 편지를 주고받던 두 소녀였다. 오늘은 오랜만에 마을 어귀의 티 하우스에서 만나 수다를 떨고 있었다. 레이븐에 휴가 여행차 방문했던 메이벨의 가족은 이곳이 마음에 든다며 작은 별장을 사들였고 덕분에 그녀는 여름이 지나 가을까지 이곳에서 지내는 중이었다.

"그건 그렇고, 그 떠들썩하던 납치 사건의 주인공이 아멜리아라는 건 정말 의외다."

메이벨은 거의 매일같이 지역 신문에 실렸던 사건의 피해자가 자신의 친구였다는 것을 전혀 눈치채지 못했다고 했다. 신문에는 피해자 아가씨의 이니셜만 적혀 있어 기사를 읽어도 누구인지를 추정하기 쉽지 않아 이에 관한 소문 역시 셀 수가 없었다고 전했다.

마을을 떠들썩하게 달굴 정도로 자극적인 기사 내용이 연이어 실리자 피해자인 아가씨를 동정했는데 설마 그것이 아멜리아의 일이었을 줄은 몰랐다며, 그동안 그녀가 읽었던 기사 내용을 설명했다.

"뭐가 '사랑에 눈이 먼 젊은 귀족 청년이 전 재산을 바칠 기세로 인력을 동원……', '사모의 마음이 움직인 기적'이라는 거야? 뭐야 그게! 내가 아는 이야기랑 너무 다른데?"

낯간지러운 기사 문구에 혹해 매일같이 아가씨의 무사 귀환을 기대하며 신문을 기다렸다는 메이벨은 대부분의 헤드라인을 머릿속에 넣고 있었다. 너무 자주 읽어서 저절로 외워졌다고 설명하며 사건이 터진 당시 일주일간은 자신이 읽던 로맨스 소설 시리즈보다 더 쫄깃하게 재미있는 추측성 기사가 매일같이 쏟아졌다고 설명했다.

"신문 기사만 보면 너희는 세기의 연인 같았어. 부모가 반대하는 집안의 젊은 연인에게 닥친 가혹한 시련! 아멜리아가 원하면 스크랩한 걸 빌려줄게. 그때 나왔던 신문은 다 샀거든."

"잘라서 모아 두기까지 했어?"

열렬한 친구의 반응에 당황한 아멜리아는 "정정할게. 그거 내가 아니야. 다른 사람 이야기인 것 같아."라고 부정했지만, 말을 물리기에는 이미 늦은 듯 보였다.

"자, 그러니 그 귀족 청년과의 로맨스를 좀 들려주실까!"

"아니 정말 별거 없는데……."

무언가 획기적으로 로맨틱한 뒷이야기가 이어지기는커녕 다시 한 번 스릴러를 찍은 기억밖에 없었다. 총격과 추격, 사망 사건과 입원이 다였다고는 차마 말하지 못하고 조용히 고개를 저어야 했다.

"정말 그게 끝이야?"

"응, 미안."

"뭐야아, 현실은 역시 재미가 없구나……. 그래도 그 사건 후에 두 사람이 약혼하게 된 건 맞지?"

"약혼 아직 안 했어. 청혼을 받은 게 전부야."

"앞으로 할 거잖아. 그게 그거지. 아―, 아쉽네."

"뭐가?"

"전에 파티에서 봤던 그 신사분이 너무 멋있길래 아멜리아에게 소개해 달라고 하려 했거든."

"어……."

찻잔을 집으려던 아멜리아의 손이 허공에서 멈췄다. 순간 따끔한 무언가가 심장을 찌르는 기분이 들었다.

'이게 뭐지?

친구가 알렉스를 칭찬했는데 가슴이 조여드는 기분이 드는 이유는 뭘까. 아멜리아가 필사적으로 그 원인을 찾고 있는지도 모른 채, 메이벨은 알렉스에 대한 이야기를 계속했다.

"지적인 데다가 기품 있는 미남이라고 해야 하나? 거기에 과하지 않은 절제된 날카로움이 있어 보이잖아. 그날 반지 건으로 화를 내는 모습을 보고 좀 반했거든. 그렇지만 아멜리아의 약혼자가 되었다니, 어쩔 수 없지. 두 사람 내 축복받고 예쁘게 살아."

"어, 응. 고마워."

바늘로 콕콕 찌르는 듯한 가슴의 통증은 그리 오래가지 않아 사라졌다. 그래도 이런 기분을 처음 느껴 본 아멜리아는 어딘가 입맛이 쓰다고 생각했다. 그런 그녀의 마음도 모르는 채 '좋은 남자들은 왜 늘 임자가 있는 걸까.' 라며 투덜대던 메이벨은 문득 무언가 생각난 듯 소리를 쳤다.

"그래, 아가씨 대접을 정중하게 받고 싶으면 파티에 가면 되잖아!"

"뭐?"

"공부에서 벗어날 때도 있어야지. 사교계도 경험해 보자. 안 그래도 일주일 후에 오빠 친구가 여는 파티가 있는데 같이 가지 않을래?"

두 소녀가 같이 가면 서로 에스코트가 없어도 기죽지 않을 거라며 그녀가 부추겼다.

"바쁜 일 있는 건 아니지?"

"그건 아니지만."

"그럼 결정! 초대장에 네 이름도 적어서 답신을 보낼게."

수줍고 조곤조곤한 성품인 메이벨이 뜻밖에 파티를 좋아하는 것 같아 놀라자 그녀는 "네가 지나치게 사람들을 만나지 않는 거야."라고 반박했다. 모임에도 파티에도 어느 정도 참석을 해 안면을 터놓는 것이 우물 안 개구리가 되지 않는 방법이라며 열변을 토한 친구에게 압도되어 아멜리아는 얼떨결에 파티 참석에 응하게 됐다.

친구와 함께 파티에 참석할 생각에 흥분한 메이벨이 파티 당일에는 자신이 데리러 오겠다며 기쁨에 젖어 앞으로의 계획을 설명했다.

'뭐가 좋은지는 모르겠는데, 메이벨이 좋아하니 좋네.'

크게 기뻐하는 친구를 보며 단순히 그렇게 생각하던 아멜리아에게 문제는 그날 저녁에 터졌다.

— 뭐라고, 파티? 안 돼!

"왜?"

— 나랑 같이 가는 거 아니면 가지 마! 이상한 남자가 달라붙으면 어떻게 해.

"나한테 누가 그럴 리 있겠어?"

— 무슨 소리야, 네가 얼마나 귀여운지 알아? 왜 전에 안 하던 소리를 하필 내가 떠나자마자 하는 건데!

알렉스의 전화를 받은 아멜리아는 그날 있던 일을 설명하다 파티에 초대받은 이야기를 꺼냈다. 그녀가 파티에 간다는 말에 결사반대를 외친 알렉스는 사랑스러운 자신의 피앙세를 불특정 다수의 미혼 남성들 앞에 던져 넣을 수 없다고 주장했다. 듣는 사람이 부끄러워질 정도의 갖은 미사여구를 동원해 아멜리아에 대한 찬사를 늘어놓던 그는 그런 소중한 약혼녀를 근본도 모르는 파티에 보낼 수 없다며 완강히 반대하고 나섰다.

"아니 무슨 사자 우리에 생쥐를 넣는 것도 아니고—."

— 사자는 무슨, 좋게 봐도 하이에나지. 어쨌든 절대 안 돼!

"에앵—."

애교를 부려도 소용없다며 단호하게 반대한 그는 만일 그래도 아멜리아가 간다고 한다면 자신이 레이븐으로 내려가겠다고 선언했다.

— 가려면 나랑 같이 가.

"알렉스, 수업은?"

— 상관없어. 당일치기라도 할 거야.

"뭐?"

실로 어린아이 같은 막무가내의 반대에 부딪힌 아멜리아가 자신의 귀를 의심했다. 가는 것을 막지 못할 바에야 차라리 자신이 레이븐에 돌아오겠다고 한다. 뒤늦게 사태의 심각성을 깨달은 아멜리아가 '파티에 가지 않을 테니 내려올 필요 없다.'고 간청해 겨우 그를 진정시킬 수 있었다.

— 정말 거절할 수 있겠어?

"그렇다니까. 알렉스가 갑자기 아이처럼 억지 부려서 깜짝 놀랐어. 공사 구분을 못 하다니."

— ……하루 이틀 수업 빠지는 걸로는 타격 없어.

볼멘소리가 수화기를 통해 흘러나왔다. 그의 말대로 수재에 학년 대표를 맡은 알렉스에게 며칠의 공백 따위는 별지장이 없을 터였다. 그러나 지금 아멜리아의 지적은 그런 문제가 아니었다. 늘 차분하고 어른스럽던 소꿉친구는 아멜리아의 앞에서만큼은 쉽게 토라지고 억지를 부리는 어린 소년으로 다시 돌아가는 것처럼 보였다.

— 불안해서 그래.

"불안해? 알렉스가?"

— 그래. 멀리 떨어져 있는 틈에 다른 남자가 너 좋다고 끼어들까 봐 불안해. 난 여기서 아무것도 못 하잖아.

"그거…….."

아, 이게 불안이었구나. 솔직한 그의 고백에 아멜리아는 티 하우스에서 느꼈던 기묘한 감정의 싹에 이름이 있다는 것을 알게 되었다. 그리고 자신만이 아니라 알렉스 역시 상대에 대한 불안과 조바심을 느낀다는 말이 그녀를 안심시켰다.

"아하하."

— 기가 막히지? 나도 이런 내가 한심해 죽겠어.

"알렉스, 걱정하지 마. 메이벨에게도 잘 설명해 둘게."

— 정말 괜찮겠어? 만일 꼭 가고 싶은 거라면 내가…….

"응. 괜찮아. 힘들게 돌아올 필요도 없고."

서로 같은 감정을 공유해서 다행이라고 생각했다. 까짓 파티 같은 건 다음에 알렉스와 함께 가면 된다. 메이벨에게는 사죄의 선물로 티 케이크가 훌륭한 레스토랑에 점심을 예약해서 화를 풀어 주면 되지 않을까.

— 하프 텀에는 잠깐 내려갈 수 있을 것 같으니 파티는 그때 함께 가자.

"알았어."

못 가게 고집부려서 미안하다고 사과하면서도 안도하는 티가 역력한 알렉스의 목소리를 듣던 아멜리아가 작게 중얼거렸다.

"……절제된 날카로움이라고 했던가?"

— 뭐가?

"아무것도 아니야. 잘 자, 알렉스!"

말도 안 되는 억지를 쓰는 그의 모습을 보면 메이벨이 대체 뭐라고 할지 궁금하다며 소녀는 몰래 웃음을 삼켰다.

알렉스와 아멜리아의 약혼은 12월로 날짜가 잡혔다.

아직 학생 신분인 알렉스도 그렇지만 아멜리아 역시 당장은 결혼을 시키고 싶지 않다는 샌더즈 씨의 강력한 주장으로 결혼은 알렉스의 졸업이 예상되는 3년 후로 미뤄졌다. 대신 해를 넘기기 전에 간단한 약혼식을 치르기로 합의한 두 집안은 지금 준비로 한창 정신없는 중이었다.

끼이익.

주방 뒷문이 조용히 열리고 작은 랜턴 빛에 몸을 의지한 누군가가 숨을 죽이고 건물 안으로 들어왔다.

"쉬이—, 조용히 들어와. 어두우니까 발밑을 조심하고."

"초대에 감사드려요, 알렉스 멜포드 님."

곱슬머리의 아가씨는 자신에게 문을 열어 준 신사에게 치마폭을 펼치며 정중한 인사를 했다. 그녀가 성대한 파티에 초대받은 숙녀처럼 인사를 건네자 알렉스 역시 최대한 엄숙한 얼굴로 영애를 맞이했다.

"영광입니다, 마이 레이디."

그는 아멜리아의 손을 잡고 실내로 인도했다. 한밤의 칠흑 같은 어둠이 랜턴의 불빛마저 삼키려는 듯 일렁였다.

"다들 자는 거 맞지?"

"약혼식이 내일이라 오늘은 일찍 잠자리에 들었을 거야."

발을 헛디디지 않도록 서로의 손을 잡고 두 사람이 몰래 들어간 곳은 멜포드가의 주방이었다.

"정말 오랜만에 와 보네. 다섯 살 때 이후로 처음이야."

"벌써 11년이나 흘렀군. 앞으로는 자주 오게 되겠지만."

"응, 그 전에 먼저 해야 할 일이 있어."

추억에 젖은 아멜리아가 주변을 둘러보며 감탄사를 연발하는 동안 알렉스가 구석에 놓여 있던 의자를 끌어왔다.

"이거면 되는 거지?"

"충분해. 고마워."

램프를 테이블 위에 올린 그는 의자를 양손으로 잡아 주었다. 마사의 쿠키 단지를 몰래 꺼내기 위해 소년 소녀가 어릴 적에 했던 그때 그대로.

가볍게 의자를 딛고 올라선 아멜리아가 찬장 문을 열었다. 이번에 찾는 것은 고소한 오트밀이 가득 담긴 쿠키 단지가 아니었다.

"······있어?"

"응. 그런 것 같아."

한동안 찬장 안을 들여다보던 소녀가 장 속 깊숙이 놓인 메이플 병을 살짝 옆으로 밀더니 손을 내밀었다.

"그간 그곳에서 답답했지요? 내 손을 잡아요. 밖으로 나가게 도와줄 테니까."

마치 그곳에 무언가가, 아니 누군가가 있는 것처럼 그녀는 어두운 장을 향해 다정하게 말을 건넸다. 잠시 후 의자에서 내려온 아멜리아는 한 손에 누군가를 잡고 있는 것처럼 조심스럽게 행동했다. 침착한 발걸음으로 조금 전 들어왔던 부엌의 작은 뒷문을 연 소녀는 그대로 몇 걸음 정원까지 나간 뒤 하늘을 올려다보았다.

"당신은 더는 이 저택의 노예가 아니에요. 원하는 곳 어디든 자유롭게 날아가도 된답니다."

그렇게 속삭인 뒤 무언가를 따라가듯 하늘을 바라보았다. 조용히 그녀의 뒤를 지키며 정원에 나온 알렉스 역시 소녀의 시선이 향한 곳을 바라보았지만, 그의 눈에는 압도될 만큼 크고 검은 하늘과 그 하늘을 메운 작은 별빛만 가득 보일 뿐이었다.

"이제 끝난 거야?"

"응, 갔어."

누군가를 배웅하듯 은하수에서 시선을 떼지 못하며 소녀가 대답했다. 그런 아멜리아의 어깨를 뒤에서 알렉스가 안아 주었다.

"갑자기 둘이서만 몰래 하고 싶은 일이 있다고 해서 뭔가 했더니……."

"이곳에 오면 가장 먼저 하고 싶은 일이었거든."

약혼식 전날 밤. 아멜리아는 알렉스에게 소원이 있다고 말했다. 대체 어떤 부탁을 할까 싶어 은근히 기대를 품었던 그에게 소녀가 털어놓은 건 상상을 초월하는 내용이었다.

무려 11년을 벼르던 일이었다나 뭐라나. 이곳에 갇힌 영혼이 있는 것을 알면서도 손을 쓸 수가 없어 지금까지 간지러운 곳을 긁지 못했

다고 고백하며 한 번만 더 자신을 몰래 멜포드가의 부엌에 데리고 가
달라고 졸랐다.

"내일만 지나면 원하는 만큼 마음껏 출입할 수 있는데 그랬어."

"보는 사람이 없을 때 해야 하니까. 그리고 이런 일은 빠를수록 좋
잖아."

밤하늘을 올려다보며 웃고 있는 알렉스의 곁으로 돌아온 아멜리아
가 그의 허리에 팔을 감고 몸을 기댔다. 그의 시선이 닿는 곳을 함께
바라보자니 그가 아멜리아의 팔을 손으로 감싸 더 가까이 잡아당겼다.

"쿠키가 탐난다고 할 줄 알고 긴장했네."

"……유혹이 전혀 없었다고는 말하지 않겠어."

소녀의 답변에 그가 웃음을 터트렸다.

마사가 구워 주는 허니 오트밀 쿠키는 별미였다. 차가운 우유 한 잔
을 부르는 달콤한 과자.

그 하얀 도자기 병 안에 담긴 맛있는 쿠키는 아마도 그들의 아이들
이 밤에 몰래 부엌을 찾게 하는 미끼가 되리라. 그들이 어린 시절 그
랬던 것처럼.

두 사람은 그때가 어서 오기를 기원하며 하늘의 별을 올려다보았
다.

— *The end*

Epilogue

12월. 겨울이 자리를 잡을 즈음 레이븐에 반가운 사람이 나타났다.

"약혼 축하해, 아멜리아, 알렉스!"

시드가 돌아온 것은 그들이 약혼식을 올린 지 약 일주일 후였다.

더부룩하게 길어진 시드의 머리가 지나간 시간을 말해 주는 것 같았다. 시즌이 지나도 한참 지난 고풍스러운 코트를 걸치고 지친 얼굴로 돌아온 시드지만 그 표정만은 이전만큼 밝아져 있었다.

"시드―!"

"아하, 잘 있었어, 꼬마 아가씨?"

쪼르르 달려와 안기는 아멜리아를 안아 든 시드가 소녀에게 인사를 건넸다. 오랜만에 본 시드의 등장에 환한 웃음이 가시지 않는 약혼녀를 떨떠름하게 지켜보던 알렉스 역시 시드에게 인사를 건넸다.

"어서 오세요."

"약혼 축하해!"

"감사합니다."

"시드! 두 달이 넘게 대체 뭘 한 거예요?"

"아— 한동안 이런저런 일로 좀 바빴어!"

오랜만에 '붉은 서재'에 돌아온 시드는 환기를 위해 문과 창을 활짝 열며 대답했다. 문이 열리자 차가운 겨울바람이 골동품점 안을 쓸고 지나갔다. 낡은 공기가 빠져나간 자리에 새로운 공기가 돌풍처럼 밀려들어 삽시간에 빈자리를 채워 넣는다.

"생각보다 깨끗하고 먼지가 없어서 놀랐어. 아멜리아가 그간 관리를 잘해 줬구나. 카운터에는 꽃도 놓여 있고."

"에헤헤."

실내의 기온이 떨어지자 아멜리아가 코트의 깃을 세우며 어깨를 움츠렸다. 추워하는 기색에 알렉스가 제 코트를 벗어 어깨에 걸쳐 주었다.

"고마워."

"천만에."

화사하게 웃는 소녀가 행복해 보였다. 성큼 연인들의 티가 나기 시작한 어린 커플이 시선에 들어오자 시드의 입꼬리가 올라갔다. 강아지들처럼 귀엽기는. 참 비슷한 애들끼리 잘도 만났다 싶을 정도로 둘은 분위기가 닮은 한 쌍이었다.

"환기는 이 정도만 할게. 춥지?"

시드가 얼른 창을 닫았다. 다쳤던 팔도 완쾌된 듯 움직이는 데 문제가 없어 보였다.

"조금만 기다려. 난로를 켰으니 곧 훈훈해질 거야."

이리저리 돌아다니며 재빠르게 차를 내온 그는 몸을 덥혀 줄 거라며 찻잔에 약간의 보드카를 섞어 주었다.

"알려 주신 주소로 계속 편지를 썼으니 제 근황은 이미 알고 계실 테고, 시드는 그간 어떻게 지냈는지 궁금해요."

"2년 만에 돌아갔더니 얼굴을 봐야 할 사람도 많고, 처리할 일도 생각보다 많더라고. 거기다 카이퍼의 아파트 시세가 생각보다 낮아서 말이지. 처분하기도 힘들어서 그냥 내가 사용하기로 했거든. 그러다가 문득 '붉은 서재' 2호점을 내면 어떨까 싶어져서 가게 터도 알아보고 왔어."

"분점이에요?"

"음. 안 그래도 교통 시설이 좀 편한 곳에 가게를 하나 더 내면 어떨까 생각하고 있었어. 슬슬 사업을 확장해도 좋을 것 같아서. 인구 밀도가 높은 곳에 새로 오픈하고 이곳은 직원을 고용해서 병립해서 운영하면 좋을 것 같아."

"그렇구나. 잘되었네요. 저도 봄에는 그곳으로 갈 것 같거든요."

"밀리도?"

"네. 레이븐은 알렉스가 오가기에 너무 먼 거리라서 부모님이 작은 테라스 하우스를 별장으로 사 주셨어요. 학기 중에는 거기서 지낼까 생각 중이었는데 시드의 가게가 생긴다니 마음이 든든해요."

"그건 의외인데. 밀리네 부모님은 귀여운 막내딸을 품에서 안 놓으시려고 할 것 같았는데 말이지."

시드가 힐긋 알렉스를 바라보며 자기 생각을 밝혔다. 아무리 약혼을 했다 한들, 결혼 전의 숙녀를 남자 친구 있는 곳 근처로 보내는 대담한 부모가 대체 어디 있단 말인가. 그 시선의 의미를 눈치챈 알렉스가 자신을 파렴치한으로 보는 거냐는 듯 눈썹을 찌푸리더니 말을 이어받아 설명했다.

"안타깝게도 별장에는 빈센트가 함께 살 예정입니다. 걱정하시는 것이 무엇인지는 몰라도 그럴 일 없으니 안심하시죠."

"빈센트? 밀리의 둘째 오빠?"

"네. 오빠도 알렉스와 같은 학교 기숙사거든요. 이참에 기숙사를 나와서 통학한다고 짐 싸고 있댔어요."

"저런. 그것 참……. 마음대로는 되지 않겠군. 어쩌나."

빈센트라면 아멜리아의 외출 시간을 통제하며 잔소리하는 것만 아니라 간혹 있을 데이트에도 따라 나온다고 우길 듯싶었다. 어느 쪽이든, 알렉스에게 호재만은 아닐 터였다.

얄밉게도 히죽이는 모습에 알렉스가 눈을 치켜떴다. 이 사람이 자신을 놀리는 걸 즐긴다는 건 알렉스도 알고 있었다. 요는 자신이 휘말리지 않으면 되는 것이다. 평정심을 지키면 이기는 거라고 간신히 억누르는 중 뒤따라 터진 연이은 폭탄에 그는 결국 백기를 들었다.

"도시로 온단 말이지. 역시 우리는 특별한 인연이 틀림없다니까."

"그죠오— 저도 정말 기뻐요."

두 사람만의 세상에 빠져 소곤대는 틈에 끼어들지 못한 알렉스가 불만스럽게 팔짱을 끼고 지켜보았다. 어쩌면 저렇게 죽이 잘 맞는 건지. 저러니 시드와 사귄다는 오해가 생기지 않느냐며 속으로 투덜대던 그의 귀에 처음 듣는 이야기가 흘러 들어왔다.

"거기서도 같이 일하면 되겠네!"

"그럼요. 아는 사람도 없고 심심할까 걱정하고 있었는데 잘되었네요."

"이야아— 나 진짜 사업 운이 따라 주나 봐. 실은 가게도 목이 좋은 곳을 발견해서 계약해 두었거든."

"잠깐, 잠깐만—!"

조용히 이야기를 듣고 있던 알렉스가 당황해서 외쳤다. 갑작스러운 난입에 놀란 두 사람이 대화를 중단하고 그를 바라보았다.

"무슨 일이야, 알렉스?"

도중에 끼어든 알렉스에게 불만을 보이는 느긋한 목소리에 현기증이 날 지경이었다.

"일이라니? 대체 무슨 소리야? 두 사람이 같이 일하는 거 있어?"

"아."

"이런."

아멜리아와 시드가 한꺼번에 입을 다물고 서로를 바라보았다. 그녀가 시드와 함께 사연 있는 골동품들의 의뢰를 받아 일하고 있다는 사실은 알렉스는 물론 샌더즈가의 사람들도 모르는 사실이었다. 그들만의 작은 비밀을 두고 재빠른 눈짓이 오가는가 싶더니 동시에 손을 내저었다. 둘 다 입가에 그림으로 그린 것 같은 미소가 걸려 있었다.

"아무것도 아니야."

"그래, 숨기는 거 없어. 응."

"두 사람 지금 그 모습, 이상하다는 생각은 전혀 안 들어?"

"전혀."

알렉스가 덤벼들어도 둘은 실실 웃기만 할 뿐 설명을 피했다. 그뿐만 아니라 장난기 가득한 표정으로 두 사람만의 비밀 사업 이야기를 이어 갔다. 빙글거리며 고의로 알렉스를 따돌리는 모습에 놀리려는 기색이 역력했다.

"가게 이름을 아예 '시드와 밀리'라고 하는 건 어때?"

"와—, 진짜요?"

"그럼. 밀리는 내 소중한 사업 동반자인걸."

"멋지다—."

"아멜리아, 가게라니 무슨 소리야? 설명해 달라니까. 시드니, 당신도 아이처럼 장난치지 말고 대답해 주세요!"

"크크크."

"아하하하."

결국, 웃음을 참지 못한 시드와 아멜리아가 의자 등받이에 기대며 쓰러질 듯 폭소를 터트렸다. 그들의 장난은 알렉스가 진심으로 화를 내기 직전에 멈췄다. 아무래도 비밀을 나눌 사람이 둘에서 셋으로, 한 사람 더 늘게 될 것 같다며 그들은 악당처럼 웃었다.

"……그런 일을 숨어서 하고 있을 줄 몰랐어. 위험한 건 아니지?"

"아냐. 잔소리꾼 할머니의 옛날이야기나 좀 들어 주면 다들 자리를 비켜 준다니까."

"그런 거라면 모르겠지만, 저번 반지만 봐도 많이 위험했다고. 갑자기 칼을 들고 덤볐잖아."

"그게 정말 예상외였어. 거기다, 그건 의뢰품도 아니었고. 보통 시드가 사전에 다 알아보고 안전한 것만 넘겨주거든."

"응, 애초에 밀리에게 해가 될 만한 의뢰는 받지 않아."

시드와 함께하는 일의 내용을 듣고도 믿을 수 없는지 몇 번이고 되묻던 알렉스는 안전함에 관해 끈질긴 확인을 받고서야 질문을 멈췄다. 조금 놀리려던 것이 화를 키워 오히려 그간 맡았던 의뢰 하나하나를 캐묻는 그에게 지독하게 시달리게 된 아멜리아와 시드는 탈진한 채 앞으로 알렉스를 함부로 건드리지 않기로 약속했다.

"의뢰 하니까 생각이 났는데, 그 강가의 아이는 어떻게 되었어?"

"사라졌어요. 내년 여름에 다시 나타날 거예요."

"그렇군……. 새들이 그 아이 손에 넘어간 건지 아닌지는 아직 확인 못 한 거지?"

"내년이 되어 봐야 할 것 같아요."

"잠깐, 다시 잠깐—!"

알렉스가 또 한 번 급하게 끼어들어 그들의 말을 중단시키자 이제 두 사람은 겁에 질린 표정으로 그를 바라보았다.

"왜? 왜 또 그러는 건데?"

"이건 또 무슨 말이야? 그 아이는 알겠어. 그런데 새라니?"

"아아아아—."

"알렉스, 그만해. 너무 힘들어……."

"그래. 넌 너무 집요한 면이 있어."

"일단 이것만 설명해 봐. 강가의 아이는 알겠는데 새들은 무슨 말이야?"

"나 포트에 물 갈아 올게. 오늘 티타임은 짧게 끝나지를 않겠네…… 과자도 더 가져올게."

비틀거리며 도망가는 시드를 아멜리아는 부러운 표정으로 바라보았다. 소녀는 자신의 빈 찻잔을 힐끔 들여다보고 다시 자신의 옆에 앉아 두 손을 모으고 침착하게 설명을 기다리는 알렉스를 곁눈질로 보았다. 매사에 성실한 그는 비밀이 있다면 오늘 전부 다 듣겠다는 기세로 눈을 빛내며 앉아 있었다.

아무래도 그간 있었던 이야기를 전부 들려주려면 확실히 찻물과 간식거리가 더 필요할 것 같았다.

"아이에게 준 곰 인형 대신 도자기 새들을 주었다고?"

"응. 셀저 씨가 태워 버려서 알렉스의 사고가 난 거였거든. 다시 친구가 생기면 사람을 끌어들이지 않을 거야."

"그럼 내년 여름에 다시 사고가 날지 아닐지 지금으로서는 모른다는 거야? 만일 일이 터져도 그걸 아멜리아가 막아야 하고?"

"그 아이를 제대로 볼 수 있는 건 지금 나밖에 없으니까."

이야기를 들을수록 알렉스는 두통이 생기는 기분이 들었다. 어쩌다가 아멜리아는 위험하기 짝이 없는 일을 자신이 처리해야 할 문제라고 생각하게 된 걸까. 왜 스스로 저런 일을 맡아 하려고 하는 건지.

"매해 그런 아슬아슬한 일을 하고 있었다니 믿을 수가 없어. 지금까지도 끔찍한데 내년에 또 해야 한다니 농담이 아니야."

"아, 그래서 말인데. 이것도 내년 한 해만 더 고생하면 해결할 수 있을 것 같아."

"해결 방법을 찾았어?"

차를 따라 주던 시드가 호기심을 보이며 답변을 재촉했다.

"네. 실은 지난번에 백작 부인이 돌아오지 않겠느냐고 물었거든요. 저도 언젠가 다시 가겠다고 대답했고."

"뭐라고?"

그 말에 두 남자가 동시에 소리를 질렀다. 갑자기 들린 큰 목소리에 아멜리아가 깜짝 놀랐다.

"세상에, 양쪽에서 소리를 지르니 귀가 따갑잖아요……. 다들 갑자기 왜 그래요?"

"왜 그래요? 지금 그런 느긋한 소리가 나와? 다시 거기에 간다니 제정신이냐고!"

시드가 언성을 높이고 알렉스는 소녀의 손목을 아프게 잡아 왔다. 당장 떠나겠다고 한 것도 아닌데, 이럴 땐 또 두 남자의 호흡이 척척 맞는다.

"아니 애초에 그렇게 약속을 하고 갔던 거라……. 아이참, 제 말을 끝까지 들어 보시라고요!"

참을성 없는 두 사람을 나무란 아멜리아가 나머지 이야기를 계속했다.

"저는 잠시 방문하는 거라 생각했는데 퍼트리샤 부인은 그렇지 않았나 봐요. 양해를 얻어서 나오기는 했는데 자꾸 다시 돌아오지 않겠느냐고 물었거든요. 그래서 말인데, 부인에게 강가의 아이를 보내면 어떨까 해요."

"뭐라고?"

"그곳에는 백작 부인 말고도 주민들이 더 있어요. 그곳에 가면 굳이 사람들을 강으로 끌고 들어가 친구를 찾지 않아도 될 거고, 백작 부인에게도 저 대신이라며 아이를 보내면 어떨까 하는데."

"흐음―."

"잘만 풀리면 한 방에 두 가지 문제를 해결할 것 같은데, 어때요?"

칭찬을 기다리며 우쭐대는 모습에 기가 막힌 알렉스와 시드가 동시에 고개를 저었다.

"어때요는 무슨. 지금 본인이 얼마나 위험한 말을 꺼낸 건 줄 알고 있어?"

"맞아. 그러다 백작 부인이 거절하고 널 다시 데려가겠다고 하면 어쩔 건데?"

"에이—, 설마."

"대체 어디서 그런 근본 없는 확신이 생기는 거야? 만약 강에 갈 때도, 화랑에 갈 때도 우리와 동행한다는 조건이라면 허락해 주지."

"아, 그거 좋은 생각이네. 남자 둘이 함께 있으면 강에 다시 끌려갈 염려도 없고."

"정말 같이 오려고요?"

"왜, 싫어?"

든든하고 기뻐할 줄 알았던 소녀의 반응은 예상외로 냉랭했다.

"아니, 싫다기보다는……. 아이 데려다주면서 저도 잠깐 백작 부인의 저택에 다녀올까나…… 하고 있었거든요."

"뭐라고?"

어이없는 고백에 두 남자가 동시에 소리를 질렀다.

"아이, 깜짝이야."

아멜리아가 양손으로 귀를 막으며 왜 큰 소리를 내느냐고 책망하듯 남자들을 흘겨보았다. 당황한 알렉스는 그녀의 손목을 힘껏 움켜쥐고 긴장한 표정으로 바라보는 중이었다.

"끌고 갈까 봐 걱정하고 있는데 아예 제 발로 넙죽 들어갈 생각을 하고 있었던 거야?"

뭐라 말해야 좋을지 모를 정도로 어이없는 그녀의 발상에 두 남자가 머리를 싸안았다.

"이건 악어가 입을 벌렸는데 머리 집어넣는 격이지. 그 백작 부인이 밀리를 마음에 들어 했다니 이번에야말로 안 돌려보내면 어쩔 건데?"

"그래서 아이를 데려가잖아요."

"그건 일방적인 네 생각일 뿐이고."

"그치만……."

이럴 때는 확실히 어른이었다. 시드가 엄한 목소리로 철없는 소리 말라고 꾸짖는 모습을 곁에서 알렉스가 부러운 듯 지켜보았다. 그들이 함께 보낸 시간이 긴 이상 자신이 끼어들 틈이 없다는 건 알고 있었고, 어른스러운 훈계는 제게 어울리지 않는다는 것도 충분히 깨닫고 있었다.

야단을 맞으면서도 쉽게 포기하지 않는 소녀의 반응을 보며 알렉스가 짧게 한숨을 내쉬었다. 아멜리아도 쉽게 포기할 생각은 없는 듯 보였다. 하지만 아예 손 놓고 이대로 구경만 할 수도 없는 일이니, 그는 최후의 수단을 쓰기로 했다. 이 방법은 머리가 좀 나빠 보이는 단점이 있지만, 아멜리아를 상대로 효과는 탁월할 터였다. 두 사람이 대화하는 도중 그는 생각하던 것을 입에 담았다.

"……자꾸 그러면."

"알렉스?"

"너 일할 때마다 곁에서 손 꼭 잡고 있을 거야."

"히이익!"

이건 뭐 자멸을 선언하는 공갈 협박도 아니고. 제 몸을 던져서라도 막겠다는 의지를 보이는 알렉스를 보며 소녀는 경악했다.

"그건 안 돼! 알렉스는 '그들'을 보고 난 뒤엔 많이 힘들어하잖아."

예상대로 소녀는 펄쩍 뛰며 말렸다. 이전과는 달리 노력을 하고 있다고 해도 그는 아직도 영혼들을 보는 것에 큰 부담을 느꼈고, 곁에서 지켜보던 아멜리아 역시 그걸 잘 알고 있었다.

"그래서. 백작 부인에게 갈 거야, 안 갈 거야?"

"아, 안 갈게. 안 가면 되잖아!"

자신의 몸을 아낌없이 던져 가며 백작 부인에게 가지 못하게 하려는 알렉스의 협박에 아멜리아는 항복을 선언하고 말았다. 세상에 누가 이런 말도 안 되는 공갈을 치느냐며 투덜대다가 마지못해 고개를 끄덕였다. 답변에 만족한 알렉스는 그제야 빙긋 승리의 미소를 지었다. 그는 이 비겁한 방법이 유효할 줄 잘 알고 있었다.

여유로운 그의 모습에 시드는 한 방 먹은 표정을 했다. 소녀의 젊은 약혼자는 예상외로 단기간에 아멜리아를 다루는 법을 터득해 나가고 있었다.

'이거야 원. 조만간 절친 자리를 내줘야겠네.'

신기한 듯 재미있는 듯 두 사람이 토닥대는 모습을 보고 있자니 문득 성장해서 곁을 떠날 준비를 하는 딸내미를 보는 기분이 이러지 않을까 싶을 정도였다.

"밀리네 집에서 아버지가 가장 상심이 크시지 않아?"

"어떻게 아셨어요?"

뜬금없는 소리에 놀란 얼굴로 소녀가 물어 왔다. 멀리 떠나 있던 시드가 어떻게 자신의 집 사정을 이렇게 잘 아는 건가 싶어 신기해한다.

"왠지 방금 밀리네 아버지랑 공감대를 형성한 것 같아서."

"네?"

"아무것도 아니야. 그것보다도, 약속했다? 강에 갈 때는 우리와 반드시 동행할 것."

"……알았어요."

"걸즈 토크 한다면서 그림 속으로 넘어가기 없기."

"네에."

불만 가득한 표정의 소녀에게서 약속을 받아 냈다. 아예 강 근처에는 얼씬도 못 하게 방해받는 것보다는 백배 낫다고 생각했는지 툴툴거리면서도 "기왕 가는 거, 초여름이 좋겠어요."라고 날짜를 헤아려 본다. 얼른 마음의 짐을 내려놓고 다리 뻗고 잠들고 싶다고 하더니 곧이어 날씨 이야기로 넘어간다.

"날씨 좋은 날로 골라서 가요. 기왕 가는 거니까, 피크닉 바구니를 지참해서……. 시드는 뭘 좋아하세요? 푸아그라를 넣은 파테 앙 크루트는 어때요? 우리 집 요리사가 해외의 친구에게서 직접 배워 온 요리인데 정말 맛있어요. 거기에 훈제한 연어랑, 또……."

이제는 피크닉 메뉴를 떠올리는지 눈이 반짝반짝하다.

"아니, 그 상황에 꼭 거기서 뭔가를 먹어야 할까……?"

어이가 없는지 알렉스가 작게 중얼거렸다. 살인 사건이 속출한 강가에서 피크닉 할 생각에 푹 빠져 있는 아멜리아를 알렉스가 말리려 하자 그 기색을 느낀 시드가 팔꿈치로 옆구리를 슬쩍 찔렀다. 그는 비밀 이야기를 건네려는 시드를 곁눈질로 슬쩍 바라보았다.

시드는 조용히 그의 배를 톡톡 치며 웃었다. 길어진 이야기에 아무래도 소녀가 배가 고파진 모양이었다.

"아."

"그래. 그거 좋아 보이네. 메뉴는 그때 가서 정하기로 하고, 아멜리아. 오랜만에 만났는데 다 함께 저녁이나 하고 가지 않겠어?"

"정말요?"

디저트로 커스터드 크림이 들어간 페이스트리 이야기를 꺼내려던 소녀가 화색이 도는 얼굴로 그 말을 반겼다. 지금까지의 이야기에 입에 침이 고였는지 꼴깍, 작게 목을 울린다.

"그래. 정장을 미처 준비 못 했으니 아주 멋진 곳은 무리지만……. 일상복 차림으로도 갈 수 있는 멋진 곳을 내가 알고 있거든."

"와아아."

당장에라도 뛰쳐나갈 수 있을 것 같은 얼굴로 시드의 말을 반기던 소녀가 흠칫, 알렉스를 바라본다. 같이 갈 거냐는 그 눈빛에 거절은 받아들이지 않겠다는 강한 의지가 스며 있었다. 삐져나오려는 웃음을 간신히 참으며 알렉스가 자리에서 일어났다.

"잘됐네요. 마침 배가 고파지려던 참인데, 어서 가죠."

"그래. 코트 가지고 올 테니 먼저 나가서 기다려."

아멜리아에게 코트를 입혀 준 알렉스가 꼼꼼하게 목도리까지 둘러 준 뒤 '붉은 서재'의 문을 열었다.

휘이잉. 차가운 바람이 사정없이 그들을 맞이했다.

"우와. 추워."

"밤이 될수록 더 기온이 낮아지니까, 장갑도 껴."

모자를 고쳐 쓴 청년이 자신의 피앙세를 에스코트해 거리로 나섰고, 그 뒤를 시드가 따랐다. 그는 지인들이 나가는 모습을 눈으로 좇으며 길이가 긴 모직 코트에 팔을 끼웠다.

가게의 조명을 전부 소등하기 전 주머니에 넣어 둔 가게 열쇠를 꺼내 들고 실내를 한번 살펴보았다. 지난 2년간의 터전이었던 자신의 공간. 그가 살아온 인생 중 고작 2년이었을 뿐인데 이제야 정말 집에 돌아온 것 같은 안도감이 들어 기분이 묘했다.

"2호점이라……."

실내 장식 준비며 영업 허가며 할 일이 산처럼 쌓여 있어도 걱정보다는 새로운 시작에 대한 설렘이 앞선다. 그가 2년간 지내 온 '붉은 서재' 처럼, 그의 마음을 쉬게 할 자신의 공간이 이제 한 군데 더 생겨도 되지 않을까. 문득 그런 생각이 들었다.

'라일라. 어쩌면 나는 네가 생각하는 것보다 훨씬 더, 잘 지내고 있는 걸지도 몰라.'

켜 두었던 등불을 끄며 그는 미소 지었다.

그리고 밖에서 추위에 발을 동동 구르고 있을 귀여운 친구들을 위해 서둘러 밖으로 뛰쳐나갔다.

외전 — 기도

　약혼식은 성대한 파티로 이어졌다. 양가 집안사람들과 손님들이 모인 커다란 홀에서 쉴 새 없이 축하 인사를 받던 아멜리아와 알렉스는 밤늦은 시간이 되어서야 사람들의 관심에서 벗어날 수 있었다. 조용히 둘만 함께할 여유를 찾아 정원에 나온 커플은 지금 정원에 놓인 분숫가에 앉아 서로에게 몸을 기대고 있었다.

　종일 시달린 탓에 피곤했는지 아멜리아는 틈만 나면 눈을 비비며 졸린 얼굴을 했다. 아멜리아 정도는 아니어도 알렉스 역시 상당히 지쳐 있었다. 멍하니 앉아 있던 그는 문득 제게 몸을 기댄 아멜리아가 손을 모은 채 눈을 감고 있다는 걸 깨달았다.

　"아멜리아. 피곤하면 이만 들어갈래?"

　너무 무리하는 건 아닌지 걱정된 그가 묻자, 소녀가 머리를 흔들었다.

　"자리 뜨는 게 미안해서 그런 거면 나한테 기대서 좀 자 둬. 재킷 벗어 줄까? 춥지는 않아?"

　"아냐. 괜찮아, 알렉스. 졸려서 그랬던 게 아니라."

알렉스의 걱정에 반짝 눈을 뜬 소녀가 수줍게 미소를 띠며 말을 이었다.

"기도하고 있었어."

"기도?"

"응, 알렉스 닮은 아기 갖고 싶다고."

"그렇구나……. 어, 뭐, 뭐라고?"

"알렉스처럼 상냥하고 머리 좋은 아기면 좋을 것 같아. 응? 왜 그런 표정을 하지……."

"아니, 그게 아니라. 저기, 너무 갑작스러운 이야기라 놀랐어."

약혼 당일부터 2세를 재촉하는 약혼녀의 대담함에 당황한 알렉스가 새빨개진 얼굴로 자신은 아직 마음의 준비가 되어 있지 않았다고 설명하니, 소녀는 그런 거 저는 훨씬 일찍부터 준비하고 있었다며 자랑스레 가슴을 폈다.

"둘이 좋겠어. 딸 하나 아들 하나. 알렉스는 아이들 좋아해?"

"어, 좋아하기는 한데, 아멜리아. 그, 정말 아기……, 그러니까. 저 혹시. 아기가 어떻게 생기……는 건지 알고는 있어?"

기어들어 가는 목소리로 물은 알렉스는 말을 건네고도 어쩔 줄 몰라 했다. 아멜리아는 의아한 표정을 지었다. 대체 왜 저렇게 미안한 표정을 짓는 걸까.

"당연하지. 나 결혼한다고 시드가 특별 강의까지 해 줬는데."

아멜리아는 허리에 손을 얹고 의기양양한 표정으로 알렉스를 바라보았다. 그 말에 소스라치게 놀란 알렉스가 소리를 버럭 질렀다.

"시드니? 여기서 왜 그 사람 이름이 나오는 거야? 아니, 너희 가족들은 대체 뭘 하고 그걸 시드니에게 배워?"

"집에서 알려 준다고 했는데 이미 알고 있으니 필요 없다고 했어."

"뭐라고?"

"다들 알렉스처럼 놀라더라. 흠, 그러나 나도 언제까지나 어린애는 아니라고."

"아멜리아!"

자리에서 벌떡 일어난 알렉스는 잠시 현기증을 느꼈다. 축하주를 너무 많이 마셨나. 얼굴에 피가 몰리는 건지 핏기가 사라지는 건지 쉬이 판단되지 않을 정도로 어지러웠다. 아니 이게 정말 단순히 술 탓이려나.

알렉스는 심호흡한 뒤 제 약혼녀를 내려다보았다. 초롱초롱한 눈으로 어쩐지 칭찬을 기대하는 아멜리아에게 무슨 말부터 해야 할까 싶어 한동안 말을 고르다가, 큰마음 먹고 물어보았다.

"시드니가, 아기 생기는 법에 관해 설명했어?"

"응."

"그 자식, 돌아오면 죽인다……."

깨문 어금니 사이에서 흘러나온 혼잣말에 아멜리아가 고개를 갸웃하자, 알렉스가 바짝 말라 오는 입술을 혀로 핥으며 다시 물었다.

"대체 뭘 어떻게 설명했는지 물어도 될까?"

"아, 알렉스도 모르는 거야?"

"헉."

알렉스는 이런 질문에는 대체 어떻게 대처해야 좋은지 알 수 없었다. '잘 모르겠으니 네가 처음부터 친절하게 하나씩 설명해 줄래?' 이건 너무 사기꾼 같고, '우리 예쁜이는 걱정도 많구나, 이 오빠가 그런 것도 모르겠니?'라고 해도 역시 사기꾼 같다.

뭐라 대답해야 아멜리아가 충격받지 않고 들어 줄까 하고 영혼을 쥐어짜며 고민하는 동안 치맛자락을 털고 일어난 아멜리아가 알렉스 앞에 서서 방긋 웃었다.

"아기는 황새가 물어다 주는 거랬어!"

"……뭐?"

"황새. 몰라? 이렇게 커다랗게 생겨서 다리가 기다란 새야. 아, 부리도 길어."

"아니, 황새가 뭔지는 아는데, 아기가, 어어?"

"역시 알렉스도 몰랐구나? 시드니가 이거 고급 정보라고 했단 말이야. 아기는 황새가 몰래 물어다 주니까 특별히 예쁜 아이로 데려다 달라고 진심으로 기도해야 이루어진댔어."

"시드니. 그 새끼 진짜 가만 안 둘 거야……."

자리를 비운 중에도 알렉스를 골탕 먹이기 위한 덫은 잊지 않고 떠난 시드니였다. 그 용의주도함이 패고 싶을 정도로 얄미웠다. 희희낙락한 얼굴로 아멜리아에게 황새 이야기를 건넸을 걸 생각하니 속이 뒤집힐 것만 같았다.

"그래서 난 요즘 틈만 나면 하늘을 보며 기도하고 있어."

부글대며 끓던 속이 소녀의 한마디에 가라앉았다. 아멜리아를 물끄러미 바라보던 알렉스는 조용히 팔을 펼쳐 소녀를 품에 안았다. 이렇게 열심히 믿고 있는데 아니라고 말을 해 줘야 할까. 조금 더 귀여운 꿈을 꾸게 두어도 되지 않을까. 이 상태가 오래가면 곤란해지는 건 저겠지만 그래도 조금만, 아주 조금만 더 이대로 두고 싶다는 생각이 들었다.

"알렉스도 함께 기도하면 효과가 두 배 있지 않을까?"

"하아……, 그래. 그렇겠네."

제 품에 안겨 행복한 듯 속삭이는 사랑스러운 아멜리아를 내려다보고 있자니 황새고 뭐고, 다 상관없다는 생각이 들기 시작했다. 소녀가 황새에게 기도하는 동안, 알렉스는 어떻게 하면 넌지시 샌더즈가에 재교육을 부탁할 수 있을지를 고민하기로 했다.

"귀여운 아기 물어다 주면 좋겠다."

깜찍한 소리를 하는 아멜리아를 바라보며 알렉스가 미소 지었다.

엄마를 닮은 아기라면 분명 엄청나게 사랑스러울 거라 확신하면서.

외전 ─ 가브리엘의 우울

"후우─."

하늘과 끝이 맞닿은 너른 초원을 향해 깊은 한숨을 쉬는 이가 있었다. 조각한 천사상처럼 아름다운 외모를 가진 그는 이제 막 사춘기에 접어든 열세 살 소년이었다. 봄바람에 금발이 흐트러지는 모습조차 한 폭의 그림 같은 가브리엘은 양들을 풀어 놓은 목장 울타리에 걸터앉아 우울한 얼굴로 하늘을 바라보고 있었다.

"저 애는 누구야?"

빨래가 담긴 작은 바구니를 들고 걷던 소녀가 그를 발견하고 물었다.

"누구? 어머, 가브리엘이잖아?"

"어디 어디? 진짜다. 오늘도 멋져……."

어디에 있어도 눈에 띄는 소년을 발견한 한 무리 소녀들이 황홀한 듯 속삭였다.

"가브리엘? 그게 쟤 이름이야?"

"루시는 이사 온 지 얼마 안 돼서 가브리엘은 아직 못 만나 봤구나?"

"응. 처음 봐."

루시라고 불린 소녀는 가브리엘 또래의 어린 소녀였다. 같이 있는 친구들보다 키는 조금 작았고, 아직 젖살이 남아 있는 통통한 볼에 동그라니 귀염성 있는 눈매가 순한 인상을 주었다.

"잘생겼지? 우리 엄마가 가브리엘만큼 예쁜 얼굴은 레이븐만이 아니라 다른 도시에서도 드물 정도랬어."

"예쁘긴 한데……."

루시는 고개를 갸웃했다. 가브리엘이 소녀의 시선을 끈 이유는 그 외모 때문이 아니었다. 어딘가 사연 있어 보이는 모습에 호기심이 일었다.

"쟤는 어릴 때부터 저 외모 때문에 고생이 많았어. 납치 사건까지 있었다니까. 그래서인지 낯을 좀 가리는 편이야."

"그런 일이 있었구나."

"소문에 의하면 최근 실연도 했대. 취향이 연상이라나 봐."

"연상? 나이 많은 사람을 좋아하는 거야?"

"어른스러운 아가씨가 좋다나 봐. 또래들보다 좀 어른스러운 느낌이 들지 않니? 고백한 애도 있었는데 거절했대. 자기는 그럴 마음의 여유가 없다나 뭐라나. 확실히 다른 남자애들과는 분위기가 좀 다른 것 같아."

생각지도 않았던 정보에 눈을 동그랗게 뜬 루시가 다시 가브리엘을 바라보았다.

"그런 것도 소문이 나?"

"어머 얘는. '그런 거'니까 소문이 나지."

"가브리엘에 관한 건 다들 궁금해하거든."

"다들 이래 봤자 여자애들뿐이지만!"

까르르, 부끄러운지 소녀들이 볼을 붉히며 웃었다.

"애들아. 늦게 가면 좋은 자리 다 뺏길 거야. 어서 가자!"

몇 걸음 앞을 걷던 빨강 머리 소녀가 움직일 생각을 안 하고 잡담을 시작한 친구들이 답답한지 빨리 가자고 채근했다.

"루시, 이쪽이야!"

미련이 남아 자꾸 뒤를 돌아다보는 루시를 다른 소녀가 손짓해 불렀다. 생각에 잠긴 가브리엘의 옆얼굴을 바라보던 소녀는 한참 뒤에야 시선을 거두고 친구가 부르는 쪽을 향해 종종걸음으로 달려갔다.

루시가 가브리엘을 다시 발견한 건 그로부터 며칠 후의 일이었다.

농장 일을 돕던 소년은 잠시 쉬는 건지 쌓아 놓은 건초 더미 위에 누워 초원을 바라보고 있었다.

"누구 기다리는 사람이라도 있니?"

"뭐?"

갑작스러운 목소리에 놀란 소년이 벌떡 몸을 일으켰다. 그 반동으로 짚 더미가 흔들리나 싶더니 중심을 잃은 소년이 바닥으로 고꾸라졌다.

"어어, 으아악—!"

"조심해!"

털썩! 짚 더미 위에 쓰러진 소년이 앓는 소리를 내며 몸을 일으켰다.

"괜찮니? 미안해. 내가 갑자기 말을 걸어서……."

"아야야…… 너 대체!"

바닥에 푹신하게 깔린 짚 더미 덕분에 다행히 크게 다친 곳은 없었지만 된통 놀랐던 탓인지 쉽게 몸을 일으키지 못했다. 소년은 얼얼한 뒤통수를 문지르며 나지막하게 욕을 내뱉었다. 사람을 놀라게 해도 유분수지. 대체 누가 이렇게 조심성이 없느냐며 버럭 화를 내려던 그는 상대를 확인하고 "어라?" 하며 눈을 동그랗게 떴다.

"넌 누구야?"

"난 루시라고 해. 얼마 전에 이 마을로 이사 왔어, 반가워."

"그래, 루시. 나는 가브리엘…… 아니 이게 아니라!"

소녀의 독특한 화법에 말려들어 화기애애하게 인사를 건넬 뻔한 가브리엘이 다시 소리를 질렀다.

"너 여기서 뭐 하는 거야?"

"네가 뭔가 기다리는 것처럼 보여서."

"뭐?"

이어지지 않는 대화에 소년이 인상을 썼다. 성격 급한 가브리엘에게 루시의 느긋한 대화법은 매초 인내심을 시험하는 기분마저 들게 했다.

"전에 널 봤는데 그때도 먼 곳을 바라보고 있더라. 누군가를 기다리는 거 아니었어?"

"기, 기다리기는 누가, 뭘 기다린다고 그래?"

핵심을 찌른 질문에 귀가 발갛게 달아오른 가브리엘이 펄쩍 뛰었다. 알렉스가 이 모습을 보았다면 '신사는 경망한 행동을 삼가야 한다.'며 당장 주의를 시켰겠지만, 다행히 그는 레이븐에 없었다. 그리고 무척 애석하게도 이제는 아멜리아 역시 레이븐에 없었다.

"에휴—."

알렉스만 떠올렸으면 괜찮았을 것을. 굳이 아멜리아까지 생각나 한숨이 절로 나왔다. 그 멍청이는 날이면 날마다 신사의 예절이 어쩌고 시끄럽게 구는 잔소리쟁이가 뭐가 그리 좋다고 놈을 따라 마을을 떠났는지. 남의 속도 모르고 떠나는 날까지 방글대며 웃던 얼굴이 떠올라 괜스레 울화가 치밀었다. 그리고 이 갈 곳 없는 분노의 화살은 고스란히 눈앞의 소녀에게로 향했다.

"나, 나도 엄마가 멀리 일하러 가셔서 이곳 사촌 집에 이사 오게 되었거든. 엄마 보고 싶을 땐 혹시나 싶어서 너처럼 마을 어귀를 보게 되더라고."

가브리엘이 무슨 생각을 하고 있는지 짐작도 하지 못하는 소녀는 종알대며 자기 이야기를 들려주었다. 위로를 건네고 싶은 마음에 말을 걸었단다.

소년은 기가 차서 루시를 바라보았다. 처음 보는 여자아이에게 건초 더미에서 굴러떨어지는 볼썽사나운 모습을 보인 것만으로도 사춘기 소년의 자존심은 충분히 상했는데 한술 더 떠 알 수 없는 위로까지 받으려니 울컥 울화가 치밀어 올랐다.

멋대로 떠들며 다가오는 모습이 어딘지 아멜리아를 연상시키는 바람에 쓸데없는 미움까지 사게 된 것을 아는지 모르는지, 소녀는 앞치마를 뒤적여 작은 천 주머니를 꺼냈다.

"이거. 잠시 빌려줄게."

"뭐야?"

토라진 티를 내느라 고집스럽게 다른 곳을 향하던 가브리엘의 고개가 갑작스레 내밀어진 작은 주머니에 호기심을 누르지 못하고 슬며시 제자리로 돌아왔다.

"열어 봐."

"……돌?"

"헤그 스톤(Hag Stone). 소원을 들어주는 돌이랬어."

작은 주머니 안에는 중간에 구멍이 뚫린 하얀 자갈이 들어 있었다. 가브리엘은 어이가 없었다. 돌멩이 하나를 뭐 그리 소중하게 싸 들고 다닌단 말인가. 이딴 게 소원을 이루어 준다고? 나이가 몇인데 아직도 그런 꿈같은 이야기를 하는 건지 한심하기만 했다.

"그리운 사람의 얼굴을 떠올리며 그 돌에 소원을 빌어 봐. 이루어질 거야."

"……바보 같아."

화를 낼 때 내더라도 '어른스럽게' 끝까지 이야기는 들어 보자며 자신을 달래던 가브리엘은 예상보다도 더 멍청한 이야기에 입을 딱 벌렸다. 아무리 또래 여자아이들이 요정이니 마법이니 하는 동화 속 이야기를 좋아한다지만 이런 걸 진심으로 믿는 사람을 직접 만나게 될 줄은 몰랐다. 소년은 돌보다도 루시가 더 신기했다. 감탄과 경악이 섞인 시선에도 아랑곳없이 소녀는 재차 그에게 돌을 권하며 소원을 빌어 보라고 권했다.

"해 봐. 가브리엘의 소원을 들어줄 거야."

"내가 언제 너에게 도와 달라고 했어. 쓸데없는 짓 하지 마!"

타악—! 화가 난 가브리엘이 제 앞으로 내밀어진 주머니를 손으로 쳐 냈다. 손바닥에 제대로 맞은 돌은 시원한 포물선을 그리며 날아가 짚 더미 속 어디론가 소리도 없이 사라졌고, 소녀는 놀란 눈으로 그걸 바라보았다.

"어……."

돌이 날아간 순간 가브리엘 역시 아차 싶었는지 어깨를 움츠렸다. 그러고는 넋 나간 얼굴로 돌이 사라진 방향을 바라보는 루시를 향해 소리를 빽 질렀다.

"네가 귀찮게 구니까 그런 거잖아!"

"미…… 미안."

놀란 얼굴의 루시가 사과하는 소리를 들으며 가브리엘은 등을 돌렸다. 잠시 머뭇거리던 소년은 곧 입술을 깨물고 "내 잘못 아니야!"라는 소리와 함께 뒤도 돌아보지 않고 도망가 버렸다.

"다 그대로네."

오랜만에 레이븐에 돌아온 아멜리아는 기분이 좋았다. 반년 정도 떠나 있었지만 작은 시골 마을은 변한 게 거의 없었고, 그 사실이 그녀를 기쁘게 했다.

"그리 오래 떠나 있던 것도 아니지만."

도시로 이사한 초반 한동안은 할 일이 무척 많았다. 지리도 생활도 낯설어 익혀 둘 게 한둘이 아니었고 시간 되는 틈틈이 일손이 부족한 시드의 가게 일도 도와야 했다. 그렇게 어느 정도 도시 생활에 익숙해지자 이번엔 레이븐에서 연락이 왔다.

그것은 다름 아닌, 딸이 보고 싶은 아버지가 당장 내려오지 않으면 약혼을 무효로 하겠다며 협박하는 내용이었다. 처음부터 별장 문제며 빈센트의 이사 같은 잡다한 일들이 정리되면 레이븐으로 돌아올 생각을 하던 아멜리아는 흔쾌히 그 말을 따랐다. 알렉스라면 어차피 주말에만 볼 수 있는 데다 그마저도 시험 기간에는 얼굴을 보기 힘들어서 아멜리아가 굳이 도시에 남아 있을 이유가 없었기 때문이었다.

"도시도 좋지만 난 역시 레이븐이 가장 좋아."

가족에게도 알리지 않고 훌쩍 돌아온 아멜리아는 천천히 마을을 구경했다. 내친김에 화방에 들러 미술 도구를 사고, 좋은 날씨를 즐기다가 느긋하게 집에 돌아가자고 생각하고 있었다. '갑자기 나타나면 다들 깜짝 놀라겠지.'라는 생각을 하며 씩씩하게 걷는 아멜리아의 귀에 작은 목소리가 들린 건 상점이 늘어선 마을 어귀를 빠져나왔을 즈음이었다.

드문드문 자리한 인가의 간격이 점점 벌어지며 넓은 초원이 펼쳐지는 경계선에는 커다란 농장이 자리하고 있었다. 길가에 가득 쌓아 놓은 건초 더미 속에서 누군가가 꼬물대며 혼잣말을 하는 소리가 들리자 아멜리아는 발걸음을 멈췄다.

"이상하다. 여기 즈음일 텐데…… 없네."

"얘. 뭘 찾니?"

"엄마야—!"

짚 더미 속에서 튀어나온 건 양 갈래로 땋은 머리가 귀여운 여자아이였다. 나이는 열두어 살쯤, 동그란 눈을 크게 뜨고 뒤를 돌아보는 모습이 놀란 토끼 같았다.

"놀랐니? 미안해."

"아니에요. 저어. 혹시 여기 주인이세요? 죄송해요. 멋대로 들어와서……."

"응? 아냐. 나는 그냥 지나가던 참이었어. 뭐 찾는 거면 내가 도와줄까?"

짚 더미를 헤치며 무언가를 찾는 듯 보이는 아이에게 묻자 루시의 얼굴이 반짝 밝아졌다.

"정말요? 그런데 아주 작은 거라 찾기가 많이 힘들어요……."

"그럴 때일수록 더더욱 함께 찾아야지. 잊어버린 게 뭔데?"

"돌이요. 요만한 크기예요. 가운데에 구멍이 뚫려 있는 게 특징이에요."

"가운데 구멍이? 도비 스톤이니?"

"도비 스톤? 헤그 스톤이 아니고요?"

"아, 역시!"

두 손을 마주치며 웃은 아멜리아가 "둘 다 같은 거야."라고 설명했다.

"같은 거예요?"

"응. 지역마다 부르는 이름이 달라서 그래. 거기 동그란 구멍 있잖아? 그 틈에 눈을 대고 보면 요정 세계가 보인다는 말도 있어."

"그래요?"

이야기를 들은 아이의 눈이 한층 초롱초롱해졌다. 루시는 요정의 세상이 궁금한지 얼른 찾아야겠다며 다시 짚 더미 속으로 뛰어 들어갔다. 그 모습을 보고 웃던 아멜리아는 자신도 짚 더미 위에 가방을 내려놓고 블라우스의 소매를 걷어붙였다.

"쳇, 이상한 계집애."

오후 일을 끝낸 가브리엘은 다시 건초 더미를 쌓아 둔 곳으로 향하고 있었다. 초면에 다짜고짜 돌을 내민 루시에게 당황한 나머지 그걸 집어 던졌던 게 영 마음이 편치 않았다.

"갑자기 소원을 빌어 보라는 이상한 소리를 하니 그렇게 된 거잖아!"

본의가 아니었다고 투덜대면서 돌을 던졌던 곳으로 향하니 건초 더미 속에서 분주하게 움직이는 사람들이 보였다.

"누구지?"

허리를 숙이고 무언가를 하는 이의 뒤로 다가간 가브리엘은 뒤늦게 그 사람의 정체를 깨닫고 놀라 비명을 질렀다.

"아멜리아?"

"어? 이 목소리는, 가브리엘?"

아침에 예쁘게 리본으로 묶어 두었던 머리가 다 헝클어질 정도로 열심히 돌을 찾던 아멜리아는 오랜만에 듣는 친근한 목소리에 반사적으로 짚 더미 속에서 뛰쳐나왔다. 그녀는 두 팔을 활짝 벌리고 소년을 향해 냅다 달렸다.

"가브리에엘!"

"케엑, 야! 너 이게 무슨 꼴…… 악! 안지 마! 오지 마! 저리 못 가?"

"에이, 오랜만에 보는데 너무해."

"너무한 건 내가 아니라 네 모습이야!"

"내가 왜?"

"지저분하잖아!"

"아, 괜찮아. 이거 다 건초라서 떼면 돼. 나 아침에 목욕하고 머리도 감았어. 안아도 돼! 오랜만이야, 가브리엘!"

"아악, 그래도 안지 말란 말이야아아아!"

가브리엘은 목덜미까지 새빨개진 채 아멜리아의 품에서 버둥거렸다. 벌겋게 달아오른 얼굴을 보고 숨이 막혔던 거라 생각한 그녀는 "미안, 미안." 하며 사과한 뒤 소년을 품에서 놓아주었다.

"으으으, 이건 성추행이야……, 무슨 여자가 수치심도 없이……. 그것보다 너 대체 언제 온 거야? 아니 여기서 뭐 하는 거야?"

신중하게 거리를 두고 떨어진 가브리엘이 아멜리아를 힐끔대며 물었다.

"나? 친구를 돕고 있었어."

"친구?"

"어, 저기. 루시—!"

그녀의 부름에 건초 더미 반대편에서 역시 짚 부스러기를 가득 뒤집어쓴 작은 얼굴이 튀어나왔다. 사방을 두리번거리던 루시는 소년의 모습을 발견하고 반갑게 손을 흔들었다.

"안녕, 가브리엘!"

"너는!"

루시 몰래 돌을 찾으러 왔던 가브리엘의 입가에 경련이 일었다. 아멜리아 하나만으로도 매우 벅찬데 루시까지. 상대하기 껄끄러운 인물이 둘이나 있다 보니 무슨 말을 해야 할지도 모를 지경이 되었다. 표정 관리가 힘들어지자 소년은 고민했다. 이러느니 차라리 도망가 버릴까. 그가 잠시 머리를 굴리는 동안 아멜리아가 놓칠세라 덥석 손을 움켜잡았다.

"서로 친구였구나? 잘됐다. 가브리엘, 우리 좀 도와줘."

"뭐, 뭐를?"

"루시가 여기서 중요한 걸 잃어버렸대. 함께 찾자."

"엑."

설마 했는데, 자신이 버린 그 작은 돌을 찾느라 둘 다 이 꼴이 된 거였다는 걸 깨닫자 죄책감이 스멀스멀 밀려들었다. 다시 얼굴이 달아오르기 시작한 가브리엘은 민망함을 감추기 위해 재빨리 짚 더미 속으로 뛰어들었다.

"어, 어쩔 수 없지. 흥."

"와아. 가브리엘 멋져!"

"고마워, 가브리엘."

두 아가씨의 열렬한 응원에 책임감은 점점 더 커졌다. 어차피 찾아 주려고 했던 거, 얼른 찾고 잽싸게 튀어야겠다고 생각한 소년은 고개도 들지 못하고 미친 듯이 짚 더미를 헤집기 시작했다.

세 사람이 함께 돌을 찾은 지 다시 두 시간. 어둑어둑 해가 지기 시작하고 구부렸던 허리가 정신없이 쑤시기 시작할 즈음, 반가운 소식이 들려왔다.

"찾았다!"

짚 더미 속에서 하얀 돌을 꺼내 들고 위세 당당하게 외친 사람은 가브리엘이었다.

"진짜?"

"우와아!"

환호성을 지르며 돌을 흔들던 소년은 자신이 지나치게 들뜬 반응을 보였다는 걸 깨닫고 멋쩍었는지 슬그머니 팔을 내렸다. 그는 애써 표정을 가다듬고 루시에게 돌을 내밀었다. 조심히 양손을 모아 손바닥에 받아 든 루시가 이리저리 확인해 보더니 자신이 잃어버렸던 것이 확실하다며 활짝 웃었다.

"찾아 줘서 정말 고마워, 가브리엘."

"그, 그거. 내가 잃어버렸던 거니까, 다, 당연한."

"아냐. 함께 찾아 줘서 정말 기뻤어."

던져서 미안했다는 말이 차마 입 밖으로 나오지 않아 한참 말을 더듬는 가브리엘에게 루시가 고맙다는 말을 반복했다.

"잠깐 나도 구경해도 돼?"

뭐가 좋은지 함께 생글생글 웃던 아멜리아가 루시의 손에서 돌을 집어 들었다. 한참을 뚫어지게 바라보던 그녀는 "역시!" 하며 무언가를 깨달은 듯 중얼거렸다.

"이건 억지로 구멍을 뚫은 게 아니라 자연적으로 생긴 구멍이 맞았어."

"뭐가 달라."

무슨 소리인지 모르겠다며 가브리엘이 묻자 아멜리아가 돌의 구멍을 손가락으로 가리켰다.

"억지로 뚫은 건 효력이 없지만 저건 정말 도비 스톤이야."

"도비…… 뭐?"

"다양한 이름으로 불려서 호칭은 크게 상관없는데, 일부 지역에서는 이 돌에 소원을 빌면 이루어진다는 전설이 있어."

"그건 나도 들었어."

'다 멍청한 헛소리야.' 라고 말하려는 순간 아멜리아가 방긋 웃으며 물었다.

"어때? 가브리엘의 소원은 이루어졌어?"

"……응."

그 미소를 마주한 소년의 얼굴이 기묘하게 일그러졌다. 붉으락푸르락. 아멜리아를 바라보며 한동안 입만 벙긋댄다. 우는 것 같기도 하고 웃는 것 같기도 한, 부정도 긍정도 아닌 묘한 반응에 아멜리아가 고개를 갸웃거리니 곁에 있던 루시가 큰 소리로 말했다.

"저기, 내 소원은 이루어진 것 같아!"

"그래?"

아멜리아의 시선이 자연스럽게 루시 쪽으로 향했다. 그녀의 미소에서 간신히 해방된 가브리엘은 짧게 한숨을 쉬며 긴장으로 꼭 쥐었던 주먹을 서둘러 등 뒤로 숨겼다.

"나, 외롭지 않도록 친구를 갖고 싶다고 부탁했거든. 그런데 정말 생겼어. 같이 빨래터에 가는 친구들도 있고, 오늘은 아멜리아랑 가브리엘하고도 친구가 되었어."

"친구가 많이 생겨서 다행이네! 앞으로도 잘 부탁해, 루시."

"응!"

말갛게 웃는 루시의 밝은 얼굴에 가브리엘도 중얼거렸다.

"그, 나도."

"어? 뭐라고 했어, 가브리엘?"

"나, 나도 잘 부탁한다고!"

화를 내듯 왁 소리를 지른 탓에 잠시 놀랐던 루시는 곧 눈을 동그랗게 뜨며 고개를 끄덕였다.

"응, 나도 잘 부탁해!"

"그, 돌멩이가 뭐, 아주 효과가 없는 것 같지는 않고 말이지."

"정말? 가브리엘에게도 도움이 됐어?"

루시의 물음에 소년이 힐끔 아멜리아를 바라보았다. 곁눈질하다 시선이 마주치니 재빨리 고개를 돌려 버린다.

"아니, 꼭 도움이 되었다기보다는 아주 쓰레기는 아니라는 뜻인데."

"가브리엘이 이렇게 말할 정도면 몹시 도움이 되었다는 의미야, 루시."

"그렇구나―."

"아니라니까, 이 바보들아!"

억울한 듯 뒤늦게 부정해 보아도 두 아가씨의 입에 걸린 커다란 미소는 소년의 전투 의지를 상실시켰다.

"너희 둘 다 이상해……."

가브리엘은 답답하다며 발을 굴렀다. 하지만 아멜리아는 눈치채고 있었다. 소년이 정말 싫었다면 이미 한참 전에 도망갔을 거라는 사실을.

"저기. 너희 배고프지 않아? 난 한참 움직여서 그런지 뭔가 먹고 싶어. 어때? 나랑 같이 키쉬 먹으러 가지 않을래?"

"어……."

두 아이는 서로 시선을 교환했다. 돌을 찾는 것을 도와준 아멜리아가 간식까지 사 주겠다고 하니 미안해서 우물쭈물 대답을 미루는데 유혹을 이기지 못한 누군가의 배에서 꼬르륵 소리가 선명하게 울려 퍼졌다. 깜짝 놀란 아이들이 자신의 배에 손을 대며 당황하자 까르르 웃음이 터진 아멜리아가 양팔로 그들을 안으며 말했다.

"같이 간다고 대답한 거다?"

거절은 듣지 않겠다고 선포한 그녀가 걸음을 옮겼다. 반항을 포기한 가브리엘과 돌을 찾아 기쁜 루시. 두 아이는 어깨를 한번 으쓱한 뒤 그녀와 함께 걷기 시작했다. 오랜만에 단골집의 키쉬를 먹을 생각에 설렌 아멜리아의 발걸음은 가볍기 그지없었다.

"와, 석양이 아름답네."

하늘을 올려다보며 아멜리아가 감탄했다. 가브리엘은 늘 보는 하늘이 뭐 그리 새삼스럽게 아름답다 감탄하는 거냐며 어이없어했고, 그런 두 사람을 보며 루시는 함박웃음을 지었다.

"저기, 가브리엘."

소년의 옆구리를 루시가 콕콕 찔렀다.

"뭐야."

"있잖아. 이 돌은 소원을 이뤄 주는 것만 아니라 요정의 나라도 구경할 수 있대. 너도 함께 보지 않을래?"

"……야, 너."

루시가 반짝이는 눈으로 하얀 돌을 내밀자 가브리엘이 부르르 떨었다. 이 기시감은 뭐지. 얘가 분명 아침에도 이랬던 것 같은데. 포기를 모르는 루시의 근성에 결국 소년의 인내심이 한계에 다다랐다.

"하나 끝났다고 방심하고 있었더니 또 시작이네! 그런 걸 믿어?"

돌을 잃어버렸던 잘못도 있고 해서 소원 어쩌고 하는 것까지는 어떻게 이해하려고 애를 써 봤다. 그러나 이제는 한술 더 떠서 요정의 나라라니, 이건 허용 범위를 넘어도 지나치게 넘어선 영역이었다. 꿈꾸는 소녀가 감당이 안 되어 주변의 어른에게 도움을 청하려던 소년은 아멜리아 역시 흥미진진한 얼굴로 "나도, 나도!"라고 외치는 모습을 보고 한숨을 푹 내쉬었다.

"내가 애를 지성 있는 인격체라고 생각한 게 잘못이었어." 하며 중얼거렸으나 주변은 이미 요정 이야기로 들떠 그 독백을 귀 기울여 들어 주는 이는 아무도 없었다. 이들을 대체 어쩌면 좋단 말인가. 막막해진 가브리엘이 양옆에서 깍깍대는 두 바보를 어찌할 줄 모르며 번갈아 봤다. 혼자로는 도저히 감당이 안 된다. 차라리 그 잘난 척하는 머저리라도 있었으면 고양이 수염만큼의 도움은 되었을 텐데.

하지만 벅차다고 해서 철없는 두 사람을 이대로 놔둬서는 안 된다는 생각이 든 가브리엘은 숨을 크게 들이쉬고 소리를 질렀다. 누군가가 이들을 따끔하게 혼내야 했다.

"키쉬고 뭐고 너희 둘 다 거기 좀 앉아 봐!"

"왜애?"

"왜는 왜야! 둘 다 똑똑히 들어. 특히 아멜리아, 너! 나이가 몇인데 아직도 요정 타령이야!"

엄한 얼굴로 "제발 정신 좀 차려라."라고 분통을 터트리자 아멜리아가 살살 웃으며 눈치를 보다가 도망치기 시작했다. 잔소리는 우리 작은오빠만으로도 충분하다, 가게 문 닫기 전에 어서 가야 한다고 종알대며 꽁무니를 빼자 곁에서 눈만 깜박거리던 루시 역시 얼른 그 뒤를 따라나섰다.

"야, 너희 진짜 이럴래!"

"빨리 와, 가브리엘!"

"내 말 좀 들으란 말이야!"

해맑게 웃으며 도망가는 두 사람을 보며 가브리엘이 깊은 한숨을 내쉬었다.

"하아아, 내 팔자야."

하나도 벅찬데 천방지축이 둘이나 되니 감당이 안 될 지경이었다.

"……역시 내 이상형은 점잖은 여성이야. 어른스럽고 성숙한 아가씨!"

열두 살 여자아이와 함께 폴짝대며 길을 뛰어가는 저런 말괄량이는 절대 아니다. 암, 아니고말고. 이를 갈며 재차 아멜리아의 뒤통수를 쏘아본 가브리엘이 중얼거렸다.

조금 뒤처져서 길을 걷던 소년의 발걸음이 천천히 멈췄다. 레이븐 거리를 발걸음도 가볍게 뛰어가는 두 소녀의 모습에 지는 석양의 신비로운 보랏빛 햇살이 드리워진다.

그 모습이 마치 등에 작은 날개가 달린 것처럼 반짝거리며 사랑스럽게 느껴졌다는 건 아무에게도 말 못 할, 그 혼자만의 비밀이었다.